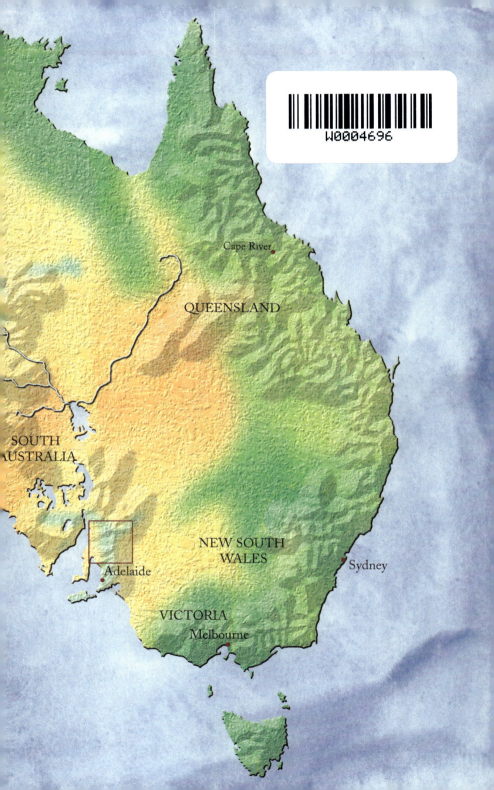

Elizabeth Haran
DER DUFT DER EUKALYPTUSBLÜTE

Weitere Titel der Autorin:

Im Land des Eukalyptusbaums
Der Ruf des Abendvogels
Im Glanz der roten Sonne
Ein Hoffnungsstern am Himmel
Am Fluss des Schicksals
Die Insel der roten Erde
Im Tal der flammenden Sonne
Im Schatten des Teebaums

Elizabeth Haran

Der Duft der Eukalyptusblüte

Roman

Übersetzung aus dem
australischen Englisch
von Sylvia Strasser

Lübbe Ehrenwirth

Lübbe Ehrenwirth in Bastei Lübbe GmbH & Co. KG, Köln

Titel der australischen Originalausgabe:
»Dance of the Fiery Blue Gums«

Für die Originalausgabe:
Copyright © 2008 by Elizabeth Haran
The Author has asserted her Moral Rights.

Für die deutschsprachige Ausgabe:
Copyright © 2009 by Bastei Lübbe GmbH & Co. KG, Köln
Lektorat: Melanie Blank-Schröder
Umschlaggestaltung: Gisela Kullowatz
Einband-/Umschlagmotiv: © Owen Lexington/getty-images
Satz: Bosbach Kommunikation & Design GmbH, Köln
Gesetzt aus der Adobe Caslon
Druck und Einband: Friedrich Pustet, Regensburg

Printed in Germany
ISBN 978-3-431-03781-4

5 4 3

Sie finden uns im Internet unter: www.luebbe.de
Bitte beachten Sie auch: www.lesejury.de

Im Gedenken an die verstorbene Edda Merz
– ich fühle mich aufrichtig geehrt, dass
sie mich ihre Lieblingsautorin genannt hat.

1
*South Australia,
Ende November 1866*

Von der Blyth Street aus sah das ausgetrocknete Flussbett, das sich durch Burra schlängelte, wie jedes andere aus. Erst bei näherem Hinsehen konnte man den Rauch von Eukalyptusholzfeuern erkennen, der aus unzähligen Löchern entlang des Ufers aufstieg. Die Öffnungen dienten als Rauchabzug für die vielen hundert Erdwohnungen in den Uferböschungen des knapp hundert Meilen von Adelaide entfernten Bergwerksstädtchens Burra im Gilbert Valley, in denen um die zweitausend Menschen hausten.

Die Sonne ging unter an diesem außergewöhnlich heißen Novembertag. Kein Lüftchen regte sich, und über dem Flussbett, in dem sich seit Monaten kein Wasser mehr befand, sondern nur noch unverwüstliches Unkraut im Staub wucherte, hing ein stechender Gestank nach Fäkalien und Abfall.

Während die Frauen in den Erdwohnungen sich anschickten, ein einfaches Abendessen zuzubereiten, war ihnen bewusst, dass etwas Unheilvolles über der Creek Street, wie das Flussbett genannt wurde, lag. Plötzlich zerriss ein unheimlicher, herzerweichender Schrei, der einem das Blut in den Adern gefrieren ließ, die angespannte Stille. Alle erstarrten. Eine Sekunde später erhob sich lautes Wehklagen.

Tränen kullerten über Abbey Scottsdales sonnengebräunte Wangen. Sie trat aus der zwei Räume umfassenden Behausung, die sie mit ihrem Vater teilte, auf die Straße hinaus, wo sich bereits etliche Frauen versammelt hatten. Wie Bäume in einem engen Tal, stumme, statuenhafte Wächter, sahen sie in der hereinbrechenden Dämmerung aus.

Alle wussten, was die herzzerreißenden Schreie bedeuteten: Der kleine Ely Dugan hatte den Kampf gegen den Typhus verloren. Ihre Gebete waren umsonst gewesen. Der schmächtige Vierjährige hatte keine Chance gehabt. Das gramerfüllte Klagen und Schluchzen seiner Mutter brach den draußen Versammelten beinah das Herz.

Obwohl Abbey mit ihren achtzehn Jahren weder Ehefrau noch Mutter war, konnte sie Evelyn Dugans Schmerz nachempfinden. Die arme Frau hatte vor nicht einmal einem Jahr bereits einen Sohn verloren. Damals waren in der Creek Street fast dreißig Kinder an Typhus, Pocken und Fleckfieber gestorben. Jedes Kind, das ums Leben kam, erinnerte Abbey an ihre persönlichen Verluste. Sie selbst war 1848 in Irland geboren worden. Ein gutes Jahr später war ihr Bruder Liam auf die Welt gekommen, und eineinhalb Jahre später hatte sie noch eine Schwester, Eileen, bekommen. Als Abbey fünf Jahre alt war, wurde Liam von den Pocken dahingerafft. Ein Jahr später erkrankte Eileen so schwer an Keuchhusten, dass sie die Krankheit nicht überlebte. Und 1860 starb Mary, ihre Mutter, im Alter von nur neunundzwanzig Jahren an Diphtherie.

Die unhygienischen Verhältnisse in der Creek Street waren ein idealer Nährboden für allerlei Krankheiten. Doch die Bergleute, die mit ihren Familien hierhergekommen waren, um in der Monster Mine zu arbeiten, hatten keine andere Wahl, als in den mit Balken gestützten, höhlenähnlichen Erdwohnungen zu hausen. Im Sommer war es drinnen zwar angenehm kühl, im Winter jedoch feucht, schlammig und bitterkalt. Oft genug führte der Fluss dann so viel Wasser, dass die Bewohner ihre Behausungen verlassen mussten.

Abbey wischte sich die Tränen ab und ging in ihre Wohnung zurück. Sie steckte sich die langen schwarzen Haare hoch und rührte nachdenklich die Suppe um, die sie aus einem ausgekochten geräucherten Schinkenknochen zubereitet hatte. Die junge Frau fragte sich, warum sie vom Typhus oder einer anderen Krankheit verschont worden war und ein unschuldiges Kind wie Ely nicht. Sie verstand das einfach nicht.

Abbey wartete auf ihren Vater, der wie jeden Donnerstagabend im Miner's Arms Hotel mit seinen irischen Freunden zechte. Donnerstag war nämlich Zahltag. Abbey hatte nichts gegen diese Wirtshausbesuche einzuwenden, weil sie dadurch eine Stunde mit Neal Tavis allein sein konnte. Dass ihr Vater aber auch samstagnachmittags nicht auf direktem Weg von der Arbeit nach Hause kam, sondern einen Abstecher in seine Kneipe machte, nahm sie ihm übel.

Neal, der junge Mann, in den sich Abbey verliebt hatte, war achtzehn Jahre alt wie sie selbst und arbeitete Seite an Seite mit ihrem Vater in einhundertsechzig Meter Tiefe in der Kupfermine. Samstags verdingte er sich zusätzlich auf einer Farm, um etwas dazuzuverdienen. Da er von Finlay Scottsdales Kneipenbesuchen wusste, eilte er jeden Donnerstag von der Zeche nach Hause, wusch sich und ging dann schnurstracks zu Abbey. Er wollte Finlay nicht unbedingt aus dem Weg gehen, aber dieser hatte keinen Zweifel daran gelassen, dass er sich für seine Tochter einen wohlhabenden Ehemann wünschte, dass sie in seinen Augen etwas Besseres verdient hatte als einen Minenarbeiter, der in einer Erdwohnung hauste.

Doch Abbey und Neal hatten einen Plan. Neal hoffte, Finlay werde seine Meinung ändern, wenn er sich ein Stück Land kaufen und beweisen könnte, wie zuverlässig und fleißig er war, deshalb sparte er jeden Penny, den er erübrigen konnte. Einfach war das allerdings nicht, weil er seine Mutter Meg und seine beiden Schwestern, die Zwillinge Emily und Amy, die noch zur Schule gingen, unterstützen musste. Sie alle wohnten eine knappe Meile von den Scottsdales entfernt auf der anderen Seite der Creek Street.

Eine Stunde war vergangen, als ein vertrautes Pfeifen die gedrückte Stille durchbrach, die sich nach dem Tod des kleinen Ely über die Siedlung gelegt hatte. Finlay, betrunken und nichts ahnend von dem Unglück, das sich ereignet hatte, schwankte nach Hause. Abbey lauschte angestrengt. Sie erkannte meist schon an dem Lied, das er pfiff, wie viel er getrunken hatte und in welcher Stimmung er folglich sein würde. Abbey nahm es ihrem Vater übel, dass er so viel Geld für Alkohol und Wetten ausgab und sein Ziel, ein besseres Leben für sie beide zu erreichen, dadurch in weite Ferne rückte. Nach zwei oder drei Bier war er zuversichtlich, dass sich bald alles zum Besseren wenden würde, doch es blieb nur selten bei zwei oder drei Bier. Nach vier oder fünf Gläsern wurde Finlay schwermütig oder patriotisch, und hatte er noch mehr getrunken, war er übelster Laune und sah alles schwarz. Abbey hasste es, wenn er so war, aber da sie ihn nicht ändern konnte, wie sie mittlerweile eingesehen hatte, tröstete sie sich mit der Vorfreude auf ihre gemeinsame Zukunft mit Neal.

An diesem Abend jedoch war Finlay guter Dinge. Abbey merkte es daran, dass er *Brian Boru's March* pfiff. War er sinnlos betrunken, bevorzugte er *The Lamentation of Deirdre*. Das war ein Lieblingslied ihrer Mutter gewesen. Abbey graute es vor dieser Melodie, weil sie bedeutete, dass ihr Vater in Weltuntergangsstimmung war.

»Abigail, mein Engelchen!«, begrüßte Finlay seine Tochter fröhlich, als er durch die niedrige Tür eintrat. »Was hast du uns denn heute Abend Gutes zu essen gemacht?«

Abbey, die auf dem Boden aus gestampfter Erde saß, blickte nur flüchtig auf. »Nicht so laut, Vater! Der kleine Ely ist gestorben.«

Finlay machte ein bestürztes Gesicht. »Das ist eine schlimme Nachricht«, brummte er. »Er war ein feiner kleiner Kerl.«

»Ja, das war er«, murmelte Abbey traurig, als sie sich seinen roten Lockenkopf und sein spitzbübisches Lächeln ins Gedächtnis rief. Einen kleinen Kobold hatte sie ihn immer genannt. An ihre eigenen Geschwister konnte sie sich zu ihrem Bedauern kaum noch erinnern, aber sie würde niemals die Tränen vergessen, die ihre Mutter so oft vergossen hatte.

Abbey schniefte und kämpfte gegen die tiefe Rührung an, die sie verspürte. »Hast du Evelyn denn nicht weinen hören, als du bei den Dugans vorbeigegangen bist?«

Finlay schüttelte den Kopf. »Nein.« Er wollte sich hinsetzen, verlor aber das Gleichgewicht und fiel wie ein nasser Sack zu Boden. Ächzend drehte er sich um und stieß dabei mit dem Fuß in die Feuerstelle. Asche wirbelte auf. Finlay lachte leise in sich hinein.

Abbey, die ihn viele Male in diesem Zustand gesehen hatte, war nicht beunruhigt. Sie schnalzte nur missbilligend mit der Zunge, so wie ihre Mutter es immer getan hatte, wenn sie sich über Finlay geärgert hatte. Ihr Vater nahm ihr das nicht übel, im Gegenteil: Er fand es auf seltsame Weise tröstlich, dass sie ihn oft zurechtwies wie eine Ehefrau.

»Wir haben etwas zu feiern, Abbey«, sagte er und lächelte.

»So? Was denn?« Abbey schöpfte ihm Suppe in einen tiefen Teller und brach ein Stück von dem Fladenbrot ab, das sie gebacken hatte. Eine gute Nachricht wäre eine willkommene Abwechslung.

»Wir beide sind kommenden Samstagabend zum Essen nach Martindale Hall eingeladen«, antwortete Finlay aufgeregt.

Abbey starrte ihren Vater über das Feuer hinweg an. Verblüffung zeigte sich auf ihrem hübschen Gesicht. »Nach Martindale Hall? Wieso hat man uns dorthin eingeladen?« Sie wusste, dass Ebenezer Mason, der Eigentümer der Mine, nichts als Verachtung für seine Arbeiter übrighatte, deshalb wunderte sie sich über diese Einladung in sein Herrenhaus in Mintaro. Die wenigen, die es gesehen hatten, beschrieben es als protzig und palastähnlich. Noch mehr aber erstaunte sie, dass ihr Vater die Einladung angenommen hatte, stand Mr. Mason doch in dem Ruf, auf die Arbeiterklasse herabzusehen und seine Untergebenen skrupellos auszubeuten.

Finlay wählte seine nächsten Worte mit Bedacht. »Nun, zum Abendessen, wie ich schon sagte. Und ich wette, dass ein Festschmaus auf uns warten wird, vielleicht eine gebratene Lammkeule mit allem, was dazugehört. Das wär doch mal was, Abbey, hm?« Er leckte sich in gieriger Vorfreude die Lippen. »Ich hoffe nur, Ebenezer Mason hat genug Bier im Haus. Diese stinkvornehmen Weine sind nichts für mich.«

»Dad, ich verstehe das nicht! Ich dachte, du hältst nicht viel von Mr. Mason.« Abbey sah ihren Vater misstrauisch an. Wie oft hatte er über den Minenbesitzer geschimpft, weil dieser als Geizkragen bekannt war und seine Knickerigkeit das Leben der Bergleute gefährdete.

»Ja, das war auch so«, antwortete Finlay nachdenklich.

»Und jetzt hast du deine Meinung geändert?« Abbey war verwirrt, weil sie nicht verstand, was auf einmal anders geworden war.

»Ich habe diesen Mann in den letzten Wochen näher kennen gelernt, Abbey, und heute schäme ich mich dafür, dass ich so hart über ihn geurteilt habe.«

»Ich dachte, du hättest allen Grund, ihn zu hassen.«

Finlay nickte. »Ja, das dachte ich auch.« Abbeys Vater klang müde. Er brach ein Stück Brot ab und begann, geräuschvoll seine Suppe zu schlürfen.

Abbey verzog schmerzlich das Gesicht bei dem Gedanken daran, dass er im vornehmen Speisezimmer von Martindale Hall genauso schlürfen und schmatzen würde.

»Wir müssen an deine Zukunft denken, Abbey«, fuhr Finlay unvermittelt fort.

»Meine Zukunft?«, wiederholte die junge Frau verdutzt. »Was hat das mit der Einladung nach Martindale Hall zu tun?« Ein Gedanke durchzuckte sie, und sie wurde unwillkürlich rot, als sie begriff, was ihr Vater möglicherweise im Schilde führte. Sie kannte seine Anspielungen auf potenzielle Ehemänner, auf Männer, die seiner Ansicht nach die richtigen für sie waren, wie der Sohn des Bürgermeisters oder der Direktor des Royal Exchange Hotel. Einmal hatte Finlay sogar versucht, sie mit dem Polizeichef, einem Mann Ende dreißig, zu verkuppeln. Abbey war das furchtbar peinlich, weil all diese Männer ihrer Meinung nach entweder zu alt oder höherrangig waren. Ihr Vater glaubte doch wohl nicht, Ebenezer Masons Sohn könnte an ihr interessiert sein? Doch dann fiel ihr ein, dass sie gehört hatte, der Sohn wohne nicht im Herrenhaus, sondern in einem kleinen Cottage irgendwo auf dem riesengroßen Gutsbesitz. Nach einer Auseinandersetzung wegen Ebenezers kurzer Ehe mit einer viel jüngeren Frau, so erzählten die Leute, war der Kontakt zwischen Vater und Sohn mehr oder weniger abgerissen. Aber niemand wusste etwas Genaues. Freunde hatten Abbey seine Kutsche gezeigt, wenn er, was selten vorkam, einmal durch Burra fuhr, aber gesehen hatte sie ihn nie.

»Ebenezer Mason möchte dich gern kennen lernen, Abbey«, sagte Finlay. Der Ausdruck von Missfallen und Verwunderung auf ihrem Gesicht entging ihm nicht, und er unterdrückte einen gereizten Seufzer. Der mangelnde Ehrgeiz seiner Tochter, einen Ehemann zu finden, der ihr ein angenehmes Leben bieten konnte, hatte ihn immer schon verdrossen.

Natürlich war Finlay voreingenommen, aber seiner Meinung nach konnte sich jeder Mann glücklich schätzen, eine Schönheit wie Abbey zur Frau zu bekommen. Allerdings war ihm nicht jeder gut genug für sie. Abbey war zwar ein bisschen dünn, genau wie ihre Mutter vor der Geburt ihrer Kinder, aber ihre langen, welligen Haare schimmerten wie Kohle in der Sonne, und ihre Augen waren so blau wie das Meer.

»Ich glaube, er hat ein Auge auf dich geworfen«, fügte er hinzu. In Wirklichkeit glaubte er es nicht nur, er wusste es, aber das wollte er seiner naiven Tochter möglichst schonend beibringen.

»Was?« Jetzt bekam es Abbey mit der Angst zu tun. »Aber... aber Mr. Mason ist ein alter Mann! Er muss doch in deinem Alter sein, Dad!« Ihr schauderte bei dem Gedanken an irgendetwas Romantisches zwischen ihnen. Sie konnte es nicht fassen, dass ihr Vater allen Ernstes glaubte, sie könnte einen Mann seines Alters als geeigneten Verehrer betrachten.

»Alt« war für eine blutjunge Achtzehnjährige wie Abbey jeder über dreißig. Ebenezer Mason war dreiundfünfzig, nur fünf Jahre jünger als ihr Vater, der relativ spät geheiratet hatte: Er war vierzig gewesen, Mary, seine Braut, knapp siebzehn. In County Sligo, wo Finlays Familie herstammte, war eine Eheschließung zwischen einer Halbwüchsigen und einem Mann jenseits der Vierzig nicht ungewöhnlich, in Australien dagegen schon.

»Das ist doch gar nicht wahr!«, brauste Finlay auf. »Er ist doch nicht so alt wie ich! Jedenfalls nicht ganz«, fügte er friedlicher hinzu. Das Bild, das er in diesem Moment vor seinem inneren Auge sah, schob er ebenso hastig beiseite wie seine Gewissensbisse. Er musste an Abbeys Zukunft denken, nur darauf kam es an. »Mr. Mason ist ein reifer Mann und obendrein ein sehr wohlhabender. Das heißt, du könntest eines Tages eine reiche Witwe sein.«

»Wie kannst du nur so etwas Furchtbares sagen, Dad!«, entgegnete Abbey ärgerlich. »Außerdem glaube ich, dass du dir etwas vormachst. Wieso sollte sich Mr. Mason für ein Mädchen aus der Bergarbeitersiedlung interessieren?«

»Ich werde dir jetzt etwas verraten, was nicht viele wissen: Mr. Mason war früher selbst Bergmann.«

Abbey riss erstaunt die Augen auf. Wie alle hier hatte sie immer gedacht, Ebenezer Mason sei in einer adligen Familie in England mit einem goldenen Löffel im Mund geboren worden.

»Da staunst du, was?« Finlay nickte bekräftigend. »Ja, auch er ist mal ein armer Schlucker gewesen. Bis er sich in Victoria als Goldgräber versuchte. Anfang der 1850er-Jahre stieß er in Peg Leg Gully auf ein reiches Vorkommen. So machte er sein Vermögen. Alles in allem wurden dort dreihundertvierundzwanzig Pfund Gold geschürft, ein großer Teil davon von Ebenezer und seinen Kumpels. Kannst du dir das vorstellen? Dreihundertvierundzwanzig Pfund!«, wiederholte Finlay verträumt. Seine irischen Zechkumpane hatten nicht schlecht gestaunt, als er ihnen davon erzählt hatte. Dann hörte er, wie der Wirt raunte, Ebenezer Mason hätte seine beiden Partner um ihren Anteil betrogen. Doch Finlay gab nichts darauf, er vermutete, dass Neid hinter diesen Gerüchten steckte. »Ein Mann, der so hart arbeiten kann, hat Respekt verdient. Und wenn er das Glück hatte, eine große Goldmenge zu finden – nun, dann sei es ihm gegönnt, meine ich.«

»Woher weißt du, dass diese Geschichte wahr ist, Dad?«, fragte Abbey zweifelnd. Ihrer Ansicht nach klang das alles ein bisschen weit hergeholt.

»Er hat sie mir selbst erzählt! Wir haben uns in letzter Zeit einige Male lange unterhalten.« Finlay starrte ins Feuer. In den vergangenen zwei Wochen hatte er eine Menge über Ebenezer Mason erfahren. Anfangs war er schon misstrauisch gewesen, als der Bergwerkseigner ihn auf einen Drink einlud, um ihn näher kennen zu lernen. Doch Ebenezer Mason hatte keinen Hehl aus seinen Beweggründen gemacht, und Finlay fand das sehr anständig. Er war genauso offen gewesen und hatte Ebenezer erklärt, seine Abbey sei ein tugendhaftes Mädchen, und er werde sich auf nichts einlassen, wenn er, Ebenezer, keine ehrlichen Absichten hätte. Nachdem der Minenbesitzer ihm jedoch glaubhaft versichert hatte, dass das der Fall sei, waren Finlays Zweifel ausgeräumt, und die beiden Männer hatten sich des Öfteren auf ein Glas getroffen.

»Ach ja?«, meinte Abbey, die der Sache nicht so recht traute. Sie konnte sich nur schwer vorstellen, dass Mr. Mason mit seinen blütenweißen Hemden und den polierten Lacklederschuhen einmal Bergmann gewesen war und sich die Hände schmutzig gemacht hatte. Ihr Vater hingegen schien nicht an dieser Geschichte zu zweifeln.

»Wenn ich es dir sage«, bekräftigte Finlay. »Eine Mine zu besitzen bedeutet eine Menge Verantwortung und Sorgen. Ich habe nie viel darüber nachgedacht, aber Mr. Mason hat mir die Augen geöffnet, und jetzt sehe ich ihn in einem ganz anderen Licht.«

Abbey schnaubte verächtlich. »Er tut nichts anderes, als sein Geld zu zählen! *Die* Sorge hätte ich auch gerne.«

»Er muss nicht selten zählen, wie viel er verloren hat«, erwiderte Finlay ernsthaft. »Weißt du noch, als letztes Jahr vierhundert Männer entlassen worden sind?«

Abbey nickte. Wie hätte sie das vergessen können! Das war ein schwerer Schlag für die Stadt gewesen, und die Stimmung in der Bergarbeitersiedlung hatte sich auf einem absoluten Tiefstand befunden.

»Mr. Mason war gar nichts anderes übrig geblieben, weil die Mine vertieft werden musste und die Kosten für die Kupfergewinnung dadurch gestiegen sind. Und kaum hatte er in die Mine investiert, sind die Kupferpreise gefallen. Das sind schwere Entscheidungen, die er da Tag für Tag treffen muss.«

»Hast du nicht immer gesagt, ihn interessiert nur der Profit und nicht das Wohl seiner Arbeiter?«

»Das habe ich bis vor kurzem auch geglaubt. Das leugne ich gar nicht. Aber ich habe mich geirrt. Er hat mir selbst gesagt, dass er nachts aus Sorge um seine Arbeiter und ihre Familien oft nicht schlafen kann, und ich habe das Gefühl, er meint es ehrlich. Du hast Recht, ich habe ihn für einen Blutsauger gehalten, aber ich muss zugeben, dass er jedes Mal, wenn die Kupferpreise wieder gestiegen sind, auch wieder Leute eingestellt hat.«

In seinen Unterhaltungen mit dem Minenbesitzer hatte Finlay die Befürchtung geäußert, er werde jetzt, wo die Kupferpreise auf acht Pfund pro Tonne gesunken waren, vielleicht seine Arbeit verlieren, doch Ebenezer hatte ihn beruhigt: Das werde auf keinen Fall geschehen.

»Ich freue mich für dich, dass du in Mr. Mason einen Freund gefunden hast, Dad«, sagte Abbey und fuhr dann entschlossen fort: »Aber ich liebe Neal Tavis, und eines Tages werden wir heiraten.«

Das hörte Finlay gar nicht gern. Er hatte seiner Tochter bereits unmissverständlich erklärt, dass er nichts von der Liebelei zwischen den beiden hielt, und geglaubt, die Angelegenheit sei damit erledigt. Aber Abbey fand, es war höchste Zeit, dass er sich an den Gedanken gewöhnte, dass sie sich ihren Ehemann selbst aussuchen und aus Liebe heiraten würde und nicht um finanzieller Sicherheit willen.

»Ich weiß, das passt dir nicht«, fügte sie hinzu, als sie seinen Gesichtsausdruck sah, »aber ich werde auf keinen Fall einen alten Mann nur des Geldes wegen heiraten.«

»Und ich werde nicht zulassen, dass meine Tochter einen Mann heiratet, der sein Leben lang ein armer Schlucker bleiben wird«, brauste Finlay auf. »Du sollst es einmal besser haben und dein Leben nicht in einer Erdwohnung verbringen müssen!«

»Neal spart, um eines Tages eine Farm kaufen zu können, Dad. Wir werden ein schönes Zuhause haben, du wirst sehen.«

Finlay schüttelte den Kopf. Schmerzliche Erinnerungen stiegen in ihm empor. »Weißt du nicht mehr, wie hart das Leben auf einer Farm sein kann, Abbey? Und dann sind da noch die Mutter und die Schwestern, für die Neal sorgen muss. Das ist kein guter Anfang für eine Ehe.«

Abbey erwiderte nichts darauf, aber auch sie erinnerte sich an etwas. Nach dem Tod ihrer Mutter war ihr Vater schwermütig und lebensüberdrüssig geworden. Er hatte erst zwei Kinder, dann seine Frau verloren, wozu also noch weiterleben? Morgens konnte er sich kaum noch aus dem Bett aufraffen, und wenn doch, dann nur, um sich zu betrinken. Es dauerte nicht lange, bis sie die Farm, die sie gepachtet hatten, verloren. Finlays Schwester Brigit, die mit Mann und fünf Kindern auf einer Farm in Galway lebte, nahm die beiden bei sich auf. Dort lebten sie knapp drei Jahre lang auf engstem Raum, unter unerträglichen Bedingungen. Als Brigit hörte, dass in Australien Bergleute gesucht wurden, drängte sie Finlay, sein Glück dort zu versuchen, und so brach er mit Abbey auf, um in den Kolonien ein neues Leben zu beginnen.

Bei ihrer Ankunft war Finlay zuversichtlich gewesen, mit dem Geld, das er in den Minen verdienen würde, bald ein hübsches Häuschen in der Stadt für sich und seine Tochter kaufen, vielleicht sogar einen kleinen Laden eröffnen zu können. Doch es war nicht so gelaufen, wie er sich das vorgestellt hatte. Die Arbeit in den Minen war äußerst kraftraubend, gefährlich und obendrein schlecht bezahlt. Und die wenigen Häuser in der Stadt reichten nicht aus für die zahlreichen Arbeitssuchenden, die hierher geströmt waren. Finlay begann schon nach kurzer Zeit zu resignieren und Trost im Alkohol und im Glücksspiel zu suchen, sodass auch das wenige Geld, das er auf die Seite hätte legen können, im Nu aufgebraucht war.

»Ich will nicht, dass meine Tochter Schweine- und Hühnerställe ausmisten und in einem Land, wo jahrelange Dürren keine Seltenheit sind, verzweifelt auf Regen warten muss«, fuhr Finlay bitter fort. »Das Leben auf einer Farm ist verdammt beschwerlich, wenn man kein Geld hat, um harte Zeiten überstehen zu können. Ich will, dass du einen Mann heiratest, der besser für dich sorgt, als ich für deine Mutter gesorgt habe.«

»Du hast dein Möglichstes getan, Dad. Die schlechte Kartoffelernte und die Hungersnot waren schließlich nicht deine Schuld«, sagte Abbey besänftigend.

»Das vielleicht nicht, aber wenn du die Wahl zwischen einem harten und einem angenehmen Leben hast, wärst du schön dumm, dich für das falsche zu entscheiden. Wer das Glück hat, ein so hübsches Gesicht zu haben, sollte das Beste daraus machen, Abbey.«

Wollte er ihr damit zu verstehen geben, sie sollte ihr Aussehen benutzen, um sich einen reichen Mann zu angeln? Sie war regelrecht entsetzt über seine Worte, und Finlay sah es ihr an.

»Ist es denn so falsch, wenn ich mir für meine Tochter ein leichteres Leben wünsche?«, fuhr er ärgerlich auf.

»Nein, Dad, aber du musst mich schon selbst über mein Leben entscheiden lassen«, erwiderte Abbey ruhig.

»Das kann ich aber nicht, weil ich deinen Entscheidungen nicht vertrauen kann. Nicht, wenn du dich in den Erstbesten verliebst, der dich ansieht. Und der obendrein ein Habenichts ist.«

Empört über diese Bemerkung entgegnete Abbey hitzig: »Neal ist ein wundervoller junger Mann, und er macht mich glücklich.«

»Glücklich kann man auf die unterschiedlichsten Arten sein, Abbey. Sollte Mr. Mason dich heiraten wollen, dann wirst du ihn nicht zurückweisen. Eines Tages, wenn du schöne Kleider tragen und Gäste in einem vornehmen Salon auf Martindale Hall empfangen wirst, wirst du mir dankbar sein.«

»O nein, ganz bestimmt nicht! Ich werde mich auf gar keinen Fall mit einem Scheusal wie Ebenezer Mason ins Ehebett legen, und wenn er noch so reich ist! Wie kann mein eigener Vater so etwas von mir verlangen?« Abbey war außer sich.

»Es ist besser, eine Dienerin zu haben, als Dienerin zu sein, Abbey. Du wirst mich nach Martindale Hall begleiten, und jetzt will ich kein Wort mehr davon hören!«, knurrte Finlay.

»Lieber bin ich arm und kratze Seite an Seite mit dem Mann, den ich liebe, im Dreck, als dass ich ein Leben lang unglücklich bin, nur damit ich mich bedienen lassen kann«, gab Abbey wütend zurück.

»Du redest Unsinn, Mädchen«, erwiderte Finlay gähnend. Es war ein langer Tag gewesen, und das Bier, das er in der Kneipe getrunken hatte, machte ihn zusätzlich müde. Ihm fielen fast die Augen zu.

Abbey sprang auf und lief nach draußen. Sie solle sich gefälligst etwas Hübsches zum Anziehen kaufen für die Einladung ins Herrenhaus, rief Finlay ihr nach. Abbey antwortete nicht. Mit Tränen in den Augen eilte sie die Creek Street hinunter zu der Erdwohnung, in der Neal mit seiner Mutter und seinen Schwestern lebte.

Sein Vater war zwei Wochen nach ihrer Ankunft in Burra ganz plötzlich gestorben, vermutlich an einem Herzanfall, und hatte die Familie mittellos zurückgelassen. Das war ein schwerer Schlag gewesen, zumal Neals Mutter Meg von schwacher Konstitution und oft krank war. Neal war noch keine fünfzehn Jahre alt gewesen, als er sich Arbeit in der Kupfermine suchen musste. Fühlte sie sich kräftig genug, verdiente Meg in einer Wäscherei in Burra zwar ein paar Shilling dazu, aber ohne Neals Lohn wäre die Familie nicht in der Lage gewesen zu überleben.

Als er Abbey rufen hörte, kam Neal heraus. Er war stämmig und nicht sehr groß, sein rotblondes, leicht gelocktes Haar rahmte ein jungenhaftes Gesicht ein. Neal strahlte Ruhe und Sanftmut aus.

»Abbey! Was hast du denn?«

Sie warf sich in seine Arme und klammerte sich an ihn. Die junge Frau brachte es nicht übers Herz, Neal von den Plänen ihres Vaters zu erzählen, so sehr schämte sie sich bei dem Gedanken daran, was er von ihr verlangte.

Neal spürte, wie sie schauderte, ohne zu ahnen, dass Abscheu der Grund dafür war. »Was ist denn passiert, Abbey?«, drängte er sanft. Er löste sich von ihr und hielt sie auf Armeslänge von sich, um ihr ins Gesicht sehen zu können. Im Mondlicht schimmerte es feucht von Tränen.

Abbey blickte in seine warmen braunen Augen und fühlte sich getröstet. Sie würde ihm nicht sagen, dass ihr Vater niemals mit einer Hochzeit zwischen ihnen einverstanden wäre, damit würde sie ihm nur wehtun. »Der kleine Ely Dugan ist gestorben«, sagte sie stattdessen. Wieder kamen ihr die Tränen.

»O Gott, Abbey, das tut mir so leid! Ich weiß doch, wie sehr er dir ans Herz gewachsen war.«

Abbey nickte. »Lass uns von hier fortgehen, Neal!«, brach es unvermittelt aus ihr hervor. »Warum laufen wir nicht heimlich weg und heiraten?« Sie sah ihn flehentlich an.

Neal machte ein erschrockenes Gesicht und schaute sich verstohlen um. Sie standen direkt vor dem Eingang zu der Wohnung, in der sich seine Mutter und seine Schwestern aufhielten. Er nahm Abbey bei der Hand, und sie gingen ein Stück das Flussbett hinunter. »Du weißt, dass ich dich liebe und dich heiraten will, Abbey, aber ich kann nicht einfach abhauen und meine Mom und meine Schwestern sich selbst überlassen. Sie brauchen mich doch!«

Abbey wusste, er hatte Recht, sie respektierte sein Verantwortungsbewusstsein und seine Zuverlässigkeit. Es gab so viel an Neal, das sie liebte, und ein ausgesprochen gut aussehender Mann war er in ihren Augen obendrein. Natürlich hatte sie nicht vergessen, dass ihm die Hände gebunden waren und er seit dem Tod seines Vaters drei Jahre zuvor für seine Mutter und seine Schwestern sorgen musste. »Dann lass uns doch heiraten und hierbleiben, bis wir es uns leisten können wegzuziehen.« Das wäre sicherlich nicht die beste Lösung, aber alles war besser, als mit Ebenezer Mason verheiratet zu werden.

»Abbey, ist irgendetwas passiert?« Neal sah sie eindringlich an. »Ich würde ja gern glauben, dass du es kaum erwarten kannst, die Freuden der Ehe mit mir zu teilen, aber ich habe das Gefühl, da steckt etwas anderes dahinter.« Er lächelte, und Abbey wurde ganz warm ums Herz. Sie griff zärtlich in seine Haare und erwiderte sein Lächeln, aber sie brachte es nicht über sich, ihm die Wahrheit zu sagen. Sie schmiegte sich an ihn, legte den Kopf an seine Schulter und flüsterte: »Ich wünsche mir einfach nur, *deine* Frau zu sein.«

»Und ich wünsche mir, dein Mann zu sein«, entgegnete Neal und gab ihr einen Kuss auf die Wange. »Hab noch ein bisschen Geduld, Abbey. Wir werden bald heiraten. Ich lege jede Woche ein kleines Sümmchen für unsere Hochzeit zurück, damit wir uns einen Geistlichen und ein schönes Hochzeitsessen leisten können.« Für einen Trauring brauchte er kein Geld auszugeben: Seine Mutter hatte ihm für seine Zukünftige den Ehering seiner Großmutter geschenkt.

Abbeys Miene hellte sich auf. »Wirklich?«

»Wenn ich es dir sage.« Er war gerührt über ihre kindliche Freude. »Kopf hoch, Abbey! Spätestens Mitte nächsten Jahres sind wir Mann und Frau, ich verspreche es.« Er freute sich nicht minder auf die Hochzeit und seine Zukunft mit Abbey als sie. In ein paar Jahren, wenn seine Schwestern alt genug wären, um sich eine Arbeit zu suchen, würde ein Teil der finanziellen Last, die er zu tragen hatte, von ihm genommen werden, und dann würde vieles leichter werden.

»O Neal!« Abbey drückte sich an ihn. »Ich liebe dich wirklich, weißt du das?« Jetzt hatte sie etwas, auf das sie sich freuen konnte, etwas, das ihr die Kraft geben würde, die nächsten Wochen und Monate durchzustehen, egal, was kommen mochte.

Als Abbey nach Hause zurückkehrte, war sie nicht mehr ganz so niedergeschlagen. Finlay war eingeschlafen und schnarchte laut. Abbey betrachtete ihn seufzend. Sie wusste, ihr würde nichts anderes übrig bleiben, als ihn nach Martindale Hall zu begleiten, falls er darauf bestand, aber sie nahm sich vor, so abweisend und unausstehlich wie möglich zu sein, damit Ebenezer Mason die Lust, sie zu heiraten, gründlich verging.

2

Als Abbey am anderen Morgen aufwachte, war ihr Vater schon zur Arbeit gegangen. Sie hatte ein schlechtes Gewissen, weil sie verschlafen und ihm kein Frühstück gemacht hatte. Er hatte offenbar ein Stück von dem Fladenbrot gegessen, das sie am Abend zuvor gebacken hatte, doch das würde ihn kaum satt machen, und er hatte einen langen, harten Arbeitstag vor sich. Als sie das Geld sah, das er ihr dagelassen hatte, zwickte ihr Gewissen sie noch heftiger. Es war mehr als gewöhnlich, und sie wusste, warum: Sie sollte nicht nur etwas zu essen, sondern sich auch ein neues Kleid für den Abend auf Martindale Hall kaufen. Anscheinend erwartete er tatsächlich von ihr, dass sie Ebenezer Mason bezirzte. Der Gedanke bedrückte Abbey, aber sie versuchte, ihn beiseitezuschieben und sich stattdessen auf ihre gemeinsame Zukunft mit Neal zu konzentrieren.

Der Morgen nahm seinen gewohnten Gang. Während Abbey die Hausarbeit erledigte, die Wäsche wusch und Feuerholz sammelte, beschlich sie ein merkwürdiges Gefühl, eine düstere Vorahnung. Sie redete sich ein, dass ihr der Streit mit ihrem Vater auf der Seele lag. Abbey beschloss, die Sache aus der Welt zu schaffen und sich bei ihm zu entschuldigen. Schließlich wollte er nur ihr Bestes. Wenn er doch endlich begreifen würde, dass Neal das Beste war, was ihr passieren konnte!

Ich werde Dad ein Steak und Nierenpastete zum Abendessen machen, dachte sie. Und eine Flasche Bier werde ich auch besorgen. Darüber freut er sich bestimmt. Eigentlich konnten sie sich solche Leckerbissen gar nicht leisten, aber sie wollte wiedergutmachen, dass sie sich ihrem Vater gegenüber so respektlos benommen hatte. Vielleicht würde sie ihn ja doch noch überreden können, in die Hochzeit mit Neal einzuwilligen.

Eine sengende Hitze lag über der Stadt. Der heiße Nordwind wirbelte Staubwolken über die ausgedorrte Landschaft. Abbey war in der Bäckerei, als plötzlich die Sirene an der Kupfermine zu heulen begann. Sie erstarrte. Irgendetwas musste passiert sein. Vielleicht war ein Stollen eingestürzt.

Alle schrien durcheinander und rannten los. Abbey stand wie versteinert da, dann lief auch sie zur Mine. Das schrille Heulen der Sirene jagte ihr eine Gänsehaut über den Rücken, ihr Herz raste. Die seltsame, beklemmende Vorahnung, die sie den ganzen Morgen gequält hatte, machte auf einmal Sinn. Zeitweilig arbeiteten bis zu vierhundert Bergleute unter Tage, deshalb musste man bei einem Einsturz oder einem ähnlichen Unglück mit einer furchtbaren Katastrophe rechnen.

Atemlos und schweißgebadet kam Abbey bei der Mine an. Schon hatte sich eine riesige Menschenmenge vor dem Eingang zur Grube eingefunden: Ehefrauen und Kinder von Bergleuten, Minenarbeiter aus einer anderen Schicht, Ladenbesitzer, die von der Mine und ihren Angestellten lebten.

»Was ist passiert?«, keuchte Abbey, während sie versuchte, sich einen Weg durch die Menge zu bahnen. »Ist ein Schacht eingestürzt?«

»Wasser ist in einen der Stollen eingedrungen, und die Morphett-Pumpe ist ausgefallen. Es wird nicht lange dauern, bis das Wasser auch in die anderen Stollen laufen wird.« Der Mann, der ihr geantwortet hatte, ein Grubenarbeiter, war ungefähr so alt wie ihr Vater. Sein Gesicht war aschfahl, eine Wange aufgeschürft und seine Arbeitskleidung nass und verschmutzt. »Ich hab Glück gehabt, ich kam gerade noch heraus«, fügte er stockend hinzu. Bevor Abbey ihm weitere Fragen stellen konnte, war er davongeeilt.

Abbey, die sich ausmalte, wie ihr Vater und Neal in einem der Stollen gefangen waren und ertranken, war besinnungslos vor Angst. Sie spürte, dass sie keinen Tropfen Blut mehr im Gesicht hatte und ihre Knie ganz weich geworden waren. Sie wusste von ihrem Vater, wie wichtig die Pumpe war, mit der das Grubenwasser abgepumpt wurde. Fiel sie aus irgendeinem Grund aus, konnten sich die Stollen im Nu mit Wasser füllen.

Abbey packte einen der anderen Arbeiter am Ärmel. »Wie viele Männer sind rausgekommen? Hat irgendjemand meinen Vater gesehen, Finlay Scottsdale?« Panisch ließ sie ihre Blicke über die Gesichter der Umstehenden schweifen. Sie hätte gern nach ihrem Vater gerufen, doch sie hatte Angst, er könnte ihr nicht antworten.

»Wie durch ein Wunder hat es eine ganze Reihe von Männern geschafft rauszukommen, weil sie gerade auf dem Weg nach oben waren, um eine Pause zu machen, als die Pumpe ausfiel«, antwortete ein Bergmann. »Kopf hoch, Mädchen«, fügte er hinzu, fasste sie an den Armen und sah ihr fest in die Augen. »Alles wird gut werden, hörst du?« Er wandte sich ab und tauchte in der Menge unter.

Abbey hätte ihm gern geglaubt. Die Angst wühlte in ihren Eingeweiden. Im Stillen betete sie inbrünstig, dass ihr Vater und Neal unter jenen waren, die sich noch rechtzeitig in Sicherheit bringen konnten.

Sie dachte an die Auseinandersetzung mit ihrem Vater, und ihr kamen die Tränen. Sie bereute ihre harschen Worte und wünschte sich verzweifelt, dass sie die Möglichkeit bekam, sich mit ihm zu versöhnen. Hoffentlich war es nicht zu spät! »Wenn du heil zurückkommst, Dad, werde ich dir eine bessere Tochter sein, ich verspreche es«, wisperte sie. Und sie meinte es aufrichtig.

Langsam schob Abbey sich durch die Menge, ließ ihre Blicke suchend über die Gesichter der Männer gleiten. Aber weder ihr Vater noch Neal waren darunter.

Plötzlich fasste sie jemand von hinten am Arm, und sie schrak zusammen.

»Dad!« Überglücklich fuhr sie herum. Doch anstatt in das Gesicht ihres Vaters blickte sie in das von Neals Mutter.

»Wo ist mein Junge?« Megs sorgenvolles, verängstigtes Gesicht war kalkweiß. Tränen liefen ihr über die Wangen.

»Ich weiß es nicht, Meg.« Abbey schüttelte hilflos den Kopf. »Meinen Dad kann ich auch nirgends sehen.«

Die beiden Frauen klammerten sich aneinander und warteten. Mehr konnten sie nicht tun.

Ein Bergmann nach dem anderen wurde aus dem Schacht geborgen. Alle waren völlig durchnässt, husteten, prusteten und schnappten gierig nach Luft. Abbey musste an ihren Vater denken, an die Todesangst, die er ausstehen würde. Er hatte das Wasser immer schon gehasst, selbst eine Bootsfahrt war ihm ein Gräuel, deshalb war auch die Überfahrt nach Australien unerträglich für ihn gewesen.

Die Helfer zogen immer mehr Männer aus der Grube herauf, manche mehr tot als lebendig. Weinend vor Freude nahmen ihre Angehörigen sie in Empfang, sanken neben ihnen auf den staubigen Boden und hielten sie fest umschlungen. Abbey und Meg wussten, dass die Zeit gegen sie arbeitete, und ihre Angst wuchs. Bei jedem Bergarbeiter, der geborgen wurde, hielten sie unwillkürlich den Atem an und fassten sich noch fester an den Händen, immer hoffend, dass es Finlay oder Neal wäre.

Hektisch wurde daran gearbeitet, die Pumpe wieder in Gang zu setzen. Einige Männer drängten die bangenden Angehörigen, die nur hilflos zuschauen konnten, zurück, damit sie den Arbeitern nicht im Weg standen und sie behinderten. Abbey hörte laute Gebete und das Schluchzen der Frauen und Kinder.

Dann endlich ertönte das Geräusch, auf das alle gewartet hatten: Die Morphett-Pumpe sprang stotternd wieder an. Einen Augenblick herrschte Stille, aber dann brandete Beifall auf.

»Jetzt wird alles gut, Meg«, sagte Abbey. Sie lachte und weinte zugleich und schob den Gedanken, die Rettung könnte vielleicht zu spät kommen, weit von sich.

Megs kummervolle Miene hellte sich ein klein wenig auf. »Das glaube ich erst, wenn ich meinen Neal sehe«, flüsterte sie. »Bitte, lieber Gott, verschone das Leben meines Jungen und das von Finlay!«
Abbey legte ihren Arm um Megs Schultern und drückte sie tröstend. Auch sie hatte nur einen Wunsch: ihren Vater und Neal lebend wiederzusehen. Sie betete inbrünstiger als je zuvor in ihrem Leben.
Die Bergleute, die aus der Grube geborgen wurden, waren über und über mit Schlamm bedeckt, sodass es schwierig war, sie zu identifizieren. Frauen stürzten herbei und riefen in grenzenloser Erleichterung den Namen ihrer Männer und Söhne, als sie sie erkannten. Für Meg und Abbey wurde das Warten zur Tortur. Sosehr sie sich für die Geretteten und ihre Familien freuten, die Enttäuschung, dass es nicht Finlay oder Neal war, der geborgen worden war, war kaum auszuhalten, und mit jeder Minute, die verstrich, schwand ein kleines Stück Hoffnung.
Plötzlich begann die Pumpe wieder zu stottern. Sie setzte ein paarmal aus, dann blieb sie endgültig stehen.
»O Gott, nein!«, jammerte Abbey entsetzt. Männer liefen hektisch hin und her, schrien einander Anweisungen zu. Jede Minute war kostbar, das war allen klar. Freiwillige meldeten sich und stiegen gegen den Willen des Geschäftsführers in die Grube hinunter, um nach Verunglückten zu suchen. Meg und Abbey wagten kaum zu atmen, während sie darauf warteten, dass die Helfer wieder heraufkamen. Zweimal brachten sie einen Bewusstlosen aus dem Schacht, der, als er wieder zu sich kam, schmutziges Wasser aushustete und röchelnd nach Luft schnappte. Aber bei keinem der beiden handelte es sich um Finlay oder Neal.
Die Minuten verrannen. Megs und Abbeys Nerven waren zum Zerreißen gespannt, sie fühlten sich vor lauter Angst einer Ohnmacht nahe. Einer der Männer, die unten gewesen waren, berichtete, durch das einströmende Wasser sei der Stollen teilweise eingestürzt. Abbey schlug sich erschrocken die Hand vor den

Mund, als sie das hörte. Ihre schlimmsten Befürchtungen waren eingetroffen.

»Wie viele sind denn noch unten?«, fragte sie einen Mann neben ihr.

Er schüttelte den Kopf. »Das können wir noch nicht genau sagen. Wir müssen erst die Zahlen vergleichen.«

Eine Frau drängte sich durch die Menschen zum Eingang des Schachts und rief laut nach ihrem Mann. Zwei Bergleute konnten sie nur mit Mühe zurückhalten, so ungestüm gebärdete sie sich in ihrem Kummer. Achtundfünfzig Männer hatten im Stollen gearbeitet. Die meisten waren offenbar gerettet worden, aber Jock McManus, der Mann der verzweifelten Frau, sowie Finlay und Neal und zwei, drei andere wurden immer noch vermisst. Anscheinend waren sie zum ungünstigsten Zeitpunkt – nämlich als die Pumpe ausfiel – auf eine größere Menge Grubenwasser gestoßen.

Plötzlich riss sich Meg von Abbey los. »Wo ist mein Sohn?«, kreischte sie hysterisch und hämmerte mit den Fäusten gegen die Brust des Mannes, der sie festhielt. »Wo ist mein Junge? Warum helft ihr ihm denn nicht? So helft ihm doch!«, schrie sie voller Panik, dann brach sie bewusstlos zusammen.

Abbey eilte zu Meg und kniete sich neben sie. Im gleichen Moment sprang die Pumpe wieder an.

»Danke, lieber Gott«, flüsterte Abbey. Tränen liefen ihr übers Gesicht. Sie glaubte fest daran, dass ihr Vater und Neal noch am Leben waren und in einem Lufteinschluss im Stollen auf Rettung warteten. Sie ergriff Megs schlaffe Hand.

»Alles wird gut, Meg, du wirst sehen, jetzt wird es nicht mehr lange dauern, bis Dad und Neal in Sicherheit sind.« Abbey war überzeugt, dass sie gerettet würden. Es konnte nicht anders sein. Es durfte nicht anders sein. Sie hatte ihre Mutter, ihren Bruder, ihre Schwester verloren. Sie konnte nicht auch noch ihren Vater verlieren.

Es schien eine Ewigkeit zu dauern, bis das Wasser endlich aus dem Stollen gepumpt war und die Helfer hinabsteigen konnten, um nach den Vermissten zu suchen. Abbey, die immer noch neben der bewusstlosen Meg kniete, stand auf und trat dicht an den Eingang des Schachts heran. Sie wollte da sein, wenn ihr Vater herauskam. Sie wollte der erste Mensch sein, den er zu Gesicht bekam. Fiebernd vor Angst und Aufregung nahm sie sich vor, ihm gehörig den Kopf zu waschen, weil er ihr einen solchen Schrecken eingejagt hatte, und ihn zu drängen, die Arbeit in der Mine aufzugeben.

Die Minuten verstrichen, und noch immer gab es keine Spur von den Vermissten oder ihren Rettern.

Abbey wandte sich an einen Minenarbeiter neben ihr. »Wo bleiben sie denn? Wieso dauert das so lange?«

»Sie müssen vorsichtig sein, die Stollen dürften durch das Wasser instabil geworden sein.«

Sein besorgter Ton entging Abbey nicht. Ihre Anspannung wuchs erneut, aber sie weigerte sich, die Hoffnung aufzugeben. Ihrem Vater und Neal war nichts geschehen. Sie wusste es in ihrem tiefsten Inneren. Gott konnte nicht so grausam sein und ihr die beiden letzten Menschen nehmen, die sie auf der Welt noch hatte. Nein, das würde er bestimmt nicht tun.

Die Zeit schien endlos, das Warten wurde unerträglich. Dann endlich kamen die Männer zurück, vollständig durchnässt und erschöpft. Abbeys Herz machte einen freudigen Hüpfer. Erwartungsvoll ließ sie ihre Blicke über die schlammbespritzten Gesichter gleiten.

»Wo ist mein Dad?«, rief sie einem der Retter zu. »Finlay Scottsdale. Habt ihr ihn oder Neal Tavis gefunden?«

Der Mann stapfte zu ihr, legte ihr eine Hand auf die Schulter und sagte mit ernster Stimme: »Ja, wir haben sie gefunden.«

Grenzenlose Erleichterung durchflutete Abbey. »Wo sind sie? Sie sind doch nicht verletzt, oder?«

Der Minenarbeiter schwieg. Abbey bemerkte jetzt erst den

Ausdruck von Niedergeschlagenheit und Trauer in seinen Augen, und der kleine Funken Hoffnung in ihr erlosch schlagartig. Als der Arbeiter zur Seite trat, sah Abbey, dass seine Kameraden drei leblose Männer aus dem Schacht heraustrugen und nebeneinander auf die Erde legten. Sie erkannte Jock McManus, ihren Vater und Neal.

Wie versteinert stand sie da und starrte die drei Männer an, aus denen alles Leben gewichen war. Judy McManus war herbeigestürzt und hatte sich schluchzend über ihren Mann geworfen. Das bestürzte Schweigen ringsum wurde von geraunten Anschuldigungen durchbrochen, von Vorwürfen gegen Ebenezer Mason, weil er es in seinem Geiz versäumt hatte, für die Funktionstüchtigkeit der Morphett-Pumpe zu sorgen. Abbey musste an ihre Auseinandersetzung mit ihrem Vater am Abend zuvor denken. Er hatte ihr nahegelegt, den Mann zu verführen, der jetzt für seinen Tod verantwortlich war.

Als sich die Menge langsam zerstreute, wankte Abbey wie in Trance zu den drei Leichen hinüber und blickte auf das Gesicht ihres Vaters hinunter, der reglos neben Neal und Jock McManus lag, dessen Witwe von einigen Frauen getröstet wurde. Das kann nicht sein, dachte Abbey. Das ist bestimmt nur ein böser Traum. Sie hatte sich ausgemalt, wie sie ihren Vater und Neal umarmen und an sich drücken und Freudentränen weinen würde, und jetzt stand sie vor ihren Leichen.

Im Tod sah Neal zwischen den beiden älteren Männern wie ein Schuljunge aus. Der Gedanke, dass er nie eine eigene Familie, nie die Kinder haben würde, die sie ihm gern geschenkt hätte, brach Abbey schier das Herz. Ihr fiel die seltsame Gesichtsfarbe der drei Männer auf, aber sie konnte noch immer nicht fassen, dass sie wirklich tot sein sollten. Das kann nicht sein, dachte sie verwirrt, das kann einfach nicht sein.

»Dad«, wimmerte sie, während ihr die Tränen über die Wangen liefen. Sie fiel neben ihm auf die Knie und berührte sein Gesicht, das eiskalt war. Hinter ihr hörte sie Meg hysterisch schluchzen.

»Lass mich nicht allein, Dad«, wisperte sie verzweifelt. »Ich brauche dich doch. Bitte, lass mich nicht allein!«

Die Stunden nach dem Unglück erlebte Abbey in einem Zustand dumpfer Benommenheit. Sie nahm kaum wahr, wie sie von einem Minenarbeiter zu ihrer Erdwohnung zurückbegleitet wurde und dass er ihr erklärte, der Leichnam ihres Vaters würde zu Herman Schultz, einem der Leichenbestatter der Stadt, gebracht. Später kamen einige Frauen aus der Nachbarschaft vorbei, um ihr ihr Beileid auszusprechen, aber Abbey nahm keine Notiz von ihnen. Erst als am Abend einer von den irischen Freunden ihres Vaters ihr zuredete, einen kräftigen Schluck Whiskey aus seiner Taschenflasche zu nehmen, gelang es ihr endlich, sich zusammenzureißen. Sie wischte sich die Tränen ab und dachte zum ersten Mal seit dem Nachmittag an Neals Mutter und seine Schwestern.

Schweren Herzens machte sie sich auf den Weg zu der Erdwohnung, in der ihr geliebter Neal zu Hause gewesen war. Sie sorgte sich um die zarte, kränkelnde Meg. Wie würde sie mit ihren beiden Mädchen ohne Neal zurechtkommen, wovon wollten sie leben?

Als sie an die Tür der Familie Tavis klopfte, öffnete niemand. Abbey schaute in die Wohnung – sie war leer, vollständig ausgeräumt. Verdutzt stand die junge Frau da. Was hatte das zu bedeuten?

»Du willst sicher zu Meg, Abbey.« Vera Nichols, eine Nachbarin, kam aus ihrer Behausung und lief auf sie zu.

»Ja. Können Sie mir sagen, wo sie ist, Mrs. Nichols?«

»Sie wurde nach Clare ins Krankenhaus gebracht. Ich dachte, du wüsstest, dass man den Doktor zur Mine gerufen hat.«

Abbey schüttelte fassungslos den Kopf. »Nein, das hab ich nicht gewusst.«

»Das mit deinem Vater tut mir sehr leid, Kindchen«, sagte Vera sanft.

Abbey, der von neuem die Tränen kamen, brachte kein Wort hervor. Sie nickte stumm.

»Ich bin gleich mit meinem Dennis nach Haus gegangen, nachdem sie ihn aus dem Schacht heraufgeholt hatten«, fuhr Vera fort, »deshalb habe ich nicht mehr mit Meg gesprochen, aber ich habe gehört, dass der Tod ihres Sohnes sie ganz schön mitgenommen hat. Anscheinend geht es ihr gar nicht gut.«

Abbey machte sich schreckliche Vorwürfe, dass sie so mit ihrem eigenen Kummer beschäftigt gewesen war, dass sie Meg darüber ganz vergessen hatte. Sie schniefte und schnäuzte sich. »Wie geht's Mr. Nichols?«

»So weit ganz gut. Wie durch ein Wunder ist ihm nicht viel passiert. Abbey, Beatrice Smythe hat mir gesagt, dass es sehr schlecht um Meg steht«, fügte Vera behutsam hinzu. Sie hielt es für besser, ehrlich zu dem Mädchen sein. »Der Arzt meint, ihr schwaches Herz verkraftet den Schock möglicherweise nicht. Wen wundert's.« Sie stieß einen abgehackten Seufzer aus.

Abbey schlug erschrocken die Hand vor den Mund. Dann fragte sie: »Was ist mit den Sachen von Meg und den Mädchen passiert?« Die Familie Tavis hatte nicht viel besessen, aber all ihre Habseligkeiten waren verschwunden, sogar Neals Kleidung. Abbey brachte es nicht über sich, seinen Namen zu erwähnen, weil sie wusste, sie würde unweigerlich einen neuerlichen Weinkrampf bekommen.

»Beatrice und ich haben alles zusammengepackt und zu Beatrice gebracht. Wenn die Lumpensammler herausfinden, dass die Wohnung leer steht, wäre alles weg gewesen.«

»Daran habe ich gar nicht gedacht«, murmelte Abbey. Meg ging ihr nicht mehr aus dem Sinn. Sie hatte das Gefühl, Neal im Stich gelassen zu haben, weil sie nicht für seine Mutter da gewesen war. »Ich hätte mich um Meg kümmern müssen. Ich hätte sie nicht alleinlassen dürfen...«

»Mach dir deswegen keine Vorwürfe, Abbey. Meg weiß, dass du mit deinem eigenen Verlust fertig werden musstest. Bei ihrer angegriffenen Gesundheit ist es ja auch kein Wunder, dass sie einen so schweren Schlag nicht verkraften kann.«

»Wer kümmert sich denn jetzt um Amy und Emily?«, fragte Abbey und wischte sich die Tränen ab. Die Zwillinge waren erst elf Jahre alt. »Wo sind die beiden überhaupt?«

»Sie sind mit Meg gegangen«, antwortete Vera. »Wenn sie sterben sollte, was Gott verhüten möge, werden die Mädchen vermutlich in ein Waisenhaus in Clare oder Adelaide gebracht werden. Sie haben in Australien keine Angehörigen, und von uns hier ist niemand in der Lage, sie bei sich aufzunehmen. Was für eine schreckliche Tragödie! Wollen wir hoffen, dass die beiden wenigstens zusammenbleiben können. Es wäre furchtbar, wenn sie auseinandergerissen würden.«

Der Gedanke an die Zwillingsschwestern, die erst ihren Bruder verloren hatten und jetzt um ihre Mutter bangen mussten, war zu viel für Abbey. Von Kummer und Schmerz überwältigt brach sie schluchzend zusammen.

Vera, die dem Elend rings um sie her mit stoischer Gelassenheit zu begegnen versuchte, da sie die Dinge ohnehin nicht ändern konnte, brach es schier das Herz. Abbey war noch zu jung, um mit den Schicksalsschlägen, die sie heute ereilt hatten, fertig zu werden.

Sie kniete sich neben sie und legte ihr tröstend den Arm um die Schultern. »Aber, aber, Kindchen! Beruhige dich doch. Das war ein furchtbarer Tag für dich, nicht wahr?«, murmelte sie tief bewegt. »Ich weiß, wie gern du Neal gehabt hast, und dann auch noch den Vater zu verlieren ...« Sie schürzte ihre schmalen Lippen. »Und das alles ist nur Ebenezer Masons Schuld. Er allein hat die Männer, die heute ihr Leben verloren, auf dem Gewissen. Aber du musst dich zusammenreißen, Kindchen. Es gibt nichts, was du tun könntest. Das Leben geht weiter.«

Als Vera den Namen des Minenbesitzers aussprach, ging ein Ruck durch Abbey. Sie hob den Kopf und straffte die Schultern. Ebenezer Mason! Er sollte ihren ohnmächtigen Zorn und ihren

Schmerz zu spüren bekommen. Aber zuerst würde sie dafür sorgen, dass ihr Vater ein anständiges Begräbnis erhielt.

Als das Miner's Arms schloss, machte sich Paddy Walsh, einer von Finlays besten Freunden, auf den Weg in die Creek Street.

»Ich möchte dir stellvertretend für alle Stammgäste im Miner's Arms mein tiefstes Beileid aussprechen, Abbey«, sagte er ernst, seine Mütze in seinen Händen haltend. »Dein Vater war ein feiner Kerl, ein Gentleman und ein prima Kumpel. Ich habe den Hut herumgehen lassen. Es ist nicht viel, aber ich hoffe, es hilft dir.« Verlegen kramte er ein paar Pfundnoten und einige Münzen aus seiner Mütze und reichte ihr das Geld. »Vielleicht reicht es für die Beerdigung. Sag uns Bescheid, wenn du weißt, wann sie sein wird, wir werden da sein. Anschließend treffen wir uns in der Kneipe zum Leichenschmaus. Du bist herzlich dazu eingeladen, Abbey.« Seine Stimme war brüchig vor Ergriffenheit, und er musste sich räuspern.

»Ich danke Ihnen, Mr. Walsh«, murmelte Abbey gerührt. Sie wusste, wie eng ihr Vater mit seinen Stammtischkumpels befreundet gewesen war, aber sie bemerkte auch, dass sich Paddy offenbar Mut angetrunken hatte, bevor er zu ihr gekommen war. Es war ihr unangenehm, Geld von ihm und den anderen Freunden ihres Vaters anzunehmen, aber sie konnte es sich nicht leisten abzulehnen.

Herman Schultz, der Leichenbestatter, zu dem man ihren Vater gebracht hatte, war bereits bei ihr gewesen. Ein würdevolles Begräbnis war nicht billig, und das Geld, das Paddy gesammelt hatte, reichte bei weitem nicht aus. Doch Abbey war zu stolz, etwas zu sagen. Sie war fest entschlossen, die Kosten für die Beerdigung von Ebenezer Mason einzufordern, schließlich hatte er ihren Vater auf dem Gewissen.

»Mir war nie wohl bei dem Gedanken, dass dein Vater in der Mine arbeitet«, fuhr Paddy fort. »Ich hab immer gesagt, es ist verdammt gefährlich im Untertagebau. Deinem Vater war das schon klar, aber er hatte Angst, dass er keine andere Arbeit finden würde, deshalb ist er geblieben.«

Paddys Worte verstärkten Abbeys Schuldgefühle noch. Offenbar hatte ihr Vater seine gefährliche Arbeit nur deshalb nicht aufgegeben, weil er für seine Tochter sorgen musste. Zum ersten Mal kam ihr der Gedanke, sie könnte eine Last für ihn gewesen sein. Ihre Verzweiflung wuchs.

»Weißt du schon, was du jetzt anfangen wirst, Abbey?«, fragte Paddy leise.

»Nein«, entgegnete sie kopfschüttelnd. »Ich denke, ich werde mir eine Arbeit suchen müssen. Dad hat mir das nie erlaubt.« Sie schluckte schwer und fuhr mit spröder Stimme fort: »Er hat immer gesagt, ich soll zu Hause bleiben und für ihn sorgen, bis ich einmal heiraten würde.« Als sie an Neal dachte, konnte sie die Tränen nicht mehr zurückhalten.

»Kopf hoch, Mädel«, tröstete Paddy sie unbeholfen. »Es ist hart, ich weiß. Da fällt mir ein, Mrs. Slocomb, meine Vermieterin, sucht jemanden, der ihr beim Putzen hilft. Wenn du nichts Besseres findest, kannst du sie ja mal fragen, ob sie dich nimmt.«

Abbey dankte ihm für seine Hilfe.

Nachdem Paddy gegangen war, legte sie sich auf den strohgefüllten Sack auf dem nackten Erdboden, der ihr als Bett diente, und versuchte zu schlafen. Nie zuvor in ihrem Leben hatte sie sich so allein und verloren gefühlt. Nach dem Tod ihrer Mutter hatte sie wenigstens noch ihren Vater gehabt. Jetzt hatte sie niemanden mehr, keine Menschenseele auf der ganzen weiten Welt. Oder zumindest nicht in Australien. Und für eine Rückkehr nach Irland zu ihrer Tante und ihrem Onkel fehlte ihr das Geld. Tiefer Kummer überwältigte Abbey. Und schuld an ihrem grenzenlosen Leid war nur Ebenezer Mason. Wie konnte jemand zulassen, dass die Maschinen und Geräte in der Mine veraltet oder kaputt waren, obwohl er die nötigen Mittel zu ihrer Instandhaltung besaß? Wie konnte jemand das Leben seiner Arbeiter vorsätzlich gefährden? Für Abbey war ein solcher Mann schlichtweg ein Verbrecher.

Ginge es nach ihr, würde er ins Gefängnis von Redruth geworfen werden. Doch sie wusste, dass das nie passieren würde. Ebenezer Mason hatte in Burra zu viel Macht und Einfluss – es wurde gemunkelt, dass jeder Constable in der Stadt auf seiner Gehaltsliste stand.

In ihrer Verzweiflung konnte Abbey nicht aufhören zu weinen. Irgendwann endlich fiel sie in einen unruhigen Schlaf.

Als Abbey am anderen Morgen aufwachte, fühlte sie sich wie gerädert. Doch dann fiel ihr wieder ein, was sie zu tun hatte, und das gab ihr die Kraft aufzustehen. Sie wollte sich gerade auf den Weg zur Mine machen, um Ebenezer Mason zur Rede zu stellen, als Herman Schultz kam.

Nachdem er ihr sein Beileid ausgesprochen hatte, fuhr er bedauernd fort: »Ich fürchte, bei diesen Temperaturen werden wir Ihren Vater heute schon beerdigen müssen, Miss Scottsdale, und nicht bis morgen warten können.«

Abbey riss die Augen auf. »Heute schon!«

»Ja, spätestens heute Nachmittag.«

»Aber... aber ich habe kein Geld für einen anständigen Sarg und einen Grabstein.«

Herman hatte Mitleid mit der jungen Frau. »Dann schlage ich vor, dass wir einen schlichten Kiefernholzsarg nehmen werden und Sie das Grabkreuz selbst fertigen.«

»Was ist mit Neal Tavis?«, fragte Abbey mit zitternder Stimme. »Seine Mutter ist nach Clare ins Krankenhaus gebracht worden, wer wird seine Beerdigung veranlassen?«

Herman machte ein betretenes Gesicht. »Mr. Tavis wird ein Armenbegräbnis bekommen«, erwiderte er bedrückt. In Fällen wie diesem wurde der Leichenbestatter von der Gemeinde bezahlt.

Abbey guckte ihn groß an, als sie das hörte. Ohnmächtige Wut packte sie. »Das ist nicht gerecht«, sagte sie zornig. »Es wäre Sache des Minenbesitzers, ein anständiges Begräbnis für meinen Vater, für Neal und für Jock McManus zu bezahlen! Das ist das Mindeste, was er tun könnte!«

»Es steht mir nicht zu, Geld vom Eigentümer der Mine zu fordern, Miss Scottsdale. Das kann ich nicht machen.«

»Sie vielleicht nicht, aber ich«, fauchte Abbey. »Und genau das werde ich auch tun! Das Beste ist für meinen Vater und für Neal gerade gut genug. Ich werde das Geld schon bekommen, das verspreche ich Ihnen.«

»Was die Bezahlung angeht, kann ich Ihnen leider keinen Aufschub gewähren, Miss Scottsdale«, sagte Herman sichtlich verlegen. »Ich habe eine große Familie zu ernähren...«

»Sie kriegen Ihr Geld«, versprach Abbey.

Herman Schultz kannte Ebenezer Mason zwar nicht persönlich, aber seit er sein Bestattungsunternehmen fünf Jahre zuvor gegründet hatte, waren zwölf Minenarbeiter tödlich verunglückt, und der Eigentümer der Mine hatte kein einziges Begräbnis bezahlt. Er hielt es daher für ziemlich unwahrscheinlich, dass die junge Frau Geld von Mason bekommen würde. »Es tut mir leid, Miss Scottsdale, aber ich muss darauf bestehen, dass Sie mich *vor* der Beerdigung bezahlen.«

»Ich verstehe«, erwiderte Abbey ärgerlich. »Ich werde sehen, was ich tun kann.«

Herman nickte und verabschiedete sich.

Als er fort war, machte sich Abbey unverzüglich auf den Weg zur Mine, um Ebenezer Mason aufzusuchen. Er sei nicht da, erklärte ihr Mrs. Sneebickler, seine Sekretärin.

»Wann kommt er zurück? Ich werde nicht von hier weggehen, bis ich mit ihm gesprochen habe«, sagte Abbey mit Nachdruck und verschränkte die Arme vor der Brust.

Mrs. Sneebickler war eine resolute Person, die wie geschaffen war für die Arbeit in der Männerwelt. Sie konnte sehr energisch sein und sich normalerweise selbst bei den härtesten Burschen Respekt verschaffen. Aber sie brachte es nicht fertig, eine trauernde junge Frau, die gerade ihren Vater verloren hatte und

nichts als ein paar Antworten und ein wenig Hilfe wollte, abzuweisen.
»Kommen Sie morgen noch einmal vorbei, Abbey«, sagte sie. »Ich denke, dann wird Mr. Mason da sein. Mehr kann ich nicht für Sie tun.«
So leicht ließ sich Abbey nicht abwimmeln. »Wenn Mr. Mason nicht da ist, möchte ich seinen Stellvertreter sprechen. Ich werde nicht eher von hier fortgehen, bis ich mit jemandem geredet habe, der mir helfen kann«, beharrte sie mit Tränen in den Augen.
Mrs. Sneebickler seufzte. Sie hatte Abbeys Vater gemocht, weil er sie immer höflich und mit Respekt behandelt hatte, selbst dann, wenn sie ziemlich kurz angebunden gewesen war.
»Frank Bond, der Geschäftsführer, ist da, Abbey. Er hat zwar viel um die Ohren, aber ich werde sehen, ob er einen Moment Zeit für Sie hat.«
»Vielen Dank.« Abbey kämpfte gegen die Tränen an. Es ging fast über ihre Kräfte, so kurz nach dem Grubenunglück wieder auf dem Bergwerksgelände zu sein.
Mrs. Sneebickler bot ihr einen Platz an und schickte nach Frank Bond.

Der Geschäftsführer beaufsichtigte die Reparatur der Pumpe. Er wusste, dass sein Boss den Bergwerksbetrieb so schnell wie möglich wieder aufnehmen wollte. Aber bei den Reparaturarbeiten waren unerwartete Probleme aufgetreten, und es ging einfach nicht voran. Frank Bond war daher alles andere als begeistert, als er hörte, dass er ins Büro kommen sollte. Übellaunig stapfte er über das Gelände.
Als er das Büro betrat und sich der aufgewühlten jungen Frau gegenübersah, die ihm erklärte, dass es Ebenezer Masons Pflicht und Schuldigkeit sei, für das Begräbnis seiner Arbeiter aufzukommen, beruhigte er sich jedoch sogleich. Er sei nicht befugt, ihr eine finanzielle Entschädigung anzubieten, er müsse erst mit seinem Arbeitgeber sprechen, sagte er bedauernd.

»Und wo ist Ihr Arbeitgeber?«, fragte Abbey bitter.

»Soviel ich weiß, hält er sich in seinem Haus in Mintaro auf, Miss Scottsdale«, antwortete Frank, dem das Ganze sehr unangenehm war.

Mintaro lag ungefähr fünfzehn Meilen entfernt. Abbey konnte es vor der Beerdigung ihres Vaters unmöglich dorthin und wieder zurück schaffen, zumal sie weder ein Pferd noch einen Buggy besaß und es sich nicht leisten konnte, einen zu mieten.

»Weiß er denn nicht, dass drei seiner Arbeiter ums Leben gekommen sind?«, fragte Abbey fassungslos.

»Doch, wir haben ihn unmittelbar nach dem Unglück benachrichtigt«, erwiderte Frank peinlich berührt. »Aber bisher hat er sich nicht gemeldet.« Der Geschäftsführer nahm es seinem Boss sehr übel, dass er nicht sofort nach Burra gekommen war, aber was hätte er tun sollen? Ebenezer Mason hatte nie den Kontakt zu seinen Untergebenen gesucht, und sofern es nicht einen triftigen Grund gab, sprach er nicht mit ihnen. Das Einzige, was ihn interessierte, war der Gewinn, den die Mine abwarf, damit er seine aufwändige Lebensweise finanzieren konnte.

»Warum unternehmen Sie denn nichts?«, fragte Abbey, die völlig außer sich war. »Mein Vater und Neal Tavis müssen wegen der Hitze heute schon beerdigt werden. Ich kann nicht länger warten!«

»Es tut mir sehr leid, Miss Scottsdale.« Frank schüttelte bedauernd den Kopf. »Aber ich kann leider nichts für Sie tun.«

Abbey konnte ihm ansehen, wie schwer ihm diese Worte fielen, doch das besänftigte sie nicht. Sie war überzeugt, er wusste von den üblen Machenschaften Masons. Obwohl sie verstehen konnte, dass er aus Angst um seinen Arbeitsplatz den Mund hielt, war es ihrer Meinung nach höchste Zeit, dass jemand ein klares Wort sprach und Stellung bezog, bevor noch mehr Menschen ihr Leben lassen mussten.

»Ich finde es unerhört, feige und absolut unverzeihlich, dass Ebenezer Mason nicht herkommt und ein Wort des Trostes für die Familien seiner verunglückten Arbeiter hat«, sagte sie mit fester Stimme.

Frank Bond musste ihr Recht geben. Ihm war die Situation furchtbar peinlich. »Ich werde Ihnen den restlichen Lohn Ihres Vaters auszahlen lassen«, murmelte er hilflos. »Es ist nicht viel, weil gestern Zahltag war, aber Sie können wahrscheinlich jeden Penny brauchen.« Er lief rot an vor Verlegenheit. Es war nicht das erste Mal, dass er sich in dieser Situation befand und trauernden Angehörigen Rede und Antwort stehen musste, aber leichter wurde es dadurch nicht. Frank nickte Abbey zu und verließ das Büro, nachdem er die Sekretärin angewiesen hatte, der jungen Frau den Lohn ihres Vaters auszuhändigen.

»Das mit Ihrem Vater tut mir sehr leid, Abbey«, sagte Mrs. Sneebickler. »Werden Sie allein zurechtkommen?«

»Mir wird nichts anderes übrig bleiben«, gab Abbey zurück. »Nichts wird mir meinen Dad zurückbringen.«

Sie nahm die paar Shilling – dank der Großzügigkeit von Mrs. Sneebickler mehr, als ihr eigentlich zustand – und kaufte ein paar Blumen für das Grab ihres Vaters und das von Neal.

3

In der sengenden Nachmittagshitze ging Abbey neben dem Fuhrwerk, auf dem der Sarg ihres Vaters transportiert wurde, zum Friedhof. Vier von Finlays irischen Freunden begleiteten sie. Abbey musste ihren Vater in einem der billigsten Kiefernholzsärge beerdigen. Obwohl ihr das schier das Herz brach, ließ sie sich nichts anmerken. Neals Beerdigung war eineinhalb Stunden später angesetzt. Vera Nichols hatte versprochen, mit ein paar von Megs anderen Nachbarinnen da zu sein. Rechtzeitig zum Trauergottesdienst für Finlay strömten viele seiner Arbeitskollegen herbei, um ihm die letzte Ehre zu erweisen. Abbey war ob dieser Anteilnahme tief gerührt.

Auch Jock McManus sollte an diesem Tag beerdigt werden, allerdings auf einem anderen Friedhof, in Aberdeen. Burra bestand genau genommen aus mehreren kleinen Gemeinden, die als The Burra bezeichnet wurden. Dazu gehörten Kooringa, die Siedlung der Bergwerksgesellschaft South Australian Mining Association, und Redruth, wo die meisten der aus Cornwall Eingewanderten lebten. Aberdeen war das schottische Viertel und Llwchwr das der Waliser. In Hampton wohnten überwiegend Engländer. Hinzu kamen Menschen anderer Nationalitäten, darunter nicht wenige Iren, die in allen Gemeinden verstreut waren.

Der katholische Geistliche, der den Trauergottesdienst abhielt, sprach über Finlays Leben, das, in wenigen Sätzen zusammengefasst, kurz und tragisch gewesen zu sein schien. Doch die Worte, die er über den Menschen Finlay fand, über das Ansehen, das er bei Freunden und Kollegen genossen hatte, über die Liebe und

Fürsorge, die er seiner Tochter hatte zuteilwerden lassen, erfüllten Abbey mit Stolz und einem grenzenlosen Gefühl von Trauer und Verlust. Als sich die Trauergemeinde zerstreute, um sich vor Neals Beerdigung auf ein schnelles Bier in der Kneipe zu treffen, blieb Abbey allein zurück und nahm unter Tränen Abschied von ihrem Vater. Dann wurde das Grab zugeschaufelt. Abbey legte einen kleinen Blumenstrauß auf den Erdhügel und wartete dann im Schatten einiger Eukalyptusbäume auf den Leichenbestatter, der Neals Sarg heraufbringen würde.

Der Friedhof lag auf einer Anhöhe über der Stadt. Von hier aus konnte man nicht nur die Gemeinde, sondern auch die Monster Mine auf einem braunen Hügel in der Ferne sehen. Abbey machte ein unwilliges Gesicht. Es kam ihr ungerecht vor, dass ihr Vater mit Blick auf diese Mine, die sein ganzes Leben bestimmt und ihm den Tod gebracht hatte, seine ewige Ruhe finden sollte.

»Sobald ich es mir leisten kann, werde ich einen schöneren Platz für dich suchen, Dad«, gelobte sie mit tränenerstickter Stimme.

Einige Zeit später sah sie eine vornehme Kutsche die schmale Straße zum Friedhof herauffahren. Der Wagen überholte Vera Nichols und ein paar Frauen, die zu Fuß heraufkamen, und hüllte sie in eine dichte Staubwolke. Der Kutscher brachte die Pferde unweit von Abbey zum Stillstand. Sie traute ihren Augen kaum, als sie Ebenezer Mason aussteigen sah. Er trug einen teuren schwarzen Gehrock und einen Zylinder und ging langsam auf Abbey zu. Sie funkelte ihn zornig an. Sie hatte noch nie ein Wort mit ihm gewechselt, aber sie war fest entschlossen, sich nicht von ihm einschüchtern zu lassen. Er war auch nicht besser als andere Menschen, und jetzt, wo ihr Vater tot war, brauchte sie keinerlei Rücksicht mehr zu nehmen.

»Guten Tag, Miss Scottsdale«, grüßte er und zog kurz seinen Hut. Sein schütteres Haar glänzte ölig in der Nachmittagssonne. Das frisch aufgeworfene Grab ihres Vaters streifte er nur mit einem flüchtigen Blick. Seine harten Züge verrieten keine Gefühlsregung, nicht die leiseste Spur von Trauer oder Bedauern, und das machte Abbey wütend.

»Sie kommen zu spät, die Beerdigung meines Vaters ist längst vorbei«, fauchte sie bissig.

»Ich wurde geschäftlich zu Hause aufgehalten, sonst wäre ich früher gekommen, Miss Scottsdale. Darf ich Ihnen mein Beileid aussprechen?« Der Minenbesitzer musterte sie eingehend mit seinen kalten grünen Augen.

Seine prüfenden, anzüglichen Blicke jagten Abbey einen Schauer über den Rücken. »Sparen Sie sich das«, zischte sie. »Sie sind schuld am Tod meines Vaters! Und wenn Sie auch nur einen Funken Anstand hätten, wären Sie sofort nach dem Grubenunglück nach Burra gekommen. Drei Ihrer Leute sind getötet worden, und Sie haben es nicht einmal für nötig befunden, den Angehörigen Ihr Mitgefühl auszusprechen! Sie sollten sich schämen!«

Ebenezer Mason zeigte keine Reaktion. »Bei dem Unglück handelt es sich um einen tragischen Unfall«, erwiderte er ruhig. »Ich bin sicher, Jock McManus' Witwe und Neal Tavis' Mutter werden das verstehen.«

»Verstehen!«, wiederholte Abbey, fassungslos über so viel Kaltschnäuzigkeit. »Da irren Sie sich gewaltig, die beiden verstehen das keineswegs, und ich auch nicht! Die Katastrophe hätte vermieden werden können, wenn Sie nicht so ein Geizkragen wären! Mein Vater hat immer prophezeit, dass eines Tages ein Unglück geschehen wird.«

»Ach ja, hat er das?« Ebenezers Augen wurden schmal vor Bosheit.

»Er hat leider Recht damit gehabt und Ihre Nachlässigkeit mit seinem Leben bezahlt. Hätten Sie dafür gesorgt, dass die Morphett-Pumpe regelmäßig gewartet wird und einwandfrei funktioniert, wären mein Vater und die anderen beiden Männer immer noch bei den Menschen, die sie lieben.«

»Ich weiß nicht, was man Ihnen erzählt hat, aber Tatsache ist, dass ich die Pumpe regelmäßig warten lasse. Maschinen können nun einmal kaputtgehen, und es war einfach ein tragischer Zufall, dass die Minenarbeiter genau in dem Augenblick in eine Wasser führende Schicht vorstießen, als die Pumpe ausfiel.«

»Ein tragischer Zufall?«, murmelte Abbey mit matter Stimme. Sie hatte seit dem vorigen Morgen nichts mehr gegessen, und die Hitze und die stechende Sonne setzten ihr zu. Das Blut rauschte ihr in den Ohren, schwarze Punkte tanzten vor ihren Augen, und sie schwankte leicht.

»Geht es Ihnen nicht gut, Miss Scottsdale?« Obwohl ihr schwindlig und elend zumute war, fiel Abbey auf, dass seiner Stimme jegliche echte Besorgnis fehlte. Als sie nicht antwortete, befahl er seinem Kutscher, die Feldflasche zu bringen.

»Rühren Sie mich nicht an!«, zischte Abbey, als Ebenezer ihren Arm fassen wollte. Der Gedanke, von diesem Mann berührt zu werden, widerte sie an. Der Kutscher kam mit der Feldflasche, aber Abbey schlug sie ihm aus der Hand, und sie fiel auf die staubige Erde. In der Ferne sah sie den Leichenwagen mit Neals Sarg in die Straße zum Friedhof einbiegen. Wieder kamen ihr die Tränen. Dass Meg und die Mädchen nicht an der Beerdigung teilnehmen konnten, machte alles nur noch schlimmer.

Abbey zitterte am ganzen Körper, vor Schwäche, aber mehr noch vor Zorn. Sie funkelte den Minenbesitzer grimmig an. »Sie sind dafür verantwortlich, dass der Mann, den ich geliebt habe, der Mann, den ich heiraten wollte, ums Leben kam, genauso wie mein Vater. Ich konnte meinem Dad nicht einmal ein anständiges Begräbnis bezahlen, und er war ein guter Mensch. Er hätte etwas Besseres verdient als eine Kiefernholzkiste und ein namenloses Grab. Etwas viel Besseres!«

Ebenezer griff in die Tasche seines Gehrocks und zog fast widerstrebend drei Pfundnoten heraus. »Hier«, sagte er und drückte Abbey das Geld in die Hand. »Nehmen Sie das.«

Die Geste brachte Abbey zur Weißglut. »Drei Pfund!«, brauste sie auf. »Drei lausige Pfund! Mehr ist Ihnen mein Vater nicht wert?« In blindem Zorn warf sie die Geldscheine in die Luft, wo der heiße Wind sie erfasste und auf die ungepflegten Gräber ringsum flattern ließ wie welke Blätter.

Das Geld war als eine Art Soforthilfe gedacht gewesen, aber so hatte Abbey es nicht aufgefasst. »Wie können Sie es wagen!«, kreischte sie völlig außer sich. »Glauben Sie, Sie können mich mit drei Pfund für den Tod meines Vaters entschädigen?«

Ebenezer zügelte seine Wut. Ihm war klar, dass die junge Frau sich in einer Ausnahmesituation befand. Mit einem finsteren Blick und einem Kopfnicken befahl er dem Kutscher, die Geldscheine wieder einzusammeln.

»Am Tag vor seinem Tod hat mein Vater mir gesagt, er hätte Sie in letzter Zeit besser kennen gelernt«, fuhr Abbey anklagend fort. »Man würde Sie verkennen, hat er gemeint.« Sie lachte bitter und schüttelte den Kopf, als wäre das wirklich ein völlig absurder Gedanke. »Er hat Respekt vor Ihnen bekommen und ernsthaft geglaubt, dass das Wohl Ihrer Arbeiter Ihnen am Herz liegt. Er hat Sie für einen Freund gehalten.« Ihre Stimme wurde brüchig. Ebenezers Miene blieb ausdruckslos.

»Ich mag mir gar nicht vorstellen, wie enttäuscht er gewesen wäre, hätte er gewusst, dass Sie nach dem Unglück nicht einmal zur Mine eilen, geschweige denn an seiner Beerdigung teilnehmen würden. Das hätte ihm die Illusion, dass Sie ein anständiger Mensch sind, mit Sicherheit geraubt.«

Ebenezer schwieg noch immer.

»Warum sagen Sie nichts? Stimmt es etwa nicht, dass Sie sich in letzter Zeit öfter mit meinem Vater getroffen haben?«

»Doch, das ist schon richtig, wir haben uns über vieles unterhalten. Zum Beispiel über Ihre Zukunft.«

In ihrem Kummer nahm Abbey diese letzten Worte nicht zur Kenntnis. »Was soll ich nur ohne meinen Dad anfangen?«, flüsterte sie mit tränenerstickter Stimme.

»Ihr Vater und ich haben eine Vereinbarung bezüglich Ihrer Zukunft getroffen, aber vielleicht sollten wir ein anderes Mal darüber reden, wenn Sie sich ein wenig beruhigt haben«, sagte Ebenezer kalt und gereizt. Gefühlsbetonte Frauen waren ihm immer schon ein Gräuel gewesen.

»Ich wüsste nicht, was ich mit Ihnen zu bereden hätte«, fauchte Abbey. »Und die *Vereinbarung*, die Sie angeblich mit meinem Vater getroffen haben, ist mit seinem Tod hinfällig geworden.«

»Ihr Vater war ein Mann, der zu seinem Wort stand, und ich nehme doch an, dass Sie eine Zusage, die er gemacht hat, erfüllen werden.« Ebenezer sah die junge Frau lauernd an.

Trotz der Hitze rieselte Abbey bei diesen berechnenden Worten ein Schauer über den Rücken. »Ich weiß nichts von einer Vereinbarung zwischen meinem Vater und Ihnen, und ich werde mich ganz bestimmt nicht auf Ihr Wort verlassen, dass eine solche Vereinbarung existiert hat.« Noch während sie sprach, beschlichen sie Zweifel. Sie wusste, wie sehr ihr Vater sich gewünscht hatte, dass sie einen wohlhabenden Mann heiratete, und dass er, was sie nie für möglich gehalten hätte, eine Einladung nach Martindale Hall angenommen hatte. Zudem schien er seine Meinung über seinen Arbeitgeber geändert zu haben. Dennoch konnte sie einfach nicht glauben, dass er mit Ebenezer Mason tatsächlich vereinbart hatte, ihm seine Tochter zur Frau zu geben. Das konnte er unmöglich getan haben.

»Wie gesagt, wir werden darüber reden, sobald Sie Zeit gehabt haben, über Ihre finanziellen Verhältnisse nachzudenken.« Damit drehte Ebenezer sich um und ging zu seiner Kutsche zurück. Obwohl man seine große, hagere Gestalt nicht als stattlich bezeichnen konnte, ließ seine Haltung keinen Zweifel daran aufkommen, dass er selbst sich sehr wichtig nahm. Abbey fragte sich, wo der Mann war, den ihr Vater kennen und schätzen gelernt hatte, der ehemalige Goldgräber, der vor harter Arbeit nicht zurückschreckte. Alles, was sie sah, war hochmütige Verachtung für jene, die nicht so viel Glück gehabt hatten wie er.

Die versteckte Drohung in seinen Worten war ihr nicht entgangen. Das beunruhigte sie zwar, aber sie ließ sich nichts anmerken. »Seien Sie unbesorgt, ich kann für mich selbst sorgen! Ich werde mir eine Arbeit suchen!«, rief sie dem Minenbesitzer hinterher. Ihre Stimme klang nicht so selbstbewusst, wie sie sich das gewünscht hätte. Ebenezer drehte sich noch einmal um, als er in seine Karosse stieg, und musterte sie kalt. Sein finsterer Blick sprach Bände. Abbey begriff, dass er mit allen Mitteln versuchen würde, seinen Willen durchzusetzen. Aber was genau wollte er eigentlich von ihr? Sie fühlte sich schwach und verwundbar, doch dann schaute sie zum Grab ihres Vaters hinüber und spürte, wie ihr Mut zurückkehrte. Ich habe schon einiges durchgestanden, sagte sie sich und dachte an die Zeit in Irland, an die Jahre in dem Erdloch in Burra. Was weiß dieser grässliche Mensch schon von Not und Elend? Hätte er tatsächlich selbst einmal in einer Mine gearbeitet, würde er besser für seine Arbeiter sorgen, und dann wäre mein Dad noch am Leben. Abbey spürte, wie ihr erneut die Tränen kamen. Schlimmer, als es ohnehin schon war, würde es nicht mehr kommen können. »Ach, Dad, ich wünschte, du wärst da und würdest auf mich Acht geben«, wisperte sie.

Ebenezer Mason ließ sich zur Praxis von Dr. Mead in der Justice Lane unweit des Krankenhauses fahren.

»Sagen Sie Vernon, ich muss ihn sprechen, und zwar sofort«, herrschte er die Helferin des Arztes an.

»Er hat gerade einen Patienten, Mr. Mason«, erwiderte Cora Blake eingeschüchtert. »Ich kann den Doktor jetzt nicht stören.«

Ebenezer verzog unwillig das Gesicht. »Wie lange wird das dauern?«, fragte er laut genug, damit der Arzt ihn im Behandlungszimmer hören konnte.

»Das kann ich nicht sagen«, antwortete Cora. »Möchten Sie nicht so lange Platz nehmen?«

»Nein, möchte ich nicht«, gab Ebenezer schroff zurück. »Ich bin ein viel beschäftigter Mann. Ich habe keine Zeit, untätig hier herumzusitzen.«

Die anderen Patienten, die auf den Doktor warteten, ärgerten sich zwar über Ebenezers Vordrängen, doch keiner wagte es, laut dagegen zu protestieren.

Nachdem er mit Abbey gesprochen hatte, war er entschlossener denn je, sie zu bekommen. Aus der Ferne war sie ihm immer bildhübsch erschienen, aber jetzt hatte er gesehen, was für eine hinreißende Schönheit sie war. Ihre Widerspenstigkeit hatte ihn nicht abgeschreckt, im Gegenteil: Sie hatte sein Verlangen nur geschürt.

Ursprünglich hatte er Abbey überreden wollen, seine Geliebte zu werden. Da er Finlay auf seiner Seite gewusst hatte, wäre das, so hatte er geglaubt, kein großes Problem gewesen. Normalerweise genügten ein paar teure Geschenke und die Aussicht auf ein luxuriöses Leben, damit die Betreffende einwilligte. Doch dann hatte er seine Meinung geändert. Er fand, Abbey war es wert, geheiratet zu werden. Zum ersten Mal seit vielen Jahren war ihm der Gedanke gekommen, dass eine hübsche junge Frau sein Leben bereichern würde. Er wollte Kinder mit ihr haben, damit sie sein Haus mit ihrem fröhlichen Lachen füllten, er wollte eine schöne Frau, die Gäste einlud und Gesellschaften gab.

Ebenezer hatte keine Mühe gescheut, Finlay, den hitzköpfigen Iren, für sich einzunehmen. Und es war ihm gelungen: Er wusste, Finlay würde nichts gegen eine Verbindung mit Abbey einzuwenden haben. Dummerweise war er bei dem Grubenunglück ums Leben gekommen, und jetzt machte Abbey ihn dafür verantwortlich. Ebenezer wusste, er musste sich etwas einfallen lassen. Irgendwie musste er Abbey davon überzeugen, dass er sich schuldig fühlte, ohne ihr jedoch eine rechtliche Handhabe für eine Schadenersatzforderung zu geben. Zuallererst musste er sie in sein Haus locken. Alles Weitere würde sich finden. Doch dafür brauchte er Vernon Meads Hilfe. Ebenezer presste grimmig die Lippen zusammen. Er würde Abbeys aufbrausendes Temperament schon zu zügeln wissen, sobald sie erst einmal seine Frau war.

Die Tür zum Behandlungszimmer öffnete sich, und der Arzt, der die Stimme des Minenbesitzers erkannt hatte, verabschiedete sich eilig von seinem Patienten. »Was kann ich für Sie tun, Ebenezer?«, fragte er dann. »Handelt es sich um einen Notfall? Wie Sie sehen, warten noch andere Patienten.«

»Es handelt sich in der Tat um einen Notfall«, antwortete Ebenezer. Er schob den Arzt zurück in das Behandlungszimmer, folgte ihm und schloss die Tür hinter sich. »Ich brauche mehr von dem Schlafmittel, das Sie mir gegeben haben, und von dem anderen Mittel... Sie wissen schon, für meine Manneskraft«, fügte er im Flüsterton hinzu.

Vernon machte ein ärgerliches Gesicht. »Ebenezer, ich muss vorsichtig sein. Falsch dosierte Schlafmittel können gefährlich sein, und der Arzneitrank für Ihre ...«, er räusperte sich und warf einen bedeutungsvollen Blick auf Ebenezers Unterleib, »... kann Ihr Herz schädigen. Ich möchte Sie nicht auf dem Gewissen haben. Ich kann Sie nur warnen, Sie spielen mit Ihrem Leben!«

»Lassen Sie das meine Sorge sein«, schnauzte Ebenezer. »Hören Sie, Vernon, ich bin ein viel beschäftigter Mann, und ich muss heute noch einiges erledigen, also geben Sie mir einfach, was ich möchte, und Sie sind mich wieder los!«

Der Arzt zögerte, trat dann aber an seinen Arzneischrank und holte das Gewünschte heraus. »Das ist aber das letzte Mal, Ebenezer«, sagte er mit fester Stimme. »Es ist einfach zu gefährlich.« Er war entschlossen, sich nicht mehr beschwatzen zu lassen. Ebenezer behauptete zwar, das Schlafmittel für sich selbst zu brauchen, weil die Leitung der Mine ihm zu viel abverlange und er sonst nicht zur Ruhe komme, aber Vernon hatte seine Zweifel an dieser Version. Er wusste von Ebenezers Vorliebe für junge Frauen und fürchtete, der Minenbesitzer könnte das Schlafmittel benutzen, um sie gefügig zu machen.

Ebenezer riss ihm die Arzneifläschchen aus der Hand. »Ja, ja, schon gut«, knurrte er ungeduldig.

In den folgenden Tagen musste Abbey erkennen, dass ihre Situation schlimmer war, als sie gedacht hatte. Sie klapperte alle Geschäfte in Burra ab und fragte nach Arbeit, aber niemand wollte sie einstellen. Nicht einmal in der Wäscherei, in der Meg Tavis gearbeitet hatte, wollte man ihr Arbeit geben. Als sie den letzten Penny vom Lohn ihres Vaters aufgebraucht hatte, fiel ihr in ihrer Verzweiflung Paddy Walshs Rat ein, Mrs. Slocomb, die eine Pension in der Chapel Street besaß, aufzusuchen.

Ja, sie suche eine Putzhilfe, sagte Mrs. Slocomb und bot Abbey an, gleich am anderen Morgen anzufangen. Die Bezahlung war zwar schlecht, aber Abbey war froh, überhaupt eine Arbeit gefunden zu haben, und sagte erleichtert zu. Als sie nach Hause zurückging, dachte sie darüber nach, wie stolz ihr Vater auf sie wäre, weil sie imstande war, auf eigenen Füßen zu stehen, und wieder kamen ihr die Tränen. Sie vermisste ihren Dad ganz furchtbar.

Nach einer weiteren Nacht, in der sie nur wenig und sehr unruhig geschlafen hatte, machte sich Abbey früh am anderen Morgen auf den Weg zu Mrs. Slocomb. Diese erklärte ihr zu ihrem Erstaunen, dass sie sie leider doch nicht brauchen könne.

»Ich verstehe nicht, Mrs. Slocomb«, stammelte Abbey verwirrt. »Gestern haben Sie doch noch gesagt, ich könnte heute anfangen. Wieso haben Sie Ihre Meinung so plötzlich geändert?«

»Es tut mir sehr leid, Kindchen«, erwiderte Mrs. Slocomb mit sichtlichem Unbehagen. »Mein Mann und ich sind nach einem Blick in unsere Bücher zu dem Schluss gekommen, dass wir es uns momentan nicht leisten können, jemanden einzustellen.«

Abbey war bitter enttäuscht. Mrs. Slocomb konnte ihr nicht in die Augen sehen, und Abbey hatte das Gefühl, dass sie nicht die Wahrheit sagte. Aber aus welchem Grund? Steckte Ebenezer Mason dahinter? In den vergangenen Tagen war ihr der Verdacht gekommen, dass möglicherweise er für all die Absagen verantwortlich war, die sie auf ihrer Arbeitssuche erhalten hatte. Andere junge Frauen aus der Creek Street hatten nämlich mühelos eine Stelle gefunden. Carrie Finch zum Beispiel war nur Stunden, nachdem Abbey dort abgewiesen worden war, im selben Geschäft eingestellt worden.

Mit hängendem Kopf trat sie den Heimweg an. Sah sie vielleicht nur Gespenster, und Ebenezer Mason hatte mit Mrs. Slocombs plötzlichem Sinneswandel gar nichts zu tun? Doch dann fiel ihr ein, dass Mr. Slocomb ebenfalls in der Mine gearbeitet hatte, bis er sich bei einem Unfall die Wirbelsäule gebrochen hatte und ein Krüppel wurde.

Je länger sie darüber nachdachte, desto überzeugter war sie, dass sie mit ihrer Vermutung Recht hatte. Ebenezer Mason wollte verhindern, dass sie Arbeit fand. Er hatte Macht und Einfluss in Burra, dessen Einwohner von der Kupfermine abhängig waren. Aber warum versuchte er, ihr zu schaden? Was hatte er davon? Und wie konnte er so grausam sein? Zu Hause angekommen verkroch sich Abbey in eine Ecke und fing an zu weinen.

Sie war noch nicht lange zurück, als sie jemanden nach ihr rufen hörte. Es war Vera Nichols.

»Hast du es schon gehört, Kindchen?«, fragte sie betroffen.

»Was gehört?« Abbeys Herz schlug schneller. Sie glaubte nicht, dass sie noch mehr schlechte Nachrichten verkraften würde.

Vera berührte ihren Arm. »Meg ist letzte Nacht gestorben.«

»O nein!« Abbey schlug die Hände vors Gesicht und begann zu schluchzen.

»Es tut mir sehr leid, Liebes«, flüsterte Vera, die nur mit Mühe die Tränen zurückhalten konnte. »Aber ich dachte, es ist besser, wenn du es von mir erfährst.«

Abbey schniefte. »Was... was ist mit Amy und Emily?«

»Ich hab gehört, man wird sie nach Adelaide in ein Waisenhaus bringen. Die armen kleinen Dinger!« Vera schüttelte traurig den Kopf, drückte Abbey tröstend die Hand und ging wieder.

Abbey schloss die Augen. Obwohl es absurd war, hatte sie das Gefühl, Neal im Stich gelassen zu haben. Hätte sie eine Arbeit gefunden, hätte sie Amy und Emily vielleicht bei sich aufnehmen und für sie sorgen können. Wem will ich denn etwas vormachen?, dachte sie dann aber. Ich bin nicht einmal in der Lage, für mich selbst zu sorgen.

Während sie darüber nachdachte, wie es weitergehen sollte, sah sie einen Mann, der sich der Erdwohnung näherte. Es war Ebenezer Masons Kutscher. Abbey straffte sich. »Was wollen Sie hier?«, fragte sie kalt.

»Ich soll Ihnen eine Nachricht überbringen, Miss Scottsdale. Sie können doch lesen, hoffe ich?« Sein Ton war eine Spur herablassend.

Als Abbey nickte, reichte er ihr ein zusammengefaltetes Blatt Papier.

»Mr. Mason hat mir befohlen, auf Antwort zu warten«, sagte der Kutscher und entfernte sich einige Schritte.

Abbey faltete das Blatt auseinander und las:

Meine liebe Miss Scottsdale,
mir ist klar geworden, dass ich gegenüber den Angehörigen der Arbeiter, die bei dem Grubenunglück ums Leben kamen, eine gewisse Verpflichtung habe. Obwohl das, was geschehen ist, höhere Gewalt war, werde ich mich meiner moralischen Verantwortung stellen. Aus diesem Grund möchte ich Sie heute Abend nach Martindale Hall einladen. Wir werden eine Entschädigung für den Verlust Ihres Vaters aushandeln. Mein Kutscher wird Sie herbringen.
Ebenezer Mason

»Höhere Gewalt! Dass ich nicht lache!« Zornig zerriss Abbey die Nachricht und ließ die Schnipsel zu Boden flattern.

Der Kutscher musterte sie eisig. »Sie finden mich im Miner's Arms, falls Sie Ihre Meinung ändern sollten. Ich werde bis halb sieben warten.« Damit drehte er sich um und ging davon.

»Von mir aus können Sie warten, bis Sie schwarz werden«, knurrte Abbey.

Vera Nichols, die sich mit Abbeys Nachbarin unterhalten hatte, hatte die Szene beobachtet und folgte Abbey in deren Wohnung.

»War das nicht Mr. Masons Kutscher?«

Abbey nickte. »Dieser Mensch glaubt, mit Geld kann er sich aus der Verantwortung stehlen.« Ihre Stimme zitterte vor Wut. »Eine Entschädigung will er mir anbieten! Am Tag, als mein Vater beerdigt wurde, hatte er die Frechheit, mir drei Pfund in die Hand zu drücken. Drei Pfund! Er ist wirklich der arroganteste, skrupelloseste, geldgierigste …«

»Abbey«, fiel Vera ihr ins Wort, »Wenn Mr. Mason dir eine Entschädigung anbietet, solltest du zugreifen.«

Abbey hatte Geld für ein anständiges Begräbnis gewollt, nicht für sich selbst. »Ich würde mir schlecht vorkommen, wenn ich Geld für das Leben meines Vaters nähme.«

»Ich kann dich ja verstehen, und ich weiß auch, dass das Geld ihn nicht zurückbringen wird, aber du musst jetzt an dich denken. Du hast keine Arbeit gefunden, hab ich Recht?«

»Ja, und das ist allein Masons Schuld! Ich bin überzeugt, dass er dafür gesorgt hat, dass niemand mich einstellt.«

Vera sah sie nachdenklich an. Sie konnte sich nicht vorstellen, was für einen Grund der Minenbesitzer haben sollte, so etwas zu tun. Abbey musste sich irren. »Abbey, wovon willst du leben? Entweder du nimmst Mr. Masons Geld, oder du wirst verhungern«, sagte sie beschwörend. »Oder aber, schlimmer noch, du wirst deinen Körper verkaufen müssen.«

Abbey schnappte entsetzt nach Luft. »Das würde ich niemals tun! Wie können Sie so etwas sagen?«

»Du wärst nicht das erste anständige Mädchen, dem gar nichts anderes übrig bleibt, wenn es essen und ein Dach über dem Kopf haben will, Abbey.« Eine beschämende Erinnerung, die sie seit vielen Jahren in den hintersten Winkel ihres Gedächtnisses verbannte, drängte sich mit Macht hervor. »Sei nicht dumm! Wenn er dir Geld anbietet, greif zu, mit beiden Händen! Stolz und Groll werden dich weder satt machen noch von diesem grauenvollen Ort wegbringen!«

Abbey musste widerwillig zugeben, dass etwas dran war an Veras Worten. Sie befand sich in einer verzweifelten Lage, und von ihren Nachbarn konnte sie keine Hilfe erwarten – ihnen ging es kaum besser als ihr selbst. Sie sollte Ebenezer Masons Angebot nicht aus falschem Stolz ablehnen, sondern sein Geld nehmen und dafür sorgen, dass auch Amy und Emily, die verwaisten Zwillinge, ein hübsches Sümmchen zur Absicherung ihrer Zukunft erhielten.

Schweren Herzens machte sie sich auf den Weg zum Miner's Arms, wo der Kutscher auf sie wartete. Sie werde mitgehen, sagte sie, vorausgesetzt, er bringe sie später nach Burra zurück. Der Kutscher, der keineswegs überrascht schien, sie zu sehen, versprach es ihr. Kurze Zeit später waren sie unterwegs nach Martindale Hall.

Abbey saß in der vornehmen Karosse, die über die staubige, holprige Straße durch offenes Land rollte, und starrte niedergeschlagen aus dem Fenster. Die langen Schatten des Spätnachmittags wichen abendlicher Kühle, aber Abbey bemerkte kaum, wie die Zeit verging. Sie musste unentwegt daran denken, wie sehr sich ihr Vater auf die Einladung nach Martindale Hall und die Fahrt zum Herrenhaus gefreut hatte. Doch das Schicksal hatte es anders gewollt: Einige wenige tragische Minuten hatten ihr Leben für immer verändert.

Martindale Hall lag eineinhalb Meilen von der Stadt Mintaro entfernt. Als der Kutscher an der Zufahrt hielt, vom Kutschbock kletterte und das schmiedeeiserne Tor öffnete, bereute Abbey ihren Entschluss bereits. Nichtsdestoweniger riss sie staunend Mund und Augen auf, als sie die lange Auffahrt hinauf- und an der Remise und den Stallungen vorbeifuhren, die in einem prachtvollen Sandsteinbau untergebracht waren, der ein Stück vom Weg zurückgesetzt worden war und auf drei Seiten von hohen Dattelpalmen eingerahmt wurde.

Die Auffahrt wand sich nach links, dann nach rechts und stieg sachte an. Abbey wagte kaum zu atmen. Als die Kutsche vor dem Herrenhaus anhielt, verschlug es ihr den Atem. Sie hatte zwar ein stattliches Haus erwartet, aber das hier übertraf selbst ihre kühnsten Vorstellungen.

Das auf einer Anhöhe im georgianischen Stil erbaute zweistöckige Herrenhaus war von beeindruckender Größe. Allein auf der Vorderseite befanden sich acht Fenster mit Fensterläden sowie ein Erkerfenster, dessen Vorhänge zugezogen waren, über der zweiflügeligen Haustür. Sechzehn Stufen führten zum Eingang hinauf. Auf der untersten Stufe standen rechts und links brennende Laternen.

Der Kutscher öffnete den Wagenschlag, und Abbey stieg aus. Sie schaute auf und sah, dass das flache Dach von einem verzierten Geländer umgeben war und von dekorativen Gefäßen geschmückt wurde. Die junge Frau drehte sich um. Trotz der hereinbrechenden Dunkelheit konnte sie den gepflegten Rasen rings um das Haus erkennen, an den sich ein Kricketplatz und ein Polospielfeld anschlossen, und dahinter tausende Hektar Weideland und Bäume.

»Gehen Sie hinein, Miss Scottsdale«, forderte der Kutscher sie unfreundlich auf.

Mit gesenktem Kopf stieg Abbey die Außentreppe hinauf. Bevor sie anklopfen konnte, wurde die Tür geöffnet. Bei dem hochgewachsenen Mann mittleren Alters mit ergrauendem Haar und dunklem Schnurrbart handelte es sich offenbar um den Butler.

»Miss Scottsdale«, sagte er mit englischem Akzent.

»Ja«, hauchte Abbey eingeschüchtert. Der Gedanke an die bevorstehende Begegnung mit Ebenezer Mason in seinem grandiosen Zuhause machte sie auf einmal schrecklich nervös.

»Mein Name ist Winston. Bitte treten Sie näher. Mr. Mason erwartet Sie bereits.«

Abbey sah den Mann verblüfft an, doch dann fiel ihr der Blick ein, den der Minenbesitzer ihr auf dem Friedhof zugeworfen hatte. Er war es gewohnt zu bekommen, was er wollte. Abbeys innere Unruhe wuchs. Dennoch war sie fest entschlossen, sich nicht einfach abspeisen zu lassen. Sie war es ihrem toten Vater schuldig, dass Ebenezer Mason zur Rechenschaft gezogen wurde.

Sie drehte sich um und sagte zu dem Kutscher: »Sie warten bitte ...« Verdutzt brach sie mitten im Satz ab. Der Kutscher war fort, die Karosse setzte sich in Bewegung. »Halt! Warten Sie!«, rief Abbey ihm nach.

»Alfie bringt die Kutsche nur in die Remise, Miss«, erklärte Winston.

»Aber er hat versprochen, mich nach Hause zu fahren!«

»So, hat er das?«, meinte Winston zweifelnd. »Die Entscheidung darüber liegt bei Mr. Mason. Wenn Sie mir bitte folgen wollen.«

Mit wachsendem Unbehagen folgte Abbey dem Butler in eine Diele mit schwarz-weiß gefliestem Marmorboden und weiter in eine imposante Eingangshalle, über der sich eine Glaskuppel wölbte. Abbey ging langsam über den Parkettboden und schaute sich in ehrfürchtigem Staunen um. Eine breite, mit Schnitzereien verzierte Treppe, die sich am ersten Treppenabsatz nach links und rechts teilte, führte in den oberen Stock hinauf, wo von einer Galerie aus zahlreiche Türen in ebenso viele Zimmer führten.

»Mr. Mason erwartet Sie im Speisesaal«, sagte Winston. »Wenn Sie mir bitte folgen würden.«

Im Speisesaal?, dachte Abbey verwundert. Winston ging durch einen Flur und blieb an der Tür zu einem Zimmer stehen, um Abbey eintreten zu lassen. An einem langen Tisch, an dem zwölf hochlehnige, gepolsterte Stühle standen, saß Ebenezer Mason. Zwei Gedecke, an jedem Tischende eines, waren aufgelegt worden, wie Abbey verärgert feststellte.

Ebenezer erhob sich. »Ah, Miss Scottsdale, ich danke Ihnen, dass Sie gekommen sind.« In prickelnder Vorfreude ließ er seine Blicke über die bezaubernde junge Frau schweifen.

Mir ist leider nichts anderes übrig geblieben, dachte Abbey bitter. Laut sagte sie: »Ich bin nicht gern gekommen, das dürfen Sie mir glauben.«

Ebenezer ging über diese Bemerkung hinweg. »Darf ich Ihnen vor dem Essen etwas zu trinken anbieten? Ich habe mir erlaubt, Ihnen ein Glas von meinem besten Wein einzuschenken.«

Ein köstlicher Essensgeruch stieg Abbey in die Nase, und ihr Magen knurrte laut und vernehmlich. Sie konnte sich nicht erinnern, wann sie die letzte anständige Mahlzeit zu sich genommen hatte, aber sie hätte lieber Glasscherben gekaut, als gemeinsam mit diesem Mann zu Abend zu essen. »Ich bin nicht zum Essen hergekommen, Mr. Mason, sondern um mit Ihnen über eine Entschädigung zu sprechen«, sagte sie knapp.

Ebenezer lächelte merkwürdig. Abbey ahnte nicht, was ihm durch den Kopf ging, nämlich dass ihr ihr loses Mundwerk schon vergehen würde, wenn er sie erst einmal unter Kontrolle hatte. »Das weiß ich, meine Liebe.« Er zog einen Stuhl für sie heran. »Aber es ist Essenszeit, und wir müssen doch bei Kräften bleiben, nicht wahr?«

Abbey ärgerte sich maßlos über die Versuche des Minenbesitzers, sie zu manipulieren. »Sie glauben doch nicht im Ernst, dass ich mit dem Mann, den ich für den Tod meines Vaters verantwortlich mache, zu Abend essen werde?«, fauchte sie.

Ebenezers grüne Augen wurden hart und eiskalt. »Wie Sie wünschen«, sagte er mit gespielter Geduld. »Aber Sie werden doch wenigstens Platz nehmen für unsere kleine geschäftliche Unterhaltung, nicht wahr?«

Etwas Drohendes lag in seiner Stimme, und Abbey zuckte innerlich zusammen. »Meinetwegen«, murmelte sie. Sobald alles geklärt war, würde sie dieses Haus so schnell wie irgend möglich wieder verlassen.

Ebenezer wartete, bis sie sich gesetzt hatte, und stellte dann ein Glas Wein vor sie hin. Der Rebensaft funkelte im Kerzenlicht rubinrot. Abbey zögerte, nahm dann aber einen kräftigen Schluck in der Hoffnung, der Wein werde ihr Mut machen. Er schmeckte ein bisschen bitter, zeigte aber schnell Wirkung, und so trank sie noch einmal. Es dauerte nicht lange, bis eine wohlige Wärme sie durchflutete und ihre Beine ganz schwer wurden.

Ebenezer erzählte von Martindale Hall. Die Mauern seien aus Manoora-Quadern und stellenweise fast einen Meter dick, die Handwerker, die das Haus gebaut hatten, habe er aus England kommen lassen. Abbey, die an ihrem Wein nippte, hörte ihn bald nur noch wie aus weiter Ferne. Ihr war auf einmal furchtbar schwindlig, und ihre Arme und Beine fühlten sich schwer wie Blei an.

»Geht es Ihnen nicht gut, meine Liebe?«, fragte Ebenezer.

Abbey wandte sich ihm zu, blinzelnd und verwirrt, weil er so weit weg zu sein schien. Ein Mann stand neben ihm, den sie bisher nicht bemerkt hatte. Er sah aus wie ein Geistlicher.

»Wer sind Sie?«, nuschelte sie. Sie merkte selbst, wie sonderbar sich ihre Stimme anhörte. Sie erhielt keine Antwort, aber Ebenezer lächelte. Selbst mit ihrem umnebelten Blick konnte sie erkennen, dass es kein freudiges Lächeln war, sondern ein höhnisches, selbstgefälliges Grinsen.

Plötzlich wusste sie, dass sie in großer Gefahr schwebte.

4

Viele Stunden später wurde Abbey von einem gellenden Schrei unsanft geweckt. Sie öffnete schlaftrunken die Augen, blinzelte und sah verschwommen eine eilig flüchtende Gestalt. Es dauerte eine Weile, bis sie zu sich kam. Wo war sie hier? Sie lag nicht zu Hause auf dem strohgefüllten Jutesack auf dem Erdboden, auf dem sie normalerweise schlief, sondern auf einem viel weicheren Untergrund. Nach und nach dämmerte ihr, dass sie in einem sehr breiten Himmelbett lag und ein Nachthemd trug, das ihr nicht gehörte. Ihr Mund fühlte sich entsetzlich trocken an, und sie hatte Kopfschmerzen. Panik ergriff sie, als ihr klar wurde, dass sie sich in einem ihr unbekannten Zimmer befand. In der Ferne konnte sie hysterisches Geschrei hören.

Sie schaute zum Fenster hinüber. Die schweren Vorhänge waren seitlich zusammengebunden, aber da die Fensterläden geschlossen waren, drang nur wenig Licht ins Zimmer. Es war hell draußen, und das bedeutete, dass viele Stunden vergangen sein mussten seit der Begegnung mit Ebenezer Mason im Speisezimmer von Martindale Hall. Das war das Letzte, woran sie sich erinnern konnte.

Abbey drehte langsam den Kopf auf dem dicken Kopfkissen und erkannte eine Gestalt neben sich. Die Stirn in Falten gezogen, blinzelte sie verwirrt, um besser sehen zu können.

»Dad«, flüsterte sie. Eine unbändige Freude erfasste sie. »Bist du das, Dad?«

Da die zwei Zimmer in ihrer Erdwohnung nicht durch eine Wand abgeteilt waren, war der Anblick ihres nebenan schlafenden Vaters nichts Ungewöhnliches für sie. Aber wie konnte das sein?

Abbeys Verwirrung wuchs. Hatte sie alles nur geträumt? War sie aus einem bösen Albtraum erwacht und ihr Vater war noch am Leben?

Abbey drehte sich auf die Seite, streckte langsam die Hand nach der Gestalt aus und beugte sich näher zu ihr. Dann erkannte sie plötzlich, wer neben ihr lag: Ebenezer Mason. Sie fuhr entsetzt zurück und stieß einen schrillen Schrei aus.

So schnell ihre zitternden Beine es erlaubten, kletterte sie aus dem Bett. Eine Hand auf ihr rasendes Herz gepresst, stand sie da und wartete darauf, dass Ebenezer die Augen aufschlug. Doch er rührte sich nicht. Abbey blickte sich um und sah ihre Sachen über einem Stuhl liegen. Sie schnappte ihr Kleid und hielt es vor sich, weil sie unter dem dünnen Nachthemd nackt war.

»Was haben Sie getan?«, rief sie anklagend. »Wachen Sie endlich auf! Wie bin ich in Ihr Bett gekommen?« Sosehr sie sich auch das Gehirn zermarterte, sie konnte sich nicht erinnern, wie sie in dieses Zimmer gekommen war. Abbey wusste noch, dass sie Rotwein getrunken hatte. War sie nach dem vielen Alkohol auf nüchternen Magen vielleicht zusammengebrochen? Zorn packte sie bei dem Gedanken daran, dass dieser grässliche Mann die Situation offenbar ausgenutzt hatte. Sie schauderte vor Ekel bei der Vorstellung, von ihm berührt und entkleidet worden zu sein.

Brennende Scham, Demütigung und Abscheu lösten einen Brechreiz in ihr aus. Sie begann zu würgen, aber es kam nichts, weil sie nichts im Magen hatte. Nur ein seltsamer bitterer Geschmack lag ihr auf der Zunge.

Was war passiert? Wieder versuchte Abbey krampfhaft, sich zu erinnern, hatte andererseits aber fast Angst davor. Es konnte nur ein böser Traum sein.

Krampfhaft überlegte sie, was sie tun sollte, als plötzlich die Tür aufgerissen wurde. Ein junges Dienstmädchen und eine ältere Frau stürzten ins Zimmer und an Abbey vorbei, als ob sie gar nicht da wäre. Beide liefen zum Bett und beugten sich über Ebenezer

Mason. Das Dienstmädchen schluchzte hysterisch. Abbey wurde klar, dass sie es gewesen war, die sie mit ihrem Geschrei geweckt hatte.

»Was hat dieser hinterhältige, gemeine Bastard mit mir gemacht?«, fauchte Abbey.

Die ältere Frau fuhr herum und zeigte anklagend auf Abbey. »Was haben *Sie* mit Mr. Mason gemacht?«

»Ich?« Abbey schnappte empört nach Luft. Das ist wirklich ein böser Traum, dachte sie. Das kann nur ein böser Traum sein. »Mr. Mason hat mich gebeten herzukommen, weil er mit mir reden wollte. Ich hab gleich gewusst, dass es ein Fehler war, seine Einladung anzunehmen. Er wollte, dass ich mit ihm zu Abend esse, aber das habe ich abgelehnt. Nur von dem Wein habe ich getrunken. Mehr weiß ich nicht.«

»Sie haben Ihren Ehemann getötet!«, kreischte das junge Dienstmädchen und rannte laut schluchzend aus dem Zimmer.

Abbey war wie vom Donner gerührt. »*Ehemann?* Wovon redet sie denn? Dieser ... dieser Mensch ist doch nicht mein *Ehemann!* Und was heißt, ich habe ihn *getötet?*«

»Natürlich ist er Ihr Mann!«, schnauzte die ältere Frau. »Sie haben ihn letzte Nacht doch geheiratet!« Sie packte Abbeys linke Hand und riss sie hoch. An ihrem Ringfinger steckte ein Trauring. »Gestern Abend war Mr. Mason noch bei bester Gesundheit, und jetzt ist er tot! Also müssen Sie ihn umgebracht haben!«

Abbey starrte die Frau sekundenlang ungläubig an. Schließlich löste sie sich aus ihrer Erstarrung, lief ans Bett und beugte sich über Ebenezer Mason, der friedlich zu schlafen schien. »Aufwachen!«, befahl sie, fasste ihn an der Schulter und schüttelte ihn. »Sie sollen aufwachen, sage ich!«

»Lassen Sie das! Sie haben schon genug Unheil angerichtet!« Die ältere Hausgehilfin stieß Abbey grob zur Seite.

»Er ist nicht tot«, stammelte Abbey. »Er ... er kann nicht tot sein!«

»Natürlich ist er tot, und Sie haben ihn auf dem Gewissen!«

Die Hausgehilfin tippte ihr zornig mit dem Zeigefinger auf die Brust. Abbey guckte sie aus großen Augen an. »Sie lügen! Ich wusste ja nicht einmal, dass er neben mir liegt. Das habe ich erst gesehen, als ich aufgewacht bin.«
Die Hausgehilfin machte eine unwillige Handbewegung. »Verschwinden Sie! Ziehen Sie sich an und verlassen Sie auf der Stelle das Zimmer!«, herrschte sie Abbey an und wandte sich zum Gehen.

»Aber ... aber ich hab doch gar nichts gemacht«, protestierte Abbey. »Ich weiß nicht, was passiert ist, aber ich könnte niemals einem Menschen ein Leid zufügen. Nicht einmal diesem Scheusal. Das müssen Sie mir glauben!«

Die Frau, eine kleine, stämmige Person, machte kehrt, ging auf Abbey zu und drohte ihr mit dem Zeigefinger. »Entweder Sie verschwinden auf der Stelle oder Sie werden es bereuen, so wahr mir Gott helfe!«, knurrte sie.

»Wie Sie meinen«, murmelte Abbey mit zittriger Stimme. »Aber ...«

»Raus hier!«, brüllte die Hausgehilfin. Abbey erschrak so heftig, dass sie einen Satz rückwärts machte und stolperte.

Die Hausgehilfin verließ das Zimmer, und Abbey hörte, wie sie nach dem Butler rief. In aller Eile zog sie sich an. Als Winston hereinkam, saß sie auf einem Stuhl hinter der Tür und schlüpfte in ihre Schuhe.

Winston trat ans Bett, fasste nach Ebenezers Puls. »Er ist definitiv tot und das vermutlich schon seit einigen Stunden«, sagte er gleichmütig.

Abbey schauderte, als sie das hörte. Die Vorstellung, stundenlang neben einer Leiche gelegen zu haben, ließ ihr das Blut in den Adern gefrieren.

»Das war diese Frau, die er geheiratet hat!«, jammerte die Hausgehilfin. »Sie hat ihn getötet!« Verzweifelt sank sie neben dem Toten auf die Knie.

Abbey machte schon den Mund auf, um zu protestieren, doch Winstons Furcht einflößende Miene schüchterte sie ein. In diesem Moment kam das junge Dienstmädchen herein, das immer noch hysterisch schluchzte. Abbey nutzte die Gelegenheit, um sich aus dem Zimmer zu stehlen. Man müsse den Constable verständigen, hörte sie den Butler sagen. Panisch eilte sie den Flur entlang und hetzte die Treppe hinunter.

Leise öffnete sie die Haustür und schlüpfte hinaus. So schnell sie konnte, rannte sie die Auffahrt hinunter. Abbey blickte über die Schulter zum Haus zurück, doch die Fensterläden waren glücklicherweise geschlossen, sodass die Dienstboten sie nicht sehen konnten. Sie fragte sich, wie spät es wohl sein mochte. Da es noch nicht sehr heiß war, nahm sie an, dass es noch Morgen war. Dennoch war sie schweißgebadet, als sie mit zitternden Beinen die Remise erreichte. Keuchend blieb sie stehen und überlegte, was sie tun sollte. Sie würde nicht weit kommen, wenn sie auf der Straße blieb, Winston würde sie sicherlich verfolgen.

Plötzlich wurde das Tor des Stallgebäudes von innen geöffnet. Abbey erstarrte. Es war der Kutscher, Alfie, mit einem aufgezäumten Pferd. Abbey konnte zwei Pferdewagen sehen; einer war fast so groß wie eine Kutsche, der andere etwas kleiner. Auf beiden Seiten des Schuppens befanden sich mehrere Pferdeboxen. Auf einmal drehte Alfie sich um und blickte in ihre Richtung. Er machte ein überraschtes Gesicht, als er sie bemerkte.

»Was machen Sie denn hier, Miss Scottsdale?«, fragte er misstrauisch.

Abbey schluckte und bemühte sich, möglichst gelassen zu wirken. »Sie sagten doch, Sie würden mich nach Burra zurückfahren«, erwiderte sie ein wenig atemlos, »und ich würde mich jetzt gern auf den Weg machen.«

Alfie musterte sie und warf dann einen flüchtigen Blick zum Herrenhaus hinüber. »Ich wollte gerade Mr. Masons Pferd bewegen, aber... nun, wie Sie wollen. Ich muss Mr. Mason nur erst Bescheid sagen.«

»Das wird nicht nötig sein«, sagte Abbey eine Spur zu hastig. Alfie sah sie argwöhnisch an.
»Ich meine, Mr. Mason schläft noch und will nicht gestört werden«, fügte sie hinzu.
»Er schläft noch?«, wiederholte Alfie ungläubig. »Das sieht ihm aber gar nicht ähnlich. Er steht doch sonst immer mit den Hühnern auf.«
Heute nicht, dachte Abbey, die nur mit Mühe ihre aufsteigende Panik unterdrücken konnte. Nervös fuhr sie sich mit der Zunge über die Lippen. »Er ... er hat gestern Abend ein bisschen zu viel getrunken, jedenfalls mehr als gewöhnlich. Genau wie ich. Deshalb ... deshalb habe ich hier übernachtet ... in einem der Gästezimmer.«
Alfie sah sie schweigend an. Ihre Erklärung kam ihm offenbar etwas merkwürdig vor. Abbey wagte vor Anspannung kaum zu atmen. Sie fragte sich plötzlich, ob der Kutscher wohl in die Pläne seines Arbeitgebers eingeweiht gewesen war.
»Wenn Sie Mr. Mason wecken wollen – nur zu, ich warte so lange«, sagte sie mit gespielter Selbstsicherheit. »Aber ich könnte mir denken, dass er ziemlich unwirsch reagieren wird.«
Damit hatte sie zwar Recht, aber Alfie wusste auch, dass Ebenezer Mason von seinen Angestellten erwartete, nur auf seine ausdrückliche Weisung hin zu handeln. »Ich kann die Kutsche nicht einfach nehmen, ich muss entweder Mr. Mason oder Winston Bescheid sagen. Ich bin gleich wieder da.« Er band das Pferd an und machte sich auf den Weg zum Herrenhaus.
Nach ein paar Schritten hielt der Kutscher inne und drehte sich noch einmal um. Abbey stockte vor Angst der Atem. Sie war überzeugt, dass Alfie sie durchschaut hatte, und erwog ernsthaft, einfach loszulaufen.
Doch Alfie sagte nur: »Halten Sie sich von Horatio fern!«
»Horatio?«
»Mr. Masons Hengst. Er kann ganz schön temperamentvoll und manchmal unberechenbar sein.«

»Keine Sorge, ich werde ihm bestimmt nicht zu nahe kommen«, murmelte Abbey mit einem Blick auf den großen Rappen.

Als Alfie außer Sichtweite war, ging Abbey in den Stall. Um den aufgezäumten Horatio, dessen Sattel über dem Gatter seiner Box hing, machte sie einen weiten Bogen. Vier weitere Pferde standen in ihren Boxen und fraßen. Abbey, die furchtbar durstig war, tauchte ihre Hände in einen Trog und spritzte sich Wasser ins Gesicht. Es fühlte sich herrlich kühl und belebend an.

Sie überlegte, was sie tun sollte. Ihr Instinkt riet ihr zur Flucht, aber sie wusste, sie würde nicht weit kommen: Sobald Alfie mit Winston gesprochen und erfahren hatte, dass Mason tot war und man sie für seine Mörderin hielt, würde er zu Pferde die Verfolgung aufnehmen. Sie hätte nicht die geringste Chance. Außerdem würde eine Flucht als Eingeständnis ihrer Schuld gewertet. Doch blieb ihr eine andere Wahl?

Abbey war unbegreiflich, wie der Butler und die Dienstmädchen auf die absurde Idee kommen konnten, sie hätte Ebenezer Mason getötet und wäre dann in aller Ruhe neben ihm liegen geblieben, bis man sie am anderen Morgen fand. Sie mussten doch selbst merken, wie unsinnig das war. Aber wenn sie nicht zur Vernunft kamen und stattdessen den Constable verständigten, um sie des Mordes an ihrem Arbeitgeber zu beschuldigen, würde man sie möglicherweise vor Gericht stellen. Dieser Gedanke ängstigte Abbey über alle Maßen.

Sie durfte keine Zeit verlieren. Ihr Blick heftete sich auf Horatio, der ruhig dastand. Ob Alfie mit seiner Warnung vor dem Hengst nicht ein wenig übertrieben hatte? Sie band das Pferd los.

»Ich weiß, du würdest dich für mich schämen, Dad, weil ich stehle, aber mir bleibt nichts anderes übrig«, flüsterte sie mit erstickter Stimme. »Ich will nicht für einen Mord hängen, den ich nicht begangen habe.« Das Pferd zu satteln hätte zu lange gedauert, deshalb stieg sie auf eine Querlatte des Gatters und schwang sich von dort auf den Hengst. Als sie ihm behutsam ihre Absätze in die Flanken drückte, preschte Horatio so ungestüm los, dass er sie beinah abgeworfen hätte. »Brrr!«, rief Abbey und dachte, dass es vielleicht doch keine so gute Idee gewesen war, das Pferd zu stehlen.

Als sie die Auffahrt hinunterjagte, wurde ihr klar, dass Alfie nicht übertrieben hatte: Horatio war in der Tat ein überaus feuriges Pferd. Sie war zuletzt auf der Farm ihrer Tante in Irland ohne Sattel geritten – auf einem alten, sanftmütigen Zugpferd, einem Clydesdale, das vor den Pflug gespannt wurde. Da sie völlig aus der Übung war, hüpfte sie auf Horatios Rücken auf und ab wie eine Anfängerin.

Schon sah sie das schmiedeeiserne Tor am Ende der Auffahrt vor sich. Es war geschlossen, und Abbey versuchte panisch, das Pferd zu zügeln, aber Horatio galoppierte mit unverminderter Geschwindigkeit weiter.

»Halt!«, schrie Abbey, aber je kräftiger sie an den Zügeln zog, desto schneller wurde Horatio. Im letzten Augenblick, als sie schon fest damit gerechnet hatte, dass sie gegen das Tor prallen würden, schwenkte das Pferd nach links und sprang über den Zaun. Abbey kam es so vor, als schwebten sie eine Ewigkeit durch die Luft. Sie biss die Zähne zusammen und klammerte sich an Horatios Mähne. Wie durch ein Wunder blieb sie oben, als er auf der anderen Seite landete und dann in vollem Galopp die Straße hinunter in Richtung Mintaro jagte.

Die Weiden mit den Schafherden und die Eukalyptusbäume flogen nur so vorbei. Abbey, die verzweifelt versuchte, das Pferd zum Stehen zu bringen, nahm alles um sie herum nur durch die Staubwolke hindurch wahr, die Horatio aufwirbelte. Im Nu hatten sie die Stadt erreicht und sausten die Hauptstraße hinunter, vorbei an ein paar Läden und Häusern. Die wenigen Passanten schauten Ross und Reiterin verblüfft nach. Und Horatio ließ noch immer keine Anzeichen von Müdigkeit erkennen.

Als sie an den letzten Häusern am Rand von Mintaro vorbeipreschten, schoss plötzlich ein großer Hund aus einem Hof heraus und schnappte nach den Beinen des Pferdes. Horatio scheute und wich abrupt nach links aus, doch Abbey schaffte es, sich auf dem Rücken des Tieres zu halten. Und dann setzte Horatio mit einem mächtigen Sprung über das Gatter einer Schafskoppel. Als er auf dem unebenen Boden auf der anderen Seite aufkam, strauchelte er, und dieses Mal wurde Abbey abgeworfen. Sie landete unsanft mitten zwischen den Schafen, die nach allen Seiten auseinanderstoben.

Bei dem Aufprall wurde ihr regelrecht die Luft aus den Lungen gepresst. Sie blieb benommen liegen, versuchte, wieder zu Atem zu kommen und festzustellen, ob sie sich etwas gebrochen hatte. Vage nahm sie wahr, dass Horatio in gestrecktem Galopp über die Weide davonjagte.

Vorsichtig setzte Abbey sich auf. Gebrochen hatte sie sich zum Glück nichts, aber ihr Kopf tat an einer Seite weh, und als sie über die Stelle tastete, konnte sie eine Beule spüren. Abgesehen davon und von einer Schürfwunde an der Hand war sie aber unverletzt. Abbey wusste, dass sie großes Glück gehabt hatte. Sie schaute sich um. Die Schafe grasten friedlich am anderen Ende der Koppel, doch Horatio war nirgends zu sehen.

Abbey überlegte, was sie tun sollte. Der Straße konnte sie nicht folgen, sie war viel zu nahe an Martindale Hall. Alfie oder Winston hätten sie schnell eingeholt. Und da sich die beiden sicherlich auch in Mintaro nach ihr erkundigen würden, konnte sie niemanden dort um Hilfe bitten. Ihr blieb nichts anderes übrig, als querfeldein zu flüchten. Sie stand auf, klopfte sich den Staub aus den Kleidern und marschierte los.

Abbeys Gedanken kehrten zu Ebenezer Mason zurück. Diesen Mann sollte sie geheiratet haben? Sie schüttelte ungläubig den Kopf. Wie kamen die Dienstmädchen nur auf so eine absurde Idee? Sie schaute auf ihre Hand, am Ringfinger steckte immer noch der Trauring. Wütend zog sie ihn herunter und schleuderte ihn den Hang hinunter, den sie gerade hinaufgeklettert war. Nie im Leben habe ich dieses Scheusal geheiratet, dachte sie erbost.

Jedenfalls nicht freiwillig. Zum ersten Mal kam ihr der Gedanke, Mason könnte etwas in den Wein gegeben haben, um sie willenlos zu machen. Es kam ihr höchst seltsam vor, dass sie bereits nach einem halben Glas Wein, selbst auf nüchternen Magen getrunken, das Bewusstsein verloren hatte.

Abbey erinnerte sich, wie sonderbar der Wein geschmeckt hatte und wie schnell ihr ganz komisch geworden war. In diesem Moment fiel ihr noch etwas anderes ein: der Mann, der plötzlich neben Ebenezer gestanden hatte, war wie ein Geistlicher gekleidet gewesen.

Abrupt blieb Abbey stehen. Übelkeit erfasste sie, als ihr klar wurde, dass Ebenezer Mason das Ganze geplant haben musste. Er hatte sie mit der Aussicht auf eine Entschädigung in sein Haus gelockt, ihr mit dem Wein ein Betäubungsmittel eingeflößt und einen bereitstehenden Geistlichen die Trauung vollziehen lassen. Sie hatte gewusst, dass Mason ein skrupelloser Mensch war, aber dass er so weit gehen würde, um zu bekommen, was er wollte… Sie hätte sich, wenn auch mit schlechtem Gewissen, über seinen rätselhaften Tod gefreut, wäre da nicht die traurige Tatsache, dass er sich dadurch der Verantwortung für das tragische Unglück entzogen hatte, bei dem die zwei Menschen, die sie am meisten auf der Welt geliebt hatte – ihr Vater und Neal –, ums Leben gekommen waren.

Abbeys Gedanken schweiften jäh in eine ganz andere Richtung: Ob Ebenezer Mason sie vergewaltigt hatte? »O mein Gott!«, stöhnte sie laut. Beim bloßen Gedanken daran hätte sie sich übergeben können. Ihr Körper fühlte sich nicht anders an als zuvor, aber da sie nie mit einem Mann intim gewesen war, wusste sie auch nicht, ob sie einen Unterschied hätte bemerken müssen oder nicht. Ein noch grauenvollerer Gedanke drängte sich ihr auf. Wenn sie nun von ihm schwanger geworden war? »O nein, bitte nicht! Bitte, lieber Gott, mach, dass das nicht passiert ist!«, betete sie inbrünstig.

Ein paar Stunden später hatte Abbey bereits etliche Meilen zurückgelegt. Sie hielt sich von der Straße fern und machte einen Bogen um die Farmen. Inzwischen hatte sie sich wieder ein wenig beruhigt. Selbstmitleid ist reine Energieverschwendung, sagte sie sich. Was geschehen war, war geschehen, sie konnte es nicht mehr ändern, und Ebenezer Mason war nun einmal tot, gleichgültig, was er ihr angetan hatte. Sie hoffte, dass sie in Richtung Clare ging, weil Alfie und Winston mit Sicherheit in Burra nach ihr suchen würden. Clare lag glücklicherweise nur wenige Meilen von Mintaro entfernt und in einer anderen Richtung als Burra.

Es war Nachmittag geworden, und Abbey fühlte sich ganz schwach vor Hunger. Außerdem war ihr Gesicht von der Sonne so verbrannt, dass es wehtat. Erschöpft ließ sie sich am Fuß eines kleinen Hügels im Schatten einiger Eukalyptusbäume nieder. Sie hatte Wasser aus einem Viehtrog getrunken. Obwohl es weder sauber noch kühl gewesen war, hatte sie es in ihrem quälenden Durst nicht verschmäht. Danach hatte sie ein paar angefaulte Äpfel von einem Baum gepflückt, und jetzt hatte sie zu allem Überfluss Bauchschmerzen. Müde schloss sie die Augen. Nur ein paar Minuten, dachte sie schläfrig. Dann werde ich weitergehen.

Als Abbey aus dem Schlaf auffuhr, wurde es schon dunkel. Offenbar hatte sie mehrere Stunden unter den Bäumen gelegen. Ratlos schaute sie sich um und versuchte, sich zu orientieren. Einige Augenblicke wusste sie nicht, aus welcher Richtung sie gekommen war oder in welche Richtung sie gehen musste. Plötzlich trug der Wind den Geruch von Essen heran, und ihr Magen knurrte laut.

Sie rappelte sich auf, schnupperte und folgte dann dem Essensgeruch. Schon bald sah sie den Rauch eines Lagerfeuers über einer Hügelkuppe aufsteigen. Abbey kletterte den Hang hinauf und spähte auf die andere Seite hinunter. Am Fuß der Anhöhe hatte sich eine kleine Gruppe Aborigines um ein Lagerfeuer versammelt. Abbey zögerte. Sie wusste von den Zusammenstößen zwischen den Ureinwohnern und den weißen Schafzüchtern, die von der Regierung Land gekauft hatten. Aber sie war furchtbar hungrig, und was immer es war, das sie da kochten, es duftete ganz köstlich.

Sie zählte vier Männer und drei Frauen. Der Anblick der Frauen beruhigte sie, und ihr wurde klar, dass der Bärenhunger, der sie plagte, stärker war als ihre Angst.

Die Aborigines plauderten miteinander. Sie hatten Fleisch im glühenden Holz gegart, und Abbey sah, dass noch eine Menge übrig war. Ihr lief das Wasser im Mund zusammen. Sie musste sich beherrschen, um sich nicht einfach auf das Essen zu stürzen, es an sich zu reißen und gierig hinunterzuschlingen. Langsam näherte sie sich dem Lager.

Eine der Frauen entdeckte sie zuerst. Sie sagte etwas zu ihren Gefährten, und alle drehten sich um und starrten Abbey an. Die Männer sprangen auf. Einer schnappte seinen Speer, an dem noch Blut von der Jagd klebte, und ging drohend auf Abbey zu. Er schrie sie an und fuchtelte mit seinem Speer herum, aber Abbey ließ sich nicht einschüchtern, auch wenn es ihren ganzen Mut erforderte.

»Ich bin schrecklich hungrig. Bitte gebt mir etwas zu essen«, bettelte sie.

Der Ureinwohner musterte sie einen Moment schweigend mit seinen dunklen, ausdruckslosen Augen. Dann herrschte er sie von neuem an und bedeutete ihr, sie solle verschwinden. Abbey begriff, dass er sie nicht verstand. Sie fing an zu weinen und zeigte erst auf das Fleisch, dann auf ihren Mund.

Der Aborigine musterte ihr verbranntes Gesicht, dann schien er die riesige Beule an ihrem Kopf wahrzunehmen. Er sagte etwas zu den anderen, und sie berieten sich. Abbey ahnte, dass sie sie für eine verrückte weiße Frau hielten. Warum sonst wäre sie ganz allein mitten im Busch unterwegs? Der Speerträger wandte sich ihr zu. Als er abermals versuchte, sie mit Worten und Gesten wegzuscheuchen, schlug Abbey verzweifelt die Hände vors Gesicht und schluchzte laut.

Verdutzt wich der Mann zurück. Eine Weile saßen alle nur wie erstarrt da und sahen Abbey schweigend an, dann traten zwei der Frauen langsam näher. Während sie sich besprachen, stieg Abbey wieder der verlockende Essensduft in die Nase. Ohne auch nur einen Moment nachzudenken, marschierte sie entschlossen an die Feuerstelle, setzte sich hin, riss ein Stück von dem gebratenen Fleisch ab und stopfte es sich gierig in den Mund. Die Ureinwohner beobachteten sie verwundert.

Auf einmal packten sie ihre paar Habseligkeiten zusammen und gingen, nach einem letzten Blick auf die sonderbare weiße Frau, davon. Abbey, die noch nie in ihrem Leben so hungrig gewesen war, achtete kaum auf sie. Noch bevor sie den Mund leer hatte, riss sie das nächste Stück Fleisch ab, schob es sich zwischen die Zähne und schlang es hinunter. Sie wusste nicht einmal, was sie da aß, bis ihr Blick auf einen Fellrest neben dem Feuer fiel: Es musste gebratenes Kängurufleisch sein. Abbey schüttelte sich, aber ihr Magen knurrte so sehr, dass sie alles gegessen hätte.

Als sie das Gefühl hatte, gleich zu platzen, atmete sie erschöpft tief durch. Das Essen hatte sie müde gemacht und die Dunkelheit tat ein Übriges. Sie legte sich neben der Feuerstelle auf den nackten Boden, rollte sich zusammen und machte die Augen zu.

Abbey wusste nicht, wie lange sie geschlafen hatte, als jemand sie anstieß und weckte. Sie fuhr hoch. Hatten Winston und Alfie sie doch noch aufgespürt? Aber es waren Aborigines, die da vor ihr standen. Abbey stand langsam auf. Im Mondlicht erkannte sie die zwei Frauen aus der Gruppe, die zuvor am Feuer gesessen hatten. Was wollten sie von ihr? Würden sie sie bestrafen, weil sie ihnen ihr Essen weggenommen hatte? Würden sie sie womöglich töten?

»Es tut mir leid, dass ich das Fleisch genommen habe«, wimmerte sie, außer sich vor Angst. »Ich war so schrecklich hungrig!«

Die Frauen berieten sich miteinander, in einer schnellen, abgehackten, lebhaften Sprache. Abbey vermutete, dass sie beredeten, was sie mit ihr machen sollten.

»Bitte tut mir nichts!«, jammerte sie. Sie war mit ihrer Kraft am Ende, zu viel war in den letzten Tagen und Stunden auf sie eingestürmt. Ihre Knie gaben nach, und sie sank schlaff zu Boden. Die Frauen verstummten. Eine von ihnen kniete sich neben Abbey und betastete die Beule an ihrem Kopf. Abbey hielt die Augen einen Moment fest geschlossen und hörte, wie die Frau in monotonen Singsang verfiel. Dann öffnete sie ihre Augen wieder. Die Aborigine entnahm einer um ihre Taille gebundenen Tasche aus geflochtenen Gräsern ein Pulver, zerstoßene Knochen, wie es schien, das sie über Abbey stäubte. Diese ließ es über sich ergehen. Sie war völlig ausgelaugt, körperlich und seelisch, und hatte nicht mehr die Kraft, sich zur Wehr zu setzen. Sie wollte nichts weiter, als ihren Dad und Neal und ihr altes Leben zurückhaben, so wie es noch vor wenigen Tagen gewesen war.

Am nächsten Morgen wurde Abbey von der Sonne geweckt. Fliegen summten vor ihrem Gesicht herum. Langsam schlug sie die Augen auf. Sie fühlte sich frisch und ausgeruht. Erst als sie den merkwürdigen Staub auf ihren Kleidern bemerkte, fiel ihr ihre Begegnung mit den Aborigines wieder ein. Stirnrunzelnd zerrieb sie ein bisschen von dem Pulver zwischen den Fingerspitzen. Was mochte das sein? Dann klopfte sie es sich von ihren Sachen. Wäre dieses staubähnliche Zeug nicht gewesen, hätte Abbey geglaubt zu träumen. Sie schaute auf. Die Sonne stand noch nicht allzu hoch am östlichen Himmel. Abbey sprang auf die Füße und machte sich in Richtung Nordosten auf den Weg.

5

»Mutter, eine dieser jungen Frauen wird doch wohl als Gesellschafterin infrage kommen! Ich finde, sie sind alle gleichermaßen für diese Stelle geeignet.« Ein leicht gereizter Unterton schwang in Jack Hawkers Stimme. Seit einer Stunde saß er mit seiner Mutter im Büro von Sharps Arbeitsvermittlung, aber Sybil fand an jeder Frau, die Milton Sharp in seinen Unterlagen führte, etwas auszusetzen.

»Nicht eine Einzige interessiert sich offenbar für Musik oder Theater, und sie sind alle noch so furchtbar jung«, nörgelte Sybil. »Von einer Gesellschafterin erwarte ich, dass sie meine Interessen teilt, wenigstens bis zu einem gewissen Grad. Worüber soll ich mich denn sonst mit ihr unterhalten? Wir haben schon zwei von diesen blutjungen Dingern im Haus, die zusammen höchstens ein Gehirn haben. Du weißt doch, wie sehr mir die beiden auf die Nerven gehen.« Sie sprach von ihren Dienstmädchen.

»Das ist nicht nett, was du da über Elsa und Marie sagst, Mutter«, tadelte Jack. »Sie tun ihr Bestes. Und was diese Frauen hier angeht – woher willst du wissen, dass sie nichts von den schönen Künsten verstehen? Und falls es tatsächlich so ist, könntest du sie doch damit vertraut machen. Du hast im Theater immer mit jungen Frauen zusammengearbeitet. Es dürfte dir nicht schwerfallen, ihr Interesse dafür zu wecken.«

Sybil sah ihren Sohn zweifelnd an. »Die Mädchen, die ich in der Stadt unterrichtet habe, wünschten sich sehnlichst, Schauspielerin zu werden. Ich musste sie nicht erst dazu ermuntern, ich habe ihnen lediglich Hilfestellung gegeben.«

»Ich gebe zu, es ist schwer, sich an Hand dieser kurzen Lebensläufe ein Bild von jemandem zu machen«, warf Milton ein. »Aber wenn Sie eine dieser Frauen oder mehrere persönlich kennen lernen möchten, Mrs. Hawker, so lässt sich das sicher einrichten.«

»Ich glaube, das wäre reine Zeitverschwendung«, sagte Sybil geziert.

Jack verlor allmählich die Geduld. »Mutter, entscheide dich endlich! Du beklagst dich, dass du den ganzen Tag allein bist, weil ich auf der Farm so viel zu tun habe, also wäre *irgendjemand* doch sicherlich besser als *niemand*.«

»Wenn ich den ganzen Tag mit dieser Person verbringen soll, will ich mich auch angeregt mit ihr unterhalten können«, gab Sybil verschnupft zurück.

Sie wohnte seit einem knappen Jahr auf Bungaree Station bei ihrem Sohn Jack und konnte die ländliche Abgeschiedenheit kaum noch ertragen. Sybil war Schauspielerin gewesen, hatte ihren Beruf aber nach der Hochzeit mit Gerald Hawker aufgegeben, um sich ganz ihrer Familie zu widmen. Als Jack und seine beiden Brüder William und Tom erwachsen waren, war Sybil mit den Söhnen und ihrem Mann von England nach Australien ausgewandert, wo die Landwirtschaft nach Geralds Ansicht Zukunft hatte. Er pachtete ein großes Stück Land im Clare Valley von der Regierung und teilte es unter seinen drei Söhnen auf, damit jeder es nach eigenem Gutdünken bewirtschaften konnte. Sybil wollte jedoch unter keinen Umständen im Busch leben. Sie bestand darauf, mit Gerald in die Stadt zu ziehen. Ihr Mann war einverstanden, hatte aber eine Bedingung: Er wollte vorher sechs Monate bei ihren Söhnen bleiben, bis diese auf ihren Farmen Fuß gefasst hatten. Für Sybil wurden es die sechs längsten Monate ihres Lebens. In Adelaide, wo sie dann bis zum plötzlichen Tod Geralds lebten, arbeitete sie am Theater und war wieder glücklich.

Jack hatte damals für seine Farm fünftausend Merinoschafe gekauft, aber auch Getreide angebaut. William und Tom schafften sich dreihundert Stück Vieh an sowie einen kleinen Bestand an Schafen. Aufgeteilt auf die drei Farmen gab es darüber hinaus noch etwa einhundertfünfzig Pferde. Vor allem in den Sommermonaten brauchten die Rinder allerdings sehr viel größere Weideflächen als die Schafe, und William und Tom fanden bald heraus, dass ihnen das Grundwasser fehlte, das es auf Jacks Bungaree Station im Überfluss gab. Manchmal war es nicht leicht für sie, die Trockenzeit zu überstehen.

Nach dem plötzlichen Tod seines Vaters hatte Jack seine Mutter gedrängt, nach Bungaree zu ziehen, wo er sich besser um sie kümmern konnte. Sybil war anfangs nicht begeistert gewesen von dem Gedanken, hatte sich aber nach einer kurzen Krankheit entschlossen, Jacks Angebot anzunehmen. Sie vermisste das Stadtleben sehr, zumal sie eine Aufgabe gefunden hatte, die ihr große Freude machte: Sie hatte Bühnenbilder und Kostüme für die Rubenstein Theatre Company in Adelaide entworfen. Außerdem hatte sie ihre Erfüllung darin gefunden, ihr Wissen und ihre Erfahrung an junge Schauspielerinnen weiterzugeben.

Der Umzug aufs Land, wo sie inmitten von Schafen, Fliegen und Misthaufen wohnte, kam für Sybil einem Kulturschock gleich. Ihre Hoffnung, dass es zumindest in Clare, der nächstgrößeren Stadt, eine Bühne oder andere kulturelle Einrichtungen geben würde, hatte sich schnell zerschlagen. Das Einzige, wofür sich die Leute vom Land offenbar interessierten, waren Vieh, Ernte und Wollpreise.

Jack glaubte, eine Gesellschafterin sei die Lösung für Sybils Problem. Wäre er verheiratet gewesen, hätte seine Mutter eine Schwiegertochter als Gesellschaft gehabt, doch Jack war ledig und schien es, sehr zum Ärger seiner Mutter, auch noch eine Weile bleiben zu wollen. Er traf sich zwar mit Clementine Feeble, einer Damenschneiderin aus Clare, aber ans Heiraten dachte er nicht. Clementine war eine attraktive Frau, wurde jedoch launisch, ja sogar boshaft, wenn sie ihren Kopf nicht durchsetzen konnte. Für das Leben auf einer Farm schien sie überdies nicht geschaffen.

Jack hatte sich immer ein liebes, sanftmütiges Mädchen als Ehefrau gewünscht, jemanden, der seine Begeisterung für Landwirtschaft und Viehzucht teilte. Da es jedoch nicht allzu viele passende Frauen im heiratsfähigen Alter in der Gegend gab, hoffte er, Clementine werde sich und ihre Meinung über das Landleben ändern.

»Weißt du, ich hätte Lust auf eine schöne Tasse Tee«, sagte Sybil unvermittelt. »Wollen wir nicht in die Teestube ein Stück weiter die Straße hinauf gehen?«

Peinlich berührt sah Jack zu Milton Sharp. Den Tee, den er Sybil gebracht hatte, hatte diese nicht angerührt, und jetzt war er kalt geworden. »Ich denke, wir sollten erst eine Entscheidung treffen, Mutter.« Jack wollte ihr die »schöne Tasse Tee« sozusagen als Belohnung in Aussicht stellen. Er sah abermals die Namen auf Miltons Liste durch. »Wie wär's mit Marcia Budgeon? Sie scheint eine nette Person zu sein.«

»Woher willst du das wissen?«, gab Sybil bissig zurück. »Hier steht nur, dass sie einundzwanzig Jahre alt und Erzieherin ist.«

»Unter ‚Eigenschaften' steht hier aber auch, dass sie sehr geduldig ist, und Geduld scheint mir im Umgang mit dir doch ein unentbehrlicher Wesenszug zu sein«, giftete Jack.

Sybil bedachte ihren Sohn mit einem vernichtenden Blick.

»Marcias Vater ist ein Freund von mir«, warf Milton hastig ein, um die Krise zu entschärfen. »Ich kenne Marcia deshalb ganz gut, und ich muss sagen, sie ist eine ganz reizende junge Dame.«

»Siehst du, Mutter? Wenn das keine Empfehlung ist!«

»Eine Erzieherin!«, brummte Sybil. »Ich will niemanden um mich haben, der mich wie ein kleines Kind behandelt.«

Jack verdrehte gereizt die Augen.

»Das würde Marcia ganz sicher nicht tun«, versicherte Milton.

»Ich weiß nicht recht. *Miss Budgeon.* Das klingt irgendwie plump.« Sybil sprach den Namen so theatralisch aus, dass er sich wenig schmeichelhaft anhörte.

»Darauf kommt es doch nicht an, Mutter«, entgegnete Jack

mit mühsam unterdrückter Ungeduld. »Niemand kann etwas für seinen Namen. Wie viele wunderbare Menschen haben einen unvorteilhaften Namen!«

»Eine entzückende Person ist auch Bethany Bimble«, mischte sich Milton nach einem besorgten Blick auf Mutter und Sohn abermals ein. »Ihr Vater ist der Direktor der Bank hier in Clare, und ihre Mutter ist Vorsitzende der Landfrauenvereinigung.«

Sybil brach in schallendes Gelächter aus. »Bethany Bimble!«

Jack, der das gar nicht komisch fand, platzte der Kragen. »Jetzt reicht's, Mutter. Suchst du dir jetzt jemanden aus, oder sollen wir nach Hause fahren?«

Sybil schmollte und schwieg.

Als Abbey nach einem langen, anstrengenden Marsch in sengender Hitze in Clare ankam, war sie völlig entkräftet. Sie hatte viel zu viel Flüssigkeit verloren. Ihr Schädel pochte, ihre Beine zitterten, jeder Muskel schmerzte. Ihre Lippen waren rissig und aufgesprungen. Sie taumelte auf der Suche nach einem öffentlichen Brunnen die Hauptstraße entlang, als ihr auf einmal wieder schwarze Punkte vor den Augen tanzten.

»Ach herrje!« Sybil sprang auf und eilte ans Fenster von Milton Sharps Büro. »Habt ihr das gesehen?«

»Was?«, fragte Jack müde und gleichgültig.

»Da draußen ist gerade ein Mädchen zusammengebrochen!«

»Was?«, fragte Jack noch einmal und sah seine Mutter zweifelnd an. Er glaubte an ein Ablenkungsmanöver, damit sie sich vor einer Entscheidung drücken konnte.

»Wenn ich es dir sage! Überzeug dich doch selbst!« Sybil zeigte mit Nachdruck aus dem Fenster.

Während Milton ans Fenster trat, ging Jack nach draußen. Tatsächlich: Mitten auf der Straße lag ein Mädchen. Eilig lief er zu ihr. Zwei ältere Frauen, die ebenfalls hinzugeeilt waren, erzählten aufgeregt, die junge Frau sei ohnmächtig zusammengebrochen, und fügten hinzu, sie sei offenbar nicht von hier, weil sie sie sonst sicherlich gekannt hätten. Jack ging neben der Bewusstlosen in die Hocke, rüttelte sie sanft an der Schulter, tätschelte ihr leicht die Wange. Die junge Frau rührte sich nicht. Da hob er sie hoch und trug sie in Miltons Büro hinüber.

»Holen Sie Wasser oder ein nasses Tuch! Beeilen Sie sich!«, bat er Miltons Sekretärin, nachdem er Abbey auf das Sofa im Vorzimmer gebettet hatte.

»Ja, Mr. Hawker, sofort.« Nancy Brown eilte hinaus.

Jack, Milton und Sybil standen vor dem Sofa und betrachteten die junge Frau, die einen schmuddeligen Eindruck machte. Ihre Kleider waren staubig und verschwitzt, sie hatte Schürfwunden und blaue Flecken.

»Was mag ihr wohl zugestoßen sein?«, murmelte Sybil. »Sie sieht wie eine… eine Landstreicherin aus.«

Jack schüttelte den Kopf. »Keine Ahnung.«

Leise stöhnend kam Abbey im gleichen Moment zu sich, als Nancy mit einem Glas Wasser zurückkam. Jack nahm es ihr ab und hielt es Abbey an die Lippen.

Abbey umfasste es und trank es gierig leer. »Kann ich… noch mehr haben?«, flüsterte sie atemlos. Sie war so ausgetrocknet, dass sie einen ganzen Eimer Wasser hätte trinken können.

Nancy warf ihr einen eigenartigen Blick zu, nahm das Glas und ging abermals hinaus, um Wasser zu holen.

»Geht's wieder?«, fragte Jack.

Abbey nickte schwach. Ihre Hände zitterten wie Espenlaub. »Ich habe nur furchtbaren Durst«, wisperte sie rau. Ihre ausgedörrte Kehle schmerzte. »Was ist passiert? Wo bin ich hier?«

Bevor Jack antworten konnte, brachte Nancy ein zweites Glas Wasser, das Abbey ebenso schnell austrank wie das erste.

»Im Büro von Milton Sharps Arbeitsvermittlung«, sagte Jack. »Sie sind ohnmächtig auf der Straße zusammengebrochen, und da habe ich Sie hier hereingebracht.«

»Oh. Das tut mir leid«, murmelte Abbey, der es unangenehm war, dass sie ihm offenbar Unannehmlichkeiten bereitet hatte.

»Sie brauchen sich nicht zu entschuldigen. Wo wohnen Sie denn? Können wir Sie nach Hause fahren?«

»Nein, nein«, antwortete Abbey hastig. »Ich... habe kein Zuhause. Ich bin gerade erst angekommen«, fügte sie hinzu, als sie Jacks verdutzten Blick bemerkte.

»Von wo sind Sie denn?«, fragte er neugierig.

»Ich komme aus Burra.« Abbey kämpfte gegen die Tränen an, weil der Gedanke an ihr Zuhause unweigerlich Erinnerungen an ihren Vater und an Neal heraufbeschwor.

Jacks Verwunderung wuchs. »Wie sind Sie denn hergekommen? Ich habe draußen gar kein Pferd gesehen.«

Abbey senkte den Blick. »Man hat mich ein Stück mitgenommen«, antwortete sie ausweichend und dachte an die Kutschfahrt nach Martindale Hall. Es war nicht mal geschwindelt. »Von Mintaro aus bin ich dann zu Fuß gegangen.«

»Zu Fuß!« Jack guckte sie verblüfft an. »Kein Wunder, dass Sie bewusstlos geworden sind. Von Mintaro sind es mindestens zehn Meilen bis hierher, und das zu Fuß und bei dieser Hitze!« Er schüttelte ungläubig den Kopf. Sybil, die den Wortwechsel schweigend verfolgte, wusste nicht, was sie von der Geschichte halten sollte, die die junge Frau ihnen auftischte. »Sie haben überall Schürfwunden. Was ist passiert?«, wollte Jack wissen.

»Ich bin gestürzt«, murmelte Abbey zögernd. Sie konnte schlecht zugeben, dass sie ein Pferd gestohlen und dieses sie abgeworfen hatte.

»Wo werden Sie denn wohnen? Haben Sie Bekannte oder Angehörige in Clare?«

»Nein. Ich muss mir Arbeit und eine Unterkunft suchen.« Abbey wollte aufstehen, aber in ihrem Kopf drehte sich alles.

»Vielleicht kann ich Ihnen helfen«, sagte Milton. »Als was haben Sie denn bisher gearbeitet?«

»Ich hatte noch nie eine Anstellung«, gestand Abbey kleinlaut.

»Noch nie?«, wiederholte Milton verblüfft.

Abbey schüttelte den Kopf. »Aber ich lerne schnell, und ich nehme jede Arbeit an.«

Jack hatte eine Idee. Nach einem flüchtigen Blick auf seine Mutter, die Abbey mit zweifelnder Miene ansah, sagte er: »Ich hätte da vielleicht etwas für Sie.«

Sybil, die ahnte, was kommen würde, starrte ihren Sohn entgeistert an.

»Wir suchen nämlich eine Gesellschafterin für meine Mutter«, fuhr Jack fort. »Dafür sind keine besonderen Voraussetzungen erforderlich.«

Sybil verschlug es eine Sekunde lang die Sprache. Dann giftete sie: »Ein gepflegtes Äußeres ist das Allerwenigste, was ich erwarten kann!«

»Warte doch erst mal ab, bis sie sich gewaschen und zurechtgemacht hat«, sagte Jack beschwichtigend, während er seine Blicke über Abbey gleiten ließ. Ihm gefiel, was er sah: tiefblaue Augen und rabenschwarze Haare, in denen sich ein paar kleine Grashalme verfangen hatten, feine Gesichtszüge, hohe Wangenknochen und ein Kinn, das von Entschlossenheit zeugte, auch wenn im Moment Schmutz daran haftete. Ihr wunderschöner Mund ließ auf ein nicht minder bezauberndes Lächeln schließen. »Was sagen Sie dazu?«, fragte er. »Wäre das etwas für Sie?«

»Eine Gesellschafterin«, murmelte Abbey nachdenklich. »Was hätte ich denn da zu tun?« Nach ihren Erfahrungen mit Ebenezer Mason war sie misstrauisch geworden.

»Meine Mutter fühlt sich einsam auf unserer Farm, deshalb hätte sie gern jemanden, mit dem sie sich unterhalten kann und der sie gelegentlich in die Stadt begleitet. Im Wesentlichen geht es darum, ihr die Zeit zu vertreiben. Trauen Sie sich das zu?«

Sybil glaubte, sich verhört zu haben. »Wir wollen doch nichts überstürzen!«

Jack achtete nicht auf sie. »Sie hätten Ihr eigenes Zimmer und kostenlose Mahlzeiten«, fuhr er fort.

Abbey traute ihren Ohren nicht. Sie hätte nicht gedacht, dass es so etwas gab – dafür bezahlt zu werden, dass man jemandem Gesellschaft leistete. Das Angebot war überaus verlockend.

»Jack, kann ich dich kurz unter vier Augen sprechen?«, sagte Sybil scharf. Was fiel ihm ein, sie einfach zu übergehen! Er konnte doch nicht jemandem die Stelle anbieten, ohne sich vorher mit ihr abzusprechen. Selbst ein Blinder sah doch, dass diese Person absolut ungeeignet war!

»Sie würden natürlich auch eine kleine Vergütung bekommen«, fuhr Jack fort, als hätte er seine Mutter nicht gehört. Er hielt es für einen Wink des Schicksals, dass die junge Frau genau vor Milton Sharps Büro ohnmächtig geworden war. Wenn seine Mutter sich nicht für eines der zur Auswahl stehenden Mädchen entscheiden konnte, dann würde er ihr diese Entscheidung eben abnehmen.

Abbey konnte ihr Glück kaum fassen. Ihre blauen Augen strahlten vor Freude.

Sybil riss der Geduldsfaden. Sie packte ihren Sohn am Arm und zerrte ihn auf die andere Seite des Zimmers hinüber. »Hast du den Verstand verloren?«, zischte sie. »Du weißt doch gar nichts über dieses Mädchen! Sieh sie dir doch bloß mal an!«

»Urteile nicht so streng über sie, Mutter. Sie ist meilenweit bei dieser Hitze marschiert und auf der staubigen Straße zusammengebrochen. Ein bisschen Wasser und Seife, und sie wird wieder vorzeigbar sein!«

Jack schien es völlig ernst zu sein, was Sybil kaum glauben konnte. Er handelte nie aus einer plötzlichen Eingebung heraus, was auch der Grund dafür war, dass Bungaree sehr viel erfolgreicher war als Anama oder Parrallana, die Farmen seiner beiden Brüder. »Das kann nicht dein Ernst sein!«, stammelte sie beinah panisch. »Du kannst doch nicht ein Mädchen, das du von der Straße aufgelesen hast, in unser Haus bringen! Du weißt ja nicht einmal ihren Namen!«

Jack wandte sich Abbey zu, die jedes Wort, das die beiden sprachen, hören konnte. »Wie heißen Sie eigentlich, junge Dame?«

»Abigail Scottsdale. Sagen Sie ruhig Abbey. Und Sie sind...?«
»Verzeihen Sie meine Unhöflichkeit.« Jack ging zu ihr und reichte ihr die Hand. »Mein Name ist Jack Hawker. Und das ist meine Mutter, Sybil. Wir leben außerhalb von Clare auf Bungaree Station. Das Leben auf einer Farm ist sehr abwechslungsreich, aber...«

»Das ist Ansichtssache«, warf Sybil trocken ein.

»... aber es ist auch sehr ruhig auf dem Land«, fuhr Jack unbeirrt fort. »Die Ruhe ist nicht jedermanns Sache, wenn man das Leben in der Stadt gewohnt ist. Was meinen Sie, wollen Sie es versuchen?«

Ein stilles, abgeschiedenes Fleckchen, wo ich eine Weile untertauchen könnte, wäre genau das Richtige, fuhr es Abbey durch den Kopf. Und bevor irgendjemand es sich anders überlegen konnte, rief sie: »O ja, sehr gern, aber nur wenn...«, sie schaute an Jack vorbei zu Sybil hinüber, »... nur wenn es Ihnen recht ist, Mrs. Hawker.«

Sybil funkelte sie eine Sekunde lang wortlos an. Den tadelnden Blick, den ihr Sohn ihr zuwarf, ignorierte sie. »Es scheint, als hätte mein Sohn bereits eine Entscheidung getroffen. Meine Meinung interessiert ihn offenbar nicht«, sagte sie kalt und rauschte aus dem Vorzimmer.

Abbey machte ein bestürztes Gesicht.

»Nehmen Sie es meiner Mutter bitte nicht übel, Miss Scottsdale«, sagte Jack freundlich. »Sie vermisst das Stadtleben und ist noch immer nicht über den Tod meines Vaters hinweg. Er starb vor ungefähr eineinhalb Jahren. Damals lebten meine Eltern in Adelaide, und meine Mutter war beim Theater tätig. Das Theater ist ihre große Leidenschaft, müssen Sie wissen. Sie hat sich noch immer nicht an das Leben auf meiner Farm gewöhnt, das so ganz anders ist als ihr früheres.«

»Ja, das kann ich mir vorstellen«, erwiderte Abbey leise. Als Jack den Tod seines Vaters erwähnte, musste sie an ihren eigenen Vater denken und wie sehr sie ihn vermisste.

»Ich wäre Ihnen wirklich dankbar, wenn Sie zusagten. Aber ich will Ihnen nichts vormachen – leicht wird es bestimmt nicht werden! Im Gegenteil, das wird eine Herausforderung sein. Was meinen Sie, fühlen Sie sich dem gewachsen?« Wer allein einen so langen Fußmarsch zurücklegte und vermutlich auch eine Nacht im Freien verbracht hatte, musste Mumm in den Knochen haben. Schon aus diesem Grund schien sie Jack die Richtige für die Aufgabe zu sein.

Abbey hatte streng genommen keine Wahl. Sie brauchte Arbeit und ein Dach über dem Kopf, und Jack Hawker bot ihr beides an. »Ja, ich werde die Stelle annehmen.«

Sichtlich erleichtert lächelte Jack ihr zu. Er bat sie um einen Moment Geduld und verließ das Vorzimmer, um mit seiner Mutter zu sprechen. Jack teilte ihr Abbeys Entschluss mit und fragte dann, ob sie vor der Rückfahrt nach Bungaree immer noch in die Teestube wolle.

»Nicht, wenn du die Absicht hast, dieses ungepflegte Mädchen dorthin mitzunehmen«, gab Sybil zurück, der es völlig gleichgültig war, dass Abbey sie hören konnte.

»Ich werde so lange draußen warten«, rief Abbey. Sie wollte nicht noch mehr Unfrieden zwischen Mutter und Sohn stiften.

Jack erschien in der offenen Tür. »Sie sind doch bestimmt hungrig.«

»Nein, nein, es geht schon«, schwindelte Abbey. In Wahrheit war ihr richtiggehend schlecht vor Hunger. Jack durchschaute sie sofort.

Er schnippte mit den Fingern. »Ich hab eine Idee! Mutter, geh doch schon voraus zu Carlisles Teestube und bestell Tee, Sandwiches und Gebäck. Wir kommen nach.«

»Was hast du denn vor?«, fragte Sybil.

Jack antwortete nicht. Er half Abbey vom Sofa hoch, bedankte sich bei Milton Sharp für seine Mühe und entschuldigte sich für die Umstände, die sie ihm gemacht hatten. Dann ging er mit Abbey die Straße hinunter. Sybil sah ihnen kopfschüttelnd nach.

»Das Hotel gehört einem Freund von mir«, sagte Jack, als er mit Abbey vor dem Railway Hotel ankam. »Er hat bestimmt nichts dagegen, wenn Sie sich auf der Toilette ein bisschen frisch machen.«

Der Gedanke an frisches Wasser und Seife war überaus verlockend, aber irgendwie auch demütigend. Anscheinend schämte sich Jack für sie. Sie blickte an sich herunter. Verdenken konnte sie es ihm allerdings nicht.

Jack, der ihr Zögern bemerkte, sagte: »Sie können mit dem Waschen auch warten, bis wir auf der Farm sind. Ich dachte nur, Sie würden sich dann wohler fühlen. Ich weiß doch, wie es mir geht, wenn ich nach einem langen Tag draußen bei den Schafen zurückkomme. Ich kann's kaum erwarten, mir den Staub und den Schweiß abzuwaschen.«

Seine einfühlsame Art rührte Abbey, und sie schaute ihn dankbar an. Er zeigte ihr den Weg zur Damentoilette und sagte, er werde in der Halle auf sie warten.

Eine Viertelstunde später fühlte sich Abbey fast wie neugeboren. Sie hatte sich Gesicht und Hände gewaschen, ihre Haare geordnet und ihr Kleid, so gut es ging, gesäubert. Jetzt sah sie wenigstens halbwegs vorzeigbar aus.

Jack lächelte, als er sie sah. »Na, wie fühlen Sie sich?«

»Viel besser!« Obwohl sie ihm dankbar war, vermutete sie, dass er nicht nur aus Taktgefühl gehandelt hatte, sondern auch, um seine Mutter zu beschwichtigen.

Sybil, die in der Teestube wartete, schenkte sich unterdessen zum zweiten Mal aus der Kanne ein, die sie bestellt hatte. Als Jack und Abbey hereinkamen und sich zu ihr setzten, sagte sie nichts. Während sie ihnen wortlos einen Teller mit Sandwiches reichte, damit sie sich bedienten, sah sie ihre neue Gesellschafterin abschätzend an. Obwohl Jack Recht gehabt hatte – das Mädchen machte jetzt schon einen viel besseren Eindruck –, bezweifelte Sybil nach wie vor, dass die junge Frau sich für die Stelle eignete.

Je länger sie über ihre sonderbare Geschichte nachgedacht hatte, desto überzeugter war sie, dass diese Miss Scottsdale eine zweifelhafte Vergangenheit hatte. Ein Mädchen aus gutem Hause würde nicht allein durch die Gegend irren wie eine Landstreicherin. Abbey bemühte sich zwar, langsam zu essen, weil sie merkte, dass Sybil sie mit Argusaugen beobachtete. Aber ihr Hunger war stärker: Sie biss herzhaft in die belegten Brote und schlang die größten Bissen fast unzerkaut hinunter. Als Jack und seine Mutter noch nicht einmal ihr erstes Sandwich aufgegessen hatten, machte sich Abbey nach zwei belegten Broten bereits über das Gebäck her. Jack schaute ihr verblüfft zu, Sybil hingegen verzog keine Miene.

Der junge Mann konnte seine Neugier kaum zügeln, es gab so viele Fragen, die er Abbey gern gestellt hätte, aber er wollte sie in Ruhe essen lassen. Sybil hüllte sich in mürrisches Schweigen. Sie hoffte, ihre neue Gesellschafterin bald wieder los zu sein.

Als sie sich gestärkt hatten, machten sie sich unverzüglich auf den Rückweg zur Farm. Jack und seine Mutter saßen vorn im Pferdewagen, Abbey war nach hinten geklettert. Sie war dankbar für das Verdeck, das sie vor der Sonne schützte. Als sie Sybils Frage, ob sie irgendwo noch Gepäck habe, das sie hätten aufladen müssen, verneint hatte, hatte Jacks Mutter nur viel sagend den Kopf geschüttelt. Sie hielt es für eine verrückte Idee, das Mädchen einzustellen, aber sie kannte ihren Sohn: Hatte er sich erst einmal etwas in den Kopf gesetzt, war er nicht mehr davon abzubringen. In dieser Hinsicht kam er ganz nach seiner Mutter, deshalb gerieten die beiden auch so oft aneinander.

Unterwegs dachte Abbey über die unerwarteten Wendungen nach, die ihr Leben nach dem Tod ihres Vaters genommen hatte. Ob die Polizei wegen Ebenezer Masons Tod schon nach ihr suchte? Das war einer der Gründe, weshalb sie froh war über die angebotene Stelle: Es war unwahrscheinlich, dass man sie auf einer Farm außerhalb von Clare finden würde. Sie hoffte inständig, dass die Leiche von einem Arzt untersucht würde und dieser eine natürliche Todesursache feststellte. Das würde sicherlich ein paar Tage dauern, aber bis dahin, so hoffte sie, war sie auf der Farm sicher.

Das Erste, das Abbey auffiel, als sie in die Zufahrt nach Bungaree einbogen, war die Kirche linker Hand. Das sei St. Michael, erklärte Jack ihr. Das Steingebäude mit dem Schindeldach und den wunderschönen Buntglasfenstern war eingezäunt, ein verziertes Eisentor in den Zaun eingesetzt worden. Auf der anderen Seite der Zufahrt befand sich ein auf die gleiche Weise eingefriedetes Cottage. Ein Mann trat gerade durch das Tor. Jack hielt den Pferdewagen neben ihm an.

»Guten Tag, Elias!«

»Tag, Boss«, erwiderte der Angesprochene. Er zupfte sich Fladenbrotkrümel aus seinem langen Schnurrbart. »Tag, Mrs. Hawker.« Der Mann warf Abbey unter der breiten Krempe seines ziemlich ramponierten Huts hervor einen neugierigen Blick zu. Sein braun gebranntes, wind- und wettergegerbtes Gesicht ließ darauf schließen, dass er seine Zeit überwiegend im Freien verbrachte. Er hatte eine drahtige Figur und große, schwielige Hände, die von harter Arbeit zeugten.

»Elias, das ist Abigail Scottsdale, Mutters Gesellschafterin«, stellte Jack sie vor. Er wandte sich zu Abbey um. »Abbey, das ist Elias Morton, mein Vormann und meine rechte Hand.«

»Guten Tag, Mr. Morton«, sagte Abbey betont fröhlich.

»Ma'am.« Elias tippte grüßend an seinen Hut, ohne Abbey richtig anzusehen.

Abbey fragte sich, ob er von Natur aus ein mürrischer Mensch war oder ob er sie nicht leiden konnte. Früher oder später würde sie es herausfinden.

»Sind die Zäune hinter den Scherschuppen schon repariert?«, fragte Jack.

»Die Jungs sind dabei«, antwortete Elias. »Ich wollte gerade rübergehen und nach dem Rechten sehen.«

Jack nickte. »Gut. Sag mir Bescheid, wie sie vorankommen. Sobald sie fertig sind, werden wir die trächtigen Schafe aus der unteren Koppel zum Lammen dorthin bringen. Du kannst mich in der nächsten halben Stunde im Haus erreichen.«

»Alles klar, Boss.« Elias wandte sich ab und ging zu seinem Pferd, das neben dem Tor im Schatten eines Baumes angebunden war.

Jack drehte sich zu Abbey. »Sie halten Elias sicher für einen komischen Kauz. Sie werden sich an seine Art gewöhnen«, sagte er, als könnte er ihre Gedanken lesen. »Er redet nicht viel, aber ihm entgeht auch kaum etwas, und das ist eine äußerst wertvolle Eigenschaft für einen Vormann.«

»Und ich dachte schon, er hätte etwas gegen mich«, sagte Abbey leise. Wer in den Erdwohnungen der Creek Street hauste, war es gewohnt, von den übrigen Einwohnern der Stadt als Abschaum betrachtet zu werden. Abbey hatte sich daher stets minderwertig gefühlt. Hinzu kam jetzt noch, dass sie verdächtigt wurde, etwas mit Ebenezer Masons Tod zu tun zu haben. Das wusste hier natürlich niemand, aber Abbey kam es so vor, als könnte man ihr die Wahrheit vom Gesicht ablesen, so erdrückend waren ihre Schuldgefühle.

Sybil blickte sie über ihre Schulter hinweg verächtlich an, was Abbeys Gefühl, nicht willkommen zu sein, noch verstärkte. Hätte sie nicht so dringend eine Arbeit und ein Dach über dem Kopf gebraucht, wäre sie vom Wagen geklettert und zu Fuß nach Clare zurückgekehrt.

Jack schnalzte mit der Zunge, und sie fuhren weiter. Sie kamen an einer Schmiede vorbei, wo ein junger Bursche mit einem riesigen Blasebalg das Feuer anfachte, während ein älterer Mann rot glühende Hufeisen mit dem Schmiedehammer bearbeitete. Jack winkte den beiden zu.

»Das sind Ben Dobson und sein Sohn Michael«, sagte er zu Abbey.

Die Arme des Hufschmieds glänzten vor Schweiß. Sein Hemd

war durchgeschwitzt, der Schweiß rann ihm übers Gesicht und tropfte zischend auf das glühende Eisen. Vor der Schmiede waren mehrere Pferde angebunden, die aufs Beschlagen warteten, und dahinter konnte man zahlreiche Ställe sehen. Sie fuhren weiter, vorbei an einem Laden, und passierten ein Tor, das von einer Mauer eingefasst war. Rechter Hand erstreckte sich ein parkähnlicher Garten. Abbey bestaunte den weitläufigen Rasen und die Bäume, exotische und einheimische.

»Ach du meine Güte«, flüsterte sie ehrfürchtig.

Der Pferdewagen kam mit einem Ruck zum Stehen. Abbey wandte den Kopf und schnappte unwillkürlich nach Luft, als sie das Haus sah. Es war zwar nicht ganz Martindale Hall, aber das war auch gut so, weil Martindale einem Mausoleum ähnelte. Jack Hawkers Haus gefiel ihr auf Anhieb. Es war ein zweistöckiger Bau im Kolonialstil. Der Sandstein, aus dem es erbaut war, stammte aus einem Steinbruch in der Nähe. Eine schattige Veranda zog sich über fast die ganze Vorder- und eine Schmalseite. Von dort hatte man einen herrlichen Blick über den Park, den Obstgarten und die angrenzende hügelige Landschaft. Im Erdgeschoss gab es zwei efeuumrankte Erkerfenster nach vorne und eines zur Seite heraus. Eine weiße Balustrade schmückte das obere Stockwerk, in dem es ein weiteres Erkerfenster gab. Das Dach war mit roten Schindeln gedeckt, für deren Herstellung Baumrinde aus dem Gebiet südlich von Clare verwendet worden war.

Während Abbey noch staunend das Haus betrachtete, stieg Sybil vom Pferdewagen, eilte zum Eingang und verschwand im Inneren. Sie ließ die Tür offen, und Abbey hörte, wie sie jemanden rief, vermutlich eine Hausangestellte.

Jack half Abbey vom Wagen herunter.

»Sie haben ein wunderschönes Haus, Mr. Hawker.« Abbey meinte es ehrlich. Nicht in ihren kühnsten Träumen hätte sie jemals gedacht, in einem Haus wie diesem zu leben. Mehr denn je kam sie sich wie eine Betrügerin vor, wie jemand, der sich das Wohnrecht erschlichen hatte.

»Warum sagen Sie nicht einfach Jack zu mir? Und danke für das Kompliment. Sie werden es nicht glauben, aber ursprünglich war das Haus eine Lehmhütte mit drei Zimmern und einer angebauten Küche.«

Abbey starrte ihn ungläubig an.

»Doch, im Ernst! Ich habe es jedes Jahr erweitert und umgebaut, aber ich glaube, jetzt ist es gut so, wie es ist. Für mich reicht es, schließlich bin ich Junggeselle«, fügte er lachend hinzu.

Abbey war gar nicht der Gedanke gekommen, dass es eine Mrs. Jack Hawker geben könnte. Aber sie war erleichtert, als sie hörte, dass Jack unverheiratet war. Es würde schon schwierig genug sein, mit seiner Mutter auszukommen.

Abermals ließ sie ihre Blicke bewundernd über den Garten mit seiner Vielzahl von Sträuchern und Bäumen wandern. »Unfassbar, wie viele verschiedene prächtige Bäume hier wachsen!«, staunte sie.

»Ja, ich habe Dattelpalmen, Akazien, Peruanische Pfefferbäume, Jakaranda, Zypressen und Eukalyptusbäume angepflanzt. Letzterer ist mein Lieblingsbaum.« Er zeigte auf ein besonders stattliches Exemplar von ansehnlicher Größe. Unter seinen ausladenden Ästen stand eine Bank.

»Warum gerade der Eukalyptus?«, fragte Abbey neugierig.

»Der hier war schon da, als wir hierherkamen, aber ich habe danach überall welche gepflanzt, weil sich ihr haltbares, kräftiges Holz sehr gut als Baumaterial eignet. Aber den da werde ich nicht fällen. Zurzeit dient er einer Opossumfamilie und einigen Kookaburras als Zuhause. Außerdem hat er bemerkenswerte Blüten, deren Nektar wie Honig schmeckt und wunderbar duftet und alle möglichen prächtigen Vögel anlockt, Honigfresser zum Beispiel.« Jack schwieg einen Augenblick versonnen. »Es war ein verdammt hartes Stück Arbeit, die Farm aufzubauen, und was die Landwirtschaft betrifft, so gibt's immer noch viel zu tun, aber es ist eine Freude zu sehen, wie in diesem Klima alles wächst und gedeiht.«

Abbey bemerkte den zärtlichen Ausdruck, der in seine warmen braunen Augen getreten war. Er hing mit jeder Faser seines Herzens an seinem Land. »Wie schaffen Sie es nur, dass Ihr Rasen und Ihre Bäume in diesem heißen, trockenen Teil des Landes so gesund aussehen?«, fragte sie verwundert.

»Der Hauptgrund, warum ich mich gerade hier niederlassen wollte, war das Grundwasser, das in nicht einmal zweieinhalb Metern Tiefe ausreichend vorhanden ist und das wir über einen Brunnen heraufholen«, antwortete Jack. »Ohne Wasser kann man hier draußen nicht überleben. Ohne Wasser ist eine Farm zum Untergang verurteilt. Als wir uns vor etwa sechs Jahren hier niederließen, haben wir den Garten angelegt, Obstbäume, Weizen, Hafer, Gerste und Kartoffeln angepflanzt. Damals habe ich fünftausend Schafe gekauft, die über Land aus New South Wales hergetrieben wurden. Die Wollpreise sind in den ersten fünf Jahren kräftig gestiegen und auch heute noch relativ hoch. Rückengewaschene Wolle erzielt einen fast zehn Prozent höheren Preis als Schmutzwolle. Für die Wäsche wird eine Menge Wasser benötigt, aber dafür fällt der Gewinn deutlich höher aus. Die Rekordpreise, die für meine Wolle gezahlt werden, haben mir den Umbau und die Erweiterung des Hauses ermöglicht.«

Jack dachte an seine Brüder, die auf Rinderzucht gesetzt hatten und heute noch in Lehmhütten hausten. Die Rindfleischpreise waren starken Schwankungen unterworfen, und William und Tom hatten sich nur dank ihrer kleinen Schafherden über Wasser halten können. »Ursprünglich hatte mein Vater das Land von der Regierung gepachtet«, fuhr Jack fort, »aber als die Farm genug abwarf, war ich in der Lage, einen Großteil zu erwerben, und jetzt gehört Bungaree mir. Ich hoffe, meine Brüder werden in naher Zukunft auch imstande sein, das Land, auf dem sie leben, zu kaufen.«

»Dann waren Sie also ein Squatter.« So wurden – vor allem von jenen, die es sich leisten konnten, ihren Grund und Boden auf Anhieb zu kaufen – Siedler bezeichnet, die sich auf regierungseigenem Land niedergelassen hatten. Abbey konnte sich ungefähr vorstellen, wie hart Jack für seinen Erfolg gearbeitet haben musste. Sie bewunderte ihn dafür.

»Stimmt genau. Wir hatten Pachtverträge für die Dauer von vierzehn Jahren abgeschlossen, und meine Brüder und ich hatten zusammen zweihundertsiebenundsechzig Quadratmeilen Land, das wir für zehn Shilling die Quadratmeile pachten konnten. Inzwischen ist unser Grundbesitz geschrumpft. Ich weiß nicht, ob Ihnen bekannt ist, dass Squatter, die große Ländereien pachten, nicht gern gesehen sind. Auf die Regierung wurde massiv Druck ausgeübt, damit sie die Vergabeverfahren ändert. Also habe ich beschlossen, so viel Land wie möglich zu kaufen, bevor die Farm zurückgefordert und in kleinere Parzellen aufgeteilt werden konnte. Denn dann wären all meine Investitionen umsonst gewesen.«

Abbey hörte aufmerksam zu. Nach allem, was Jack erzählte, schien Bungaree ein sehr großer Besitz zu sein. »Sie müssen doch eine Unmenge Angestellte haben, um das alles bewältigen zu können.« Ihr war aufgefallen, wie gepflegt das Anwesen aussah.

Jack wiegte nachdenklich den Kopf. »Mal mehr, mal weniger. Die Zahl schwankt. In der Vergangenheit war sie zudem abhängig von den Goldfunden in Victoria und New South Wales. Manchmal hatte ich übers Jahr verteilt hundert Leute, manchmal nur ein Dutzend. So wie derzeit auch. In Cape River im nördlichen Queensland ist nämlich wieder das Goldfieber ausgebrochen. Alle hoffen auf einen Fund, der sie reich machen wird. Tausende strömen dorthin, keiner will mehr hier auf dem Feld arbeiten. Das bedeutet für mich eine Menge zusätzlicher Arbeitsstunden, und deshalb brauche ich jemanden, der sich um meine Mutter kümmert. Mir fehlt einfach die Zeit dazu.«

Abbey nickte. »Ich verstehe. Mir ist übrigens aufgefallen, dass die Farm ihren eigenen Laden und ihre eigene Kirche hat.«

»Ja, das ist praktischer so. Früher sind meine Leute jeden Sonntag nach Clare gefahren, um den Gottesdienst in St. Barnabas zu besuchen, aber das ist ein weiter Weg dorthin, deshalb habe ich St. Michael errichten lassen. Wir haben sogar unseren eigenen Geistlichen, Pater John Quinlan, der die Messe für uns liest. Er wohnt in einem Cottage hinter der Kirche. Wenn Not am Mann ist, hilft er aber auch anderweitig auf der Farm aus. Sie werden ihn sicher bald kennen lernen.« Dass Pater Quinlan viel Zeit damit verbrachte, seine Arbeiter zu »beraten«, was ihm als Vorwand diente, um mit ihnen einen zur Brust zu nehmen, verschwieg Jack taktvoll.

»Meine Arbeiter wohnen mit ihren Familien hier auf der Farm in Unterkünften, die ich habe bauen lassen. Deshalb gibt es im Laden auch alles zu kaufen – Mehl, Zucker, Tee, Reis, Hafermehl und natürlich immer Fleisch. Daneben wird ein Vorrat von Steinobst eingelagert, aber auch verschiedene Käse- und Gemüsesorten, Seife, Arbeitskleidung und Tabak werden angeboten. Als ich Bungaree aufbaute, schwebte mir ein selbstständiges kleines Dorf vor. Und ich glaube, das ist mir gelungen, auch wenn das Dorf im Moment ziemlich verlassen daliegt. Jeder Arbeiter kann sich im Laden besorgen, was er braucht, der Betrag wird notiert und später von seinem Lohn abgezogen. Genauso funktioniert es mit den Rechnungen für den Arzt, für Handwerker oder Hausierer. Die Frauen können zum Beispiel Stiefel für ihre Kinder kaufen, Kleidung oder Stoffe zum Schneidern und Nähzubehör. Falls Sie also etwas brauchen sollten, scheuen Sie sich nicht, zu Doris Hubert zu gehen, die den Laden führt. Der Betrag wird mit Ihrem Lohn verrechnet. Doris erledigt außerdem die gesamte Buchhaltung für die Farm. Ihr Mann arbeitet ebenfalls für mich. Zum Glück sind die beiden viel zu loyal, als dass sie mich im Stich ließen.«

»Oh, das ist wundervoll, ich danke Ihnen!« Abbey fiel ein Stein vom Herzen, schließlich besaß sie nur noch das, was sie auf dem Leib trug.

»Das ist doch selbstverständlich.« Jack lächelte ihr zu und deutete dann mit dem Kinn auf einen Mann, der in der Ferne ein Beet umgrub. »Wir haben auch einen Gemüsegarten, der uns und die Wanderarbeiter wie die Schafscherer mit frischen Produkten versorgt. Die überschüssigen Erträge liefern wir an benachbarte Farmen und sogar bis nach Kooringa. Gelegentlich bin ich Preisrichter bei landwirtschaftlichen Ausstellungen, daher komme ich an das beste Saatgut heran. Schönere Pfirsiche, Nektarinen und andere Obstsorten als unsere werden Sie kaum woanders zu Gesicht bekommen«, fügte er stolz hinzu.

Abbey kam aus dem Staunen nicht mehr heraus. »Allein die Gärten zu bestellen muss doch mit ungeheuer viel Arbeit verbunden sein.«

»Es geht. Im Augenblick beschäftige ich nur einen einzigen Gärtner, Frank Fox. Das ist der Mann dort drüben in dem Gemüsebeet. Er macht seine Sache wirklich ganz hervorragend. Aber jetzt kommen Sie, gehen wir ins Haus. Drinnen ist es angenehm kühl.«

Abbey folgte Jack bereitwillig. Die Hitze war kaum auszuhalten. Als sie die drei Stufen zu der schattigen Veranda hinaufgegangen war, blieb sie jedoch unvermittelt stehen.

»Hören Sie, Jack, ich sollte das eigentlich nicht sagen, weil ich die Stelle dringend brauche, aber ich will aufrichtig zu Ihnen sein. Ich habe keine Ahnung vom Theater. Ich habe nie auch nur ein Theaterstück gesehen. Ich weiß ehrlich gesagt nicht, worüber ich mich mit Mrs. Hawker unterhalten soll.« Der Gedanke machte sie schrecklich nervös.

»Sie scheinen mir ein gescheites Mädchen zu sein, Abbey. Ich bin sicher, Sie werden ein Gesprächsthema finden. Schlimmstenfalls tun Sie einfach so, als ob Sie sich für das Theater interessierten. Ich muss mich auf die Farm konzentrieren, und das kann ich nur, wenn ich weiß, dass meine Mutter sich nicht zu Tode langweilt. Vertreiben Sie ihr die Zeit, so gut Sie können. Ich wäre Ihnen wirklich dankbar.«

»Na schön, ich werde mein Bestes tun.« Sie konnte ihn nicht im Stich lassen, wo er sich so für sie eingesetzt hatte, damit sie die Stelle bekam.

Jack atmete auf. »Wunderbar. Und jetzt werde ich Sie mit Elsa und Marie bekannt machen.«

Jack hatte Recht: In dem großen Steinhaus herrschte eine wunderbare Kühle. Abbey, die vorangegangen war, schaute sich neugierig um, blieb dann aber abrupt stehen, als sie Sybil aufgebracht und lautstark schimpfen hörte. Sie sah Jack beunruhigt an.

Der winkte ab. »Keine Sorge, Mutter streitet sich mal wieder mit Sabu. Daran werden Sie sich gewöhnen.«

»Sabu?«

»Unser indischer Koch. Ich weiß auch nicht, warum wir uns so viel von ihm gefallen lassen. Das heißt, doch, eigentlich weiß ich es schon. Meine Mutter will nicht, dass ich ihn feuere, und da sie sowieso schon unglücklich hier ist, will ich die Situation nicht noch schlimmer machen. Aber er hat wirklich einige höchst sonderbare Angewohnheiten, die meine Geduld über Gebühr strapazieren. Er weigert sich zum Beispiel, an seinen Fastentagen für uns zu kochen. Und heute ist ein solcher Fastentag.«

»Aber warum will sie denn nicht, dass Sie ihn entlassen?«, fragte Abbey verwirrt. »Ich meine, es hört sich nicht so an, als ob die beiden gut miteinander auskämen.«

»Ja, das könnte man meinen, aber ich glaube eher, die beiden können sich ganz gut leiden, auch wenn meine Mutter das energisch bestreitet.«

Aus dem hinteren Teil des Hauses waren das Klappern und Scheppern von Töpfen und das Zetern einer erbosten Männerstimme zu hören. Aber Sybil blieb dem Koch nichts schuldig und schrie genauso laut zurück. Ein mulmiges Gefühl beschlich Abbey. Wenn Sybil so mit jemandem umging, den sie leiden konnte, wie würde sie sich dann erst gegenüber jemandem benehmen, den sie nur in ihrem Haus duldete?

Jack ging weiter, einen Flur entlang, und Abbey folgte ihm. Durch eine offene Tür sah sie ein großes Wohnzimmer mit einer imposanten Bücherwand. Prächtige Teppiche bedeckten den Fußboden, und die edlen Möbel glänzten. Der Duft frisch geschnittener Blumen hing in der Luft. Im Gegensatz zu Martindale Hall machte das Haus einen einladenden Eindruck, Abbey konnte es kaum erwarten, jeden Winkel zu erkunden.

Ein junges Mädchen, kaum älter als fünfzehn, mit einem Staubwedel in der Hand stand plötzlich vor ihnen.

»Mr. Hawker, die Missus und Sabu streiten sich schon wieder«, sagte sie aufgeregt.

»Ja, ich höre es, Elsa, mach dir nichts draus. Elsa, das ist Abbey Scottsdale, Mrs. Hawkers neue Gesellschafterin.«

Das Mädchen betrachtete Abbey mit einer Mischung aus Ehrfurcht und Mitgefühl.

»Abbey, das ist Elsa, eines unserer Dienstmädchen.«

»Hallo, Elsa.«

»Guten Tag, Miss«, antwortete Elsa scheu.

»Wo ist Marie? Ich würde sie Abbey gern vorstellen, dann kann sie ihr das Haus zeigen.«

»Sie holt die Wäsche rein, Mr. Hawker. Sie will sie von der Leine nehmen, bevor die Hunde von der Herde zurückkommen.«

Jack nickte. »Gute Idee.« Er zeigte auf den Staubwedel in Elsas Hand. »Ich sehe, du bist gerade beim Saubermachen, aber könntest du Abbey auf ihr Zimmer bringen? Ich denke, im Rosenzimmer wird sie sich wohl fühlen. Gepäck hat sie keines.«

Elsa konnte ihre Verblüffung darüber nicht verbergen, aber Abbey gab ihr keine Erklärung.

»Sofort, Mr. Hawker. Wenn Sie mir folgen würden, Miss Scottsdale?« Elsa ging zur Treppe und blickte dann kurz über die Schulter zurück, ob Abbey ihr folgte.

»Wir sehen uns heute Abend beim Essen, Abbey«, sagte Jack. »Aber erwarten Sie nicht zu viel – gut möglich, dass es nur belegte Brote gibt!«, fügte er hinzu und verdrehte viel sagend die Augen. Er wandte sich um und verließ das Haus durch den Hintereingang.

Als sie die Treppe hinaufstiegen, wollte Abbey wissen, warum die Wäsche unbedingt abgenommen werden musste, bevor die Hunde zurückkamen.

»Wegen Max«, antwortete Elsa. »Er ist Mr. Hawkers bester Hütehund, aber er reißt immer die Wäsche von der Leine. Sobald sie ein bisschen im Wind flattert, ruht er nicht eher, bis auch das letzte Wäschestück auf dem Boden liegt.«

»Warum legt man ihn nicht einfach an die Kette?«

Elsa machte große Augen. »Das würde Mr. Hawker niemals tun! Er sagt, die Hunde arbeiten hart, und deshalb sollen sie am Ende des Tages auch frei im Hof herumlaufen dürfen. Das und eine ordentliche Mahlzeit haben sie sich verdient, sagt er. Er hat ein großes Herz, müssen Sie wissen.«

Oben angelangt führte Elsa sie zu einem Zimmer am Ende des Korridors auf der Rückseite des Hauses. »Das Rosenzimmer ist wirklich hübsch«, sagte sie. Abbey glaubte eine Spur Neid aus ihrer Stimme herauszuhören. »Es wird Ihnen bestimmt gefallen, Miss Scottsdale.«

»Du kannst mich Abbey nennen.« Sie war schon ganz aufgeregt, hatte sie doch noch nie in ihrem Leben ein Zimmer ganz für sich allein gehabt.

Als Elsa die Tür öffnete und Abbey eintreten ließ, schaute diese sich staunend um. Über einem Bett mit Eisengestell lag eine rosenbestickte Steppdecke. Das Rosenmuster wiederholte sich auf der Tapete, mit der zwei Wände tapeziert waren. In einer Ecke stand ein großer Schrank und neben den Glastüren, die auf den Balkon hinausführten, ein Waschtisch mit einer weißen Schüssel und einem Krug mit Rosenmuster. Die weißen Vorhänge an den Türen waren mit einer Rosenbordüre verziert. Abbey konnte sich nicht sattsehen an den vielen hübschen Dingen, den liebevollen Details. Auf einmal kamen ihr die Tränen.

»Was haben Sie denn?«, fragte Elsa in kindlicher Arglosigkeit.

»Das ist so ein bezauberndes Zimmer«, flüsterte Abbey überwältigt.

Elsa nickte. »Ja, es ist wirklich reizend. Mein Zimmer und das von Marie liegen hinter den Stallungen, aber an den Wochenenden gehen wir sowieso nach Hause.« Ihre Unterkünfte waren bei weitem nicht so hübsch, aber die Räume waren groß und gemütlich.

»Nach Hause? Seid ihr Schwestern?«
»Nein, nein«, erwiderte Elsa kichernd. »Aber wir wohnen fast nebeneinander.«
»In der Stadt?«
»Nein, auf den Farmen unserer Eltern. Es sind nur kleine Höfe, nicht so wie Bungaree. Aber den Platz könnten wir schon brauchen, weil wir siebzehn Kinder in unseren beiden Familien sind. Deshalb müssen wir auch arbeiten gehen und können nicht zur Schule. Unsere Eltern brauchen das zusätzliche Geld. Und wo kommen Sie her?«
»Aus Burra«, antwortete Abbey. Von den Erdwohnungen sagte sie lieber nichts. »Mein Vater war Minenarbeiter, er kam vor kurzem bei einem Grubenunglück ums Leben.« Bei einem Unglück, das hätte vermieden werden können, hätte sie gern hinzugefügt, aber sie schwieg. Es kostete sie ihre ganze Kraft, nicht in Tränen auszubrechen.
»Oje, das ist schlimm«, sagte Elsa mitfühlend. »Warum haben Sie eigentlich kein Gepäck dabei?«, fuhr sie neugierig fort.
Abbey überlegte blitzschnell. »Ich wusste nicht, dass ich hierherkommen würde, Mr. Hawker hat mir die Stelle ganz überraschend angeboten, deshalb habe ich auch nichts eingepackt. Ich werde meine Sachen irgendwann später holen.« Sie wusste, dass sie sich die Mühe sparen konnte, weil ihre Wohnung längst geplündert wäre. Es würde ihr kein Andenken an ihren Vater bleiben, und der Gedanke stimmte sie traurig. Aber es war zu riskant, nach Hause zurückzukehren. Vielleicht hatte sie Glück, und Vera Nichols würde ein paar ihrer persönlichen Habseligkeiten für sie aufbewahren.
»Ich muss jetzt wieder an die Arbeit«, sagte Elsa.
»Und was soll ich tun?«
»Warum schauen Sie nicht, wo Mrs. Hawker ist und leisten ihr Gesellschaft? Das ist doch Ihre Aufgabe, oder nicht?«
Abbey nickte. »Wie ist Mrs. Hawker denn so, Elsa?«
Das Mädchen zögerte.

»Ich werde es auch bestimmt nicht weitererzählen«, versprach Abbey. »Ich möchte nur wissen, was mich erwartet.«

»Ich fürchte, ein Zuckerschlecken wird es nicht sein«, meinte Elsa nur. Sie drehte sich um und verließ das Zimmer.

Abbey sah ihr bestürzt nach und folgte ihr dann, nervöser als je zuvor.

6

Abbey ging nach unten und suchte Sybil Hawker. Zu guter Letzt fand sie sie im Wohnzimmer, wo sie kerzengerade, die Arme vor der Brust verschränkt, in einem Ohrensessel mit geblümtem Bezug am Fenster saß. Sie machte einen unnahbaren Eindruck.

»Da sind Sie ja, Mrs. Hawker«, rief Abbey mit gespielter Fröhlichkeit.

Sybil streifte sie mit einem missmutigen Blick und fauchte: »Was wollen Sie?«

Abbey machte den Mund auf und wieder zu, während sie fieberhaft nach einer Erwiderung suchte. »Elsa hat... mir mein Zimmer gezeigt... es ist ganz bezaubernd«, stammelte sie und ärgerte sich über sich selbst, weil ihr nichts Geistreicheres einfiel. Sie hätte gern hinzugefügt, dass sie noch nie ein eigenes Zimmer gehabt hatte, doch sie schwieg, weil sie sich eine weitere Peinlichkeit ersparen wollte.

Sybil starrte angestrengt aus dem Fenster.

Eine geschlagene Minute verstrich, ohne dass ein Wort gesprochen wurde.

»Ich habe gehört, wie Sie sich mit dem Koch gestritten haben«, sagte Abbey schließlich in die dumpfe Stille hinein.

Keine Antwort.

Abbey unternahm einen neuerlichen Versuch. »Ihr Sohn hat mir erzählt, dass der Koch heute fastet. Ich verstehe nur nicht, warum er sich weigert, für alle anderen zu kochen.«

»Hindus fasten nun einmal an bestimmten Wochentagen, weil ihre Religion es ihnen vorschreibt«, erwiderte Sybil ungeduldig.

»Das mag ja sein, aber Kochen ist doch seine Aufgabe. Ob er selbst nun etwas isst oder nicht.«

Sybil wandte sich ihr zu und funkelte sie böse an. »Sabu ist eine sehr vielschichtige Persönlichkeit und ein angesehenes Mitglied dieses Haushalts. Ich rate Ihnen dringend, ihn nicht über seine Pflichten zu belehren.«

»Das hatte ich auch nicht vor«, erwiderte Abbey schnell. »Das steht mir gar nicht zu. Ich möchte nur verstehen, warum er sich weigert zu kochen.«

»Heute ist ein Hindu-Festtag. Ach, das verstehen Sie ja doch nicht, und ich hab keine Lust, lange Erklärungen abzugeben.« Sybil machte eine wegwerfende Handbewegung und wandte sich übellaunig wieder dem Fenster zu, durch das man in den Vorgarten schauen konnte.

»Wie Sie wünschen.« Abbey war ohnehin nicht an Sabus religiösen Überzeugungen interessiert. »Aber ich könnte mir denken, dass Ihr Sohn Hunger hat nach einem langen Arbeitstag. Warum kochen *Sie* dann nicht für ihn?«

Sybil fasste den Vorschlag als Kritik auf. Sie fuhr herum und schnappte empört nach Luft. »Ich? Kochen? Ich habe nicht mehr am Herd gestanden seit…«, sie dachte nach, »seit Jack und seine Brüder Kinder waren. Ich war nie eine gute Köchin, schon damals nicht. Mein verstorbener Mann konnte besser kochen als ich. Ich bin Künstlerin, und Künstler taugen nicht für niedere Arbeiten.« Sie hatte das so oft betont, wenn Gerald ein Essen auf dem Tisch und ein geputztes Haus erwartet hatte, dass er es irgendwann aufgegeben und eine Haushaltshilfe eingestellt hatte.

Abbey traute ihren Ohren nicht. So einen Unsinn hatte sie schon lange nicht mehr gehört, aber sie hütete sich, das laut zu sagen. Stattdessen fragte sie: »Kann ich sonst irgendetwas für Sie tun?«

»Ja, Sie können mich in Ruhe lassen«, fuhr Sybil sie an. »Und kommen Sie ja nicht auf die Idee, lange Finger zu machen! Ich werde Sie *und* meinen Schmuck im Auge behalten, verlassen Sie sich darauf.«

Abbey zuckte zusammen, als hätte sie eine Ohrfeige bekommen. Für eine Diebin gehalten zu werden verletzte sie tief. Ihre Lippen zitterten, Tränen stiegen ihr in die Augen. Hastig wandte sie sich um. Sybil sollte nicht sehen, wie sehr sie sie mit ihrer Bemerkung gekränkt hatte. Sie ging ein paar Schritte den Flur entlang und lehnte sich dann, von Kummer und Trauer überwältigt, an die Wand. Sie vermisste ihren Vater so sehr, dass sie den Schmerz körperlich in der Brust spürte. Am liebsten hätte sie sich auf den Boden gesetzt und bitterlich geweint, aber sie riss sich zusammen. »Ich werde mich nicht von ihr unterkriegen lassen, Dad«, wisperte sie. »Niemals.«

Als Abbey sich wieder in der Gewalt hatte, wischte sie sich energisch die Tränen ab und schlenderte durch das stille Haus. An der Tür zur Küche, die offen stand, blieb sie neugierig stehen. Da niemand zu sehen war, warf sie einen Blick hinein. Ein großes Fenster zeigte zum Garten hinaus. Dort, hinter dem Haus, redete Elsa lebhaft auf ein anderes Mädchen ein, Marie, wie Abbey vermutete. Wahrscheinlich sprachen die beiden über sie, die neue Angestellte. Die Wäscheleinen waren über den Rasen gespannt, der seitlich von mehreren Hundezwingern begrenzt wurde. Drei kleine Gebäude bildeten die rückwärtige Einfriedung des Hofs: Zwei hatten Türen, die sich zum Garten hin öffneten, vom dritten sah man nur die durchgehende Rückwand.

Abbey blickte sich in der Küche um, die sehr groß war, aber auch ziemlich unordentlich, wie sie fand. Über einem Tresen hing eine Vielzahl verschiedener Töpfe und Pfannen an Haken von der Decke herunter. In Regalen standen Gefäße mit sonderbar aussehenden Gewürzen, die Abbey zum Teil noch nie gesehen hatte. Sie dachte an ihre Erdwohnung, wo sie drei Jahre lang über einer Feuerstelle am Boden mit einem einzigen Topf und einer einzigen Pfanne irgendwie eine Mahlzeit zusammengerührt hatte. Sie konnte sich gar nicht vorstellen, was für ein Genuss es sein musste, in einer Küche wie dieser zu kochen.

Plötzlich kam ihr eine Idee. Warum machte *sie* eigentlich nicht etwas zu essen? Jack würde sich sicherlich über eine anständige Mahlzeit freuen, wenn er nach Hause kam. Auf diese Weise könnte sie sich wenigstens nützlich machen.

Sie warf einen Blick in die Speisekammer. Viele von den Vorräten, die hier gelagert waren, darunter pulvrige und cremige Nahrungsmittel, seltsame Wurzeln und getrocknete Blätter, kannte sie nicht. Aber auch ein großer Schinken war da, viel frisches Gemüse und Eier sowie Butter, Sahne, Brot und Käse. Sie fand genügend Zutaten, aus denen sich leicht ein köstliches Mahl bereiten ließe.

Als sie sich die Hände gewaschen hatte, schälte und zerkleinerte sie das Gemüse und schnitt dann den Schinken auf. Sie war so in ihre Arbeit vertieft, dass sie Elsa und Marie nicht hereinkommen hörte.

»Was machen Sie denn da?«, rief Elsa entgeistert aus.

»Ich koche uns etwas für heute Abend. Wie viele werden wir denn sein?«

»Sie können doch nicht einfach Sabus Sachen benutzen«, sagte das andere Mädchen genauso fassungslos. Sie war ein dünnes, sommersprossiges Ding mit einem rotblonden Lockenschopf und schien einige Jahre älter zu sein als Elsa. »Ich bin übrigens Marie«, fügte sie hinzu.

Abbey nickte. »Ja, das dachte ich mir schon. Ich bin Abbey Scottsdale, aber du kannst ruhig Abbey zu mir sagen. Und was Sabus Sachen angeht, so hatte ich nicht vor, seine Gewürze zu verwenden. Die Küchenutensilien und die Lebensmittel gehören doch den Eigentümern von Bungaree, oder etwa nicht?«

»Ja, das schon«, antwortete Elsa zögernd. »Aber Sie verstehen das nicht, Abbey. Die Küche ist Sabus Reich. Er fährt schon aus der Haut, wenn wir auch nur eine Tasse benutzen und sie nicht an ihren Platz zurückstellen. Er kriegt einen Tobsuchtsanfall, wenn er Sie hier drin kochen sieht.«

Abbey schaute Elsa verblüfft an. Das Mädchen schien richtiggehend Angst vor dem Koch zu haben. »So schlimm wird es schon nicht sein. Wo ist er überhaupt?«

»In der Scheune. Er meditiert«, sagte Marie. »Aber stören Sie ihn bloß nicht! Das kann er gar nicht leiden.«

»Warum habt ihr solche Angst vor ihm? Er ist auch nur ein Angestellter und nicht der Herr des Hauses.«

Die Mädchen sahen Abbey an, als wäre ihnen dieser Gedanke noch nie gekommen.

»Er ist vielleicht nicht der Herr des Hauses«, sagte Marie, »aber er ist ohne jeden Zweifel der Herr dieser Küche.«

Die beiden steckten Abbey mit ihrer Angst an, und sie fragte sich, ob die Zubereitung des Abendessens vielleicht doch keine so gute Idee gewesen war. »Kommt Sabu bald zurück, was meint ihr?« Obwohl sie ihn sicher nicht um Erlaubnis fragen musste, ob sie die Küche benutzen durfte, würde sie ihm wenigstens erklären, warum sie das Kochen übernommen hatte.

Elsa und Marie wechselten einen Blick und zuckten dann mit den Schultern.

»Na schön, wir werden ja sehen.« Abbey fuhr fort, das Gemüse kleinzuschneiden. »Mr. Hawker braucht eine anständige Mahlzeit nach einem langen Arbeitstag. Wenn Sabu nicht kochen will, weil er fastet, dann mach ich es eben. Ich habe sonst nichts zu tun, weil Mrs. Hawker nicht gestört werden möchte.« Sie sah die beiden Mädchen an. »Wie viele sind wir denn nun?«

»Ohne Sabu sind wir fünf«, antwortete Marie. »Sie mit eingeschlossen. Normalerweise essen Elsa und ich in der Küche. Hat Sabu schlechte Laune, nehmen wir unser Essen mit auf unser Zimmer. Mr. Hawker und seine Mutter nehmen ihre Mahlzeiten im Esszimmer ein. Aber wo Sie essen sollen...«

»Ich werde auch in der Küche essen«, sagte Abbey. Sechs Stühle standen um einen großen Tisch herum. Nachdem sie sich zu Hause zum Essen immer auf den Boden gesetzt hatte, würde es der reinste Luxus sein, an diesem Küchentisch zu sitzen. »Könnte eine von euch mir vielleicht Feuer im Herd machen?« Sie traute sich nicht, es selbst zu tun, nahm sich aber vor, genau hinzusehen, damit sie es das nächste Mal ohne fremde Hilfe konnte.

Ein Korb mit Holz und Reisig zum Anfeuern stand neben dem Herd. Elsa öffnete die Ofenklappe, und Abbey sah, dass drinnen bereits Brennholz aufgeschichtet war und nur noch angezündet zu werden brauchte. Elsa tat es und schloss die Klappe wieder.

»Was kochen Sie denn?«, wollte Marie wissen.

»Schinken mit heller Soße und im Ofen gegartes Gemüse.«

»Hört sich gut an«, meinte Elsa. »Sabus scharf gewürzte Speisen bekommen mir oft gar nicht.« Sie warf einen ängstlichen Blick über die Schulter, ob der Koch vielleicht hereingekommen war und ihre Bemerkung gehört hatte.

Marie stieß Elsa an. »Komm, wir müssen das Fressen für die Hunde richten.«

»Bin ich euch im Weg?«, fragte Abbey.

»Nein, nein, Sabu will nicht, dass wir das hier in der Küche machen«, antwortete Elsa. »Deshalb gehen wir immer rüber in die Waschküche, auf der anderen Seite des Hofs.«

»Wieso das denn?«, fragte Abbey erstaunt.

»Weil wir rohes Fleisch zerteilen, und das gibt eine ziemliche Sauerei«, sagte Marie. »Und wenn Sabu fastet, ist ihm schon der Anblick von Fleisch zuwider.«

»Jetzt wo er nicht da ist, könnt ihr es doch über der Spüle machen«, schlug Abbey vor.

»Nein, nein, wir gehen lieber raus«, sagte Elsa. Beide nahmen sich scharfe Messer und Schürzen vom Haken und verließen die Küche.

Als Abbey das Gemüse zum Garen in den Ofen gestellt hatte, ging sie hinters Haus und schaute sich um. Durch die offene Tür eines Gebäudes auf der gegenüberliegenden Seite konnte sie Elsa und Marie plappern hören. Sie schlenderte hinüber. Die Mädchen säbelten Fleisch von den Beinen eines frisch geschlachteten Lamms und verteilten es auf drei Fressnäpfe. Schwärme von Fliegen summten herum, und die Schürzen der beiden Mädchen waren blutverschmiert.

Jetzt war Abbey klar, warum Sabu darauf bestand, dass das Fressen für die Hunde nicht in der Küche zubereitet wurde. »Wann kommen die Hunde denn zurück?«, fragte sie. Sie hatte Hunde immer schon gemocht, aber nie einen eigenen gehabt.

Marie blickte auf. »Elias wird sie jeden Moment zurückbringen. Und dann muss ihr Fressen bereitstehen, weil sie seit Tagesanbruch bei den Herden sind und einen Mordshunger haben werden.«

Sie hatte kaum ausgesprochen, als das hintere Gatter geöffnet wurde und Elias die Hunde in den Hof ließ. Sie trabten ruhig herein, aber sowie Elias das Gatter wieder geschlossen hatte und zu seinem Pferd zurückging, rannten sie zur Waschküche und sprangen aufgeregt um Elsa und Marie herum.

»Schon gut, schon gut, unten bleiben, ihr Rabauken!«, rief Elsa und trug zwei Näpfe nach draußen. Marie folgte mit einem dritten.

»Wie heißen sie eigentlich?«, wollte Abbey wissen.

»Rex, Jasper und Max«, antwortete Elsa und zeigte mit dem Kinn auf den jeweiligen Hund.

»Sitz!«, befahl Marie. Rex und Jasper, zwei schwarz-weiße Border Collies, gehorchten augenblicklich. Max, der größte der drei, der abgesehen von einer weißen Schwanzspitze ganz schwarz war, hüpfte weiter um Marie herum, sprang an ihr hoch, um an sein Futter zu kommen, und warf sie beinahe um. Sein eines Ohr war vernarbt und nach unten geklappt, und seine lange Zunge hing ihm seitlich aus dem Maul.

»Sitz, Max!«, befahl Elsa in strengerem Tonfall. »Sonst kriegst du überhaupt nichts.« Max gehorchte widerwillig. Kaum hatten Elsa und Marie die drei Näpfe auf den Boden gestellt, stürzten sich die Hunde auf ihr Fressen und schlangen es hinunter. Es dauerte nicht einmal eine Minute, bis sie ihre Näpfe leer und sauber geleckt hatten. Dann trabten sie zu den Wassereimern und tranken reichlich von dem bereitgestellten Wasser.

Als sie ihren Durst gestillt hatten, liefen Rex und Jasper schwanzwedelnd zu Abbey und beschnupperten sie. Nur Max hielt misstrauisch Abstand.

»Was für wunderschöne Hunde«, sagte Abbey, die ihnen erst die Hand hingestreckt hatte, damit sie sie beschnüffeln konnten, und sie jetzt kraulte.

»Sie sollten sie mal bei der Arbeit sehen, wenn sie die Schafe zusammentreiben«, sagte Elsa. »Unglaublich, wie sie das machen.«

Nach einer Weile legten sich Rex und Jasper in den Schatten, um sich ein wohlverdientes Nickerchen zu gönnen. Max hingegen war in die Waschküche gegangen und suchte nach Futterresten. Marie scheuchte ihn hinaus.

»Ist er denn noch nicht satt?«, fragte Abbey.

»Max hat immer Hunger«, antwortete Elsa. »Er würde alles Fressbare klauen, wenn er Gelegenheit dazu hätte. Er kann sogar die Hintertür aufmachen, deshalb sollten Sie nichts in der Küche herumliegen lassen. Vor Sabu allerdings hat er Respekt, weil der ihn mehr als einmal mit dem Besen davongejagt hat.«

»Max scheint ein richtiger Spitzbube zu sein«, meinte Abbey. Nach seinen Erfahrungen mit Sabu war es kein Wunder, dass er vorsichtig geworden war. Doch jetzt kam er tatsächlich näher und beschnupperte sie. Abbey streckte langsam die Hand aus und strich ihm über den Kopf. Max ließ es sich gefallen, ohne jedoch seine Zurückhaltung vollends abzulegen. Abbey mochte ihn, aber er schien länger zu brauchen als die anderen Hunde, um Vertrauen zu ihr zu fassen.

»Er ist Mr. Hawkers Lieblingshund«, erklärte Elsa. »Er ist vielleicht nicht so hübsch wie die anderen beiden, aber er ist ein erstklassiger Hütehund.«

Abbey fand es überhaupt nicht verwunderlich, dass Jack an diesem Hund hing. Er schien ein großes Herz für bedauernswerte Geschöpfe zu haben. Sie wurde unwillkürlich rot, als sie daran dachte, in was für einem Zustand er sie in Clare von der Straße aufgelesen hatte. Wahrscheinlich hatte sie ihn an einen verlassenen Welpen erinnert und dadurch sein Mitleid geweckt. Lächelnd gab sie Max einen liebevollen Klaps und kehrte dann in die Küche zurück.

Eine Stunde später war das Essen fertig. Die helle Soße war wunderbar cremig geworden und das Gemüse genau richtig – es war gar, aber nicht zu weich. Abbey war mit sich zufrieden. Sie richtete das Essen an und stellte die Teller auf den Tresen. Jetzt brauchte Jack nur noch nach Hause zu kommen. Augenblicke später hörte sie die Hintertür. In der Annahme, es sei Jack, drehte sie sich freudig um. Doch das Lächeln verging ihr, als sie sich einem Fremden gegenübersah, der sie grimmig anstarrte. Sie wusste sofort, wen sie vor sich hatte: Sabu, den Koch.

Abbey hatte sich einen großen, kräftigen Burschen vorgestellt, der allein durch seine Statur einschüchternd wirkte, doch vor ihr stand ein schmächtiges Männlein, das mindestens sieben Zentimeter kleiner war als sie. Sabu hatte einen Glatzkopf, Ohren, die ein wenig spitz zuliefen, und war ganz in Weiß gekleidet – sein einem Bauernkittel ähnliches Hemd, die weite Hose, sogar die Schuhe waren weiß. Besonders Angst einflößend sah er nicht aus, fand Abbey.

Nach einem einzigen Blick auf sie und das angerichtete Essen schrie er los: »Wer sind Sie, und was haben Sie in meiner Küche zu suchen?« Sein olivfarbenes Gesicht färbte sich noch dunkler. »Was fällt Ihnen ein, meine Sachen anzurühren? Verschwinden Sie! Auf der Stelle!«

»Ich habe Ihre Sachen nicht angerührt«, erwiderte Abbey ruhig, obwohl sie Herzklopfen hatte, als der Inder drohend auf sie zukam. Sie spürte instinktiv, dass viel von dieser ersten Begegnung abhing. Würde sie jetzt vor ihm kuschen, hatte sie verloren.

»Das hier ist meine Küche!«, brüllte Sabu und schlug dabei mit der Faust so kräftig auf den Tresen, auf dem die Teller standen, dass diese hochhüpften. Elsa und Marie, die gerade anfangen wollten, den Tisch in der Küche zu decken, traten hastig den Rückzug an und brachten sich im Flur in Sicherheit.

Abbey atmete tief durch und fuhr dann fort, die helle Soße über den im Herd aufgewärmten Schinken zu löffeln. Sie sollten ihr Essen holen, bevor es kalt wurde, rief sie den beiden Dienstmädchen zu, doch diese trauten sich nicht in die Küche.

Abbey nahm Sybils und Jacks Teller und stellte sie in den Ofen, um das Essen warmzuhalten.

»Haben Sie nicht gehört?«, schrie Sabu, außer sich vor Wut, weil Abbey ihn nicht beachtete.

»Sie brüllen ja laut genug. Ich bin sicher, man kann Sie bis nach Clare hören«, entgegnete Abbey gelassen, obwohl ihre Hände zitterten. Aber sie wollte sich ihre Nervosität auf keinen Fall anmerken lassen.

Sybil erschien in der Küchentür. »Was ist denn hier los?«

»Diese *Person*«, sagte Sabu in abfälligem Ton und zeigte dabei verächtlich auf Abbey, »ist in *meine* Küche eingedrungen. Heute ist Fastentag, und sie kocht Fleisch!« Seine Augen waren groß vor Entsetzen. Er nahm eine Gabel und spießte eine Scheibe Schinken von einem der Teller auf. »Haben Sie das angeordnet?«, fragte er Sybil, wobei er mit dem aufgespießten Schinken herumwedelte, sodass die helle Soße auf den Fußboden tropfte.

»Natürlich nicht! Miss Scottsdale ist seit heute meine Gesellschafterin.« Sybils Ton verriet, dass sie nicht besonders glücklich darüber war. Sie funkelte Abbey zornig an. »Was glauben Sie eigentlich, was Sie hier machen, Abbey?«

»Das Abendessen«, gab diese zurück. Sie riss Sabu die Gabel aus der Hand und legte den Schinken auf den Teller zurück. »Sie müssen schließlich etwas essen, Mrs. Hawker, und Ihr Sohn auch.« Sie warf Sabu einen finsteren Blick zu, falls er es wagen sollte, das Essen noch einmal anzurühren.

»Sie hätten fragen müssen, bevor Sie die Küche benutzen«, rügte Sybil. »Sie können hier nicht einfach tun und lassen, was Sie wollen.«

In diesem Moment betrat Jack das Haus. »Was ist denn los? Euch kann man schon draußen hören.« Sein Blick fiel auf die

Essensteller und heftete sich dann auf Abbey, die eine von Sabus Schürzen umgebunden hatte. »Haben Sie etwa das Abendessen gemacht?«

Sabu verschränkte die Arme über der Brust und setzte eine selbstgefällige Miene auf. Er zweifelte keine Sekunde, dass Jack diese Person scharf zurechtweisen würde.

»Ja, Mr. Hawker«, entgegnete Abbey kleinlaut. Sie wusste nicht, ob Jack verärgert war oder nicht. Es kam ihr in diesem Moment unpassend vor, ihn mit dem Vornamen anzureden, obwohl er ihr das ja angeboten hatte. »Ich dachte, Sie sind bestimmt hungrig, wenn Sie von der Arbeit nach Hause kommen.«

»Das bin ich auch.« Jack beugte sich über einen der Teller und rieb sich voller Vorfreude die Hände. »Dann wollen wir mal, bevor alles kalt wird!« Er sah Abbey an. »Egal, welcher?«

Sie nahm die beiden Teller, die sie zum Warmhalten in den Ofen gestellt hatte, heraus und reichte sie ihm. »Die sind für Sie und Mrs. Hawker.« Sie streifte Sabu mit einem flüchtigen Blick. Der Koch, der sich von Jack hintergangen fühlte, war maßlos enttäuscht.

»Kommen Sie, leisten Sie Mutter und mir Gesellschaft«, forderte Jack sie auf. Ohne den Koch eines Blickes zu würdigen, marschierte er mit den beiden Tellern ins Esszimmer. Sybil sah Sabu hilflos an und folgte ihrem Sohn aus der Küche.

Abbey war einen Moment sprachlos über diese unerwartete Wendung. Dann band sie eilig ihre Schürze ab und nahm sich einen Teller. Elsa und Marie standen noch immer unschlüssig im Flur herum. Sie sollten sich ihr Essen holen, sonst sei es wirklich kalt, sagte Abbey zu ihnen. Elsa, die über diese Entwicklung der Dinge nicht weniger erstaunt war als Abbey selbst, reichte ihr das Besteck, das sie auf dem Küchentisch für sie hatte auflegen wollen.

In der Tür zum Esszimmer blieb Abbey stehen. Jack zog seiner Mutter den Stuhl zurück, und Sybil nahm mit versteinerter Miene Platz. Als Jack aufschaute und Abbey sah, lächelte er ihr zu und zog einen weiteren Stuhl zurück. »Kommen Sie, Abbey, setzen Sie sich.«

Sie zögerte. »Sollte ich nicht in der Küche mit Elsa und Marie essen?«

»Nein, Sie sind Mutters Gesellschafterin, also werden Sie hier mit uns essen.«

Abbey setzte sich, aber wohl fühlte sie sich nicht dabei.

»Hm, das duftet köstlich!« Jack nahm ihr gegenüber Platz. »Ich habe einen Bärenhunger!«

Abbey sah verstohlen zu Sybil, die stumm auf ihren Teller starrte. Man konnte ihr ansehen, wie wütend sie war. Abbey war der Appetit plötzlich vergangen.

Jack hingegen ließ es sich schmecken. Einige Minuten verstrichen in eisigem Schweigen. Sybil stocherte in ihrem Essen herum, Abbey aß lustlos ein paar Bissen, während ihre Blicke heimlich zwischen Jack und seiner Mutter hin und her huschten.

Als er aufgegessen hatte, lehnte sich Jack zurück und stieß einen wohligen Seufzer aus. »Das hat fabelhaft geschmeckt, Abbey! Ich bin Ihnen wirklich dankbar, dass Sie uns etwas zu essen gemacht haben. Wer hätte gedacht, dass Sie so eine famose Köchin sind?« Er sagte das, als glaubte er aufrichtig, der Himmel hätte Abbey geschickt. Seine Mutter war offensichtlich anderer Meinung.

»Meine Mutter starb, als ich noch ein Kind war, und nach ihrem Tod habe ich viele Jahre für meinen Vater gekocht«, erklärte Abbey. Die Erdwohnung, in der sie gehaust hatten, verschwieg sie aus Scham.

»Oh. Und wo ist Ihr Vater jetzt?«, erkundigte sich Jack.

»Er ... er ist vor kurzem gestorben.« Sie wollte nicht ins Detail gehen, aus Angst, in Tränen auszubrechen.

»Das tut mir sehr leid«, sagte Jack aufrichtig.

Sybil, den Blick auf ihren Teller geheftet, schwieg noch immer.

»Sie sind wirklich eine ausgezeichnete Köchin«, lobte Jack abermals. »Eine Mahlzeit, die ohne eine gehörige Portion Cayennepfeffer und andere Gewürze auskommt, von denen ich noch nie gehört habe, ist mal was anderes.« Er lächelte.

»Wer so hart arbeitet wie Sie, hat Anspruch auf ein anständiges Essen, wenn er nach Hause kommt.« Abbey sah flüchtig zu Sybil und hoffte, diese werde die Bemerkung nicht als Kritik an ihr auffassen.

»Da haben Sie völlig Recht«, pflichtete Jack ihr bei.

»Ich hätte allerdings nicht gedacht, dass Sabu sich so darüber aufregen würde. Ich wollte wirklich keinen Unfrieden stiften.« Wieder blickte sie Sybil an, die ein Gesicht machte, als könnte sie ihre Wut kaum zügeln.

»Sabu ist ein Hitzkopf«, sagte Jack. »Aber wenn er sich weigert zu kochen, hat er kein Recht, jemand anders daran zu hindern. Das werde ich ihm klarmachen, und zwar jetzt gleich.« Er stand auf. »Entschuldigt mich bitte.«

»Die Küche ist Sabus Reich, Jack«, sagte Sybil ärgerlich. »Und heute ist ein Hindu-Feiertag.«

»Ja, aber nicht in Bungaree«, widersprach Jack. »Und du hast Recht, die Küche ist tatsächlich sein Reich, deshalb sollte er sich während der Arbeitszeit auch dort aufhalten. Ich habe seine Launen und seine ständigen Ausreden, sich vor der Arbeit zu drücken, ehrlich gesagt satt!«

Jack stapfte hinaus. Abbey hörte, wie der Koch in der Küche geräuschvoll mit Töpfen und Pfannen hantierte. Anscheinend räumte er auf. Die beiden Frauen lauschten, als Jack ihn sich vorknöpfte.

»Sabu, du wirst fürs Kochen bezahlt. Deshalb wirst du von jetzt an auch nur für die Tage Lohn bekommen, an denen du tatsächlich gearbeitet hast. Wenn du dich aus irgendeinem Grund weigerst zu kochen, kann Abbey in der Küche nach Belieben schalten und walten, und du wirst sie nicht noch einmal beschimpfen, nur weil sie ein Essen für uns zubereitet hat, verstanden?«

»Diesen Fraß nennen Sie Essen?« Sabu schnaubte verächtlich. »Ich habe in meiner Heimat schon besseres Essen im Müll gesehen.«

Abbey zuckte zusammen. Die Röte schoss ihr ins Gesicht.

»Mir hat es ausgezeichnet geschmeckt«, entgegnete Jack mit Nachdruck. Er wandte sich jetzt scheinbar an Elsa und Marie. »Was meint ihr zwei? War das Essen gut oder nicht?«

Sie trauten sich wohl nicht, offen ihre Meinung zu sagen.

»Es war nicht schlecht«, murmelte Elsa schließlich.

»Siehst du? Du bist ersetzbar, Sabu, vergiss das nicht.« Abbey hörte, wie Jack die Küche verließ. Sabu, der die Drohung verstanden haben musste, schimpfte in seiner Muttersprache leise vor sich hin.

Sybil, die ebenso wie Abbey jedes Wort mit angehört hatte, machte ein finsteres Gesicht und sah ihr Gegenüber vorwurfsvoll an.

»Ich wollte doch nur, dass alle etwas zu essen haben«, sagte Abbey kleinlaut.

»Ach ja?« Sybils Ton war eisig. »Wissen Sie, was ich glaube? Dass Sie es nur darauf angelegt haben, meinem Sohn zu imponieren.«

Abbey verschlug es einen Augenblick lang die Sprache. Sie fragte sich, was genau Sybil damit sagen wollte. »Ich bin Ihrem Sohn unendlich dankbar für alles, was er für mich getan hat, und ich bezweifle, dass ich es jemals wiedergutmachen kann, aber ich wünschte aufrichtig, ich könnte es«, erwiderte sie mit zitternder Stimme.

»Jack hat ein viel zu weiches Herz, genau wie sein Vater. Er konnte noch nie einem Streuner die Tür vor der Nase zuschlagen«, giftete Sybil. »Aber Sie haben einen gewaltigen Fehler gemacht. Ungefragt die Küche zu benutzen war schon schlimm genug, aber jetzt, wo Jack Sabus Lohn kürzen wird, werden Sie keinen besonders angenehmen Aufenthalt hier haben, das kann ich Ihnen versichern. Ich gebe Ihnen höchstens ein paar Tage auf Bungaree Station, und das auch nur mit viel Glück.« Damit stand sie auf und rauschte aus dem Zimmer.

Abbey starrte wie vom Donner gerührt auf das Essen, das Sybil kaum angerührt hatte. »Das ist ja wunderbar gelaufen«, flüsterte sie. »Einen Tag da und schon hab ich mir zwei Feinde gemacht.« Sie erhob sich, um die Teller in die Küche zu tragen, überlegte es sich dann aber anders, weil sie Sabu immer noch in der Küche hantieren hörte. Dem Krach nach zu urteilen, den er dabei veranstaltete, hatte er sich noch nicht beruhigt. Abbey ließ die Teller stehen und lief in ihr Zimmer hinauf.

Abbey setzte sich auf das Bett und grübelte. Eigentlich hätte sie sich über ihr wunderschönes eigenes Zimmer freuen müssen, doch sie fühlte sich wie in einem Gefängnis. Sie sprang auf, weil sie plötzlich das Gefühl hatte, keine Luft mehr zu bekommen, und riss die Balkontüren auf. Ein wunderschöner Blick bot sich ihr, aber in ihrer gedrückten Stimmung konnte sie sich nicht daran erfreuen. Tränen stiegen ihr in die Augen. Anscheinend konnte sie niemandem etwas recht machen – seit dem Tod ihres Vaters stolperte sie von einer Katastrophe zur nächsten. Sybil wäre vermutlich eine Giftnatter als Gesellschafterin lieber gewesen als sie. Und mit dem Koch hatte sie es sich jetzt auch noch verdorben. Als wäre das alles nicht schon unerfreulich genug, wurde sie wegen Ebenezer Masons Tod wahrscheinlich von der Polizei gesucht. Schlimmer konnte es wirklich nicht mehr kommen.

»Dad, ich brauche dich. Du fehlst mir so sehr«, wisperte sie, ihre Stimme rau vor Kummer, ihr Herz schwer vor Schmerz und Trauer. Sie stützte sich auf das Geländer und ließ ihren Tränen freien Lauf.

Plötzlich nahm sie unter sich eine Bewegung wahr. Dann flog etwas durch die Luft und landete auf der anderen Seite des Gartens. Anscheinend hatte jemand es von der Hintertür aus hinausgeworfen. Im gleichen Moment kam Max angeschossen, stürzte sich darauf und schlug seine Zähne hinein. War es der Schinken, von dem Abbey ein paar Scheiben fürs Abendessen abgeschnitten hatte? Aber das konnte nicht sein, sie musste sich getäuscht haben. Jetzt kamen die anderen beiden Hunde hinzu. Max packte seine Beute und rannte davon.

Abbey beugte sich weiter über das Geländer. An der Hintertür stand Sabu, einen Ausdruck schierer Bosheit auf dem Gesicht. Also hatte sie richtig gesehen: Er hatte den restlichen Schinken den Hunden hingeworfen, vermutlich, weil er ihr eins auswischen wollte. Abbey war fassungslos.

Sie hatte nicht bemerkt, dass Sybil ebenfalls aus ihrem Zimmer auf den Balkon getreten war. Als sie die junge Frau sah, die sich so weit über das Geländer lehnte, eilte sie zu ihr und packte sie am Arm. »Was tun Sie denn da?«, sagte sie scharf.

Abbey fuhr erschrocken hoch.

»Machen Sie ja keine Dummheiten«, knurrte Sybil und umfasste ihren Arm noch fester.

»Was?« Abbey riss sich los. Im ersten Moment begriff sie nicht, doch dann wurde ihr klar, dass Sybil offensichtlich gedacht hatte, sie wolle sich vom Balkon stürzen. Sie setzte schon zu einer Erklärung an, stutzte dann aber. Den Koch anzuschwärzen würde alles nur noch viel schlimmer machen. Sybil würde ihr ohnehin nicht glauben, dass er den Hunden einen guten Schinken hingeworfen hatte. »Ich mach doch gar nichts«, stammelte sie und stellte sich so vor Sybil, dass diese nicht in den Garten hinunterblicken konnte. »Ich wollte nur ein bisschen frische Luft schnappen.«

Sybil schaute sie misstrauisch an. »Ach ja? Und ich dachte schon...«

»Was? Dass ich hinunterspringen würde? Ganz sicher nicht, aber was kümmert es Sie? Sie wären doch bestimmt heilfroh, wenn Sie mich los wären, so oder so.«

»Sie tun wirklich alles, um im Mittelpunkt zu stehen, nicht wahr?«, fauchte Sybil gehässig. Abrupt drehte sie sich um und kehrte in ihr Zimmer zurück.

Abbey seufzte und wischte sich die Tränen ab. Wäre da nicht Jack, der so freundlich zu ihr war und den sie nicht im Stich lassen wollte, wäre nicht die Angst vor einer weiteren Nacht unter freiem Himmel gewesen, hätte sie nicht eine Sekunde gezögert: Sie wäre weggelaufen, so schnell ihre Beine sie trugen.

7

Winston hatte Ebenezer Masons Sohn am selben Tag, an dem sein Vater verstorben war, in einer Nachricht dringend um sein Kommen gebeten. Er eilte sofort an die Tür, als er einen Pferdewagen heranrollen hörte. Es war tatsächlich Heath, der junge Master. Er jagte mit großen Sprüngen die Treppe hinauf. Als Winston sein finsteres Gesicht sah, fragte er sich, ob ihm vielleicht schon zu Ohren gekommen war, dass sein Vater nicht mehr lebte.

»Guten Morgen, Sir«, grüßte Winston. Heath ging an ihm vorbei ins Haus, als ob er Luft wäre. Er bemerkte nicht einmal die ungewohnt ernste Miene des Butlers, der seinerseits verstimmt war, weil Heath erst jetzt kam.

Als er die Eingangshalle schon fast durchquert hatte, drehte Heath sich zum Butler um und sagte gereizt: »Ich hoffe sehr, dass es sich um eine wirklich wichtige Angelegenheit handelt, Winston. Ist mein Vater krank geworden?«

Winston seufzte schwer. Anscheinend wusste Heath noch nicht, was passiert war, sodass jetzt ihm die heikle Aufgabe zufiel, die traurige Nachricht zu übermitteln. »Warum kommen Sie jetzt erst, Sir?«, fragte er vorwurfsvoll. »Ich habe Ihnen schon vor zwei Tagen eine Nachricht zukommen lassen und Sie dringend gebeten, noch vor Mittag hier zu sein, weil es äußerst wichtig ist.« Weshalb seine Anwesenheit auf Martindale Hall erforderlich war, hatte er verschwiegen. Winston hielt es für besser, Heath persönlich darüber zu informieren.

Dieser blickte empört drein. »Wenn Sie es unbedingt wissen wollen – ich befand mich in Gesellschaft einer ganz bezaubernden Dame. Leider musste sie vor einer Stunde in die Stadt zurückkehren, sonst wäre ich nicht hier.« Dass die Dame angeblich Verwandte auf dem Land besucht hatte und einen Ehemann hatte, der zu Hause auf sie wartete, erwähnte er wohlweislich nicht. »Also, was ist passiert? Bestimmt nichts Lebensbedrohliches, so wie ich meinen alten Herrn kenne. Hat er sich erkältet?« Er streifte seinen Gehrock ab. Trotz der Hitze, die draußen herrschte, legte Heath großen Wert auf elegante Kleidung. Er hatte eine Vorliebe für maßgeschneiderte Anzüge aus feinstem Tuch, die ihm auch ausgezeichnet standen, weil er groß war und sehr gut aussah. Er hatte hellbraune Haare und haselnussbraune Augen, hohe Backenknochen, ein kantiges Kinn und eine gerade, schmale Nase. Es gab nicht die geringste Ähnlichkeit zwischen Vater und Sohn. Trotz ihrer Differenzen und ihrer Auseinandersetzungen hatte Ebenezer seinen Sohn mit dem Verkauf der Viehbestände von Martindale beauftragt, was Heath fette Provisionen und dadurch ein sehr gutes Einkommen einbrachte.

Winston bemühte sich, sich seine Verärgerung über Heath' Zynismus nicht anmerken zu lassen. »Nein, Master Heath, er hat sich nicht erkältet«, sagte er und nahm ihm den Gehrock ab.

»Das dachte ich mir schon«, gab Heath bissig zurück und riss seinen Gehrock wieder an sich. »Nun reden Sie schon, Winston! Unter welchem Vorwand hat er dieses Mal nach mir schicken lassen?« Ebenezer war als Vater genauso kalt und lieblos gewesen wie als Ehemann, deshalb zeigte Heath nicht das geringste Mitgefühl mit ihm und hatte auch kein schlechtes Gewissen deswegen. Er war sich nicht einmal sicher, ob sein Vater ihn jemals geliebt hatte. Gesagt hatte er es ihm jedenfalls nie.

Winston straffte sich, hielt seinen Blick aber gesenkt. »Ihr Vater ist verstorben, Sir. Erlauben Sie, dass ich Ihnen mein tiefstes Beileid ausspreche.«

»Was?« Heath erstarrte. Fassungslosigkeit malte sich auf seinem Gesicht.

»Vor zwei Tagen fand eines der Dienstmädchen ihn tot in seinem Bett. Er muss irgendwann im Lauf der Nacht entschlafen sein. Deshalb habe ich Sie ja gebeten, *umgehend* herzukommen.«

Heath wurde blass, als er daran dachte, wie er Winstons Nachricht zerknüllt und weggeworfen hatte, weil ihm sein Abenteuer mit Florence Berkshire wichtiger gewesen war. »Ich ... ich war mir der Dringlichkeit der Situation nicht bewusst«, stammelte er. Benommen wandte er sich um und ging in den Rauchsalon. Die Nachricht war ein Schock für ihn, auch wenn die Beziehung zu seinem Vater in letzter Zeit, genauer gesagt seit dieser zum zweiten Mal geheiratet hatte, nicht die beste gewesen war. Aber dass er im Alter von nur dreiundfünfzig Jahren gestorben war, erschütterte ihn doch. Er goss sich ein Glas Whiskey ein und leerte es in einem Zug.

In dem eichenholzgetäfelten Rauchsalon hatte sich sein Vater am liebsten aufgehalten. Die Luft war noch durchdrungen vom Rauch seiner Zigarren, was seinen Tod unwirklich erscheinen ließ. Heath blickte sich um. Das Zimmer war geschmückt mit Trophäen und Andenken von den zahlreichen Reisen, die seinen Vater unter anderem ins finsterste Afrika und in die Urwälder Ceylons geführt hatten. Er betrachtete die prunkvollen Samurai-Uniformen, die persischen Schwerter und die Speere aus Papua in den Glasschränken. Jetzt gehörte das alles ihm. Angesichts dessen schien es keine Rolle zu spielen, dass er sich nicht an die letzte Begegnung mit seinem Vater, an ihre letzte Unterhaltung erinnern konnte. »Wo ist mein Vater jetzt?«, fragte er den Butler, der an der Tür stehen geblieben war.

»Samuel McDougal, der Bestattungsunternehmer, hat den Leichnam gestern Nachmittag abgeholt, Sir.«

»Haben Sie einen Arzt gerufen, als Sie meinen Vater fanden?«

»Ja, Sir. Dr. Vernon Mead.«

»Was hat er als Todesursache festgestellt?«, fragte Heath, der noch immer nicht glauben konnte, dass sein Vater tatsächlich tot war.

»Herzversagen, Master Heath.« Als Winston daran dachte,

wie beunruhigt Vernon Mead wegen der Medikamente gewesen war, die er Ebenezer Mason mitgegeben hatte, hätte er fast die Fassung verloren. Der Arzt hatte darauf bestanden, dass Winston das Stärkungs- und das Schlafmittel suchte, und dann beides eingesteckt. Der Verstorbene hatte sowohl Kreislaufprobleme als auch ein schwaches Herz gehabt. Seine Impotenz war eine Folge seiner Kreislaufprobleme. Das Stärkungsmittel förderte die Durchblutung und steigerte dadurch seine sexuelle Potenz, löste aber andererseits Schwindel und Herzrasen aus. Für einen gesunden Mann stellte das kein Problem dar, aber Ebenezer litt an einer Herzschwäche, seit er als Kind Scharlach gehabt hatte. Wie schwer wiegend dieses Herzleiden war, konnte Vernon Mead nicht mit Bestimmtheit sagen, und Ebenezer hatte ihn immer wieder gedrängt, das Risiko zu ignorieren.

»Ich hoffe nur, Heath besteht nicht auf einer Obduktion«, hatte der Arzt gesagt, bevor er das Haus verließ. »Sonst kommt die ganze schmutzige Wahrheit ans Licht, und das könnte mich meine Approbation kosten.«

»Vielleicht sollte ich eine Obduktion durchführen lassen«, sagte Heath in diesem Moment, als ob er Winstons Gedanken gelesen hätte.

Winston machte ein bestürztes Gesicht. »Halten Sie das wirklich für nötig, Sir?«

»Ich denke schon. Mein Vater war schließlich kein alter Mann.«

»Aber er hatte ein schwaches Herz, Sir. Sein Herzleiden machte ihm schon seit einigen Jahren zu schaffen.« Heath von dem Mittel zu erzählen, das Ebenezer eingenommen hatte, um seine Manneskraft zu stärken, wäre Winston wie Verrat vorgekommen. Er hoffte aber, es ergäbe sich eine Gelegenheit, dass er in die Unterhaltung einfließen lassen konnte, dass Heath' Vater sich am Abend vor seinem Tod wieder verheiratet hatte. Die Nachricht wäre ein weiterer Schock für den jungen Mann. Winston erinnerte sich nur zu gut daran, wie erbittert Heath die zweite Frau seines Vaters gehasst hatte. Er würde außer sich sein, wenn er erfuhr, dass sein

Vater ein blutjunges Mädchen geheiratet hatte und in derselben Nacht verstorben war. In gewisser Weise fühlte er sich schuldig an Ebenezers Tod, weil er nichts getan hatte, um die Katastrophe zu verhindern. Aber hätte er sie überhaupt verhindern können?

Plötzlich eilte Heath mit großen Schritten aus dem Zimmer. Winston, der seinen Gedanken nachhing, wurde erst nach einigen Augenblicken klar, dass er das Haus verlassen wollte. Er folgte ihm, aber da er viel älter und folglich viel langsamer war, lief Heath schon die Außentreppe hinunter, als er die Haustür erreichte.

»Wo wollen Sie denn hin, Master Heath?«, rief Winston ihm nach.

Heath kletterte in seine Kutsche. »Ich bin in ein paar Stunden zurück. Mrs. Hendy soll schon mal das Mittagessen richten!«

Winston blickte dem davonrollenden Pferdewagen seufzend nach. Sah so seine Zukunft aus – Butler eines Mannes zu sein, der ein ungeregeltes Leben voller schmutziger Affären führte, wo das Mittagessen am Nachmittag eingenommen wurde, nachdem man den ganzen Morgen mit einer wunderschönen jungen Frau im Bett verbracht hatte? Auch der alte Mr. Mason hatte eine Schwäche für das schöne Geschlecht gehabt, war aber andererseits äußerst diszipliniert gewesen. An seinem Tagesablauf hielt er eisern fest. Das war auch der Grund gewesen, weshalb Louise, das junge Dienstmädchen, nach ihm gesehen hatte, als er nicht wie gewöhnlich um halb acht zum Frühstück heruntergekommen war.

Mrs. Hendy, die Haushälterin, war neben Winston getreten. »Wie hat es Heath denn aufgenommen, dass sein Vater noch einmal geheiratet hat?«, fragte sie ernst. Sie kannte Heath. Der Tod seines Vaters würde ihn weniger mitnehmen als die Tatsache, dass er ein Mädchen geheiratet hatte, das seine Tochter sein könnte.

Winston schüttelte den Kopf. »Ich hatte keine Gelegenheit, es ihm zu sagen, aber er wird in ein paar Stunden zum Mittagessen zurück sein.«

»Zum Mittagessen?« Mrs. Hendy warf einen Blick auf die

Standuhr in der Diele und gab ein missbilligendes Geräusch von sich. »Um diese Zeit koche ich das Abendessen.«

»Ich weiß«, sagte Winston düster und schloss die Tür.

Heath Mason fuhr auf direktem Weg zu Edward Martin, der seine Kanzlei in Auburn hatte, fünf Meilen südlich von Mintaro, an der Straße von Roseworthy nach Clare. Edward war viele Jahre nicht nur Ebenezers Anwalt, sondern auch einer seiner wenigen echten Freunde gewesen. Winston hatte ihn bereits in einem Brief über Ebenezers Tod informiert, daher hatte er Heath schon erwartet. Den ganzen Vormittag über hatte er Ebenezers Testament sorgfältig, Wort für Wort, studiert, und war dabei immer nervöser geworden. Eins stand fest: Heath würde vom letzten Willen seines Vaters alles andere als begeistert sein.

»Guten Tag, Heath«, sagte Edward, als Ebenezers Sohn, ohne anzuklopfen, in sein Büro platzte. »Mein aufrichtiges Beileid.«

Heath winkte ab. »Mein Vater und ich haben uns nicht besonders nahegestanden, Edward, das weißt du so gut wie ich.«

Diese Antwort überraschte Edward nicht. »Auch wenn eure Beziehung nicht besonders eng war, so war er doch dein Vater.« Er nahm hinter seinem Schreibtisch Platz. »Ich kann es immer noch nicht glauben, dass er nicht mehr am Leben sein soll.« Ebenezer war ein schwieriger, vielschichtiger Mensch gewesen, aber es hatte den Anschein, als würde Edward den Freund mehr vermissen als Heath den Vater. »Vor allem, wenn man bedenkt, unter welch merkwürdigen Umständen er gestorben ist«, fügte er nachdenklich hinzu.

Heath schaute verblüfft auf. »Was willst du damit sagen?«

Edward warf Heath über den Rand seiner Brille hinweg einen fragenden Blick zu. »Dein Vater wurde tot in seinem Bett gefunden, hast du das nicht gewusst?«

»Ach so, das.« Heath entspannte sich wieder. »Doch, Winston hat es erwähnt. Aber es gibt schlimmere Todesarten, als im Bett zu sterben, findest du nicht auch?«

Heath' flapsige Bemerkungen gingen Edward auf die Nerven. »Hat Winston auch erwähnt, dass Ebenezers frisch Angetraute neben ihm lag?«

Heath klappte der Unterkiefer herunter.

»Ich nehme an, das heißt Nein«, bemerkte Edward trocken. Er schob seine Brille hoch und fuhr fort: »Ich war selbst überrascht, ich hatte nicht die geringste Ahnung, dass Ebenezer die Absicht hatte, sich wieder zu verheiraten. Am Abend vor seinem Tod hat er eine junge Frau geehelicht. Mrs. Hendy glaubt anscheinend, sie hätte etwas mit seinem Tod zu tun, aber Winston bezweifelt es, wie ich seiner Nachricht entnehme.«

»Was? Aber das ist doch nicht... Wen denn?«, stammelte Heath, der den zweiten Schock an diesem Tag zu verkraften hatte.

»Ihr Name ist Abigail Scottsdale.«

Heath durchforschte sein Gedächtnis, konnte sich aber nicht erinnern, diesen Namen schon einmal gehört zu haben. Langsam schüttelte er den Kopf. »Kenne ich nicht. Woher kommt sie?«

»Du wirst es nicht glauben, aber Alfie musste sie in Burra abholen, wo sie in einer Erdwohnung hauste. Ihr Vater war Minenarbeiter, er kam vor ein paar Tagen bei einem Grubenunglück ums Leben.« Edward bemerkte Heath' verdutzten Gesichtsausdruck. »Die Morphett-Pumpe hat versagt, drei Arbeiter sind in einem Stollen ertrunken. Hast du das denn nicht gewusst?«

»Nein, ich hatte keine Ahnung«, gestand Heath. In den vergangenen Tagen hatte er dank der reizenden Florence Berkshire kaum das Tageslicht gesehen, doch das konnte er nicht zugeben. Der Ehemann seiner Geliebten war ein bekannter Lokalpolitiker. Er räusperte sich. »Ich... ich war in Crystal Brook bei einer Viehauktion. Aber so, wie ich meinen Vater kenne, zweifle ich nicht daran, dass diese Geschichte stimmt«, fuhr er fort. »Seine Arbeiter behandelte er von oben herab, aber wenn es um eine attraktive Frau ging, war es ihm gleichgültig, woher sie kam. Sie brauchte nur ein hübsches Gesicht zu haben oder gut gewachsen zu sein, und schon tat er alles, um sie ins Bett zu kriegen. Zwar hat er mit zunehmendem Alter Zugeständnisse gemacht, wie du sicherlich weißt, aber ich denke, das war unvermeidlich. In letzter Zeit genügte es ihm meist schon, wenn das Mädchen willig war, das Äußere war zweitrangig.«

Edward konnte dieser Einschätzung nicht widersprechen. Alles, was Heath über seinen Vater gesagt hatte, war wahr.

In Heath' Augen waren all diese Frauen immer nur hinter dem Geld seines Vaters und damit hinter seinem Erbe her gewesen. Es war ihm gelungen, die meisten davonzujagen – nicht jedoch Meredith Barton, die zweiundzwanzigjährige, ehrgeizige Pfarrerstochter aus Saddleworth, die sein Vater geheiratet hatte, als Heath neunzehn gewesen war. Ihr früher Tod durch einen Sturz vom Dach von Martindale Hall hatte jedoch dafür gesorgt, dass sich Heath keine Sorgen mehr um sein Erbe zu machen brauchte. Danach hatte er Spione angeheuert, die die Aktivitäten seines Vaters in Burra und Clare beobachten sollten – er wollte sichergehen, dass es keine weiteren Meredith' mehr gab. »Wenigstens ist dieser Scottsdale keine Zeit geblieben, sich das Geld des Alten unter den Nagel zu reißen«, knurrte er gehässig.

Edward sagte nichts dazu.

Als das Schweigen andauerte, fiel Heath der angespannte Gesichtsausdruck des Anwalts auf. »Vaters Angelegenheiten sind doch in Ordnung, oder?«

»Er hat sein Testament in den letzten Jahren nicht geändert, Heath. Ich habe es gerade durchgesehen, als du gekommen bist.«

»Gut. Ich werde mich um die Mine kümmern müssen. Nach einem Unglück, das Menschenleben gefordert hat, muss jemand da sein, der den Leuten Mut macht, der ihre Moral stärkt.«

»Ich fürchte, die Dinge liegen nicht ganz so einfach«, sagte Edward mit sichtlichem Unbehagen.

Heath horchte auf. »Ich verstehe nicht. Was meinst du damit?«

»Nun, wie ich sagte, Ebenezers Testament ist seit seiner Eheschließung mit Meredith nicht mehr geändert worden.« Edward überflog das Schriftstück ein weiteres Mal.

»Ja, nach dem Tod meines Vaters wäre alles an Meredith gegangen und nach ihrem Tod an mich, wenn ich mich richtig erinnere.« Heath wusste noch, wie wütend er gewesen war, dass sein Vater Meredith zu seiner Alleinerbin gemacht hatte. Sie hatte all ihre Verführungskünste eingesetzt, um ihn dazu zu bringen. Ihr tragisches vorzeitiges Ende hatte glücklicherweise alles wieder ins Lot gebracht.

Edward nickte. »Ebenezer hat seinen ganzen Besitz seiner *Ehefrau* vermacht, und erst nach ihrem Tod geht alles an dich.«

»Ja, das habe ich ja gerade gesagt. Meredith ist tot, also bin ich Vaters Alleinerbe.«

»Aber dein Vater hat noch einmal geheiratet«, sagte Edward ruhig und beobachtete Heath' Reaktion genau. »Am Abend vor seinem Tod hat er Abigail Scottsdale geheiratet. Die Dienstboten haben als Trauzeugen fungiert, die Eheschließung ist rechtmäßig.«

Heath wurde kreidebleich. Die Augen traten ihm fast aus den Höhlen. »Aber die Ehefrau, von der im Testament die Rede ist, war Meredith, und du sagst doch selbst, das Testament ist nicht geändert worden!«

»Ebenezer hat seine *rechtmäßige Ehefrau* als seine Alleinerbin eingesetzt. Er hat sie nicht namentlich genannt.« Ebenezer hatte ausdrücklich auf dieser Formulierung bestanden, nur für den Fall, dass er irgendwann Meredith' überdrüssig werden und sie durch eine Jüngere ersetzen sollte. Edward war damals gar nicht glücklich über diesen Wortlaut gewesen, hatte sich aber an die Anweisungen seines Freundes gehalten. Meredith selbst war die vage Formulierung nicht aufgefallen. Wer sie kannte, wusste, dass sie ihre Stellung mit allen Mitteln verteidigen würde und nicht die Absicht hatte, sich von einer anderen Frau verdrängen zu lassen. Sie sah eine rosige Zukunft als wohlhabende Witwe vor sich.

Heath sprang erregt auf. »Soll das heißen, dass diese neue Ehefrau Vaters Alleinerbin ist?«

»Ich fürchte, ja.« Edward war die ganze Angelegenheit äußerst unangenehm. Auch wenn es ihm oft nicht gefallen hatte, wie

Heath seinen Vater behandelte, so musste er doch zugeben, dass Ebenezer seinem Sohn nie ein guter Vater gewesen war.

Heath war fassungslos. »Das glaube ich einfach nicht! Diese Frau war höchstens ein paar Stunden mit ihm verheiratet und soll jetzt alles erben? Das ist nicht gerecht, Edward. Dagegen muss man doch etwas tun können!«

Der Anwalt schüttelte resigniert den Kopf. »Ich habe das Testament sorgfältig durchgelesen, und offen gestanden sehe ich keine Möglichkeit. Du kannst es natürlich anfechten, aber ich bezweifle, dass du mit einer Klage Erfolg haben wirst.«

Heath war wie vom Schlag gerührt. Ohnmächtiger Zorn stieg in ihm auf. »Diese Frau... sie darf nichts von dem Testament erfahren«, stieß er gepresst hervor.

»Das wird sich kaum vermeiden lassen, Heath.«

Heath' Gedanken überschlugen sich. »Sie war nicht auf Martindale... glaube ich wenigstens. Sonst hätte Winston sicher etwas gesagt.« Als er darüber nachdachte, wurde ihm klar, dass er dem Butler gar keine Zeit für irgendwelche Erklärungen gegeben hatte.

»Meines Wissens ist sie kurz nachdem Ebenezer tot aufgefunden wurde, aus dem Haus geflohen. Daraus könnte man schließen, dass sie eine Mitschuld am Tod deines Vaters trifft, wenn auch, wie soll ich sagen, unbeabsichtigt.« Edward räusperte sich verlegen. »Ich denke, die Leiche sollte obduziert werden.«

»Der Gedanke ist mir auch schon gekommen, und nach allem, was ich jetzt erfahren habe, werde ich darauf bestehen«, stimmte Heath ihm erregt zu. »Ich werde nach Martindale zurückkehren, vielleicht erfahre ich dort mehr. Tu mir einen Gefallen, Edward: Unternimm nichts, bevor ich Näheres über dieses Mädchen herausgefunden habe.«

»Laut Gesetz muss sie innerhalb von achtundzwanzig Tagen von der Erbschaft informiert werden, vorausgesetzt, wir finden sie. Bis dahin wirst du dich um die Mine und alles andere kümmern müssen. Falls diese Abigail Scottsdale irgendetwas mit dem Tod deines Vaters zu tun hat und die Polizei von Mord ausgeht, kannst du bei Gericht beantragen, dass sie vom Erbe ausgeschlossen wird und alles an dich übergeht.«

Heath schöpfte neue Hoffnung. Er hatte immerhin einen Monat Zeit, um die Angelegenheit zu ordnen, und er war fest entschlossen, das auch zu tun.

»Wir können natürlich auch nicht ausschließen, dass dein Vater eines natürlichen Todes starb«, gab Edward zu bedenken.

»Edward, er war gerade einmal dreiundfünfzig!«

»Aber er hatte ein schwaches Herz und eine blutjunge Frau. Eine möglicherweise tödliche Kombination.« Edward starrte einen Moment gedankenverloren vor sich hin.

»Dr. Mead hat Herzversagen als Todesursache festgestellt. Das ist in Anbetracht der Umstände zwar verständlich, aber kann Vaters neue Frau wirklich so viel Glück gehabt haben? Ist es nicht ein merkwürdiger Zufall, dass ihr reicher Mann noch in derselben Nacht stirbt, in der sie ihn geheiratet hat? Die Polizei muss doch Verdacht schöpfen.«

Edward wiegte zweifelnd den Kopf. »Ich kann mir nicht vorstellen, dass die junge Frau von dem Testament gewusst, geschweige denn den genauen Wortlaut gekannt hat.«

»Was wissen wir denn von ihr? Absolut nichts. Vielleicht ist sie eine äußerst gerissene Person.« Heath ballte unwillkürlich die Fäuste. Er würde diese Frau finden, koste es, was es wolle. Er würde schon dafür sorgen, dass sie nicht in die Finger bekam, was rechtmäßig ihm gehörte.

»Das mag sein, aber andererseits sind schon seltsamere Dinge geschehen. Denk nur an Meredith. Es war für alle unbegreiflich, wie eine junge Frau einfach so vom Dach stürzen kann, und doch ist es passiert.«

»Ich bin damals schon der Meinung gewesen, dass sie hinuntergesprungen ist«, sagte Heath kalt.

»Wie kommst du darauf?«

»Ich habe das nie einer Menschenseele erzählt, Edward, aber

Meredith war völlig vernarrt in mich. Es war fast schon krankhaft, wie sie mir nachstellte, und als ich sie zurückwies, brachte sie das ziemlich aus dem Gleichgewicht.«

Edward sah ihn verblüfft an. Er hatte Meredith immer für eine recht selbstbewusste, blitzgescheite junge Frau gehalten, die genau wusste, was sie wollte. »Ich hatte eher den Eindruck, dass ihr beide euch nicht ausstehen konntet. Ihr wart doch wie Hund und Katze zueinander. Das sagten alle.«

»Es stimmt, ich konnte sie nicht leiden, aber sie war regelrecht verrückt nach mir«, beharrte Heath. »Als ich mich weigerte, meinen Vater zu hintergehen und ihr die kalte Schulter zeigte, wurde sie schwermütig. Ich denke, das ist der Grund, weshalb sie sich vom Dach gestürzt hat.«

Edward dachte an die erbitterten Auseinandersetzungen zwischen Meredith und Heath, die er selbst mit angesehen und mit angehört hatte. Er konnte nicht glauben, dass die junge Frau etwas anderes als Verachtung für Ebenezers Sohn empfunden hatte. Genauso wenig konnte er glauben, dass Heath zu Loyalität gegenüber seinem Vater fähig gewesen war, schon gar nicht, wenn es um eine attraktive junge Frau ging. Eine Sekunde lang fragte er sich, was Heath veranlasste, eine solche Geschichte zu erfinden. Doch dann verwarf er den Gedanken wieder. Das alles gehörte der Vergangenheit an und hatte mit der gegenwärtigen Situation nichts zu tun.

Heath kehrte nach Martindale Hall zurück, und er sah sofort, wie nervös Winston war, als dieser ihm die Tür öffnete.

»Ich komme gerade von Edward Martin, Winston, ich habe schon gehört, dass mein Vater diese Scottsdale geheiratet hat.«

Winston senkte seinen Blick. »Es tut mir leid, dass ich Ihnen nicht gleich davon erzählt habe, Sir...«

»Ich habe Ihnen ja keine Gelegenheit dazu gegeben«, unterbrach Heath ihn, »aber jetzt müssen Sie mir alles erzählen, was Sie wissen.« Er war zu dem Schluss gelangt, dass er die Dienstboten auf seine Seite ziehen musste, damit sie für ihn aussagten, falls er eine Klage gegen diese Scottsdale anstrengte. Von jetzt an würde er ihnen mit Respekt begegnen müssen. Sollte diese Person allerdings des Mordes an seinem Vater für schuldig befunden werden, änderte das die Situation. Dann wäre er einer der reichsten Männer von South Australia und bräuchte auf niemanden mehr Rücksicht zu nehmen.

Winston fühlte sich sichtlich unwohl in seiner Haut. Er räusperte sich und sagte dann: »Ihr Vater hat so gut wie nie mit mir über die Frauen gesprochen, für die er sich interessierte, Master Heath, aber ich weiß, dass er Alfie nach Burra schickte, um dieses Mädchen dort abzuholen. Ich hatte keine Ahnung, dass er die Absicht hatte, sie zu heiraten, bis kurz nach Miss Scottsdales Ankunft ein Geistlicher eintraf und Ihr Vater Mrs. Hendy und mich bat, als Trauzeugen zu fungieren.«

»Und die Trauung wurde tatsächlich vollzogen?«, fragte Heath, um ganz sicherzugehen.

»Jawohl, Sir.« Von dem Schlafmittel, das Ebenezer Mason heimlich in den Wein des Mädchens gemischt hatte, sagte Winston wohlweislich nichts. Er hatte es zwar nicht selbst gesehen, aber er wusste, dass Heath' Vater schon mehrere Male eine junge Frau auf diese Weise gefügig gemacht hatte. Es war allerdings das erste Mal gewesen, dass er die Betreffende dann geheiratet hatte. Winston konnte sich das nicht erklären. Miss Scottsdale, eine lebhafte, äußerst attraktive Person, war offenbar nur widerwillig hergekommen und hatte ganz sicher nicht die Absicht gehabt, das Bett mit Mason zu teilen. Nur eine knappe Stunde nach ihrer Ankunft hatte er ihn, Winston, und die Haushälterin gebeten, als Trauzeugen zu fungieren, und zu diesem Zeitpunkt hatte Miss Scottsdale kaum noch gerade auf ihrem Stuhl sitzen können und zusammenhangloses Zeug geredet. Dabei hatte sie nicht einmal ein ganzes Glas Wein getrunken. Welche andere Erklärung als das heimlich eingeflößte Schlafmittel konnte es dafür geben?

Doch Winston, der Ebenezer Mason stets treu ergeben gewesen war, würde dieses Geheimnis ebenso für sich behalten wie jenes andere: dass der verstorbene Master ein Mittel eingenommen hatte, um seine Manneskraft zu stärken. Hatte er vielleicht zu viel davon geschluckt und war daran gestorben, weil sein schwaches Herz es nicht verkraftet hatte? Winston hielt das für durchaus möglich. Der alte Mason hatte es vermutlich darauf angelegt, der jungen Frau unter allen Umständen die Unschuld zu rauben und damit die Ehe zu vollziehen, um ihr dadurch die Möglichkeit zu nehmen, sie am anderen Morgen für ungültig erklären zu lassen.

»Ich habe keine Ahnung, was für ein Motiv sie gehabt hat, aber ich bin sicher, dass sie eines gehabt hat«, sagte Heath zornig. Was er über den Inhalt des Testaments erfahren hatte, wollte er vorläufig für sich behalten.

»Ich bin mir ziemlich sicher, dass Miss Scottsdale nichts von den Plänen Ihres Vaters ahnte«, sagte Winston, ohne nachzudenken. Bei aller Ergebenheit dem Verstorbenen gegenüber empfand er unwillkürlich Mitleid mit der jungen Frau, die so arglos gewesen war. Er war überzeugt, der alte Mason hatte sie lediglich dazu benutzen wollen, ihm einen weiteren rechtmäßigen Erben zu schenken.

Heath machte ein überraschtes Gesicht. »Aber geheiratet hat sie ihn! Wieso hat sie sich nicht dagegen gesträubt?«

»Ihr Vater gab ihr Wein zu trinken, Sir, ich könnte mir denken, sie ist keinen Alkohol gewöhnt«, erwiderte der Butler nach kurzer Überlegung. Es widerstrebte ihm, das Andenken des Toten in den Schmutz zu ziehen.

»Winston, ich kann mir nicht vorstellen, dass zufällig ein Geistlicher zur Hand war. Das Ganze war geplant.«

Winston blickte verlegen drein.

»Na schön«, meinte Heath, als er merkte, dass er nicht weiterkam. »Ich werde mit Alfie reden, vielleicht kann er mir sagen, wo ich diese Miss Scottsdale finde. Weiß er, dass mein Vater sie geheiratet hat?« Er musste herausfinden, ob die junge Frau etwas von dem Testament wusste, deshalb hielt er es für das Beste, sie zu suchen und auszufragen.

»Nein, Sir. Außer Ihnen und Mr. Martin wissen nur Mrs. Hendy, Louise und ich Bescheid.«

»Das soll vorläufig auch so bleiben, Winston.«

»Wie Sie wünschen. Soll ich Mrs. Hendy sagen, dass Sie das Mittagessen servieren soll?«

»Ich will erst mit Alfie reden.« Heath wandte sich zum Gehen.

»Wie Sie wünschen, Sir.« Winston seufzte. Er hörte die Haushälterin schon murren, weil sie das Essen warmhalten musste.

Heath eilte zu den Stallungen, wo Alfie damit beschäftigt war, Horatio trocken zu reiben.

»Guten Tag, Master Heath«, grüßte er. »Darf ich Ihnen mein aufrichtiges Beileid zum Tod Ihres Vaters aussprechen?«

»Danke, Alfie. Die Dienerschaft wird ihn sicherlich vermissen.«

»O ja, Sir. Was wird jetzt aus Martindale? Werden Sie hier einziehen?« Alfie sah der Veränderung mit gemischten Gefühlen entgegen. Der alte Mason war kein einfacher Arbeitgeber gewesen, aber er hatte das Gefühl, unter dem jungen würde es nicht anders sein.

»Ja, natürlich«, entgegnete Heath eine Spur zu schnell. Der Gedanke, dass Abigail Scottsdale Herrin von Martindale wurde, war mehr, als er ertragen konnte. Er würde eher vom Dach springen, als das zu akzeptieren. Er räusperte sich. »Was ich fragen wollte, Alfie… Ich habe gehört, dass Sie eine junge Frau in der Nacht, als mein Vater starb, hierher brachten.«

»Das ist richtig, Sir.«

»Was können Sie mir über sie sagen?«

»Nicht viel, Master Heath. Ihr Vater gab mir eine Nachricht für sie, die ich nach Burra zu der Erdwohnung bringen sollte. Ich musste auf Antwort warten. Dann fuhr die junge Miss mit mir hierher und… blieb über Nacht.« Alfie räusperte sich nervös. Er war sich nicht sicher, wie viel Heath von den Affären seines Vaters mit sehr viel jüngeren Frauen wusste. »Am anderen Morgen kam sie zu den Stallungen herunter und bat mich, sie nach Burra zurückzubringen. Ich müsse erst Mr. Mason fragen, sagte ich zu ihr und ging zum Haus hinauf. Dort erfuhr ich, dass der Master verstorben war. Als ich zum Stall zurückkam, war das Mädchen mitsamt Horatio verschwunden.«

Heath guckte ihn ungläubig an. »Sie hat Horatio gestohlen?«

»So ist es, Sir.«

Heath schüttelte verwundert den Kopf. Die Kleine hatte es anscheinend faustdick hinter den Ohren. »Und was haben Sie dann gemacht?«

»Nun, ich dachte mir, sie würde nicht weit kommen auf Horatio, da nur der Master und ich ihn reiten können, also habe ich in aller Eile ein Pferd gesattelt und bin ihr gefolgt. Horatio habe ich vor der Hufschmiede in Mintaro gefunden. Ein paar Einheimische erzählten mir, sie hätten eine junge Frau auf ihm durch die Stadt galoppieren sehen. Wenige Minuten später sei er allein zurückgekommen, Mickey Boon, der Helfer des Hufschmieds, hat ihn eingefangen.«

»Haben Sie nach dem Mädchen gesucht? Wenn Horatio sie abgeworfen hat, ist sie vielleicht verletzt worden.«

»Ich bin den ganzen Weg nach Burra geritten, aber die Frau war spurlos verschwunden. Zu Hause war sie auch nicht, niemand hatte sie gesehen.«

»Merkwürdig«, murmelte Heath nachdenklich. »Man sollte doch meinen, dass sie gleich nach Hause zurückgekehrt ist.«

»Vielleicht hat sie Angst, dass sie in Schwierigkeiten steckt. Mrs. Hendy hat sie anscheinend beschuldigt, Ihren Vater getötet zu haben. Aber der Arzt meinte, er sei an Herzversagen gestorben, und dafür kann man die junge Frau wohl kaum verantwortlich machen, nicht wahr, Sir?«

»Nein, vermutlich nicht, aber ich denke, das muss noch genauer untersucht werden«, erwiderte Heath ausweichend. Nach einer

Pause fuhr er fort: »Könnte sie vielleicht nach Clare gegangen sein? Das liegt näher bei Mintaro als Burra, und sie hat sich vielleicht gedacht, dass Sie in Burra nach ihr suchen würden. Pferdediebstahl ist ein schweres Vergehen.«

»Das könnte durchaus sein, Sir«, sagte Alfie. Es war ihm peinlich, dass er nicht selbst auf diesen Gedanken gekommen war.

»Spannen Sie die Pferde ein, Alfie. Sowie ich gegessen habe, werden wir aufbrechen. Ich glaube, es kann nicht schaden, sich in Clare ein wenig umzusehen.«

»Jawohl, Sir.«

Heath ließ seine Blicke prüfend über Horatio wandern. »Ein prächtiger Hengst.«

»O ja, Sir, das ist er wirklich«, erwiderte Alfie stolz. Er hing sehr an Horatio und kümmerte sich liebevoll um ihn. Er war mit ihm ausgeritten und hatte ihn jetzt so ausgiebig gestriegelt, dass sein Fell glänzte wie Seide.

»Er dürfte bei der Versteigerung ein hübsches Sümmchen einbringen«, fügte Heath hinzu. Dann wandte er sich um und ging zurück zum Haus.

Alfie machte ein langes Gesicht. Er hatte gehofft, als reicher Erbe würde Heath jedem aus der Dienerschaft ein Andenken aus dem Besitz des Verstorbenen schenken, und insgeheim bereits mit Horatio geliebäugelt. Aber Großzügigkeit schien nicht Heath' Sache zu sein. Und ein so wertvolles Tier zu kaufen konnte sich Alfie nicht leisten. Seine Enttäuschung war groß.

Die achtzig Meilen von Adelaide entfernte Stadt Clare bestand aus mehreren kleineren Ortschaften, die in idyllischen Tälern und um diese herum lagen. Sie waren von englischen, irischen und polnischen Siedlern aufgebaut worden. Einer der Ersten, die sich in der Gegend niedergelassen hatten, war John Horrocks, der 1839 hierhergekommen war. Erst 1842 wurde das eigentliche Clare gegründet – von Edward Burton Gleeson, der die Stadt nach seiner irischen Heimat County Clare benannt hatte. Der Wohlstand der Stadt hing von Anfang an von den einheimischen Farmern ab, aber es waren Jesuiten aus dem nahen Sevenhill gewesen, die als eine der Ersten Wein in der Region anbauten.

Als Heath am späten Nachmittag in Clare eintraf, hatte er nicht die geringste Ahnung, wo er mit seiner Suche nach Abigail Scottsdale beginnen sollte. Außer Alfies Beschreibung von ihr hatte er keinen Hinweis. Er hielt jeden an, den er kannte, und fragte, ob er eine Frau gesehen habe, auf die die Beschreibung zutraf, doch er erntete nur bedauerndes Kopfschütteln. Als er ratlos auf der Hauptstraße stand und überlegte, wohin die junge Frau wohl gegangen sein könnte, sah er Milton Sharp aus seinem Büro kommen. Heath hatte eine Idee.

Er eilte auf Milton zu, den er recht gut kannte, weil er des Öfteren Farmarbeiter und Viehhirten nach Martindale vermittelt hatte.

»Guten Tag, Milton!«

»Heath! Was führt Sie denn in die Stadt?«

»Ich suche jemanden und dachte mir, Sie können mir vielleicht helfen.«

»Wenn ich kann, gerne. Um wen handelt es sich denn?« In seinem Büro war wenig los gewesen an diesem Tag, deshalb war Milton für jede Abwechslung dankbar.

»Um eine junge Frau namens Abigail Scottsdale. Hat sie zufällig bei Ihnen um Arbeit nachgefragt?«

»Das nicht, aber sie ist vor meinem Büro ohnmächtig zusammengebrochen.«

Heath frohlockte innerlich. Nicht, weil die junge Frau ohnmächtig geworden war, sondern weil er endlich einen Anhaltspunkt hatte.

»Ein attraktives Ding, aber ziemlich schmuddelig«, fuhr Milton fort. »Anscheinend ist sie zu Fuß von Mintaro hierher marschiert, und das in dieser Hitze.«

»Das muss sie sein«, sagte Heath aufgeregt. »Wissen Sie zufällig, wo sie jetzt ist?«

»Zufällig ja. Jack Hawker und seine Mutter waren zu dem Zeitpunkt bei mir, und Jack bot Miss Scottsdale eine Stelle an.«

»Was Sie nicht sagen.« Heath' Augen wurden schmal. »Dann ist sie jetzt also draußen auf Bungaree Station?«

»So ist es. Jack hat sie als Gesellschafterin für seine Mutter eingestellt.«

»Danke, Milton, Sie haben mir sehr geholfen.« Heath eilte zurück zu seiner Kutsche. Er konnte sein Glück kaum fassen.

Milton sah ihm kopfschüttelnd nach.

Die Farmer im Gilbert Valley kannten einander mehr oder weniger: Man traf sich in der Stadt, bei landwirtschaftlichen Ausstellungen und Viehauktionen. Auch Heath und Jack waren sich einige Male begegnet, aber nicht miteinander befreundet. Dennoch hatte Heath keine Hemmungen, nach Bungaree hinauszufahren und Jack Hawker unangemeldet einen Besuch abzustatten.

8

Jack, Abbey und Sybil saßen beim Essen, als Heath in Bungaree eintraf. Sabu, der seine Küche vom frühen Morgen an mit einem Hackmesser in der Hand bewacht hatte, hatte ein Lammcurry zubereitet, das so scharf war, dass Jack und Abbey Bäche von Schweiß über Gesicht und Körper liefen.

»Diesmal hat es Sabu mit dem Würzen aber wirklich übertrieben«, klagte Jack, während er sich die Stirn mit seiner Serviette abtupfte und dann ein halbes Glas Wasser hinunterstürzte.

»Das brennt wie Feuer«, stimmte Abbey ihm röchelnd zu. Sie griff nach dem Wasserkrug und schenkte sich zum dritten Mal nach.

»Ich weiß gar nicht, was ihr habt, ich finde es köstlich«, sagte Sybil. Sie war den ganzen Tag in ihrem Zimmer geblieben. Abbey, die nichts zu tun hatte und Sabu nicht über den Weg laufen wollte, hatte den Tag draußen im Garten verbracht, wo sie sich mit Frank Fox über Pflanzen und Gartenarbeit unterhalten hatte. Später hatte sie Elsa und Marie beim Füttern der Hunde geholfen.

Jack warf seiner Mutter einen gereizten Blick zu. »Ich bitte dich, Mutter! Du weißt genau, dass Sabu nur versucht, uns zu beweisen, wie unersetzlich er ist.«

Sybil wollte zu einer Erwiderung ansetzen, als sie Hufgetrappel auf der gekiesten Zufahrt hörte und neugierig den Hals reckte. Jack konnte von seinem Platz aus eine Kutsche sehen. »Wir bekommen Besuch«, sagte er und stand auf.

Abbeys Herz schlug schneller. Hatte die Polizei sie gefunden?

Sie verrenkte sich fast den Hals, um einen Blick durchs Fenster zu werfen, aber den Gentleman, der zum Vordereingang eilte, kannte sie nicht.

Sybil fiel der angespannte Gesichtsausdruck ihrer neuen Gesellschafterin auf. »Was haben Sie denn, Abbey? Sie sind ja ganz blass geworden.«

»Nichts«, antwortete Abbey hastig. »Alles in bester Ordnung.«

»So?« Sybil musterte sie misstrauisch. »Sie machen plötzlich so einen nervösen Eindruck.«

Abbey zuckte betont gleichgültig mit den Schultern und aß weiter, als ob nichts geschehen wäre. Sie konnte das Zittern ihrer Hände kaum unterdrücken, ihr Herz raste, und ihre Kehle war wie zugeschnürt.

Ein Schweigen trat ein. Beide Frauen lauschten, als Jack die Haustür öffnete und Schritte auf den Verandastufen zu hören waren.

»Heath! Was führt Sie denn nach Bungaree Station?«, fragte Jack freundlich.

Heath ergriff seine ausgestreckte Hand. »Bitte entschuldigen Sie die späte Stunde«, sagte er mit einem Blick auf seine Taschenuhr. »Ich hoffe, ich störe nicht?«

»Wir essen gerade zu Abend, aber offen gestanden bin ich ganz froh über die Unterbrechung.«

Heath sah ihn verdutzt an.

»Unser Koch hat ein scharfes Curry zubereitet«, raunte Jack, »und mir brennen schon die Lippen. Aber kommen Sie doch herein.« Er führte Heath ins Wohnzimmer. »Darf ich Ihnen eine Erfrischung anbieten, ein Glas Wein vielleicht oder einen Tee? Oder möchten Sie mit uns essen? Sie sind herzlich eingeladen.«

»Ich hatte ein sehr spätes Mittagessen, vielen Dank«, wehrte Heath ab. Er wollte zur Sache kommen. Durch die offene Tür konnte er zwei Frauen im Esszimmer sitzen sehen. Er nahm an, die ältere war Jacks Mutter; getroffen hatte er sie allerdings noch nie. Die jüngere saß mit gesenktem Kopf am Tisch.

Jack bot dem Besucher einen Platz an. »Was kann ich für Sie tun, Heath?«

»Ich suche jemanden, eine junge Frau, die, wie ich gehört habe, für Sie arbeitet«, antwortete Heath mit einem kurzen Blick ins Esszimmer hinüber.

»Oh.« Jack machte ein überraschtes Gesicht.

»Sie sollen sie als Gesellschafterin für Ihre Mutter eingestellt haben.«

»Sie meinen Abbey.«

Heath schaute zu der jungen Frau im Esszimmer. »Mit vollem Namen heißt sie nicht zufällig Abigail Scottsdale?«

Abbey wäre vor Angst fast ohnmächtig geworden, als sie das hörte. Sie vermutete, Heath war beauftragt worden, sie aufzuspüren, um sie der Polizei zu übergeben.

»Doch.« Jack, neugierig geworden, nickte. »Kennen Sie Abbey denn?«

»Nicht persönlich. Aber wenn Sie erlauben, würde ich mich gern kurz mit ihr unterhalten.«

»Wir sind wie gesagt gerade beim Essen«, erwiderte Jack zögernd. »Wenn Sie so lange warten möchten...«

»Es ist wirklich sehr wichtig«, betonte Heath mit ernster Miene.

Abbey blickte auf und sah Sybils grimmigen Blick auf sich ruhen. Sie wandte den Kopf und schaute ins Wohnzimmer hinüber. Jack war sichtlich verwirrt. Abbey schämte sich, weil sie nach allem, was er für sie getan hatte, nicht aufrichtig zu ihm gewesen war. Es war höchste Zeit, das nachzuholen. Sie wusste, ihr Vater wäre enttäuscht, wenn sie es nicht täte. Sie holte tief Luft, stand auf und ging ins Wohnzimmer.

Sybil, die Augenbrauen hochgezogen, schaute ihr nach.

Abbey trat vor die beiden Männer hin. »Ich bin Abigail Scottsdale«, sagte sie an Heath gewandt.

Dieser erhob sich und betrachtete sie prüfend. Er hatte zwar damit gerechnet, dass die Frau, die er suchte, hübsch war, aber eine so ausnehmend attraktive Person hatte er nicht erwartet. Eine

Sekunde lang nagte Eifersucht auf seinen Vater an ihm, weil dieser eine so wunderschöne junge Frau gehabt hatte, selbst wenn es nur für ein paar Stunden gewesen war. Das rabenschwarze Haar, das sie sich im Nacken zusammengebunden hatte, war dick und gewellt, ihre Haut war, abgesehen von den Spuren eines Sonnenbrands auf der Nase, samtweich, und ihre strahlenden blauen Augen zogen ihn in ihren Bann. Er starrte sie an mit offenem Mund und hatte völlig vergessen, was ihn eigentlich hergeführt hatte. Doch dann dachte er an sein Erbe, und Zorn stieg in ihm auf.

»Ich bin Heath Mason, Miss Scottsdale.« Es gab eine Zeit, da hätte er es für unmöglich gehalten, dass eine so bezaubernde junge Frau berechnend und durchtrieben sein konnte, aber Meredith Barton hatte ihm die Augen geöffnet. Heute wusste er, dass auch hinter der Fassade einer sehr attraktiven Frau eine Betrügerin lauern konnte.

Als Abbey den Namen hörte, wurde ihr schwindlig. Das Herz schlug ihr bis zum Hals. Heath Mason. Ebenezers Sohn. »Freut mich sehr, Mr. Mason«, flüsterte sie kaum hörbar. Rein äußerlich sahen sich Vater und Sohn überhaupt nicht ähnlich, aber ob sie auch vom Charakter her verschieden waren, müsste sich erst noch herausstellen.

»Dann werde ich Sie mal alleinlassen«, sagte Jack, dem Abbeys sonderbare Reaktion nicht entgangen war. Er wandte sich um und ging ins Esszimmer zurück.

Abbey blickte ihm nach. Sie wünschte, Jack und seine Mutter würden sich nicht in Hörweite befinden. Da ihr die Knie ganz weich waren, ließ sie sich auf einen Stuhl fallen. Heath nahm ebenfalls wieder Platz.

»Was kann ich für Sie tun, Mr. Mason?«, hauchte sie.

»Sie können sich sicher denken, warum ich hier bin«, entgegnete Heath in harschem Tonfall. »Sie haben meinen Namen bestimmt wiedererkannt, zumal es jetzt ja auch der Ihre ist.«

Abbey sah ihn stumm und mit großen Augen an. Der Gedanke,

dass sie jetzt einen anderen Namen trug, war ihr noch gar nicht gekommen.

»Haben Sie meinen Vater vor zwei Tagen geheiratet oder nicht?«, fuhr Heath im gleichen schroffen Ton fort.

Abbey machte den Mund auf, brachte aber keinen Laut hervor.

»Nun, Miss Scottsdale? Oder sollte ich besser sagen Mrs. Mason? Möchten Sie mir nicht antworten?«

»Ich… ich hab nicht gewusst, dass ich ihn geheiratet habe«, stammelte Abbey.

Heath schnaubte verächtlich. »Erzählen Sie mir doch keine Märchen! Wie kann man jemanden heiraten, ohne es zu wissen?«

Sybil und Jack, die im Esszimmer jedes Wort mit anhörten, wechselten einen erstaunten Blick.

»Ich weiß, das klingt unglaubwürdig«, sagte Abbey verzweifelt.

»Allerdings«, knurrte Heath.

Abbey verschränkte nervös die Hände ineinander. Sie hätte ihm gern alles erklärt, aber sie hatte das Gefühl, dass es ihn im Grunde nicht interessierte. »Ich war auf Martindale, und das Letzte, woran ich mich erinnere, ist, dass ich im Esszimmer ein Glas Wein getrunken habe. Dann muss ich eingeschlafen sein. Als ich wieder aufwachte, war ich anscheinend mit Ihrem Vater verheiratet.«

»Und das soll ich Ihnen abnehmen, Miss Scottsdale?«, sagte Heath ärgerlich. »Wollen Sie im Ernst behaupten, Sie leiden an Gedächtnisschwund? Ich warne Sie: Entweder Sie sagen mir jetzt die Wahrheit, oder ich werde die Polizei verständigen.«

Abbey brach in Tränen aus.

»Großer Gott«, stieß Heath gereizt hervor. »Sparen Sie sich das, das funktioniert nicht bei mir, Lady!«

Jack war aufgesprungen und eilte ins Wohnzimmer. »Hören Sie, Heath, Ihr Ton gefällt mir nicht. Ich muss Sie bitten, sich zu mäßigen. Sehen Sie nicht, wie sehr Sie dem armen Mädchen zusetzen?«

Heath erhob sich. »Mein Vater starb, als er neben dieser Frau im Bett lag. Ich möchte lediglich wissen, wie es dazu kam. Ich glaube nicht, dass das zu viel verlangt ist!« Seine Stimme bebte vor Zorn.

Jack starrte sprachlos auf Abbey hinunter, die schluchzend die Hände vors Gesicht geschlagen hatte.

»Das mit Ihrem Vater tut mir sehr leid, Heath«, murmelte er schließlich. »Aber ich denke, Sie kommen besser wieder, wenn Abbey sich ein wenig beruhigt hat.«

Heath schäumte innerlich. Er hatte zwar mit Tränen gerechnet, die ihn erweichen sollten, nicht aber damit, dass Jack diese Person verteidigen würde.

Abbey stand auf. »Nein, warten Sie«, schniefte sie. »Ich habe nichts zu verbergen, also werde ich Ihnen alles sagen, was ich weiß.« Sie sah Jack mit tränenfeuchten Augen an. »Ich hätte Ihnen das alles sagen müssen, bevor Sie mich eingestellt haben. Ich wollte Sie nicht hintergehen, das müssen Sie mir glauben. Aber ich war wie betäubt. Erst habe ich meinen Vater verloren und dann...«

»Und dann waren Sie plötzlich mit einem reichen Mann verheiratet, der praktischerweise ein paar Stunden nach der Trauung starb«, fiel Heath ihr gehässig ins Wort.

»Das reicht jetzt, Heath«, sagte Jack scharf. »Ich kann ja verstehen, dass Sie um Ihren Vater trauern, aber vielleicht sollten Sie sich erst einmal anhören, was Abbey dazu zu sagen hat.«

Heath presste grimmig die Lippen zusammen.

»Erzählen Sie uns, was Sie wissen, wenn Sie sich dazu in der Lage fühlen, Abbey«, forderte Jack sie freundlich auf.

Sie nickte, dankbar für seinen Beistand. »Ich fange am besten ganz von vorn an«, begann sie stockend. »Vor ein paar Tagen kamen mein Vater und zwei weitere Männer bei einem Grubenunglück ums Leben. Einer von ihnen war Neal Tavis, der Mann, den ich liebte.« Sie sah Heath in die Augen. »Als Ihr Vater zum Friedhof kam, *nach* der Beerdigung meines Vaters, wohlgemerkt, sagte ich ihm auf den Kopf zu, dass er das Leben der drei Männer auf dem Gewissen habe, weil er zu geizig gewesen sei, die Grubenpumpe warten zu lassen.«

»Sie wollten also Geld herausschlagen, habe ich Recht?« Heath' Ton war beißend.

Die Unterstellung machte Abbey einen Augenblick sprachlos. »Ich war wütend, weil er es nicht für nötig gehalten hatte, nach dem Unglück gleich zur Mine zu kommen oder an der Beerdigung meines Vaters teilzunehmen. Ich wollte, dass er für die Bestattung seiner Leute aufkommt, ja, aber mehr nicht.«

»Fahren Sie fort, Miss Scottsdale. Ich bin gespannt, wie Sie uns erklären werden, dass Sie einen Mann geheiratet haben, den Sie für den Tod Ihres Vaters verantwortlich machen.«

»Nicht nur ich denke so darüber, Mr. Mason, sondern auch die meisten Minenarbeiter.« Abbey funkelte ihn zornig an. »Jedenfalls erzählte mir Ihr Vater, er hätte mit meinem Vater eine Abmachung getroffen.«

»Eine Abmachung? Was für eine Abmachung denn?«

»Nun ja, am Abend vor seinem Tod machte mein Vater so eine Andeutung«, sagte Abbey zögernd. »Ihr Vater hatte anscheinend die Absicht, mich zur Frau zu nehmen. Aber ich wollte ihn nicht heiraten. Ich war in Neal verliebt.« Bei der Erinnerung an Neal kamen ihr von neuem die Tränen. Jack reichte ihr sein Taschentuch, das sie dankbar annahm.

Heath starrte Abbey ungläubig an. »Sie wollen mir allen Ernstes erzählen, dass Sie einen reichen Mann wie meinen Vater verschmähten, damit Sie einen Minenarbeiter hätten heiraten können?«

»Genau so ist es, und das habe ich meinem Vater auch erklärt.« Abbey straffte sich. »Als Ihr Vater diese so genannte Abmachung erwähnte, habe ich ihm gesagt, dass ich nicht glaube, dass sie überhaupt existiert. Und selbst wenn – ich hätte sie nicht erfüllt. Ich hätte niemals einen alten Mann heiraten können, den ich nicht liebe.« Ihre Stimme zitterte vor Abscheu beim bloßen Gedanken daran.

Fassungslosigkeit spiegelte sich auf Heath' Gesicht, doch Abbey fuhr fort: »Als Ihr Vater meinte, mir bliebe aus finanziellen Gründen gar keine andere Wahl, als diese Abmachung zu erfüllen, sagte ich ihm, dass ich mir Arbeit suchen und für mich selbst sorgen würde.«

»Und, haben Sie eine gefunden?«, fragte Heath sarkastisch.

»Nein. Niemand wollte mich einstellen, und ich glaube, dass ich das Ihrem Vater zu verdanken habe.«

»Wie kommen Sie denn darauf?« Heath' Ton wurde immer feindseliger.

»Es ist allgemein bekannt, dass er Macht und Einfluss in Burra hatte.«

»Das mag ja sein, aber wieso sollte es ihn kümmern, ob Sie Arbeit finden oder nicht?«

»Er wollte, dass ich von ihm abhängig bin. Das war der Grund.« Abbey wusste selbst, wie absurd ihre Geschichte klang. »Ich besaß nichts mehr, keinen Penny, ich war völlig verzweifelt. Da brachte mir der Kutscher Ihres Vaters eine Nachricht. Er hätte es sich überlegt, schrieb Ihr Vater, und werde sich seiner Verantwortung stellen. Ich solle zu ihm kommen, damit wir über eine Entschädigung verhandeln könnten.«

Das klang nicht nach seinem Vater, fand Heath. Der Alte hatte nie freiwillig auch nur einen Penny herausgerückt. Dennoch gab es diese Nachricht, auch Alfie hatte sie erwähnt. »Haben Sie diesen Brief noch?«

Abbey dachte kurz nach. »Ich ... ja, aber ich habe ihn in Burra zurückgelassen.« Sie erinnerte sich, wie aufgebracht sie die Nachricht in kleine Schnipsel zerrissen hatte, und hoffte, sie würde nicht als Beweisstück zu ihren Gunsten gebraucht.

»In der Erdwohnung«, spottete Heath.

Abbey lief rot an, nickte aber.

»Wie praktisch.« Heath verzog das Gesicht zu einer höhnischen Grimasse. »Obwohl Sie also gerade behauptet haben, außer für die Beerdigung kein Geld von meinem Vater gewollt zu haben, sind Sie zu ihm gegangen, um über eine Entschädigung zu verhandeln.«

»Neals Mutter starb nur kurze Zeit nach ihrem Sohn an gebrochenem Herzen«, ereiferte sich Abbey. »Der Kummer hat sie umgebracht! Seine beiden jüngeren Schwestern sind jetzt Waisen. Finden Sie nicht, dass Ihr Vater ihnen etwas schuldig war? Und ich konnte meinem Vater nicht einmal ein anständiges Begräbnis bezahlen«, fuhr sie mit rauer Stimme fort. »Ja, unser Zuhause war eine Erdwohnung, aber mein Vater war ein rechtschaffener, fleißiger Mann, und er hatte etwas Besseres verdient als eine schäbige Kiefernholzkiste …« Sie brach schluchzend ab.

Mitleid regte sich in Heath, aber nur einen kurzen Augenblick. »Ich wollte nicht so grob sein«, meinte er begütigend. »Aber versetzen Sie sich doch einmal in meine Lage. Ich habe gerade herausgefunden, dass mein Vater Sie geheiratet hat und in derselben Nacht gestorben ist!«

Abbey schnäuzte sich und atmete ein paarmal tief durch. Sybil hatte sich zu ihnen gesellt. Sie reichte Jack ein Glas Wasser für Abbey. Jack reichte es weiter und machte seine Mutter mit Heath bekannt.

»Was ist dann passiert, Abbey?«, drängte Jack behutsam, nachdem sie sich wieder gefangen hatte.

»Ich bin mit dem Kutscher nach Martindale gefahren«, erzählte Abbey stockend. »Als ich dort ankam, lud Mr. Mason mich zum Abendessen ein. Ich lehnte ab, ich sagte ihm, ich würde mich nicht mit dem Mann an einen Tisch setzen, den ich für den Tod meines Vaters verantwortlich halte. Er bestand darauf, dass ich wenigstens ein Glas Wein trinke. Obwohl ich nur ein paarmal daran genippt habe, habe ich mich ganz merkwürdig gefühlt. Ich dachte, das komme daher, weil ich tagelang keine richtige Mahlzeit mehr zu mir genommen hatte. Das Nächste, woran ich mich erinnere, ist, dass ich am anderen Morgen vom gellenden Geschrei einer Frau aufgewacht bin.«

»Wer war die Frau?«, fragte Jack.

»Eines der Dienstmädchen. Aber das erfuhr ich erst später. Ich lag in einem fremden Zimmer, in einem fremden Bett. Als ich mich umdrehte, sah ich einen Mann neben mir. Es war Ebenezer Mason. Zu dem Zeitpunkt wusste ich noch nicht, dass er tot war. Ich sprang in Panik aus dem Bett. Im gleichen Moment kamen das Dienstmädchen und die Haushälterin ins Zimmer. Ich hätte Mr. Mason geheiratet, behaupteten sie, aber ich glaubte ihnen nicht, weil ich mich doch sicher daran erinnert hätte. Aber die Haushälterin zeigte mir den Trauring an meiner Hand. Ich konnte es nicht glauben, ich dachte, das wäre alles nur ein böser Traum. Dann folgte der nächste Schock: Mr. Mason war tot. Ich ging zu ihm und rüttelte ihn, damit er aufwachte, aber er rührte sich nicht. Die Haushälterin warf mich hinaus.« Abbey sah Heath an, der einen völlig verwirrten Eindruck machte. »Es tut mir leid, dass Sie Ihren Vater verloren haben. Ich weiß nicht, woran er gestorben ist, aber ich schwöre bei Gott, dass ich nichts damit zu tun habe.«

Heath sah sie forschend an. »Und warum sind Sie dann geflüchtet? Noch dazu auf einem Pferd, das Sie gestohlen haben?«

Abbey streifte Jack mit einem Seitenblick. Sie bemerkte die Enttäuschung in seinen Augen. »Ich habe noch nie in meinem Leben gestohlen«, beteuerte sie, »aber als ich beschuldigt wurde, Ihren Vater getötet zu haben, geriet ich in Panik. Ich hatte Angst, ich wollte nur noch weg, und da habe ich mir den Hengst geborgt. Ich hätte ihn bestimmt irgendwann zurückgebracht.« Abermals begann sie zu schluchzen.

»Wirklich eine hübsche Geschichte, die Sie uns da auftischen«, sagte Heath eisig. Er dachte an das große Erbe seines Vaters. Falls Abbey davon wusste, lieferte sie die Vorstellung ihres Lebens, so viel stand fest. Doch er würde es nicht zulassen, dass sie in die Finger bekam, was rechtmäßig ihm zustand.

Obwohl Jack nicht so recht wusste, was er von Abbeys Geschichte halten sollte, sagte er mit fester Stimme: »Ich glaube, Sie gehen jetzt besser, Heath. Für heute reicht es. Abbey muss sich ein wenig ausruhen.«

»Na schön. Aber glauben Sie ja nicht, dass die Angelegenheit damit erledigt ist«, zischte Heath und drohte Abbey mit dem Zeigefinger. »Ich werde den Leichnam meines Vaters wahrscheinlich obduzieren lassen, damit wir Klarheit haben.« Er eilte mit großen Schritten zur Tür, und Jack folgte ihm.

Abbey sah dem Besucher angstvoll nach. Sie wusste, der Albtraum, in den Ebenezer Masons Tod sie gestürzt hatte, war noch nicht vorbei.

Als sie sich umdrehte, bemerkte sie, dass Sybil, die Arme über der Brust verschränkt, sie mit ausdrucksloser Miene musterte. Im Hintergrund hörte sie, wie Heath sich für die Störung entschuldigte und sich dann von Jack verabschiedete.

»Ich weiß, ich hätte Ihnen das alles sagen müssen, bevor ich hierherkam«, gab Abbey beschämt zu.

»Und warum haben Sie es nicht getan?«, fragte Sybil. »Warum haben Sie uns nicht den wahren Grund genannt?«

»Den wahren Grund?« Abbey zögerte. Aber was hatte sie jetzt noch zu verlieren? »Ich brauchte dringend Arbeit und einen Ort, wo ich mich eine Weile verstecken konnte. Als Ihr Sohn mir die Stelle hier in Bungaree anbot, schien mir das die perfekte Lösung zu sein. Ich dachte mir, sobald ein Arzt die Todesursache festgestellt hätte, würde man nicht mehr nach mir suchen, weil dann klar wäre, dass ich nichts mit Ebenezer Masons Tod zu tun habe.«

Sybil sah sie prüfend an. Sie hatte den alten Mason einmal in Clare gesehen. Es war in der Tat schwer vorstellbar, dass ein zartes Ding wie Abbey diesem kräftigen Mann eine tödliche Verletzung zufügen sollte.

»Mein Geheimnis hat mich furchtbar belastet«, fuhr Abbey fort. »Und ob Sie es glauben oder nicht: Ich bin froh, dass jetzt endlich alles ans Licht gekommen ist.«

Jack war zurückgekommen und hatte diese letzten Worte gehört. »Sie machten tatsächlich einen völlig verstörten Eindruck, als wir Sie in Clare aufgriffen, aber keiner von uns hätte gedacht, dass so etwas Schreckliches dahintersteckt.«

»Ich weiß, und ich bedauere das alles sehr«, sagte Abbey aufrichtig. Ihre Unterlippe zitterte, als sie fortfuhr: »Ich hatte nur noch meinen Vater, meine Mutter und meine beiden Geschwister habe ich schon vor vielen Jahren verloren. Es war ein furchtbarer Schlag für mich, als mein Vater und Neal, mein Verlobter, bei dem Minenunglück ums Leben kamen. Als ich dann auch noch erfuhr, dass ich mit einem Ungeheuer wie Ebenezer Mason verheiratet war und dieser tot neben mir im Bett gefunden wurde, verlor ich die Nerven. Ich konnte das alles einfach nicht mehr verkraften. Ich weiß, ich hätte Ihnen von Anfang an reinen Wein einschenken müssen, aber ich war völlig durcheinander. Doch das ist keine Entschuldigung. Sie hatten ein Recht darauf, die Wahrheit zu erfahren, und ich habe mir diese Stelle durch Täuschung verschafft. Ich werde das Haus sofort verlassen.« Abbey straffte sich und wandte sich zum Gehen.

»Warten Sie, Abbey«, rief Jack. Er sah seine Mutter an, die ein finsteres Gesicht machte.

Abbey drehte sich um.

»Ich möchte, dass Sie bleiben«, sagte Jack. »Ich glaube Ihnen. Ich weiß nicht genau, was auf Martindale Hall geschehen ist, genauso wenig wie Sie, und vielleicht werden wir jetzt, wo Ebenezer Mason tot ist, die Wahrheit nie erfahren. Aber Ihre Version der Ereignisse scheint mir überzeugend zu sein.« Er war ein guter Menschenkenner, und Abbey schien ihm nicht der Typ Frau, die zu den Dingen fähig war, deren Heath sie bezichtigt hatte.

Erleichterung überkam Abbey. Es tat gut zu wissen, dass Jack ihr glaubte. Im Gegensatz zu seiner Mutter, wie ein Blick auf Sybils Gesicht zeigte. Abbey war davon überzeugt, dass sie ihr das Leben auf Bungaree Station zur Hölle machen würde, wenn sie bliebe. »Ich danke Ihnen, aber ich glaube, es ist besser, wenn ich gehe«, sagte sie leise.

Jack sah sie eindringlich an. »Würden Sie denn gern bleiben?«

Sie zögerte, nickte dann aber, einen ängstlichen Blick in Sybils Richtung werfend.

Jack begriff. »Dann liegt die Entscheidung bei dir«, sagte er und sah seine Mutter dabei an. Sybil machte ein überraschtes Gesicht. »Du bist Abbey vom ersten Moment an feindselig begegnet. Bleibt sie hier, muss sich das ändern. Schickst du sie fort, werde ich es akzeptieren.« Er sah Abbey an. »Ich werde euch jetzt alleinlassen, damit ihr das klären könnt.« Er wandte sich um und verließ das Zimmer.

Abbey war fassungslos. Er ließ seine Mutter die Entscheidung über ihre Zukunft treffen? Damit war ihr Schicksal besiegelt. Sybil würde sie natürlich fortschicken. Abbey senkte den Blick, konnte es nicht ertragen, die Genugtuung in Sybils Augen zu sehen. Als das Schweigen jedoch andauerte, schaute sie zaghaft wieder auf.

Sybil musterte sie unverhohlen, wirkte aber ausnahmsweise nicht verärgert. »Mein Sohn ist ein kluger Mann.«

Abbey verstand nicht, was sie meinte.

»Er weiß genau, dass ich mich nicht mehr beklagen darf, wenn ich Sie bitte zu bleiben.«

»Aber das werden Sie nicht tun«, sagte Abbey. »Sie haben gewusst, dass ich etwas zu verbergen habe. Sie haben Recht gehabt, und das erfüllt Sie mit Genugtuung.«

»Das tut es, zugegeben. Ich bilde mir etwas darauf ein, in den Menschen lesen zu können. Als Schauspielerin lernt man, selbst die feinsten Nuancen zu registrieren. Jetzt, wo Ihr Geheimnis aufgedeckt wurde, fühle ich mich bestätigt.«

Abbey ließ den Kopf hängen und drehte sich um.

»Einen Augenblick, junge Dame«, sagte Sybil streng. »Ich bin noch nicht fertig.«

Abbey sah sie an, fassungslos, dass Sybil es sich offenbar nicht nehmen lassen wollte, sie fortzuschicken. »Wie Sie wünschen. Ich habe es verdient, also tun Sie Ihren Gefühlen nur keinen Zwang an.« Sie verschränkte die Hände ineinander und starrte schicksalsergeben auf den teppichbedeckten Fußboden.

Wieder verstrichen einige Augenblicke in dumpfem Schweigen. Als Abbey schließlich aufschaute, sah Sybil sie immer noch nachdenklich an.

»Sie haben viel durchgemacht. Ich mag Ihnen herzlos vorkommen, aber es tut mir aufrichtig leid, dass Sie Ihren Vater verloren haben und den Mann, den Sie liebten.«

»Danke«, erwiderte Abbey leise. Da Sybils Mann vor eineinhalb Jahren gestorben war, konnte sie den Verlust sicherlich nachempfinden.

»In Clare kursieren Gerüchte über Ebenezer Mason. Er soll ein alter Lustmolch gewesen sein, habe ich gehört. Ich kann mir daher lebhaft vorstellen, dass er die Situation einer attraktiven jungen Frau, die niemanden mehr hat auf der Welt, schamlos ausgenutzt hat.«

Abbey schaute sie verdutzt an. »Soll das heißen…?«

»Dass Sie bleiben sollen? Ja, das heißt es. Möchten Sie immer noch meine Gesellschafterin sein?«

»Ja, natürlich«, antwortete Abbey hastig.

»Ich bin nicht besonders nett zu Ihnen gewesen. Und trotzdem wollen Sie bleiben? Warum? Wegen Jack?«

Abbey kamen die Tränen. »Seit meine Mutter gestorben ist, habe ich kein richtiges Zuhause mehr gehabt. Ich habe nie ein eigenes Zimmer gehabt.«

»Sie möchten also lediglich ein Dach über dem Kopf und drei warme Mahlzeiten am Tag«, stellte Sybil fest.

»Wer würde nicht gern in einem Haus wie diesem wohnen?«

»Wenigstens sind Sie dieses Mal ehrlich«, bemerkte Sybil trocken.

»Das ist nicht nur ein Haus, Mrs. Hawker«, versicherte Abbey eilig, weil sie fürchtete, Sybil mit ihrer Offenheit verletzt zu haben. »Es ist ein wunderbares Zuhause, das Sie mit einem Sohn teilen, auf den Sie stolz sein können. Sie wissen gar nicht, wie gut Sie es haben. Ich wünsche mir nichts sehnlicher als ein Zuhause wie dieses, aber ich weiß, dass ich nicht die Gesellschafterin bin, die Sie sich wünschen. Wir haben nichts gemeinsam, weil ich aus einer armen irischen Familie komme und nichts vom Theater verstehe. Ich bin noch nie in einem gewesen und werde vermutlich auch nie eines besuchen können, aber ich würde gern mehr darüber wissen. Ich habe Ihnen nichts zu bieten, ich weiß, aber vielleicht könnten wir versuchen, miteinander auszukommen.«

Sybil war gerührt über diese Worte, wollte es sich aber unter keinen Umständen anmerken lassen. »Sie haben Recht«, sagte sie schließlich. »Wir sollten es zumindest versuchen. Einverstanden?«

Abbey nickte.

»Schön. Dann gehen Sie jetzt und waschen sich erst mal das Gesicht. Sie sehen ganz verweint aus. Ich würde nachher gern Karten spielen.«

»Karten?«, wiederholte Abbey verblüfft.

»Ja. Das können Sie doch hoffentlich, oder?«

»Ja, ich hab gelegentlich mit meinem Vater und seinen Freunden gespielt.«

»Haben Sie auch mal gewonnen?«

»Hin und wieder, ja.« Ein Lächeln huschte über Abbeys Gesicht, als sie sich an diese fröhlichen Abende erinnerte.

»Wunderbar, ich liebe nämlich gleichwertige Gegner. Ich werde jetzt einen kleinen Verdauungsspaziergang machen«, fügte Sybil hinzu, eine Hand auf ihren Bauch gepresst, »aber in einer halben Stunde treffen wir uns im Wohnzimmer.«

Abbey verzog schmerzlich das Gesicht. »Das Curry war ganz schön scharf, nicht wahr?«

»Das können Sie laut sagen«, murmelte Sybil. Sie nahm sich vor, ein paar Takte mit Sabu zu reden.

Als Abbey sich frisch gemacht hatte und wieder herunterkam, war Sabu damit beschäftigt, die Küche aufzuräumen. Um einer Konfrontation mit dem Koch aus dem Weg zu gehen, schlich sie auf Zehenspitzen durch den Flur und schlüpfte zur Hintertür hinaus. Jack spielte im Hof Ball mit den Hunden. Er blickte auf, als Abbey heraustrat.

»Und, werden Sie bleiben?«, fragte er in unbekümmertem Ton. Abbey sah ihn verwundert an. »Ja, obwohl ich schon fest damit gerechnet hatte, dass Ihre Mutter mich hinauswerfen würde, als Sie ihr die Entscheidung überlassen haben.«

Jack ging lächelnd auf sie zu. »Ich kenne meine Mutter. Sie war wütend, weil ich Sie eingestellt habe, ohne sie zu fragen. Dass ich ihr die Entscheidung überlassen habe, ob Sie bleiben sollen oder nicht, hat sie glücklich gemacht.«

»Trotzdem verstehe ich nicht, warum sie mich nicht fortgeschickt hat.« Abbey schüttelte verwirrt den Kopf.

»Meine Mutter legt größten Wert auf Ehrlichkeit, Abbey.«

»Und sie wusste, dass ich etwas zu verbergen habe.«

»Ja, aber als Sie die Gelegenheit dazu bekamen, haben Sie sich nicht gescheut, uns die ganze Wahrheit zu erzählen.«

»Ich werde Ihnen nie wieder etwas verheimlichen, das verspreche ich Ihnen«, sagte Abbey und sah ihm dabei in die Augen.

»Gut.« Jack nickte. »Wissen Sie, meine Mutter lebt richtig auf, wenn's dramatisch wird. Kein Wunder, immerhin war sie Schauspielerin. Ich hingegen kann ohne Dramen leben, und Sie wahrscheinlich auch.«

»O ja, ich hatte in letzter Zeit genug fürs ganze Leben.« Abbeys Miene verdüsterte sich. »Aber ich fürchte, es ist noch nicht vorbei.«

»Da könnten Sie Recht haben«, stimmte Jack ihr leise zu. Er war sich sogar ziemlich sicher, dass die Angelegenheit noch nicht erledigt war, aber er wollte sie nicht ängstigen.

»Ich frage mich, wie Heath Mason mich hier gefunden hat.«

»Darüber habe ich mir auch Gedanken gemacht. Milton Sharp von der Arbeitsvermittlung ist ein guter Bekannter von ihm, und ich vermute, er war es, der ihm erzählt hat, dass ich Sie eingestellt habe.«

»Ich kann es dem jungen Mr. Mason nicht verdenken, dass er so zornig und aufgebracht war. Er hat seinen Vater verloren und will Antworten. Ich kann ihn verstehen«, sagte Abbey.

»Sie haben auch Ihren Vater verloren, aber daran denkt Heath offenbar nicht. Ich weiß, dass er und sein Vater sich nicht besonders nahestanden. Meines Wissens hatten sie seit langem kaum Kontakt zueinander.« Jack fragte sich, ob es die Neugier gewesen war, die Heath getrieben hatte. Aber wenn er die neue Frau seines Vaters lediglich hatte in Augenschein nehmen wollen, wieso war er dann so aggressiv zu ihr gewesen? Hatte Neid eine Rolle gespielt, Eifersucht vielleicht?

»In Burra ging das Gerücht, der alte und der junge Mason hätten sich zerstritten«, sagte Abbey nachdenklich. »Trotzdem muss der Tod des Vaters ein Schock für ihn gewesen sein.«

Jack sah sie mitfühlend an. »Es muss furchtbar für Sie gewesen sein, als Sie aufwachten und feststellten, dass der Mann neben Ihnen tot war.«

»Furchtbar ist gar kein Ausdruck.« Abbeys Stimme zitterte. »Ich werde seitdem immer wieder von Albträumen geplagt. Und dann noch erfahren zu müssen, dass ich mit ihm getraut worden war…« Sie schauderte, als sie sich nicht zum ersten Mal fragte, ob Ebenezer Mason sie vergewaltigt hatte. Sie errötete und sah Jack forschend an. »Sie glauben mir doch, wenn ich sage, dass ich nichts mit seinem Tod zu tun habe, nicht wahr?« Schnell hob sie die Hand. »Entschuldigen Sie, das ist eine dumme Frage. Sie kennen mich nicht, woher sollen Sie also wissen, ob ich die Wahrheit sage oder nicht? Zumal ich Ihnen einiges verheimlicht habe. Ich weiß wirklich nicht, was nach der Begegnung mit dem alten Mason im Esszimmer geschah, aber ich kann mir beim besten Willen nicht vorstellen, dass ich fähig bin, jemandem ein Leid anzutun, nicht einmal ihm.«

»Wissen Sie, ich vertraue meistens auf meinen Instinkt, und der sagt mir, dass Sie die Wahrheit sagen und keine Ahnung haben, was mit Ebenezer Mason passiert ist.« Jack hatte zwar eine Vermutung, wollte aber im Moment noch nicht darüber reden. »Im Bett neben ihm aufgewacht zu sein und nicht zu wissen, ob er sich womöglich an Ihnen vergangen hat, belastet Sie doch sicher«, fügte er sanft hinzu.

Abbey nickte zaghaft. Ihre Unterlippe bebte. »Ja, das stimmt«, flüsterte sie.

»Möchten Sie einen Arzt aufsuchen?«, fragte er behutsam. »Ich kann das arrangieren, ganz diskret, wenn Sie möchten.«

»Ich weiß es nicht.« In ihrem augenblicklichen Zustand war sie sich wirklich nicht sicher, ob sie es verkraften würde, von einem Arzt auf ihre Jungfräulichkeit untersucht zu werden. Dennoch war sie Jack dankbar für sein Taktgefühl.

»Reden Sie mit meiner Mutter«, riet er ihr. »Sie hat viel Lebenserfahrung. Vielleicht kann sie Ihnen Ihre Angst nehmen.«

Abbey, den Tränen nahe, nickte. »Ich danke Ihnen für alles, was Sie für mich getan haben«, wisperte sie. »Wie soll ich das jemals wiedergutmachen?«

Jack legte ihr seine Hand auf die Schulter. »Das brauchen Sie nicht. Ich bin immer für Sie da, vergessen Sie das nicht.«

Abbey nickte abermals, und Jack wandte sich wieder seinen Hunden zu, die ungeduldig darauf warteten, dass er ihnen den Ball warf.

Als Abbey langsam zum Haus zurückschlenderte, dachte sie darüber nach, was für ein feiner Mensch Jack war. Er war freundlich und sanft und einfühlsam. In gewisser Weise erinnerte er sie an Neal, über dessen Tod sie noch lange nicht hinweg sein würde. Abbey hatte in den letzten Tagen kaum an ihn gedacht und deswegen ein schlechtes Gewissen, aber es war einfach zu viel auf sie eingestürmt. Neal war meine große Liebe, sinnierte sie betrübt, aber ich bin noch so jung, vielleicht wird eines Tages ein anderer Mann in mein Leben treten, den ich genauso lieben kann.

9

Die unterschiedlichsten Gefühle tobten in Heath, als er von Bungaree aus nach Auburn fuhr, um Edward Martin noch einmal aufzusuchen. Er war zornig, verwirrt, enttäuscht, fühlte sich ohnmächtig und aus dem Gleichgewicht geworfen. Er wusste nicht, was er von Abigail Scottsdale halten sollte. Einerseits hatte er den Verdacht, dass sie das Testament seines Vaters genau kannte und ihm die missbrauchte Unschuld vorgespielt hatte. Andererseits hielt er es für durchaus möglich, dass sie tatsächlich nur ein Opfer seines wollüstigen Vaters war. Im Augenblick schien Heath Ersteres wahrscheinlicher. Aber wie dem auch war: Er konnte es sich nicht leisten, irgendetwas dem Zufall zu überlassen.

Als er Edward in dessen Kanzlei an der Hauptstraße von Auburn nicht mehr antraf, ging er um die Ecke zu ihm nach Hause. Edward hatte gerade zu Abend gegessen und saß mit der Zeitung auf der Veranda, wo er die Kühle des frühen Abends genoss. Sophie, seine Frau, die ohne Punkt und Komma plapperte, und seine Tochter Bryony waren zu einem Spaziergang mit ihrem Hund aufgebrochen. Eigentlich liebte Edward diese stillen Minuten, in denen er in Ruhe seine Zeitung lesen konnte, aber an diesem Abend fiel es ihm schwer, sich zu konzentrieren, weil er unentwegt an seinen verstorbenen Freund Ebenezer denken musste und an die Nachricht, die Frank Bond, der Geschäftsführer der Kupfermine, ihm geschickt hatte.

Als wäre das noch nicht genug, ihn um seinen wohlverdienten Feierabend zu bringen, wurde das Gartentor aufgerissen und Heath stapfte den Weg herauf zur Veranda.

»Ich war gerade draußen auf Bungaree Station«, sagte er.
»Wieso denn das?«
»Weil Miss Abigail Scottsdale jetzt dort wohnt. Sie ist die Gesellschafterin von Jack Hawkers Mutter.«
Edward versuchte gar nicht erst herauszufinden, wie Heath sie so schnell aufgespürt hatte. »Hast du mit ihr gesprochen?«
»Ja, das hab ich.« Heath ließ sich schwer in einen Sessel fallen. »Das hat mich allerdings auch nicht viel weitergebracht, weil ich jetzt gar nicht mehr weiß, was ich denken soll.«
»Wie ist sie denn so?«, fragte Edward neugierig. Er wusste von Ebenezers Liebschaften mit jüngeren Frauen, aber geheiratet hatte er mit Ausnahme von Meredith Barton keine. Deshalb nahm er an, dass diese Abigail Scottsdale etwas ganz Besonderes war.
»Sehr jung und sehr attraktiv«, erwiderte Heath. »Sie behauptet, mein Vater hätte ihr eine Nachricht geschickt und sie darin gebeten, nach Martindale zu kommen, damit er mit ihr über eine Entschädigung für den Verlust ihres Vaters verhandeln könne. Miss Scottsdales Vater ist anscheinend vor kurzem bei einem Minenunglück ums Leben gekommen.«
»Das klingt aber gar nicht nach Ebenezer«, bemerkte Edward trocken. »Seit er die Mine vor ein paar Jahren gekauft hat, sind etliche Arbeiter getötet worden, aber er hat den betroffenen Familien nicht ein einziges Mal eine Entschädigung angeboten. Im Gegenteil, ich hatte Anweisung, ihm jeden vom Hals zu halten, der ihm eventuell Schwierigkeiten bereiten könnte.«
Heath machte eine wegwerfende Handbewegung. »Vielleicht ist das auch nur gelogen wie alles andere«, knurrte er. Insgeheim traute er seinem Vater allerdings durchaus zu, ein junges Mädchen mit der Aussicht auf finanzielle Wiedergutmachung ins Herrenhaus zu locken. Doch diesen Gedanken behielt er für sich. »Jedenfalls behauptet sie, nur ein Glas Wein getrunken zu haben und sich danach an nichts mehr erinnern zu können, bis sie am anderen Morgen aufwachte und von der Haushälterin erfuhr, sie hätte meinen Vater geheiratet, und jetzt sei er tot.«

»Hört sich reichlich unglaubwürdig an«, meinte Edward.

»Ganz meine Meinung. Sie hat angeblich nur ein einziges Glas Wein getrunken und will sich an nichts mehr erinnern können? Natürlich hat sie ein paar Tränen laufen lassen. Jack Hawker fiel prompt darauf herein und bat mich zu gehen, weil die Ärmste völlig am Ende sei.«

Edward schwieg nachdenklich. Er wusste nicht, was er von der Sache halten sollte. »Ach, übrigens, vor ungefähr einer Stunde bekam ich eine Nachricht von Frank Bond, dem Geschäftsführer der Mine, du weißt schon.«

»Was wollte er denn?« Heath war Frank einige Male vor dem Zerwürfnis mit seinem Vater begegnet. Damals war Frank noch Steiger gewesen.

»Es gibt da einige Schriftstücke, die unterschrieben werden müssen. Frank hat sie nach Martindale geschickt, aber Winston gab sie dem Boten wieder mit und ließ Frank wissen, man werde sich demnächst mit ihm in Verbindung setzen. Frank konnte sich keinen Reim darauf machen, also fragte er mich, was denn los sei. Winston hat ihm anscheinend nichts vom Tod deines Vaters erzählt, ich nehme an, er denkt, das steht ihm nicht zu.«

»Was hast du Frank geantwortet?«

»Dass morgen jemand zur Mine kommen wird.«

Heath nickte. »Ich werde gleich morgen Früh hinfahren und der Belegschaft sagen, was passiert ist«, versprach er.

»Gut. Du wirst die Leitung des Bergwerks übernehmen müssen, bis Miss Scottsdale darüber informiert ist, dass sie die neue Eigentümerin ist.«

Heath sah ihn entsetzt an. »Um Gottes willen, Edward, das darf nicht passieren! Unter keinen Umständen!«

Edward breitete hilflos die Arme aus. »Es ist nicht richtig, ich weiß, aber sollte sich herausstellen, dass sie nichts mit dem Tod deines Vaters zu tun hat, wirst du es nicht verhindern können.« Nach einer Pause fuhr er fort: »Du weißt, dass Ebenezers Tod ein gefundenes Fressen für die Zeitungsleute sein wird, Heath.«

Dieser Gedanke war Heath auch schon gekommen. »Ja, das ist mir schon klar.«

»Die Gerüchte werden ins Kraut schießen, weil Ebenezer nicht krank und nicht sehr alt gewesen ist. Sorge dafür, dass die Dienstboten auf Martindale Stillschweigen über seine plötzliche Hochzeit bewahren, zumindest vorläufig.«

»Ja, ich werde es ihnen einschärfen.«

»Sollte das Erbe allerdings an Miss Scottsdale fallen, wird es sich nicht mehr verheimlichen lassen.«

»Nur über meine Leiche«, entgegnete Heath heftig. »Ich werde jetzt gleich zu Vernon Mead fahren und mit ihm reden. Er soll den Leichnam meines Vaters obduzieren. Falls ihm irgendetwas Verdächtiges auffällt, werde ich die Polizei verständigen, und dann wird Miss Scottsdale bekommen, was sie verdient hat. Es wird jedenfalls nicht das Vermögen sein, auf das sie spekuliert. Nicht einmal Jack Hawker wird dann noch in der Lage sein, sie zu beschützen!«, schloss er hasserfüllt.

Heath hatte sich eilig von Edward Martin verabschiedet und unverzüglich auf den Weg nach Burra gemacht. Es war dunkel, als er dort ankam. Vernon Mead lebte allein im hinteren Teil des Hauses, in dem er seine Praxis hatte. Er briet sich gerade Lammkoteletts, als es an der Tür klopfte. Vernon spähte durch die Fliegentür und wurde blass, als er Heath draußen stehen sah. Er ahnte, was ihn zu ihm führte. Winston hatte, ohne allerdings die vollzogene Trauung zu erwähnen, ihm von der jungen Dame erzählt, die die Nacht mit Ebenezer Mason verbracht hatte, nachdem dem Arzt der Abdruck im Kopfkissen neben dem Toten aufgefallen war.

Vernon war nicht überrascht gewesen. Ebenezer hatte nicht ohne Grund ein Stärkungsmittel für seine Manneskraft verlangt. Das Schlafmittel brauche er, um seine Nerven zu beruhigen, hatte er dem Arzt versichert, als dieser ihn einmal darauf angesprochen hatte, und entrüstet Vernons Vermutung von sich gewiesen, die Arznei zu verwenden, um ahnungslose junge Mädchen gefügig zu machen. Diese Erklärung hatte Vernon aber weder überzeugt noch beruhigt, und so hatte er, als Ebenezer ihn das letzte Mal aufgesucht hatte, beschlossen, ihm keine der beiden Arzneien mehr auszuhändigen. Er hatte nicht ahnen können, dass Ebenezers letzter Besuch bei ihm tatsächlich sein letzter gewesen war und dass diese schlimme Geschichte ihn möglicherweise seine Zulassung kosten würde.

»Guten Abend, Heath«, sagte Vernon, als er die Tür öffnete. »Das mit Ihrem Vater tut mir sehr leid.«

»Guten Abend, Dr. Mead. Entschuldigen Sie, dass ich Sie beim Essen störe. Ich werde Sie nicht lange aufhalten, aber ich muss mit Ihnen reden. Es geht um meinen Vater.«

»So?« Vernon ging in die Küche zurück, und Heath folgte ihm. »Was gibt es denn?«, fragte der Arzt scheinbar gelassen, obwohl er seine Nervosität kaum unterdrücken konnte. Hatte Heath von den Arzneien erfahren, die er seinem Vater gegeben hatte?

»Ich möchte, dass der Leichnam obduziert wird.«

Vernon sah ihn überrascht an.

»Ich kann verstehen, wenn Sie das nicht selbst machen wollen, da Sie meinen Vater viele Jahre gekannt haben. Aber Sie können mir doch sicher einen Kollegen aus einem Nachbarort empfehlen, der dazu in der Lage ist.«

Vernon straffte sich. »Wozu soll das gut sein, Heath? Sie wissen doch, dass Ihr Vater ein schwaches Herz hatte.«

»Ja, aber ich möchte ganz sichergehen. Ist Ihnen bekannt, dass eine junge Frau mit ihm im Bett lag, als er starb?«

»Ja, Winston hat es erwähnt. Wie gesagt, Heath, Ihr Vater hatte ein Herzleiden, und ich vermute stark, dass er, nun, die Dinge ein wenig übertrieben und einen Herzanfall erlitten hat.« Der Gedanke, ein fremder, unvoreingenommener Arzt könnte die Autopsie durchführen, versetzte Vernon in Panik. Er musste Heath beschwichtigen, ihm dieses Vorhaben ausreden.

»Hm«, machte Heath nachdenklich. »Ist Ihnen irgendetwas Verdächtiges aufgefallen, irgendeine Verletzung zum Beispiel?«

Vernon schüttelte den Kopf. »Nein, nicht das Geringste. Ich habe ihn gründlich untersucht. Ich hatte den Eindruck, dass er friedlich im Schlaf gestorben war.« Er hatte schon lange befürchtet, das durchblutungsfördernde Potenzmittel werde Ebenezers Herz schädigen, und seinen Patienten auch davor gewarnt, doch dieser hatte alle Warnungen in den Wind geschlagen.

»Wäre Ihnen aufgefallen, wenn er vergiftet worden wäre?«

»Vergiftet?« Vernons Gedanken rasten. »Wie kommen Sie denn darauf?«

Heath antwortete mit einer Gegenfrage: »Welche Anzeichen hätten Sie festgestellt?«

Vernon wandte sich wieder seinen Lammkoteletts zu, die noch in der Pfanne brutzelten, obwohl ihm der Appetit inzwischen vergangen war. »Nun, hätte er eine giftige Substanz zu sich genommen, wären seine Lippen blau angelaufen, oder ich hätte einen eigenartigen Geruch bemerkt. Seine Haut hätte sich unnatürlich rot oder gelb verfärbt, seine Augen wären wässrig gewesen. Möglicherweise hätte er irgendwo am Körper auch einen Ausschlag gehabt. Aber ich habe nichts dergleichen festgestellt. Wie gesagt, er machte den Eindruck, als ob er ganz friedlich gestorben wäre.« Vernon hoffte inständig, dass sich Heath mit dieser Erklärung zufriedengab.

»Ich habe den Verdacht, dass die Frau, die bei ihm war, nachgeholfen hat, aber ich kann es nicht beweisen.«

»Dafür gab es keinerlei Anzeichen, Heath.« Falls Ebenezer vor dem Schlafengehen eine größere Menge des Potenzmittels eingenommen hatte, müsste es ihn nach Vernons Ansicht ziemlich schnell getötet haben. »Aber wenn es Sie beruhigt, werde ich den Leichnam obduzieren.« Er bezweifelte es zwar, aber vielleicht würde es auch ihn selbst beruhigen.

»Ich wäre Ihnen wirklich dankbar, Dr. Mead. Aber ich könnte es verstehen, wenn Sie ablehnen. Ich kann gern einen anderen Arzt darum bitten.«

»Nein, nein«, erwiderte Vernon hastig. »Ebenezer hätte sicher gewollt, dass ich es mache.« Normalerweise würde er den Leichnam dafür ins hiesige Krankenhaus transportieren lassen, weil dort bessere Bedingungen herrschten, aber dieses Mal konnte er es nicht riskieren, Zeugen zu haben. Er würde die Leiche in seiner Praxis obduzieren.

»Ich danke Ihnen«, sagte Heath erleichtert. »Bitte lassen Sie es mich gleich wissen, wenn Sie das Ergebnis haben.«

»Ich werde die Obduktion als Erstes morgen Früh vornehmen und Sie sofort danach informieren«, versprach Vernon, nahm sich aber vor, sich noch am selben Abend an die Arbeit zu machen, weil er dann ungestört war.

»Gut. Sobald ich Ihren Bericht habe, werde ich alles Nötige für die Beerdigung veranlassen.« Heath bedankte sich noch einmal und verabschiedete sich dann. Falls sein Vater einem Verbrechen zum Opfer gefallen war, würde der Arzt es herausfinden, und dieser Gedanke erfüllte ihn mit Genugtuung.

Als Abbey nach ihrer Unterhaltung mit Jack ins Haus kam, begegneten ihr Elsa und Marie im Flur. Sie hatten Feierabend und waren auf dem Weg zu ihren Zimmern.

Abbey hatte eine Idee. »Könnt ihr Karten spielen?«

Die beiden blickten überrascht drein. »Nein, eigentlich nicht«, antwortete Elsa. »Warum fragen Sie?«

»Mrs. Hawker würde nachher gern eine Partie spielen, und mit mehreren Spielern macht es mehr Spaß.«

Marie wunderte sich zwar, dass sie überhaupt gefragt wurden, fand den Gedanken aber reizvoll. Und besser, als sich den Abend über zu langweilen, war es allemal. »Ich würde es gern lernen«, sagte sie eifrig.

Elsa nickte. »Ich auch. Ist Mrs. Hawker denn damit einverstanden, dass wir mitspielen?«

»Sie hat bestimmt nichts dagegen. Kommt, wir richten schon mal alles her. Wisst ihr, wo sie die Karten aufbewahrt?«

»Ja, in einer Büfettschublade«, sagte Elsa. »Ich hole sie.«

Als sie in der Küche saßen, kam Sabu herein. Er machte ein verdrießliches Gesicht, als er die drei sah.

Abbey warf ihm einen unsicheren Blick zu. Da sie von jetzt an unter einem Dach wohnen würden, mussten sie irgendwie miteinander auskommen. Sie beschloss, ihm ein Friedensangebot zu machen. »Spielen Sie Karten, Sabu?«

Sabu funkelte sie grimmig an. »Karten?« Er dachte, sie wolle sich über ihn lustig machen.

»Ja, wir wollen eine Runde spielen. Hätten Sie nicht Lust, sich uns anzuschließen?«

Marie und Elsa wechselten einen viel sagenden Blick. Vermutlich verstieß das Kartenspiel gegen seinen Glauben, so wie das Kochen an bestimmten Tagen und wie so vieles andere auch.

»Was wird denn gespielt?«, fragte Sabu nach langem Zögern.

»Ich schlage Lügner-Poker vor, das ist so eine Art Poker. Aber ich warne Sie: Ich habe das oft mit meinem Vater und seinen Freunden gespielt, ich bin ziemlich gut.«

Sabu fasste das als Herausforderung auf, und damit war sein Interesse geweckt. »Wie hoch ist der Einsatz?«

»Ich weiß noch nicht«, antwortete Abbey achselzuckend.

»Man pokert nicht um nichts, wir müssen einen Einsatz festlegen«, sagte Sabu mit Bestimmtheit.

In diesem Moment kam Jack herein. Sein Blick fiel auf das Kartenspiel auf dem Tisch. »Wollt ihr etwa Karten spielen?«, fragte er gut gelaunt. Abbey schien sich bestens mit den anderen zu verstehen, und Sabu schrie nicht herum. Wenn das kein Fortschritt war!

»Ja, die Idee stammt von Ihrer Mutter«, antwortete Abbey. »Wir wollen pokern, und Sabu meint, wir müssen einen Einsatz festlegen, aber...« Sie verstummte. Es war ihr peinlich zuzugeben, dass sie kein Geld hatte.

Jack begriff ihr Dilemma. »Das ist kein Problem, Sie bekommen einen Vorschuss von mir. Aber nur unter einer Bedingung!«

»Und die wäre?«

»Dass ich mitspielen darf«, erwiderte Jack und kramte ein paar Geldscheine und Münzen aus seiner Hosentasche.

»Abgemacht«, stimmte Abbey fröhlich zu. »Da ist gerade ein Stuhl mit Ihrem Namen drauf frei geworden.«

Jack sah den Koch an. »Was ist mit dir, Sabu? Bist du dabei?«

»Wenn wir um Geld spielen, immer.« Er zog sich einen Stuhl heran. Es ärgerte ihn, dass er für die Tage, an denen er fastete und deshalb nicht kochte, nicht mehr bezahlt wurde. Deshalb war der Gedanke, Abbey beim Kartenspiel Geld abzuknöpfen, äußerst verlockend.

Gerade, als alle sich hingesetzt hatten, hörten sie Sybil nach Abbey rufen.

»Ich bin in der Küche, Mrs. Hawker!«

Augenblicke später erschien Sybil in der Tür. Sie blieb abrupt stehen und starrte alle der Reihe nach an. Sie konnte nicht glauben, dass ihr Sohn und Abbey mit den Dienstboten am Küchentisch saßen. Ihr Blick fiel auf das Kartenspiel.

»Das war eine großartige Idee von dir, Mutter! Ich habe eine Ewigkeit nicht mehr gepokert!« Jack nahm die Karten und mischte sie.

»Poker!« Sybil schaute Abbey entsetzt an. »Ich dachte, wir spielen Canasta, Cribbage oder Rommee!«

»Die Spiele kenne ich alle nicht, Mrs. Hawker. Aber mit meinem Vater habe ich immer Lügner-Poker gespielt.«

»Lügner-Poker!«, echote Sybil ungläubig. Das hörte sich wie eins dieser Glücksspiele an, mit denen man sich in den Hinterhöfen Dublins die Zeit vertrieb.

Jack stand auf und zog seiner Mutter einen Stuhl zurück. »Du hast hoffentlich Geld für den Pot dabei, Mutter«, meinte er augenzwinkernd.

Sybil sah ihn befremdet an. »Du willst doch nicht im Ernst um Geld spielen?« Sie setzte sich. Es war ein sonderbares Gefühl, mit den Dienstboten an einem Tisch zu sitzen.

»So macht es viel mehr Spaß«, erwiderte Jack grinsend. »Hast du Angst, ich könnte dir dein Geld abluchsen, Mutter?« Sybil galt bei ihren Söhnen als äußerst sparsam. Sie neckten sie oft wegen ihrer Knauserigkeit, aber Sybil konnte nun einmal nicht über ihren Schatten springen. Schuld daran war eine Erfahrung aus ihrer Kindheit. Ihr Vater, ein Landarzt, war recht wohlhabend gewesen, bis er eines Tages schwer krank wurde. Zwei harte Jahre folgten. Die Mutter musste an allen Ecken und Enden sparen, um die Familie durchzubringen. Als Älteste von fünf Kindern wurde Sybil zum Putzen und Waschen in die Läden am Ort geschickt, bis der Vater wieder so weit hergestellt war, dass er seine Arbeit aufnehmen konnte. Sybil hatte in dieser Zeit gelernt, wie wertvoll jeder einzelne Penny war – eine Lektion, die sie nie wieder vergessen hatte.

Es gab noch etwas, das sie nicht vergessen hatte: wie oft sie Jack schon gefragt hatte, ob er nicht eine Partie Karten mit ihr spielen wolle. Jedes Mal hatte er abgelehnt – angeblich aus Zeitgründen. »Ich wette, dass du das nicht schaffst«, erwiderte sie. Sie stand noch einmal auf, um ein wenig Kleingeld aus ihrer Handtasche zu holen. Da Jack seit ihrem Einzug auf der Farm nicht einen Penny von ihr genommen hatte, konnte sie sich eine kleine Wette schon leisten. Wer weiß, dachte Sybil, vielleicht gewinne ich sogar. Im Kartenspiel hatte sie oftmals Glück.

Jack lachte. »Aber werd nicht miesepetrig, wenn doch!«

»Gleichfalls«, versetzte Sybil trocken.

Lügner-Poker werde normalerweise am Tresen mit Geldscheinen aus der Kasse gespielt, erklärte Abbey, als alle so weit waren. Es sei im Grunde ein Ratespiel um Zahlen, bei dem man sowohl mitdenken als auch bluffen müsse.

»Hat jeder seine Karten, tippe ich zum Beispiel, dass drei Sechsen im Spiel sind. Einer von euch kann dann mitgehen oder dagegenhalten und meinetwegen auf drei Siebener oder vier Fünfen setzen. Ist mein Tipp der richtige, gewinne ich, je nachdem, was für einen Einsatz wir vereinbart haben, drei oder sechs Pennys oder einen Shilling von jedem Mitspieler. Ist mein Tipp falsch gewesen, muss ich jedem von euch dieselbe Summe zahlen.«

»Klingt interessant«, meinte Jack. »Soll ich geben?«

Bald schon waren alle mit Feuereifer bei der Sache. Nachdem sie etliche Partien gespielt und abwechselnd gewonnen hatten, zeigte Jack den Frauen, wie richtig gepokert wurde. Irgendwann stand er auf und holte eine Flasche Wein, während Sabu für alle eine Kleinigkeit zu essen machte. Als Jack Abbey ein Glas hinstellte, lehnte sie hastig und beinah erschrocken ab. Jack begriff: Der Wein erinnerte sie an ihren Besuch auf Martindale Hall.

»Entschuldigen Sie«, flüsterte er ihr zu. »Das war gedankenlos von mir.«

»Ist schon in Ordnung. Trinken Sie nur, das macht mir wirklich nichts aus«, versicherte sie ihm.

Jack kam sich furchtbar unsensibel vor. »Wir können auch etwas anderes trinken«, versuchte er seinen Patzer wiedergutzumachen.

»Nein, nein, kommt nicht infrage! Ich werde wie Elsa und Marie ein Glas Milch trinken.«

Nach einem letzten bedauernden Blick in Abbeys Richtung schenkte Jack seiner Mutter, Sabu und sich selbst ein.

In den folgenden Runden gewannen Jack und Abbey je zwei Mal. Elsa und Marie passten, Sabu verlor, und Sybil gewann dreimal hintereinander. Sie war ganz aus dem Häuschen vor Freude. Ehe sie sich's versahen, war es elf Uhr.

»Ich glaube, wir sollten schlafen gehen«, sagte Marie zu Elsa und unterdrückte ein Gähnen. »Wir müssen früh raus.«

Elsa stimmte ihr zu. Sie hatten beide ungefähr so viel gewonnen, wie sie gesetzt hatten, daher waren sie zufrieden.

»Danke, dass wir mitspielen durften«, sagte Marie zu den Hawkers. »Das hat richtig Spaß gemacht.«

»Ja, uns auch«, erwiderte Jack mit einem Seitenblick auf seine Mutter und stand auf. Es war nicht zu übersehen, wie prächtig sie sich amüsierte, und er war sehr glücklich darüber.

Sabu erhob sich ebenfalls und räumte die Teller ab, auf denen er den Imbiss serviert hatte. »Das war Anfängerglück«, sagte er zu Abbey. »Das nächste Mal werde ich mein Geld zurückgewinnen.« Er wünschte allen eine Gute Nacht und verließ die Küche.

Abbey lächelte in sich hinein. Im Stillen frohlockte sie über ihren kleinen Triumph, hatte aber auch das Gefühl, dass Sabu es ihr nicht krummnahm.

»Ich werde mich jetzt aufs Ohr hauen, Mutter«, sagte Jack. »Ich muss morgen Früh gleich nach den neugeborenen Lämmern sehen.« Er stand auf, beugte sich zu Sybil hinunter und gab ihr einen Kuss auf die Wange.

»Gute Nacht, mein Junge.«

»Nacht, Abbey«, sagte Jack. »Es war mir ein Vergnügen, Lügner-Poker von Ihnen zu lernen.«

Sie lächelte ihn strahlend an. »Das Vergnügen war ganz meinerseits. Gute Nacht, Mr. Hawker.«

Jack stapfte müde zur Treppe.

Abbey wandte sich Sybil zu. »Ich würde gern Canasta lernen, wenn Sie nicht zu müde sind, Mrs. Hawker. Oder möchten Sie lieber auch zu Bett gehen?« Sie war so aufgedreht, dass im Moment an Schlaf nicht zu denken war.

Erfreut über Abbeys Interesse, schüttelte Sybil den Kopf. »Nein, ich bin noch nicht müde, ich zeig's Ihnen gerne«, sagte sie bereitwillig. Das war für sie der unterhaltsamste Abend seit langem.

Nach einer weiteren Stunde beschlossen die beiden Frauen, dass es für diesen Abend genug war.

»Sie sind mir doch nicht böse, weil ich Sabu, Elsa und Marie eingeladen habe, mit uns zu spielen?«, fragte Abbey, als sie gemeinsam nach oben gingen.

»Aber nein, mit mehreren Spielern macht es gleich viel mehr Spaß.« Sybil allerdings wäre nie auf die Idee gekommen, die drei zu fragen. »Das sollten wir bei Gelegenheit wiederholen.« Das war der erste Abend seit ihrer Ankunft in Bungaree, an dem sie sich wirklich glänzend unterhalten hatte. Und das hatte sie nur Abbey zu verdanken. »Besonders gefreut hat es mich, dass Jack mitgespielt hat.«

»Ja, er hat gleich gefragt, ob er sich zu uns setzen darf.«

»Im Ernst?« Sybil sah sie verwundert an. »Ich habe ihn so oft gefragt, ob er nicht mit mir Karten spielen will, aber da hat er angeblich nie Zeit gehabt.«

»Wenn's um Geld geht, wird kein Mann an einem Spieltisch vorbeigehen, das hab ich von meinem Vater gelernt. Männer lieben den Wettkampf von Natur aus, und wenn dann noch Geld im Spiel ist, kann keiner widerstehen.«

»Ja, wahrscheinlich haben Sie Recht«, stimmte Sybil zu und dachte, dass Abbey lebenserfahren war für ihr Alter.

»Wir könnten ja einmal die Woche Karten spielen«, schlug Abbey vor.

Sybil nickte begeistert. »Das ist eine gute Idee!«

Als sie fast oben angekommen waren, verdüsterte sich Abbeys Miene plötzlich.

Sybil bemerkte es. »Was haben Sie denn?«

Abbey blieb stehen und sah sie an. »Ich habe irgendwie ein schlechtes Gewissen, weil ich fröhlich bin und Spaß habe«, flüsterte sie, den Tränen nahe.

»Sie meinen, wegen Ihrem Vater und Ihrem Verlobten?«

Abbey nickte. Zwei Tränen liefen ihr über die Wangen.

Sybil berührte ihren Arm. »Die beiden würden bestimmt nicht wollen, dass Sie sich schuldig fühlen, Abbey.«

»Nein, wahrscheinlich nicht, Sie haben Recht.« Sie wischte sich die Tränen ab und ging weiter. »Sie würden sich für mich freuen, weil ich in Sicherheit und von so lieben Menschen aufgenommen worden bin.«

Sybil fand diese Worte ganz reizend. Sie spürte, dass es ehrlich gemeint war und keine Schmeichelei. Langsam folgte sie Abbey nach oben.

»Was machen wir morgen?«, fragte Abbey, als sie den oberen Flur erreicht hatten.

»Ich glaube, Clementine Feeble kommt zum Lunch.«

»Ist sie eine Freundin von Ihnen?«

»Nicht von mir, von Jack«, antwortete Sybil leise, weil sein Zimmer nicht weit weg war.

Abbey machte ein überraschtes Gesicht. »Sie meinen, sie ist seine Freundin?«

»So könnte man es nennen, ja. Die beiden kennen sich schon ziemlich lange, glaube ich, aber etwas Festes ist es erst vor einigen Monaten geworden.«

»Wie ist sie denn so, wenn ich fragen darf?«

Sybil dachte kurz nach. »Clementine ist schwer zu beschreiben. Aber wenn sie morgen kommt, können Sie sich ja selbst ein Urteil bilden.«

Hoffentlich ist sie nett, dachte Abbey. Sie fand, Jack hatte eine nette Frau verdient. Dennoch war es ein seltsames Gefühl, sich ihn mit einer Frau an seiner Seite vorzustellen. Das kommt sicher daher, weil ich niemanden mehr an meiner Seite habe, dachte sie traurig.

10

Vernon Mead nahm die Lammkoteletts vom Feuer und stellte sie beiseite. Der Appetit war ihm nach Heath Masons Besuch gründlich vergangen. Er verließ das Haus und machte sich auf den Weg zu Samuel McDougal, dem Bestattungsunternehmer. Dieser fuhr gerade mit dem Leichenwagen heran.

»Wen bringst du denn da?«, fragte Vernon stirnrunzelnd. »Hoffentlich nicht einen von meinen Patienten.« Auch wenn er aufrichtig hoffte, dass in der Creek Street nicht schon wieder ein Kind gestorben war – eine zusätzliche Belastung konnte er im Moment wirklich nicht brauchen.

»Nein, Vernon, es ist Melody Michaels«, sagte Samuel. »Du weißt doch, dass sie einen großen Bogen um euch Ärzte gemacht hat. Sie hat sich ihre eigenen Heilmittel zubereitet. Ärzte sind Scharlatane, die Versuche mit ihren Patienten anstellen, hat sie immer gesagt. Ganz Unrecht hatte sie nicht. Im Gegensatz zu vielen deiner Patienten hat sie ein biblisches Alter erreicht.« Er lachte, aber Vernon war nicht in Stimmung für diese Art von Humor, zumal Samuel einen wunden Punkt getroffen hatte.

»In den letzten Monaten hat sich Melody jedes Mal bekreuzigt, wenn sie im Garten arbeitete und ich vorbeifuhr«, fügte Samuel, dem Vernons gedrückte Stimmung nicht auffiel, hinzu. »Ich glaube, sie hat geahnt, dass es zu Ende gehen würde.«

»Sie war fünfundneunzig, Samuel, in diesem Alter ist das Ende absehbar«, entgegnete Vernon. Er würde Melody in liebevoller Erinnerung behalten. Sie war eine der ungewöhnlichsten Persönlichkeiten von Burra gewesen, mit festen, unumstößlichen Ansichten.

Trotz ihres hohen Alters hatte sie nie müßig die Hände in den Schoß gelegt, im Gegenteil: Vernon kannte kaum jemanden, der so viel gearbeitet hatte wie sie. Während die meisten Gärten in Burra trockene Staubwüsten waren, grünte und blühte es in dem von Melody, weil sie hauptsächlich Sukkulenten und Kakteen angepflanzt hatte, die nur wenig Wasser benötigten. Sie war sehr stolz auf ihre Pflanzenkenntnisse, sie wusste genau, welche im unerbittlichen australischen Klima gedeihen konnten und welche nicht. Melodys Tod würde eine schmerzliche Lücke hinterlassen.

Vernon schüttelte die Gedanken ab und kam auf den Grund seines Besuchs zu sprechen. »Du musst mir Ebenezer Masons Leiche heute Abend noch in die Praxis bringen, Samuel.«

Der Leichenbestatter sah ihn verdutzt an. »Was? Heute noch? Wozu denn?«

»Sein Sohn war gerade bei mir, er will, dass ich eine Autopsie durchführe.«

»Merkwürdig, wo sein Vater doch in seinem eigenen Bett gestorben ist. Glaubt er, dass etwas nicht mit rechten Dingen zugegangen ist?«

Vernon zögerte. »Er will nur ganz sichergehen, weil Ebenezer ja kein alter Mann war«, sagte er vorsichtig.

»Dass ihm das so wichtig ist«, wunderte sich Samuel. »Jeder weiß doch, dass die beiden seit Jahren kaum ein Wort miteinander gesprochen haben.«

»Ich glaube, in seinem tiefsten Inneren hat Heath seinen Vater geliebt«, erwiderte Vernon, um zu verhindern, dass Samuel anfing, irgendwelche Vermutungen anzustellen.

»Hm. Und warum führst du die Autopsie nicht im Krankenhaus durch?«

»In der Praxis geht es genauso gut. Ich muss heute Abend sowieso noch arbeiten, Schriftkram erledigen, du weißt schon«, sagte Vernon so gelassen wie möglich. »Kann einer deiner Angestellten mir Ebenezers Leichnam rüberbringen?«

»Ich sag Günter Bescheid, sowie ich Melody hineingebracht

habe. Der Butler des alten Mason meinte, der Sohn werde sich wegen der Beerdigung an mich wenden, aber bis jetzt habe ich noch nichts von ihm gehört. Bei der Hitze sollte die Leiche aber möglichst schnell unter die Erde.«

»Er wird dich morgen im Lauf des Tages aufsuchen«, sagte Vernon. Er nahm sich vor, in aller Frühe nach Martindale hinauszufahren, um Heath den Obduktionsbefund mitzuteilen.

Samuel versprach, die Leiche so schnell wie möglich in die Praxis transportieren zu lassen. Erleichtert darüber, dass ihm keine weiteren Fragen gestellt wurden, verabschiedete sich Vernon und lief hastig in seine Praxis zurück.

Eine Stunde später lag Ebenezer Masons Leichnam auf dem Seziertisch in Vernon Meads Praxis. Der Arzt sah sich in seiner Vermutung bestätigt: Ebenezer hatte an einem Aneurysma der Aorta gelitten, dort wo diese auf den Herzmuskel traf. Er nahm an, dass die durch eine zu hohe Dosis des Potenzmittels hervorgerufene stärkere Durchblutung der Gefäße das Aneurysma zum Platzen gebracht hatte. Zu seiner Überraschung stellte Mead außerdem einen zerfressenen Kehlkopf sowie Geschwüre im oberen Magen-Darm-Trakt fest. Leber und Nieren waren ebenfalls geschädigt. Vernon war zutiefst schockiert. Diese Schädigungen rührten offensichtlich von den Arzneimitteln her, die Ebenezer über einen langen Zeitraum von ihm verlangt hatte. Eine andere Erklärung gab es nicht, da er, soviel Vernon wusste, nie übermäßig viel Alkohol getrunken hatte.

Er nähte Ebenezer wieder zu und schlurfte dann mit schweren Schritten in sein Büro, wo er sich in einen Sessel fallen ließ und sich ein großes Glas Brandy einschenkte. Vernon Mead stürzte es in einem Zug hinunter. Wie flüssiges Feuer lief ihm der Brandy den Rachen hinunter, und er musste husten. Er fühlte sich matt und kraftlos, Schweiß stand ihm auf der Stirn. Während er ihn mit einem Taschentuch zerstreut abtupfte, dachte er fieberhaft nach.

Die Arzneimittel für Ebenezer hatte er eigenhändig zubereitet, und er fragte sich, ob ihm ein Fehler bei der Zusammensetzung unterlaufen war. Hatte er von einem Bestandteil zu viel verwendet? Zu den Wirkstoffen des Potenzmittels gehörte unter anderem auch Arsen, das aber in kleinen Dosen heilsam und ungefährlich war. Wenn durch den häufigen Gebrauch über eine längere Zeit nun die gegenteilige Wirkung eingetreten war? Vernon stöhnte auf. »O Gott!« Die Stirn in die Hand gestützt, schüttelte er entsetzt den Kopf.

Als Samuel McDougals Angestellter später kam, um den Leichnam abzuholen, fand er den Arzt so gut wie betrunken vor. Günter erschrak. In diesem Zustand hatte er Vernon Mead noch nie erlebt. Er vermutete, dass die Autopsie nicht einfach gewesen war.
»Alles in Ordnung, Dr. Mead?«, fragte er, nachdem er Ebenezers Leiche auf den Leichenwagen geschafft hatte. Günter waren die zerbrochenen Arzneifläschchen auf dem Fußboden aufgefallen. Er fragte sich, ob Vernon gestürzt war und sie dabei heruntergerissen hatte.
»Was? Ja, ja«, lallte Vernon. Er winkte Günter mit einer fahrigen Bewegung hinaus und warf die Tür hinter ihm zu.
Günter fuhr mit dem Leichenwagen zurück und berichtete seinem Boss, was er gerade erlebt hatte. Samuel McDougal eilte, ohne zu zögern, zu Vernons Praxis, doch die Tür war verschlossen. Er klopfte und rief, aber niemand antwortete, und so nahm er an, der Arzt habe sich schlafen gelegt. Er ging um das Haus herum und rüttelte an der Tür zu Vernons Privaträumen, aber auch hier war abgeschlossen, und nirgends brannte Licht. Schließlich gab Samuel es auf. Er machte sich Sorgen um Vernon, aber was hätte er tun sollen? Und so kehrte er nach Hause zurück.

Am anderen Morgen machte sich Vernon in aller Frühe auf den Weg nach Martindale Hall.
Winston erschrak, als er ihm die Tür öffnete. »Dr. Mead! Was führt Sie so früh schon hierher?«

»Guten Morgen, Winston. Heath bat mich, den Leichnam seines Vaters zu obduzieren, und ich möchte ihm den Befund mitteilen«, sagte Vernon und trat ein. Er hatte seinen Bericht ein wenig geschönt; Heath brauchte schließlich nicht alles zu wissen.

»Fühlen Sie sich nicht gut, Dr. Mead?« Winston fand, der Arzt sah furchtbar aus.

»Doch, doch, alles in Ordnung«, gab Vernon kurz angebunden zurück. Er hatte fast die ganze Nacht in seinem dunklen Haus gesessen, getrunken und gegrübelt, und als er ins Bett getorkelt war, hatte er sich nur unruhig von einer Seite auf die andere gewälzt. Er fühlte sich ausgelaugt und am Ende, aber er wollte diese Geschichte so schnell wie möglich hinter sich bringen.

Winston sah ihn ausdruckslos an. Er hätte zu gern gewusst, was für Nachrichten er für den jungen Mason hatte, wagte aber nicht zu fragen.

»Master Heath frühstückt im Esszimmer, Sir.«

Mit einem knappen Kopfnicken wandte sich Vernon ab und ging ins Esszimmer. Der Duft von Toast und gebratenen Eiern schlug ihm entgegen.

»Morgen, Heath.« Vernon fiel auf, dass der junge Mann aussah, als hätte auch er nicht besonders viel geschlafen.

»Guten Morgen, Dr. Mead«, antwortete Heath müde. Die eine Hälfte der Nacht hatte er über Abigail Scottsdale nachgedacht und die andere über Mittel und Wege, wie er an sein Erbe kommen könnte. Er hoffte inständig, der Arzt hatte erfreuliche Neuigkeiten für ihn. »Ich habe Sie nicht so früh erwartet. Haben Sie die Autopsie denn schon durchgeführt?«

Vernon wappnete sich innerlich. »Ja, das habe ich. Ihr Vater starb an Herzversagen, Heath, wie ich vermutet habe.«

Heath starrte ihn einen Augenblick sprachlos an. »Sind Sie wirklich ganz sicher?«, fragte er schließlich.

»Absolut. Falls es Sie beruhigt, es muss sehr schnell gegangen sein.« Obwohl das die Wahrheit war, wurde Vernon von unerträglichen Schuldgefühlen geplagt.

Winston, der in der Tür zur Küche gestanden hatte, nahm der Haushälterin ein Tablett mit einer Kanne frischem Tee ab und trug es ins Esszimmer. Er hatte Vernons Bemerkung gehört. Die beiden Männer wechselten einen viel sagenden Blick.

»Ich bleibe nicht lange, Winston«, wehrte der Arzt ab, als Winston ihm Tee einschenken wollte.

Heath stieß seinen Stuhl zurück und sprang auf. »Ich war mir so sicher, dass diese Frau, die die Nacht mit meinem Vater verbrachte, etwas mit seinem plötzlichen Tod zu tun hat. Könnte sie ihm etwas eingeflößt haben, das den Herzanfall ausgelöst hat?«

»Das halte ich für ausgeschlossen, Heath«, erwiderte Vernon und dachte bei sich, dass er wohl derjenige war, der das getan hatte. Er wäre am liebsten geflüchtet, weil er fürchtete, sein schlechtes Gewissen werde ihn überwältigen, sodass er die Wahrheit nicht länger für sich behalten könnte.

Heath setzte sich wieder hin. Auf seinem Gesicht spiegelten sich die unterschiedlichsten Emotionen wider.

»Ich habe Samuel McDougal gesagt, dass Sie heute wegen der Beerdigung vorbeikommen würden. Bei dieser Hitze…« Er brauchte den Satz nicht zu beenden.

Heath nickte. »Ich will später noch nach Burra zur Mine, dann werde ich das erledigen«, murmelte er dumpf. Seine Gedanken rasten. Was sollte er tun? Was konnte er unternehmen, um sein Erbe zu retten?

Vernon verabschiedete sich mit einem kurzen Kopfnicken, das Heath nicht wahrnahm, und verließ das Zimmer. Winston folgte ihm in die Eingangshalle. Die beiden Männer sahen sich an.

»Darf ich fragen, ob das Stärkungsmittel etwas mit Mr. Masons Tod zu tun hat?« Winstons Tonfall war sachlich. »Sie können sich auf meine Verschwiegenheit verlassen.«

»Ich vermute, er hat eine viel zu hohe Dosis eingenommen und das über einen viel zu langen Zeitraum. Die Folge war ein Aneurysma«, raunte Vernon ihm zu. »Ich habe ihn immer wieder vor den Risiken gewarnt, aber er wollte ja nicht hören.«

Winston spürte, dass der Arzt sich bittere Vorwürfe machte. »Sie trifft keine Schuld, Dr. Mead«, sagte er leise. Bei aller Loyalität zu dem Verstorbenen wusste er doch um dessen Schwächen und Unzulänglichkeiten. »Mr. Mason hat immer das getan, was er für richtig hielt. Er war nie für irgendwelche Ratschläge empfänglich.«

Vernon nickte nachdenklich. »Sagen Sie, Winston, haben Sie je beobachtet, dass er noch andere Arzneien eingenommen hat, etwas von einem anderen Arzt vielleicht? Seine Leber und die Nieren sind stark geschädigt.« Er wusste, dass er sich an einen Strohhalm klammerte, weil er sicher war, dass Ebenezer nie Dr. Forbes, der ebenfalls in Burra praktizierte, aufgesucht hatte.

»Nein, nie«, antwortete Winston kopfschüttelnd.

»Sind Sie sicher?«

»Falls er noch andere Mittel genommen hat, so habe ich ihn jedenfalls nie dabei beobachtet.«

»Hat er viel Alkohol getrunken?«

»Nun, er hat fast jeden Tag Wein getrunken, aber normalerweise in Maßen.«

»Mir hat er gesagt, er bräuchte das Schlafmittel, weil er sonst nach einem anstrengenden Arbeitstag keine Ruhe fände. Stimmt das oder...« Vernon räusperte sich unbehaglich. Es fiel ihm schwer, den Satz zu beenden. »...oder besteht die Möglichkeit, dass er das Schlafmittel benutzte, um die Frauen, die er begehrte, gefügig zu machen?« Es war ein furchtbarer Verdacht, aber er musste Gewissheit haben.

Die Frage brachte Winston in einen Gewissenskonflikt. Er schwankte zwischen seiner Loyalität zu dem Verstorbenen und Mitgefühl für den Arzt, der sichtlich betroffen und voller Schuldgefühle war. »Soviel ich weiß, hat Mr. Mason das Schlafmittel nicht selbst genommen«, erwiderte er schließlich.

Vernon begriff, was er damit sagen wollte. Bei dem Gedanken an den Missbrauch, den Ebenezer offensichtlich mit der Arznei getrieben hatte, wurde Vernon richtiggehend schlecht. Der einzige kleine Trost war, dass das Schlafmittel offenbar nicht seinen Tod herbeigeführt hatte. Das Potenzmittel allerdings hatte er mindestens zwei Jahre lang genommen. Konnte es für die schweren Schäden an Leber, Nieren und Kehlkopf verantwortlich sein? Vernon ging die Zusammensetzung immer wieder im Geist durch. Er hatte das Präparat mehrere Male hergestellt, aber in den letzten fünf Jahren nur drei Patienten gegeben.

Plötzlich durchfuhr ihn ein Gedanke, und sein Herzschlag setzte einen Moment lang aus. Zwei dieser Patienten waren jetzt tot! Francis Beadle war an einer Blutvergiftung gestorben, die Vernon auf eine akute Blinddarmentzündung zurückgeführt hatte. War es möglich, dass das Potenzmittel zu einem Absterben von Gewebe geführt und dadurch eine Blutvergiftung hervorgerufen hatte? Francis hatte ihn nach seiner Hochzeit mit einer viel jüngeren Frau regelrecht angefleht, ihm das Mittel zu überlassen. Vernon hatte es anfangs sogar an sich selbst ausprobiert, selbstverständlich nicht über einen längeren Zeitraum hinweg. Und wenn ihm nun bei der Herstellung der letzten Präparate ein Fehler unterlaufen war? Seine Praxis war furchtbar überlaufen, und er ächzte seit langem unter der Belastung, aber konnte er einen so folgenschweren Fehler gemacht haben? Er nahm sich vor, die Bestandteile und das Herstellungsverfahren eingehend zu überprüfen, und zwar unverzüglich. Er musste die Wahrheit wissen.

In aller Eile verabschiedete er sich von Winston und fuhr in die Stadt zurück.

Heath torkelte zur Hintertür hinaus und fiel im Gras auf die Knie. Er würgte und übergab sich, bis er nichts mehr im Magen hatte und sein Bauch wehtat von der Anstrengung.

»Was haben Sie denn, Master Heath?« Mrs. Hendy war hinausgeeilt und sah ihn besorgt an. Es lag doch hoffentlich nicht an ihrem Frühstück, dass dem jungen Mann speiübel geworden war? »Soll ich den Doktor zurückrufen?«

»Nein, nicht nötig«, fauchte Heath ärgerlich. Er konnte noch immer nicht fassen, dass Vernon Mead nichts Verdächtiges bei der Autopsie festgestellt hatte. Ächzend rappelte er sich auf und wankte ins Haus, wo er ein Glas Wasser trank. Dann ging er ins Esszimmer, schnappte sich den Obduktionsbefund, sagte den Dienstboten, er wolle nicht gestört werden, und schloss sich im Rauchsalon ein.

Er studierte den Bericht des Arztes Wort für Wort, aber sooft er ihn auch las, er fand nichts, was Abigail Scottsdale nur im Mindesten belastet hätte. Sein Vater war an Herzversagen gestorben, zurückzuführen auf ein geplatztes Aneurysma. Dafür konnte man niemandem die Schuld geben.

Heath war am Boden zerstört. Wie war das möglich? Wie war es möglich, dass diese Frau so unverschämt viel Glück hatte? Und wie konnte er verhindern, dass Martindale Hall mitsamt seinen mehreren tausend Hektar Land, seinen Schafen, seinen Rindern, seinem Damwild und seinen Arbeiterhütten ihr in die Hände fiel? Von der Burra Monster Mine ganz zu schweigen.

Er öffnete eine Flasche von Ebenezers bestem Whiskey, goss sich ein Glas voll ein und leerte es in einem Zug. Der Alkohol breitete sich wie flüssiges Feuer in seinem Körper aus, vermochte seinen Schmerz aber nicht zu betäuben. Als die Flasche leer war, schnappte er sich eine zweite und taumelte ins Wohnzimmer. Dort fand Winston ihn eine Stunde später, wie er betrunken und schwankend vor einem übergroßen Bildnis seines Vaters stand, das über dem Kamin hing.

»Kann ich etwas für Sie tun, Master Heath?« Sorge schwang in der Stimme des Butlers mit.

Heath antwortete nicht. Ein Glas in der einen Hand, die Flasche Whiskey in der anderen, starrte er Ebenezers Porträt an. Ihm war, als würde sein Vater ihn verhöhnen.

»Findest du das zum Lachen, du egoistischer Bastard?«, nuschelte Heath. Die Züge seines Vaters schienen zu einem boshaften Grinsen verzerrt.

Winston, der nichts vom Wortlaut des Testaments und seinen

Folgen für Heath ahnte, wunderte sich über diese hasserfüllte Bemerkung.

Plötzlich schleuderte Heath die Flasche, die er in der Hand hielt, auf das Gemälde. Sie zerbarst in unzählige Scherben, Splitter flogen durchs Zimmer. Einer traf Heath, der mit einem Aufschrei zu Boden fiel und sich das Gesicht hielt. So schnell es seine alten Beine erlaubten, eilte Winston zu ihm.

»Master Heath!« Er erschrak, als er Blut durch Heath' Finger sickern sah. »Haben Sie sich verletzt? Kommen Sie, ich helfe Ihnen.«

Heath verharrte einige Augenblicke regungslos. Dann rappelte er sich stöhnend hoch und ließ die Hände sinken. Ein Glassplitter steckte ihm in der Wange, die Wunde blutete stark. Auf der Stirn hatte er eine harmlose Schramme. Winstons erster Gedanke war, dass der junge Master von Glück sagen konnte, dass er kein Auge verloren hatte. Vorsichtig zog er den Glassplitter heraus. Heath' Gesicht verzerrte sich zu einer schmerzlichen Grimasse. Glas knirschte unter seinen Schritten, als er zu einem der Ledersofas taumelte. Er ließ sich in die Polster fallen und hielt sich ächzend den Kopf.

»Was ist denn hier passiert?« Mrs. Hendy stand in der Tür und starrte fassungslos auf das Bildnis des alten Mason. Es war fleckig, die Leinwand zerrissen. Der Fußboden war mit Glasscherben übersät. Erschrocken schlug sie sich die Hand vor den Mund, als ihr Blick auf Heath fiel, dem das Blut übers Gesicht lief.

»Holen Sie Wasser, ein sauberes Tuch und Jod!«, befahl Winston. »Schnell, beeilen Sie sich.« Er ging zu Heath und drückte ein Taschentuch auf die Wunde, um das Blut zu stillen.

Kurze Zeit später kam Mrs. Hendy mit einer Schüssel warmem Salzwasser, einem Tuch und einem Fläschchen Jod zurück.

»Die Mine...«, murmelte Heath benommen und stieß Winstons Hand weg. »Ich muss zur Mine und den Leuten sagen, dass mein Vater tot ist.«

»Vorläufig werden Sie nirgendwo hingehen, Master Heath«, entgegnete der Butler resolut.

Plötzlich beugte sich Heath nach vorn und erbrach sich über seine Kleidung, das Sofa und den Fußboden. Winston presste die Lippen zusammen und warf Mrs. Hendy einen viel sagenden Blick zu. Der alte Mason war kein einfacher Mensch gewesen, aber Winston vermisste ihn auf einmal sehr.

Clementine Feeble wurde zum Essen erwartet, und Abbey war unerklärlicherweise nervös. Ihre innere Unruhe wuchs, als sie sah, wie eifrig Marie und Elsa das ganze Haus putzten, die Möbel auf Hochglanz brachten und die Blumen, die der Gärtner frisch geschnitten hatte, in verschiedenen Vasen arrangierten. Sabu bereitete einen Salat mit Huhn zu, gedämpfte Früchte und Schlagsahne. Sybil achtete noch sorgfältiger als sonst auf ihr Äußeres. Sie hatte sich für ein Kleid in Blau und Weiß entschieden, das sommerlich leicht und luftig wirkte, und trug blaue und weiße Perlen dazu. Als sie herunterkam und Abbey in dem einzigen Kleid sah, das sie besaß, runzelte sie missbilligend die Stirn.

»Sie sehen wunderhübsch aus, Mrs. Hawker«, sagte Abbey beinah ehrfürchtig.

»Ich wünschte, ich könnte das Gleiche von Ihnen sagen«, gab Sybil zurück.

Abbeys Lächeln erlosch. Betreten schaute sie an sich hinunter. »Ich hab nichts anderes zum Anziehen. Ich werde in meinem Zimmer bleiben, wenn Ihnen das lieber ist.«

»Nein, nein«, erwiderte Sybil, die ihre taktlose Bemerkung bedauerte. »Wir finden in meiner Garderobe bestimmt etwas Passendes für Sie.« Sie dachte da an ein Kleid, das ihr im Lauf der letzten Jahre zu eng geworden war. »Gehen Sie in den Laden zu Doris und suchen sich Unterwäsche aus und was Sie sonst noch brauchen. Sie hat zwar nichts, was besonders hübsch wäre, und eine große Auswahl hat sie auch nicht, aber bis wir zum Einkaufen nach Clare kommen, wird es seinen Zweck erfüllen.«

Abbey hatte sich noch nicht getraut, den Laden auf der Farm aufzusuchen, weil sie fürchtete, es könnte eine Rechnung zusammenkommen, die sie dann möglicherweise nicht bezahlen konnte. Andererseits wollte sie die Hawkers aber auch nicht vor ihrem Gast blamieren, indem sie in ihrem schäbigen Kleid herumlief.

»Ich werde Ihnen eine Nachricht für Doris mitgeben«, fügte Sybil hinzu, als sie Abbeys Zögern bemerkte. Sie trat an einen kleinen Schreibtisch in einer Ecke des Wohnzimmers und schrieb ein paar Worte auf einen Zettel, den sie zusammenfaltete und Abbey reichte. »Hier, und nun gehen Sie schon! Ich werde Ihnen unterdessen ein Kleid heraussuchen.«

Abbey dankte ihr und machte sich unverzüglich auf den Weg zu Doris Huberts Laden.

Abbey blieb in der offenen Ladentür stehen. Drinnen war eine Frau damit beschäftigt, Waren in den Regalen zu sortieren und sich zu notieren, welche Vorräte ergänzt werden mussten.

»Guten Morgen«, sagte Abbey schüchtern. »Sind Sie Mrs. Hubert?«

Doris schaute auf. »Ja, die bin ich. Guten Morgen.« Sie musterte Abbey von Kopf bis Fuß. »Sie sind bestimmt Mrs. Hawkers Gesellschafterin. Jack hat mir schon gesagt, dass Sie vorbeikommen würden.«

»Ja, mein Name ist Abbey Scottsdale.«

»Kommen Sie nur rein«, forderte Doris sie auf. »Was kann ich für Sie tun?«

»Das hier soll ich Ihnen von Mrs. Hawker geben.« Sie reichte Doris die Nachricht und betrachtete die Frau, während diese die Zeilen überflog. Sie war klein und hatte lockige Haare und ein rundes, fröhliches Gesicht mit lebhaften blauen Augen.

Doris blickte auf. »Na, dann wollen wir mal sehen, wie wir Ihnen helfen können.« Als Erstes suchte sie Unterwäsche und Strümpfe aus, die sie verschiedenen Schachteln entnahm, wobei sie Abbey gelegentlich mit einem prüfenden Blick taxierte, um ihre Größe zu schätzen. Die zwei Paar Schuhe, die sie für sie aussuchte, probierte Abbey an. »Sie sind ziemlich schlicht, aber bequem und praktisch«, meinte Doris. »Wenn Sie etwas Schickeres wollen, müssen Sie schon in die Stadt.« Zum Schluss stellte sie Toilettenartikel, Seife, Haarbürste, Kamm und ein paar Haarbänder zusammen.

Abbey hatte sie staunend dabei beobachtet. Noch nie im Leben hatte sie so viele hübsche neue Dinge besessen. »Warten Sie, Mrs. Hubert, das ist alles wirklich wunderbar, aber ich weiß nicht, ob ich mir das leisten kann.« Sie bekam schließlich nur einen geringen Lohn.

»Machen Sie sich deswegen keine Gedanken, Abbey, das kommt alles auf Mrs. Hawkers Rechnung, sie hat extra darum gebeten. Jack kümmert sich dann schon darum.«

Abbey war einen Moment lang sprachlos. »Nein. Nein, das kann ich nicht zulassen«, sagte sie verlegen.

»Und warum nicht?«

»Weil es einfach nicht richtig ist. Mr. Hawker sagte, ich könnte auf eigene Rechnung bei Ihnen anschreiben lassen.«

»Natürlich können Sie das, aber ich muss mich an Mrs. Hawkers Anweisungen halten.«

»Dann geben Sie mir bitte nur das Allernotwendigste. Auf Haarbänder und Strümpfe kann ich verzichten.«

Doris schüttelte energisch den Kopf. »Ganz sicher nicht, Abbey. Sie werden Mrs. Hawker doch auch in die Stadt begleiten, nehme ich an?«

»Na ja, ich denke schon ...«

»Und wenn sie Gäste auf Bungaree Station empfängt, müssen Sie doch einen guten Eindruck machen, oder irre ich mich?«

Abbey seufzte. Doris hatte Recht. Auf keinen Fall wollte sie die Hawkers blamieren.

Während sie alles zusammenpackte, plapperte Doris in einem fort. Da sie aber auch Fragen zu stellen begann, gab Abbey vor, in Eile zu sein. »Die Hawkers erwarten Clementine Feeble zum Lunch, und ich muss mich noch umziehen«, sagte sie.

»Ach ja?«, bemerkte Doris in einem Tonfall, der Abbey neugierig machte.

»Kennen Sie Miss Feeble?«

»Wir sind uns ein paarmal begegnet, das ist alles. Befreundet sind wir nicht, wenn Sie das meinen.« Doris zögerte. »Ich bezweifle offen gestanden, dass sie viele Freunde hat.«

»Wieso sagen Sie das?« Abbey sah sie verwundert an. »Ist sie denn nicht nett?«

»Nett?« Doris machte ein verdutztes Gesicht. »Ich kenne niemanden, der sie als ›nett‹ beschreiben würde. Sie ist zweifellos eine attraktive Person, und sie kann sehr charmant sein, wenn sie will, vor allem in Gegenwart von Männern. Aber ›nett‹ würde ich sie nicht nennen. Womit ich nicht gesagt haben will, dass sie ein furchtbarer Mensch ist. Sie neigt nur dazu, unverblümt ihre Meinung zu sagen.«

»Oh«, machte Abbey enttäuscht.

»Ich hab schon wieder zu viel geredet«, meinte Doris. »Versprechen Sie mir, dass Sie Mrs. Hawker nichts davon sagen werden. Wenn es nach Clementines Kopf geht, wird sie nämlich eines Tages ihre Schwiegertochter sein.«

»Keine Sorge, von mir erfährt sie nichts«, versicherte Abbey. »Ehrlich gesagt war Mrs. Hawker auch nicht imstande, mir Miss Feeble zu beschreiben. Ich könne mir selbst ein Urteil bilden, wenn sie zu Besuch käme, meinte sie nur.«

Doris beugte sich vertraulich näher. »Ich bin gespannt, was Sie von ihr halten. Kommen Sie doch mal wieder auf einen kleinen Plausch vorbei.«

»Das werde ich«, versprach Abbey. »Und nochmals vielen Dank für Ihre Hilfe.«

»Nichts zu danken, dafür bin ich ja da«, erwiderte Doris und machte sich wieder an die Arbeit.

Sybil hatte unterdessen aus ihrer Garderobe ein schlichtes Kleid für Abbey herausgesucht. In Abbeys Augen war es alles andere als schlicht: Sie fand es einfach bezaubernd. Es war cremefarben, mit Stickereien und einem breiten Stoffgürtel, der ihre schmale Taille betonte. Und die kurzen Ärmel waren bei der Hitze ideal.

Abbey war regelrecht überwältigt, als sie es sah. »Es ist mir gar nicht recht, dass Sie mir so ein wunderschönes Kleid leihen wollen, Mrs. Hawker. Wenn nun ein Fleck draufkommt oder ich ein Loch hineinreiße?«

»Das leihe ich Ihnen nicht, Abbey, ich schenke es Ihnen. Meine Taille wird nie wieder so schlank sein, dass ich da noch einmal hineinpasse. Morgen oder übermorgen werden wir in die Stadt zur Schneiderin fahren, damit sie ein paar Kleider für Sie anfertigt.«

Abbeys Augen füllten sich mit Tränen.

»Was haben Sie denn, Kindchen?«, fragte Sybil.

Abbey wusste nicht, was sie sagen sollte. Sie war tief bewegt. Noch nie hatte sie etwas so Schönes besessen. »Ich ...« Sie drückte das Kleid fest an sich. »Ich danke Ihnen«, brachte sie schließlich hervor.

Sybil ahnte, was in ihr vorging. Abbey hatte ihr ja erzählt, dass sie aus einer armen Familie kam, und sie betrachtete das Kleid so ehrfürchtig, als ob es sich um ein teures Ballkleid handelte. »Ach, das alte Ding«, wehrte sie beinah schroff ab, weil Abbeys Dankbarkeit sie verlegen machte. Um das Thema zu wechseln, fragte sie: »Was hat Doris für Sie ausgesucht?«

Abbey zeigte ihr ihre Einkäufe. »Ich möchte nicht, dass Sie oder Ihr Sohn das bezahlen, Mrs. Hawker. Sie haben mir schon so viel Gutes getan.«

»Ich muss doch dafür sorgen, dass meine Gesellschafterin angemessen gekleidet ist. Außerdem macht es mir Spaß, Sie neu einzukleiden. Und mein Sohn möchte schließlich, dass ich Spaß habe.«

Sie wolle keine Almosen, hätte Abbey am liebsten erwidert, doch sie schluckte die Bemerkung hinunter.

»Und jetzt gehen Sie und ziehen sich um«, fuhr Sybil mit einem Blick auf die Uhr fort. »Und vergessen Sie Ihre Haare nicht!

Man kann über Clementine sagen, was man will, aber pünktlich ist sie.«

Abbey eilte in ihr Zimmer, schlüpfte in ihre neue Wäsche und dann in Sybils Kleid, bürstete sich ausgiebig die Haare und schmückte sie mit einem Band. Dann stellte sie sich vor den Spiegel. Sie konnte sich nicht sattsehen an ihrem Spiegelbild. Wie eine Prinzessin sah sie aus. Freudig lief sie die Treppe hinunter. Sie war schon ganz gespannt auf Clementine Feeble.

»Hübsch sehen Sie aus, Abbey«, sagte Sybil, als sie ihr im Flur auf dem Weg zur Küche begegnete.

Abbey war geschmeichelt. Sie warf einen Blick in den Spiegel im Eingangsbereich und lächelte zufrieden. Hoffentlich gefalle ich Jack auch, dachte sie. Erschrocken schlug sie dann die Hände vor den Mund. Sie tadelte sich für diesen Gedanken. Jack zu gefallen stand ihr ganz bestimmt nicht zu.

Exakt um zwölf Uhr dreißig hielt Clementines Einspänner in der Auffahrt. Abbey spähte neugierig aus dem Wohnzimmerfenster.

»Ihr Gast ist da, Mrs. Hawker«, rief sie.

»Habe ich Ihnen nicht gesagt, dass sie auf die Minute pünktlich ist?«, bemerkte Sybil mit einem Blick auf die Uhr, als sie ins Wohnzimmer kam.

Abbey beobachtete, wie Clementine zum Haus schritt und sich umsah, als würde sie ihren künftigen Besitz in Augenschein nehmen. Ihre sorgfältig frisierten blonden Ringellöckchen waren mit einer Spange geschmückt. Clementines hellrosa Kleid passte perfekt zu ihrer hellen Haut, ihren rosigen Wangen und Lippen. Im Vergleich zu ihr kam sich Abbey plötzlich wieder reizlos und gewöhnlich vor.

Elsa war zur Tür geeilt und öffnete. »Guten Tag, Miss Feeble.« Ein angedeutetes Kopfnicken war die Antwort. »Mrs. Hawker ist im Wohnzimmer«, fügte das Dienstmädchen hinzu.

»Guten Tag, meine Liebe«, grüßte Sybil, als Clementine hereingerauscht kam.

»Guten Tag, Sybil«, erwiderte Clementine mit seidenweicher Stimme. Sie ergriff Sybils Hände, spitzte die Lippen und küsste die Luft rechts und links neben ihrer Wange. »Wie geht es Ihnen?«

»Gut, danke. Und selbst?«

»Oh, die Arbeit bringt mich fast um, so viel habe ich im Geschäft zu tun«, klagte Clementine erschöpft. »Ich bin heilfroh, wenn ich ein paar Stunden rauskomme, selbst wenn ich bei der Hitze hier herausfahren muss.«

»Es ist lieb von Ihnen, dass Sie gekommen sind«, sagte Sybil.

»Sonst würde ich Jack ja überhaupt nicht zu Gesicht bekommen«, erwiderte Clementine in weinerlichem Tonfall. »Ständig hat er zu tun, nie hat er Zeit, mich in der Stadt zu besuchen.«

Der versteckte Vorwurf rief Abbey Doris Huberts Worte ins Gedächtnis zurück.

Abbey stand neben dem Sessel, in dem Sybil normalerweise saß, und begnügte sich damit, Clementine genau zu beobachten. Jede Geste, jedes Wort wirkte einstudiert. Zu welchem Zweck, konnte Abbey nicht sagen. Attraktiv war sie jedoch, auch wenn ihre spitze Nase nicht zu ihren weichen Zügen passen wollte.

»Elsa soll Ihnen etwas Kühles zu trinken bringen«, sagte Sybil. »Ich glaube, Sabu hat frische Limonade gemacht.«

»Danke, Sybil. Ich bin ganz ausgedörrt.«

Sybil rief nach Elsa und bat sie, die Getränke zu bringen. Clementine warf Abbey einen neugierigen Blick zu. Sybil bemerkte es. »Clementine, ich möchte Ihnen Abbey vorstellen. Abbey, Miss Clementine Feeble.«

Abbey lächelte. »Freut mich sehr.«

»Abbey?« Clementine betrachtete sie kritisch und eine Spur abschätzig.

Abbey wusste genau, was sie dachte. Offensichtlich fragte sie sich, wer sie war und was sie hier in Bungaree machte. Ob sie für ein neues Dienstmädchen gehalten wurde?

»Abbey ist meine Gesellschafterin«, erklärte Sybil. »Sie kommt

aus Burra«, fügte sie hinzu, falls Clementine sich wunderte, warum sie die junge Frau bisher nie gesehen hatte.
»Oh.« Clementines Interesse schmolz dahin wie Eis an einem heißen Sommertag. »Ich kenne niemanden in Burra.« Sie schaute aus dem Fenster. »Was für ein wunderschöner Garten, Sybil! Ich habe ihn gerade wieder bewundert, als ich den Weg hinaufgegangen bin.«
Abbey atmete auf. Ein Glück, dass Clementine keine Bekannten in Burra hatte. Sie würde also kaum erfahren, wo Abbey früher zu Hause gewesen war. Und freiwillig würde Abbey es ihr sicher nicht erzählen.
Elsa kam mit einem Tablett herein, auf dem drei Gläser Limonade standen. Sybil reichte eines Clementine und eines Abbey und nahm sich das letzte. »Ja, Frank Fox ist ein hervorragender Gärtner.«
»O ja, das ist er«, stimmte Clementine ihr zu, während sie den üppigen Blumenstrauß auf einem niedrigen Tisch neben dem Sofa bewunderte.
»Allerdings ist es fast zu viel Arbeit für ihn allein«, fuhr Sybil fort. »Er könnte eine Hilfe brauchen, aber im Moment sind keine Leute zu bekommen.«
»Wem sagen Sie das! Ich suche schon lange nach einer Aushilfskraft für meinen Laden. Die meisten Männer, die im Goldrausch nach Queensland geeilt sind, haben ihre Frauen mitgenommen.« Clementine setzte sich auf das Sofa, nippte an ihrer Limonade und warf Abbey abermals einen flüchtigen Blick zu. »Erzählen Sie, was gibt's Neues auf Bungaree Station?«
»Nicht allzu viel«, erwiderte Sybil. Sie nahm in einem Sessel Platz. Abbey blieb stehen. »Schafe, Lämmer, Fliegen und Staub sind das einzig Aufregende hier draußen.« Sie lächelte Abbey zu. Sie hätte gern den fröhlichen Kartenabend erwähnt, fürchtete aber Clementines Missbilligung, wenn sie hörte, dass die Herrin des Hauses mit den Dienstboten an einem Tisch gesessen hatte.
Abbey dachte, es könne nicht schaden, etwas zu der Unter-

haltung beizusteuern, das ihr Leben nicht ganz so langweilig erscheinen ließ. »Gestern Abend haben wir Lügner-Poker gespielt, das war lustig.«

Sybil zuckte innerlich zusammen.

»Lügner-Poker?« Clementine machte ein verdutztes Gesicht. »Was ist das denn?«

»Ein Kartenspiel«, erwiderte Sybil hastig. »Abbey hat es mir beigebracht.« Sie hoffte, das Thema wäre damit erledigt.

»Mr. Hawker und die anderen kannten es auch noch nicht, aber sie haben sich alle ziemlich gut geschlagen«, fügte Abbey eifrig hinzu.

»Die anderen?«, wiederholte Clementine. »Sie hatten also Gäste?«

»Äh... nein, nicht direkt«, stammelte Sybil.

Abbey kam ihr zu Hilfe. »Ich habe Sabu, Elsa und Marie gemeint.«

»Die Dienstboten?« Clementine starrte Sybil entgeistert an. »Du meine Güte, hier draußen muss es wirklich sterbenslangweilig sein!«

Abbey wurde klar, dass sie Sybil in höchste Verlegenheit gebracht hatte. Es war ihr schrecklich unangenehm, als sie sah, wie Sybil sich wand. Von Clementines Gesichtsausdruck ließ sich ablesen, dass die arme Sybil in der nächsten Zeit Stadtgespräch sein würde.

»Wo ist eigentlich Jack? Ich dachte, er wäre hier, wenn ich komme.« Ein leiser Vorwurf schwang in Clementines Stimme mit.

»Er wollte nach den neugeborenen Lämmern sehen«, sagte Sybil, froh über den Themenwechsel. »Er wird sicher gleich kommen. Ich habe ihm heute Morgen gesagt, dass wir Sie zum Essen erwarten, damit er es auf keinen Fall vergisst.«

»Er muss daran erinnert werden, dass ich zu Besuch komme?« Dieses Mal war unmissverständlich herauszuhören, wie gekränkt Clementine war.

Die Sache mit dem Kartenspiel hatte Sybil, sonst die perfekte, feinfühlige Gastgeberin, offensichtlich aus der Fassung gebracht. »Er... er ist ein wunderbarer Sohn«, stammelte sie, »aber er hat furchtbar viel zu tun, und Männer haben nun einmal ihre Schwächen. Jack ist da keine Ausnahme.« Sie versuchte, die Situation mit Humor zu retten.

Clementine war nicht zum Lachen zumute. »Das finde ich aber gar nicht nett, dass er mich vergessen hat«, schmollte sie.

»Er wird sicher gleich kommen«, versicherte Sybil. »Jetzt erzählen Sie mal – was gibt's Neues in der Stadt?«

Die beiden Frauen begannen, über gemeinsame Bekannte zu plaudern, und Abbey nutzte die Gelegenheit, um sich still und leise aus dem Zimmer zu stehlen. Es war ihr furchtbar unangenehm, dass sie Sybil innerhalb weniger Augenblicke derart in Verlegenheit gebracht hatte.

Als sie die Küche betrat, musterte Sabu sie mit finsterer Miene. »Was ist denn mit Ihnen los?«

»Gar nichts«, erwiderte Abbey, konnte ihn jedoch nicht dabei ansehen. Etwas an dem Koch flößte ihr immer noch ein wenig Angst ein. »Ich werde einen kleinen Spaziergang machen.«

»Das Essen ist gleich fertig«, sagte Sabu vorwurfsvoll.

»Ich hab sowieso keinen Hunger.« Sie schlüpfte durch die Hintertür hinaus, trat durch ein Tor, folgte dem Weg um die Hausecke herum und überlegte kurz. Sie beschloss, nicht zu den Unterkünften der Schafscherer und den Scherschuppen zu gehen, sondern in die andere Richtung. Als sie am Laden vorbeikam, stand die Tür offen, aber Doris war nirgends zu sehen. Abbey eilte erleichtert weiter. Sie hatte keine Lust, mit Doris über Clementine Feeble zu reden und ging schnell weiter, die Auffahrt zum Haupttor hinunter.

Sie war noch nicht weit gekommen, als sie jemanden gut gelaunt rufen hörte: »Guten Tag, junge Dame!«

Abbey schaute auf und sah einen Mann aus Richtung der Ställe um die Schmiede herum auf sie zukommen. Er war mittleren Alters, mit ergrauendem Haar und einem offenen, heiteren Gesichtsausdruck.

»Guten Tag«, grüßte Abbey zurück.

»Wir sind uns noch nicht begegnet, glaube ich«, sagte der Mann. »Ich bin Pater Quinlan, aber Sie können John zu mir sagen oder Pater John, wenn Ihnen das lieber ist.« Er lächelte und streckte ihr die Hand entgegen, als er vor ihr stand.

»Ich bin Abigail Scottsdale, aber sagen Sie bitte Abbey zu mir.« An seinem Hemd fehlte der Priesterkragen, wie Abbey mit einem raschen Blick feststellte.

»Elias hat mir schon erzählt, dass die Missus jetzt eine Gesellschafterin hat. Das sind Sie, nehme ich an.«

»Ja, so ist es.«

»Ist es nicht traurig, dass man jemanden dafür bezahlen muss, dass er einem Gesellschaft leistet?«

Obwohl sie in gedrückter Stimmung war, musste Abbey unwillkürlich lachen über diese freimütige Bemerkung. »Dieser Satz hätte von meinem Vater stammen können.« Zum ersten Mal konnte sie an ihren Vater denken, ohne von einem Gefühl niederschmetternder Traurigkeit überwältigt zu werden.

»Sehen Sie, jetzt lächeln Sie wenigstens!« Pater John war die bedrückte Miene der jungen Frau aufgefallen. »Aber im Ernst, Mrs. Hawker fühlt sich sehr einsam, seit sie hierher gezogen ist, deshalb freue ich mich für sie, dass sie jetzt jemanden hat, der ihr Gesellschaft leistet, vor allem, wenn es sich dabei um eine so hübsche Gesellschafterin handelt.«

Pater Quinlan sagte das mit einem Augenzwinkern, das Abbey nicht entgangen war. »Mein irisches Erbe«, meinte sie, und er lachte.

»Von wo sind Sie denn, Mädel?«

»Sligo. Und Sie?«

»Ich bin ein waschechter Dubliner«, antwortete Pater Quinlan.

Sein Atem roch nach Alkohol, und seine Nasenspitze war von

geplatzten Äderchen durchzogen. Abbey hatte schon genug Trinker gesehen, um zu erkennen, dass Pater Quinlan auch einer war.

»Haben Sie St. Michael schon gesehen?«, fragte er.

Abbey schüttelte den Kopf. »Nein, noch nicht.«

»Kommen Sie, ich zeig Ihnen unsere kleine Kirche. Sie werden staunen«, fügte er stolz hinzu.

Abbey, froh über die Ablenkung, folgte ihm zu der Kirche.

»Sie werden doch morgen den Gottesdienst besuchen, hoffe ich.« Der Pater sah sie streng an.

»Äh ... ja, natürlich.« Abbey hatte sich noch keine Gedanken darüber gemacht, aber jetzt gab es kein Zurück mehr.

»Es spielt keine Rolle, ob Sie katholisch sind oder nicht. Gläubige aller Konfessionen kommen zur Messe und nicht nur die Bewohner von Bungaree, sondern auch Schafscherer und Farmer aus dem ganzen Umkreis. So brauchen sie nicht nach Clare zu fahren. Es ist ein weiter Weg dorthin, und die Straßen sind katastrophal.«

»Doch, ich bin katholisch«, sagte Abbey. Als sie mit ihrem Vater noch in Irland bei ihrer Tante gewohnt hatte, waren sie regelmäßig zur Kirche gegangen, aber in Burra hatten sie den Gottesdienst nur noch gelegentlich besucht.

»Wunderbar. Der Stein, mit dem St. Michael gebaut wurde, stammt aus einem Steinbruch in der Nähe, und die Dachschindeln wurden aus der Rinde von Bäumen hier in Bungaree gefertigt. Bischof Short hat die Kirche am 8. November 1864 eingeweiht. Ich kam kurz danach hierher.«

»Und was machen Sie, wenn Sie nichts in der Kirche zu tun haben?«, fragte Abbey neugierig. Selbst wenn er jeden Morgen einen Gottesdienst abhalten sollte, was unwahrscheinlich war, würde er immer noch viel Freizeit haben. Die Beichte wurde normalerweise nur einmal die Woche, meistens am Samstag, abgenommen.

»Ich helfe auf der Farm, wo immer jemand gebraucht wird. Ich habe sogar schon beim Schafscheren geholfen, als wir nicht genug Scherer hatten.«

»Stimmt, Mr. Hawker hat erwähnt, dass Sie überall einspringen, wo Not am Mann ist.«

Der Pater nickte. »Außerdem besuche ich Familien in der ganzen Gegend, wenn sie meinen Beistand brauchen.«

Inzwischen hatten sie die Kirche erreicht. Pater Quinlan hielt Abbey die Tür auf, und sie ging hinein. Es war angenehm kühl im Innern des Gotteshauses, das aussah wie jede andere Kirche, mit Reihen von Bänken, die Kissen zum bequemen Knien auf dem Fußteil hatten. Es gab auch wunderschöne Buntglasfenster, ein riesengroßes über dem Altar und ein kleineres im hinteren Teil der Kirche.

Pater Quinlan lächelte, als er Abbeys verzückte Miene sah. »Die Fenster wurden von Handwerkern aus Penwortham gefertigt, einem Vater und seinem Sohn. Wunderschön, nicht wahr?«

Abbey, in ehrfürchtiges Staunen versunken, nickte stumm. Das Sonnenlicht brach sich in den lebhaften Blau- und Rottönen der Scheiben und malte Regenbogen auf die Kirchenbänke.

Abbey spürte, dass Pater Quinlan sie prüfend ansah. Sie drehte ihm den Kopf zu. »Was ist, Pater?«

»Wie kommt es, dass so eine bildhübsche Person wie Sie noch nicht verheiratet ist?« Hätte sie einen Ehemann gehabt, wäre sie wohl kaum Sybil Hawkers Gesellschafterin geworden.

Abbey brach unvermittelt in Tränen aus. Nach den Ereignissen der vergangenen Tage war sie überempfindlich.

»Aber, aber, Kindchen!« Pater Quinlan fasste sie am Arm und führte sie zu einer Bank. »Kommen Sie, setzen Sie sich.«

»Entschuldigen Sie«, murmelte Abbey. Dankbar nahm sie das angebotene Taschentuch und wischte sich die Tränen ab.

»Sie brauchen sich nicht zu entschuldigen. Was bedrückt Sie denn, mein Kind? Ich kann Ihnen vielleicht nicht helfen, aber es wird Ihnen guttun, wenn Sie sich alles von der Seele reden.«

Pater Quinlans offenkundige Anteilnahme und die erhabene Atmosphäre in der Kirche lösten Abbeys Zunge. Sie erzählte ihm ihre ganze Lebensgeschichte, einschließlich der furchtbaren Umstände, unter denen sie mit Ebenezer Mason getraut wurde, und der Begegnung mit den Hawkers in Clare, als sie vor dem Büro für Arbeitsvermittlung ohnmächtig zusammengebrochen war. Sie vertraute sich Pater John rückhaltlos an, und er hörte ihr aufmerksam und schweigend zu.

Als sie geendet hatte, war ihr, als wäre eine große Last von ihr genommen worden. Sie schnäuzte sich ein letztes Mal und sagte: »Danke, dass Sie mir zugehört haben, Pater.« Ein schwaches Lächeln spielte um ihre Lippen. »Da kennen wir uns kaum ein paar Minuten, und schon erzähle ich Ihnen meine ganze Lebensgeschichte. Sie müssen einen schönen Eindruck von mir haben.«

»Zu meiner Arbeit als Mann Gottes gehört auch, dass ich den Mitgliedern meiner Gemeinde mit Rat und Tat zur Seite stehe«, entgegnete Pater John. »Wenn Sie eine schwere Bürde zu tragen haben, finden Sie Trost in Gottes Liebe und in mir einen guten Zuhörer. Vergessen Sie das nie.«

»Danke, Pater. Ich vermisse meinen Vater so sehr«, fügte Abbey leise hinzu. »Ich fühle mich so einsam.«

»Sie sind nicht allein, mein Kind, denken Sie immer daran, Gott ist zu jeder Zeit bei Ihnen, er weist Ihnen den Weg und beschützt Sie. Er hat Sie auch nach Clare geführt, wo Sie den Hawkers begegnet sind.«

»Meinen Sie wirklich?«, fragte Abbey, die eher an Zufall glaubte.

»Aber natürlich. Jetzt sind Sie an dem Platz, den Gott für Sie ausgesucht hat.« Er schlug sich auf die Schenkel und beugte sich näher zu Abbey. »Wie wär's mit einer kleinen Nervenstärkung?« Ohne auf Antwort zu warten, stand er auf, ging nach vorn zum Altar und bückte sich hinter das Lesepult. Als er sich wieder aufrichtete, hatte er eine Flasche Wein in der Hand.

Abbey traute ihren Augen nicht. Sie staunte noch mehr, als der Pater einen kleinen Kelch vom Altar nahm und den Wein darin einschenkte.

»Nein, danke, für mich nicht«, wehrte sie ab. Wein aus einem Messkelch zu trinken war ihrer Meinung nach ein Sakrileg.

»Unsinn! Nach allem, was Sie durchgemacht haben, wird Ihnen ein kleiner Schluck guttun, glauben Sie mir!«

Abbey zögerte, nahm dann aber den Kelch entgegen und trank einen Schluck.

»Na, geht's wieder?«, fragte der Pater.

Abbey kam aus dem Staunen nicht heraus, als der Pater die Flasche nahm und direkt daraus trank.

»Ja, danke«, antwortete sie.

Pater John wischte sich mit dem Handrücken den Mund ab.

»Wird Mrs. Hawker Sie nicht vermissen?«

»Ich glaube nicht. Clementine Feeble ist bei ihr. Eigentlich wollte ich einen kleinen Spaziergang machen.« Sie stand auf. »Ich werde dann mal wieder gehen.«

»Ich will nach den neugeborenen Lämmern sehen.« Pater John nahm noch einen kräftigen Schluck und stellte die Flasche dann in ihr Versteck zurück. »Hätten Sie Lust mitzukommen?«

»O ja, sehr gern.« Abbey lächelte ihm dankbar zu.

Gemeinsam verließen sie die Kirche.

11

Abbeys Neugier war geweckt, und als sie neben Pater John zu der Koppel hinter den Scherschuppen ging, fragte sie: »Wie kommt es, dass Sie keine Gemeinde in der Stadt haben, Pater? Ich habe noch nie von einer Farm gehört, die ihre eigene Kirche und ihren eigenen Pfarrer hat.«

»Ja, das ist ungewöhnlich, Sie haben Recht. Nach meiner Ausbildung habe ich nacheinander fünf Gemeinden in verschiedenen Teilen von South Australia übernommen, aber ich hatte das Gefühl, dass irgendetwas in meinem Leben fehlte. Ich spürte so eine innere Unruhe, eine Rastlosigkeit in mir. Mehrmals traf ich mich deswegen mit dem Erzbischof, aber er wusste nicht, was er mit mir machen sollte. Für mich stand fest, dass ich Gott dienen wollte, aber den Gottesdienst abhalten und die Beichte abnehmen war mir zu wenig. Als ein Geistlicher für St. Michael gesucht wurde, entschied der Erzbischof, dass ich der ideale Mann dafür war. Ich konnte sämtliche Aufgaben eines Pfarrers übernehmen, zusätzlich aber auch auf der Farm aushelfen, wenn Not am Mann war. Und heute bin ich ein zufriedener Mensch.«

Abbey seufzte sehnsüchtig. »Es muss herrlich sein, seinen Platz im Leben zu finden, irgendwohin zu gehören und sich nützlich zu fühlen. Was kann man mehr vom Leben verlangen?«

Pater John nickte. »Ich möchte mit niemandem mehr tauschen. Aber Kopf hoch, mein Kind, eines Tages werden auch Sie den Platz, der für Sie bestimmt ist, finden. Wer weiß? Vielleicht haben Sie ihn schon gefunden. Bungaree ist Gottes eigenes Land, das dürfen Sie mir glauben.«

Abbey dachte über die Worte des Paters nach. Anfangs hatte sie sich nicht vorstellen können zu bleiben, weil Sybil Hawker eine tiefe Abneigung gegen sie zu hegen schien. Inzwischen hatte eine vorsichtige Annäherung stattgefunden, und Abbey hielt es durchaus für möglich, dass sie lernen könnten, miteinander auszukommen. Doch da war noch die Sache mit Ebenezer Masons Tod.

»Ich fürchte mich, wenn ich an die Zukunft denke«, gestand sie beklommen. »Heath Mason ist außer sich, weil ich in der Nacht, als sein Vater starb, bei ihm war. Anscheinend denkt er, ich hätte etwas mit seinem Tod zu tun, auch wenn er es nicht ausdrücklich gesagt hat. Er hat mir nicht geglaubt, als ich ihm versichert habe, dass ich unschuldig bin.«

»Nehmen Sie es nicht so schwer, Abbey. Heath muss den Verlust seines Vaters erst verkraften, und das kann eine Weile dauern. Aber ich bin sicher, dass er die Dinge dann in einem anderen Licht sehen wird.«

»Meinen Sie wirklich?«, fragte Abbey hoffnungsvoll.

»Aber ja. In seiner Trauer muss er jemanden für den Tod seines Vaters verantwortlich machen, deshalb hat er so heftig reagiert. Glauben Sie mir, Ihre Unschuld wird sich bald herausstellen.«

Abbey seufzte. »Ich wünschte, Sie hätten Recht. Ich frage mich nur, wie das gehen soll.«

»Nun, zum einen könnte er zur Feststellung der genauen Todesursache eine Autopsie durchführen lassen.«

»Davon hat er gesprochen, das stimmt.« Abbeys Miene hellte sich ein wenig auf.

»Na, sehen Sie! Dann wird sich die Angelegenheit sicher bald klären.«

Abbey war ein bisschen leichter ums Herz, jetzt hatte sie einen Strohhalm, an den sie sich klammern konnte.

Sie hatten die Scherschuppen erreicht, die still und verlassen dalagen. Die Schafschur würde in diesem Jahr etwas später stattfinden, wie Pater John ihr erklärte. Abbey sah sich neugierig um, als sie durch die Schuppen schlenderten.

»Der nördliche Teil wurde zuerst gebaut.« Pater John war stehen geblieben und zeigte mit dem Finger darauf. »Der Wollschuppen wurde vor nicht allzu langer Zeit erweitert. Anfangs waren nur die Scherflächen überdacht, mit schindelgedeckten Kiefernbalken, aber dann hat Jack das Dach über den ganzen Schuppen gezogen. Das war vor ungefähr zwei Jahren, als ich hierherkam.«
»Wie viele Scherer arbeiten denn hier?«
»Bis zu fünfzig, je zwei in einem Pferch.«
Abbeys Blick wanderte über die beiden Reihen niedriger Pferche. Sie konnte fast das Klicken der Scheren hören und stellte sich vor, wie Tag für Tag hunderte von Schafen mit ihrem dichten Fell hereingetrieben wurden und geschoren wieder hinaustrabten. »Es riecht aber ganz schön scharf hier drinnen«, meinte sie und hielt sich angewidert die Nase zu.
Pater John grinste. »Ja, der Urin von Schafen hat einen beißenden Geruch. Aber daran gewöhnt man sich.«
Abbey hatte da ihre Zweifel.
Als sie auf der anderen Seite der Schuppen ins Freie traten, standen sie an einem Paddock mit Mutterschafen, von denen viele kleine Lämmchen hatten.
»Oh, wie süß!«, rief Abbey entzückt aus. »Die sind ja niedlich!«
Einige Lämmer waren Tage, andere nur wenige Stunden alt. Sie waren schneeweiß, tollten übermütig herum, staksten unbeholfen durch den Staub oder schmiegten sich eng an ihre Mütter. Jack oder Elias Morton waren nirgends zu sehen, aber auf der anderen Seite des Paddocks hielten sich zwei Reiter auf, Aborigines, wie Abbey erkennen konnte.
»Es ist das erste Mal, dass Jack die Schafe erst Anfang Juli hat decken lassen«, sagte Pater John. »Normalerweise stellt er die weiblichen Tiere viel früher zu den Böcken. Es ist so eine Art Experiment.«
»Inwiefern?«, fragte Abbey.
»Die Muttertiere lammen für gewöhnlich im Frühjahr. Das heißt, sie bringen ihre Jungen zur Welt«, erklärte er, als er Abbeys

fragenden Blick bemerkte. »Aber im Frühjahr können die Nächte im Clare Valley noch bitterkalt sein. Jack sind schon ein paar Lämmer erfroren, und er hasst es, auch nur ein einziges Tier zu verlieren. Es gibt dann zwar nach dem Regen im Winter genug Futter, aber da Bungaree über ausreichende Grundwasserreserven verfügt, braucht sich Jack in dieser Hinsicht keine Sorgen zu machen. Außerdem ist es auch für die Hirten angenehmer, wenn sie nachts draußen bei der Herde sein müssen und es nicht mehr so kalt ist. Und tagsüber, wenn es richtig heiß ist, finden die Mutterschafe und ihre Lämmer genug schattige Plätze. Ich glaube, das Experiment wird sich bezahlt machen.« John winkte den Aborigines zu, und diese erwiderten seinen Gruß.

»Gehören die beiden zur Farm?«, fragte Abbey.

»Ja, sie bewachen die Herde und schützen sie vor tierischen und menschlichen Räubern. Die Eingeborenen mögen Schaffleisch, sie machen mit ihren Speeren Jagd auf die Tiere, und die Lämmer sind für sie eine leichte Beute. Genau wie für die Dingos.«

Die beiden Reiter lenkten ihre Pferde langsam durch die Herde auf Abbey und den Pater zu.

Abbey beobachtete sie. »Wie lange sind Schafe eigentlich schwanger?«, fragte sie neugierig.

»Trächtig nennt man es bei Schafen. Die Tragzeit dauert etwa fünf Monate, zwischen hundertfünfundvierzig und hundertfünfzig Tagen, kann aber von verschiedenen Faktoren wie zum Beispiel dem Nahrungsangebot beeinflusst werden. Ist zu wenig Futter vorhanden, kommen die Lämmer früher zur Welt. Viele überleben dann nicht. Um die Belastung für die Tiere so gering wie möglich zu halten, hat Jack eigens kühle Tage für die Deckzeit ausgesucht.«

Abbey staunte. Sie hätte nicht gedacht, dass so viele Dinge beachtet werden mussten. Ihre Tante und ihr Onkel in Irland hatten nur ein paar Schweine und eine Kuh gehalten, aber keine Schafe, deshalb wusste sie so gut wie nichts über diese Tiere.

Inzwischen war einer der beiden Hirten herangeritten. »Tag, Pater John!«, grüßte er. Er musterte Abbey unter der Krempe seines abgewetzten, speckigen Huts hervor.

Abbey fiel das Gewehr auf, das in einem Schaft am Sattel steckte. Der zweite Viehhirte ritt an der Einfriedung entlang auf sie zu. Auch er trug ein Gewehr. Er war etwas älter als der erste, man konnte ein paar graue Haare unter seinem zerbeulten Hut hervorgucken sehen.

»Tag, Ernie.« John Quinlan wandte sich Abbey zu. »Abbey, das sind Ernie Carpney und Wilbur Mandawauy. Jungs, das ist Abbey Scottsdale. Sie ist Mrs. Hawkers Gesellschafterin.«

»Wozu braucht die Missus denn eine Gesellschafterin?«, fragte Ernie ernsthaft.

John lachte, und auch Abbey musste lächeln.

»Sie kommt aus der Stadt, wie ihr wisst, deshalb ist ihr das ruhige Leben hier draußen ein bisschen zu eintönig«, erklärte John. Er konnte Ernie ansehen, dass er weder mit dieser Erklärung noch mit dem Begriff »Gesellschafterin« etwas anzufangen wusste. Der Aborigine verscheuchte die Fliegen von seinem Gesicht und blickte völlig verdutzt drein.

John wandte sich an Wilbur. »Wo ist denn Jack?«

»Er reitet mit Elias den Grenzzaun ab«, erwiderte der Aborigine mit einer vagen Handbewegung. Er hatte den Satz kaum ausgesprochen, als sich über einer niedrigen Anhöhe eine Staubwolke abzeichnete, die rasch näher kam. Es waren Jack und Elias, wie sie gleich darauf erkennen konnten. Jack hielt ein Lämmchen im Arm. Es begann laut zu blöken, als es seine Artgenossen im Paddock witterte.

»Hallo!«, rief Jack, als er Abbey sah.

Sie lächelte ihm zu. »Hallo. Ist das Kleine etwa ein Waise?«

»Nein, ich glaube nicht. Ich vermute, es ist im Lauf der Nacht geboren und dann irgendwie von seiner Mutter getrennt worden. Ich hoffe, sie ist bei der Herde hier, es braucht nämlich dringend Milch, sonst geht es ein.«

»Das arme Ding!«, sagte Abbey mitleidig. »Dass seine Mutter es einfach im Stich gelassen hat!«

»Ich nehme an, die Herde wurde von einer Schlange oder einem Viehdieb aufgescheucht und hat sich dann zerstreut. Und das Neugeborene konnte nicht mithalten, als die anderen geflohen sind.«

Das Lämmchen schrie herzzerreißend. Abbey zerfloss fast vor Mitleid. »Wie soll es denn seine Mutter unter den vielen Schafen wiederfinden?«, fragte sie allen Ernstes. »Die sehen doch alle gleich aus.«

Jack, Pater John und die Viehhirten lachten schallend. Nur Elias verzog keine Miene.

»Wie ihr Weißen«, sagte Ernie. »Ihr seht auch alle gleich aus.« Wieder lachte er, und Wilbur stimmte mit ein.

Jack merkte, wie verlegen Abbey geworden war. »Genau wie ihr schwarzen Burschen, vor allem im Dunkeln«, scherzte er.

Abbey hatte begriffen, wie dumm ihre Bemerkung gewesen war. Aber sie nahm es mit Humor und lachte über sich selbst.

Jack stieg aus dem Sattel. »Keine Sorge, Abbey. Das Lamm wird seine Mutter schon finden«, sagte er und setzte das Kleine behutsam ab.

Es schaute sich einen Moment verwirrt um, dann stakste es, laut blökend, auf unsicheren Beinen durch den Paddock. Auf einmal kam eins der Muttertiere, das ebenfalls laut schrie, angetrabt. Das Lämmchen lief zu ihm und wedelte mit seinem weißen Schwänzchen wie ein freudiger Welpe. Seine Mutter beschnupperte es, und eine Sekunde später drückte es seinen Kopf an ihren Bauch und trank gierig.

Der rührende Anblick trieb Abbey Tränen in die Augen. Sie seufzte erleichtert. Sie war so froh, dass Mutter und Kind sich wiedergefunden hatten.

»Das Mutterschaf würde das Lamm nicht trinken lassen, wenn es nicht das eigene wäre«, erklärte Pater John.

Abbey war so in den Anblick der beiden Tiere versunken, dass sie nicht bemerkte, wie Jack sie mit unverhohlener Bewunderung musterte.

»Sie sehen aber schick aus, Abbey«, sagte er schließlich.

Sie drehte sich zu ihm um und lächelte. »Danke«, sagte sie errötend. »Das Kleid hat mir Ihre Mutter geschenkt.«

»Ich habe es nie an ihr gesehen, aber Ihnen steht es wirklich hervorragend. Haben Sie etwas Besonderes vor, dass Sie sich so fein gemacht haben? Wollt ihr beide vielleicht in die Stadt?«

»Nein, Miss Feeble ist doch zum Lunch gekommen.« Anscheinend hatte Jack das völlig vergessen.

Er riss die Augen auf und schlug sich dann mit der Hand an die Stirn. »O Gott! Ich sitze ganz schön in der Patsche. Dann werde ich mich mal besser beeilen.« Er ergriff die Zügel seines Pferdes. »Kommen Sie mit?«

Abbey zögerte. Nachdem sie Sybil so in Verlegenheit gebracht hatte, würde sie ihr in nächster Zeit lieber nicht unter die Augen treten. Aber sie wollte andererseits auch nicht, dass Jack von ihrem Patzer erfuhr. »Ja, aber gehen Sie ruhig schon vor«, entgegnete sie widerstrebend. »Ich bin mit Pater John hergekommen.«

Jack führte sein Pferd durch das Gatter, das Elias geöffnet hatte, und stieg wieder auf. »Sie können mit mir zurückreiten. Wären Sie nicht hergekommen und hätten mich an den Lunch erinnert, wäre ich geliefert.« Er streckte die Hand aus. Abbey ergriff sie, und Jack zog sie hinter sich aufs Pferd. Abbey strich ihren Rock glatt. Sie wunderte sich ein wenig über Jacks Reaktion. Hatte diese Clementine ein so aufbrausendes Temperament, dass er ihre Wutausbrüche fürchten musste?

»Festhalten!«, forderte er sie auf. Abbey legte ihm ihre Arme um die Taille.

Sie war so entzückt gewesen von den Lämmern, dass sie gar nicht mehr an den Gast gedacht hatte, der im Haus wartete. Deshalb hatte sie fast ein schlechtes Gewissen, weil Jack sich bei ihr bedankt hatte.

»Wir sehen uns morgen beim Gottesdienst!«, rief Pater John ihnen nach, als sie davonritten.

Jack setzte das Pferd in leichten Galopp. »Mutter hat mich heute Morgen noch daran erinnert, dass Clementine zum Essen kommt«, sagte er kopfschüttelnd. »Ich weiß nicht, wie ich das vergessen konnte!«

»Sie hatten eben die Schafe im Kopf«, erwiderte Abbey. Sie war sich seiner Nähe und der Wärme seines Rückens an ihrer Brust nur allzu bewusst. »Beim Anblick dieser süßen Lämmchen würde ich alles um mich herum vergessen.«

Jack wandte den Kopf und lächelte ihr zu. Seine Augen erinnerten sie an die Neals – die Regenbogenhaut hatte kleine goldene Sprenkel. »Es gibt nicht viele Frauen, die Schafe mögen.«

»Ich mag eigentlich alle Tiere, das war schon immer so. Mein Vater und ich wohnten auf der Farm meiner Tante und meines Onkels, bevor wir nach Australien kamen. Dort gab es Schweine. Die meisten Leute haben für Schweine nichts übrig, aber sie sind sehr intelligent und auf ihre eigene Art ganz reizende Tiere.«

Jack lachte. »Wollen Sie mich auf den Arm nehmen?«

»Überhaupt nicht«, widersprach Abbey entrüstet. »Ich hatte die Schweine wirklich gern.«

Ich kann mir nicht vorstellen, so einen Satz jemals aus Clementines Mund zu hören, dachte Jack. Schade eigentlich.

Am Tor zur Rückseite des Hauses stieg Jack ab und half dann Abbey vom Pferd, indem er sie um die Taille fasste. Sie konnte die Wärme seiner großen, braun gebrannten Hände durch den Stoff ihres Kleids hindurch spüren. Es war ein wunderbares Gefühl, wie sie ein wenig überrascht feststellte. Schüchtern hielt sie ihren Blick gesenkt.

Jack schlang die Zügel um einen Pfosten. Sie gingen über den Hof, und Abbey wartete, bis Jack sich in der Waschküche den Staub von Gesicht und Händen gewaschen hatte. Dann gingen sie weiter ins Haus, wo Jack ins Esszimmer zu seiner Mutter und Clementine eilte. Abbey hielt sich im Hintergrund.

»Entschuldige die Verspätung«, sagte Jack und küsste Clementine auf die Wange.

Abbey sah, wie ihre Augen aufleuchteten, ihr Gesichtsausdruck aber immer noch erkennen ließ, dass sie ihm die Verspätung übel nahm.

»Wo warst du denn so lange?«, fragte Sybil ihren Sohn.

»Ich habe die Grenzzäune kontrolliert und dabei ein verlassenes neugeborenes Lamm gefunden.«

Clementine verrollte die Augen. Für sie war das eindeutig kein Grund, sie warten zu lassen.

»Sie dürfen ihm das nicht krummnehmen, Clementine«, sagte Sybil. »Jack würde barfuß die Simpson-Wüste durchqueren für eins seiner Schafe.«

»Hast du denn keine Viehhirten, die das erledigen können?« Eine Spur Verärgerung lag in Clementines Stimme.

»Bei einigen tausend Schafen ist es mir lieber, sie halten die Augen nach Viehdieben offen, Clementine. Und im Dunkeln kann man ein neugeborenes Lamm schon mal übersehen. Ich vermute, dass eine Schlange die Herde in Panik versetzt hat und das Mutterschaf von ihrem Jungen getrennt wurde, das dann umhergeirrt ist. Ich hab es zur Herde zurückgebracht, wo es seine Mutter wiedergefunden hat.« Jack sah zu Abbey hinüber, die bei der Erinnerung an den rührenden Anblick lächelte.

Clementine bemerkte es. Gab es etwas, das die beiden verband? Eifersucht durchfuhr sie.

Jack, der ihren misstrauischen Blick auf sich ruhen fühlte, fügte hastig hinzu: »Abbey ist das Wiedersehen von Mutter und Kind richtig zu Herzen gegangen, nicht wahr, Abbey?«

Sie nickte nur, weil Clementines Blick sich jetzt prüfend auf sie geheftet hatte.

Sybil wandte sich ihr zu. »Ich hab mich schon gewundert, wo Sie so lange bleiben.«

»Ich dachte, ich lasse Sie mit Miss Feeble allein, damit Sie sich ungestört unterhalten können«, erwiderte Abbey. Das war nur die halbe Wahrheit: Sie hatte Sybil nicht noch einmal in eine peinliche Situation bringen wollen, deshalb war sie gegangen. »Ich bin ein bisschen spazieren gegangen und dabei Pater Quinlan über den Weg gelaufen. Er hat mir die Kirche gezeigt. Die Buntglasfenster sind wirklich wunderschön.«

»Sie stammen von einheimischen Handwerkern«, sagte Jack.

»Ja, Pater Quinlan hat es erwähnt. Und anschließend sind wir zusammen zu den Lämmern gegangen«, fügte Abbey an Sybil gewandt hinzu.

»Er hat Ihnen hoffentlich nichts Alkoholisches angeboten«, meinte sie.

»Äh ...« Abbey wusste nicht, was sie darauf erwidern sollte. Sie wollte den Geistlichen nicht in Schwierigkeiten bringen, nachdem er so nett zu ihr gewesen war.

»Mutter! Die Bemerkung war nun wirklich überflüssig«, sagte Jack tadelnd.

»Wieso? Du willst doch wohl nicht leugnen, dass er ein Alkoholproblem hat? Er würde noch mit einem toten Esel anstoßen, wenn er sonst niemanden hat!« Sybil wandte sich an Abbey. »Kommen Sie, setzen Sie sich und essen Sie etwas. Clementine und ich haben schon angefangen, weil uns der Magen knurrte.«

»Ich möchte nicht stören«, sagte Abbey zögernd. »Ich werde lieber in der Küche essen.«

»Kommt nicht infrage!«, widersprach Jack. »Sie essen hier mit uns. Dann können Sie und Clementine sich ein bisschen näher kennen lernen.« Er zog ihr den Stuhl neben seiner Mutter zurück.

Abbey setzte sich, wenn auch nur ungern. Sie spürte, dass Clementine sie lauernd beobachtete, und das machte sie nervös. Sie hatte Angst vor den Fragen, die sie würde beantworten müssen, Fragen über sich, ihre Herkunft, ihre Vergangenheit. Doch wie sich herausstellte, waren ihre Sorgen unnötig gewesen. Als sich Jack gesetzt hatte, galt Clementines Aufmerksamkeit ausschließlich ihm.

»Ich habe deiner Mutter gerade erzählt, dass mein Vater aus Adelaide mich für einen Monat besuchen wird. Er wird mir im Laden helfen, hat er versprochen. Ist das nicht wundervoll, Jack? Dann werde ich öfter auf die Farm kommen und mehr Zeit mit dir verbringen können.« Sie lächelte zuckersüß und legte ihm besitzergreifend die Hand auf den Arm.

Wieder hatte Abbey den Eindruck, dass alles an Clementine unnatürlich wirkte, ihre Gesten ebenso wie ihre Worte. »Das ist eine reizende Idee, Clementine«, sagte Jack vorsichtig, »aber um diese Jahreszeit gibt es auf der Farm furchtbar viel zu tun, und wir haben sowieso schon viel zu wenig Arbeitskräfte. In den nächsten Wochen lammen die Schafe, und außerdem müssen auf Toms und Williams Farmen Brunnen gegraben werden.«

»Das wollte ich Clementine gerade erzählen«, warf Sybil ein.

Clementine lächelte nicht mehr. Ihre Miene hatte sich verfinstert, und sie zog ihre Hand zurück. »Mir scheint, es gibt das ganze Jahr über furchtbar viel auf der Farm zu tun. Irgendwann musst du doch auch mal Freizeit haben!«

»Auf einer Farm ist immer etwas zu tun, das ist schon richtig. Die Schafe müssen geschoren, die Wolle zum Markt gefahren, das Lammen überwacht, die Herden kontrolliert werden. Oder wir müssen die Zäune ausbessern, Tiere für den Verkauf aussuchen, uns mit neuen Zuchtverfahren beschäftigen, den Schafen Arzneien zum Entwurmen geben. Das ist einfach so auf einer Farm. Und jetzt, wo so viele Arbeiter fehlen, weil sie im Goldrausch nach Queensland gezogen sind, um dort ihr Glück zu versuchen, habe ich keine freie Minute mehr. Eine Farm ist kein Laden, wo man einfach die Tür zusperren und nach Hause gehen kann.«

Clementine schmollte und schwieg.

»Woher wissen Sie denn, wo Sie nach Wasser graben müssen?«, fragte Abbey. Zum einen interessierte sie das wirklich, zum anderen hoffte sie, durch den Themenwechsel die angespannte Atmosphäre ein wenig aufzulockern.

»Wir haben einen Wünschelrutengänger beauftragt, der uns mehrere Stellen aufgezeigt hat«, antwortete Jack, froh über die Ablenkung. »Auf dem Land meiner Brüder befindet sich das Grundwasser offenbar in einer größeren Tiefe als auf Bungaree, aber mit ein bisschen Glück werden wir das Wasservorkommen erschließen. Das wird die Viehhaltung auf Anama und Parrallana sehr erleichtern. Jetzt müssen William und Tom ihre Herden von einer Farm zur nächsten treiben, damit der Pflanzenwuchs auf den Weiden sich erholen kann, und ihr Trinkwasser beziehen sie von uns. Der Brunnenbau wird kein leichtes Unterfangen werden, so viel ist jetzt schon klar.«

»Aber du wirst doch wenigstens ein *bisschen* Zeit für mich haben, Jack?«, sagte Clementine mit weinerlicher Stimme. Anscheinend war sie nicht gewillt, sich so schnell geschlagen zu geben.

»Aber natürlich«, erwiderte Jack geduldig und legte seine Hand auf ihre. »Ich werde versuchen, mich am Sonntag ein paar Stunden freizumachen.«

Clementines Gesichtsausdruck nach zu urteilen war das entschieden zu wenig. Sie hoffte wohl, ihre Beziehung werde sich schneller vertiefen.

Jack wiederum schien verärgert, weil sie kein Verständnis für seine Arbeit zeigte.

»Sind die Farmen Ihrer Brüder auch so groß wie Bungaree?«, fragte Abbey und probierte ihren Hühnchensalat.

Erfreut über ihr offenkundiges Interesse, sah Jack sie an. »Williams Farm Parrallana ist ungefähr achtzig Hektar kleiner, und Anama ist die kleinste der drei Farmen. Wenn Sie möchten, zeige ich Ihnen die Anwesen meiner Brüder bei Gelegenheit.«

»O ja, gern!«, stimmte Abbey sofort zu. »Irgendwann würde ich auch gern sehen, wie groß Bungaree eigentlich ist.«

»Dann gehen wir so bald wie möglich auf Entdeckungsreise«, sagte Jack ganz aufgeregt. »Sie können doch reiten, nicht wahr?«

»Ja, ganz gut sogar.«

»Wunderbar! Zu Pferde lassen sich die Farmen nämlich am besten erkunden. Clementine reitet leider nicht«, fügte er hinzu. Obwohl er sie lächelnd dabei angesehen und es keineswegs vorwurfsvoll gesagt hatte, versteinerte ihre Miene.

»Ich komme mit meinem Buggy überallhin, wo ich möchte, danke«, entgegnete sie beleidigt. Ihr war nicht entgangen, dass Jack sehr wohl bereit war, sich für Abbey Zeit zu nehmen.

»Aber natürlich, meine Liebe«, sagte Sybil beschwichtigend. »Ich habe auch noch nie auf einem Pferd gesessen.«

Jack ignorierte Clementines kindisches Benehmen und wandte sich wieder Abbey zu. »Ursprünglich gehörten die drei Farmen zusammen.«

»Es war Jacks Vater, der das Land unter seinen drei Söhnen aufteilte«, ergänzte Sybil. »Jeder sollte seine eigenen Vorstellungen von einem landwirtschaftlichen Betrieb verwirklichen können.«

Jack nickte. »Anama ist teilweise ziemlich hügelig, aber landschaftlich wunderschön. Parrallana hat flacheres Gelände und ist deshalb für die Haltung von Rindern gut geeignet.«

»Sind Ihre Brüder verheiratet?«, fragte Abbey neugierig. Ihr fiel auf, dass Clementine ihr Essen kaum angerührt hatte.

»William ja, Tom nicht. Er ist der Jüngste. Er behauptet immer, er hätte keine Zeit für Romanzen.«

»Genau wie sein Bruder«, stieß Clementine gepresst hervor.

Jack lächelte gezwungen. Ein peinliches Schweigen entstand.

»Wie geht's Martha?«, erkundigte sich Clementine. Sie fand, sie war lange genug von der Unterhaltung ausgeschlossen worden. »Ich habe sie schon seit einer Ewigkeit nicht mehr in der Stadt gesehen.«

Jack wandte sich an Abbey. »Martha ist Williams Frau.« Zu Clementine sagte er: »Gut geht es ihr. Sie...«

»Martha ist ein unscheinbares Heimchen, müssen Sie wissen«, fiel Sybil, an Abbey gewandt, ihrem Sohn ins Wort.

»Mutter! Das ist nicht nett von dir!«

Sybil versuchte, zerknirscht dreinzublicken, doch es gelang ihr nicht. »Wenn es doch die Wahrheit ist!«, protestierte sie. »Na ja, aber ich muss zugeben, sie ist William eine gute Frau. Sie hält das Haus in Ordnung, und sie kann ganz passabel kochen. Es ist nur ... jedes Mal, wenn ich sie sehe, würde ich am liebsten meine Theaterschminke hervorholen und ihr ein bisschen Farbe ins Gesicht streichen!«

Als sie Abbeys verdutzten Blick bemerkte, fügte sie erklärend hinzu: »Martha ist so bleich, dass man meinen könnte, sie wäre zehn Jahre eingesperrt gewesen, ohne das Tageslicht zu erblicken!«

Abbey staunte. In einem Land, in dem man die Sonne praktisch nicht vermeiden konnte, keine Farbe zu bekommen, war schon sehr ungewöhnlich.

»Das ist wirklich nicht übertrieben«, fuhr Sybil fort. »Sie sieht entschieden kränklich aus, nicht wahr, Clementine?«

Diese warf Jack einen flüchtigen Blick zu. Um eine diplomatische Antwort bemüht, sagte sie schließlich: »Ihre Haut hat tatsächlich einen ungewöhnlichen Farbton, aber es sind ihre sehr dunklen Haare, die ihn noch betonen.«

»Und dann bevorzugt sie auch noch fade Beigetöne in ihrer Kleidung!«, fuhr Sybil kopfschüttelnd fort. »Ich weiß, es ist nicht nett, so etwas zu sagen, aber ich kann Marthas Gegenwart auf Dauer einfach nicht ertragen. So fade wie ihre Kleider ist ihre ganze Persönlichkeit.«

»Jetzt übertreibst du aber wirklich, Mutter!« Jack machte ein ärgerliches Gesicht. »Martha ist still und zurückhaltend, aber sie ist ein reizendes Mädchen.« Er wandte sich an Clementine. »Martha erwartet ihr erstes Kind, hast du das nicht gewusst? In ein paar Wochen ist es so weit. Der armen Martha ist es in letzter Zeit nicht gut gegangen, deshalb ist sie auch nicht mehr in die Stadt gefahren.«

»Oh«, sagte Clementine.

»Wollen wir hoffen, dass das Kind nach seinem Vater kommt«,

bemerkte Sybil. Den vorwurfsvollen Blick ihres Sohnes ignorierte sie wohlweislich.

»Kommen die beiden oft zu Besuch?«, fragte Abbey neugierig.

»Nein, so gut wie nie«, antwortete Sybil. »Martha ist ein durch und durch häuslicher Typ, und das wird vermutlich noch schlimmer werden, wenn das Baby erst mal da ist.«

»Ich reite oft hinüber, um mit William über Landwirtschaft und Viehzucht zu diskutieren«, sagte Jack. »Sie werden William und Tom sicher bald kennen lernen, es ist nicht so, als ob sie sich gar nie auf Bungaree blicken ließen, ganz gleich, was meine Mutter sagt. Und wenn Sie Martha gern kennen lernen würden, können Sie mich das nächste Mal begleiten.«

Abbey nickte erfreut. »Sehr gern.« Sie konnte Clementine ansehen, dass diese gar nicht begeistert war von dem Gedanken. »Warum verabreden wir uns nicht einmal zum Nachmittagstee mit ihnen?«, schlug sie Sybil vor. Der Tapetenwechsel und das Treffen mit ihrem Sohn und ihrer Schwiegertochter würden ihr bestimmt guttun.

»Ja, warum eigentlich nicht«, meinte Sybil nachdenklich. »Ich würde William gern mal wiedersehen.«

»Freuen Sie sich auf Ihr Enkelkind?«, fragte Abbey.

»Doch, ja, sicher«, erwiderte Sybil zögernd. Mit dem Gedanken, Großmutter zu werden, hatte sie sich noch nicht näher befasst. Sie hatte viel zu sehr unter ihrer Einsamkeit und ihrer Langeweile gelitten.

Abbey schaute Clementine an. Diese machte ein Gesicht, als ob die Unterhaltung sie furchtbar anöde. Miss Feeble schien wenig begeistert davon, nicht im Mittelpunkt des Interesses zu stehen.

»Wollen wir nicht ein bisschen im Garten spazieren gehen, Jack?«, sagte sie in diesem Moment und legte Messer und Gabel aus der Hand.

»Es ist doch viel zu heiß, Clementine.«

»Unter den Bäumen gibt es genug schattige, lauschige Plätzchen«, meinte sie viel sagend und mit schmachtendem Augenaufschlag.

Abbey sah, dass Jack noch nicht aufgegessen hatte. Doch Clementine hatte es entweder nicht bemerkt, oder es war ihr egal.

»Na schön, dann gehen wir eben«, sagte er seufzend. Man konnte ihm ansehen, dass er noch Hunger hatte und lieber sitzen geblieben wäre.

»Ja, geht nur und amüsiert euch«, sagte Sybil. »Ich für mein Teil werde ein Nickerchen halten. Und Sie, Abbey?«

»Ich denke, ich suche mir im Lesezimmer etwas zum Lesen.«

Als Jack aufstand und den Stuhl für Clementine zurückzog, sah er Abbey an. Obwohl sie seinen Gesichtsausdruck nicht richtig deuten konnte, hatte sie das Gefühl, dass er unglücklich war und ihn nichts mit Clementine verband.

Abbey überkam ein seltsames Gefühl – sie merkte, dass er ihr schrecklich leidtat.

12

»Wie spät ist es, Winston?«, röchelte Heath rau, als der Butler die schweren Vorhänge in seinem Schlafzimmer im oberen Stock zurückzog. Obwohl die Sonne inzwischen hinter das Haus gewandert und das einfallende Licht daher nicht mehr so grell war, kniff Heath die Augen zusammen und blinzelte angestrengt.

»Nach Mittag, Sir«, antwortete der Butler. Er drehte sich zu dem Bett um, auf dem Heath lag, Arme und Beine vom Körper abgespreizt. Gemeinsam mit Mrs. Hendy hatte er den jungen Mann vor Stunden die Treppe hinaufgeschleppt und ins Bett verfrachtet. »Es tut mir leid, dass ich Sie geweckt habe, Sir, aber Mr. Bond hat eine weitere Nachricht geschickt. Er schreibt, er müsse unbedingt mit Mr. Mason reden...«

Heath richtete sich mühsam auf. »Verdammt! Ich wollte ja eigentlich heute Morgen zur Mine fahren. Ich...« Er hielt sich stöhnend seinen schmerzenden Kopf mit beiden Händen. »Ich hätte nicht so viel Whiskey trinken sollen.«

»Allerdings, Sir.« Winston konnte dem nur zustimmen. Mrs. Hendy war immer noch wütend, weil sie die Scherben, die Whiskeyflecken und das Erbrochene hatte wegputzen müssen. »Erlauben Sie mir eine Frage, Sir? Ich kann zwar verstehen, dass Sie um Ihren Vater trauern, aber warum dieser hasserfüllte Wutausbruch?« Winston hatte lange über Heath' Verhalten nachgedacht und sogar mit der Haushälterin darüber gesprochen, aber keiner von beiden konnte sich einen Reim darauf machen.

Heath ließ langsam die Hände sinken. Sein noch leicht umnebeltes Hirn arbeitete nur schwerfällig. »Ich... ich dachte, diese

Abigail Scottsdale hätte etwas mit Vaters Tod zu tun. Ich war mir sogar absolut sicher. Als Dr. Mead mir versicherte, das sei nicht der Fall, war das ein richtiger Schock für mich.« Dass Miss Scottsdale Martindale Hall und alles andere erben würde, wollte er vorläufig für sich behalten.

Winston begriff zwar nicht, warum das ein Schock und keine Erleichterung gewesen war, doch er sagte nichts. Schließlich war er nur der Butler. Außerdem war ihm Heath immer schon ein bisschen merkwürdig vorgekommen. Manchmal dachte er, er werde den jungen Mann wohl nie verstehen.

»Mrs. Hendy soll mir eine große Kanne Tee machen, Winston. Schwarz und mit Zucker. Ich komme gleich runter. Und Alfie soll schon mal die Pferde einspannen. Ich werde nachher nach Burra fahren.«

»Sehr wohl, Sir.« Winston war froh, dass der junge Master die Dinge endlich selbst in die Hände nehmen wollte.

»Was haben Sie dem Boten von der Mine eigentlich geantwortet?«

»Dass Mr. Mason nicht da sei. Ich wusste nicht, was ich sonst hätte sagen sollen.«

»Das war schon in Ordnung, Winston. Ich werde mich heute um die Angelegenheit kümmern.«

»Wie Sie wünschen, Sir.« Winston wandte sich erleichtert zum Gehen.

Eineinhalb Stunden später traf Heath, der etliche Tassen Schwarztee getrunken hatte, in der Monster Mine ein. Obwohl ihm immer noch der Schädel brummte, fühlte er sich ein bisschen besser. Er bat Frank Bond, Bill Hickey, den Obersteiger, sowie Mrs. Sneebickler zu sich ins Büro und teilte ihnen mit, dass sein Vater verstorben sei. Die Bestürzung war groß.

»Ich werde den Arbeitern Bescheid sagen«, meinte Frank. »Mein Beileid, Mr. Mason.«

»Danke«, erwiderte Heath dumpf.

Frank hatte das Gefühl, dass seine Reaktion nicht ganz angemessen war, aber hätte er mehr Worte gemacht, so hätte das unaufrichtig geklungen. Ebenezer Mason hatte offizielle Schriftstücke unterzeichnet und finanzielle Entscheidungen getroffen, sich aber weder um den alltäglichen Betrieb der Mine noch um seine Arbeiter gekümmert. Ihn hatte einzig und allein der Gewinn interessiert, der erwirtschaftet werden musste, damit er seine aufwändige Lebensweise finanzieren konnte. Frank war sicher, dass keiner der Arbeiter ihm auch nur eine Träne nachweinen würde.

Da er die Gerüchte um das schwere Zerwürfnis zwischen Vater und Sohn kannte, fragte er sich, ob der junge Mason um seinen Vater trauerte. Seiner Ansicht nach wirkte der junge Mann eher beunruhigt als betrübt. Ihm fielen auch die Verletzungen in seinem Gesicht auf, die Schnittwunde an der Wange, doch er wusste, es stand ihm nicht zu, Fragen zu stellen.

»Werden Sie die Mine übernehmen?«, fragte er stattdessen. Alle bangten um ihren Arbeitsplatz. Die Mine brauchte einen Boss, der etwas vom Geschäft verstand oder wenigstens bereit war, sich einzuarbeiten. Sie wussten nicht, ob Heath dieser Aufgabe gewachsen war, aber es gab niemanden sonst, der sie hätte übernehmen können.

»Für den Augenblick, ja«, antwortete Heath. Er hatte nicht die Absicht, ihnen auf die Nase zu binden, dass die rechtmäßige Eigentümerin eine junge Frau war, deren Vater beim letzten Grubenunglück ums Leben gekommen war.

»Heißt das, Sie denken über einen Verkauf nach?«, fragte Bill Hickey rundheraus. Bill gehörte zu den Menschen, die aus ihrem Herzen keine Mördergrube machten. Er war mehr als einmal mit Ebenezer Mason zusammengeprallt, weil er ihm vorgeworfen hatte, die Sicherheit der Arbeiter außer Acht zu lassen. Geholfen hatte es allerdings nichts – sein Boss war uneinsichtig geblieben. Bill hatte es nur Frank Bond, der sich für ihn eingesetzt hatte, zu verdanken, dass er nicht gefeuert worden war. Im Gegensatz zu

Bill, der eine Frau und sechs Kinder zu versorgen hatte, brauchte der unverheiratete Frank auf niemanden Rücksicht zu nehmen.

»Nein, ich denke nicht über einen Verkauf nach«, erwiderte Heath wahrheitsgemäß. »Fürs Erste wird alles so bleiben, wie es ist.« Er hatte zwar Pläne, doch was daraus würde, war ungewiss.

Heath hatte sich auf dem Weg nach Burra Gedanken über die Situation gemacht. Es war, als hätte sein Wutausbruch vom Vorabend sich befreiend auf seinen Verstand ausgewirkt, er war zum ersten Mal seit Tagen imstande gewesen, klar zu denken. Er musste akzeptieren, dass Abigail Scottsdale seinen Vater geheiratet hatte und dieser am selben Tag gestorben war. Ob es nun ein glücklicher Zufall oder eine unglaublich gute Planung seitens Miss Scottsdales gewesen war – an dieser Tatsache ließ sich jedenfalls nicht rütteln. Wollte er sein Erbe retten, blieb Heath nichts anderes übrig, als die Sache unkonventionell anzugehen. Zum Glück verstand er etwas von unkonventionellen Methoden, wenn die Situation es erforderte.

Als Clementine Feeble in ihrem Buggy davonfuhr, saß Abbey immer noch auf dem Balkon im oberen Stock. Sie hatte die Aussicht genossen, aber auch Jack und Clementine bei ihrem Spaziergang im Garten beobachtet. Was sie miteinander sprachen, konnte sie nicht verstehen, doch die Körpersprache der beiden war aussagekräftig genug. Während Clementine ihren ganzen Charme spielen ließ, sich abwechselnd kokett und neckisch-verschämt gab, blieb Jack eher zurückhaltend. Er ergriff zwar ihre Hand und war höflich und zuvorkommend, benahm sich aber nicht wie ein verliebter Mann. Abbey kam zu dem Schluss, dass Clementines Gefühle für Jack sehr viel tiefer waren als Jacks Zuneigung zu ihr. Jack mochte sie zweifellos, aber etwas hielt ihn zurück.

Nachdem Clementine fort war, kehrte Jack an seine Arbeit zurück. Da Sybil sich hingelegt hatte und es für Abbey nichts zu tun gab, blieb sie auf dem Balkon sitzen, entspannte sich und dachte über ihre Situation nach.

Ein Pferdewagen rollte zügig die Auffahrt herauf. Das Knirschen der Räder auf dem Kies zerriss jäh die Stille. Abbey beugte sich neugierig vor. Ihr Herzschlag setzte aus, als sie in dem Besucher Heath Mason erkannte. Sie atmete tief durch, versuchte, das Zittern ihrer Hände und ihrer Knie unter Kontrolle zu bekommen, stand dann auf und beobachtete, wie er ausstieg. Das Herz schlug ihr bis zum Hals.

»Guten Tag, Mr. Mason«, rief sie hinunter.

Er blickte auf und blieb überrascht stehen. Fast hätte er sie nicht wiedererkannt in dem hübschen Kleid. Ihre dunklen, mit einem Band geschmückten Haare fielen ihr schimmernd über die Schultern, und ihre blauen Augen leuchteten. In den Anblick ihrer Schönheit versunken, verharrte er einige Sekunden regungslos.

Dann zog er seinen Hut und erwiderte: »Guten Tag.« Nachdem er in der Mine gewesen war, hatte er Samuel McDougal in dessen Bestattungsunternehmen aufgesucht. Ebenezer Mason sollte am Montagvormittag im engsten Kreis auf Martindale beerdigt werden.

Abbey schöpfte ein wenig Hoffnung, als sie merkte, dass Heath' Haltung nicht so feindselig war wie bei ihrer ersten Begegnung. Dennoch raste ihr Herz wie das eines Vogels in den Händen seines Fängers, als sie sagte: »Ich nehme an, Sie wollen zu mir.«

»Ganz recht. Ich würde mich gern mit Ihnen unterhalten. Vielleicht könnten wir einen kleinen Spaziergang machen?« Heath wollte vermeiden, dass Jack Hawker ihm in die Quere kam und sich wieder als Abbeys Beschützer aufspielte.

»Einen Moment, ich komme runter«, sagte Abbey.

Heath wartete auf der vorderen Veranda auf sie. Augenblicke später öffnete sich die Tür, und Abbey trat heraus. Jetzt erst bemerkte sie die Verletzungen in seinem Gesicht.

»Was ist denn mit Ihnen passiert?«, fragte sie, ohne nachzudenken. Schließlich ging es sie überhaupt nichts an. Ihr fiel auf, wie unglaublich gut er aussah, selbst mit den Schnittwunden und

Schrammen auf Stirn und Wangen. Der Gedanke trieb ihr die Röte ins Gesicht.

»Nur ein kleiner Unfall«, antwortete Heath ausweichend.

Sie überquerten die Auffahrt und schlenderten den Weg entlang, der zwischen Rasen, Bäumen und Sträuchern zu einem stattlichen Eukalyptusbaum führte, unter dessen ausladendem Geäst eine Bank stand.

Abbey brach das Schweigen als Erste.

»Ich nehme an, Sie haben Ihren Vater obduzieren lassen und sind gekommen, um mir das Ergebnis mitzuteilen«, sagte sie ohne Umschweife. Je eher sie die Angelegenheit hinter sich brachte, desto schneller würde sie ihren Seelenfrieden wiederfinden.

Ihre Direktheit verblüffte Heath und faszinierte ihn gleichermaßen. Ob diese erfrischende Offenheit einer der Gründe gewesen war, weshalb sein Vater sich zu ihr hingezogen fühlte? »Woher wissen Sie das?«

»Nun, Sie haben bei Ihrem ersten Besuch hier von einer Autopsie gesprochen, und ich habe gehofft, dass Sie eine veranlassen werden.«

»Oh.« Heath kam sich auf einmal dumm vor, weil er Abbey verdächtigt hatte, seinen Vater auf dem Gewissen zu haben. Hätte sie etwas zu verbergen, würde sie wohl kaum gehofft haben, dass er den Leichnam obduzieren ließ. Von dem Inhalt des Testaments konnte sie dennoch gewusst haben. Vielleicht hatte sie Ebenezer in der Hoffnung geheiratet, ihn eines Tages zu beerben und bis dahin alle Annehmlichkeiten zu genießen, die das Leben an der Seite eines reichen Mannes mit sich brachte. »Ja, ich habe in der Tat eine Autopsie durchführen lassen, weil mein Vater, der ja noch nicht so alt war, so plötzlich starb. Es scheint, als hätte sein Herz versagt.«

Erleichterung überkam Abbey, als sie das hörte. »Hatte er denn ein Herzleiden?«

»Anscheinend ja«, sagte Heath. Er sah Abbey prüfend an, ob sie etwas davon gewusst hatte, aber ihre Miene verriet nichts.

Seine Antwort verblüffte Abbey. »Haben Sie das denn nicht gewusst?«

»Dr. Mead erwähnte vor längerer Zeit, dass mein Vater ein schwaches Herz hat, aber mein Vater hat mit mir nie darüber gesprochen. Wir hatten kein besonders gutes Verhältnis.«

»Dennoch war er Ihr Vater, und es tut mir leid, dass Sie ihn verloren haben.«

»Nein, mir tut es leid, dass ich so unhöflich und grob zu Ihnen war«, erwiderte Heath. Sie waren bei der Bank angelangt, und er forderte sie mit einer knappen Handbewegung auf, sich zu setzen.

»Sie brauchen sich nicht zu entschuldigen«, sagte Abbey und kam seiner Aufforderung nach. »Ich kann Ihre Gefühle verstehen. Als mein Vater bei dem Grubenunglück ums Leben kam, ließ ich meine Wut an Ihrem Vater aus. Er sprach von einem tragischen Unfall, behauptete, er könne nichts für den unvorhergesehenen Wassereinbruch und die defekte Pumpe. Aber ich bin der festen Überzeugung, dass er sich nicht ausreichend um die Sicherheit in der Mine gekümmert hat und dass mein Vater, Neal Tavis und Jock McManus noch am Leben sein könnten, wenn die Morphett-Pumpe regelmäßig gewartet worden wäre.« Tränen glitzerten in ihren Augen.

Heath wusste um den Geiz seines Vaters, was die Sicherheit in der Mine betraf. Er zweifelte keine Sekunde daran, dass das Unglück zu einem großen Teil seine Schuld gewesen war. »Sie verzeihen mir also?«

»Da gibt es nichts zu verzeihen«, erwiderte Abbey. Sie meinte es ehrlich. »Ich bin nur froh, dass Sie eingesehen haben, dass ich nichts mit dem Tod Ihres Vaters zu tun habe.«

Heath lächelte. »Ich danke Ihnen, Sie sind sehr liebenswürdig.«

»Es war ein Schock für mich, als ich herausfand, dass ich mit Ihrem Vater verheiratet war«, fuhr Abbey fort. »Das müssen Sie mir glauben. Es tut mir leid, dass er gestorben ist, aber es tut mir nicht leid, dass ich nicht länger mit ihm verheiratet bin.«

Diesen Teil ihrer Geschichte nahm er ihr nicht unbedingt ab. Er hätte sie gern gefragt, ob sie in diesem Fall bereit wäre, auf ihre Ansprüche als Ebenezer Masons Witwe zu verzichten, doch er fürchtete, sie könnte Verdacht schöpfen, und das durfte er nicht riskieren. »Ich glaube Ihnen«, beteuerte er daher. »Vielleicht darf ich Sie irgendwann einmal zum Tee einladen? Sagen wir, als Zeichen meiner Dankbarkeit für Ihr Verständnis?«

Abbey war einen Augenblick sprachlos. »Ich ... ich weiß nicht recht«, stammelte sie. Ihre Gedanken überschlugen sich. Mit einer Einladung von Heath Mason hatte sie nun wirklich nicht gerechnet. Ihr Herz schlug schneller, als es das in Neals Gegenwart je getan hatte.

»Entschuldigen Sie«, sagte Heath in gespielter Zerknirschtheit. »Ich wollte Ihnen nicht zu nahe treten. Nach allem, was geschehen ist, kann ich nicht erwarten, dass Sie meine Einladung annehmen.«

»Nein, nein, das ist es nicht«, erwiderte Abbey hastig. Sie war verwirrt, aber geschmeichelt. »Ich bin als Mrs. Hawkers Gesellschafterin angestellt, und von freier Zeit hat niemand etwas gesagt.«

»Man kann nicht verlangen, dass Sie sieben Tage in der Woche rund um die Uhr arbeiten. Das wäre unzumutbar.«

Er hatte natürlich Recht, aber Abbey wollte Jack, der so gut zu ihr gewesen war, auf keinen Fall verärgern.

»Ich habe eine Idee«, fuhr Heath fort, als er Abbeys Zögern bemerkte. Er ließ seine Blicke über die wunderschöne Umgebung schweifen. »Warum veranstalten wir nicht ein kleines Picknick hier im Garten? Vielleicht morgen. Es ist Sonntag. Ich kann mir nicht vorstellen, dass jemand etwas dagegen hat.« Er wollte die richtige Abbey kennen lernen, und das ging nur, wenn er mehr Zeit mit ihr verbrachte.

Abbey sah ihn verblüfft an. Ein Picknick? Das klang verlockend. Aber ein Picknick mit Ebenezer Masons Sohn? Dann sagte sie sich jedoch, dass sie ihn nicht für die Verfehlungen seines Vaters verantwortlich machen dürfe.

»Nein, das kann ich mir auch nicht vorstellen«, hörte sie sich antworten. »Aber wollen Sie wirklich den weiten Weg hierher noch einmal machen?«, fügte sie hinzu.

»So weit ist es gar nicht, und außerdem macht mir das nichts aus«, versicherte Heath lächelnd und hoffte inständig, dass es das wert sein würde. Er erhob sich. »Dann also bis morgen? So gegen ein Uhr, wenn Ihnen das recht ist? Ich werde alles Nötige mitbringen.«

»Wunderbar, das passt mir ausgezeichnet«, sagte Abbey und stand ebenfalls auf.

Heath setzte seinen Hut auf, verabschiedete sich und ging zu seinem Wagen. Abbey schaute ihm nach und versuchte, das Erlebte zu verarbeiten. Sie wusste nicht, was sie von dieser Entwicklung halten sollte. Gegen ein Picknick mit einem gut aussehenden jungen Mann war nichts einzuwenden, aber ausgerechnet Heath Mason? Sie fragte sich, was Jack dazu sagen würde.

Gedankenverloren schlenderte Abbey zum Haus zurück. Als sie die Auffahrt erreichte, bog Jack mit Frank Fox um die Ecke. Er gab dem Gärtner ein paar Anweisungen, worauf dieser in eine andere Richtung weiterging, und wandte sich dann um.

»Abbey!«, rief er gut gelaunt, als er sie erblickte. »Sind Sie spazieren gewesen?«

»Ja«, sagte sie zögernd. »Heath Mason war da, wir haben uns unterhalten.«

Jacks Lächeln gefror. »Hat er Sie etwa wieder belästigt?«

»Nein, nein, er war sehr höflich«, versicherte Abbey.

»Und was wollte er schon wieder?«

»Er hat seinen Vater obduzieren lassen. Es stellte sich heraus, dass er an Herzversagen starb.«

»Oh, das ist gut, da bin ich aber froh«, entfuhr es Jack.

Abbey sah ihn groß an.

»Ich meine, ich bin froh, dass sich herausgestellt hat, dass Sie nichts mit seinem Tod zu tun haben«, verbesserte er sich hastig. »Heath hat sich hoffentlich bei Ihnen entschuldigt.«

»Ja, das hat er. Ich kann ihn ja verstehen, der Tod seines Vaters war ein Schock für ihn, deshalb suchte er nach Antworten. Ich weiß aus eigener Erfahrung, wie das ist«, fügte sie hinzu. Ihre Stimme war brüchig geworden, weil sie an ihren Vater dachte. Sie nahm sich zusammen. »Er wird übrigens morgen wieder herkommen. Ich hoffe, Sie haben nichts dagegen.«

»Schon wieder? Und warum?«

»Er hat mich zu einem Picknick eingeladen.«

Jack starrte sie sprachlos an.

»Hier im Garten«, fuhr Abbey fort. »Aber natürlich nur, wenn Sie damit einverstanden sind«, fügte sie schnell hinzu.

Jack war der Unterkiefer heruntergeklappt. Sekundenlang brachte er kein Wort heraus, dann murmelte er: »Ja... sicher... warum nicht.«

Abbey sah ihn forschend an. Sie wusste nicht, was sie von seiner Reaktion halten sollte. »Glauben Sie, Ihre Mutter hat etwas dagegen?«

»Warum sollte sie?«

»Na ja, als ihre Gesellschafterin sollte ich meine Zeit doch wohl mit ihr verbringen.«

»Sonntags haben Sie frei, Abbey. Habe ich das nicht erwähnt? Normalerweise besuchen wir den Gottesdienst in St. Michael um acht Uhr, aber Sie müssen nicht mit, wenn Sie nicht wollen.«

»Doch, doch, ich hab Pater Quinlan versprochen, dass ich kommen werde.«

Jack nickte und rieb sich nachdenklich das Kinn.

»Ist sonst noch etwas?« Abbey konnte ihm ansehen, dass er noch etwas auf dem Herzen hatte.

»Ehrlich gesagt, ja«, erwiderte Jack leicht verlegen. »Haben Sie schon mit meiner Mutter gesprochen? Sie wissen schon, wegen...«

Abbey begriff. Er spielte auf die »Hochzeitsnacht« mit Ebenezer Mason an. »Nein, noch nicht«, murmelte sie und blickte zu Boden.

»Dann sollten Sie das vielleicht besser tun.« Jack hielt es für klüger.

Offenbar, dachte er, interessiert Heath Mason sich brennend für Abigail Scottsdale.

Nachdem Abbey wieder in ihr altes Kleid geschlüpft war, half sie Elsa und Marie, die Hunde zu füttern. Das gehörte zwar nicht zu ihren Aufgaben, aber sie war gern mit den Hunden zusammen. Max fasste allmählich Vertrauen zu ihr.

Jack saß mit seiner Mutter bei einer Tasse Tee im Wohnzimmer. Sybil fiel sehr schnell auf, dass ihr Sohn mit seinen Gedanken offenbar ganz woanders war.

»Was ist los mit dir, mein Junge?«, fragte sie, als er in einem fort aus dem Fenster starrte.

»Nichts. Was soll los sein?«, antwortete Jack zerstreut. Er musste unentwegt an Heath Mason denken. Woher dieser plötzliche Sinneswandel? Er fragte sich, was seine Beweggründe sein mochten.

»Nichts – aha«, bemerkte Sybil trocken. »Der Garten scheint ja auf einmal hochinteressant zu sein.«

Jack sah seine Mutter an. »Hat Abbey dir erzählt, dass Heath Mason heute da war?«

»Nein, aber ich habe seit dem Mittagessen auch nicht mehr mit ihr gesprochen, weil ich mich ein bisschen hingelegt habe. Was wollte er denn?«

»Angeblich ist er nur hergekommen, um ihr mitzuteilen, dass er die Leiche seines Vaters hat obduzieren lassen und dass sich als Todesursache Herzversagen herausgestellt hat.«

»Da wird Abbey aber erleichtert sein. Damit ist doch jeder Verdacht von ihr genommen.«

»Schon, aber Heath hat sie außerdem zu einem Picknick eingeladen. Morgen, hier bei uns im Garten. Hast du eine Ahnung, was er damit bezwecken könnte?«

Sybil dachte nach. »Ich vermute, er will etwas wiedergutmachen«, sagte sie nach einer Weile. »Er hat sich Abbey gegenüber ja nicht gerade nett benommen.«

»Und du glaubst, mehr steckt nicht dahinter?«

Jack machte sich offensichtlich Sorgen um das Mädchen, Sybil konnte es ihm ansehen. »Nun, ich denke, er findet sie außerdem attraktiv. So wie sein Vater vor ihm.«

»Mutter!« Jack sah sie entrüstet an.

»War sie die Frau seines Vaters oder nicht?«

»Vielleicht vor dem Gesetz, aber sicher nicht aus freiem Willen«, erwiderte Jack mit Bestimmtheit. Er fand es verwerflich, wie der alte Mason ein unschuldiges junges Ding ausgenutzt hatte.

Sybil wiegte nachdenklich den Kopf. »Nach allem, was ich über Ebenezer Mason gehört habe, muss er ein wollüstiger alter Wüstling gewesen sein. Glaubst du, sein Sohn schlägt nach ihm?«

»Ich will es nicht hoffen!« Jack war zutiefst beunruhigt. Er hatte das ungute Gefühl, dass Heath etwas im Schilde führte. Die Frage war nur, was.

»Abbey ist ein ausgesprochen hübsches Mädchen«, fuhr Sybil fort. »Leider ist sie aber auch sehr naiv, sonst wäre sie dem alten Mason nicht so arglos in die Falle gegangen. Aber eines muss man ihr lassen: Sie hat Mumm in den Knochen. Erstaunlich, wie sie das alles verkraftet hat, findest du nicht?«

Jack nickte zustimmend, nahm sich aber dennoch vor, ein wachsames Auge auf Abbey zu haben.

Beim Abendessen, Teigtaschen mit scharf gewürztem Gemüse und frischem Salat, brachte Sybil das Gespräch auf Heath Mason.

»Jack hat mir erzählt, Heath Mason ist heute da gewesen«, sagte sie zu Abbey.

»Ja, er hat den Leichnam seines Vaters obduzieren lassen und wollte mir das Ergebnis mitteilen. Das ist doch nett von ihm, nicht wahr?«

Sybil nickte. »Allerdings, ja.« Sie sah Abbey prüfend an und fragte sich, ob der gut aussehende junge Mason ihr den Kopf verdreht hatte. »Ich hoffe nur, er kommt nicht nach seinem Vater.«

Abbey schaute bestürzt auf. »Das hoffe ich auch«, sagte sie. »Aber er macht mir nicht den Eindruck.«

»Der Apfel fällt nicht weit vom Stamm, Abbey, vergessen Sie das nicht. Das hat meine Mutter immer gesagt, und es hat sich oft genug bewahrheitet.«

Jack beobachtete Abbey. Sie schien auf einmal beunruhigt zu sein, und obwohl ihm das leidtat, wusste er, dass es richtig war, sie vor Heath zu warnen. Sie sollte ihn so sehen, wie er wirklich war, und ihn nicht für den Märchenprinzen halten, den sie sich vielleicht wünschte.

Um sie auf andere Gedanken zu bringen, sagte er: »Wie wär's mit einem kleinen Ausritt morgen nach der Kirche? Dann zeige ich Ihnen Bungaree.«

»O ja, das wäre wunderbar«, stimmte Abbey erfreut zu.

Als Jack nach dem Abendessen noch einmal hinausging, um nach den Lämmern zu sehen, blieben Abbey und Sybil allein im Wohnzimmer zurück.

Abbey fasste sich ein Herz und sagte: »Mrs. Hawker, ich würde gerne etwas mit Ihnen besprechen, wenn Sie erlauben. Etwas Persönliches.«

Sybil sah sie neugierig an. »Aber sicher. Hier unten oder sollen wir lieber hinaufgehen, wo wir ungestört sind?«

»Oben wäre mir lieber«, sagte Abbey. Sie wollte auf keinen Fall von Elsa, Marie oder gar Sabu belauscht werden. »Wir können uns ja auf den Balkon setzen.«

»Gut, gehen wir hinauf.«

Als die beiden Frauen es sich auf dem Balkon bequem gemacht hatten, sah Sybil Abbey erwartungsvoll an. Abbey blickte nervös auf ihre Hände in ihrem Schoß. Sie wusste nicht, wie sie anfangen sollte.

»Nun, Abbey, worüber wollten Sie mit mir reden?«, fragte

Sybil schließlich, als das Schweigen andauerte. Sie hatte eine Vermutung. »Geht es um Ebenezer Mason? Genauer gesagt um die Hochzeitsnacht?«

Als Abbey rot anlief, wusste Sybil, dass sie richtig geraten hatte. Das Mädchen blickte so unglücklich drein, dass Sybil das Herz blutete.

»Haben Sie Angst, Sie könnten schwanger sein?«, fragte sie behutsam. Was für eine grauenhafte Vorstellung, unter solchen Umständen schwanger zu werden! Sie konnte sich gut vorstellen, was in dem armen Ding vorging.

Abbey nickte und kämpfte gegen Tränen an. »Ich weiß nicht, ob er... ob er...« Sie starrte auf ihre Hände, die sie ein ums andere Mal ineinander verschränkte und wieder löste.

»Ob er Sie in jener Nacht geliebt hat?«

Abbeys Kopf fuhr hoch. »Mit Liebe hatte das ganz sicher nichts zu tun«, widersprach sie heftig. »Ebenezer Mason hat mir vielleicht meine Unschuld genommen, aber geliebt hat er mich sicher nicht. Ich bezweifle, dass er zu einer so reinen Empfindung wie Liebe fähig war.«

Sybil tätschelte ihr begütigend den Arm. »Ich habe nur nach einer taktvollen Umschreibung gesucht, Kindchen. Intimität zwischen zwei Menschen, die sich lieben, ist etwas Wunderschönes. Oder sollte es jedenfalls sein.« Es gab Ausnahmen. Manchmal musste eine Frau auch dann ihre Pflicht erfüllen, wenn ihr nicht danach zumute war, doch das behielt Sybil für sich.

»Das Schlimme ist, ich weiß nicht, was in jener Nacht geschehen ist«, fuhr Abbey verzweifelt fort. »Und deshalb wollte ich Sie fragen, woran ich... woran ich erkenne, dass ich keine Jungfrau mehr bin.«

Nach kurzer Überlegung sagte Sybil: »Sind Ihnen Blutflecken auf dem Bettzeug oder auf Ihren Sachen aufgefallen?«

Abbey schüttelte langsam den Kopf. »Nein, nicht dass ich wüsste.« Sie hatte dieses Nachthemd getragen, aber sie wollte nicht darüber nachdenken, wer es ihr angezogen haben könnte.

Sie schauderte vor Abscheu bei dem Gedanken, der alte Mason könnte es selbst getan haben.

»Nun, dann wäre es möglich, dass er gestorben ist, bevor er Ihnen Gewalt antun konnte.«

Abbey schloss die Augen und atmete tief durch. »Ich hoffe inständig, dass es so gewesen ist«, flüsterte sie.

»Ich wünsche es Ihnen, Abbey«, sagte Sybil aufrichtig. »Versuchen Sie, das Ganze aus Ihren Gedanken zu verbannen, auch wenn es Ihnen schwerfällt. Vielleicht werden Sie nie erfahren, was in jener Nacht wirklich passiert ist.«

»Ich habe versucht, nicht mehr daran zu denken, aber das gelingt mir einfach nicht. In Gedanken gehe ich diesen Abend immer und immer wieder durch. Und ich komme immer wieder zu der gleichen Schlussfolgerung: Mr. Mason muss mir etwas in meinen Wein getan haben.«

Abbey wäre niemals auf diese Idee gekommen, wenn nicht einem Mädchen aus der Creek Street genau das Gleiche passiert wäre. Die junge Frau hatte in einer Bäckerei gearbeitet und jeden Morgen um vier Uhr, wenn auch der Bäcker in die Backstube kam, zur Arbeit erscheinen müssen. Ihr Arbeitgeber gab ihr ein Getränk, in das er heimlich ein Schlafmittel gerührt hatte. Als sie eingeschlafen war, vergewaltigte er sie. Sie merkte erst, was geschehen war, als sie schwanger wurde. Abbey war die Einzige, der sie sich in ihrer Not anvertraute. Sie solle den Bäcker zur Rede stellen, hatte Abbey ihr geraten. Das tat die junge Frau auch. Er leugnete es nicht einmal, so sicher war er, dass die Sache keine Konsequenzen haben würde. Die Frau, die keine Schande über ihre Familie bringen wollte, zog bei Nacht und Nebel fort aus Burra. Man hatte nie wieder etwas von ihr gehört.

»Ich kann mir einfach nicht vorstellen, dass ich von den paar Schlucken, die ich getrunken habe, die Besinnung verloren habe«, fuhr Abbey fort.

Sybil war erschüttert und zutiefst bestürzt, als sie das hörte. Was für ein ungeheuerlicher Verdacht! Mitfühlend berührte sie

Abbeys Hand. »Sie Ärmste! Ebenezer Mason war ein Hurensohn!«

Erst als Abbey verdutzt die Augen aufriss, wurde Sybil klar, was für ein Ausdruck ihr gerade entschlüpft war. »Entschuldigen Sie, normalerweise gebrauche ich solche Ausdrücke nicht, aber wer einem jungen, unschuldigen Mädchen so etwas antut, hat keine andere Bezeichnung verdient!«

13

Am Sonntagmorgen gingen Abbey, Jack und Sybil zu Fuß in die Kirche von Bungaree. Elsa und Marie hatten sich am Abend zuvor auf den Heimweg zu ihren Familien gemacht und würden erst später an diesem Tag zurückkommen. Sabu, der sonntags ebenfalls frei hatte, zog sich zum Beten und Meditieren in den Heuschuppen zurück, wie er das mehrmals täglich tat. Natürlich würde er an seinem freien Tag auch nicht kochen, sodass Sybil, Jack und jetzt auch Abbey sich selbst etwas zubereiten mussten.

Als Abbey an diesem Morgen heruntergekommen war, hatte sie Jack in der Küche dabei überrascht, wie er Eier und Speck zum Frühstück briet. Das mache er jeden Sonntagmorgen, sagte er und lehnte ihr Angebot, ihm zu helfen, ab.

»Das ist eine Tradition in diesem Haus, die strikt eingehalten werden muss«, meinte er in gespieltem Ernst und mit erhobenem Zeigefinger.

»Aber ich würde Ihnen gern helfen«, beharrte Abbey. »Bitte! Lassen Sie mich doch auch etwas machen.«

Jack ließ sich erweichen. »Na schön, wenn Sie darauf bestehen. Sie könnten schon mal den Tisch decken und den Tee kochen.«

Abbey nickte. »Gerne.« In diesem Moment kam Sybil herein. Sie schüttelte den Kopf über die beiden, die so fleißig in der Küche hantierten, und spottete: »Was für ein reizendes häusliches Idyll!« Sie setzte sich an den Tisch und schenkte sich von dem frisch gepressten Orangensaft ein, dessen Früchte aus dem eigenen Garten stammten.

Abbey und Jack wechselten einen Blick und lächelten sich zu.

Ihnen machte das Kochen Spaß, doch das würde Sybil niemals verstehen.

Pater Quinlan begrüßte die Hawkers und Abbey am Eingang zur Kirche mit einem herzlichen Händedruck. Abbey war, als röche sein Atem schon wieder nach Alkohol. Bestürzt zuckte sie unwillkürlich zurück. Sie blickte verstohlen Sybil an und sah den vorwurfsvollen Blick, mit dem diese den Pater bedachte. Da wusste sie, dass sie es sich nicht eingebildet hatte: Auch Sybil hatte den Alkohol gerochen.

Die Kirche war bereits gut gefüllt. Viele Gesichter waren Abbey noch fremd, aber sie erkannte Doris Hubert und nahm an, der Mann neben ihr war ihr Ehemann. Ben Dobson, der Schmied, und sein Sohn Michael saßen ein kleines Stück weiter. Elias Morton war ebenfalls da, und neben ihm saßen Wilbur und Ernie, die beiden Viehhirten. Abbey vermutete, der Pater hatte bei den Aborigines die gleiche sanfte Methode angewendet, um sie zum Kirchgang zu überreden, wie bei ihr.

Sie folgte Jack und Sybil nach vorn, wo eine Bank für die Hawkers frei gehalten worden war.

Als seine Schäfchen vollzählig versammelt waren, schloss Pater Quinlan die Tür und trat hinter das Lesepult.

»Guten Morgen und willkommen«, begrüßte er die Kirchenbesucher. »Bevor wir beginnen, möchte ich euch ein neues Mitglied unserer Gemeinde vorstellen.« Er sah Abbey an. Sie wurde rot. Es war ihr peinlich, im Mittelpunkt zu stehen.

»Einige von euch haben Miss Abigail Scottsdale bereits kennen gelernt, und denjenigen, die noch nicht das Vergnügen hatten, sei gesagt, sie ist Mrs. Hawkers Gesellschafterin. Ich hoffe, ihr werdet sie freundlich in eurer Mitte aufnehmen.«

Abbey, die zwischen Jack und Sybil saß, senkte den Kopf, aber sie konnte spüren, wie die Hawkers sie anschauten.

»Würden Sie bitte aufstehen, Abbey, damit alle Sie sehen können?«, bat der Pater.

Abbey zögerte, schließlich hatten doch alle sie beim Hereinkommen gesehen. Sybil stieß sie sanft in die Seite. Da erhob sie sich widerstrebend, lächelte schüchtern in die Runde und setzte sich schnell wieder hin. Sie war froh, dass außer den Hawkers und Pater Quinlan niemand ihre Geschichte kannte. Auch wenn sie nur ein unschuldiges Opfer gewesen war, so schämte sie sich dennoch, in Ebenezer Masons Bett, lediglich mit einem dünnen Nachthemd bekleidet, gefunden worden zu sein. Manchmal dachte sie, sie werde nie darüber hinwegkommen.

Zu ihrer Erleichterung lenkte Pater Quinlan nicht länger die Aufmerksamkeit auf sie, sondern fuhr mit dem Gottesdienst fort. Seine Predigt ließ Abbey aufhorchen. Er sprach über das Kreuz, das jeder irgendwann einmal in seinem Leben zu tragen habe, über den Verlust geliebter Menschen und das Leid, das einem manchmal von anderen zugefügt wurde. Er sprach darüber, dass Kummer und Unglück den Menschen stärker mache, auch wenn leidvolle Erfahrungen den Glauben auf eine harte Probe stellten. Abbey spürte, dass diese Worte für sie bestimmt, als Trost und Ermutigung gedacht waren.

Sie ließ ihre Blicke über die Gläubigen schweifen. Sicher gab es auch den einen oder anderen unter ihnen, der vom Leben schwer geprüft worden war. Dennoch konnte sie fast nicht glauben, dass einem von ihnen Schlimmeres widerfahren sein sollte als ihr. Ebenezer Masons Geiz und Rücksichtslosigkeit war es zuzuschreiben, dass sie ihren Vater verloren hatte und den Mann, den sie geliebt, mit dem sie eine gemeinsame Zukunft geplant hatte. Judy McManus hatte durch Masons Schuld ihren Ehemann und ihre kleinen Kinder den Vater verloren. Ohnmächtiger Zorn stieg in Abbey auf. Sollte sie einfach vergeben und vergessen? Das konnte niemand von ihr verlangen.

Als der Gottesdienst zu Ende war und alle die Kirche verließen, machten die Hawkers Abbey mit benachbarten Farmern und ihren Familien bekannt. Sie stellten ihr auch Kenny Finch, seine

Frau Beryl und ihre beiden kleinen Kinder vor. Kenny errichte Unterkünfte für die Arbeiter auf der Farm, erklärte Jack, für die Wollsortierer, die Packer, die Fuhrleute und für die Arbeiter, die die Zäune ausbesserten. Kenny hatte schlechte Neuigkeiten für Jack. Der Mangel an Arbeitskräften wirkte sich auch auf sein Geschäft aus: Er hatte kaum noch Arbeit, deshalb würde auch er sein Glück in den Goldminen versuchen. Jack war alles andere als begeistert, als er das hörte, aber er wünschte Kenny und seiner Familie trotzdem alles Gute.

»Ich freue mich schon auf unseren Ausflug«, sagte Abbey, als sie gemeinsam zum Haus zurückgingen. Der geplante Ausritt über die Farm würde eine willkommene Ablenkung sein. Die Predigt hatte wieder alte Wunden aufgerissen. Sie musste an ihren Vater und an Neal denken, deren Verlust sie noch lange nicht bewältigt haben würde, da war sie sich sicher. Auch Jack würde die Ablenkung guttun. Ihm war anzusehen, dass er über Kenny Finch nachgrübelte. Er ließ ihn nur ungern ziehen.

Jack blieb unvermittelt stehen und musterte Abbey von Kopf bis Fuß. Sie trug das Kleid, das Sybil ihr geschenkt hatte, wollte zum Reiten aber ihr altes anziehen. »Sie brauchen gescheite Reitkleidung«, meinte er. Er drehte sich zu Doris Hubert um, die mit ihrem Mann Oliver ein paar Meter hinter ihnen ging. Oliver war für die Beförderung der Waren von und zur Farm zuständig: Er transportierte, was immer benötigt wurde – Lebensmittel, Getreide oder Futter für die Tiere. »Abbey braucht etwas, das sie zum Reiten anziehen kann, Doris. Haben Sie was Passendes für sie?«

»Wir werden schon etwas finden«, entgegnete Doris. Sie fasste Abbey am Arm und marschierte mit ihr zu ihrem Laden.

Kurze Zeit später war Abbey startklar. Doris hatte ihr eine leichte Bluse, einen Hosenrock und bequeme, halbhohe Stiefel ausgesucht. Elias hatte schon ein Pferd für sie gesattelt, eine brave Stute. Obwohl die Hitze noch erträglich war, bestand Jack darauf, dass

Abbey sich mit einem Hut vor der Sonne schützte, und lieh ihr einen von seinen.

Als Erstes ritten sie zu den Scherschuppen. Ihnen gegenüber befanden sich die Unterkünfte der Schafscherer, ein langes Gebäude mit einer Veranda in der Mitte der Vorderseite. Noch lag es verlassen da, aber bald werde Leben einkehren, sagte Jack. »Am südlichen Ende gibt es eine Küche mit einem gemauerten Herd und einem offenen Kamin sowie einen Essbereich«, fuhr er fort. »Der Schlafsaal nimmt den meisten Raum ein. Wir haben zwanzig Betten aufgestellt, aber auf dem Boden können noch ein paar Männer mehr ihr Lager aufschlagen.«

»Was ist denn in dem kleinen Gebäude dort?«, fragte Abbey und zeigte auf eine Hütte neben den Unterkünften.

»Die ist für die Wanderarbeiter. Es ist Tradition bei uns, einen Wanderarbeiter niemals wegzuschicken. Er bekommt einen Platz zum Schlafen und Verpflegung – Tee, Brot, Fleisch und Zucker.«

Der Gedanke gefiel Abbey. »Kochen die Schafscherer sich ihr Essen selbst?« Sie stellte sich vor, wie sie in der Küche am Herd standen oder vielleicht sogar draußen an einer Feuerstelle wie die Minenarbeiter in der Creek Street.

»Normalerweise haben sie einen Koch dabei. Manchmal ist das ein ehemaliger Scherer, aber meistens die Frau eines der älteren Scherer. Die jüngeren Frauen bleiben mit ihren Kindern zu Hause, während ihre Männer von Schafstation zu Schafstation ziehen. Sind doch einmal jüngere Frauen mit Kindern dabei, werden diese von Doris Hubert unterrichtet, in einem Raum hinter dem Laden, ein paar Stunden jeden Nachmittag. Hat sie das nicht erzählt?«

Abbey schüttelte den Kopf. »Nein.« Sie war tief beeindruckt von der Organisation der Farm. Alles schien bis ins kleinste Detail durchdacht. Ihre Bewunderung für Jack wuchs.

Ein Stück weiter kamen sie durch ein Tor. Dahinter führte der Weg eine Anhöhe hinauf. Von oben reichte der Blick meilenweit.

»Nach Westen hin gehört alles zu Bungaree, so weit Sie sehen können«, erklärte Jack stolz.

Abbey ließ ihre Blicke über die hügelige Landschaft schweifen. Etliche hundert Schafe grasten auf den mit Eukalyptusbäumen gesprenkelten Weiden.

»Als meine Familie sich hier niederließ, war es für uns wichtiger, eine ausreichende Anzahl Schafe zu einem vernünftigen Preis zu bekommen, als auf die Qualität der Zuchttiere zu achten«, fuhr Jack fort. »Doch die Dinge haben sich geändert. Ich glaube, ich habe Ihnen erzählt, dass unsere ersten Schafe über Land aus Yass und Gundagai hierher getrieben wurden.« Er lachte. »Meine Brüder und ich sprechen nur vom *unverbesserten Kolonialtyp*.«

»Was für Schafe waren das denn?«, fragte Abbey neugierig.

»Hairy Capes und Bengalschafe und ein paar Langwoll-Teesdales. Ich glaube, sogar Kurzwoll-Southdowns und einige wenige Merinos waren darunter. Zum Glück begann die South Australian Company, hervorragende Tiere direkt aus England, aus Van-Diemen's-Land, dem heutigen Tasmanien, und vom Kap zu importieren, darunter wertvolle Merinos. Wir haben einige gekauft, um unsere Zucht zu verbessern. Zufällig waren ein paar Muttertiere von Böcken gedeckt worden, damals neue sächsische Merinos von ausgezeichneter Qualität.«

Abbey hörte ihm fasziniert zu. »Was ist denn die South Australian Company? Davon habe ich noch nie gehört.«

»Eine Gesellschaft, die am 9. Oktober 1835 gegründet wurde, um die Entwicklung einer neuen Kolonie, des späteren South Australia, voranzutreiben. In Adelaide sind Straßen nach einigen der Gründungsmitgliedern benannt, vielleicht kennen Sie den einen oder anderen Namen: John Rundle, Charles Hindley, Raikes Currie, John Pirie und Henry Waymouth.«

»Stimmt!«, rief Abbey aus. »Mein Vater und ich haben ein paar Tage in einem Hotel in der Rundle Street gewohnt, bevor wir nach Burra weiterfuhren.« Sie lächelte bei der Erinnerung daran. »Woher hat eigentlich Bungaree seinen Namen?«

»Die Gegend entlang des Hutt River hieß bei den hier ansässigen Aborigines Bungurrie. Davon hat sich der Name abgeleitet.«

»Dann gibt es hier also einen Fluss?«, fragte Abbey verwundert.

»Er ist ein ganzes Stück weit weg und um diese Jahreszeit nicht als Fluss zu erkennen. Wenn Sie jetzt hineinfielen, müssten Sie sich hinterher den Staub von Ihren Sachen klopfen«, scherzte Jack.

Abbey lächelte. Wieder wanderten ihre Blicke bewundernd über die Landschaft. »Bungaree ist wirklich ein wunderschönes Fleckchen Erde«, schwärmte sie. »Ich bin ja so froh, dass Sie mir das alles zeigen.«

»Und ich bin froh, dass es Ihnen hier gefällt. Das macht es Ihnen leichter, zu bleiben und meiner Mutter Gesellschaft zu leisten«, sagte Jack aufrichtig. »Sie sind übrigens eine gute Reiterin.«

»Danke.« Abbey strahlte. »Ich reite sehr gern.«

»In Irland gibt es ausgezeichnete Pferde, habe ich gehört.«

»Ja, sie werden für die Jagd und für Pferderennen gezüchtet. Ich hatte nie ein eigenes, nicht einmal einen alten Klepper.« Bei der Erinnerung an die ärmlichen Verhältnisse, in denen sie in Irland aufgewachsen war, wurde Abbey unwillkürlich rot. Manchmal hatte das Geld nicht einmal für das Essen für die Menschen gereicht, geschweige denn für das Futter für die Tiere. Sie beugte sich vor und tätschelte der Stute den Hals, um ihre Verlegenheit zu verbergen. Es war ein Fuchs mit einer Blesse bis zu den Nüstern hinunter und einem sanften Wesen.

»Das müssen wir unbedingt ändern«, sagte Jack. Abbey schaute überrascht auf. »Aber jetzt reiten wir erst einmal nach Norden, wo Anama, Toms Farm, an Bungaree grenzt.«

Er ritt los, und Abbey folgte ihm. Als sie ihn eingeholt hatte, sagte er: »Auf einigen Weiden werden Sie Hütten sehen. Wenn ich genug Viehhirten einstellen kann, wohnen sie in diesen Hütten, die Outstations genannt werden.«

»Outstations?«

»Ja. Tagsüber können sich die Schafe draußen auf der Weide frei bewegen, so wie jetzt, aber nachts treibt der Hirte sie in bewegliche Pferche, die er in der Nähe der Hütte aufstellt. Im Augenblick habe ich keine Schäfer, weil einfach keine Leute zu bekommen sind. Ernie und Wilbur tun ihr Bestes, um wenigstens die Lämmer zu bewachen, weil sie die leichteste Beute sind.«

»Sind diese Schutzmaßnahmen denn wirklich notwendig?«, wunderte sich Abbey, die sich nicht vorstellen konnte, was für Gefahren hier draußen drohen sollten.

»O ja, allerdings. Es macht mir nichts aus, gelegentlich einen Hammel zu verlieren, aber ich will nicht, dass einer meiner preisgekrönten Böcke vom Speer eines Aborigines durchbohrt wird.«

Jetzt war Abbey doch ein wenig beunruhigt. »Kommt das denn öfter vor?«

»Nun, im Gegensatz zu Kängurus, die mit einem Satz über einen Zaun springen und flüchten können, sind Schafe leichte Beute für die Aborigines. Und sie können ein gewöhnliches Schaf nicht von einem preisgekrönten Bock unterscheiden. Nachdem ich in der Vergangenheit schon eine ganze Menge Böcke auf diese Weise verloren habe, stelle ich lieber Hirten ein – das heißt, sofern ich welche bekomme. Dingos machen außerdem auch Jagd auf Lämmer.«

»Oh.« Abbey, die an die unschuldigen, wehrlosen Lämmchen dachte, wurde ganz anders bei dieser Vorstellung.

»Das Ziel jedes Schafzüchters ist es, erstklassige Tiere zu züchten, deshalb findet unter den großen Schafstationen ein reger Austausch von weiblichen Tieren und Böcken statt. Meine besten Böcke zeige ich auf Ausstellungen, und ich besitze mehrere, die Preise gewonnen haben.«

Abbey war beeindruckt.

»Vor kurzem erst habe ich einige Rambouillets von einer Farm aus der Murray-Ebene unweit von Truro bestellt«, fügte Jack stolz hinzu.

»Entschuldigen Sie meine Unwissenheit, aber ich habe nicht die leiseste Ahnung, was ein Rambouillet ist. Handelt es sich dabei um eine französische Delikatesse, eine Brot- oder Gebäcksorte vielleicht?« Abbey warf Jack einen schelmischen Blick zu.

Er musste lachen. »Ein Rambouillet ist eine französische Schafrasse mit langer, dicker Wolle, kräftigem Körperbau und geradem Rücken. Ich möchte sie mit meinen Merinos kreuzen, um zum einen bessere Wollschafe und zum anderen Tiere zu bekommen, die für dieses Klima besser geeignet sind.«

»Aha.« Abbey lächelte. »Ich hatte ja keine Ahnung, dass es so viele Schafrassen gibt. Schafzucht ist ein weites Feld, wie mir scheint.«

»Stimmt, aber auch eine sehr befriedigende Aufgabe. Ein gesundes Tier mit erstklassigen Eigenschaften zu züchten ist etwas Wunderbares. Farmer hatten mit Rambouillet-Kreuzungen sehr viel Erfolg, und ich hoffe, ich kann es ihnen nachmachen. Einer der Böcke, die ich gekauft habe, hat einen exzellenten Stammbaum. Er ist mehrfach ausgezeichnet worden und hat sogar einen Namen.« Wieder musste Jack lachen.

»Wie heißt er denn?«

»Ob Sie's glauben oder nicht – Napoleon!«

»Napoleon? Wie der französische Kaiser?«

Jack sah sie überrascht an. »Sie kennen ihn?«

»Ja, ich habe eine Zeit lang die Schule besucht.« Abbey kicherte. Ein Schafbock, der nach einem französischen Kaiser genannt worden war!

Sie sah Jack an, und sie mussten beide lachen. Clementine würde nicht verstehen, was daran so lustig ist, dass ein Schaf Napoleon heißt, schoss es Jack durch den Kopf. Der Gedanke stimmte ihn traurig, und das Lächeln auf seinen Lippen erstarb.

Abbey bemerkte es und wunderte sich darüber, wagte aber nicht, nach dem Grund zu fragen.

Abbey hätte es nie für möglich gehalten, dass eine Farm so groß sein konnte. Nachdem Jack ihr die riesigen Felder gezeigt hatte, auf denen Luzerne als Viehfutter angebaut wurde, ritten sie weiter zum Gemüsegarten. Abbey schätzte, dass er fast einen halben Hektar groß war. In der Nähe befand sich ein Brunnen, damit er während der trockenen Jahreszeit bewässert werden konnte. Anschließend ging es weiter zu den Stallungen und Schuppen, in denen Wagen, Sattelzeug und anderes Zubehör untergebracht waren. Stolz führte Jack ihr seinen preisgekrönten Zuchthengst vor, der eine große Box für sich allein hatte.

»Meine Brüder und ich besitzen zusammen ungefähr hundertfünfzig Pferde«, erklärte er Abbey.

»So viele!«, staunte sie. Das konnten unmöglich alles Arbeitspferde sein.

»Ja, einige behalten wir, aber die meisten züchten wir für den Verkauf.«

Abbey war ganz überwältigt von den vielen neuen Eindrücken. Fast hätte sie das Picknick mit Heath Mason vergessen, so sehr genoss sie ihren Ausflug über Bungaree unter Jacks kundiger Führung.

»Ich glaube, ich reite besser wieder zurück. Ich muss mich noch umziehen, bevor Heath Mason kommt.«

»Oh! Natürlich«, sagte Jack. Er hatte gar nicht gemerkt, wie schnell die Zeit vergangen war. So viel Spaß wie in den letzten Stunden mit Abbey hatte er schon lange nicht mehr gehabt. »Wir werden uns die Wildgehege ein anderes Mal ansehen«, fügte er hinzu.

»Sie sind mir doch hoffentlich nicht böse?«, fragte Abbey zaghaft. »Ich habe so viel gesehen, es war wirklich wunderschön.«

»Aber nein, warum sollte ich Ihnen böse sein?« Jack war überrascht, wie maßlos enttäuscht er war, dass sie schon gehen musste. Er hatte sich unsagbar wohl gefühlt in ihrer Gesellschaft.

Sie stiegen ab, ließen die Pferde bei den Ställen und gingen zu Fuß zum Haus zurück. »Waren Sie nicht überrascht, als Heath

Ihnen ein Picknick vorschlug?«, fragte Jack unvermittelt. Er selbst jedenfalls war völlig verblüfft gewesen.

»Doch, schon«, gab Abbey zu. Hinter der Kirche spielten kleine Kinder im Schatten einiger Bäume. Sie nahm an, dass ihre Eltern für Jack arbeiteten.

»Sie sind eine bezaubernde Frau, Abbey. Jeder Mann würde sich glücklich schätzen, mit Ihnen zusammen sein zu dürfen.« Er selbst war da keine Ausnahme, doch das sagte er ihr nicht. »Ich wundere mich nur über Heath' plötzlichen Sinneswandel. Bei seinem ersten Besuch hier war er voller Zorn und erhob schwere Vorwürfe gegen Sie.«

»Ja, ich weiß, ich habe mich ja auch über seine Einladung zum Picknick gewundert«, gestand Abbey leise.

»Und trotzdem haben Sie sie angenommen? Trotz allem, was sein Vater Ihnen angetan hat? Ich will Ihnen keine Angst machen, Abbey, aber können Sie Heath wirklich vertrauen?«

»Anfangs hatte ich schon Bedenken, aber es wäre ungerecht, wenn ich ihn für die Schurkerei seines Vaters verantwortlich machte. Jeder Mensch ist anders, deshalb sollte man jedem eine Chance geben, finden Sie nicht auch?« Sie legte Wert auf seine Meinung.

Ihre Worte berührten ihn. Sie hatte zweifellos ein gutes Herz. »Doch, aber ich fürchte, ganz so einfach ist es nicht. Der Charakter des Vaters färbt immer auf den Sohn ab, beim einen mehr, beim anderen weniger.«

Abbey machte ein besorgtes Gesicht. Sie erinnerte sich an Sybils Warnung, dass der Apfel nie weit vom Stamm falle. »Kennen Sie ihn denn so gut, dass Sie sagen können, er ähnelt seinem Vater?«

Jack wollte sie nicht belügen. »Nein, so gut kenne ich ihn nicht, wir sind nicht befreundet. Er steht im Ruf, ein Frauenheld zu sein, aber mir ist noch nie etwas wirklich Schlechtes über ihn zu Ohren gekommen. Dennoch mache ich mir Sorgen, Abbey. Ich will Ihnen nicht vorschreiben, mit wem Sie Umgang haben dürfen und mit wem nicht, ich möchte Sie nur bitten, vorsichtig zu sein.«

Abbey nickte. »Ich habe einmal den Fehler gemacht, dass ich zu vertrauensselig war.«

»Seien Sie nicht zu streng mit sich. Wir machen alle Fehler. Nur aus Fehlern lernt man.«

»Aber manche Lektionen sind sehr schmerzhaft«, sagte Abbey bedrückt.

Jack nickte. »Ja, das stimmt.« Das war auch der Grund, weshalb er sich um sie sorgte: Er wollte nicht, dass sie noch einmal verletzt wurde.

Abbey wartete auf der Bank unter dem Eukalyptusbaum auf Heath. Sie wusste, dass sie dadurch den Eindruck allzu großer Bereitwilligkeit erweckte und er das vielleicht falsch auffasste, aber sie wollte ein Zusammentreffen mit Jack vermeiden. In der Zwischenzeit waren ihr selbst Zweifel gekommen, ob es so eine gute Idee war, mit Heath zu picknicken, aber nachdem er den weiten Weg auf sich genommen hatte, wollte sie ihn nicht wieder wegschicken.

Sein Wagen rollte die Auffahrt herauf und hielt. Heath sprang herunter, winkte ihr zu, nahm dann den Picknickkorb und eine Decke vom Sitz und schlenderte auf sie zu. Abbey versuchte, ihn unvoreingenommen zu mustern. Er war ohne jeden Zweifel ein attraktiver Mann, und für die meisten Frauen musste sein Reichtum seine Anziehungskraft noch verstärken. Abbey vermochte sich sehr gut vorzustellen, dass die Damen ihn umschwärmten, und unter anderen Umständen wäre sie entzückt gewesen, diejenige zu sein, mit der er seine Zeit verbrachte. Doch nach allem, was geschehen war, fand sie diese Entwicklung schon sehr merkwürdig.

Ihre Neugier kämpfte mit ihren Vorbehalten. Heath war nun einmal Ebenezer Masons Sohn. Doch musste sein Charakter deshalb dem seines Vaters ähneln? Bisher hatte er ihr keinen Grund zu dieser Annahme gegeben. Was aber wollte er von ihr? Es fiel ihr schwer zu glauben, dass allein sein schlechtes Gewissen ihn zu dieser Form der Wiedergutmachung trieb. Sie atmete tief durch und hoffte inständig, ihre Neugier werde sie nicht ein weiteres Mal in Schwierigkeiten bringen.

»Guten Tag, Abbey«, grüßte Heath. »Ich darf doch Abbey zu Ihnen sagen?«

»Aber natürlich«, erwiderte sie lächelnd. Schon erlag sie seinem bezaubernden Charme.

»Und Sie nennen mich bitte Heath. ‚Mr. Mason' wird immer mein Vater sein.«

Abbey senkte den Blick und reagierte mit innerer Abwehr.

»Entschuldigen Sie«, murmelte Heath betreten, »das hätte ich nicht sagen sollen...«

»Mir wäre es lieber, Sie würden Ihren Vater nicht erwähnen.« Beim bloßen Klang seines Namens war ihr, als hätte man ihr einen Eimer eiskaltes Wasser über den Kopf geschüttet.

»Das war kein guter Anfang, nicht wahr?« Heath seufzte. Er sah Abbey mit schmalen Augen an. Zu viel stand auf dem Spiel, er durfte nicht zulassen, dass ein dummer Fehler seine Pläne zunichtemachte. »Ich schlage vor, wir fangen noch einmal von vorn an, einverstanden? Hatten Sie bisher einen schönen Sonntag?«

Abbey, die an ihren Ausflug zu Pferde mit Jack dachte, musste unwillkürlich lächeln. »O ja, einen wunderschönen! Mr. Hawker hat mir heute Morgen Bungaree gezeigt.«

»Was Sie nicht sagen.« Heath war ihre Reaktion nicht entgangen.

»Ich habe eine Menge über Schafzucht gelernt«, fügte Abbey eifrig hinzu.

Heath breitete die Decke an einem schattigen Plätzchen im Gras aus und packte dann den Picknickkorb aus.

Abbey beobachtete ihn mit weit aufgerissenen Augen. Er hatte verschiedene Käsesorten mitgebracht, kaltes Hühnchen, eine Schale mit Oliven und Tomaten, Obst, das in mundgerechte Stücke geschnitten war, Brötchen, Butter in einem irdenen Gefäß mit Deckel, damit sie kühl blieb und nicht schmolz, und einen Obstkuchen. Beim Anblick der Flasche Wein und der zwei Gläser, die er zu guter Letzt hervorholte, verdüsterte sich Abbeys Miene für einen Moment. Doch sie hatte sich schnell wieder unter Kontrolle.

»Heath, das ist ... einfach wundervoll!«, strahlte sie. »All diese leckeren Sachen! Sie haben sich so viel Mühe gegeben!«

»Der Dank gebührt nicht mir, sondern meiner Haushäl...« Er brach mitten im Wort ab. »Ich meine, Mrs. Hendy. Sie hat den Korb gepackt.« Mrs. Hendy war in Wirklichkeit ja nicht *seine* Haushälterin, sondern Abbeys, was diese aber zum Glück nicht wusste. Und wenn es irgend möglich war, würde sie es auch nie erfahren, dafür wollte er schon sorgen.

»Haben Sie noch mehr Leute eingeladen?«, scherzte Abbey. »Was Sie da mitgebracht haben, reicht ja für sechs!«

»Da ich nicht weiß, was Sie mögen und was nicht, habe ich mir eben von allem ein bisschen einpacken lassen.« Er reichte ihr die Hand, und sie setzte sich zu ihm auf die Decke. »Hoffentlich haben Sie Hunger«, fügte er hinzu und reichte ihr einen Teller.

»Und wie! Ich sterbe fast vor Hunger!«

»Wunderbar, dann greifen Sie nur zu. Ich schenke uns schon mal den Wein ein.«

»Für mich nicht«, wehrte Abbey hastig ab und errötete. Sie nahm von dem Huhn und ein bisschen Käse und bediente auch Heath.

Heath legte den Kopf schief und lächelte. »Nicht einmal ein kleines Schlückchen? Nur um mit mir anzustoßen? Na, kommen Sie schon, mir zuliebe«, sagte er schmeichelnd.

Abbey sah ihm in die Augen, die so ganz anders waren als die seines Vaters. »Also gut«, gab sie sich geschlagen. Er hatte sich solche Mühe gegeben, da konnte sie ihn doch nicht vor den Kopf stoßen. »Aber nur einen winzigen Schluck!«

Heath frohlockte über den kleinen Sieg, den er errungen hatte.

Er hoffte, der Wein werde Abbey so locker und entspannt machen, dass sie ihren wahren Charakter offenbarte.

Nach einigen Minuten zwanglosen Geplauders drehten sich beide zur Auffahrt hin: Ein Buggy kam angefahren und hielt vor der Eingangstreppe. Clementine Feeble stieg aus. Als sie das Paar unter dem Eukalyptusbaum bemerkte, blieb sie stehen und schaute herüber. Abbey überlegte, ob sie winken sollte, aber da Clementine keine Anstalten dazu machte, ließ auch sie es sein. Clementine ging die Treppe hinauf und verschwand im Haus.

»Das war doch Clementine Feeble, nicht wahr?«, fragte Heath und nahm einen Schluck Wein.

»Ja. Kennen Sie sie?«

»Wir haben uns etliche Male bei gesellschaftlichen Anlässen getroffen. Ich habe zwar gehört, dass sie mit Jack zusammen ist, aber ich konnte es offen gestanden nicht glauben.«

»Und warum nicht?«

»Weil er meiner Meinung nach nicht der Richtige für Clementine ist.«

Abbey hielt mit dem Essen inne und sah ihn verblüfft an. Ihrer Ansicht nach hatte Jack alles, was man sich bei einem Mann nur wünschen konnte: Er sah sehr gut aus, war intelligent, sanft, rücksichtsvoll und einfühlsam. »Wieso sagen Sie das?«

»Ich kann mir Clementine nicht als Farmersfrau vorstellen. Ich kann mir sehr wohl vorstellen, dass sie einen Arzt oder einen Bankdirektor heiratet, aber einen Farmer? Niemals! Jedenfalls keinen, der sein Land selbst bestellt.« Sein Vater hatte Ländereien besessen, und er selbst lebte auf diesem Land, aber keiner von beiden hatte jemals eine Hacke in den Händen gehalten oder Vieh zusammengetrieben.

Abbey begriff nicht, was so furchtbar daran sein sollte, als Jacks Frau in seinem wunderschönen Haus zu leben. »Aber wieso wäre das so schlimm?«

»Das Leben auf einer Farm wäre viel zu eintönig für sie, und sie ist auch nicht der Typ Frau, der sich die Hände schmutzig macht. Ich weiß, dass Jack Dienstboten hat, aber können Sie sich Clementine vorstellen, wie sie die Hühner füttert oder Eier einsammelt, wenn die Dienstboten frei haben?«

Abbey fiel es in der Tat schwer, sich das vorzustellen, aber sie kannte Miss Feeble ja auch kaum. Sie trank einen kleinen Schluck Wein. »Miss Feeble und Mr. Hawker sind seit fast einem Jahr zusammen, wie ich gehört habe. Ich weiß zwar nichts von irgendwelchen Heiratsplänen, aber sie muss sich doch darüber im Klaren sein, was als Frau eines Farmers auf sie zukommt, meinen Sie nicht?«

»Clementine muss Jack sehr gern haben«, sagte Heath, aber es klang zweifelnd. Was er tatsächlich dachte, war, dass sie sich, nachdem er ihre Avancen zurückgewiesen hatte, zwar auf ein niedrigeres Niveau begeben hatte, aber immer noch bestrebt war, einen guten Fang zu machen. Und Jack war ein guter Fang – ein angesehener Mann, dessen Farm einen ordentlichen Gewinn abwarf, auch wenn sie niemals mit Martindale gleichziehen könnte.

»Mrs. Hawker langweilt sich hier draußen, deshalb bin ich als ihre Gesellschafterin eingestellt worden. Das Leben auf einer Farm ist sicher nicht jedermanns Sache«, meinte Abbey nachdenklich.

»Was ist mit Ihnen? Langweilen Sie sich denn nicht hier draußen?«, fragte Heath und schenkte sich Wein nach.

»Nicht im Geringsten! Ich finde Bungaree einfach faszinierend.«

Heath sah sie prüfend an. Sie war zweifellos eine atemberaubend schöne Frau, aber der Gedanke, sein gesamter Besitz könnte ihr in die Hände fallen, machte ihn ganz krank. Nicht zum ersten Mal verwünschte er seinen Vater für sein Testament, das er so formuliert hatte, dass ihm, dem Sohn, das Erbe durch die Finger zu gleiten drohte.

Clementine betrat das Haus, rauschte an Elsa, die ihr geöffnet hatte, vorbei und auf Jack zu.

»Ist das da draußen im Garten Heath Mason, der mit Sybils

Gesellschafterin ein Picknick veranstaltet?«, fragte sie, während sie ihre Haube vom Kopf zog.

»Guten Tag, Clementine, ich freue mich auch, dich zu sehen«, entgegnete Jack trocken. »Und ja, das ist Heath Mason.« Clementine hatte ihren Besuch bereits tags zuvor angekündigt. Jack hatte sich darüber gewundert, weil sie normalerweise höchstens einmal die Woche auf die Farm hinauskam.

»Woher kennt ein Mann wie Heath ein Mädchen aus Burra?«, fragte Clementine völlig fassungslos.

»Er hat sie hier bei uns kennen gelernt.« Jack, der aus dem Fenster zu Abbey und Heath hinübersah, fand, Clementine brauchte nichts über Abbeys Vergangenheit zu wissen.

Clementine riss ungläubig die Augen auf. »Du willst mir doch nicht erzählen, dass er ihr den Hof macht?«

»Ich habe keine Ahnung, was er vorhat«, antwortete Jack. »Aber ich werde es herausfinden, verlass dich drauf.«

Clementine sah ihn argwöhnisch an. Warum lag ihm Abbeys Wohlergehen so sehr am Herzen? Sie trat neben Jack ans Fenster. »Heath wird eines Tages ein beträchtliches Vermögen erben«, sagte sie versonnen. »Die Frauen werden ihn umschwärmen wie Motten das Licht.«

Jack warf ihr einen flüchtigen Blick zu. »Hast du es denn noch nicht gehört?«

»Was denn?«

»Ebenezer Mason ist vor ein paar Tagen nachts im Schlaf gestorben. Aber ich nehme an, das hat sich noch nicht so weit herumgesprochen.«

Clementine sperrte Mund und Augen auf. »Das wusste ich nicht«, stieß sie atemlos hervor. Wieder schaute sie aus dem Fenster in den Garten hinaus. Jetzt verstand sie überhaupt nichts mehr. Heath war ein reicher Mann, er konnte jede Frau im Umkreis von mehreren Meilen haben, und er interessierte sich ausgerechnet für diese Abbey? Was war an ihr so Besonderes? Neugierig geworden beschloss Clementine, genau das herauszufinden.

Abbey hatte bemerkt, dass Heath immer wieder ihr Kleid anschaute. Sie nahm an, er erkannte es wieder – es war dasselbe Kleid, das sie bereits tags zuvor getragen hatte. Peinlich berührt fühlte sie sich zu einer Erklärung genötigt: »Ich besitze keine eigenen Sachen mehr.«

Heath guckte verdutzt auf. »Wie bitte?«

»Sie haben so auf mein Kleid geschaut. Mrs. Hawker hat es mir geschenkt. Das Wenige, was ich besessen habe, habe ich in Burra zurückgelassen.« Sie schämte sich hinzuzufügen, dass bestimmt längst alles gestohlen worden war. »Aber bei nächster Gelegenheit werde ich mir in Clare ein paar neue Sachen kaufen«, fügte sie hinzu. Ihr kam plötzlich der Gedanke, dass sie ja nach Burra zurückkehren könnte. Doch sie wusste, das würde sie nicht tun – zu viele Erinnerungen lauerten dort, und ohne ihren Vater und Neal würde es nie wieder so sein, wie es war.

Heath betrachtete sie nachdenklich. Wenn sie wüsste, dass sie nach dem Gesetz reicher war, als sie sich je erträumt hätte! Er erstickte fast vor Wut bei dem Gedanken, sie könnte wirklich und wahrhaftig bekommen, was rechtmäßig ihm zustand. Er hatte überlegt, ob sie angesichts ihres Hasses auf seinen Vater das Erbe vielleicht ausschlagen würde, aber er bezweifelte, dass jemand so viel Rückgrat hatte, vor allem jemand, dem nie etwas in den Schoß gefallen war. Um ganz sicherzugehen, hatte er sich jedoch eine Reihe von Fragen zurechtgelegt, die er ihr stellen und mit deren Hilfe er herausfinden wollte, wie ihr Verhältnis zum Geld war. Er hatte einen Monat, um das Blatt zu seinen Gunsten zu wenden, und genau das hatte er vor.

»Lieben Sie schöne Kleider?«, fragte er wie beiläufig und steckte sich ein Stück Käse in den Mund.

»Ich komme aus einer armen Familie, ich hatte nie etwas wirklich Schönes zum Anziehen«, gestand Abbey.

»Aber angenommen, Sie hätten auf einmal viel Geld, würden vielleicht ein Vermögen erben – würden Sie sich dann nicht alles kaufen, was Ihr Herz begehrte?«

Abbey dachte darüber nach. »Mag schon sein. Aber die wenigen Verwandten in Irland, die ich noch habe, sind alles arme Schlucker, deshalb stellt sich die Frage für mich nicht. Dass ich ein Vermögen erbe, ist ungefähr so wahrscheinlich, wie es wahrscheinlich ist, dass es hier gleich zu schneien anfängt«, scherzte sie. »Aber das ist schon in Ordnung. Man kann nicht vermissen, was man nie gehabt hat.« Das hatte ihr Vater immer gesagt.

Und so soll es auch bleiben, dachte Heath. Laut sagte er: »Da haben Sie sicherlich Recht.«

Abbey sah ihn aufmerksam an. »Sind Sie eigentlich immer schon wohlhabend gewesen?« Die Goldgräbergeschichte, die der alte Mason ihrem Vater erzählt hatte, konnte sie nicht so ganz glauben.

Die Frage überraschte Heath. »Nein, nicht immer. Als ich ein kleiner Junge war, waren wir bitterarm.« Und wenn es nicht nach Plan lief, würde er bald wieder arm sein. Bei dem bloßen Gedanken daran krampfte sich sein Magen zusammen, und ihm wurde schlecht.

Abbey bemerkte den Schatten, der über seine Züge gehuscht war, und schrieb es den schmerzlichen Erinnerungen an seine elende Kindheit zu. »Verzeihen Sie, wenn ich das sage, aber es fällt mir schwer, das zu glauben.«

»Es war wirklich so«, entgegnete Heath, der seine Bitterkeit kaum verbergen konnte. »Wir lebten von der Hand in den Mund, bis mein Vater in Victoria ein großes Goldvorkommen entdeckte.« Er dachte nur ungern an jene Zeit zurück. Im Sommer war es in dem Zelt, in dem sie gehaust hatten, brütend heiß gewesen, in den kalten Wintermonaten hatte es hineingeregnet, und manchmal hatte der Sturm es einfach weggerissen. Sein Vater war immer gereizt und übellaunig gewesen, weil er körperliche Arbeit hasste, und das Graben nach Gold war eine Knochenarbeit. Oft genug hatte er Heath gezwungen, ihm zu helfen, obwohl er zwei Partner hatte, Ausländer, die kaum ein Wort Englisch sprachen. Beide tranken übermäßig viel, und wenn sie betrunken waren, gerieten sie sich in die Haare und prügelten sich. Für Heath waren jene Jahre ein furchtbarer Albtraum gewesen, den er mit aller Macht zu verdrängen versuchte.

Abbey sprach zwar nicht gern über Ebenezer Mason, doch es gab etwas, das ihr keine Ruhe ließ. »Eines verstehe ich nicht. Wenn Ihr Vater aus eigener Erfahrung wusste, was es heißt, arm zu sein, hart arbeiten zu müssen, wieso behandelte er dann jene, die nicht so viel Glück gehabt hatten, von oben herab?«

»Vielleicht sollte ich das nicht sagen, aber ich werde ehrlich zu Ihnen sein. Man Vater war immer ein arroganter Mann, schon als armer Schlucker. Er war einfach so.« Heath sagte die Wahrheit.

Seine Offenheit erstaunte Abbey. Schließlich kannten sie sich kaum. Heath tat ihr auf einmal leid. »Sind Sie deshalb nicht mit ihm ausgekommen?«

»Ja, das war mit ein Grund«, antwortete er und fügte im Stillen hinzu: Das und seine geldgierige junge Frau. »Er war ein schwieriger Mensch und ein liebloser Vater. Als ich älter wurde, habe ich alles getan, um nicht so zu werden wie er. Ich hoffe, das ist mir gelungen. Die Leute vergleichen mich mit ihm. Sie denken, wie der Vater, so der Sohn, aber die Vorstellung, ich könnte tatsächlich so sein wie er, macht mich krank.« Auch das war die Wahrheit. Heath wollte nicht sein wie sein Vater und glaubte aufrichtig, dass er das auch nicht war. In seinen Augen handelte er nicht gewissenlos oder war verlogen – was er tat, tat er nur zu seinem eigenen Schutz.

Abbey war erleichtert, als sie das hörte. Seine Worte räumten ihre Zweifel nicht gänzlich aus dem Weg, aber sie verringerten sie. Der Ausritt hatte sie sehr hungrig gemacht, und so nahm sie sich noch einmal nach.

Heath' Gedanken waren unterdessen zu den Fragen zurückgekehrt, die er Abbey stellen wollte. Er überlegte, wie er das Gespräch am besten auf das Thema bringen konnte, das ihn so brennend interessierte. »Wissen Sie, ich habe einen Onkel, der meinem Vater sehr ähnlich ist, ja, der vielleicht noch schlimmer ist als er.« Das war eine Lüge. »Er lebt in Victoria.«

»Ach ja?«

Heath nickte. »Er ist sehr reich und hat weder Frau noch Kinder. Ich bin sein einziger Angehöriger, und wenn er stirbt, werde ich vermutlich sein Vermögen erben.«

Abbey fand es merkwürdig, dass er ihr das erzählte, aber sie spürte, es steckte mehr dahinter.

»Ich will sein Geld nicht«, fuhr Heath nach einer bedeutungsvollen Pause fort. »Angesichts meiner Gefühle für ihn käme ich mir wie ein Heuchler vor, wenn ich es nähme.«

»Mit Ihrem Vater haben Sie sich doch auch nicht verstanden«, warf Abbey ein, »dennoch erben Sie seinen ganzen Besitz.«

»Das ist etwas anderes«, sagte Heath hastig. »Als sein Sohn steht mir das zu.«

»Ja, wahrscheinlich haben Sie Recht. Und irgendjemand muss den Besitz ja verwalten und die Burra Monster Mine leiten.«

»Genau«, stimmte Heath eifrig zu.

»Sie könnten das Vermögen Ihres Onkels doch für einen guten Zweck verwenden«, schlug Abbey vor.

»Würden Sie das tun? Ich meine, wenn Sie viel Geld von jemandem erbten, den Sie nicht ausstehen können ...« Er wartete gespannt auf ihre Antwort.

»Ich weiß es nicht«, gab sie zögernd zu.

Heath ließ nicht locker. »Angenommen, Sie hassen den Menschen, der Ihnen etwas hinterlässt – würden Sie das Erbe ausschlagen?«

»In Ihrem Fall würde es keinen großen Unterschied machen, ob Sie das Erbe nun ausschlagen oder nicht, weil Sie bereits ein vermögender Mann sind. Aber ich besitze keinen Penny, Geld könnte mein ganzes Leben verändern, deshalb müsste ich gründlich über eine solche Entscheidung nachdenken«, antwortete sie ehrlich.

Heath war, als würde ihm der Boden unter der Füßen weggezogen. »Es würde Ihr Gewissen also nicht belasten?«

Abbey schüttelte langsam den Kopf. »Ich weiß es wirklich

nicht. Ich denke, ich würde auf jeden Fall einen Teil des Geldes für einen guten Zweck ausgeben.«

»Für einen guten Zweck?«, wiederholte Heath, dem es schwerfiel, seinen aufsteigenden Zorn unter Kontrolle zu halten.

»Ja. Ich würde mir natürlich ein Haus kaufen, damit ich ein Zuhause hätte, das mir keiner mehr wegnehmen könnte, aber ich würde das Geld auch dafür verwenden, anderen zu helfen. Wie das geschehen soll, müsste ich mir natürlich erst noch überlegen.«

Großer Gott, dachte Heath entsetzt. Sie würde das Geld verschleudern bis auf den letzten Penny! *Mein* Geld! Das muss ich verhindern.

Abbey musterte ihn besorgt. »Ist alles in Ordnung, Heath? Sie sind auf einmal so blass.«

»Mir geht es ehrlich gesagt nicht so gut«, murmelte er. »Ich glaube, ich gehe jetzt besser.«

»Möchten Sie sich ein Weilchen drinnen im Haus ausruhen?« Unter diesen Umständen hätte Jack sicher nichts dagegen. »Es ist furchtbar heiß, vielleicht setzt Ihnen die Hitze zu.«

»Nein, ich… ich will nach Hause. Ich werde den Korb und meine Sachen ein anderes Mal holen.« Er stand auf. »Wiedersehen, Abbey.« Ohne ein weiteres Wort drehte er sich um und ging mit unsicheren Schritten zu seinem Wagen. Er hielt es nicht eine Sekunde länger in Gegenwart dieser Frau aus, sollte sie sich ruhig über seinen überstürzten Aufbruch wundern.

Abbey erhob sich ebenfalls. Sie überlegte, ob sie ihm nachlaufen, ihn bitten sollte zu bleiben, doch er schien entschlossen, schnellstens wegzukommen. Völlig irritiert schaute sie ihm nach, beobachtete, wie er in seinen Wagen stieg und die Auffahrt hinunterfuhr, ohne auch nur einen Blick in ihre Richtung zu werfen oder ihr ein einziges Mal zuzuwinken. Abbey, die sich keinen Reim auf sein merkwürdiges Benehmen machen konnte, starrte dem Pferdewagen nach, bis sie ihn aus den Augen verlor. Dann packte sie die Picknicksachen zusammen und lief zum Haus zurück.

14

Als Abbey zur vorderen Tür hereinkam, begegnete ihr Jack im Flur. Er wollte das Haus gerade durch den Hintereingang verlassen.

»Wo ist Heath?«, fragte er, als er den Picknickkorb in Abbeys Hand sah.

»Gerade gegangen.«

»Was? Schon?« Jack hatte sich hinter dem Haus kurz mit Elias unterhalten und deshalb den davonfahrenden Wagen nicht gehört.

»Ja, er sagte plötzlich, er fühle sich nicht wohl und wolle lieber nach Hause«, erwiderte Abbey zerstreut. Heath' Verhalten war ihr ein Rätsel.

»Wieso haben Sie ihn nicht hereingebeten? Wenn er sich nicht wohl fühlt, ist es vielleicht keine gute Idee, ihn allein nach Hause fahren zu lassen.«

»Das habe ich ja, aber er wollte nicht. Er hatte es auf einmal furchtbar eilig, von hier wegzukommen.« Abbey fragte sich, ob sie hartnäckiger hätte darauf bestehen sollen, dass Heath sich ein Weilchen im Haus ausruhte.

»Hoffentlich kommt er gut heim«, meinte Jack besorgt.

Abbey bewunderte ihn für seine Fürsorglichkeit. »Ja, das hoffe ich auch.« Auf dem Weg in die Küche, wo sie den Picknickkorb hinbringen wollte, warf sie einen Blick ins Wohnzimmer und sah Clementine auf dem Sofa sitzen. »Guten Tag, Miss Feeble.«

»Tag, Abbey!«, erwiderte diese gut gelaunt. »Sagen Sie doch bitte Clementine zu mir.« Sie hatte gehört, was Abbey gesagt hatte, und war erleichtert, dass Heath nicht mit hereingekommen war. Bei ihrer letzten Begegnung einige Monate zuvor hatte sie nämlich einen ziemlichen Narren aus sich gemacht, was ihr immer noch peinlich war. Auf einer Wohltätigkeitsveranstaltung des Bürgermeisters in der Stadt hatte sie ein paar Gläser Wein zu viel getrunken und danach schamlos mit Heath geflirtet. Doch er hatte sie mit recht groben Worten abblitzen lassen, und sie hatte diese Demütigung nicht vergessen. Sie war ihm seitdem nach Möglichkeit aus dem Weg gegangen. Natürlich ließ sich eine Begegnung mit ihm nicht bis in alle Ewigkeit vermeiden, da sie viele gemeinsame Bekannte hatten, aber sie wollte ihm nicht unbedingt auf Bungaree Station in die Arme laufen.

Abbey staunte. Clementines Ton war um einiges freundlicher als tags zuvor, und dann bot sie ihr auch noch an, sie beim Vornamen zu nennen. Dieser Tag steckte wirklich voller Überraschungen.

»Trinken Sie eine Tasse Tee mit mir?«, fügte sie hinzu, als Abbey sich anschickte weiterzugehen. »Oder vielleicht eine Limonade? Jack hat draußen zu tun, ich würde mich freuen, wenn Sie mir ein wenig Gesellschaft leisteten.« Sie wollte sich die Gelegenheit, mit Abbey unter vier Augen zu reden, auf keinen Fall entgehen lassen.

Jack war unterdessen zum Hinterausgang geeilt. »Ich bin bald zurück!«, rief er.

»Oh, äh...« Abbey schaute von der Tür, die sich hinter Jack geschlossen hatte, zu Clementine. »Ist Mrs. Hawker denn nicht da?« Sie verspürte wenig Lust, mit Clementine allein zu sein. Irgendetwas an ihr gefiel ihr nicht.

»Ich glaube, sie hält ihr Mittagsschläfchen. Setzen Sie sich doch ein bisschen zu mir!«, bat Clementine. »*Bitte!*«

Ihr schmeichelnder Ton verfehlte seine Wirkung nicht. »Na ja, wenn Mrs. Hawker mich nicht braucht«, sagte Abbey zögernd. »Ein Glas Limonade wäre nicht schlecht. Aber erst will ich den Korb in die Küche bringen.«

Als sie ins Wohnzimmer zurückkam, hatte Clementine ihr bereits ein Glas aus dem Krug, der auf einem Tablett auf dem Couchtisch stand, eingeschenkt.

»Ich habe im Garten mit Heath Mason gepicknickt«, begann Abbey. Sie wusste nicht, ob Clementine ihn erkannt hatte. »Wir haben Sie herfahren sehen, und er erzählte mir, dass Sie eine Bekannte von ihm sind.« Sie spürte selbst, dass sie vor Nervosität töricht daherredete, aber sie konnte sich nicht bremsen. In Clementines Gegenwart kam sie sich linkisch und naiv vor.

Clementine horchte beunruhigt auf. »Ach ja, hat er das gesagt?« Sie fragte sich, was er sonst noch über sie erzählt haben mochte.

»Ja, er sagte, Sie beide kennen sich von verschiedenen gesellschaftlichen Anlässen.«

»Ja, das ist richtig«, erwiderte Clementine vorsichtig. »Ich muss gestehen, ich bin ein wenig überrascht, dass Sie Heath kennen.«

»Wir... haben uns erst vor kurzem kennen gelernt.« Abbey blickte in das Glas in ihren Händen. Sie war sicher, dass Jack Clementine nichts von ihrer erzwungenen Hochzeit mit Ebenezer Mason erzählt hatte.

»Hier auf der Farm, nicht wahr? Jack hat es erwähnt. Ich frage mich nur, was Heath plötzlich hierher geführt hat. Er und Jack sind nicht gerade das, was man Freunde nennt.« Clementine sah sie lauernd an.

»Nun, äh...«, stotterte Abbey verlegen. »Es ist doch hoffentlich nichts mit den Lämmern, oder?«, fuhr sie unvermittelt fort, um das Thema zu wechseln. »Ich meine, weil Mr. Hawker noch einmal wegmusste.«

»Nein, ich glaube nicht«, antwortete Clementine mit einer gleichgültigen Handbewegung. »Werden Sie und Heath sich wiedersehen?«

»Nun, ich denke schon. Er hat seinen Picknickkorb dagelassen, er will bei Gelegenheit vorbeikommen und ihn holen.« Abbey fragte sich, weshalb Clementine so großes Interesse an Heath zeigte.

»Warum hat er ihn nicht gleich mitgenommen?« Dass Heath sich angeblich nicht wohl gefühlt hatte, hatte sie gehört, aber vielleicht steckte ja mehr dahinter. Hatte er sich womöglich mit Abbey gestritten? Und wenn ja, worüber?

»Es ging ihm nicht gut, er wollte schnellstens nach Hause.«

»Oh. Was hat ihm denn gefehlt?«

»Ich weiß es nicht«, antwortete Abbey eine Spur ungeduldig. Clementine ging ihr allmählich auf die Nerven mit ihrer Fragerei.

»Wissen Sie, was mich erstaunt? Dass er sich so kurz nach dem Tod seines Vaters schon wieder in fröhlicher Gesellschaft amüsiert.« Und noch viel mehr erstaunte sie, dass er sich ausgerechnet Abbey als Gesellschaft ausgesucht hatte.

»Ein Picknick ist eine harmlose kleine Angelegenheit und kein fröhliches Fest«, erwiderte Abbey. »Außerdem könnte es ihm helfen, seine Trauer zu überwinden, wenn er mit jemandem darüber spricht, finden Sie nicht auch?«

»Wenn Sie eine gute Freundin wären, ja, aber Sie kennen sich doch erst seit ein paar Tagen. Ich hoffe, Sie nehmen es mir nicht übel, wenn ich das sage, ich will Sie wirklich nicht kränken, aber normalerweise verkehrt Heath nur in den besseren Kreisen.« Anscheinend war nicht einmal die Tochter eines Schneiders gut genug für ihn. Weshalb sonst hätte er ihr einen Korb gegeben? »Er gilt als Frauenheld und schreckt, wie man hört, auch nicht davor zurück, sich an verheiratete Frauen heranzumachen, sofern sie über gute gesellschaftliche Kontakte verfügen.«

Abbey sah Clementine entgeistert an. »Diesen Eindruck hat er aber nicht auf mich gemacht!«

»Es ist so, glauben Sie mir. Deshalb verstehe ich nicht so ganz, was er an *Ihnen* findet.«

Abbey lief rot an.

»Ich sage das nicht aus Bosheit, Abbey«, beteuerte Clementine scheinheilig. »Ich weiß, Sie sind kein Dienstmädchen, aber eine Gesellschafterin ist nicht viel besser, und meines Wissens hat Heath sich noch nie mit einer Hausangestellten abgegeben.«

Abbey war vollkommen verwirrt. Wollte Clementine damit andeuten, dass Heath seinem Vater doch ähnlicher war, als er sich und ihr eingestand? »Ich weiß nicht, was die Leute über ihn erzählen, aber mir gegenüber ist er immer höflich und zuvorkommend gewesen«, antwortete sie mit Nachdruck. »Manchmal ist es eben leichter, sich jemandem anzuvertrauen, zu dem man eine gewisse Distanz hat.«

Die Antwort verblüffte Clementine sichtlich. »Sagen Sie, wie sind Sie eigentlich zu dieser Stelle gekommen? Sybil hat erwähnt, dass Sie aus Burra sind, aber ich kann mir beim besten Willen nicht vorstellen, dass sie dorthin gefahren ist, um eine passende Gesellschafterin zu suchen.«

»Wir trafen uns zufällig in einem Büro für Arbeitsvermittlung in Clare«, erwiderte Abbey ausweichend.

»Oh, Sie meinen sicher das Büro von Milton Sharp.«

»Richtig.«

»Ich kenne Milton gut. Haben Sie früher schon einmal als Gesellschafterin gearbeitet?« Clementine sah Abbey über den Rand ihrer Teetasse hinweg scharf an.

»Nein«, antwortete Abbey einsilbig. Sie wünschte, Jack käme zurück. Und sie hoffte inständig, Milton Sharp hatte Clementine nicht erzählt, dass sie eine Obdachlose war, die vor seiner Tür ohnmächtig zusammengebrochen war. »Hat Mr. Hawker gesagt, wo er hinwill?«

Clementine zuckte die Achseln. »Sein Vormann war da und hat irgendetwas von einem Hengst gesagt, nach dem er schauen müsse. Ich hab nicht darauf geachtet. Ich kenne mich nicht aus mit Pferden. Um mein eigenes kümmert sich der Hufschmied in Clare.«

»Hoffentlich ist nichts passiert«, murmelte Abbey beunruhigt. Dann horchte sie auf. War da jemand an der Hintertür?

»Leben Ihre Eltern noch? Was ist Ihr Vater von Beruf?«, fragte Clementine neugierig.

»Er ...«, begann Abbey. Genau in diesem Augenblick kam Jack herein, und ihr fiel ein Stein vom Herzen.

»Entschuldige, Clementine«, sagte er.

Abbey hätte ihn für diese Unterbrechung umarmen können.

»Hoffentlich belästigt uns dein Vormann nicht noch einmal, Jack. Ich würde mich gern ungestört mit dir unterhalten können«, schmollte Clementine.

»Am Sonntag kommt Elias nur, wenn es wirklich wichtig ist, Clementine.«

»Was ist mit dem Hengst?«, fragte Abbey.

»Elias dachte, er hätte eine Entzündung am Huf, aber Ben Dobson meint, es ist nichts Ernstes.«

»Du meine Güte, Jack, können Ben und Elias das nicht allein regeln?«, stöhnte Clementine. »Dafür werden sie schließlich bezahlt.«

»Ich möchte über alles, was auf der Farm vor sich geht, informiert werden, insbesondere dann, wenn es sich um eines meiner preisgekrönten Tiere handelt«, erklärte Jack geduldig.

»Was ist mit den Lämmern?«, fragte Abbey besorgt.

Jack lächelte. »Alle gesund und munter. Auch das Kleine, das sich verlaufen hatte.«

»Da bin ich aber froh! Sind sie immer noch in dem Paddock hinter den Scherschuppen?«

»Ja, warum? Würden Sie sie gern sehen?«

Abbey stand auf und nickte. »Ich glaube, ein kleiner Spaziergang würde mir guttun.« Vor allem aber wollte sie weg von Clementine und ihren Fragen und ihren Klatschgeschichten über Heath. Falls er ein Schurke war, wie sie angedeutet hatte, so wollte sie nichts darüber hören.

»Das ist eine gute Idee!«, sagte Jack. »Warum begleiten wir Abbey nicht, Clementine? Ein kleiner Spaziergang würde uns auch nicht schaden.«

»Bei dieser Hitze?« Clementine sah Jack entsetzt an.

»Du kannst einen von Mutters Sonnenschirmen nehmen.« Jack streckte ihr seine Hand hin.

Clementine ergriff sie widerstrebend und stand auf. »Wie weit ist es denn? Ich kann in diesen Schuhen nicht weit gehen.« Obwohl sie Jack schon eine ganze Weile kannte, hatte sie nie den Drang verspürt, die nähere Umgebung des Hauses zu erkunden, und zu den Scherschuppen hätten sie keine zehn Pferde gebracht. Auf ungehobelte Scherer, die sich nach einem harten Arbeitstag einen hinter die Binde gossen, bis sie nicht mehr stehen konnten, konnte sie gut verzichten.

»Ungefähr eine halbe Meile die Straße hinunter«, sagte Jack. »Nimm doch deinen Buggy. Abbey kann mit dir fahren, und ich nehme mein Pferd.«

»Na schön, meinetwegen.« Mürrisch, weil sie ihren Kopf nicht hatte durchsetzen können, griff Clementine nach ihrer Haube. Sie verstand nicht, was an Lämmern so aufregend sein sollte, aber sie würde Jack und Abbey auf keinen Fall miteinander alleinlassen.

»Wir gehen durch die Schuppen hindurch, anstatt um sie herum, weil das kürzer ist«, sagte Jack zu Clementine, als sie bei den Scherschuppen angelangt waren.

»Puh!«, machte Clementine und verzog angewidert das Gesicht, als sie den Schuppen durch das zweiflügelige Holztor betraten. Mit einer Hand hielt sie sich die Nase zu, mit der anderen raffte sie ihre Röcke hoch. Abbey hatte mit dieser Reaktion gerechnet, sie kannte den stechenden Gestank in den Schuppen ja bereits.

»Wie können die Scherer das bloß aushalten hier drinnen?«, jammerte Clementine, während sie Jack eilig zur anderen Seite des Schuppens folgte, wo er eine Tür öffnete. Sonnenschein und frische Luft drangen herein.

»Oh, einige von ihnen riechen noch schlimmer als die Schafe«, erwiderte Jack, der sich das Lachen verbeißen musste.

»Das glaube ich dir aufs Wort!«, japste Clementine und sog gierig die frische Luft in die Lungen.

Wilbur und Ernie, die den Muttertieren und ihren Lämmern Futter gebracht hatten, standen an die Koppel gelehnt und rauchten.

»Tag, Wilbur, Ernie«, grüßte Abbey. Clementine warf ihr einen befremdeten Blick zu.

»Tag, Missus«, erwiderten die Viehhirten in trägem Tonfall ihren Gruß. Fliegen krochen ihnen übers Gesicht, aber sie machten sich nicht die Mühe, sie zu verscheuchen.

»Iiihh, das ist ja ekelhaft!«, kreischte Clementine, die fast hysterisch nach den Mücken schlug. »Ich hab schon gewusst, warum ich einen großen Bogen um dieses Viehzeug mache!«

Jack erwiderte nichts darauf, und die beiden Aborigines sahen sie an, als wäre sie nicht ganz bei Trost. Abbey musste an Heath' Bemerkung denken, dass er sich Clementine beim besten Willen nicht als Farmersfrau vorstellen könnte. Anscheinend kannte er sie ziemlich gut.

»Woran erkennen Sie eigentlich, welches Lämmchen das verirrte war?«, wollte Abbey wissen.

Jack, der in die Koppel kletterte, lachte, und Wilbur und Ernie fielen in sein Gelächter ein.

»Jack ist wie ein Vater mit einem Haufen Kinder – auch wenn es noch so viele sind, er kennt jedes einzelne«, witzelte Wilbur.

Abbey staunte. »Also für mich sehen sie alle gleich aus!« Sie beobachtete, wie Jack zwischen den Schafen hindurchging und nach einem Augenblick zielstrebig auf eines der Lämmchen zusteuerte. Es blökte laut, als er es hochhob und zur Umzäunung trug, damit Abbey es streicheln konnte.

»Es ist wunderschön«, murmelte sie, während sie die weiche, weiße Wolle liebkoste. »Ist es ein Er oder eine Sie?«

»Eine Sie«, antwortete Jack.

»Sie ist einfach süß!« Abbey wandte sich lächelnd an Clementine. »Möchten Sie sie nicht auch einmal streicheln?«

»Ich werde mich hüten! Das Vieh hat bestimmt Flöhe.«

Jack schüttelte den Kopf. »Sie hat ganz sicher keine Flöhe, Clementine«, sagte er geduldig. Anscheinend kannte seine Sanftmut im Umgang mit Clementine keine Grenzen. »Hätten Sie nicht Lust, ihr einen Namen zu geben, Abbey?«

»Darf ich?«, fragte sie aufgeregt.

»Sicher, warum nicht? Ich hab Ihnen doch von dem Bock namens Napoleon erzählt, den ich gekauft habe. Ich denke, er wird in den nächsten Tagen hier eintreffen.«

»Wie wär's dann mit Josephine?«, schlug Abbey in Anspielung auf Napoleons große Liebe vor.

Jack musste lachen. »Großartig! Josephine soll sie heißen.« Er sah Clementine an und griff nach dem Band, das ihre Haube zierte. »Darf ich?«

Ohne ihre Antwort abzuwarten, zog er das rote Band ab, legte es dem Lamm um den Hals und band eine Schleife. Clementine schaute ihm fassungslos dabei zu.

»So, Abbey, jetzt können Sie Josephine nicht mehr verwechseln!«

Abbey strahlte. Clementine hingegen machte eine ausgesprochen säuerliche Miene.

»Ich muss jetzt gehen, Jack«, sagte sie schroff. »Mein Vater kommt heute Abend, und ich muss noch einiges vorbereiten.«

Jacks Lächeln erlosch. »Gut, ich werde dich zu deinem Buggy bringen.« Er setzte das Lämmchen ab, das schnurstracks zu seiner Mutter zurücktrabte. Abbey beobachtete entzückt, wie diese es beschnupperte und erleichtert schien, ihr Kleines wiederzuhaben.

»Kommen Sie schon, Abbey«, drängte Clementine. Sie wollte Abbey auf keinen Fall zurücklassen, es könnte ja immerhin sein, dass Jack wieder herkam, sobald er sie zu ihrem Buggy gebracht hatte. »Ich werde Sie beim Haus absetzen.«

Abbey wollte schon erwidern, sie werde lieber zu Fuß gehen, doch sie verkniff es sich. Sie verabschiedete sich von Wilbur und Ernie und folgte Jack und Clementine zum Buggy.

Als sie beim Haupthaus angelangt waren, stieg Abbey aus dem Wagen und ging hinein, damit Jack und Clementine sich ungestört Auf Wiedersehen sagen konnten. Jack kletterte zu ihr in den Buggy.

»Nächste Woche kann ich dich sicher besuchen, wenn mein Vater sich um den Laden kümmern kann«, sagte Clementine. »Oder warum kommst du nicht für ein paar Tage in die Stadt? Vater würde sich freuen, dich zu sehen, und wir könnten abends einmal ausgehen, vielleicht zum Essen in ein Hotel.«

»Das würde ich wirklich gerne, Clementine, aber ich muss meinen Brüdern beim Brunnenbau und beim Ausheben der Wassergräben helfen.«

»Das wird doch nicht die ganze Woche dauern?«

»Ich fürchte, doch. Das ist eine aufwändige Angelegenheit.«

Clementine ließ nicht locker. »Aber ihr habt doch Leute, die euch helfen?«

»Nicht viele«, erwiderte Jack kopfschüttelnd. »Ernie und Wilbur müssen die Schafe und Lämmer hüten, die Dobsons haben genug mit den Pferden zu tun. Das heißt, Elias, Pater Quinlan, meine Brüder und ich müssen den Brunnen ganz allein graben. Das ist ein hartes Stück Arbeit, und ich kann nicht sagen, wie lange wir dafür brauchen werden.«

Clementine blickte todunglücklich drein.

»Es tut mir leid, dass ich ständig so viel um die Ohren habe, Clementine.« Jack drückte zärtlich ihre Hand. »Du hast sehr viel Geduld mit mir. Irgendwann, wenn wir auf der Farm aus dem Gröbsten raus sind und wieder mehr Arbeitskräfte zur Verfügung stehen, werde ich mehr Zeit haben. Ich würde es dir aber nicht übel nehmen, wenn du nicht so lange warten willst.«

»Diese Diskussion hatten wir bereits, Jack. Du bist es wert, dass ich auf dich warte, das habe ich dir schon einmal gesagt.« Sie legte ihm die Arme um den Hals, und er küsste sie.

Nach einem Augenblick löste er sich von ihr und stieg aus. »Komm gut nach Hause!« Er schaute dem Buggy nach, wie er die

Auffahrt hinunterrollte. Er dachte an die Zeit, als sie sich kennen gelernt hatten, an den Spaß, den sie zusammen gehabt hatten. Er war Jurymitglied auf etlichen Garten- und Landwirtschaftsausstellungen gewesen, die regelmäßig in der Stadt stattfanden, deshalb hatten sie sich ziemlich oft gesehen. Doch dann war seine Mutter zu ihm gezogen, die Arbeit auf der Farm hatte ihn stark in Anspruch genommen, und er hatte immer weniger Zeit für Clementine gehabt. Ihre Beziehung hatte darunter gelitten. Obwohl sie viel Geduld bewiesen hatte, blieb ein kleiner Rest Zweifel, ob sie in Bungaree auf Dauer wirklich glücklich würde. Wenigstens verstand sie sich gut mit seiner Mutter. Aber Jack wollte sich absolut sicher sein, und das war der Grund, warum er immer noch zögerte, Clementine einen Heiratsantrag zu machen.

Auf der Rückfahrt nach Clare hatte Clementine viel Zeit, um über Jack nachzudenken. Eigentlich, so fand sie, war es an der Zeit, dass er um ihre Hand anhielt. Aber die Farm schien für ihn an erster Stelle zu kommen, was sie bis zu einem gewissen Grad sogar verstehen konnte, schließlich wollte er ein erfolgreicher Farmer werden. Was wiederum auch in ihrem eigenen Interesse lag: Warf die Farm genügend Gewinn ab, würden sie sich nach der Hochzeit die Auslandsreise leisten können, die sie sich so sehr wünschte. Sie hatte Jack diesbezüglich schon einmal einen Wink mit dem Zaunpfahl gegeben, und er schien nicht abgeneigt zu sein. Aber zuerst musste auf der Farm alles so laufen, wie er sich das vorstellte.

Clementine seufzte. Sie musste an Abbey denken. Sie wurde nicht recht schlau aus ihr. Was war so Besonderes an ihr, dass Heath Mason sich für sie interessierte? Aber wie passte sein überstürzter Aufbruch, auf den sie sich keinen Reim machen konnte, in dieses Bild? Abbey war zwar attraktiv, sie war jedoch nicht Heath' Typ. Clementine kannte ihn lange genug, um das beurteilen zu können. Was wollte er also von Abbey? Clementine war entschlossen, das herauszufinden.

Auf Bungaree machte sich Abbey unterdessen in der Küche nützlich. Da es Sonntag war, hatte Sabu frei. Sie schnitt kaltes Hühnerfleisch auf, würfelte Tomaten und Gurken. In der Speisekammer fand sie eine würzige Tunke, die dazu passte.

»War das Clementines Buggy, der gerade weggefahren ist?«

Abbey fuhr herum. Sie hatte Sybil nicht hereinkommen hören.

»Ja, sie war zu Besuch, während Sie schliefen. Aber sie musste nach Hause, weil ihr Vater heute ankommt.«

»Ach ja, richtig, das hat sie gestern erwähnt. Ich kenne Ralph, er ist ein sehr netter Mann.«

»Was ist mit ihrer Mutter?«, fragte Abbey, während sie Brote butterte.

»Sie starb vor ein paar Jahren. Clementine hat noch eine Schwester, aber die lebt in der Stadt.« Sybil zog die Stirn kraus. »Merkwürdig, dass sie heute schon wieder da war, wo sie uns doch erst gestern besucht hat.«

Abbey sah sie neugierig an. »Ist das so ungewöhnlich?«

»Allerdings. Normalerweise sehen die beiden sich höchstens einmal die Woche. Clementine hat in ihrem Laden zu tun und Jack auf seiner Farm. Vielleicht geht es ja endlich voran mit ihrer Romanze.«

Abbey bezweifelte das. »Da fällt mir ein, ich hatte noch keine Gelegenheit, mich bei Ihnen wegen gestern zu entschuldigen.«

Sybil machte ein verwirrtes Gesicht. »Entschuldigen? Wofür denn?«

»Weil ich in Clementines Gegenwart erwähnt habe, dass wir mit den Dienstboten Karten gespielt haben. Ich wollte Sie nicht in Verlegenheit bringen. Ich dachte, Sie und Clementine seien gut befreundet, deshalb habe ich mir nichts dabei gedacht. Es tut mir wirklich leid. Ich hoffe nur, Clementine erzählt es nicht weiter. Es wäre mir schrecklich unangenehm, wenn Sie dadurch irgendwie bloßgestellt würden.«

»Ach, machen Sie sich deswegen keine Gedanken«, wehrte Sybil in gleichgültigem Tonfall ab. »Ich hätte es Clementine selbst sagen sollen. Ich meine, wen interessiert es schon, was die Leute denken? Schließlich leben wir hier in der tiefsten Provinz und nicht in London.« Sie setzte sich an den Tisch und seufzte wehmütig.

»Stimmt etwas nicht, Mrs. Hawker?«

»Ach, es ist nur... Ich habe Heimweh nach London, wissen Sie. Ich vermisse die Großstadt, das Theater und die hektische Betriebsamkeit der Premierennächte. Ich vermisse die Kostüme und die Schauspieler, sogar die Requisiten und den fettigen Geruch der Schminke.«

»Gibt es denn in Clare kein Theater?«, fragte Abbey hilflos.

Sybil schüttelte den Kopf und seufzte abermals. »Nein. Das einzige größere Gebäude ist der Freimaurersaal, in dem Wohltätigkeitsveranstaltungen, handwerkliche und landwirtschaftliche Ausstellungen und Gemeindeversammlungen stattfinden. Ich hatte fest damit gerechnet, dass es so etwas wie eine Bühne hier gibt, sonst wäre ich wahrscheinlich nicht in diese Einöde gezogen. Aber es gibt nichts dergleichen in Clare, rein gar nichts.«

Die arme Sybil machte ein todunglückliches Gesicht. Abbey wünschte, sie könnte ihr helfen, das Leben auf der Farm erträglicher für sie zu machen, sie wusste nur nicht, wie sie das anstellen sollte.

15

Es war warm an diesem Montagmorgen. Der wolkenverhangene, düstere Himmel bildete die passende Kulisse für Ebenezer Masons Beerdigung. Samuel McDougal und ein Helfer transportierten den Sarg auf einem eleganten schwarzen Leichenwagen, vor den vier Rappen gespannt waren, nach Martindale Hall. Es war nicht Heath' Idee gewesen, seinen Vater auf seinem Land zu beerdigen. Ebenezer selbst hatte das in seinem Testament so festgelegt, und Edward Martin, sein Anwalt und Testamentsvollstrecker, sorgte dafür, dass sein Wille erfüllt wurde.

Ebenezer hatte bereits einige Jahre zuvor den Platz für eine kleine Kapelle und das Familiengrab ausgesucht. Erst kurz zuvor hatte er die Pläne für den Bau der Kapelle genehmigt, mit dem im Lauf der nächsten Monate begonnen werden sollte und den er nun nicht mehr erleben würde. Für ihn hatte festgestanden, dass er noch einmal heiraten und weitere Kinder haben würde, einen Sohn, der den Fortbestand des Hauses Mason sichern sollte. Und alle, er selbst, seine künftige Frau und seine Kinder, sollten einmal auf diesem Stück Land ihre letzte Ruhe finden.

Nach seiner Heirat mit Meredith hatte sich die Beziehung zu Heath rapide verschlechtert, und Ebenezer fürchtete, sein Sohn könne ihn eines Tages aus purer Gehässigkeit auf dem Friedhof von Burra bei den Armen verscharren lassen. Deshalb hatte er in seinem Testament vorsorglich bestimmt, dass er auf seinem Land beerdigt werden wollte. Heath hätte tatsächlich nicht gezögert, seinen Vater dort unter die Erde zu bringen, weil auf dessen Anordnung auch seine Mutter dort beigesetzt worden war. Als

Ebenezer das Land, auf dem Martindale Hall entstehen sollte, gekauft hatte, hatte Heath' Mutter noch gelebt. Heath hatte nicht vergessen, dass sein Vater es abgelehnt hatte, die Gebeine seiner Mutter nach der Errichtung von Martindale Hall zehn Jahre später auf seinen Grund und Boden umzubetten.

Ebenezers zweite Frau Meredith, die erste Herrin von Martindale Hall, hätte zwar Anspruch auf eine Grabstätte dort gehabt, aber nach ihrem tragischen und viel zu frühen Tod hatte ihr Vater darauf bestanden, sie auf dem Friedhof neben der Kirche von Saddleworth, deren Pfarrer er war, beizusetzen. Dort hatte auch Meredith' Mutter ihre letzte Ruhe gefunden. Da die Ehe nur kurz gewesen war und Meredith ihm keine Kinder geboren hatte, hatte Ebenezer keine Einwände gehabt.

Nicht viele Trauergäste nahmen an Ebenezers Beerdigung teil: Winston, der Butler, Mrs. Hendy, die Haushälterin, Louise, das Dienstmädchen, sowie Alfie, zwei Köche, zwei Stallburschen und mehrere Gärtner. Edward Martin und Dr. Mead waren ebenfalls anwesend. Frank Bond und die Angestellten der Mine hatten einen Kranz geschickt. Man hatte ihnen wie auch allen anderen Arbeitern und Angestellten in Ebenezers verschiedenen Betrieben mitgeteilt, dass die Beerdigung im engsten Kreis stattfinde.

Den Trauergottesdienst hielt Reverend Hicks. Als er geendet hatte, wandte er sich an Heath und fragte ihn, ob er ein paar Worte sagen wolle. Heath zögerte, dachte daran, seiner Wut über seinen Vater freien Lauf zu lassen, verneinte dann aber. Sowohl Winston als auch Mrs. Hendy nahmen ihm das übel. Edward, der mit Heath' Reaktion gerechnet hatte, hatte eine kleine Rede vorbereitet.

»Wenn Sie erlauben, würde ich gern ein paar Worte sagen«, wandte er sich an die Trauergäste.

Heath senkte den Kopf und biss die Kiefer aufeinander.

Edward räusperte sich. »Ebenezer Mason war mein Klient, aber auch mein Freund«, begann er. »Er war ein vielschichtiger

Mensch, ein schwieriger, aber faszinierender Charakter und ein Mann, dessen Ansprüche nicht leicht zufrieden zu stellen waren. Niemand wird das bestreiten. Er ließ Nähe nur ungern zu und knüpfte im Laufe seines Lebens nur wenige echte Freundschaften. Aber trotz seiner Fehler und Schwächen als Freund, Vater oder Arbeitgeber muss man ihm Bewunderung zollen für das, was er geschaffen hat. Als armer Mann kam er nach Australien, er besaß nichts als einen Traum, und er setzte alles daran, diesen Traum zielstrebig durch harte Arbeit zu verwirklichen. Das ist ihm ohne jeden Zweifel gelungen. Wir alle sind Zeugen seines Erfolges. Sein ehrgeizigstes Ziel war der Bau eines prachtvollen Herrenhauses, und Martindale Hall ist sicherlich eines der prächtigsten Anwesen, wenn nicht gar das prächtigste in ganz South Australia...«

Während Edward fortfuhr, die Leistungen seines Freundes zu preisen, schäumte Heath innerlich vor Wut. Er sei seinem sauberen Vater so gleichgültig gewesen, dass er ihm nicht einmal sein »prachtvolles Herrenhaus« hinterlassen habe, hätte er am liebsten hinausgeschrien. Doch er beherrschte sich. Zu diesem Zeitpunkt kannte noch niemand außer ihm und Edward Martin den Inhalt des Testaments, und das sollte vorerst auch so bleiben.

Abbey schlug das Herz bis zum Hals, als sie das Tor von Martindale Hall passierten. Obwohl sie sich innerlich darauf vorbereitet hatte, überkam sie ein beklemmendes Gefühl, als Erinnerungen an jenen Abend mit dem alten Mason und an ihre Flucht tags darauf in ihr aufstiegen. Aber sie machte sich Sorgen um Heath, dessen merkwürdiges Benehmen und überstürzter Aufbruch am Tag zuvor ihr keine Ruhe gelassen hatten.

Auch wenn Clementine ihn in wenig schmeichelhaftem Licht dargestellt und damit Jacks Anspielung auf seinen Ruf als Schürzenjäger bestätigt hatte, musste Abbey wissen, ob es ihm gut ging und er nicht etwa ernsthaft erkrankt war. Gleich als Erstes an diesem Morgen hatte sie Jack gefragt, ob er ihr einen Buggy leihen könnte, damit sie nach Martindale fahren und sich davon überzeugen konnte, dass mit Heath alles in Ordnung war. Jack hatte bejaht, aber eine Bedingung gestellt: Pater Quinlan müsse sie begleiten. Das war Abbey gar nicht recht gewesen, weil sie wusste, dass jeder Mann für die Arbeiten an den Wassergräben gebraucht wurde, aber Jack hatte darauf bestanden. Insgeheim war Abbey froh darüber. Falls sie im letzten Augenblick den Mut verlieren sollte, würde sie den Pater zum Haus hinaufschicken, damit er sich nach Heath' Befinden erkundigte.

John Quinlan spürte Abbeys nervöse Unruhe und tätschelte ihr beruhigend die Hand, als sie die Auffahrt zum Herrenhaus hinauffuhren. Er hatte zwar ein schlechtes Gewissen, weil er den anderen jetzt nicht schon morgens beim Brunnenbau helfen konnte, war auf der anderen Seite aber auch nicht böse deswegen: In der Gluthitze in dem steinharten Boden zu graben war alles andere als ein Vergnügen.

Abbeys Blick fiel auf eine Anhöhe in einiger Entfernung, auf der sich eine kleine Menschenmenge versammelt hatte. »Was ist denn da drüben los?«, fragte sie den Pater, zeigte mit dem Finger und schirmte mit der anderen Hand die Augen gegen die Sonne ab.

Pater Quinlan folgte ihrem Blick und blinzelte. »Ist das nicht ein Leichenwagen? Vielleicht wird Ebenezer Mason zu Grabe getragen, was meinen Sie?«

»Ach herrje!« Abbey machte ein bestürztes Gesicht. Sie hatte nicht damit gerechnet, dass er auf seinem Land beerdigt werden würde. »Wir kehren besser wieder um. Wenn das wirklich seine Beerdigung ist, will ich auf keinen Fall hier sein.«

Der Zeitpunkt war denkbar ungünstig, darin stimmte Pater John ihr zu. Er zog die Zügel an, um den Wagen zu wenden.

Genau in diesem Moment schaute Heath in Richtung Auffahrt, sah den Buggy und erkannte Abbey. Aber wer war der Mann neben ihr? Da er ohnehin genug hatte von Edwards Lobeshymne auf seinen Vater, wandte er sich ab und ging den Hügel hinunter auf die Auffahrt zu. Die Trauergäste starrten ihm fassungslos nach.

Abbeys Anblick löste widerstreitende Empfindungen in Heath aus. Sie war zweifellos ein reizendes, natürliches Mädchen, aber er wusste aus Erfahrung, dass der Schein trügen konnte. Das war etwas, das Meredith ihn gelehrt hatte: Hinter ihrem bezaubernden Äußeren hatte sich eine gerissene, intrigante Person verborgen. Er hatte geglaubt, nach ihrem tödlichen Sturz vom Dach könne ihm niemand mehr sein Erbe streitig machen. Was für ein fataler Irrtum!

Abbey berührte Pater Quinlans Arm. »Warten Sie! Da kommt Heath. Wir können jetzt nicht mehr weg.« Es war ihr schrecklich unangenehm, dass sie in die Beerdigung hineingeplatzt war. Nervös beobachtete sie, wie er näher kam.

»Abbey! Was machen Sie denn hier?«, fragte Heath überrascht. Misstrauen schwang in seiner Stimme mit. Als er jedoch in ihre lebhaften blauen Augen blickte, die selbst an diesem trüben Tag zu leuchten schienen, vergaß er für einen Moment alles um sich herum.

»Ich ... ich habe mir Sorgen um Sie gemacht, deshalb wollte ich mich vergewissern, dass es Ihnen gut geht.«

Heath sah sie scharf an. »Das ist wirklich nett von Ihnen«, sagte er wachsam. Was wollte sie hier? Hatte sie gehofft, das Testament würde nach der Trauerfeier verlesen werden? »Wussten Sie, dass mein Vater heute hier beerdigt wird?«

»Nein, sonst wäre ich nicht hergekommen.«

Heath machte ein verwirrtes Gesicht. »Ich verstehe nicht. Wieso waren Sie dann in Sorge um mich?«

»Sie hatten es gestern auf einmal so eilig, Sie sagten, Sie fühlten sich nicht wohl, wissen Sie nicht mehr?«

»Ach so, ja, richtig.« Jetzt fiel es ihm wieder ein. Ihm war vor lauter Wut tatsächlich übel gewesen. »Es war nichts Ernstes, alles wieder in Ordnung.« Er konnte kaum glauben, dass sie den weiten Weg von Bungaree nach Martindale Hall gekommen war, nur um sich nach seinem Befinden zu erkundigen. Ihr mitfühlendes, argloses Wesen würde ihm die Verwirklichung seiner Pläne, sich sein Erbe zu sichern, sehr erleichtern.

Abbey bemerkte den fragenden Blick, den Heath ihrem Begleiter zuwarf. »Das ist übrigens Pater John Quinlan.«

»Freut mich«, sagte Heath und gab dem Geistlichen die Hand.

»Wir haben uns einen schlechten Zeitpunkt für unseren Besuch ausgesucht«, sagte Abbey. »Ich hatte wirklich keine Ahnung...«, verlegen brach sie ab. »Bitte entschuldigen Sie.«

Ihr Bedauern war echt, Heath konnte es ihr ansehen. »Machen Sie sich deswegen keine Gedanken.« Er sah zum Friedhof hinauf, wo die Trauergemeinde sich langsam auflöste.

»Wir werden jetzt besser wieder gehen, Heath.« Abbey war untröstlich, dass sie ihn von der Trauerfeier weggeholt hatte. »Ich wollte mich nur davon überzeugen, dass alles in Ordnung ist.«

»Danke, Abbey, das war sehr rücksichtsvoll von Ihnen. Darf ich Sie auf eine Tasse Tee einladen? Mrs. Hendy wird uns welchen aufbrühen.«

»Ich weiß nicht recht... Ich will wirklich nicht stören.« Abbey hatte die Haushälterin in schlechter Erinnerung und scheute vor einer Begegnung mit ihr zurück.

»Sie stören keineswegs. Gehen Sie doch schon vor. Ich muss noch etwas mit dem Arzt und dem Anwalt meines Vaters besprechen, aber ich komme gleich nach.«

Abbey nagte zweifelnd an ihrer Unterlippe.

Heath sah sie fast flehentlich an. »Ich würde mich wirklich freuen, Abbey.«

»Na schön.« Sie nickte widerstrebend. Heath würde die Ablenkung sicherlich guttun.

»Fein. Dann bis gleich.«

Als Heath außer Hörweite war, sagte Pater Quinlan: »Sie sollten das Haus nicht betreten, wenn Sie sich nicht dazu in der

Lage fühlen, Abbey.« Er konnte ihr ansehen, wie sie davor zurückscheute.

»Mir ist wirklich nicht danach zumute, aber ich glaube, Heath braucht jetzt jemanden zum Reden.«

Der Pater nickte. »Sie sind ein liebes Ding, Abbey.« Ihre Selbstlosigkeit imponierte ihm. Er zog eine Taschenflasche unter seinem Hemd hervor. »Hier, nehmen Sie einen Schluck. Das wird Ihre Nerven beruhigen.«

Die Versuchung war groß, aber Abbeys Vernunft siegte. »Nein danke, Pater John. Ich kann mir doch nicht jedes Mal, wenn es nötig ist, Mut antrinken. Sonst ende ich noch als Alkoholikerin.« Sie hatte den Satz kaum ausgesprochen, als ihr bewusst wurde, der Pater könnte das als Beleidigung auffassen. Sie wurde rot.

Doch John Quinlan ging mit einem Achselzucken darüber hinweg. »Ein kleiner Schluck Whiskey dann und wann hat noch keinem geschadet«, meinte er gelassen und schnalzte mit der Zunge, um das Pferd antraben zu lassen.

In diesem Moment kam Abbey ein Gedanke: Vielleicht gab es einen Grund dafür, dass Pater John so oft zur Flasche griff.

Samuel McDougals Helfer schaufelte das Grab, das er tags zuvor ausgehoben hatte, wieder zu. Erde polterte auf Ebenezers Sarg. Während die Dienstboten ins Herrenhaus zurückkehrten, warteten Edward Martin und Vernon Mead auf Heath, der in diesem Augenblick auf sie zugelaufen kam. Dem jungen Mason fiel sogleich die fahle Gesichtsfarbe des Arztes auf.

»Geht es Ihnen nicht gut, Dr. Mead?«

Das war eine glatte Untertreibung. Vernon schnappte zitternd nach Luft und wischte sich den Schweiß von der Stirn. »Doch, doch«, beteuerte er. »Wenn ich noch irgendetwas für Sie tun kann...«

»Nein danke«, sagte Heath schroff. »Nachdem Sie bei der Autopsie nichts Verdächtiges feststellen konnten, wie ich gehofft hatte...«

»Heath!«, fiel Edward ihm scharf ins Wort. »Du musst die Wahrheit endlich akzeptieren. Dein Vater hatte ein schwaches Herz und starb an Herzversagen.«
Heath murmelte etwas Unverständliches.
»Ich werde jetzt besser gehen«, murmelte Vernon, der fürchtete, gleich zusammenzuklappen. Er wandte sich um und wankte davon.
»Der Tod deines Vaters hat ihn ganz schön mitgenommen«, meinte Edward. Er sah dem Arzt nach, der vornüber gebeugt auf seinen Einspänner zusteuerte. In den letzten Tagen schien er um zwanzig Jahre gealtert zu sein.
»Findest du?«, murmelte Heath abwesend.
»Sieh ihn dir doch an. Ich glaube, als sein Arzt fühlt er sich irgendwie schuldig am Tod deines Vaters.«
Vernon machte sich in der Tat schwere Vorwürfe. Er wagte kaum noch, in Heath' Gegenwart den Mund aufzumachen, weil er fürchtete, unversehens mit der Wahrheit herauszuplatzen. Er hatte größte Mühe, sich auf seine Arbeit zu konzentrieren, und vernachlässigte seine Patienten. Immer und immer wieder hatte er die Zusammensetzung der Arzneien, die er Ebenezer gegeben hatte, überprüft, aber nichts Auffälliges gefunden.
Edward drehte sich zu Heath. »Was hast du dir nur dabei gedacht, als du vorhin von der Trauerfeier weggegangen bist? Das war respektlos, weißt du das?«
»Ich konnte mir deine Lobrede einfach nicht mehr länger anhören«, erwiderte Heath. »Wir wissen beide, dass mein Vater ein furchtbarer Mensch war, er hat als Freund versagt, und er hat als Vater versagt. Und was Martindale Hall anbelangt, sein großer Traum und das prächtigste Anwesen in ganz South Australia, so hat er es lieber einer Frau vermacht, die er kaum kannte, als seinem Sohn, seinem eigen Fleisch und Blut!«
Edward konnte seine Verbitterung verstehen. Er hatte aber auch Ebenezer verstanden, der es Heath sehr übel genommen hatte, dass er sich ständig in seine Ehe mit Meredith eingemischt

hatte. Vater und Sohn waren sich einfach zu ähnlich, beide waren eigensinnig und aufbrausend. Edward fand es traurig, dass sie die Gelegenheit, miteinander zu reden und ihre Meinungsverschiedenheiten zu bereinigen, vertan hatten. Er beschloss, das Thema zu wechseln. »Wer war eigentlich die Frau, mit der du gesprochen hast?«

»Abigail Scottsdale«, raunte Heath und nahm Edward ein wenig beiseite, damit sie nicht belauscht werden konnten.

Edward riss die Augen auf. »Was? Was wollte sie denn hier?«

»Ich habe gestern auf Bungaree Station mit ihr gepicknickt. Ich fühlte mich aber nicht so besonders und bin ziemlich plötzlich gegangen, und jetzt wollte sie wissen, ob alles in Ordnung ist.«

Edward verstand überhaupt nichts mehr. Wieso picknickte Heath mit Ebenezers Witwe? Und warum interessierte sie sich dafür, wie es ihm ging? »Das war aber sehr aufmerksam von ihr«, sagte er vorsichtig.

Heath merkte, dass er dem Anwalt eine Erklärung schuldig war. »Ich wollte herausfinden, wie viel sie weiß. Ich habe ihr ein paar Fragen gestellt, zum Beispiel, was sie machen würde, wenn sie von jemandem, den sie nicht ausstehen kann, ein Vermögen erbte.«

»Das war aber verdammt leichtsinnig! Wenn sie dich nun durchschaut hätte?«

Heath winkte ab. »Sie hat keinen blassen Schimmer von dem Testament, so viel steht fest. Ich hatte eigentlich gehofft, sie würde entgegnen, dass sie das Erbe ausschlagen würde.«

»Und?«, fragte Edward, neugierig geworden. »Hat sie das gesagt?«

»Nein. Sie sagte, sie würde sich ein Haus kaufen, aber den Rest dafür verwenden, Menschen in Not zu helfen. Verstehst du, wenn sie das Geld, das rechtmäßig mir gehört, in die Finger bekommt, wird sie es verschleudern! Um den Armen zu helfen!« Heath war außer sich.

Edward zuckte die Achseln. »Das ist ihr gutes Recht.« Er fand das sogar bewundernswert, hütete sich aber, es laut zu sagen.

Heath stöhnte auf. »Wie kannst du so etwas sagen?«

»Heath, sie kann mit ihrem Erbe tun und lassen, was sie will. Du weißt, dass ich sie bald von ihrer Erbschaft in Kenntnis setzen muss.« Er hatte nicht die Absicht, seine Pflicht zu vernachlässigen. Abigail Scottsdale war Ebenezers Erbin. Daran war nicht zu rütteln, egal, wie lange Heath das Unvermeidliche hinauszuzögern versuchte.

Heath ballte in ohnmächtigem Zorn die Fäuste. »Martindale sollte rechtmäßig mir gehören, Edward. Das weißt du so gut wie ich.«

»Ich kann deine Gefühle verstehen, Heath, aber es gibt nichts, was wir dagegen tun können.«

»Es gibt vielleicht etwas, was *ich* dagegen tun kann«, sagte Heath langsam.

»Ich wüsste nicht, was. Ebenezer hat in seinem Testament eindeutig festgelegt, dass du hundert Pfund erhalten sollst, falls er selbst zum Zeitpunkt seines Todes verheiratet ist und seine Frau seinen ganzen Besitz erbt. Das Testament ist hieb- und stichfest. Kein Gericht der Welt würde deiner Klage stattgeben, falls es das ist, was du im Sinn hast.«

»Verschone mich mit deinen juristischen Feinheiten, Edward. Ich habe an etwas ganz anderes gedacht. Wie wäre es, wenn ich Miss Scottsdale heiratete?«

»Was?« Edward traute seinen Ohren nicht.

»Als ihr Ehemann könnte ich frei über ihren gesamten Besitz einschließlich der Mine verfügen. Eigentlich hatte ich nicht die Absicht, jemals zu heiraten, aber wenn es nicht anders geht… Sie ist überaus attraktiv, es gibt Schlimmeres, als mit ihr verheiratet zu sein.«

Edward rang immer noch nach Fassung. »Der Gedanke ist völlig absurd. Aber davon einmal abgesehen, wie willst du sie in weniger als vier Wochen überreden, dich zu heiraten? Danach wäre deine Chance noch viel geringer, weil sie dann weiß, was du im Schilde geführt hast.«

Heath lächelte. »Edward, hast du je eine Frau gekannt, die mir widerstehen konnte?«

Edward antwortete nicht. Heath' Ruf als Frauenheld war legendär.

»Ich bitte dich nur um eines: Warte bis zum letzten Tag der gesetzlichen Frist, bis du Miss Scottsdale von der Erbschaft informierst. Mehr will ich gar nicht.« Heath sah ihn beschwörend an.

Edward seufzte. »Na schön. Ich werde dir den Gefallen tun. Aber dann werde ich jetzt nicht mit dir ins Haus gehen, weil ich als Testamentsvollstrecker eigentlich nach der Erbberechtigten Abigail Scottsdale suchen sollte. Ich hoffe nur, du weißt, was du tust, Heath«, fügte er ernst hinzu.

»Ich schwöre dir, Edward, der Besitz meines Vaters wird an mich fallen, so oder so.« Heath wandte sich ab und ging entschlossen davon, hinunter zum Herrenhaus. Edward schaute ihm nach. Jedem anderen Mann hätte er nicht die geringste Chance eingeräumt. Aber er kannte Heath: Hatte er sich in den Kopf gesetzt, eine Frau zu erobern, dann gelang ihm das für gewöhnlich auch, und sie wurde sein Spielzeug, bis er genug von ihr hatte. Würde Abigail Scottsdale eine Ausnahme sein?

Abbey bestand darauf, draußen zu warten, bis Heath kam. Sie blieb im Buggy sitzen, dem Haus den Rücken zugedreht, und blickte auf die hügelige Landschaft. Die Dienstboten, die das Haus durch den Hintereingang betraten, sahen sie nicht.

»Was für ein friedliches Fleckchen Erde«, meinte Pater John. Er stieg aus und vertrat sich die Beine.

»Ja, das ist es wirklich«, stimmte Abbey ihm zu. Sie versuchte, nicht an Ebenezer Mason zu denken. In der Ferne grasten schwarzweiße Jersey-Rinder und schneeweiße Schafe zwischen Eukalyptusbäumen und Akazien. Näher am Haus verlief ein Zaun, und davor schlängelte sich ein kleiner Fluss durch die Landschaft. An seinen grünen Ufern wuchsen knorrige Flusseukalyptusbäume und importierte Zypressen, in denen Buschschwanzbeutelratten zu Hause waren. Aus den Bäumen dröhnte das Gelächter von Kookaburras, und am Himmel segelte ein Falke über seiner Beute, einer Feldmaus oder einer Schlange.

»Ich habe Bungaree immer für ein einzigartiges Idyll gehalten, aber das hier…« Pater John drehte sich um und ließ seine Blicke über das Herrenhaus schweifen. »Das hier ist wirklich beeindruckend. Ebenezer Mason muss ein äußerst cleverer Geschäftsmann gewesen sein.«

»Er war ein skrupelloser Egoist, der über Leichen gegangen ist«, stieß Abbey hasserfüllt hervor.

Pater John erwiderte nichts darauf. Da er Abbeys Geschichte kannte, konnte er ihre Feindseligkeit verstehen.

»*Da* sind Sie!«, hörten sie Heath rufen. Er kam rasch näher. »Warum sind Sie nicht hineingegangen?«

»Ich wollte lieber draußen warten«, entgegnete Abbey, die ihre Nervosität kaum verbergen konnte.

»Oh. Aber jetzt kommt doch bitte herein, Mrs. Hendy wird uns eine schöne Tasse Tee machen.« Heath winkte ihnen, ihm ins Haus zu folgen, und ging die Stufen hinauf.

Pater John half Abbey, die sichtlich angespannt war, vom Buggy herunter, fasste sie am Arm und lächelte ihr beruhigend zu.

Heath führte sie ins Wohnzimmer und läutete nach dem Dienstmädchen. Einen Augenblick später kam Louise herein. Als sie Abbey erblickte, machte sie ein entsetztes Gesicht und warf ihr einen bösen Blick zu. Im Gegensatz zu Winston, der sie höflich und mit ausdrucksloser Miene begrüßt hatte, vermochte Louise ihre Gefühle nicht zu verbergen.

»Mrs. Hendy soll Tee und Sandwiches machen, Louise«, befahl Heath. Nach einem weiteren finsteren Blick auf Abbey eilte das Mädchen hinaus.

Heath bemerkte den sehnsüchtigen Blick, mit dem Pater John, genüsslich mit den Lippen schmatzend, zu den alkoholischen Getränken auf dem Sideboard sah. »Hätten Sie lieber etwas Stärkeres als Tee, Pater?«, fragte er lächelnd.

»Nun, wenn Sie mich so fragen ...«

»Bedienen Sie sich«, forderte Heath ihn auf.

»Sehr gern, danke«, antwortete der Pater und schenkte sich ein großes Glas Brandy ein.

Abbey starrte auf Ebenezers Bildnis, das abgehängt und links neben dem Kamin auf den Fußboden gestellt worden war. Die Leinwand war zerrissen und fleckig. Abbey fragte sich, wie das passiert sein mochte, und verspürte gleichzeitig den unbändigen Drang, zu einer Schere zu greifen und blindlings auf das Porträt einzustechen.

»Wollen wir aufs Dach hinaufgehen?«, fragte Heath, der ihre Anspannung bemerkte.

»Aufs Dach?« Abbey sah ihn verständnislos an. »Wozu?«

»Von dort oben hat man einen herrlichen Blick, und meistens weht ein angenehmes Lüftchen.«

»Oh. Ja, gern, warum nicht.« Abbey warf einen letzten flüchtigen Blick auf Ebenezers Bildnis und schauderte vor Abscheu.

»Wir sind gleich wieder da, Pater John«, sagte Heath zu dem Geistlichen, der seinen Brandy schlürfte und interessiert die Kunstgegenstände im Zimmer betrachtete.

»Ja, ja, lasst euch Zeit«, murmelte der Pater, den Blick auf einige außergewöhnliche Objekte von den pazifischen Inseln geheftet.

Abbey folgte Heath aus dem Zimmer und drei Treppen hinauf zum Dach. Er hatte Recht gehabt: Hier oben wehte eine erfrischende Brise. Abbey trat ans Geländer und bewunderte die einmalig schöne Aussicht. Noch nie in ihrem Leben war sie so hoch oben gewesen. Sie hatte das Gefühl, es den Falken gleichtun und fliegen zu können. Sie drehte sich langsam einmal um die eigene Achse. In jeder Richtung konnte sie meilenweit sehen.

»Fast alles, was Sie von hier aus sehen, gehört zu Martindale«, sagte Heath stolz. Wie oft hatte er von dem Tag geträumt, an dem er hier oben stehen und sich sagen könnte, dass das alles ihm gehörte. Mit äußerster Anstrengung unterdrückte er seinen Zorn auf Abbey und seinen Hass auf seinen Vater.

Abbey, den Blick in die Ferne gerichtet, war immer noch in ehrfürchtiges Staunen versunken. Eine geschlagene Minute verstrich, ehe ihr auffiel, dass Heath ungewöhnlich still war. Sie drehte sich zu ihm um. Er schaute über das Geländer senkrecht in die Tiefe, ein seltsamer Ausdruck lag auf seinem Gesicht. Abbey konnte nicht wissen, dass er an seine letzte Begegnung mit Meredith dachte. An dem Tag, als sie in die Tiefe stürzte, war sie nicht allein auf dem Dach gewesen. Sie hatte an der gleichen Stelle gestanden, an der Abbey jetzt stand, und sie hatten sich wieder einmal fürchterlich gestritten.

»Heath?«, fragte Abbey leise. »Alles in Ordnung?« Clementines Bemerkungen über Heath' Ruf kamen ihr plötzlich in den Sinn. Es fiel ihr schwer, ihn sich als gewissenlosen Schürzenjäger vorzustellen.

Er sah sie an, und auf einmal fühlte sie sich verletzlich, ohne zu begreifen, warum. »Es hat mich sehr bewegt, dass Sie heute hergekommen sind«, sagte er sanft. Er wirkte seltsam abwesend, als wäre er der Gegenwart entrückt.

Abbey hoffte, er zog keine falschen Schlüsse aus ihrem Besuch.

»Ich habe uns das ganze Picknick verdorben«, fuhr er fort. »Ich möchte es wiedergutmachen, wenn Sie erlauben.«

»Das ist wirklich nicht nötig«, erwiderte Abbey. Sie fand, es war an der Zeit, wieder hinunterzugehen.

»Darf ich Sie heute Abend zum Essen nach Clare einladen?«

Abbey zögerte. »Das ist sehr nett von Ihnen, Heath, aber ich kann mich nicht mit Ihnen treffen.« Sie sah ihm in die Augen.

Heath wurde blass. Mit dieser Reaktion hatte er nicht gerechnet. »Und warum nicht, wenn ich fragen darf? Ist es wegen meinem Vater?« Er hielt mit einer Hand das Geländer so fest umklammert, dass seine Knöchel weiß hervortraten.

»Nein, ehrlich gesagt ist es Ihretwegen«, antwortete Abbey mit heftig pochendem Herzen.

»Meinetwegen! Aber wieso, was habe ich denn getan?«

Abbey spürte, dass sie jetzt nicht mehr zurückkonnte. »Nun ja, Ihr Ruf, was Frauen betrifft, ist nicht gerade der beste ...«

»Das ist doch alles nur Gerede«, wehrte Heath ärgerlich ab.

»Dann ist also nichts dran an den Gerüchten, die über Sie in Umlauf sind?«

»Ich bin ledig und vermögend. Das bietet reichlich Stoff für Klatsch und Tratsch.«

»Eines verstehe ich nicht, Heath. Warum möchte jemand, der normalerweise in den besseren Kreisen verkehrt, mit mir zusammen sein?« Abbey konnte fast hören, wie ihr Vater einen gereizten Seufzer ausstieß. Wie oft hatte er sie gerügt, weil sie glaubte, für diesen oder jenen Mann nicht gut genug zu sein.

»Erstens verkehre ich keineswegs ausschließlich in den besseren Kreisen. Und zweitens sind Sie nicht nur wunderschön, sondern auch klug, liebenswürdig, rücksichtsvoll und einfühlsam ... Habe ich etwas vergessen?« Er lächelte so entwaffnend und charmant er nur konnte.

Abbey ließen seine Schmeicheleien kalt. »Ich bin eine Gesellschafterin, eine Angestellte«, betonte sie.

»Und das soll mich abschrecken?«, fragte Heath, der gemerkt hatte, dass er mit Komplimenten nicht weiterkam.

Abbey schob das Kinn vor. »Nach allem, was man mir erzählt hat, ja.«

Heath seufzte. »Hat Clementine Feeble Ihnen auch erzählt, dass ich sie habe abblitzen lassen, als sie sich in beschwipstem Zustand an mich heranmachte?«

Abbey riss verblüfft die Augen auf. »Was?«

»Dachte ich es mir doch, dass sie Ihnen das verschwiegen hat.«

Abbey war verunsichert. Wenn das stimmte, würde es ein neues Licht auf Clementines Bemerkungen über Heath werfen. Sie versuchte, sich eine angetrunkene Clementine vorzustellen, die mit Heath flirtete, und fragte sich, wann das gewesen sein mochte. Doch hoffentlich nicht während ihrer Beziehung zu Jack?

»Sie hat sich sicherlich gedemütigt gefühlt durch meine Zurückweisung«, fuhr Heath fort. »Aber wie sie sich aufführte, war einfach abstoßend. Seit jenem Zwischenfall vor einigen Monaten geht sie mir aus dem Weg. Ich hätte das nie erwähnt, schließlich bin ich ein Gentleman, aber jetzt habe ich keine andere Wahl, immerhin steht mein Ruf auf dem Spiel. Außerdem wissen Sie doch sicher, dass in kleinen Städten, wo praktisch jeder jeden kennt, der Klatsch blüht. Dagegen ist man machtlos, leider, möchte ich sagen, weil mir die Suche nach einem netten Mädchen, einer künftigen Frau dadurch erschwert wird.«

Abbey wusste nicht mehr, was sie denken sollte. Was Heath sagte, machte durchaus Sinn.

»Wenn man ledig und wohlhabend ist, halten die Leute einen entweder für einen seltsamen Kauz oder für einen Schurken. Damit muss ich leben, ob ich will oder nicht.«

Abbey hatte unwillkürlich Mitleid mit ihm, Heath konnte ihr ansehen, wie sie dahinschmolz. Er kam näher und ergriff ihre Hand. Für einen Sekundenbruchteil richtete sein Blick sich auf das Geländer. Abbey, die ihn angespannt beobachtete, begann zu zittern.

»Ich dachte, Sie wären anders als die anderen, Abbey. Ich dachte, Sie wären unvoreingenommen, weil Sie nicht von hier sind, nicht aus dieser Stadt, in der die Leute ihre vorgefasste Meinung über mich haben. Ich bin nicht wie mein Vater, Abbey, sehen Sie das denn nicht?«, flüsterte er mit schmeichelnder Stimme.

»Das habe ich nicht gesagt«, erwiderte sie stockend. »Ich habe nicht gesagt, dass Sie wie Ihr Vater sind...«

»Ich dachte, ich hätte Ihnen klargemacht, wie viel Sie mir bedeuten«, fügte er hinzu.

Abbeys Verwirrung wuchs. Sie wünschte, Pater John käme und rettete sie aus dieser befremdenden Situation.

»Ich sehe schon, Sie glauben mir nicht. Ich kann es Ihnen nach allem, was Sie durchgemacht haben, nicht einmal verdenken.« Scheinbar tief enttäuscht ließ er ihre Hand los. »Wahrscheinlich ist es mir bestimmt, eine Frau zu heiraten, die nur an meinem Geld interessiert ist, anstatt ein anständiges Mädchen zu finden, das mich um meiner selbst willen liebt.«

»Wir sollten nicht von Liebe sprechen, Heath«, stammelte Abbey verstört. »Wir kennen uns ja kaum.« Panik stieg in ihr auf. Die Dramatik der Situation flößte ihr Angst ein.

»Mir kommt es so vor, als kennte ich Sie mein ganzes Leben lang, Abbey. Vielleicht ist es mein Herz, das Ihres sofort erkannt hat. Ich weiß, wie sonderbar sich das anhören muss, aber ich fühle, dass wir beide untrennbar miteinander verbunden sind ...«

Abbey starrte ihn fassungslos und offenen Mundes an. Sie fragte sich, ob Heath den Verstand verloren hatte, und bekam noch mehr Angst. Ihr Herz raste. In diesem Moment öffnete sich die Tür, die auf das Dach führte, und Pater John trat heraus. Er hatte angefangen, sich um Abbey zu sorgen, weil sie so lange weggeblieben war.

»Abbey, was haben Sie denn, Sie sind ja leichenblass! Geht es Ihnen nicht gut?«, fragte er, als er ihren Gesichtsausdruck sah.

»Ich muss jetzt gehen, Heath«, brachte sie mühsam hervor und flüchtete.

»Abbey! Warten Sie!«, rief er ihr nach. Doch sie hörte nicht.

Abbey war die Treppen hinuntergejagt, aus dem Haus gestürzt und zum Buggy gelaufen. Pater Quinlan war ihr gefolgt, nachdem er sich eilig von Heath verabschiedet hatte. Er sprang auf den Sitz und ließ das Pferd unverzüglich antraben.

»Was ist los, Abbey?«, fragte der Pater, als sie schon eine ganze Weile gefahren waren. Sie hatten Mintaro hinter sich gelassen, und Abbey hatte bisher kein einziges Wort gesagt. »Sie sind so still. Bedrückt Sie etwas? Möchten Sie darüber reden?«

Als sie durch das Tor von Martindale gefahren waren, hatte

sich Abbey kurz umgedreht. Heath hatte wie versteinert oben auf dem Dach am Geländer gestanden und heruntergestarrt. Das Bild ließ sie nicht mehr los.

»Entschuldigen Sie, Pater. Mir geht so vieles durch den Kopf.« Heath' merkwürdiges Benehmen und seine noch merkwürdigere Liebeserklärung hatten sie völlig aus dem Gleichgewicht gebracht. Sie wusste nicht, was sie davon halten sollte. Konnte es sein, dass er es ehrlich meinte, dass er sich tatsächlich zu ihr hingezogen fühlte?

»Kann ich Ihnen irgendwie helfen?«

Abbey wandte sich John Quinlan zu. »Ich möchte Sie etwas fragen, Pater. Darf man einen Menschen danach beurteilen, was andere über ihn denken und reden? Soll man auf das Gerede anderer hören, oder soll man einem Menschen auch dann eine Chance geben, wenn man vor ihm gewarnt wurde?«

»Ich glaube, Sie kennen die Antwort bereits, Abbey. Man muss einen Menschen nach seinen Taten und Worten beurteilen. Man darf niemals etwas auf das Gerede anderer geben.«

»Und wenn ich mir nun kein Urteil bilden kann?«

Pater John sah sie an. »Ich nehme an, Sie reden von Heath.«

»Ja. Ich weiß mir keinen Rat mehr. Man hat mich vor ihm gewarnt. Er aber behauptet, die Leute ziehen über ihn her, weil er ledig und wohlhabend ist. Ich weiß nicht mehr, wem ich glauben soll und wem nicht.«

»Nun, das ist doch ganz einfach. Lassen Sie die Dinge auf sich zukommen. Sie werden sehen, das Problem löst sich ganz von allein.«

Abbey zog die Stirn in Falten und betrachtete Pater Johns Profil. Was für ein alberner Rat war denn das?

Der Pater drehte sich zu ihr und lächelte weise. Plötzlich dämmerte es Abbey. Das war ein ausgezeichneter Rat! Sie würde gar nichts tun und einfach abwarten.

16

Der Buggy hatte kaum vor dem Farmhaus angehalten, als Abbey und Pater John das aufgebrachte Geschrei vernahmen, das herausdrang. Sie guckten sich verdutzt an. Das waren Sybil und Sabu, die sich da anschrien.

»Was ist denn jetzt wieder passiert?«, sagte Abbey beunruhigt.

Pater John winkte ab. »Das hat wahrscheinlich nichts zu bedeuten. Sabu und Mrs. Hawker geraten ständig aneinander und meistens nur wegen einer Kleinigkeit. Ich glaube, die beiden brauchen das. Machen Sie sich keine Gedanken deswegen.«

»Könnten Sie sie nicht darin unterweisen, wie man in Frieden miteinander auskommt?«, fragte Abbey ernsthaft.

Pater John lachte, als ob dieser Gedanke völlig absurd wäre. »Das habe ich den beiden mehr als einmal angeboten, aber jeder gibt dem anderen die Schuld an ihren Meinungsverschiedenheiten. Mrs. Hawker sagt, Sabu hält eigensinnig an seinen Gewohnheiten fest, und Sabu behauptet, Mrs. Hawker nörgelt ständig an allem herum, was er macht. In gewisser Weise haben beide Recht, was soll ich also tun?«

»Das hört sich an, als würden sie sich gleich an die Kehle gehen«, meinte Abbey stirnrunzelnd. Das Geschrei nahm an Lautstärke zu.

»Ach was, das hört sich schlimmer an, als es ist, glauben Sie mir.«

Er hat gut reden, dachte Abbey. Er muss ja nicht mit den beiden unter demselben Dach wohnen. »Danke, dass Sie mich begleitet haben, Pater«, sagte sie und kletterte aus dem Buggy. »Das war mir eine große Beruhigung. Und Ihren Rat werde ich befolgen!«

»Das freut mich zu hören. Sie wissen ja, wo Sie mich finden, wenn Sie mal jemanden zum Reden brauchen.«

»Danke, Pater, ich werde daran denken.«

Pater John nickte ihr freundlich zu. »Ich werde den Buggy zu den Ställen zurückbringen und mich dann auf den Weg zu Jack und den anderen machen. Ich bin sicher, sie sind über jede Hilfe froh!«

Abbey winkte ihm noch einmal zu und lief ins Haus, auf das wütende Gezeter zu, das aus der Küche drang. Kurz bevor sie sie erreichte, fiel das Wort Schinken. Anscheinend hatte Sybil gemerkt, dass er verschwunden war. Ob Sabu ihr erzählt hatte, dass er ihn den Hunden hingeworfen hatte? War das der Grund für ihre Auseinandersetzung?

»Wie oft soll ich Ihnen noch sagen, dass kein Schinken mehr da ist!«, rief Sabu aufgebracht. »Oder wollen Sie etwa behaupten, ich sei ein Lügner?«

»Sabu, ich weiß hundertprozentig, dass ein großes Stück übrig war«, erwiderte Sybil. »Also? Wo ist der Rest? Raus mit der Sprache!«

Abbey seufzte. Sabu hatte Sybil also nicht erzählt, was er mit dem Schinken gemacht hatte.

»Wie wär's mit Eiersandwiches?«, versuchte Sabu abzulenken. »Eiersandwiches sind genauso gut.«

»Ich will aber keine Eiersandwiches! Ich will Schinkensandwiches!«, gab Sybil wütend zurück.

Sabu schleuderte einen hölzernen Kochlöffel durch die Küche, was Sybil noch mehr in Rage brachte. Sie schnappte sich die Zuckerschale und holte schon zum Werfen aus, als Abbey in die offene Tür trat. Sowohl Sybil als auch Sabu sahen sie überrascht an. Sybil ließ den Arm wieder sinken und fragte: »Abbey, wie viel Schinken war noch übrig nach dem Abendessen neulich?«

»Äh... ich weiß nicht mehr genau«, stammelte sie.

»Es muss noch eine ordentliche Portion übrig geblieben sein, da bin ich mir ganz sicher. Aber scheinbar hat sie sich in Luft aufgelöst!«

Abbey blickte von Sybil zu Sabu, der sich große Mühe gab, sich sein schlechtes Gewissen nicht anmerken zu lassen.

»Ich habe Jack versprochen, ich würde ihm und seinen Brüdern Schinkensandwiches hinausbringen, und jetzt warten sie auf ihr Essen«, fuhr Sybil fort. »Elsa und Marie sagen, sie haben keine Ahnung, wo der Schinken geblieben ist, und ich glaube ihnen.« Die beiden Mädchen hatten viel zu viel Angst vor Sabu, als dass sie irgendetwas aus seiner Küche wegnähmen. »Aber ich kann nicht glauben, dass *du* keine Ahnung hast!« Sie funkelte den Koch zornig an. »Der Schinken ist doch nicht von allein aus der Speisekammer marschiert!«

Abbey sah Sabu an. In ihrem Blick lag die stumme Aufforderung, mit der Sprache herauszurücken. Sie wollte Sybil nicht noch einmal belügen.

»Na schön, Sie geben ja doch keine Ruhe«, sagte Sabu. »Wenn Sie es unbedingt wissen wollen: Ich glaube, einer von den Hunden hat ihn gestohlen.«

Abbey riss fassungslos die Augen auf. Sie traute ihren Ohren nicht. Wie konnte Sabu so eine faustdicke Lüge erzählen?

»Was?« Sybil sah ihn misstrauisch an. »Was heißt, einer von den Hunden? Welcher denn?«

»Max«, erwiderte Sabu, ohne zu zögern. »Er klaut immerzu etwas aus der Küche. Ich hab ihn schon oft dabei erwischt.«

In diesem Moment schlich Marie an der Küche vorbei.

»Marie, ist es möglich, dass Max den Schinken gestohlen hat?«, fragte Sybil.

Marie erstarrte. Sie hatte gehofft, sich unbemerkt fortstehlen zu können, weil sie nicht in die Auseinandersetzung hineingezogen werden wollte. Ihre Blicke huschten ängstlich zwischen Sabu und Sybil hin und her. »Na ja, möglich ist es schon, Mrs. Hawker«, antwortete sie nervös. »Er hat immer Hunger, und er hat früher schon mal was aus der Küche stibitzt.«

»Soll ich jetzt Eier kochen oder nicht?«, warf Sabu, der die Sache damit als erledigt betrachtete, ungeduldig ein.

Aber für Sybil war die Sache damit keineswegs erledigt. »Der Hund muss weg!«, schäumte sie. »Ich werde Jack sagen, dass er ihn wegschaffen soll. Es kann nicht sein, dass er hier hereinkommt und unser Essen stiehlt!«

Abbey erschrak. »Bitte nicht, Mrs. Hawker! Es war bestimmt meine Schuld. Wahrscheinlich habe ich vergessen, den Schinken in die Speisekammer zu hängen.«

Sabu starrte sie ungläubig an. Er konnte nicht fassen, dass sie die Schuld auf sich nahm, nur um einen Hund zu retten.

»Das spielt keine Rolle. Er darf ihn auch nicht wegnehmen, wenn er herumliegt«, entgegnete Sybil ungehalten. »Man müsste ihn erschießen. Wenn er noch einmal ins Haus kommt, werde ich ihm höchstpersönlich eins auf den Pelz brennen!« Sie wandte sich an Sabu. »Mach deine Eiersandwiches von mir aus, aber gib kein Curry an die Eier, verstanden?«, fauchte sie und stürmte aus der Küche.

Als sie außer Hörweite war, sah Abbey den Koch an und zischte wütend: »Sie sollten sich schämen! Es ist feige, dem Hund die Schuld für etwas zu geben, was man selbst getan hat.«

»Ich habe keine Ahnung, wovon Sie reden«, erwiderte Sabu, bekam aber einen roten Kopf.

»Ich habe gesehen, wie Sie den Schinken in den Garten hinterm Haus geworfen haben.«

Sabus Augen wurden schmal. »Das können Sie gar nicht gesehen haben.« Er war sicher, dass sie nur blufffte.

»Und ob ich das gesehen habe! Ich habe oben auf dem Balkon gestanden und alles beobachtet. Max hat den Schinken nicht stibitzt, er hat ihn erst genommen, nachdem Sie ihn in den Hof geworfen haben.«

Die Röte, die Sabus Gesicht überzog, wurde noch eine Spur

dunkler. Die Arme über der Brust verschränkt, sah er Abbey herausfordernd an. »Ich frage mich, warum Sie diese lächerliche Geschichte nicht Mrs. Hawker erzählt haben.« Er war wütend, weil Abbey ihn jetzt in der Hand hatte. Es war eine Sache, sich mit Sybil zu kabbeln, das gehörte sozusagen dazu, aber eine ganz andere, von Abbey bei einer Lüge ertappt worden zu sein. Ging sie zu Sybil und erzählte ihr die Wahrheit, würde er diese Demütigung nur schwer verkraften.

»Ja, das frage ich mich auch«, erwiderte Abbey langsam. »Vielleicht, weil ich gehofft hatte, Sie wären Manns genug, für das, was Sie getan haben, geradezustehen. Doch stattdessen wälzen Sie die Schuld auf ein unschuldiges Tier ab. Ich werde nicht zulassen, dass Max Ihretwegen erschossen wird. Bevor es so weit kommt, werde ich Mrs. Hawker sagen, wie es sich in Wirklichkeit zugetragen hat.«

»Das ist alles nur Ihre Schuld!«, giftete der Koch. »Hätten Sie an einem heiligen Tag der Hindus kein Fleisch zubereitet, wäre das alles nicht passiert!«

Abbey musste sich beherrschen, um nicht aus der Haut zu fahren. »Sie haben den Schinken doch aus purer Gehässigkeit weggeworfen, geben Sie es zu«, fauchte sie. »Und jetzt soll der Hund dafür büßen!« Angewidert schüttelte sie den Kopf und stürmte nach einem letzten verächtlichen Blick auf den feigen Koch aus der Küche.

Sybil hatte sich noch immer nicht beruhigt, als Abbey ins Wohnzimmer kam. Sie atmete ein paarmal tief durch und sagte dann: »Erzählen Sie, Abbey. Wie war es in Martindale Hall? Haben Sie mit Heath gesprochen?«

»Ja, das hab ich, Mrs. Hawker.« Abbey setzte sich aufs Sofa. »Pater John und ich kamen zum denkbar ungünstigsten Zeitpunkt. Wir platzten nämlich mitten in Ebenezer Masons Beerdigung. Ich konnte doch nicht ahnen, dass er auf seinem Grundbesitz zu Grabe getragen wurde. Sonst wäre ich bestimmt nicht hingefahren.«

»Ach herrje, ich kann mir vorstellen, wie unangenehm das gewesen sein muss«, meinte Sybil.

»Allerdings. Wir wollten umkehren, aber es war zu spät, Heath hatte uns gesehen und kam zu uns. Mir war das Ganze schrecklich peinlich. Ich wollte gleich wieder gehen, aber er lud uns ins Haus ein.«

»Dann geht es ihm also wieder gut?«

Abbey nickte. »Er wusste nicht einmal mehr, dass er sich gestern ganz elend gefühlt hatte. Merkwürdig, nicht wahr? Aber wahrscheinlich hat er eine Menge um die Ohren und ist deshalb so durcheinander.«

»Ja, das denke ich auch. Nach dem Tod seines Vaters wird er einiges regeln müssen. Das ist bestimmt keine leichte Aufgabe. Und dann ist da noch die Mine, die er übernehmen muss. Das ist eine große Verantwortung.«

Abbey blickte gedankenverloren aus dem Fenster. Im Geist sah sie Heath auf dem Dach von Martindale Hall stehen und zu ihr herunterstarren. Das Bild verfolgte sie regelrecht.

»Was haben Sie denn, Abbey?«, fragte Sybil. »Sie machen so einen abwesenden Eindruck.« Hatte ihre Bemerkung über die Mine Erinnerungen an ihren toten Vater wachgerufen?

»Ich musste gerade an Heath denken«, murmelte Abbey zerstreut.

Sybil sah sie forschend an. »Sie mögen ihn, nicht wahr?«

»Ich bin mir nicht sicher«, erwiderte Abbey kopfschüttelnd. »Aber er behauptet, dass er mich sehr gern hat. Ich frage mich nur, warum.«

»Warum?«, wiederholte Sybil verblüfft. »Aber Abbey, Sie sind eine bildhübsche, bezaubernde junge Frau. Welcher Mann würde sich nicht zu Ihnen hingezogen fühlen?«

»Clementine meinte, Heath verkehrt nur in den besseren Kreisen. Was bin ich denn schon? Eine Gesellschafterin, eine Hausangestellte, und das auch nur, weil Ihr Sohn Mitleid mit mir hatte.«

»Abbey, wenn Heath wirklich etwas für Sie empfindet, wird

ihn das nicht stören, glauben Sie mir. Und was Clementine angeht, so wird gemunkelt, dass sie vor Monaten ziemlich verliebt gewesen sein soll in Heath. Ich könnte mir denken, dass eine Spur Eifersucht im Spiel ist.«

Abbey dachte an Heath' Worte über Clementine. Das passte zu dem, was Sybil gerade gesagt hatte. »Heath hat mir die Aussicht vom Dach von Martindale Hall gezeigt. Von dort oben hat man einen herrlichen Blick.«

»Vom Dach?« Sybil sah sie erschrocken an.

»Es ist ein Flachdach mit einem Geländer ringsherum«, beruhigte Abbey sie. »Das ist nicht gefährlich.« Für einen kurzen Augenblick sah sie den sonderbaren, unheimlichen Ausdruck auf Heath' Gesicht, als er in die Tiefe gestarrt hatte, wieder vor sich. Schnell verdrängte sie das Bild.

»Und er hat Ihnen nur die Aussicht gezeigt? Oder hat er auch versucht, Sie zu küssen?«, fragte Sybil neugierig.

Abbey wurde rot. »Nein, das nicht«, antwortete sie zögernd. »Aber er wurde plötzlich sehr leidenschaftlich, beinah zudringlich. Das hat mir ein bisschen Angst gemacht.«

Sybil lächelte. »Sie sind noch jung, Abbey, Sie werden bald die Erfahrung machen, dass Männer zuweilen sehr leidenschaftlich und zudringlich sein können.« Vor allem dann, wenn sie vor Begierde brannten. Doch das behielt sie für sich, weil sie das Mädchen nicht noch mehr ängstigen wollte.

Abbey schüttelte langsam den Kopf. »Ich glaube, sein Verhalten hatte nichts mit romantischen Gefühlen zu tun. Ich kann es nicht erklären, aber er benahm sich irgendwie merkwürdig. Mir war richtig unheimlich zumute.« Ein Schauder rieselte ihr über den Rücken.

»Vielleicht sollten Sie sich dann lieber von ihm fernhalten, Abbey«, riet Sybil. »Wer weiß, möglicherweise hat er doch mehr von seinem Vater, als wir ahnen.«

Obwohl Abbey das für unwahrscheinlich hielt, ließ das mulmige Gefühl, das Heath ihr eingeflößt hatte, sie nicht mehr los.

Eine halbe Stunde später hatte Sabu die Sandwiches fertig und in einen Korb gepackt, den Sybil und Abbey zu Jack und den anderen hinausbrachten. Es war vereinbart worden, sich um die Mittagszeit unter ein paar Bäumen hinter der Kirche zu treffen. Jack kochte Tee für alle in einem Kessel über dem offenen Feuer, während sich die anderen im Gras unter den Eukalyptusbäumen ausruhten. Sie hätten zum Essen auch ins Farmhaus gehen können, aber dann hätten sie sich erst waschen und umziehen müssen, und das wollten sie sich ersparen. Schließlich würden sie sich nach dem Essen gleich wieder an die Arbeit machen.

Sybil hatte sich verspätet. Als sie endlich kam und Abbey mitbrachte, huschte ein Lächeln über Jacks Gesicht. Er machte sie mit William und Tom bekannt.

Abbey fiel auf, dass die drei Brüder sich überhaupt nicht ähnlich sahen. William war groß, hager, schwarzhaarig und wirkte schüchtern, während Tom eher klein und kräftig war und einen aufgeschlossenen Eindruck machte.

»Wieso muss ich erst von Jack erfahren, dass du so eine attraktive Gesellschafterin hast, Mutter?«, meinte Tom.

Sybil knuffte Abbey mit dem Ellenbogen in die Seite und zwinkerte ihr zu. Abbey blickte verlegen zu Boden. Sie fragte sich, ob Jack sie seinen Brüdern als »attraktiv« beschrieben hatte.

»Nun, das liegt vermutlich daran, dass du mich nie besuchen kommst«, erwiderte Sybil trocken.

Ihr jüngster Sohn kratzte sich am Kopf. »In Ordnung, Mutter, hab verstanden. In Zukunft werd ich dich öfter besuchen, verlass dich drauf.« Bei diesen Worten grinste er Abbey frech an. Die Röte schoss ihr ins Gesicht, und sie sah aus dem Augenwinkel, wie Jack seinen Bruder strafend ansah.

»Entschuldigt, dass ich zu spät komme«, sagte Sybil. »Aber der Schinken für eure Brote scheint sich in Luft aufgelöst zu haben, und ich hatte mit Sabu einen kleinen Disput deswegen.«

»Und was gibt's stattdessen?«, fragte Jack, der genau wie alle anderen einen Bärenhunger hatte.

»Eiersandwiches«, antwortete Sybil unglücklich, während sie den Korb herumreichte, damit die Männer zugreifen konnten.

Jack nahm sich ein belegtes Brot heraus und biss herzhaft hinein. »Wie kann sich der Schinken denn in Luft aufgelöst haben?«, nuschelte er mit vollem Mund.

»Das würde ich auch gern wissen. Sabu behauptet, Max hat ihn aus der Küche stibitzt.«

Jack grinste nur.

»Das ist nicht zum Lachen«, rügte Sybil ihn. »Wenn ich ihn noch einmal im Haus erwische, werde ich ihn höchstpersönlich erschießen.«

»Das wirst du nicht tun. Er ist mein bester Hütehund«, sagte Jack sachlich.

»Dann solltest du ihm vielleicht mehr zu fressen geben.« Sybil sah William an. »Wie geht's Martha?«

»So weit ganz gut. Aber mit ihrem dicken Bauch macht ihr die Hitze natürlich noch mehr zu schaffen.«

Sybil nickte. »Kann ich mir vorstellen. Meine Knöchel schwellen auch schnell an, wenn ich die Beine bei der Gluthitze nicht hochlege. Wann genau ist es denn so weit?«

»In ungefähr drei Wochen.« Ein verklärtes Lächeln ging über Williams Gesicht. Er freute sich sehr darauf, zum ersten Mal Vater zu werden.

»Abbey und ich werden euch demnächst auf eine Tasse Tee besuchen kommen«, fuhr Sybil fort. »Abbey würde Martha gern kennen lernen.«

»Eine gute Idee. Martha wird sich bestimmt freuen. Ich glaube, sie fühlt sich einsam, wenn ich nicht da bin. Es ist ihr ein bisschen unheimlich allein im Haus.«

Jack sah seinen Bruder überrascht an. »Unheimlich? Wieso das denn?«

William zögerte. »Wir hatten in letzter Zeit ein paar Probleme mit den Aborigines.«

Jack zog die Stirn in Falten. »Und das sagst du jetzt erst?«

»Ich weiß doch, dass du eine Menge um die Ohren hast«, erwiderte William achselzuckend. »Und bis jetzt bin ich ganz gut allein mit ihnen fertig geworden. Ich hab sie mit meiner Flinte verjagt. Aber manchmal schleichen sie nachts ums Haus herum. Dazu noch die Schwangerschaft – du kannst dir vorstellen, dass wir zurzeit nicht viel Schlaf bekommen. Die arme Martha ist ziemlich mit den Nerven runter.«

»Warum kommt sie nicht zu uns nach Bungaree, bis das Baby da ist?«, schlug Sybil vor.

»Danke für das Angebot, Mutter, aber Martha will lieber in ihren eigenen vier Wänden bleiben.«

In diesem Moment galoppierte ein Reiter die Auffahrt zum Haus hinauf. Alle reckten die Köpfe, und Jack stand auf, um besser sehen zu können. Er rief und winkte. Der Reiter lenkte sein Pferd zu ihnen herüber.

»Wen suchen Sie denn?«, rief Jack ihm zu. Dann erkannte er Lance Buckingham, einen Stallburschen aus Clare. »Hallo, Lance«, sagte er lächelnd.

»Tag, Jack«, erwiderte Lance und nickte den anderen zu.

»Ist was passiert?«, fragte Jack, als er die ernste Miene des Besuchers bemerkte.

»Leider ja. Clementine hat mich gebeten herzukommen.« Lance war von dem scharfen Galopp noch ein wenig außer Atem.

»Wieso, was ist denn?«

»Heute Nacht ist ein Feuer in Clementines Haus ausgebrochen und hat sich auf ihren Laden ausgeweitet. Die Gebäude sind niedergebrannt.«

Alle schnappten vor Entsetzen hörbar nach Luft.

»Was ist mit Clementine?«, fragte Jack gepresst. Er fürchtete sich fast vor der Antwort.

»Sie lebt, aber sie hat eine schwere Rauchvergiftung. Ihr Vater hat sie aus den Flammen gerettet. Wäre er nicht gewesen, wäre sie wahrscheinlich nicht mehr am Leben. Er ist ein richtiger Held. Clementine lässt fragen, ob du in die Stadt kommen kannst.«

»Ja, natürlich«, antwortete Jack sichtlich erschüttert. »Weiß man schon, was den Brand verursacht hat?«

»Nein.« Lance schüttelte den Kopf. »Ralph Feeble vermutet, dass ein Funke vom Herdfeuer eines der Kleidungsstücke in Brand gesetzt hat, an denen Clementine gearbeitet hat.«

»Musst du unbedingt jetzt in die Stadt, Jack?« Tom machte ein ärgerliches Gesicht. »Du hörst doch, Clementine ist nichts passiert. Wir haben verdammt viel Arbeit. Du könntest auch später noch nach Clare reiten.«

»Ihr werdet ja wohl ein paar Stunden ohne mich auskommen«, gab Jack gereizt zurück.

Tom sagte nichts mehr, aber seine finstere Miene sprach Bände.

Jack wandte sich ab und eilte ohne ein weiteres Wort zu den Ställen, um sein Pferd zu satteln.

»Bestell Clementine und Ralph Grüße von uns«, rief Sybil ihm nach.

Jack winkte zum Zeichen, dass er sie gehört hatte.

Nachdem er gegangen war, drehte sich die Unterhaltung eine Weile um das Feuer in der Stadt. Es dauerte nicht lange, bis Tom zu murren anfing, dass es genügt hätte, wenn Jack am Abend nach Clementine gesehen hätte.

»In so einer Situation möchte sie ihn eben bei sich haben«, sagte Sybil. »Das musst du verstehen, mein Junge.«

»Er kann doch sowieso nichts für sie tun! Er hätte genauso gut hierbleiben und uns helfen können, solange es noch hell ist.«

»Sei nicht so herzlos, Tom! Du hast so lange auf diesen Brunnen gewartet, da spielt ein Tag mehr oder weniger doch keine Rolle.«

»Für meine durstigen Rinder spielt es sehr wohl eine Rolle, Mutter«, widersprach Tom bitter. »Es hat monatelang nicht geregnet, ich muss das Wasser für das Vieh und für meine Äcker mühsam heranschaffen. Ohne Wasser gibt es auch kein Futter. Jack hat diese Sorgen nicht, seine Schafe haben genug zu trinken und zu fressen.«

»Jack wird dir Futter geben, so viel du brauchst, Tom.«

»Ich will aber nicht auf seine Almosen angewiesen sein, Mutter. Ich will endlich auf eigenen Füßen stehen, und das kann ich nur, wenn ich meine eigene Wasserversorgung habe.«

»Es ist ja bald so weit«, tröstete Sybil ihn. Sie war ein wenig erstaunt über die Verbitterung ihres Jüngsten und seinen Groll auf seinen Bruder.

Tom schwieg, aber Abbey bemerkte, wie grimmig er die Kiefer aufeinanderpresste.

Kurze Zeit später machten sich Sybil und Abbey wieder auf den Weg zum Haus, damit die Männer an ihre Arbeit zurückkehren konnten.

»Was passiert, wenn die Rinder kein Futter mehr haben?«, fragte Abbey.

»Jack lässt sie auf seine eigenen Weiden. Zusätzlich baut er Viehfutter wie Luzerne an und teilt es mit seinen Brüdern. Ein eigener Brunnen wird natürlich eine große Erleichterung für William und Tom sein. Dann muss das Wasser für die Viehtröge nicht mehr mühsam herangekarrt werden, und sie können ihr eigenes Viehfutter anbauen.« Sybil schwieg nachdenklich. Sie musste an Tom denken, dessen Missmut und Zorn auf seinen Bruder sie betroffen gemacht hatte.

Die beiden Frauen waren nur einige Schritte weit gekommen, als ein lautes Zischen sie zusammenfahren ließ. Sie drehten sich um und sahen, wie Tom zu Boden geschleudert wurde. Einen Sekundenbruchteil später landete ein Eingeborenenspeer unmittelbar vor Abbey. Sie schrie erschrocken auf.

»Tom!«, kreischte Sybil. Sie wollte zu ihm eilen, doch Abbey packte sie und zerrte sie instinktiv hinter einen mächtigen Baum in Deckung. Pater John und Elias hatten sich flach auf den Boden geworfen und schrien ihnen zu, sie sollten bleiben, wo sie waren.

William war zu seinem Gewehr gehechtet, das keine zwei Meter von ihm entfernt gelegen hatte. Er feuerte ein paar Schüsse in Richtung der Bäume entlang der Straße ab. Der Krach zerriss die friedliche Stille. Vögel flogen zeternd auf. Die Aborigines, von denen sie offenbar angegriffen wurden, stießen lautes Geheul aus. Ein zweiter Speer flog zischend durch die Luft und blieb in dem Baum stecken, hinter dem Abbey und Sybil Schutz gesucht hatten. Es tat einen dumpfen Schlag, und die beiden Frauen kreischten erschrocken auf.

William lud nach und feuerte noch einmal. Da lösten sich einige Aborigines, vielleicht fünf an der Zahl, aus dem Schatten der Bäume, flüchteten über die Straße und verschwanden.

William wartete, bis er sicher war, dass sie nicht zurückkehren würden. »Tom! Alles in Ordnung?« Er lief zu seinem Bruder, der sich vor Schmerzen wand.

»Mein... Arm!«, ächzte er mit schmerzverzerrtem Gesicht und hielt sich den Arm. Sein Hemdärmel war blutdurchtränkt, Blut sickerte ihm zwischen den Fingern hindurch.

William riss den Ärmel auf und besah sich die Wunde. Pater John war neben ihm niedergekniet, während Elias das Gewehr an sich genommen hatte und Wache hielt. William und der Pater wechselten einen Blick. »Du hast Glück gehabt«, meinte William. »Das ist nur eine Fleischwunde.« Der Speer hatte den Muskel durchbohrt.

Abbey und Sybil spähten hinter dem Baum hervor. Beide zitterten vor Angst.

»Bist du verletzt, Tom?«, schrie Sybil. Als sie William und den Pater neben ihrem Jüngsten sah, lief sie zu ihm, so schnell ihre Beine sie trugen.

»Ich werd's überleben, Mutter«, stieß Tom gepresst hervor. Stöhnend setzte er sich auf. »Diese verdammten Aborigines! Hast du einen von ihnen erwischt, William?«

»Ich glaub nicht. Die hatten sich gut versteckt in den Bäumen.«

»Elias, wir müssen Tom ins Haus schaffen«, sagte Sybil. »Seine Wunde muss so schnell wie möglich versorgt werden.«

Abbey, die Sybil gefolgt war, rang hilflos die Hände. Sie war kreideweiß im Gesicht. Der Schrecken steckte ihr noch in den Gliedern. Sie wünschte, Jack wäre da. In seiner Gegenwart fühlte sie sich sicher und geborgen.

»Wo ist Clementine jetzt?«, fragte Jack, als er mit Lance Buckingham vor den verkohlten Überresten von Clementines Laden und Haus stand. Ein paar Schaulustige hatten sich eingefunden und starrten bestürzt auf die Ruinen. Noch immer hing beißender Rauch in der Luft. Der Laden befand sich am Ende der Hauptstraße, und ein Übergreifen des Feuers auf die benachbarten Häuser hatte nur mit größter Mühe verhindert werden können. Lance hatte Jack unterwegs von den dramatischen Rettungsversuchen der Ladenbesitzer berichtet, die neben, hinter oder über ihren Geschäften wohnten und das Feuer mit Wassereimern bekämpft hatten, bis der Spritzenwagen eingetroffen war. Der größte Schaden war im hinteren Teil von Clementines Haus entstanden, von wo sich das Feuer über einen Pfefferbaum auf den Laden ausgebreitet hatte. Von dem Baum mit den zarten grünen Blättern und den roten Beeren war nur ein schwarz verkohltes Gerippe übrig geblieben.

»Die McKenzies haben sie und ihren Vater bei sich im Railway Hotel aufgenommen«, antwortete Lance. »Molly kümmert sich rührend um die beiden.«

Mike und Molly McKenzie, denen das Hotel gehörte, waren Freunde von Jack. Beide waren Ende fünfzig und hatten zwei erwachsene Kinder. Ein Sohn versuchte sein Glück als Goldgräber in Queensland, der andere besaß ein Fuhrunternehmen, dessen Wagen auf der Strecke zwischen Burra und den Kupferminen von Kapunda verkehrten.

Jack bedankte sich bei Lance und eilte zum Hotel. Er traf Mike in der Bar an, wo das Feuer Gesprächsthema Nummer eins unter den Gästen war. Clementine und ihr Vater säßen in der Küche bei Molly, antwortete Mike auf Jacks Frage.

»Ich komme gerade von der Brandstelle«, sagte Jack, der sichtlich erschüttert war. »Clementine und ihr Vater können von Glück sagen, dass sie lebend da rausgekommen sind. Wie ist das eigentlich passiert? Weißt du Näheres?«

»Clementine hat Molly erzählt, sie hätte noch spätabends am Küchentisch etwas für Cristina Westgate genäht. Dabei muss sie eingeschlafen sein. Als sie gegen Mitternacht wieder aufgewacht und zu Bett gegangen ist, hat sie wohl vergessen, das Kamingitter vors Feuer zu stellen. Ein überspringender Funke muss eins der Kleidungsstücke, die über dem Küchentisch hingen, in Brand gesteckt haben. Ralph hat schon geschlafen, aber der Rauch hat ihn geweckt. Als er in die Küche lief, stand sie in Flammen. Da Clementines Zimmer ja näher an der Küche lag, war dort schon alles voller Rauch. Clementine verlor das Bewusstsein, als Ralph sich durch den Rauch kämpfte und sie ins Freie zerrte. Wäre er nicht gewesen, wäre Clementine heute nicht mehr am Leben.«

Jack wurde noch blasser, als er sich vorstellte, Clementine wäre in den Flammen umgekommen. Was für ein grausamer Tod wäre das gewesen!

Er nickte Mike zu und eilte in die Küche.

»Clementine! Ich bin gekommen, so schnell ich konnte. Wie geht es dir?«

Sie wirkte völlig verstört, was unter diesen Umständen nur verständlich war. Sie hatte sich einen Morgenrock übergeworfen, den Molly ihr geborgt haben musste, und darunter konnte man ihr schmuddeliges Nachthemd sehen. Sie hatte Rußflecken im Gesicht, und ihre Haare waren angesengt.

»O Jack!« Schluchzend sprang sie auf und warf sich ihm in die Arme. »Ich hatte solche Angst! Ich dachte, ich würde sterben«, stammelte sie. Ihre Stimme war rau vom vielen Husten, und ihre Haare rochen nach Rauch.

»Warst du schon beim Arzt?«, fragte Jack. Er strich ihr behutsam die Haare aus dem rußverschmierten Gesicht.

Clementine nickte. Jack schaute über ihre Schulter hinweg zu ihrem Vater, der zusammengesunken am Küchentisch saß. Sein rechter Arm einschließlich der Hand war bandagiert. »Wie geht es Ihnen, Ralph?« Es war ihm anzusehen, dass er Schmerzen hatte. Molly hatte ihm ein Glas Brandy neben seinen Tee gestellt.

»Es geht schon«, flüsterte er heiser. »Hauptsache, meinem Mädchen ist nichts passiert!« Ralph war Ende sechzig, aber noch sehr rüstig für sein Alter. Im Augenblick sah er allerdings wie ein Greis aus, so sehr hatten die Ereignisse der letzten Stunden ihn mitgenommen. Die Brandkatastrophe, bei der er beinah seine Tochter verloren hätte, hatte Erinnerungen an den tragischen Tod seiner Frau wachgerufen, die unweit ihres Hauses in Victoria ertrunken war. Ein Nachbarsmädchen war beim Spielen in den Fluss gefallen. Beth hatte die Kleine gerettet, war aber selbst von der Strömung mitgerissen worden. Erst vier Tage später hatte man ihre Leiche etliche Meilen flussabwärts gefunden.

»Dad hat schwere Verbrennungen am Arm und an der Hand«, sagte Clementine mit tränenerstickter Stimme. »Er musste sich zwischen brennenden Balken hindurchzwängen, damit wir aus dem Haus kamen.«

»So schlimm ist es nicht, Clemmie«, sagte Ralph beschwichtigend. Doch er konnte seiner Tochter nichts vormachen: Sie sah ihm an, dass er große Schmerzen hatte.

»Ich halte es für das Beste, wenn ihr mit mir nach Bungaree kommt«, sagte Jack. »Ihr seid meine Gäste, bis das Haus wieder aufgebaut ist. Wir haben genug Platz auf der Farm, und wenn nötig, wird der Doktor zu uns herauskommen.«

»O Jack, ich danke dir, das ist wirklich lieb von dir!« Clementine sah ihn dankbar an. Sie hatte gehofft, Jack würde sie zu sich nach Bungaree eingeladen. Molly hatte ihnen zwar Zimmer im Hotel angeboten, doch die waren nicht besonders komfortabel.

»Wir möchten niemandem zur Last fallen«, warf Ralph ein. Er war ein stolzer Mann und nahm nicht gern Hilfe an.

»Unsinn! Das ist doch selbstverständlich. Wo sind eure Sachen? Das heißt«, fügte Jack hinzu, dem der Gedanke jetzt erst kam, »sofern ihr überhaupt etwas aus den Flammen retten konntet.«

»Nur einige wenige Dinge«, antwortete Clementine leise. Ihre Unterlippe zitterte, als sie an all das dachte, was sie verloren hatte. Auch Kleidungsstücke ihrer Kunden waren ein Raub der Flammen geworden. Die, die es schon erfahren hatten, hatten zwar großes Verständnis gezeigt, aber Clementine war das Ganze trotzdem furchtbar unangenehm.

»Ich hab meine Schwester und meinen Schwager hinübergeschickt, damit sie aus den Trümmern holen, was möglich war«, warf Molly ein. »Aber ich fürchte, das meiste ist unbrauchbar. Wir haben alles hinterm Haus abgestellt.«

»Danke, Molly, das war nett von dir«, sagte Jack.

Clementine, die immer noch unter Schock stand, machte ein Gesicht, als würde sie gleich in Tränen ausbrechen. Jack nahm sie tröstend in die Arme, zog sie an sich und drückte sie fest.

Eine Stunde später trafen sie auf Bungaree ein. Jack fiel sofort auf, dass die Männer nicht mehr an der Wasserleitung arbeiteten. Als er mit Clementine und Ralph das Haus betrat, eilten Sybil und Abbey ihm schon entgegen. Beide hatten völlig verängstigt auf Nachricht gewartet.

»Clementine und ihr Vater werden eine Weile bei uns wohnen, Mutter«, sagte Jack. »Das Haus ist fast vollständig niedergebrannt. Es dauert eine Zeit, bis es wieder bewohnbar sein wird.«

»Ach herrje, das tut mir aber leid.« Sybil umarmte Clementine voller Mitgefühl. »Das muss ein furchtbarer Schock gewesen sein. Aber wir wollen Gott danken, dass wenigstens euch nichts passiert ist.« Sie sah Ralph an, dem es sichtlich schlecht ging. »Ralph, ich wünschte, wir hätten uns unter anderen Umständen wiedergesehen. Trotzdem freue ich mich, Sie zu sehen. Kommen Sie, setzen Sie sich. Sie sehen aus, als könnten Sie einen kräftigen Schluck vertragen.«

Ralph nickte schwach und ließ sich auf das Sofa fallen. Sein Gesicht war kreidebleich. Sybil schenkte ihm einen Drink ein und genehmigte sich selbst auch einen. Was für ein furchtbarer Tag!

Jack hatte unterdessen Elsa und Marie gerufen. Er bat sie, im oberen Stock zwei Zimmer herzurichten. Dann ging er in die Küche und trug Sabu auf, eine Kleinigkeit zu essen zu machen.

»Wo sind denn Tom und William?«, fragte er Abbey, als er ins Wohnzimmer zurückkam, wo seine Mutter alles tat, um es ihren beiden Gästen so bequem wie möglich zu machen. »Wieso haben sie aufgehört?« War Toms schlechte Laune dafür verantwortlich? Hatten sie einfach alles hingeworfen, nur weil er zu Clementine nach Clare gefahren war?

»William ist nach Hause geritten, weil er nach seiner Frau sehen wollte, und Tom hat ihn begleitet. Wir sind von Aborigines angegriffen worden. Tom wurde von einem Speer getroffen.«

»Was?« Jack fiel aus allen Wolken.

»Keine Sorge«, warf Sybil ein. »Die Wunde ist nicht allzu schlimm. Aber es war ein Wunder, dass keiner von uns getötet wurde.«

Jack starrte seine Mutter fassungslos an. »Du warst dabei?«

»Ja, es passierte kurz nachdem du gegangen warst. Abbey und ich wollten gerade zum Haus zurück.«

Entsetzen malte sich auf Jacks Gesicht.

»Tom wurde von einem Speer getroffen?« Clementine sah Jack mit großen Augen an. Eine Sekunde lang fragte sie sich, ob es nicht ein Fehler gewesen war, auf die Farm zu kommen. In der Stadt waren sie wenigstens vor Aborigines sicher.

»Es ist nur eine Fleischwunde«, sagte Sybil, was Clementine allerdings nicht sonderlich beruhigte. »Die wird bald wieder verheilt sein. Tom muss nur aufpassen, dass sie sich nicht entzündet.«

»Wir müssen etwas gegen diese Aborigines unternehmen«, stieß Jack grimmig hervor und ballte die Fäuste. »So kann es nicht weitergehen. Ständig haben wir Scherereien mit ihnen. Das muss ein für alle Mal ein Ende haben!«

Da sie alle gleichermaßen erschöpft und sich darin einig waren, dass das ein schrecklicher Tag gewesen war, beschlossen sie, sich ein wenig auszuruhen.

17

Am Dienstagmorgen ließ Heath sich von Alfie nach Clare fahren. Ihm ging allmählich das Geld aus, seine Angestellten mussten bezahlt werden, aber er konnte nicht an das Vermögen seines Vaters heran, solange sein Anwalt nicht die Dokumente unterzeichnet hatte, die ihn, Heath, als rechtmäßigen Erben auswiesen.

Heath schäumte vor Wut. So konnte es nicht weitergehen. Edward musste etwas unternehmen. Das Geld aus den Viehauktionen floss automatisch auf das Konto seines Vaters. Wovon sollte er leben, wenn er seine Provision nicht bekam, solange der Nachlass nicht geregelt war?

In Clare angekommen fielen Heath die beiden abgebrannten Häuser auf. Er stutzte. Dann wurde ihm klar, dass es sich um Clementines Schneiderei und ihr Haus handelte.

»Anhalten, Alfie!«, befahl er und sprang vom Wagen. Er trat näher an die Brandstelle heran, sah die verkohlten Balken, das eingestürzte Dach. Noch immer hing beißender Brandgeruch in der Luft. Seine Gedanken überschlugen sich. Wenn Clementine bei dem Feuer umgekommen war, würde sich Jack Abbey zuwenden. Das war sein erster Gedanke. Der zweite beunruhigte ihn noch viel mehr. Sollten sich die beiden ineinander verlieben und heiraten, würden Martindale und die Burra Monster Mine eines Tages Jack Hawker gehören. Heath stöhnte auf. Sein Herz raste, sein Atem ging schneller. Der dritte Gedanke, der ihn beherrschte, war: Hoffentlich hat Clementine überlebt.

Einige Frauen und Kinder näherten sich, um einen neugierigen Blick auf den Unglücksort zu werfen. Obwohl Heath ungehalten darüber war, weil er gern einen Moment allein gewesen wäre, konnte er nicht umhin, ihre Unterhaltung zu belauschen.

»Furchtbar, nicht wahr?«, sagte eine der Frauen zu einer anderen. »Die arme Miss Feeble!«

Heath horchte auf. »Ist sie in den Flammen umgekommen?«, fragte er angespannt.

»Ich glaube nicht«, antwortete die Frau mit einem Seitenblick auf die Kinder. »Soviel ich weiß, wurde sie lebend gerettet. Aber ob sie ...« Abermals warf sie einen Blick auf die unschuldigen Kindergesichter, die fragend zu ihr aufsahen. »Ich weiß nicht, wie es ihr jetzt geht. Sie hat eine schwere Rauchvergiftung erlitten. Vielleicht fragen Sie am besten ...«

Heath ließ die Frau einfach stehen. Er eilte zu seinem Wagen zurück. »Zum Railway Hotel, Alfie!«, befahl er. Die Frauen sahen ihm verwirrt und irritiert über sein unhöfliches Benehmen nach.

Heath wusste, dass die McKenzies mit Jack Hawker befreundet waren. Sie würden ihm sicher sagen können, wo Clementine sich jetzt befand – falls sie noch am Leben war.

Obwohl es noch früh am Morgen war, bestellte Heath in der Hotelbar einen Whiskey. Er leerte sein Glas in einem Zug, atmete tief durch und kam dann gleich zur Sache.

»Ich habe gesehen, dass es bei Clementine Feeble gebrannt hat«, sagte er zu Mike McKenzie. »Wie geht es ihr denn?«

»Sie wird durchkommen«, erwiderte Mike, dem diese Frage in den letzten Stunden schon x-mal gestellt worden war. »Sie hat es nur ihrem Vater zu verdanken, dass sie überlebt hat. Wäre er nicht zufällig zu Besuch und hätte sie aus dem Haus gezerrt, würden wir jetzt über ihre Beerdigung sprechen.«

Eine grenzenlose Erleichterung überkam Heath, wenn auch aus sehr egoistischen Gründen. »Gott sei Dank, dass er da war«, meinte er. Er überlegte blitzschnell. »Ich würde Miss Feeble gern ein paar Blumen schicken. Können Sie mir sagen, wo sie sich jetzt aufhält?«

»Ja, auf Bungaree Station. Jack Hawker hat sie und ihren Vater bei sich aufgenommen«, antwortete Mike. Er fragte sich, wieso der junge Mason sich so um Clementine sorgte. Seines Wissens waren die beiden nicht befreundet. Er hatte doch hoffentlich nicht die Absicht, ihre Notlage für sich auszunutzen? Ein Glück, dass Jack da ist, fuhr es Mike durch den Kopf, er wird schon auf sie Acht geben.

»Ah, gut. Danke.« Heath hatte mit dieser Antwort gerechnet. Er bemerkte, dass Mike ihn prüfend ansah. »Wie geht es ihrem Vater?« Im Grunde interessierte ihn das nicht, aber es würde merkwürdig aussehen, wenn er sich nicht nach ihm erkundigte.

»Ralph hat schwere Verbrennungen erlitten«, sagte Mike ernst.

»Das tut mir leid. Dann wird er sicher einen Arzt brauchen, der die Wunden versorgt«, sagte Heath vorausdenkend.

»Ja, Dr. Ashbourne wird heute Nachmittag nach Bungaree hinausfahren.«

Heath nickte. »Das ist gut.« Ein Plan nahm allmählich Gestalt an in seinem Kopf. Er warf ein paar Münzen auf die Theke und verließ die Bar ohne ein weiteres Wort.

Mike kratzte sich verwirrt am Kopf. »Was war das denn? Kannst du dir einen Reim darauf machen, Davo?«, wandte er sich an einen älteren Stammgast, der jeden Tag kam, kaum dass die Bar geöffnet hatte. Davo antwortete nicht. Seine ganze Aufmerksamkeit galt seinem Bier, dem ersten von vielen weiteren, die an diesem Tag noch folgen würden. Er setzte das Glas an und schlürfte den Schaum herunter.

Heath war unterdessen zu seinem Wagen geeilt und befahl Alfie, sich unauffällig umzuhören. Als der Kutscher kurze Zeit später zurückkam, berichtete er, Dr. Ashbourne sei in Mintaro, wo er ein Kind auf die Welt hole, werde aber am späteren Nachmittag auf jeden Fall noch nach Bungaree hinausfahren. Clarence Ashbourne war ein älterer, schwerhöriger Mann, aber ein ausgezeichneter Arzt mit einem messerscharfen Verstand. Sein einziger

Fehler war, dass er zu viel redete und sich ständig wiederholte, was seine Patienten schier zur Verzweiflung brachte. Wer allerdings Wert darauf legte, dass sich eine Nachricht in Windeseile verbreitete, war bei ihm an der richtigen Adresse: In diesem Punkt konnte es der Doktor mit jeder Buschtrommel aufnehmen. Und genau darauf beruhte Heath' Plan.

Fast drei Stunden später als versprochen traf Dr. Ashbourne in Bungaree ein. Ralph, der nach wie vor starke Schmerzen hatte, hatte schon befürchtet, er werde überhaupt nicht mehr kommen. Da der Arzt trotz des Elends, mit dem er in seinem Beruf konfrontiert wurde, normalerweise ein ausgeglichener, fröhlicher Mensch war, fiel Jack gleich auf, wie bedrückt er an diesem Nachmittag wirkte. Schweigend untersuchte er Ralphs Verletzungen, säuberte die Wunden und legte einen frischen Verband an.

»Sieht gut aus«, meinte er schließlich. Ralph war erleichtert, als er das hörte. Da er wegen der Schmerzen in der vergangenen Nacht fast kein Auge zugetan hatte, war er völlig erschöpft. »Es ist zum Glück nichts entzündet. Damit das so bleibt, muss der Verband aber jeden Tag gewechselt werden. Ich werde ein paar Binden dalassen. Man kann sie mehrmals verwenden, wenn sie nach dem Gebrauch ausgekocht werden.«

»Ich werde mich darum kümmern«, sagte Sybil sofort. Sowohl Jack als auch Abbey sahen sie überrascht an.

»Danke, Sybil«, sagte Clarence, und auch Ralph bedankte sich. »Wie gesagt, wichtig ist, dass der Verband regelmäßig erneuert wird«, betonte der Arzt noch einmal.

»Sie können sich auf mich verlassen, Doktor«, versicherte Sybil ihm.

Clarence nickte. Dann stellte er Clementine und Ralph einige Fragen, um sicherzugehen, dass der Qualm, den sie eingeatmet hatten, keine weiteren gesundheitlichen Schäden herbeigeführt hatte.

Nachdem Sabu ein paar Minuten später Tee und Gebäck serviert und alle sich bedient hatten, fragte Jack: »Wurden Sie heute schon zu einem Notfall gerufen?« Er sah den Arzt, der so ganz anders war als sonst, neugierig an.

»Ja«, erwiderte Clarence mit ungewohnt ernster Miene. »Ich war gerade in Mintaro, als ich nach Martindale Hall gerufen wurde.«

»Martindale Hall?«, wiederholte Jack stirnrunzelnd.

»Richtig.« Der Doktor nickte und seufzte. »Es ist mein Beruf, Verletzungen und Krankheiten zu behandeln, aber wenn sich jemand absichtlich eine Verletzung zufügt, dann macht mich das wütend.«

Jack sah zu Abbey hinüber, die mit Clementine am Küchentisch saß. Sie war ganz still geworden und starrte den Arzt mit großen Augen an. Sie musste wieder an ihren Besuch bei Heath denken, an sein merkwürdiges Benehmen oben auf dem Dach des Herrenhauses.

»Ich weiß, dass Heath Mason gerade seinen Vater verloren hat, aber er ist ein junger Mensch und hat noch sein ganzes Leben vor sich«, fuhr Clarence fort.

»Heath?« Jack machte ein betroffenes Gesicht. Er konnte nicht glauben, dass Heath imstande war, sich etwas anzutun.

Abbey schnappte entsetzt nach Luft. Clarence schaute auf und musterte sie. Sie war ein hübsches Ding, und er wusste, dass der junge Mason gern schönen Frauen nachstellte, genau wie sein Vater es getan hatte.

»Wollen Sie damit sagen, dass … dass Heath versucht hat, sich umzubringen?«, stieß Abbey gepresst hervor.

»Ich darf nicht über meine Patienten sprechen, junge Dame. Sind Sie mit Heath befreundet? Ich kann mich nicht erinnern, Sie hier schon einmal gesehen zu haben.«

»Entschuldigen Sie, Clarence, ich vergaß, Ihnen Abbey vorzustellen«, warf Jack ein. »Das ist Abbey Scottsdale, Mutters Gesellschafterin.«

»Ich war zufällig gestern auf Martindale, als Heath' Vater beerdigt wurde«, erklärte Abbey, die sich nicht als Freundin von Heath bezeichnen mochte.

»Wie bitte?« Der Arzt hielt sich die Hand hinters Ohr, um besser zu hören.

Abbey wiederholte, was sie gesagt hatte, und fügte hinzu: »Ich muss offen gestanden die ganze Zeit an Heath denken.« Sie fing Jacks erstaunten Blick auf. »Weil er sich so sonderbar benahm«, ergänzte sie. »Er schien in einer sehr seltsamen Stimmung zu sein.«

»Kam er Ihnen niedergeschlagen vor?«, fragte der Arzt.

»Das würde ich nicht sagen, aber er war mir irgendwie unheimlich«, erwiderte Abbey. »Bitte erzählen Sie mir, was passiert ist. Vielleicht kann ich ihm ja helfen.« Sie sah den Arzt flehentlich an.

Clarence Ashbourne war hin und hergerissen. »Er könnte einen Freund sicherlich gut gebrauchen, junge Dame«, sagte er schließlich. »Ich glaube, er hat nicht viele wahre Freunde, ich meine, solche, denen er seine innersten Empfindungen anvertrauen würde.« Er hatte eine gute Stunde lang versucht zu ergründen, was Heath zu seiner Handlungsweise bewogen hatte, aber der junge Mann hatte hartnäckig geschwiegen. Die Frage war allerdings, ob er sein Herz einer hübschen jungen Frau ausschütten würde. Wahrscheinlich würde er sich eher darüber Gedanken machen, wie er sie in sein Bett locken könnte. Aber Clarence sagte sich, dass jede Ablenkung besser war als gar keine.

Plötzlich kam Abbey ein schrecklicher Gedanke. »Er ... er ist doch nicht vom Dach gesprungen, oder?« Sie musste an den düsteren, Furcht einflößenden Ausdruck auf seinem Gesicht denken, mit dem er in die Tiefe gestarrt hatte.

»Vom Dach?«, wiederholte Clarence verblüfft.

Abbey nickte.

»Gütiger Himmel, nein, natürlich nicht, das hätte er niemals überlebt. Wie kommen Sie denn darauf?«

»Er ist mit mir hinaufgegangen, um mir die Aussicht zu zeigen, und da war etwas in seinem Blick, als er in die Tiefe schaute, das mir Angst machte.« Sie schauderte, als sie an den Tag zuvor dachte.

Clarence nickte langsam. »Ich verstehe. Nun, was meinen Sie, werden Sie ihn besuchen?« Er sah sie forschend an.

»Ja«, antwortete Abbey mit einem Blick auf Jack. Sie hoffte, dass er es verstehen würde. »Ja, das werde ich.«

»Gut, dann werde ich Ihnen sagen, was passiert ist. Aber zu niemandem ein Wort, haben Sie verstanden?«

Abbey nickte. »Ich werde es für mich behalten, ich verspreche es.«

»Er hat sich die Pulsadern aufgeschnitten.«

Abbey schlug sich erschrocken die Hand vor den Mund.

»Enttäuschen Sie ihn nicht«, fuhr Clarence fort. »Ein wahrer Freund ist im Moment sehr wichtig für ihn.« Und eine wunderschöne Frau würde besonders heilsam für ihn sein.

Jack war nicht begeistert von Abbeys Entschluss, Heath noch einmal zu besuchen, und Sybil ging es genauso. Die beiden wechselten einen viel sagenden Blick.

»Ich werde Sie begleiten, Abbey«, sagte Sybil.

»Wirklich?«, meinte Abbey erfreut. »Das ist sehr nett von Ihnen, vielen Dank. Wir werden gleich morgen Früh nach Martindale Hall fahren. Das heißt, natürlich nur, wenn es Ihnen recht ist, Mr. Hawker.«

»Ich habe nichts dagegen. Wenn Mutter mitgeht, bin ich beruhigt«, erwiderte Jack.

»Ich kann mir nicht vorstellen, dass Heath jemand anderem ein Leid antut«, sagte Clarence kopfschüttelnd.

»Aber das wissen wir nicht genau«, gab Jack zu bedenken. »Ich habe den Eindruck, er ist ziemlich unberechenbar.«

Seine Worte jagten Abbey, die genau das Gleiche dachte, einen eisigen Schauder über den Rücken.

Am anderen Morgen machten sich Sybil und Abbey mit dem Buggy auf den Weg nach Martindale Hall. Jack hatte darauf bestanden, dass sie vorsichtshalber ein Gewehr mitnahmen. Er nahm den Vorfall vom Tag zuvor sehr ernst. Er war froh, dass die beiden für einige Stunden fort waren. Er und seine Brüder hatten nämlich vor, die Aborigines, die sie angegriffen hatten, aufzuspüren und davonzujagen. Sybil wäre krank vor Sorge um ihre Söhne, wenn sie das wüsste, deshalb traf es sich ganz gut, dass sie einige Meilen weit weg war.

Abbey und Sybil waren noch keine fünf Minuten fort, als Tom angeritten kam. Er berichtete, wie er und William die arme Martha im Farmhaus vorgefunden hatten. Sie hatte sich drinnen verbarrikadiert, weil Aborigines ums Haus herumgestrichen waren, durch die Fenster gespäht und gegen die Tür gehämmert hatten, auf der man sogar Kerben ihrer Speere sehen konnte. Erst als Martha mit der Flinte in der Hand ans Fenster getreten war und ihnen gedroht hatte, waren sie verschwunden.

»Ich werde Ernie Carpney sagen, er soll bei ihr bleiben, während wir Jagd auf diese Unruhestifter machen«, sagte Jack. »Was macht dein Arm?«

»Dem geht's schon viel besser. Tut noch ein bisschen weh und ist steif, aber ich kann's aushalten. Wo ist Mutter?« Tom blickte sich suchend um.

»Nicht da«, lautete die knappe Antwort. Jack sah seinen Bruder fest an. »Eigentlich hast du gehofft, Abbey wiederzusehen, nicht wahr?«

»Könnte schon sein«, gab Tom grinsend zu. Immerhin besaß er so viel Anstand, ein zerknirschtes Gesicht zu machen, weil Jack ihn durchschaut hatte. »Du musst zugeben, eine so wunderschöne junge Frau trifft man hier draußen nur selten.«

Jack zog die Stirn in Falten, sagte aber nichts. Schließlich war Clementine im Haus.

»Abbey ist doch nicht tabu, oder?«, fragte Tom, dem der finstere Gesichtsausdruck seines Bruders nicht entgangen war. Bevor Jack antworten konnte, fuhr er fort: »Wie geht's eigentlich Clementine?«

In diesem Moment kam Clementine die Treppe herunter, und Tom riss erstaunt die Augen auf.

»Habt ihr gerade von mir gesprochen?«

»Clementine! Alles in Ordnung? Gerade habe ich Jack gefragt, wie es dir geht.«

»Wie lieb von dir, Tom!« Sie lächelte verschämt. »Heute Morgen geht es mir schon viel besser.«

»Clementine und ihr Vater werden eine Weile bei uns bleiben«, erklärte Jack.

Das hörte Tom gern. Jack würde keine Zeit haben, ihm dazwischenzufunken, wenn er Abbey den Hof machte. »Ich hab gehört, dein Haus ist abgebrannt«, sagte er mitfühlend.

»Ja, ich habe praktisch alles verloren. Aber schlimmer ist, dass mein Vater bei dem Feuer verletzt wurde«, erwiderte Clementine mit zittriger Stimme. Ihr unruhiger Schlaf war von Albträumen unterbrochen worden, und sie fühlte sich sehr verletzbar.

»Hör zu, Clementine, wir haben etwas zu erledigen, wir werden eine Weile fort sein«, sagte Jack. »Sabu ist da, falls du etwas brauchen solltest.«

»Wo ist denn deine Mutter?« Clementine lauschte. Es war ungewöhnlich still im Haus.

»Sie ist mit Abbey zu Heath Mason gefahren. Wir haben das gestern besprochen, als Dr. Ashbourne hier war, weißt du nicht mehr?«

»Ach ja, stimmt. Sag mal, Jack«, fügte sie nach einer kleinen Pause hinzu, »findest du es richtig, dass Abbey mit Heath verkehrt? Sie macht einen ziemlich naiven Eindruck, und du kennst doch seinen Ruf als Schürzenjäger.« Sie hatte vorgehabt, Sybil darauf anzusprechen, aber die Gelegenheit zu einer Unterhaltung unter vier Augen hatte sich tags zuvor nicht mehr geboten.

»Woher kennt Abbey jemanden wie Heath Mason?«, mischte Tom sich ein, der den Wortwechsel ungläubig verfolgt hatte.

Jack warf ihm einen gereizten Blick zu. »Mutter ist ja bei ihr, sie wird schon auf sie Acht geben«, antwortete er ausweichend. »Und jetzt komm«, wandte er sich an seinen Bruder, »auf uns wartet eine Menge Arbeit.« Er drehte sich um und stapfte zur Hintertür. Tom sah Clementine achselzuckend an und folgte dann seinem Bruder.

Gegen zehn Uhr trafen Sybil und Abbey in Martindale Hall ein. Sybil staunte, als sie durch das Tor und dann die Auffahrt zum Herrenhaus hinauffuhren.

»Was für prächtige Gebäude«, meinte sie, als sie die Remise und die Stallungen rechts des Weges erblickte.

Abbey war nervös. Sie fragte sich, wie Heath sie empfangen würde.

Winstons Miene war ausdruckslos, als er den beiden Besucherinnen kurz darauf die Tür öffnete. Abbey konnte nicht ahnen, dass Heath mit ihrem Besuch gerechnet und dem Butler strikte Anweisungen gegeben hatte.

»Guten Tag, Winston. Ich möchte gern zu Mr. Mason«, sagte Abbey schüchtern.

»Guten Tag, Miss Scottsdale. Madam. Treten Sie bitte näher.« Er schloss die Tür hinter ihnen und führte sie ins Wohnzimmer. »Master Heath ist oben im blauen Salon, aber er darf nicht mehr als einen Besucher auf einmal empfangen«, sagte der Butler wie angewiesen. Heath hatte befürchtet, Pater Quinlan werde Abbey auch dieses Mal wieder begleiten.

Abbey sah Sybil unschlüssig an. »Ich werde hinaufgehen. Warten Sie bitte hier?«

»Ich finde, Sie sollten nicht allein zu ihm gehen«, zischte Sybil.

»Mr. Mason kann nicht herunterkommen«, warf Winston ein. Seine Stimme verriet keinerlei Gefühlsregung.

»Kann nicht oder will nicht?«, sagte Sybil spitz. Sie fragte sich, weshalb aufgeschnittene Pulsadern ihn am Treppensteigen hindern sollten.

Der Butler musterte sie einen Augenblick schweigend. Dann erwiderte er: »Er will nicht.«

Abbey machte einen Schritt auf Sybil zu. »Jetzt, wo wir schon da sind, will ich ihn auch sehen«, raunte sie. »Mir wird nichts passieren, keine Sorge. Ich werde rufen, falls ich Sie brauche.«

Sybil zögerte. »Ich werde mit hinaufgehen, aber im Flur warten«, sagte sie mit einem Blick auf die geschnitzten Holzmasken an den Wänden, die Fratzen waren ihr unheimlich. Sie wollte auf keinen Fall allein in dem Zimmer bleiben.

Abbey sah Winston an, und dieser nickte zustimmend. Er bat die beiden Frauen, ihm zu folgen.

Auf dem Treppenabsatz, wo eine Treppe nach links und eine nach rechts weiterführte, wandten sie sich nach rechts. Im zweiten Stock angelangt, gingen sie durch den langen Flur an mehreren Türen vorbei zur Vorderseite des Hauses. Schließlich blieb Winston vor einer Tür stehen, klopfte kurz an und öffnete sie dann.

»Miss Scottsdale, Sir.«

Kein Laut drang aus dem Zimmer. Winston forderte Abbey mit einer Handbewegung auf einzutreten. Abbey warf Sybil einen nervösen Blick zu, holte noch einmal Luft und betrat das Zimmer. Obwohl ihre Nerven zum Zerreißen gespannt waren, bemühte sie sich, Ruhe und Selbstsicherheit auszustrahlen.

Es war düster in dem Raum, die Fensterläden waren geschlossen und die schweren Vorhänge ein Stück zugezogen. Trotz der Hitze war es sehr kühl. Vor blau gestrichenen Wänden standen gelbbraune Sessel und ein Sofa. Auf dem Parkettfußboden lag ein Teppich in Royalblau und Gelbbraun. Ein paar nichts sagende Gemälde schmückten die Wände. Dem Raum fehlte es an Atmosphäre. Heath saß auf der anderen Seite des Zimmers in einem Sessel am Fenster. Er starrte auf die Vorhänge und drehte sich nicht um, als Abbey hereinkam.

»Heath«, sagte sie leise. »Wie geht es Ihnen?«

Keine Antwort.

»Heath!«

»Wie soll es mir schon gehen«, antwortete er trocken. »Oder anders ausgedrückt, was interessiert es Sie, wie es mir geht?«

»Aber natürlich interessiert es mich«, sagte Abbey bestürzt. »Sonst wäre ich doch nicht gekommen.«

»Ich dachte, Sie wollen nichts mehr mit mir zu tun haben. Was wollen Sie also noch hier?« Seiner Stimme war anzuhören, wie tief verletzt und enttäuscht er war.

Abbey hatte ein schlechtes Gewissen. »Ich habe nie gesagt, dass ich nichts mehr mit Ihnen zu tun haben will. Ich habe nur gesagt, dass ich es für besser halte, wenn wir eine rein freundschaftliche Beziehung pflegen. Das bedeutet aber nicht, dass es mich nicht interessiert, wie es Ihnen geht. Ich war außer mir, als ich hörte, dass Sie ... sich eine Verletzung zugefügt haben. Warum tun Sie so etwas, Heath?«

»Woher wissen Sie, dass ich ... versucht habe, meinem Leben ein Ende zu setzen?«

Abbey lief rot an. Sie wollte Dr. Ashbourne nicht in Schwierigkeiten bringen. »Das spielt keine Rolle«, wich sie aus. »Wichtiger ist doch, dass Sie alles haben, wofür zu leben es sich lohnt.«

»Das ist nicht wahr«, erwiderte Heath kopfschüttelnd. »Ich habe nichts von dem, was wirklich zählt. Ich habe zum Beispiel keine wahren Freunde.«

»Das kann ich nicht glauben«, sagte Abbey. Sie dachte an all die Frauen, mit denen er angeblich befreundet war.

Er schnaubte verächtlich. »Bekanntschaften habe ich viele, aber keine Freunde. Alle biedern sich doch nur an, weil sie etwas von mir wollen.«

»Das ist nicht wahr«, widersprach Abbey. »Ich will überhaupt nichts von Ihnen.«

Heath fand diese Bemerkung in Anbetracht der Umstände äußerst ironisch. »Sie sind kein Freund, und ein Freund ist das, was ich zurzeit am meisten brauche.«

»Diesen Eindruck hatte ich aber nicht«, sagte Abbey leise.

Sie dachte an seine leidenschaftliche Liebeserklärung auf dem Dach.

Ein verzweifelter Seufzer war die Antwort.

Abbey, die das Thema wechseln wollte, versuchte es auf anderem Wege. »Heath, Ihre Leute brauchen Sie, nicht nur hier im Herrenhaus, auch in der Mine. So viele Menschen sind von Ihnen abhängig! Sie dürfen sie nicht im Stich lassen«, beschwor sie ihn, um ihn aufzurütteln. »Reißen Sie sich zusammen, kämpfen Sie gegen Ihre Verzweiflung an!«

»Ich kann nichts dafür, Abbey. Ich fühle nichts als Leere in mir«, klagte er melodramatisch. »Ich werde niemals eine Ehefrau finden, niemals die Familie haben, die ich mir so sehr wünsche. Mein Leben ist öde und leer, und das wird es bleiben bis zu meinem Tod.«

Abbey eilte zu ihm. »So etwas dürfen Sie nicht sagen, Heath! Sie sind ein attraktiver Mann, und Sie haben ein wunderschönes Zuhause. Von einem Ehemann wie Ihnen kann eine Frau nur träumen! Ich könnte Ihnen eine ganze Reihe von Mädchen aufzählen, die alles dafür gäben, mit Ihnen ausgehen zu dürfen. Ich kenne natürlich niemanden aus Ihren Kreisen, aber ich bin sicher, es gibt genügend junge Frauen, die infrage kommen.«

»Jetzt fangen Sie schon wieder damit an! Es ist nicht wahr, dass ich mich nur mit Mädchen aus den besseren Kreisen verabrede. Falls Sie es noch nicht bemerkt haben: Es gibt hier nämlich nicht allzu viele davon. Und die, deren Bekanntschaft ich unerfreulicherweise gemacht habe, waren entweder fade wie Schmalz oder dumm wie Stroh.«

Abbey musste unwillkürlich lachen, verstummte aber sofort wieder und schlug sich die Hand vor den Mund. »Entschuldigung«, murmelte sie. Heath' Mundwinkel hatten sich eine winzige Spur angehoben. »War das etwa ein Lächeln?«

»Nein, war es nicht«, knurrte Heath, aber es fiel ihm schwer, eine finstere Miene zu machen.

Abbey ging vor ihm in die Hocke und legte ihre Hand auf

seine. Der Anblick seiner bandagierten Handgelenke rief ihr den Ernst der Situation ins Bewusstsein zurück. »Heath, Sie müssen mir versprechen, dass Sie keine Dummheiten mehr machen.«

»Das kann ich nicht«, entgegnete er mit zittriger Stimme. Er wandte das Gesicht ab.

»Wenn ich Ihnen meine Freundschaft anbiete, versprechen Sie es mir dann?«

Heath sah sie forschend an. »Meinen Sie das wirklich ernst? Ich will kein Mitleid, Abbey. Ich will echte Gefühle, auch wenn es nur Freundschaft ist.«

»Ich biete Ihnen meine aufrichtige Freundschaft an, Heath«, beteuerte Abbey.

Sybil, die im Flur neben der offenen Tür stand und alles mit anhörte, konnte nur den Kopf schütteln. Sie war lange genug am Theater gewesen, sie verstand etwas von Schauspielerei, und sie war überzeugt, dass Heath die Vorstellung seines Lebens gab. Die Frage war nur, was er damit erreichen wollte. Was wollte er von Abbey, vom Offenkundigen einmal abgesehen? Warum gerade Abbey, wo er doch jede andere Frau bekommen konnte? Was führte er im Schilde?

»Ich weiß auch nicht, was mit mir los ist, Abbey«, winselte Heath kläglich.

»Vielleicht haben Sie den Verlust Ihres Vaters noch nicht verkraftet. Vielleicht würden Sie sich besser fühlen, wenn Sie Zeit gehabt hätten, sich mit ihm auszusöhnen.«

Heath sah sie treuherzig an. »Ich könnte ihm niemals vergeben, was er Ihnen angetan hat, Abbey. Das quält mich furchtbar.«

Abbey war gerührt.

»Es tut mir auch leid, dass ich Ihnen Angst gemacht habe. Ich war wie von Sinnen, getrieben von meiner Begierde. Dafür gibt es keine Entschuldigung. Es war dieser schreckliche Tag, die Beerdigung... Bitte verzeihen Sie mir.«

»Ich habe Ihnen längst verziehen«, erwiderte Abbey lächelnd.

»Dann können wir wirklich Freunde sein?«

»Aber ja.«

»Ich danke Ihnen.« Heath umarmte sie, und Abbey ließ es geschehen. Das triumphierende Glitzern in seinen Augen sah sie nicht.

Jack, Elias, William, Tom und Wilbur hatten fast zwei Stunden lang vergeblich nach den Aborigines gesucht, die ihnen so viel Ärger machten. Wilbur war mehrmals abgestiegen und hatte nach Fährten gesucht, aber die Eingeborenen hatten ihre Spuren geschickt verwischt.

Alles, was sie gefunden hatten, waren einige Schaffelle, was die Männer in Wut versetzte; vor allem Jack war hell empört, weil die getöteten Tiere zu seiner Herde gehört hatten, wie am Brandzeichen zu erkennen war. Keiner von ihnen kam auf den Gedanken, dass die Häute absichtlich dort hinterlegt worden waren, damit sie gefunden wurden. Auf Anama stießen sie auf ein Eingeborenenlager mit mehreren Frauen und Kindern. Wilbur fragte sie nach den Männern, die sie suchten, aber die Frauen behaupteten, die Gesuchten gehörten einem anderen Clan an.

»Soll ich sie wegjagen, Boss?«, fragte Wilbur.

»Nein, lass sie«, antwortete Jack. »Aber sie sollen ihren Männern sagen, dass sie die Finger von unseren Schafen lassen sollen.«

Sie schlugen die Richtung ein, in der Williams Farmhaus lag. Unterwegs entdeckten sie mehrere Lagerfeuer, deren Glut bereits erkaltet war.

»Ich bin der Meinung, du solltest mit Martha nach Bungaree kommen, bis wir das Problem gelöst haben«, sagte Jack zu seinem Bruder. »Vor allem jetzt, wo es nur noch wenige Wochen bis zur Niederkunft sind und Martha verletzlicher als je zuvor ist.«

»Du kennst Martha doch, Jack. Sie will trotz allem nicht von zu Hause weg. Erst gestern Abend habe ich wieder versucht, sie dazu zu überreden, aber sie weigert sich hartnäckig. Ein Glück, dass sie wenigstens mit dem Gewehr umzugehen weiß.« Da sie

Ernie zur Farm geschickt hatten, um die Augen offen zu halten, war William ein wenig beruhigter.

Jack zog witternd die Luft ein. »Es riecht nach Rauch.«

Die Männer drehten sich im Kreis und hielten Ausschau.

»Dort drüben«, rief Elias und zeigte nach Westen.

Sie schwangen sich wieder in den Sattel.

»Das ist kein Lagerfeuer«, gab Jack panisch zurück, »das ist ein Buschfeuer!«

In gestrecktem Galopp ritten sie die Anhöhe hinauf, wo Rauch über einem Feuer stand. Zum Glück wuchs das Gras nur spärlich hier oben, das Feuer hatte sich nicht ausbreiten können. Sie sprangen von ihren Pferden, traten die Flammen aus und kickten Erde auf die schwelende Glut. Der Schweiß tropfte ihnen von der Stirn, als sie endlich sicher sein konnten, dass der Wind das Feuer nicht wieder anfachen würde. Sie hatten nur einen kleinen Augenblick verschnauft, als Wilbur plötzlich aufgeregt in die Ferne zeigte, wo ein weiteres Feuer ausgebrochen war. In aller Eile stiegen sie auf und setzten ihre Pferde in Galopp. Da sie dieses Feuer schneller entdeckt hatten, war es kleiner als das erste und bald gelöscht.

Keuchend und verschwitzt standen sie da und gönnten sich eine kleine Pause. Wilbur blickte in die Runde.

»Dort drüben, Boss«, sagte er auf einmal und zeigte mit dem Kinn auf einen Hügel in der Ferne. »Schwarze.«

Jack sah zu den Aborigines hinüber. »Wisst ihr, was ich glaube?«, sagte er langsam. »Dass wir das Ganze verkehrt anfangen.«

»Wie meinst du das?«, fragte Tom, eine Hand schon auf dem Sattelknauf. Er konnte es kaum erwarten, diesen Burschen nachzusetzen und sie in die Mangel zu nehmen.

»Ich meine, dass wir Frieden mit ihnen schließen sollten.«

»Bist du verrückt?«, brauste Tom auf. »Wir müssen dieses Pack von unserem Land verjagen!«

»Überleg doch mal. Wir können sie nicht ständig im Auge behalten, und wir können auch unsere Häuser und unsere Herden nicht ständig bewachen. Was haben wir heute gefunden? Schaffelle und Feuer. Was sagt uns das?«

Tom schwieg nachdenklich.

»Er hat Recht«, sagte William. »Sie könnten unser Vieh töten, unsere Häuser niederbrennen...« Er verstummte und schluckte schwer. Der Gedanke, Martha und ihr ungeborenes Kind zu verlieren, war mehr, als er ertragen konnte. »Ich will das Leben meiner Familie nicht aufs Spiel setzen.«

»Was schlägst du vor?«, fragte Tom, der noch nicht ganz überzeugt war.

»Ernie und Wilbur sollen mit ihnen reden«, erwiderte Jack mit einem Seitenblick auf Wilbur. »Die Aborigines denken, wir haben ihnen ihr Land gestohlen. Ich weiß nicht, ob sie unser Friedensangebot akzeptieren und was sie als Ausgleich verlangen, aber wir müssen es versuchen.«

18

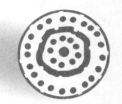

Sybil und Abbey, die guter Dinge war, weil Heath ihre Freundschaft akzeptiert hatte, machten sich unverzüglich auf den Nachhauseweg. Fieberhaft überlegte Jacks Mutter, wie sie das Gespräch auf den jungen Mason lenken könnte. Er war in ihren Augen ein begnadeter Schauspieler – Abbey merkte offensichtlich nicht, dass er ihr nur etwas vormachte. Dann löste sich ihr Problem ganz von selbst, indem Abbey zu sprechen begann.

»Ich glaube, Heath geht es nach unserem Besuch schon viel besser, Mrs. Hawker«, sagte sie glücklich. »Er wird sich bestimmt nichts mehr antun.«

»Ich frage mich weiter, warum er das gemacht hat. Hat er Ihnen einen Grund genannt?« Sybil hatte seine angebliche und ihrer Meinung nach unsinnige Erklärung ja gehört, aber sie wollte wissen, wie Abbey darüber dachte. Sie wollte sie nicht verletzen, indem sie ihr klarmachte, was sie persönlich von Heath' fadenscheinigen Motiven und seinen Beteuerungen hielt.

»Er sagt, er fühlt sich furchtbar einsam, er ist allein und hat keine richtigen Freunde. Ich glaube eher, es macht ihm zu schaffen, dass er sich nicht mehr mit seinem Vater aussöhnen konnte.« Auch Abbey war keine Zeit geblieben, sich noch mit ihrem Vater zu versöhnen. Aber wenigstens hatte er gewusst, wie sehr sie ihn liebte, und das tröstete sie ein wenig. Ebenezer und Heath dagegen waren seit langem zerstritten.

»Einsam?«, wiederholte Sybil ungläubig. »Er ist jung, reich und sieht gut aus. Ein Mann wie er muss doch eine Menge Freunde haben und ganz besonders bei den Damen beliebt sein.«

Abbey schmunzelte, als sie an seine ziemlich unfreundliche, aber erheiternde Bemerkung über die Mädchen aus den besseren Kreisen denken musste. »Sollte man meinen, nicht wahr? Er hat sicher zahllose Bekannte, aber anscheinend keine echten Freunde. Jedenfalls empfindet er es so.«

Sybil erwiderte nichts darauf, dachte aber bei sich, dass an Heath selbst auch nichts echt war.

Kurz nach Sybil und Abbey kamen Jack und Tom nach Hause. Sie hatten das Haus noch nicht richtig betreten, als Sybil die Nase kraus zog.

»Hier riecht's nach Rauch.« Sie schnupperte erst an Jacks Hemd, dann an dem von Tom. »Eure Sachen riechen nach Rauch.«

»Wir mussten ein kleines Feuer draußen auf dem Weideland löschen«, sagte Jack beiläufig. Er wollte seine Mutter nicht beunruhigen.

»Wie ist es denn entstanden?«, fragte Sybil sofort. Sie hatte immer schon Angst vor einem Buschfeuer in der Nähe des Hauses gehabt. Hier wuchsen hunderte von Eukalyptusbäumen, darunter einige unmittelbar neben dem Farmhaus, und wenn sie in Brand gerieten, explodierten sie manchmal regelrecht.

»Wahrscheinlich durch ein Lagerfeuer der Aborigines. Der Wind muss ein paar Funken ins dürre Gras geweht haben.«

»Merkwürdig«, meinte Ralph. »Die Aborigines achten doch peinlich genau darauf, dass sie ihre Feuer löschen, wenn sie weiterziehen.«

»Ja, das habe ich auch gehört«, pflichtete Clementine ihm bei.

»Also gut, also gut!« Jack hob entnervt beide Hände. »Wir vermuten, dass die Eingeborenen das Feuer absichtlich gelegt haben. Das heißt, eigentlich waren es zwei Feuer.«

»Was? Aber wieso tun sie denn so etwas?«, fragte Sybil panisch.

»Nun, sie betrachten das Land als ihr Eigentum und sehen in uns Eindringlinge, die sie vertreiben wollen. Es gab im Lauf der

Jahre immer wieder mal Ärger mit ihnen, sie haben Schafe gestohlen und sich mit unseren Hirten angelegt, aber bis jetzt haben sie uns noch nie mit Speeren angegriffen so wie gestern. Ich will nicht, dass noch mehr passiert.« Jack bezweifelte, dass sie Tom wirklich hatten treffen wollen, da er nur eine Fleischwunde im Arm hatte. Ein Aborigine war selbst aus größerer Entfernung imstande, ein hüpfendes Känguru mit dem Speer zu erlegen.

»O Gott, Jack, sie werden uns doch nicht das Haus anzünden, oder?«, fragte Sybil zu Tode erschrocken.

»Nein, Mutter, keine Angst, so weit wird es nicht kommen. Ich will mit ihnen verhandeln, damit sie Ruhe geben.«

»Was hast du vor?«, fragte Clementine ängstlich.

»Ich weiß noch nicht genau. Vielleicht werde ich ihnen anbieten, dass wir ihnen einmal die Woche eine größere Menge Fleisch liefern. Irgendetwas in der Art.«

»Ich würde dieses Gesindel abknallen und damit basta«, knurrte Tom. Er fing Abbeys entsetzten Blick auf und bekam rote Ohren. »Das war nur ein Scherz«, meinte er verlegen, als ihm klar wurde, was Abbey von ihm denken musste. »Das können wir natürlich nicht machen«, fügte er hinzu, aber es klang wenig überzeugt.

Sybil bedachte ihren Jüngsten mit einem vernichtenden Blick. Sie hatte den starken Verdacht, dass Tom nicht zögern würde, die Aborigines zu erschießen, wenn er ungeschoren davonkäme. Er hatte nichts gegen die »zivilisierten« Ureinwohner wie Ernie und Wilbur und die wenigen, die auf seiner Farm arbeiteten, aber mit den »Wilden« Stammes-Aborigines, die über sein Land zogen, wollte er seine Zeit nicht vergeuden.

»Was du auch vorhast, Jack, warte nicht zu lange damit, sonst verschärft sich die Lage noch«, drängte Sybil.

Es klopfte an der Hintertür, jemand rief nach Jack. Als dieser hineilte und öffnete, stand Elias vor ihm.

»Max ist verschwunden, Boss«, sagte der Vormann. »Wir haben eine Schafherde auf eine andere Weide getrieben, und plötzlich war Max nicht mehr da.«

Jack blickte besorgt drein. »Er kann sich doch nicht in Luft aufgelöst haben. Habt ihr alles abgesucht?«

Elias nickte. »Eine halbe Stunde lang habe ich gerufen und gepfiffen und gesucht. Ich dachte, vielleicht ist er nach Hause zurückgelaufen, aber hier ist er auch nicht.«

»Ich komme«, sagte Jack. »Ben soll mir ein frisches Pferd satteln.«

»Mir auch!«, rief Tom aus dem Hintergrund.

»Danke, Tom. Wir werden uns aufteilen.«

»Seid vorsichtig«, rief Sybil ihren Söhnen nach, als diese hinauseilten. Sie wandte sich zu Abbey, Clementine und Ralph um. »Das gefällt mir gar nicht, dass sie sich aufteilen wollen. Sie wären sicherer, wenn sie zusammenblieben.« Einen Augenblick rang sie nervös die Hände, dann steuerte sie zielstrebig auf das Sideboard zu, auf dem eine Flasche Sherry stand, und schenkte sich ein Glas ein. »Ich brauche etwas, um meine Nerven zu beruhigen. Sonst noch jemand?«

Clementine und Ralph meinten, sie könnten auch einen Schluck vertragen. Sybil goss zwei weitere Gläser voll und schenkte nach kurzem Zögern noch ein drittes ein. »Ich glaube, Ihnen könnte ein Gläschen auch nicht schaden, Abbey«, meinte sie.

Dieses Mal sagte Abbey nicht Nein.

Jack ritt über Bungaree und rief und pfiff nach Max, aber der Hund blieb verschwunden. Er kehrte an die Stelle zurück, wo Elias ihn zuletzt gesehen hatte, und bat Ernie, nach Fährten zu suchen, aber nachdem einige hundert Schafe und zwei andere Hunde über den Boden getrampelt waren, war es selbst für einen guten Fährtensucher schier unmöglich, eine einzelne Spur ausfindig zu machen. Zu allem Unglück war auch noch ein heißer Nordwind aufgekommen, der den Staub aufwirbelte und alle Spuren verwischte.

»Kann nichts erkennen, Boss«, sagte Ernie kopfschüttelnd.

»Ich verstehe das nicht.« Jack machte sich ernsthaft Sorgen.

»Max würde nicht einfach weglaufen.« Es war noch nie vorgekommen, dass einer der Hunde das getan hatte.

»Vielleicht hat er sich erschrocken und ist nach Hause gerannt, Boss«, meinte Ernie.

»Nein, dort ist er auch nicht. Und ich habe es noch nie erlebt, dass Max vor irgendetwas Angst gehabt hätte, nicht einmal vor einer Schlange. Er hat schon ein paar Dutzend getötet.« Ihm fuhr durch den Kopf, Max könnte eine Schlange aufgescheucht haben und gebissen worden sein. Jack durfte gar nicht daran denken, dass er womöglich irgendwo lag und elend zugrunde ging. Noch hoffte er, sein treuer Begleiter werde nach Hause zurückkehren. Vorsichtshalber hatte er das hintere Tor offen gelassen, damit der Hund jederzeit in den Hof konnte.

»Wir werden die Augen offen halten, Boss«, versprach Ernie, der weiter nach einer brauchbaren Fährte suchen wollte. Tom war nach Anama zurückgeritten, weil er sich um sein Vieh kümmern musste, aber auch er würde weiterhin nach Max Ausschau halten.

Jack, Elias und Ernie setzten die Suche bis in die frühen Abendstunden fort. Jack hatte gehofft, Jasper und Rex würden Max mit ihren ausgezeichneten Nasen aufspüren, aber auch sie fanden keine Fährte. Nachdem sie praktisch jeden Quadratzentimeter abgesucht hatten, schickte er Elias mit den völlig abgekämpften Hunden nach Hause.

»Kommst du nicht mit?«, fragte Elias. Jacks Gesicht war von Erschöpfung gezeichnet.

»Nein, Ernie und ich werden noch eine Weile weitersuchen. Lass das hintere Tor weiter offen, wenn Max noch nicht da ist, damit er reinkann, und bring Jasper und Rex in die Scheune.«

»In Ordnung, Boss.«

Max war nicht zurückgekommen. Elias wollte Jasper und Rex gerade in die Scheune bringen, als Abbey, die in der Hintertür stand, ihn rief.

»Hat Mr. Hawker Max gefunden, Elias?« Sie hatte in regelmäßigen Abständen nach dem Hund Ausschau gehalten.

»Nein«, antwortete Elias mürrisch wie immer. »Jasper und Rex werden heute Nacht in der Scheune bleiben, damit das Tor zum Hof offen bleiben kann. Sagen Sie Elsa und Marie bitte, dass sie die Hunde füttern und ihnen frisches Wasser geben sollen?«

»Ja, mach ich. Glauben Sie, Max wird von allein zurückkommen?«

Elias zuckte mit den Schultern. »Was ich glaube oder nicht, ist unwichtig.«

Abbey, verdutzt über die schroffe Antwort, entgegnete: »Ich hätte nur gern Ihre Meinung gehört.«

Elias sah sie einige Sekunden lang schweigend an. »Ich glaube, dass ihm etwas zugestoßen ist«, sagte er dann. »Schätze, er wird nicht mehr am Leben sein, wenn wir ihn finden. Falls wir ihn überhaupt finden.«

»Meinen Sie wirklich? O Gott, das wird Mr. Hawker das Herz brechen«, sagte sie mitleidig. Aber nicht nur Jack, auch sie selbst wäre traurig, weil Max ihr trotz der kurzen Zeit, die sie erst auf Bungaree Station war, so sehr ans Herz gewachsen war.

»Er wird's überleben«, knurrte Elias und stapfte vom Hof.

Abbey starrte ihm offenen Mundes nach. Wie konnte ein Mensch so gefühllos sein? Was hatte er erlebt, dass er so abgestumpft war?

Sie wandte sich langsam um und ging zurück ins Haus. Sybil, die Elias' Stimme gehört hatte, fragte, ob es etwas Neues gebe. Abbey verneinte. »Elias glaubt, dass Max nicht mehr am Leben ist und dass er vielleicht nie gefunden wird. Als ich sagte, das werde Ihrem Sohn das Herz brechen, meinte er lediglich, er werde es überleben. Wie kann man nur so herzlos sein!«

Sybil zuckte die Achseln. »Die meisten Farmer und Viehzüchter scheinen keine Gefühle ihren Tieren gegenüber zu haben. Sie müssen ihr Vieh schlachten oder es verkaufen, und dauernd passieren Unfälle – viele mit tödlichem Ausgang, zum Beispiel durch einen Schlangenbiss. Eine Beziehung zu jedem einzelnen Tier aufzubauen können die Farmer sich nicht leisten. Mein Sohn ist die Ausnahme, die die Regel bestätigt, und ich weiß offen gestanden nicht, ob das so gut ist.«

Plötzlich platzte Sabu herein. »In der Scheune sind Hunde«, sagte er in höchster Erregung. »Wie soll ich beten, wenn Hunde da drinnen sind?«

»Rex und Jasper sind bestimmt völlig erschöpft von dem langen Tag, Sabu, sie werden dich sicher nicht belästigen«, meinte Sybil beschwichtigend.

»Ich brauche zum Beten absolute Ruhe«, beharrte der Koch fast hysterisch. »Ich kann nicht in Gegenwart von *Hunden* beten!«

»Max ist verschwunden, Rex und Jasper sollen heute Nacht in der Scheune bleiben, damit das Tor offen bleiben kann«, erklärte Abbey.

»Du wirst dir eben einen anderen Platz zum Beten suchen müssen, Sabu«, fügte Sybil ungerührt hinzu.

Sabus Augen wurden schmal, seine Nasenflügel bebten vor Empörung. Man konnte ihm ansehen, wie entrüstet er über die Respektlosigkeit war, die man dem für ihn so wichtigen Bestandteil seines Lebens entgegenbrachte.

Abbey spürte, dass sich etwas zusammenbraute. Aber einen Streit konnte sie im Moment nicht vertragen, sie sorgte sich viel zu sehr um Jack und Max. »Sie könnten doch auf dem Balkon beten, Sabu. Dort oben ist es herrlich friedlich und still.«

»Pah!«, machte Sabu ärgerlich. »Wie kann es friedlich und still sein bei so vielen Leuten im Haus?« Er warf genervt die Arme hoch und stapfte davon.

»Jetzt wird er tagelang beleidigt sein«, meinte Sybil und verdrehte die Augen.

»Wollen wir hoffen, dass Max heute Nacht zurückkommt«, sagte Abbey. »Dann brauchen wir Jasper und Rex nicht mehr in die Scheune zu sperren.«

Sie bat Elsa und Marie, den Hunden das Fressen zu bringen

und ihnen einen Eimer Wasser hinzustellen. Da Jasper und Rex viel länger als sonst unterwegs gewesen waren, waren sie rechtschaffen müde und rollten sich nach dem Fressen gleich im Stroh zusammen.

Eine weitere Stunde verging, und Jack war noch nicht zurückgekehrt. Abbey machte sich große Sorgen. Sie beschäftigte sich, so gut es ging, um sich abzulenken. Elsa und Marie hatten sich in ihre Zimmer zurückgezogen, und Sabu war nach dem Abendessen ebenfalls verschwunden.

Sybil hatte Tee für sie beide gekocht und war dann in ihr Zimmer gegangen. Nachdem Abbey das Geschirr gespült hatte, sammelte sie die schmutzige Wäsche ein, trug sie zum Waschhaus hinüber und warf sie in den Wäschetrog, damit Marie sie am anderen Tag waschen konnte.

Plötzlich hörte sie ein seltsames Geräusch. Kam es von den Insekten, die, vom Licht angezogen, gegen die Fenster des Wohnhauses flogen, oder von den Grillen im Gras? Abbey erstarrte. Sie hatte keine Laterne mitgenommen, nur aus dem Küchenfenster fiel ein schwacher Lichtschein in den Garten und durch die offene Tür in die Waschküche. Abbey schlug das Herz bis zum Hals. Sie war sicher, dass sie sich das Geräusch nicht eingebildet hatte. Angestrengt starrte sie in die Dunkelheit. Sie konnte den Tisch an der hinteren Wand der Waschküche erkennen und den Schrank.

»Wer ist da?«, rief sie ängstlich und warf einen Blick unter den Tisch, sah aber nichts außer einem Korb und zwei Eimern, von dem der eine voller Putzlappen war. Wieder hörte sie das merkwürdige Geräusch, fast ein Wimmern. Es kam vom Waschtrog hinter der Tür. Abbey bückte sich, spähte vorsichtig unter den Trog und blinzelte. Etwas hob sich dunkel von den Schatten ringsum ab. Mit angehaltenem Atem versuchte Abbey zu erkennen, was es war, als sie plötzlich von zwei leuchtenden Augen angestarrt wurde. Abbey fuhr erschrocken zurück.

Ihr Herz raste, ihr Mund war ganz trocken, aber sie nahm all ihren Mut zusammen, bückte sich abermals und fragte leise: »Bist du das, Max?« Nichts rührte sich. Doch dann fiel ihr etwas Helles auf, das seitlich unter dem Trog hervorschaute: Es war die weiße Schwanzspitze des Hundes.

Grenzenlose Erleichterung überkam Abbey. »Hast du mich vielleicht erschreckt! Was machst du denn da unten, Max? Weißt du eigentlich, dass alle nach dir suchen und ganz krank vor Sorge um dich sind?« Als Max nicht aus seinem Versteck kam, ließ sie sich auf allen vieren nieder, um besser sehen zu können. Mit der rechten Hand tastete Abbey sich vorsichtig vor und schreckte abermals zurück.

»Iiihh!« Etwas Klebriges haftete an ihrer Hand. Sie hielt sich die Hand dicht vors Gesicht. Erst nach ein paar Sekunden wurde ihr klar, dass es Blut war. Der Schreck fuhr ihr in die Knochen. Offenbar war Max verletzt. »O nein«, flüsterte sie. Abbey schob sich so nahe wie möglich an den Trog heran, aber sie konnte nicht viel erkennen, weil es zu dunkel war. »Komm doch raus, Max! Na komm schon, sei ein braver Junge«, lockte sie ihn. Aber Max rührte sich nicht.

Nach einer Weile gab Abbey auf. »Ich bin gleich wieder da, Max«, sagte sie. Sie stand auf, ging hinaus, machte die Tür hinter sich zu, damit der Hund nicht weglaufen konnte, rannte zum Haus zurück und holte eine Laterne. Wieder im Waschhaus stellte sie die Laterne auf den Fußboden. Jetzt erst sah sie die Blutspur, die von der Tür zum Waschtrog führte, und die Blutlache, die sich unter dem Trog ausgebreitet hatte.

Abbey kniete sich hin. Max kauerte an der Wand. Er zitterte am ganzen Körper wie Espenlaub, ließ den Kopf hängen und legte ängstlich die Ohren an. Eins seiner Hinterbeine, das auf der von Abbey abgewandten Seite, war voller Blut. Irgendetwas steckte in der grässlichen Wunde.

»O Gott«, stöhnte Abbey und schlug sich entsetzt die Hand vor den Mund. »Was hast du denn nur gemacht?« Ob er sich in einem Weidezaun verfangen hatte? Ihre Augen füllten sich mit Tränen. Wenn doch nur Jack da wäre!

Sie überlegte fieberhaft. Sie musste etwas tun, die Wunde musste versorgt werden, sonst verblutete Max am Ende noch. In ihrer Panik beschloss Abbey, Elias zu holen.

Sie ließ die Laterne im Waschhaus und schloss die Tür hinter sich. Inzwischen war der Mond aufgegangen, es war hell genug, dass sie etwas sehen konnte. Sie lief aus dem Hof und zum Cottage des Vormanns. Als sie an der Sattelkammer neben den Ställen vorbeikam, sah sie Elias, der Sattel und Saumzeug versorgte.

»Elias! Max ist wieder da, aber er ist schwer verletzt!«, rief sie.

Elias ließ alles stehen und liegen und eilte hinaus. »Wo ist er denn?«

»Im Waschhaus«, keuchte Abbey. »Er versteckt sich unter dem Waschtrog. Er hat eine schlimme Wunde am Hinterbein.«

»Kommen Sie, ich werde es mir anschauen, dann sehen wir weiter.«

Die beiden hetzten zur Waschküche zurück. Elias kniete sich hin und guckte unter den Trog. Max lag apathisch auf der Seite. Die Blutlache rings um sein Bein war noch größer geworden.

Elias besah sich das Bein und sagte kein einziges Wort. Schließlich stand er auf. »Ich hol mein Gewehr.«

»Was?« Abbey starrte ihn fassungslos an. »Aber wozu denn?«

»Er hat Schmerzen. Er muss von seinen Qualen erlöst werden. Er macht's sowieso nicht mehr lange.«

Abbey brachte vor Bestürzung kein Wort hervor. »Sie können ihn doch nicht einfach erschießen«, stammelte sie.

»Das ist das Barmherzigste, was ich für ihn tun kann«, erwiderte Elias sachlich.

Abbeys Bestürzung schlug in Wut um. »Nein, kommt nicht infrage! Max gehört Mr. Hawker, und wenn jemand diese Entscheidung treffen wird, dann er! Er liebt Max, er wird alles versuchen, um ihn zu retten, das weiß ich genau.«

»Ich bin der Vormann und Jacks rechte Hand. Ich treffe hier die Entscheidungen, wenn er nicht da ist«, gab Elias grimmig zurück. »Jack wird bestimmt nicht wollen, dass ich zusehe, wie der Hund verblutet.« Damit drehte er sich um und polterte aus der Waschküche.

Abbey war wie betäubt. Sie schaute Max an, der sie aus seinen großen braunen Augen ansah, als flehte er sie um Hilfe an. Er hatte sicherlich schreckliche Schmerzen, aber er hatte es trotz allem bis nach Hause geschafft, und jetzt wollte Elias ihn erschießen? »Das werde ich nicht zulassen, Max, hab keine Angst, er wird dir nichts tun.«

Abbey blickte sich gehetzt um. Da die Tür zur Waschküche kein Schloss hatte, musste sie sich anders behelfen. Sie schob mit aller Kraft den Schrank, dann den Tisch vor die Tür. Keuchend stand sie da und schnappte nach Luft. Da kam Elias zurück. Wütend rüttelte er an der Tür. Abbey stemmte sich mit aller Kraft gegen den Tisch.

»Verschwinden Sie!«, schrie sie außer Atem. »Hier kommen Sie nicht rein! Wenn *Sie* dem Hund schon nicht helfen wollen, dann lassen Sie es *mich* wenigstens versuchen.«

»Machen Sie auf!«, donnerte Elias. »Haben Sie nicht gehört? Aufmachen, sonst breche ich die Tür auf!«

»Hauen Sie ab!«, kreischte Abbey hysterisch. Obwohl sie sich mit ihrem ganzen Gewicht dagegenstemmte, rutschten Tisch und Schrank langsam, Zentimeter für Zentimeter, zur Seite. Gegen einen kräftigen Mann wie Elias kam sie nicht an. »Verschwinden Sie!«

»Was ist denn hier los?«, fragte plötzlich jemand.

Abbey fiel ein Stein vom Herzen, als sie Jacks Stimme erkannte. Ein Glück, dass er zurückgekehrt war.

»Was soll das, Elias? Was machst du denn da?«

»Jack!«, schrie Abbey, bevor Elias antworten konnte. In ihrer Aufregung merkte sie nicht einmal, dass sie ihn beim Vornamen genannt hatte. Dazu hatte sie sich bisher noch nicht durchringen können, obwohl er es ihr schon angeboten hatte. »Max ist hier drin! Er ist schwer verletzt.«

»Was?«

Abbey schob erst den Tisch, dann den Schrank so weit zur Seite, dass Jack hereinschlüpfen konnte. Er sah Abbey verwirrt an – er verstand nicht, weshalb sie sich in der Waschküche verbarrikadiert hatte. Dann fiel sein Blick auf Max. »O Gott, Max, was ist denn mit dir passiert?«, fragte er leise. Ernie hatte eine Blutspur entdeckt, die zur Straße führte. Jack hatte sich keinen Reim darauf machen können. Weshalb war der Hund, der offenbar verletzt war, in Richtung Straße geflüchtet? Sie waren der Spur zum Farmhaus gefolgt.

Als Max die Stimme seines Herrchens hörte, wedelte er tapfer mit dem Schwanz und kroch auf dem Bauch unter dem Trog hervor. Jack kniete sich hin und untersuchte die klaffende Wunde. Er war sichtlich erschüttert.

»Abbey, holen Sie ein paar Handtücher, eine Schüssel sauberes Wasser und das Jod aus dem Haus. Und ein paar von den Binden, die Dr. Ashbourne für Ralph dagelassen hat.«

Abbey zögerte. Wollte Jack sie loswerden? Er musste doch die Waffe in Elias' Händen gesehen haben, musste wissen, was dieser vorhatte. »Sie werden Max doch nicht erschießen, oder?«, hauchte sie.

»Was?« Jack sah sie verdutzt an. »Nein, natürlich nicht. Gehen Sie schon, beeilen Sie sich, er hat schon eine Menge Blut verloren.«

Abbey lief hinaus und warf Elias im Vorbeigehen einen finsteren Blick zu. Elias' Miene verriet keinerlei Gefühle.

Als Abbey zurückkam, redete Jack beruhigend auf Max ein und streichelte ihn. Alles werde gut, aber er müsse tapfer sein, sagte er zu dem Hund. Die Szene ging Abbey zu Herzen.

Nachdem sie ein Handtuch auf dem Tisch ausgebreitet hatte, hob Jack den Hund mit Elias' Hilfe vorsichtig hoch und bettete ihn auf das Tuch. Max war so schwach, dass er keinen Widerstand leistete. Jack säuberte die Wunde behutsam. »Gut, und jetzt halt ihn fest«, sagte er zu Elias. »Das wird verdammt wehtun, ich will nicht, dass er vom Tisch springt.«

Elias nickte. Abbey legte beide Hände um den Kopf des Hundes und sprach beruhigend auf ihn ein. Jack holte noch einmal Luft, packte dann das Ding, das in Max' Bein steckte, und riss es aus der Wunde. Max jaulte auf und versuchte, sich aus Elias' Griff zu winden, doch der Vormann hielt ihn fest.

»Tut mir leid, dass ich dir wehtun musste, aber das Schlimmste hast du überstanden, mein Junge«, sagte Jack und fuhr dem Hund liebevoll übers Fell. »Das hast du gut gemacht. Du wirst sehen, bald geht es dir wieder besser.« Seinem Gesichtsausdruck nach zu urteilen war er aber keineswegs davon überzeugt.

Er sah Abbey an. »Er hat viel zu viel Blut verloren. Zum Glück ist wenigstens nichts gebrochen. Ich weiß nicht, ob er durchkommen wird, aber wir müssen ihm eine Chance geben.« Seine Stimme war brüchig geworden. Abbey sah ihm an, dass er sich nur mühsam zusammenreißen konnte.

Jack säuberte die Wunde aufs Neue, desinfizierte sie und legte einen Verband an. Dann bat er Elias, ein paar Decken aus dem Stall zu holen und in die Scheune zu bringen, damit sie ein Lager für Max machen konnten. Als Elias gegangen war, drehte sich Jack zu Abbey um.

»Warum haben Sie sich in der Waschküche verbarrikadiert?«, wollte er wissen.

Abbey guckte ihn groß an. Wie sollte sie ihm beibringen, dass sein Vormann, seine rechte Hand, drauf und dran gewesen war, Max zu erschießen?

»Was sollte dieses Geschrei? Elias hat Max doch nur helfen wollen.«

Abbey war fassungslos. Wie war es möglich, dass er die Situation so falsch einschätzte? »Glauben Sie etwa, ich hätte Elias daran hindern wollen, Max zu helfen?«

»Den Anschein hatte es jedenfalls«, entgegnete Jack. Er griff nach dem Gegenstand, den er aus der Wunde entfernt hatte, drehte ihn hin und her und betrachtete ihn stirnrunzelnd.

Abbey stand da wie vom Donner gerührt. Sie konnte nicht glauben, dass Jack zu diesem Schluss gelangt war. Jack bemerkte ihre Betroffenheit nicht, weil er sich mit dem merkwürdigen Ding beschäftigte, das er aus der Wunde gezogen hatte. Zu guter Letzt tauchte er es in die Wasserschüssel und schwenkte es ein paarmal hin und her. Abbey beobachtete, wie seine Miene erst Neugier, dann ungläubiges Staunen und schließlich Wut spiegelte.

»Was ist das?«, fragte sie.

»Eine Speerspitze. Von einem Aborigine-Speer. Sie haben einen Speer nach ihm geschleudert!« Sein Gesicht lief hochrot an. »Die Spitze muss den Knochen getroffen haben und ist dann abgebrochen.« Er dachte an die Blutspur, die zur Straße führte. Hatten sie etwa Jagd auf Max gemacht?

»Jetzt reicht's!«, stieß er wutentbrannt hervor. »Dieses Mal sind sie zu weit gegangen! Ich dachte, dass Tom getroffen wurde, sei nur ein Unfall gewesen, ich dachte, sie hätten nur versucht, uns Angst einzujagen, aber das hier war kein Unfall!«

»Was haben Sie jetzt vor?«, fragte Abbey leise.

»Dafür werden sie bezahlen.« Seine Stimme zitterte vor ohnmächtiger Wut. »Tom oder einer von euch anderen hätte tot sein können. Es ist ein Wunder, dass Max noch am Leben ist. Er war bei der Herde und hat seine Arbeit verrichtet, er hat es nicht verdient, dass man Jagd mit einem Speer auf ihn macht. Eigentlich hatte ich vor, diesen Burschen entgegenzukommen, aber das ist vorbei. Jetzt werden sie mich kennen lernen!«

Abbey schaute Jack stumm an. Seine grimmige Entschlossenheit flößte ihr Angst ein.

19

Nachdem Jack und Elias den verletzten Max in die Scheune getragen und auf weiche Decken gebettet hatten, kamen Jasper und Rex vorsichtig näher. Sie beschnupperten sein bandagiertes Bein ausgiebig, aber Max zeigte keine Reaktion, auch nicht, als Rex ihm über Gesicht und Schnauze leckte. Nach einer Weile legten er und Jasper sich dicht neben ihren verletzten Artgenossen. Jack bot Max Wasser an, aber er machte nur die Augen zu.

»Er ist sehr geschwächt«, sagte Jack zu Elias.

»Vielleicht wäre es besser gewesen, ihn gleich von seinen Schmerzen zu erlösen«, knurrte Elias mit einem Seitenblick auf Abbey, die an der Tür stand.

Abbey wartete angespannt auf Jacks Antwort.

»Wenn er die Nacht übersteht, könnte er es schaffen, denke ich«, sagte er.

Abbey hatte geglaubt, Jack werde empört auf die Bemerkung seines Vormanns reagieren, doch anscheinend hatte er seinen Tieren gegenüber die gleiche nüchterne, emotionslose Einstellung wie die meisten Farmer. Das erstaunte sie. Sybil hatte doch gemeint, ihr Sohn sei eine Ausnahme von der Regel, und Abbey selbst hatte auch diesen Eindruck gewonnen.

Elias nickte. »Ich werd mich aufs Ohr hauen, wenn du mich nicht mehr brauchst.«

»Ja, tu das.« Jack klopfte ihm freundschaftlich auf die Schulter.

Abbey senkte den Blick, als Elias an ihr vorbei hinausging.

»Ich werde dann auch mal gehen«, sagte sie leise, als sie mit

Jack allein war. »Möchten Sie nicht mitkommen und etwas essen?«

Jack schüttelte den Kopf. »Ich will noch ein Weilchen bei Max bleiben.«

Abbey hatte schon mit dieser Antwort gerechnet. Sie kehrte in die Küche zurück, um Jack ein belegtes Brot zu machen. Als sie eine dicke Scheibe von der gebratenen Lammkeule herunterschnitt, die Sabu zubereitet hatte, kam Sybil herein. Sie hatte vor Sorge um ihren Sohn kein Auge zugemacht.

»Mir war doch, als ob ich jemanden gehört hätte«, sagte sie. »Ist Jack schon nach Hause gekommen?«

Abbey erklärte ihr, was passiert war, und dass Jack bei Max in der Scheune blieb, weil er ihn nicht alleinlassen wollte. »Ich will ihm etwas zu essen bringen, er hat bestimmt Hunger«, fügte sie hinzu.

»Das ist lieb von Ihnen, Abbey, und typisch für Jack.« Sybil gähnte. Es war schon ziemlich spät, die anderen waren längst zu Bett gegangen. »Ich bin froh, dass Jack heil wieder nach Hause gekommen ist, aber falls sein Hund wieder gesund wird, sollte er sich besser nicht mehr in der Küche blicken lassen, sonst kann er was erleben!«

»Vielleicht hat er den Schinken ja gar nicht gestohlen«, sagte Abbey wie beiläufig. Sie fand es ungerecht, dass der arme Max für etwas büßen sollte, was er nicht getan hatte. »Ist Ihnen der Gedanke nicht auch schon gekommen?«

»Das wäre er vielleicht, wenn es eine andere Erklärung für das Verschwinden gäbe.«

»Sabu war wütend auf mich, weil ich an einem Hindu-Feiertag Schinken serviert habe«, sagte Abbey, in der Hoffnung, Sybil werde den richtigen Schluss ziehen.

Sybil sah sie prüfend an. »Wissen Sie etwas, das ich nicht weiß, Abbey?«

Abbey war drauf und dran, die Wahrheit zu sagen, doch dann verließ sie der Mut. »Ich muss Ihrem Sohn das Sandwich bringen«, stammelte sie. »Er hat seit Stunden nichts mehr gegessen.« Sie nahm den Teller mit dem Brot, ein Glas und einen Krug Wasser und eilte hinaus.

Sybil sah ihr stirnrunzelnd nach, drehte sich dann um und ging wieder nach oben in ihr Zimmer. Abbeys Worte beschäftigten sie noch eine ganze Weile.

Als Abbey in die Scheune kam, saß Jack neben Max im Stroh und streichelte ihn. Er blickte überrascht auf.

»Ich bringe Ihnen etwas zu essen und zu trinken.« Sie stellte den Teller, das Glas und den Wasserkrug ab und setzte sich dann auf einen Heuballen.

»Danke«, sagte Jack müde. Er war so erschöpft, dass er eigentlich nichts essen mochte, aber da Abbey sich schon die Mühe gemacht hatte, griff er nach dem belegten Brot und zwang sich, davon abzubeißen.

»Wie geht's ihm?«, fragte Abbey und zeigte auf Max.

»Er schläft«, nuschelte Jack mit vollem Mund. »Ruhe braucht er jetzt am nötigsten.«

Ein langes Schweigen trat ein, während Jack sein Sandwich aß. Abbey spürte, dass die Tatsache, als sie sich in der Waschküche verbarrikadiert hatte, zwischen ihnen stand, aber sie hatte keine Lust, sich zu rechtfertigen. Sie hatte nicht vor, Jack zu erklären, wie es sich in Wahrheit verhalten hatte – dass sie nämlich den Hund vor Elias beschützt und ihm nicht dessen Hilfe verweigert hatte.

Jack brach das Schweigen als Erster. »Wie war es auf Martindale Hall?«, fragte er, nachdem er einen Schluck Wasser getrunken hatte.

Abbey erzählte ihm von ihrem Besuch und von Heath' angeschlagenem seelischem Zustand. »Er fragte, ob wir Freunde sein können. Anscheinend wünscht er sich im Augenblick nichts sehnlicher als einen aufrichtigen Freund«, fügte sie hinzu. Sie beobachtete Jack nervös. Sie kannte ja seine Meinung über Heath, deshalb fragte sie sich, wie er darauf reagieren würde.

»Einen Freund?«, wiederholte Jack verblüfft. Leicht gereizt fuhr er fort: »Soviel ich weiß, hat er Freunde genug, und ein Großteil davon sind Frauen.« Das klang fast ein wenig eifersüchtig, aber es verdross ihn, dass Heath Abbey aus irgendeinem Grund etwas vormachte und sie ihn offenbar nicht durchschaute.

»Ein reicher Mann wie er hat zweifellos viele Bekannte, aber keine richtigen Freunde«, entgegnete sie. »Jedenfalls keine, denen er seine innersten Empfindungen anvertrauen kann.«

Jack machte ein skeptisches Gesicht. »Sie kennen den Mann doch kaum, Abbey, und dennoch behauptet er, dass er Ihre Freundschaft braucht? Soll ich Ihnen sagen, was ich denke? Entweder er lügt, oder er hat den Verstand verloren.«

»Den Verstand hat er bestimmt nicht verloren«, widersprach Abbey empört. »Er ist nur krank vor Kummer und Schmerz.«

»Weswegen? Weil sein Vater gestorben ist, den er gehasst hat? Das macht doch keinen Sinn, Abbey. Sie dürfen diesem Mann nicht vertrauen.«

»Und wieso nicht?«, gab sie patzig zurück. »Was kann er von mir wollen? Ich habe nichts, was für ihn von Interesse wäre.«

»Sagen Sie das nicht«, meinte Jack. Die Art und Weise, wie er sie ansah, machte sie verlegen und weckte unerfreuliche Erinnerungen an ihre Begegnung mit Ebenezer Mason.

»Heath vergräbt sich in seinem Kummer, er ist am Ende«, sagte sie heftig. »Sie könnten ruhig ein wenig mitfühlender sein.«

Jack konnte seine Ungeduld nur mühsam verbergen. »Überlegen Sie doch mal, Abbey. Warum legt Heath auf einmal so großen Wert darauf, ausgerechnet Sie zur Vertrauten zu haben?«

Sie starrte ihn einen Augenblick finster an. »Vielen Dank«, sagte sie dann mit zittriger Stimme. »Anscheinend denken Sie, ich bin nicht gut genug für einen Mann wie Heath.« Vor nicht allzu langer Zeit hatte sie sich selbst noch so eingeschätzt. Es war Heath, der ihr die Augen geöffnet hatte.

»Das habe ich nicht gesagt«, widersprach Jack. Er war frustriert, weil sie ihn allem Anschein nach nicht verstehen wollte.

»Aber Heath denkt anders darüber«, fuhr sie trotzig fort. »Er hat sich mir gegenüber immer wie ein Gentleman benommen, und jetzt, wo er einen Freund braucht, werde ich ihn nicht im Stich lassen.«

Jack resignierte. »Wie Sie meinen. Aber sagen Sie nicht, ich hätte Sie nicht gewarnt.«

Abbey sprang auf. »Sparen Sie sich Ihre Ratschläge und Warnungen! Ich komme auch so zurecht.« Wütend stapfte sie aus der Scheune.

Abbey war schnurstracks in ihr Zimmer und ins Bett gegangen, aber sie fand keinen Schlaf. Ihr dummer Streit mit Jack ging ihr nicht aus dem Kopf. Sie wusste, er hatte es nicht so gemeint, er war müde und erschöpft gewesen. Nachdem sie sich stundenlang hin und her gewälzt hatte, beschloss sie, wieder aufzustehen und nach Max zu sehen.

Unten in der Diele warf sie einen Blick auf die Uhr. Es war fast drei Uhr früh. Sie schlich zur Tür, spähte hinaus, schob ihre Angst vor den Aborigines beiseite und eilte zur Scheune, die nicht allzu weit vom Haus entfernt lag. Durch die Ritzen zwischen den Brettern fiel der Schein einer Laterne. Wie rührend, dass Jack ein Licht für Max hat brennen lassen, dachte sie.

Aber als sie das Tor öffnete, sah sie, dass Jack immer noch bei Max saß. Sein Kopf war ihm auf die Brust gesunken, und die Augen waren ihm zugefallen. Abbey betrachtete ihn einen Augenblick. Was für ein unglaublicher Mann. Eine eigenartige Wärme, die ihr fremd war, durchflutete sie und erfüllte sie mit einer wohligen Trägheit.

Plötzlich schaute Jack auf. Er hatte gespürt, dass er beobachtet wurde. »Abbey! Was machen Sie denn hier?«

»Ich konnte nicht schlafen, deshalb dachte ich, ich schau noch einmal nach Max.«

»Das ist lieb von Ihnen«, sagte Jack gerührt. »Hören Sie, wegen vorhin ... es tut mir wirklich leid ...«

Abbey ließ ihn nicht ausreden. »Mir auch. Wir waren beide müde.«

Jack nickte. »Aber trotzdem muss ich eines klarstellen: Ich wollte wirklich nicht andeuten, dass Sie nicht gut genug sind für Heath oder irgendeinen anderen Mann. Das dürfen Sie niemals denken. Ich würde niemals…« Er brach ab. Er war so abgekämpft, dass ihm die Worte fehlten, ihr zu sagen, was für eine wunderbare Frau sie war und viel zu gut für jemanden wie Heath Mason. Der Mann, der eines Tages ihr Herz eroberte, war seiner Ansicht nach ein wahrer Glückspilz.

»Schon gut, vergessen Sie's«, gab Abbey zurück. »Ich weiß, wie erschöpft Sie sind.«

Jack nickte knapp und sah dann wieder auf Max hinunter.

»Wie geht es ihm?« Abbey hatte fast ein schlechtes Gewissen, weil er sich nicht nur um den Hund, sondern jetzt auch noch um sie Sorgen machte.

»Er hat sich nicht gerührt. Kein Wunder, er ist geschwächt, weil er so viel Blut verloren hat. Und die Wunde tut bestimmt höllisch weh.«

»Warum gehen Sie nicht ins Bett und schlafen noch ein paar Stunden?«, fragte Abbey und ging langsam auf ihn zu. »Sie können im Moment ja doch nichts für ihn tun.«

»Ich will ihn nicht alleinlassen«, sagte Jack leise. »Das hat er einfach nicht verdient, dass ihm so übel mitgespielt wird. Er ist mir seit so vielen Jahren ein treuer Begleiter.«

»Wird er beim Viehtreiben fehlen?«

»Und ob! Max ersetzt uns zehn Viehhirten zu Pferde.«

»Wirklich?«, staunte Abbey.

»Die Hunde sind nahezu unersetzlich. Sie leisten die Arbeit von mehreren Männern, und alles, was sie im Gegenzug dafür verlangen, ist ein Napf Futter und ein bisschen Zuneigung.« Nach einer Pause fügte er hinzu: »Max ist der beste Hund, den ich je hatte.«

»Woher haben Sie ihn?« Abbey setzte sich neben Jack ins Stroh und strich Max über das schwarze Fell.

»Von Reg Robinson, genannt Robbo, einem Farmer hier aus der Gegend, der Schäfer- und Hütehunde züchtet. Max war der kleinste von zwölf Welpen, und seine Mutter ließ ihn nicht saugen. Robbo stellt seine Hunde aus, deshalb behält er immer nur die besten. Er dachte, Max tauge nichts, und außerdem hätte er ihn mit der Flasche großziehen müssen, deshalb wollte er ihn ertränken. Da hab ich gesagt, ich nehme ihn. Robbo hielt mich für verrückt, aber manchmal ist das mickrigste Junge tatsächlich das beste. Max ist zwar keine Schönheit mit seinem umgeklappten Ohr, der langen Schnauze und der heraushängenden Zunge, aber er ist zu einer stattlichen Größe herangewachsen, und er ist der beste Hütehund, den ich je hatte. Er hat einen erstaunlichen Instinkt. Selbst wenn er nicht zum Arbeitshund getaugt hätte, hätte ich ihn behalten.« Jack wirkte bedrückt. »Hoffentlich schafft er es«, fügte er hinzu.

»Ja, das hoffe ich auch. Er ist mir richtig ans Herz gewachsen. Er ist zurückhaltender als Jasper und Rex, aber er ist so ein liebenswerter Rabauke.« Abbey dachte an Elias. »Ich war ehrlich gesagt überrascht, dass Sie nicht wütend geworden sind, als Elias meinte, es sei besser, ihn von seinen Schmerzen zu erlösen.«

»Vielleicht wäre es tatsächlich besser gewesen«, sagte Jack. Abbey sah ihn erstaunt an. »Falls sich die Wunde infiziert und es kommt zum Wundbrand, wird sich das Gift in seinem Körper ausbreiten, und er wird qualvoll zugrunde gehen. Neun von zehn Farmern, die ich kenne, hätten ihn erschossen.« Plötzlich durchzuckte Jack ein Gedanke, und er blickte Abbey fragend an. »Haben Sie sich deshalb in der Waschküche verbarrikadiert? Weil Elias Max erschießen wollte?«

Abbey nickte mit Tränen in den Augen.

Ein Lächeln umspielte Jacks Mund, als er ihr seinen Arm um die Schultern legte und sie liebevoll drückte. »Danke, dass Sie ihn aufgehalten haben, Abbey. Falls er durchkommt, hat Max Ihnen sein Leben zu verdanken.«

»Ich konnte doch nicht zulassen, dass Elias so etwas Schreckliches tut«, flüsterte sie und lehnte sich an ihn. »Ich fand es grausam, dass er Max nicht einmal eine Chance geben wollte.«

»Elias mag Ihnen herzlos erscheinen, aber dafür gibt es einen Grund.«

»Und der wäre?«, fragte Abbey neugierig.

»Elias wuchs in den Blue Mountains auf. Er war ungefähr zehn Jahre alt, als sein Vater ihm ein Fohlen anvertraute, dessen Mutter bei der Geburt gestorben war. Das Fohlen war schwach, Elias wachte Tag und Nacht bei ihm und zog es mit der Flasche auf. Er hing natürlich sehr an dem Pferd, die beiden waren praktisch unzertrennlich. Eines Morgens, er war vielleicht sechzehn, ritt er mit ihm aus. Es war ein kalter, nebliger Wintertag. Als sie durch die Berge galoppierten, rutschte das Pferd auf einem vereisten Hang aus und trat mit dem Vorderbein in ein Loch, das ein Wombat gegraben hatte. Pferd und Reiter stürzten. Elias hatte bloß ein paar Schrammen, aber das Pferd brach sich das Fesselgelenk, eine ganz üble Verletzung. Elias' Vater wollte das Pferd sofort erschießen, um es von seinen Schmerzen zu erlösen, aber Elias bettelte, er solle es am Leben lassen. Er werde es wieder gesund pflegen, versprach er. Aber es gelang ihm nicht, die Verletzung war zu schlimm. Sein Vater zwang ihn, sein Pferd eigenhändig zu erschießen.«

Eine Träne kullerte Abbey über die Wange. »Warum hat er so etwas Unmenschliches von ihm verlangt?«

»Er fand, sein Sohn hatte das arme Tier viel zu lange leiden lassen, deshalb sollte er aus seinem Fehler lernen.«

Entsetzt über so viel Grausamkeit, sah Abbey Jack an.

»Es war eine verdammt harte Lektion für einen so jungen Burschen«, fuhr er fort. »Ich könnte mir denken, dass Elias sich vor seinem Vater zusammengenommen hat, aber er muss am Boden zerstört gewesen sein.«

Abbey war außer sich. »Wie kann ein Vater so gefühllos und grausam sein!«

»Nach allem, was ich gehört habe, muss er ein hartherziger Mensch gewesen sein. Jetzt wissen Sie, warum Elias so ist, wie er ist. Er hat aber auch eine andere Seite. Er zeigt sie nur nicht. Was ich besonders an ihm schätze, ist sein Umgang mit den Farmarbeitern. Alle respektieren ihn – die Achtung, die man einem Menschen entgegenbringt, gibt Aufschluss über seinen Charakter.«

»Das mag ja sein, aber ich finde es trotzdem unerträglich, dass er Max erschießen wollte«, murmelte Abbey, die sich immer noch in Jacks Arme schmiegte. In Anbetracht der Stunde, des schummrigen Lichts und der ungewöhnlichen Umstände fand sie nichts dabei, obwohl sich so etwas zwischen Arbeitgeber und Angestellter normalerweise nicht schickte.

»Ich glaube, er wollte mich nur schützen«, sagte Jack. »Er weiß, wie furchtbar es für mich wäre, wenn ich Max töten müsste.«

Daran hatte Abbey nicht gedacht. Sie schaute in Jacks dunkle Augen. »Du wirst ihn doch nicht erschießen, nicht wahr?« Das Du kam ihr wie selbstverständlich über die Lippen. »Wo er doch so tapfer war und sich mit seiner schweren Verletzung nach Hause geschleppt hat.« Die Vorstellung, wie der arme Max völlig verängstigt vor den Aborigines geflüchtet sein musste, trieb ihr abermals Tränen in die Augen.

Jack verlor sich in der blauen Tiefe ihrer schimmernden Augen. »Ich hoffe wirklich, dass mir das erspart bleibt, Abbey.« Er legte auch seinen anderen Arm um sie und zog sie mit sich ins Stroh hinunter, wo sie aneinandergeschmiegt liegen blieben. Jack machte die Augen zu. »Es war ein langer Tag. Und eine lange Nacht«, flüsterte er heiser.

Abbey betrachtete verstohlen sein Profil. Ihr gefiel, was sie sah: ein energisches Kinn, einen wohlgeformten Mund, sein Haar, das ihm jungenhaft in die Stirn fiel. Er sah verletzbar aus, aber äußerst attraktiv. Abbey hätte ihn stundenlang betrachten können.

In Neals Armen hatte sie sich nie so geborgen gefühlt, wie ihr in diesem Moment bewusst wurde. Zum ersten Mal verglich sie die beiden Männer miteinander. Sie schätzte, dass Jack keine zehn Jahre älter war als Neal, aber er kam ihr sehr viel erwachsener, sehr viel reifer vor. Im Gegensatz zu Neal, der früh gestorben und zum Zeitpunkt seines Todes seinen Weg noch nicht gefunden hatte, hatte Jack sein Ziel fest im Auge. Neal hatte kein leichtes Leben gehabt, aber Jack allem Anschein nach auch nicht. Obwohl sein Vater ihm mit der Pacht des Farmlands unter die Arme gegriffen hatte, hatte er sehr hart für seinen Erfolg gearbeitet. Er hatte kluge Entscheidungen getroffen, aber auch große Risiken auf sich genommen. Am meisten jedoch beeindruckte sie sein Mitgefühl; dieses tiefe Verständnis für Mensch und Tier hatte sie schon bei Neal bewundert. Jack hätte auch einen seiner Arbeiter bitten können, die ganze Nacht bei Max zu wachen; dass er es nicht getan hatte und lieber selbst bei ihm blieb, sagte viel über ihn aus. Neal hätte nicht anders gehandelt, davon war Abbey überzeugt.

Jack spürte, dass er beobachtet wurde. Er schlug die Augen auf und sah Abbey verträumt an. Die Zeit schien stillzustehen. Jacks Blick wanderte langsam zu ihrem Mund hinunter. Und dann küsste er sie, sanft und voller Zärtlichkeit. Ein wohliges Prickeln lief durch ihren Körper. Jack machte die Augen wieder zu, sein Kopf fiel zur Seite, sein Atem ging schwer und regelmäßig. Er war eingeschlafen.

Abbeys Herz raste, ihre Gedanken überschlugen sich. Was sollte sie von diesem Kuss halten? Hatte er sie geküsst, nur weil sie in diesem Moment in seinen Armen lag? Hatte er sie in seiner Erschöpfung mit Clementine verwechselt? Nein, das ganz sicher nicht, gab sie sich selbst die Antwort. Ein Gedanke durchzuckte sie. War Jack vielleicht eifersüchtig auf Heath und deshalb gegen ihre Freundschaft mit ihm? Aber das würde ja bedeuten, dass er tiefere Gefühle für sie hegte, und das konnte sie nicht glauben. Doch warum hatte er sie dann geküsst? Abbey fragte sich, ob Jack, so zerschlagen wie er war, sich am anderen Morgen überhaupt noch daran erinnern würde. Sie seufzte. Was auch immer der Grund gewesen sein mochte, sie wollte diesen Augenblick bis zur Neige auskosten, und so kuschelte sie sich an ihn und versuchte, noch ein wenig zu schlafen.

Als Abby aufwachte, stand bereits die Sonne am Himmel. Sie war allein in der Scheune, zugedeckt mit einer Decke. Neben ihr lag ein Stück Papier. Max war wach und sah sie an, die anderen beiden Hunde waren fort.

Abbey schlug die Decke zurück und griff nach dem Zettel.

Gib Max bitte etwas zu fressen, Abbey, es wäre ein gutes Zeichen, wenn er Hunger hätte. Ich will mich auf die Suche nach den Leuten machen, die ihn so schwer verletzt haben. Bis später. Jack.

Sie las die Zeilen ein paar Mal, in der Hoffnung, irgendeine romantische Anspielung zu entdecken, doch sie fand nichts dergleichen. Kein Wort über ihre vertrauliche Nähe oder darüber, dass sie sich geküsst hatten. Die Nachricht hätte auch von einem Bruder sein können. Sie fühlte eine maßlose Enttäuschung. Jack erinnerte sich offenbar nicht mehr an den Kuss.

Sie rappelte sich hoch, streichelte Max und ging dann in die Küche, wo sie ein paar Scheiben von der Lammkeule vom Abend zuvor herunterschnitt.

»Wie kann man denn Lammkeule zum Frühstück essen?«, fragte Sybil, die mit Clementine hereinkam.

Abbey fuhr zusammen. »Du meine Güte, haben Sie mich erschreckt! Das ist nicht für mich. Jack hat mich gebeten, dafür zu sorgen, dass Max ein bisschen was frisst, und ich dachte, ein paar Brocken Fleisch wird er bestimmt nicht ablehnen.«

»Das ist viel zu gut für einen Hund«, bemerkte Sybil. »Haben Sie ihm etwa den Schinken zu fressen gegeben?«

Abbey schoss die Röte ins Gesicht. Max hatte den Schinken ja tatsächlich gefressen. Aber sie ärgerte sich über Sybils Verdächtigung. »Nein, hab ich nicht«, gab sie verschnupft zurück.

»Wirklich nicht?«, drängte Sybil, die ihre geröteten Wangen bemerkte.

»Wenn ich es doch sage! Ich habe ihn weder an Max noch an die anderen Hunde verfüttert.«

In diesem Moment betrat Sabu die Küche. »Was haben Sie denn mit dem Fleisch vor?«

»Sie will es Max zu fressen geben«, antwortete Sybil.

»Nur ausnahmsweise«, verteidigte sich Abbey. »Es kann sein, dass er seine schwere Verletzung nicht überlebt, deshalb wollte ich ihm etwas besonders Verlockendes bringen. Er muss doch etwas fressen, sonst wird er noch schwächer.« Sie blickte den Koch finster an. Sabu hätte sie zu gern zusammengestaucht, sie konnte es ihm ansehen, aber er wagte es nicht – aus Angst, sie könnte Sybil die Wahrheit über den verschwundenen Schinken erzählen.

Sybil wiederum war verblüfft, weil sie fest damit gerechnet hatte, Sabu werde aus der Haut fahren.

Abbey drehte allen dreien den Rücken zu und gab das aufgeschnittene Fleisch auf einen Teller.

Clementine trat hinter sie und zupfte einen Strohhalm aus ihren Haaren. »Haben Sie in der Scheune geschlafen, Abbey?«

»Was?« Abbey fuhr schuldbewusst herum. »Oh, das ... Ich war bei Max, ich hab mich zu ihm ins Stroh gesetzt.« Abermals lief sie rot an, aber sie überspielte ihre Verlegenheit, indem sie sich in die Haare griff und nach weiteren Strohhalmen tastete.

»Wo ist Jack?«, fragte Clementine. »Er wird doch hoffentlich mit uns frühstücken, oder?«

»Nein, er ist schon fort«, antwortete Abbey.

»So früh?« Sybil zog die Stirn in Falten. »Macht er wieder Jagd auf Aborigines?«

»Er will diejenigen finden, die Tom und Max mit ihren Speeren verletzt haben.«

Sybil riss die Augen auf. »Max wurde von einem Speer getroffen? Das wusste ich nicht.« Sie schaute beklommen aus dem Fenster. »Man kann sich ja gar nicht mehr aus dem Haus wagen!«

Auch Clementine blickte zutiefst beunruhigt drein.

»Jack wird die Angelegenheit schon regeln, Mrs. Hawker, keine Angst«, sagte Abbey. Sie wollte sich nicht anmerken lassen, wie sehr auch sie sich um ihn sorgte. Es wäre niemandem gedient, wenn Sybil vor lauter Sorge einen hysterischen Anfall bekäme.

Den Teller Fleisch in der Hand ging Abbey zur Hintertür. Als sie die Hand nach der Klinke ausstreckte, klopfte es, und sie fuhr zum zweiten Mal innerhalb weniger Minuten erschrocken zusammen.

Als sie öffnete, standen Ben Dobson und Oliver Hubert vor ihr.

»Guten Morgen. Wenn Sie Mr. Hawker suchen, der ist nicht da.«

»Morgen, Miss Scottsdale. Nein, wir würden gern mit Mrs. Hawker sprechen«, sagte Ben.

»Guten Morgen, Ben, Oliver«, grüßte Sybil und kam an die Tür. »Was gibt's denn?«

»Wir wollten Ihnen nur sagen, dass Jack uns gewarnt hat. Wir wissen Bescheid wegen der Geschichte mit den Aborigines und werden die Augen offen halten. Tun Sie, was immer Sie sonst auch tun, Sie können unbesorgt sein, wir haben unsere Waffen griffbereit. Jack meinte nur, Sie sollten sich nicht allzu weit vom Haus entfernen.«

»Nach allem, was passiert ist, habe ich nicht die Absicht, auch nur einen Fuß vor die Tür zu setzen«, erwiderte Sybil. »Ich hoffe, Jack ist nicht so unvernünftig gewesen, allein loszureiten. Er sollte lieber den Constable verständigen, als sich selbst auf die Suche nach diesem Gesindel zu machen.« Sie sorgte sich nicht nur um Jack, sondern auch um Tom und William und die arme Martha.

»Elias und Pater John begleiten ihn, und bewaffnet sind sie auch«, beruhigte Oliver sie. Dass der Pater sich weigerte, eine Waffe zu tragen, verschwieg er ihr wohlweislich. »Ich werde den ganzen Tag hier sein und zwischen dem Farmhaus und den anderen Gebäuden meine Runden drehen. Sie können also unbesorgt sein.«

Sybil machte ein zweifelndes Gesicht. »In der Stadt würde es so etwas nicht geben«, klagte sie und verließ die Küche.

»Danke, dass Sie uns Bescheid gesagt haben, Mr. Dobson, Mr. Hubert«, sagte Abbey. »Ich werde heute nämlich einige Male zur Scheune müssen, um nach Max zu sehen.«

»Keine Sorge, von der Schmiede aus habe ich die Scheune gut im Blick«, meinte Ben. »Ich werde schon aufpassen, dass Ihnen nichts passiert.«

Abbey bedankte sich noch einmal, und die beiden Männer verabschiedeten sich. Während sie zur Scheune ging, um Max das Fleisch zu bringen, kümmerten sich Sybil und Clementine um Ralph, dessen Verbände gewechselt werden mussten. Obwohl Sybil sich alle Mühe gab, die Wunden sauber zu halten, eiterten sie und rochen faulig.

»Sieht nicht gut aus, hm?«, meinte Ralph nach einem prüfenden Blick auf seine Brandwunden.

»Nein, nicht besonders«, murmelte Sybil. »Wann wollte Dr. Ashbourne denn wieder vorbeikommen?«

Ralph runzelte die Stirn. »Eigentlich heute, hat er gesagt. Aber ob er es tatsächlich schafft, ist eine andere Frage.«

In der Scheune setzte sich Abbey ins Stroh zu Max und hielt ihm einen Brocken Fleisch vor die Nase. Er schnupperte daran und fraß nach langem Zureden ein kleines Stückchen.

»Komm schon, Max, einen Bissen noch«, drängte Abbey sanft. Aber Max legte den Kopf wieder hin und machte die Augen zu.

Die Tür zur Scheune öffnete sich. Aber nicht Jack, wie Abbey gehofft hatte, sondern Clementine streckte den Kopf herein.

»Kann ich Ihnen helfen?«, fragte sie.

»Nein, eigentlich nicht.«

»Na schön, dann leiste ich Ihnen wenigstens ein bisschen Gesellschaft.« Sie kam herein und blickte auf Max hinunter. »Dass er so still daliegt, ist man von ihm gar nicht gewohnt, nicht wahr?«

»Stimmt«, seufzte Abbey. »Appetit hat er auch keinen. Er hat bloß ein winziges Bröckchen Fleisch genommen.«

»Wahrscheinlich hat er Schmerzen. Und die Wunde blutet immer noch.« Ihr Blick fiel auf den dunkelroten Fleck auf seinem Verband.

»Ich sollte ihn frisch verbinden. Jack meinte, wenn die Wunde sich entzündet...« Abbeys Stimme wurde brüchig. Sie konnte den Satz nicht beenden. Sie wollte auf keinen Fall vor Clementine in Tränen ausbrechen.

»Kommen Sie, ich helfe Ihnen«, bot Clementine spontan an.

»Lassen Sie nur, ich mach das schon«, erwiderte Abbey. Sie dachte, Clementine habe ihr aus reiner Höflichkeit ihre Hilfe angeboten. Hatte Heath nicht gesagt, sie sei nicht der Typ Frau, der sich die Hände schmutzig mache?

»Aber warum denn? Ich helfe Ihnen gern«, beharrte Clementine. »Ich habe sonst nichts zu tun. Sybil kümmert sich um Dad, sie kann mich nicht brauchen. Haben Sie sauberes Verbandszeug da?«

»Ja.« Abbey zog eine Binde aus ihrer Rocktasche. »Das ist eine von denen, die der Doktor für Ihren Vater dagelassen hat. Ich werde den schmutzigen Verband waschen, damit ich einen frischen fürs nächste Mal habe.«

»Nehmen Sie den alten Verband schon mal ab, ich werde unterdessen warmes Salzwasser holen, damit wir die Wunde säubern können.« Clementine eilte hinaus.

Bis Abbey den blutigen Verband behutsam abgenommen und die Wunde inspiziert hatte, war Clementine zurück.

»Du meine Güte, das sieht ja grässlich aus«, murmelte sie stirnrunzelnd. Die Wunde war verklebt und dunkel verfärbt.

»Ja, mir gefällt das auch nicht«, sagte Abbey, der nach Weinen zumute war.

In diesem Moment ging die Scheunentür auf. Doris Hubert schaute herein. »Wie geht's Max? Oliver hat mir erzählt, was passiert ist.« Doris hatte die Kinder der Finchs unterrichtet, aber jetzt, wo Kenny mit seiner Familie nach Queensland gezogen war, um nach Gold zu suchen, hatte sie keine Schüler mehr.

»Nicht besonders«, antwortete Abbey. »Die Wunde sieht nicht gut aus.«

Doris spähte über Clementines Schulter. »Hm. Ich habe eine

Salbe, die vielleicht helfen könnte. Machen Sie die Wunde schon mal sauber, ich werde sie rasch holen.« Sie ging hinaus.

Clementine schaute zu, wie Abbey die Wunde mit warmem Wasser vorsichtig reinigte. »Wie war es eigentlich gestern in Martindale Hall?«, erkundigte sie sich wie beiläufig.

Abbey fragte sich, ob das der wahre Grund für ihr Hilfsangebot war – weil sie sie aushorchen, ihre Neugier befriedigen wollte. »Gut. Ich glaube, Heath geht es wieder besser.«

»Das ist schön. Ihr Besuch muss ihm ein großer Trost gewesen sein.« Clementine sah sie lauernd an.

Abbey schwieg. Sie hatte keine Lust, sich über Heath zu unterhalten.

Doch so schnell gab Clementine nicht auf. »Werden Sie ihn wiedersehen?«

»Keine Ahnung«, wich Abbey aus. Sie hoffte, Clementine werde den Wink verstehen.

Aber Clementine fuhr unerbittlich fort: »Haben Sie wirklich geglaubt, er wäre vom Dach gesprungen?« Sie erinnerte sich an Abbeys Bemerkung zu Clarence Ashbourne.

»Nun, als ich an dem Tag, an dem sein Vater beerdigt wurde, mit ihm dort oben war, starrte er mit einem ganz merkwürdigen Ausdruck in die Tiefe. Zu dem Zeitpunkt hab ich mir allerdings noch nichts dabei gedacht.«

»Was haben Sie eigentlich auf dem Dach gemacht?«, fragte Clementine mit unverhohlener Neugier.

»Heath wollte mir die Aussicht zeigen«, erwiderte Abbey, die fand, dass Clementine nicht mehr zu wissen brauchte.

Diese ließ jedoch nicht locker. »Hat er einen niedergeschlagenen Eindruck gemacht?«

»Ja, aber das war ja nicht verwunderlich, wo er gerade seinen Vater zu Grabe getragen hatte.«

Nach einer kleinen Pause sagte Clementine unvermittelt: »Ich finde, Sie sollten sich nicht mehr mit ihm treffen, Abbey. Er ist viel zu erfahren für ein so unschuldiges junges Ding wie Sie.«

Abbey sah sie an. »Was kümmert Sie das? Wir kennen uns doch kaum.« War es möglich, dass Clementine immer noch etwas für Heath übrighatte, obwohl sie schon so lange mit Jack zusammen war?

»Ich weiß, aber ich möchte nicht, dass Sie verletzt werden«, erwiderte Clementine sanft.

Es klang seltsam aufrichtig, was Abbey ein bisschen verwirrte.

»Ich meine, wir Frauen müssen doch zusammenhalten«, fuhr Clementine fort. »Außerdem werden Jack und ich eines Tages heiraten, und dann werde ich hier wohnen. Falls Sie dann immer noch Sybils Gesellschafterin sind, werden wir viel Zeit miteinander verbringen, fast so wie Schwestern.« Clementine schaute sich in der Scheune um, während sie das sagte, und sah nicht Abbeys erstaunten und schuldbewussten Gesichtsausdruck. Jack hatte sie geküsst. Das schlechte Gewissen nagte an ihr.

»Hat Jack Ihnen denn einen Antrag gemacht?« Es kostete Abbey Mühe, die Worte über die Lippen zu bringen.

»Na ja, nicht direkt, noch nicht, aber wir haben über die Zukunft gesprochen, unsere *gemeinsame* Zukunft.«

»Ich verstehe«, murmelte Abbey enttäuscht.

In diesem Moment kehrte Doris zurück. Sie reichte Abbey ein kleines Gefäß und sagte: »Streichen Sie das auf die Wunde, Abbey. Bei entzündeten Wunden hat die Salbe immer geholfen.«

»Und bei Verbrennungen?«, fragte Clementine, die an die Brandwunden ihres Vaters dachte.

Doris schüttelte zweifelnd den Kopf. »Soviel ich weiß, hilft sie nur bei Ausschlägen und Schnittverletzungen.«

»Dann hoffe ich, dass Dr. Ashbourne heute kommt. Die Brandwunden meines Vaters sehen nicht gut aus. Sie sind ganz geschwollen.«

»Bitten Sie Ernie um Rat«, sagte Doris.

Clementine machte ein verblüfftes Gesicht. »Ernie? Den Eingeborenen?«

»Ja, er weiß ziemlich viel über die Heilmittel der Aborigines.«

»Sie glauben doch nicht im Ernst, dass diese Wilden ein wirksames Heilmittel für Verbrennungen haben«, sagte Clementine naserümpfend.

»Fragen Sie doch Ben, wenn Sie mir nicht glauben«, gab Doris beleidigt zurück. »Er hat sich einmal ganz fürchterlich am Schmiedefeuer verbrannt. Ernie gab ihm etwas, und die Wunde war im Nu geheilt.«

Clementine schüttelte verächtlich den Kopf und ging aus der Scheune. Doris, die Lippen ärgerlich zusammengepresst, warf Abbey einen viel sagenden Blick zu. Sie half ihr, die Salbe auf Max' Wunde aufzutragen und diese frisch zu verbinden. Dann kehrte sie in ihren Laden zurück, und Abbey blieb mit Max allein.

20

Um die drückende Hitze in der Scheune zu vertreiben, riss Abbey die Türen weit auf. Ein heißer Wind wirbelte den Staub in der Auffahrt auf, aber ein Luftzug, mochte er auch noch so warm sein, war besser als stehende Luft.

Sie setzte sich wieder neben Max. Nach einer ganzen Weile hob er den Kopf, rappelte sich mühsam hoch und humpelte auf drei Beinen zur Tür. Abbey beobachtete ihn ängstlich und folgte ihm nach draußen. Der Hund hinkte zu einem Strauch neben der Scheune und pinkelte. Dass er aufgestanden war, war für Abbey ein gutes Zeichen. Max schleppte sich zurück in die Scheune, trank ein bisschen Wasser und ließ sich wieder auf sein Lager fallen. Der kurze Ausflug nach draußen hatte ihn seine ganze Kraft gekostet.

»O Max, du wirst wieder gesund werden, nicht wahr?« Abbey schwankte zwischen Hoffen und Bangen. Sie strich dem Hund über den Kopf und wünschte, sie könnte die freudige Nachricht, dass Max aus eigenem Antrieb hinausgegangen war, mit Jack teilen. Hoffnungsvoll hielt sie dem Hund noch ein Bröckchen Fleisch vor die Nase, aber Max rührte es kaum an.

Nachdem sie eine weitere Stunde bei Max gewacht hatte, beschloss Abbey, nach Sybil und den anderen zu sehen. Als sie zum Haus ging, sah sie den Schmied und seinen Sohn, die besorgt in die Ferne starrten. Sie nahmen Abbey gar nicht wahr. Im gleichen Moment konnte sie den Rauch riechen.

»Was ist denn, Mr. Dobson?«, fragte sie beunruhigt. »Ist das Rauch in der Luft?« Sie hoffte, der Rauch kam vom Herdfeuer im Farmhaus.

Ben nickte und zeigte in die Ferne, wo auf einem Hügel dünne Rauchschwaden über einigen Eukalyptusbäumen hingen. »Ja, er kommt von dort drüben. Schnell, Michael, sattle zwei Pferde!«, befahl er seinem Sohn.

»Was haben Sie vor?«, fragte Abbey.

»Nachsehen, woher der Rauch kommt, nur für den Fall, dass das Vieh in Gefahr ist.«

»Aber Ernie und Wilbur sind doch draußen, oder nicht?«

»Die sind vermutlich bei den Lämmern und den Mutterschafen, aber es gibt ja noch mehr Tiere auf Bungaree. Böcke, Hammel, Pferde und Rinder sind auf verschiedenen Weiden und Koppeln verteilt. Falls tatsächlich ein Feuer ausgebrochen sein sollte, können Wilbur und Ernie jeden Mann zum Löschen brauchen.«

Während Abbey ängstlich in die Ferne starrte, kamen Sybil, Clementine und Ralph herbeigeeilt.

»Woher kommt der Rauch, Ben?«, rief Sybil aufgeregt.

»Oliver und ich werden der Sache auf den Grund gehen, Mrs. Hawker«, antwortete Ben. In diesem Moment bog Oliver Hubert um die Ecke der Stallungen. Er trug ein Gewehr im Arm. Er war bei den Hengsten gewesen und hatte nach dem Wild gesehen, das in einer eigenen Koppel in der Nähe untergebracht war. Die Aborigines, die Rehe nicht kannten, waren anfangs nur neugierig gewesen. Doch nachdem sie einmal ein Reh erlegt und das Fleisch gegessen hatten, waren sie auf den Geschmack gekommen. Rehfleisch galt ihnen als Delikatesse. Zum Schutz der Tiere waren die Zäune um das Gehege erhöht und Schlösser an den Gattern angebracht worden. Jetzt gruben sich die erfindungsreichen Eingeborenen unter den Zäunen hindurch oder kletterten auf Bäume und sprangen von dort in den Pferch. Deshalb wurden die Wildgehege relativ oft kontrolliert.

Ben teilte Oliver mit, was er vorhatte. Michael hatte unterdessen in aller Eile zwei Pferde gesattelt und warf jetzt eine Satteldecke über sein eigenes Pferd.

»Ich werde mit euch kommen, Dad.«

»Nein, Michael, du wirst hier gebraucht«, erwiderte Ben mit Bestimmtheit. »Und halte dein Gewehr griffbereit! Nur für den Fall, dass die Abos sich hierher wagen sollten. Doris wird dir zusätzliche Munition geben, wenn du welche brauchst. Jack rechnet mit dir, vergiss das nicht.«

Michael, ein stiller, etwa siebzehnjähriger Bursche, nickte ernst. Es schien ihm nicht ganz wohl zu sein unter der Bürde dieser schweren Verantwortung.

»Und sei vorsichtig, verstanden?«, fügte Ben streng hinzu. Er wollte seinen Sohn nicht in Gefahr bringen, aber vielleicht war es noch gefährlicher, ihn auf der Farm zurückzulassen.

Als Ben und Oliver davongaloppierten, gesellte sich Abbey zu Sybil, Clementine und Ralph. Auch Sabu kam aus dem Haus gelaufen und eilte auf sie zu, in der Hand einen Besen, den er wie eine Waffe hielt.

»Glaubt Ben, die Aborigines haben das Feuer gelegt?«, fragte Sybil Abbey. Sie dachte voller Sorge an Tom, William und Martha. Hoffentlich waren sie auf ihren Farmen in Sicherheit.

»Er hat nichts gesagt.« Abbey warf einen skeptischen Blick auf den Besen in Sabus Hand.

Sybil bemerkte es. »Seine Religion verbietet ihm den Gebrauch von Waffen, aber er wird uns mit allem verteidigen, was die Küche hergibt«, raunte sie ihr zu.

Abbey fand, ein Hackbeil wäre vermutlich nützlicher als ein Besen, falls sie tatsächlich angegriffen würden, doch sie sagte nichts.

»Vielleicht sollten wir vorsichtshalber ein paar Eimer mit Wasser füllen und bereitstellen«, meinte Ralph. Der Gedanke, innerhalb so kurzer Zeit ein weiteres Feuer bekämpfen zu müssen, behagte ihm gar nicht. Er fühlte sich elend, seine Wunden pochten. Der Schweiß brach ihm aus allen Poren, ihm wurde schwindlig. Er versuchte, seinen Kragen zu lockern. Plötzlich gaben seine Knie nach. Sabu konnte ihn gerade noch auffangen, bevor er zusammenbrach.

»Dad!«, schrie Clementine panisch und stürzte zu ihm. »Was hast du denn? Dad!«

»Ralph, um Gottes willen!«, rief Sybil.

Sabu schleppte den Bewusstlosen ins Haus, wo er ihn auf das Sofa im Wohnzimmer bettete. Während Clementine versuchte, ihren Vater mithilfe von Kissen so bequem wie möglich zu lagern, und Sybil ihm mit einem dünnen Buch Luft zufächelte, eilte Sabu in die Küche, um ein Glas Wasser und ein nasses Tuch zu holen.

»Ich glaube, er hat Fieber«, sagte Clementine, die Ralphs Stirn befühlte. »Wo bleibt nur Dr. Ashbourne? Er hat doch versprochen, heute vorbeizukommen.«

Sybil machte ein sorgenvolles Gesicht. »Das Fieber ist wahrscheinlich eine Reaktion auf die Entzündung der Brandwunden. Ich habe sie mit Salzwasser gesäubert und mit Jod desinfiziert, aber anscheinend war das zu wenig. Wenn wir nur etwas hätten, um die Entzündung zu bekämpfen!«

»Kann ich irgendwie helfen?«, fragte Abbey, die in der Tür stehen geblieben war. Sie fühlte sich schrecklich hilflos.

Clementine sah sie an. »Diese Buschmedizin bei Verbrennungen, von der Doris gesprochen hat, glauben Sie, da ist etwas dran?«

»Ich weiß es nicht«, sagte Abbey kopfschüttelnd.

Sybils Blicke wanderten zwischen den beiden jungen Frauen hin und her. »Wovon redet ihr? Was für eine Buschmedizin?«

»Doris Hubert hat gesagt, einer der eingeborenen Viehhirten kennt eine Medizin, die Verbrennungen heilt«, erwiderte Clementine.

»Wirklich?« Sybil horchte auf. »Ich weiß zwar nichts darüber, aber ein Versuch könnte nicht schaden.«

»Ich weiß nicht recht«, sagte Clementine zweifelnd. »Ich meine, woher sollen diese Menschen über solche Dinge Bescheid wissen? Diese Aborigines sind so schrecklich primitiv.«

»Überlegen Sie doch mal, Clementine«, sagte Sybil. »Die Eingeborenen im Busch haben keine Ärzte so wie wir, also müssen sie ihre eigenen Heilmittel herstellen. Schließlich werden sie genauso krank und haben die gleichen Verletzungen wie wir.«

»Aber sie sind nicht wie wir«, entgegnete Clementine mit angewiderter Miene.

Abbey traute ihren Ohren nicht. »Sie sind Menschen so wie wir!« Obwohl die Stammes-Aborigines ihr Angst einflößten, übten ihre Sitten und Bräuche eine große Faszination auf sie aus.

In diesem Moment kam Sabu mit einem Glas Wasser und einem nassen Tuch zurück.

»Wissen Sie etwas über die Buschmedizin, die Ernie Ben Dobson für seine Brandwunden gegeben hat, Sabu?«, fragte Abbey und beobachtete interessiert, wie seine Miene versteinerte.

»Ich weiß nur, dass der Viehhirte etwas zusammengemischt hat und die Wunde ziemlich schnell verheilt ist.«

»Haben Sie nichts davon für sich in der Küche?«, fuhr Abbey fort, die sich das abweisende Verhalten des Kochs nicht erklären konnte. »Sie verbrennen sich doch bestimmt hin und wieder beim Kochen. Mir jedenfalls geht es so. Haben Sie Ernie vielleicht einmal gebeten, Ihnen ein bisschen von der Arznei dazulassen, oder ihn gefragt, woraus sie besteht?«

Sabu funkelte Abbey böse an. »Ich verbrenne mich nie«, fauchte er und marschierte aus dem Zimmer.

Sabu kam anscheinend nicht besonders gut mit Ernie aus. Abbey vermutete, der Koch war neidisch auf das Wissen und die Heilkunst des Aborigine. Dass ein anderer besser Bescheid wusste über manche Dinge als er, passte Sabu, der sich für etwas Besseres hielt, nicht.

»Haben Sie das gehört, Clementine?« Sybil kannte Sabus Launen zur Genüge und ignorierte sie deshalb. »Anscheinend taugt diese Arznei tatsächlich etwas. Vielleicht weiß Michael etwas darüber. Oder möglicherweise hat Ben noch ein bisschen davon übrig. Ich werde eines der Mädchen bitten, sich darum zu kümmern.« Sie rief nach Marie, erklärte ihr, worum es ging, und trug ihr auf, Michael zu suchen.

Als Marie kurz darauf zurückkam, berichtete sie, Michael wisse nur, dass es eine Art Balsam gewesen sei, was Ernie seinem Vater gegeben habe. »Aber er hat keine Ahnung, woraus dieser Balsam bestanden hat, und es ist auch nichts mehr davon da.«

»Wo ist Ernie jetzt?«, fragte Clementine.

»Irgendwo draußen bei den Schafen«, antwortete Sybil. »Wir werden ihn frühestens heute Abend nach dem Balsam fragen können. Das heißt, wenn er überhaupt herkommt. Ich habe gehört, wie Jack zu Elias gesagt hat, Ernie und Wilbur sollten bei den Mutterschafen kampieren, bis die Sache mit den Aborigines geklärt ist.«

Ralph, der das Bewusstsein wiedererlangte, stöhnte laut. »Clemmie... Was ist passiert?«, röchelte er.

»Du bist ohnmächtig geworden, Dad.« Clementine beugte sich über ihren Vater und strich ihm zärtlich über die Wange. »Wie fühlst du dich?«

»Ich... ich brauche einen Arzt, Clemmie«, ächzte er und machte die Augen wieder zu.

Clementine richtete sich auf. Sie war kalkweiß geworden. »Wenn Dad nach einem Arzt verlangt, muss es ihm wirklich schlecht gehen. Kann der Stallbursche nicht nach Clare reiten und Dr. Ashbourne holen?«

»Der Doktor kann überall sein, Clementine«, gab Sybil zu bedenken. »Vielleicht ist er ja schon auf dem Weg hierher.«

»Und Michael soll doch auf das Haus und die Zuchthengste aufpassen«, ergänzte Abbey.

»Mein Vater ist wichtiger«, kreischte Clementine in höchster Erregung. »Wenn der Doktor nicht bald kommt, werde ich mich höchstpersönlich auf die Suche nach diesem Ernie machen, damit er Dad hilft.« In ihrer Verzweiflung war sie bereit, das Leben ihres Vaters sogar einem Eingeborenen anzuvertrauen.

»Sie können sich nicht allein da hinauswagen«, sagte Sybil. »Außerdem ist das Gelände nicht für einen Buggy geeignet, und Sie werden sich sicherlich nicht zu Fuß auf den Weg machen wollen.«

Clementine sah aus, als werde sie gleich in Tränen ausbrechen.
»Ich werde es tun«, sagte Abbey. »Ich bin eine gute Reiterin. Es wird bestimmt nicht lange dauern, bis ich Ernie gefunden habe.«
»Würden Sie das wirklich?«, fragte Clementine hoffnungsvoll.
»Das kommt überhaupt nicht infrage«, sagte Sybil scharf. »Das ist viel zu gefährlich. Denkt daran, was Tom und dem Hund passiert ist. Wenn Abbey nun angegriffen wird? Wie soll sie sich verteidigen, mutterseelenallein dort draußen?«
Clementine dachte verzweifelt nach. »Was ist mit dem Koch? Kann der nicht gehen?«
»Sabu kann nicht reiten.« Sybil machte eine wegwerfende Handbewegung. »Er will es auch nicht lernen, weil er Pferde nicht ausstehen kann. Sie mögen ihn genauso wenig. Er ist dreimal gebissen und mindestens einmal getreten worden.«
»Dann lassen Sie Abbey gehen, Sybil. Bitte!«, flehte Clementine. »Sie sehen doch selbst, wie schlecht es um meinen Vater steht. Er braucht dringend Hilfe. Ich will ihn nicht verlieren!«
»Ernie ist auf der Koppel hinter den Scherschuppen, das ist nur ein Katzensprung von hier«, sagte Abbey. In Wirklichkeit hatte sie keine Ahnung, wo Ernie sich tatsächlich aufhielt, aber sie wollte Sybil überreden, sie gehen zu lassen. »Ich kann mir nicht vorstellen, dass sich die Aborigines hierher wagen, wo doch so viele Männer unterwegs sind.«
Clementine sah Sybil flehentlich an. »Sie hat Recht, Sybil.«
»Also gut«, stimmte Sybil widerstrebend zu. »Aber seien Sie um Himmels willen vorsichtig, Abbey. Nehmen Sie für alle Fälle eine Waffe mit.«
»Ich könnte gar nicht damit umgehen«, erwiderte Abbey. Ihr Vater hatte nie eine Waffe besessen.
Sybil schlug entsetzt die Hände zusammen. »Du meine Güte, ich kann Sie unmöglich unbewaffnet aus dem Haus gehen lassen.«
»Der Stallbursche könnte ihr doch zeigen, wie man mit einem Gewehr umgeht«, schlug Clementine vor.

»Ja, ich denke schon«, murmelte Sybil unschlüssig.
»Gut, dann werde ich jetzt Michael suchen und ihn bitten, mir ein Pferd zu satteln.« Abbey wandte sich zum Gehen.
»Seien Sie vorsichtig, Abbey«, schärfte Sybil ihr abermals ein. »Und wenn Sie Ernie nicht finden, kommen Sie sofort zurück. Versprechen Sie mir das. Sie dürfen auf keinen Fall in ganz Bungaree herumreiten. Nicht nur wegen der Eingeborenen, sondern auch wegen des Buschbrandes, der sich vielleicht ausbreiten könnte.«
»Ich werde mich beeilen, ich verspreche es.« Abbey sah Clementine an. »Würden Sie zwischendurch mal nach Max sehen?«
»Mach ich«, versprach Clementine. »Und danke, Abbey.«
Frauen müssten zusammenhalten, hatte Clementine gesagt. Abbey musste in diesem Moment an ihre Worte denken. Es war ein wunderbares Gefühl, einander beizustehen.

Jack, Elias und Pater John hatten bei der Suche nach den Aborigines kein Glück gehabt. Sie hatten jeden Winkel Bungarees durchstreift und waren dann nach Anama weitergeritten, wo sie auf Tom und Bill Bendon, einen seiner Arbeiter, stießen. Unterstützt von zwei braunen Kelpies trieben die beiden fünfzig Angusrinder auf eine andere Weide.
»Hast du deinen Hund gefunden?«, fragte Tom.
»Ja, als er nach Hause kam, steckte ihm eine abgebrochene Speerspitze im Hinterbein. Wir sind auf der Suche nach denjenigen, die dafür verantwortlich sind.«
»Ich hab doch gleich gesagt, wir sollten erst schießen und dann Fragen stellen«, knurrte Tom. Den missbilligenden Blick des Paters ignorierte er.
»Keine Frage, wir müssen etwas unternehmen«, sagte Jack, der allerdings nicht so weit gehen wollte, die Schuldigen zu erschießen. »Wenn wir sie erwischen, werde ich sie Sergeant Brown überstellen. Vielleicht wird ein kleiner Aufenthalt im Gefängnis von Redruth sie wieder zur Vernunft bringen. Elias wird den Mann, der den Speer nach dir geschleudert hat, wiedererkennen, auch

wenn er ihn nur flüchtig gesehen hat. Und wenn wir diese Typen nicht erwischen, werde ich Sergeant Brown bitten, mit ein paar von seinen Leuten die Gegend zu durchkämmen, bis er die Bande aufgespürt hat. Für den Angriff auf Max wird er sie vermutlich nicht einsperren, aber für das, was sie dir angetan haben, schon.«

Tom nickte. »Was ist mit dem Hund?« Er vermutete, dass Jack nichts anderes übrig geblieben war, als ihn zu erschießen.

»Er lebt, aber er ist schwer verletzt. Wenn sich die Wunde nicht entzündet, hat er eine gute Chance durchzukommen.«

»Ich werde dir bei der Suche nach den Abos helfen«, sagte Tom und befahl Bill, die Rinderherde im Auge zu behalten.

»Hast du Jimmy beim Haus zurückgelassen?«

Tom hatte Jimmy Martin fünf Jahre zuvor als Hilfskraft während der Schafschur eingestellt und ihn dann als eine Art Faktotum behalten, weil Jimmy äußerst geschickt und darüber hinaus ein ausgezeichneter Koch war, während Tom nicht einmal Wasser kochen konnte. Die beiden Männer waren enge Freunde geworden.

»Ja, deshalb mach ich mir auch keine allzu großen Sorgen«, antwortete Tom. »Jimmy hasst die schwarzen Stammes-Aborigines, weil sie unsere Hühner und Eier klauen. Wenn sie wissen, was gut für sie ist, werden sie sich vom Haus fernhalten, sonst wird Jimmy ihnen eine Ladung Schrot in den Hintern jagen.«

»Gut, dann komm. Wir werden zuerst zu William reiten«, sagte Jack. »Ich wünschte, er hätte uns früher von seinen Problemen mit den Eingeborenen erzählt. Dann hätte ich den Sergeant längst verständigt, und der ganze Ärger wäre uns vielleicht erspart geblieben. Nach allem, was dir und Max zugestoßen ist, mache ich mir ziemliche Sorgen um William und Martha.«

Die Männer waren unterwegs zu Williams Farm, als ihnen plötzlich Rauch in die Nase stieg.

Tom und Jack wechselten einen entsetzten Blick. »Der Rauch kommt aus Richtung Parrallana«, sagte Tom. »Du glaubst doch nicht etwa...« Er wagte den Satz nicht zu Ende zu sprechen. Sie gaben ihren Pferden die Sporen und jagten im gestreckten Galopp durch das Gelände.

Noch bevor sie das Farmhaus von William und Martha erblickten, sahen sie die orangeroten Flammen himmelwärts züngeln und die Rauchsäulen dazwischen.

»O Gott, nein!«, keuchte Jack. Der Gedanke, sein Bruder und seine Schwägerin könnten in dem brennenden Haus gefangen sein, raubte ihm schier den Verstand.

Die vier Männer trieben ihre Pferde zu noch größerer Eile an. Erst als sie näher kamen, sahen sie, dass nicht das Haus brannte, sondern die Eukalyptusbäume, in deren Schatten es gebaut worden war. Die Flammen leckten an den Stämmen und züngelten über das Geäst und verwandelten die Bäume in riesige, lodernde Fackeln.

Ganz am Anfang hatte Jacks Haus wie das von William ausgesehen: eine Hütte aus Lehm und Holz. William hatte das Haus erst vor kurzem mit Kenny Finchs Hilfe um einen Raum für das Baby an der schattigsten Seite und eine neue Küche für Martha auf der Rückseite erweitert.

Die Männer sprangen von ihren Pferden. Der heiße, böige Wind wirbelte Glutbrocken durch die Luft, und über dem dürren Gras ging ein Funkenregen nieder. Es schien nur eine Frage der Zeit, bis das Haus Feuer fing. William und einer seiner Männer, Don Simpson, liefen zwischen Brunnen und Haus hin und her und schütteten eimerweise Wasser an die Hauswände, um ein Übergreifen des Feuers zu verhindern. Doch der Wind, der alles im Nu wieder trocknete, machte ihre Anstrengungen zunichte.

William rief Jack, Tom und Elias zu, sie sollten Decken aus den Ställen holen und die kleineren Feuer rings um das Haus damit ersticken. Pater John fragte, wo Martha sei.

»Im Haus«, sagte William und wischte sich den Schweiß von der Stirn. Er hatte um des ungeborenen Kindes willen darauf bestanden, dass sie wegen des Rauchs drinnen blieb. »Können Sie

sie überreden, mit Ihnen nach Bungaree zu gehen, Pater? Dort wäre sie wenigstens in Sicherheit. Wer weiß, was hier noch alles passiert!«

»Ich werde ihr schon klarmachen, dass es hier zu gefährlich für sie ist«, versprach Pater John und klopfte William beruhigend auf die Schulter.

Er lief ins Haus. Es war so ordentlich und sauber, dass er einen Moment verblüfft stehen blieb und sich umschaute. Die Einrichtung war schlicht, aber liebevoll und trug unverkennbar Marthas feminine Handschrift, von den gestrickten Kissenhüllen auf den Stühlen über die dekorativen Ziergegenstände bis hin zu dem Nähkästchen auf dem Tisch und dem Babyhemdchen, an dem sie genäht hatte. Offenbar waren sie von dem Feuer überrascht worden.

Martha war nirgends zu sehen. Rufend lief Pater John durch das Haus. Zu guter Letzt fand er Martha im Kinderzimmer, wo sie versuchte, die Wiege zur Tür hinauszuzerren.

»Was machen Sie denn da, Mrs. Hawker?« Besorgt, weil sie sich in ihrem Zustand so abmühte, eilte er zu ihr.

»Ich will… diese Wiege… aus dem Haus kriegen«, keuchte Martha. Sie richtete sich ächzend auf, eine Hand auf ihrem mächtigen, gewölbten Bauch. Ihre dunklen, schweißnassen Haare klebten ihr am Kopf, und ihr Gesicht war weiß wie ein Laken.

»Aber wieso denn?« Der Pater verstand nicht, warum die Wiege ihr so viel wichtiger war als ihr eigenes Leben und das ihres ungeborenen Kindes.

Martha blickte auf die Wiege hinunter. Eine Träne kullerte ihr über jede Wange. »Wenn das Haus abbrennt… haben wir kein Zuhause mehr… und nichts für das Baby.«

Jetzt begriff Pater John. Die Wiege war für sie das Sinnbild ihrer Zukunft mit ihrem Baby, das Symbol all ihrer Hoffnungen und romantischen Träume, die sie während der Schwangerschaft gehegt hatte. »Warten Sie, ich helfe Ihnen«, sagte er und zerrte die Wiege zur Hintertür hinaus. Sie war aus massivem, reich verziertem Holz und daher sehr schwer. William musste Monate daran gearbeitet haben. All ihre Kinder, vielleicht sogar ihre Enkelkinder würden eines Tages in dieser Wiege schlafen. Martha hatte alle Babysachen, an denen sie sicherlich an die hundert Stunden genäht hatte, hineingeworfen.

»Zur Wäscheleine«, röchelte Martha. Sie hielt sich Mund und Nase zu, um den Rauch nicht einzuatmen, doch der beißende Qualm reizte ihre Kehle, und sie musste husten. »Dort müsste sie sicher sein«, fügte sie rau hinzu. Die brennenden Eukalyptusbäume standen hauptsächlich auf der Vorderseite und an den Schmalseiten des Hauses.

Der Pater zerrte die Wiege zum Wäscheplatz hinauf, der auf einer leichten Anhöhe etwa dreißig Meter von der Rückseite des Hauses entfernt lag. Dort oben wehte meistens eine Brise, die die Wäsche rasch trocknete. Als Pater John endlich oben angelangt war, war er völlig außer Atem. Die Hände auf die Knie gestützt, verharrte er einen Augenblick. Als er sich wieder aufrichtete, sah er, dass Martha auf halbem Weg zwischen Haus und Wäscheplatz auf die Knie gesunken war.

So schnell er konnte, lief er zu ihr. »Alles in Ordnung, Mrs. Hawker?« Martha hielt sich den Bauch.

»Ich ... ich glaube, das Baby kommt«, jammerte sie.

»Was? Es soll doch erst in ein paar Wochen so weit sein!«

»In knapp drei ... Wochen«, stöhnte Martha.

Pater John riss Mund und Augen auf. Er wusste, was das bedeutete: Das Baby konnte jederzeit kommen. »Großer Gott! Können Sie aufstehen?« Er versuchte, ihr auf die Beine zu helfen, aber ihr Leibesumfang machte diesen Kraftakt schier unmöglich.

Während Jack und Tom mit Decken die Funken ausschlugen, die in der Nähe des Hauses herunterregneten, eilte Elias hinters Haus, um nach den Tieren zu sehen. Die Pferde im Paddock stampften mit den Hufen, wieherten angstvoll und bäumten sich auf, aber sie befanden sich nicht in unmittelbarer Gefahr. Die Hühner in ihrem Pferch neben der Scheune dagegen schon: Die dürren Sträucher entlang des Holzzauns hatten Feuer gefangen und den Zaun in Brand gesteckt. Elias schrie nach Jack und Tom. Die beiden löschten die Flammen, Elias öffnete das Gatter des Hühnerstalls und scheuchte die panisch flatternden und gackernden Hühner hinaus, damit sie nicht verbrannten. Falls die Dingos sie nicht holten, würden sie später von allein zurückkehren.

Die dicken Rauchwolken schoben sich vor die Sonne und tauchten die Szenerie in ein gespenstisches Dämmerlicht. Glühende Holzteilchen segelten durch die Luft wie kleine Laternen. William versuchte nach wie vor, die Hauswände nass zu halten, aber Jack bezweifelte, dass das viel Sinn machte, falls das Dach Feuer finge. Gerade als er seinen Bruder warnen wollte, brach auf dem Scheunendach ein Feuer aus. Die einzige vorhandene Leiter war zu kurz, um auf das Dach hinaufzureichen, und die Leiter, die beim Bau der Scheune verwendet worden war, befand sich auf Bungaree. Es gab nichts, was sie hätten tun können, um das Feuer einzudämmen.

Elias eilte zu den Pferden, warf ihnen einen Führstrick um und brachte sie in Sicherheit. In einiger Entfernung von den Ställen band er sie an. Nachdem William und Don den Buggy aus der Scheune gezogen hatten, holte Don in aller Eile Sättel, Zaumzeug und anderes Zubehör aus der Sattelkammer und warf alles ins Freie. Das Futter für die Pferde konnten sie nicht mehr retten.

Als William die Kuh aus ihrem Stall führte, kamen vier Nachbarn herangaloppiert. William war noch nie so froh gewesen, sie zu sehen. Sie hatten Schaufeln und Decken mitgebracht und fingen sofort damit an, die kleineren Brände im dürren Gras zu bekämpfen, damit sie sich nicht ausbreiteten.

Pater John war es endlich gelungen, der schwerfälligen Martha aufzuhelfen. Auf ihn gestützt, eine Hand auf ihren Bauch gepresst, stand sie da und rang nach Luft. Noch bevor sie sich auf den Weg zum Haus machen konnten, sahen sie, wie der Wind Glutbrocken auf das Schindeldach des Farmhauses wehte. Das Dach fing in Sekundenschnelle Feuer. Martha schrie auf vor Entsetzen. Der Pater musste sie festhalten, damit sie nicht den Hang hinunterlief, um wenigstens ein paar Dinge aus ihrem geliebten Zuhause zu retten. Hilflos schluchzend musste sie mit ansehen, wie die Flammen über die Schindeln leckten.

»Die Leiter! Schnell!«, brüllte William, der zum Brunnen hetzte, Jack zu.

Jack zögerte. Wenn William nun auf das Dach stieg und dieses einstürzte?

»Worauf wartest du?«, schrie William. »Ich werde nicht rumstehen und zusehen, wie mein Haus abbrennt!«

Jack lief los. Er wusste, er würde seinen Bruder nicht davon abhalten können zu tun, was er tun musste. Er stellte die Leiter ans Haus und hielt sie fest, während William, einen Eimer Wasser in der Hand, hinaufkletterte. Er schüttete das Wasser schwungvoll aufs Dach, doch der böige Wind trug es davon, und es verfehlte sein Ziel. Tom reichte einen weiteren Eimer Wasser hinauf. Dieses Mal stieg William aufs Dach und leerte den Eimer direkt über den Flammen aus. Jack, ein paar Decken über dem Arm, kletterte jetzt ebenfalls hinauf und schlug die Funken aus. Tom rannte los, holte noch einen Eimer Wasser und stieg ebenfalls die Leiter hinauf.

Wie durch ein Wunder war es ihnen gelungen, das Feuer zu löschen, bevor es größeren Schaden anrichten konnte. Nur relativ wenige Schindeln waren zerstört worden. Doch die Gefahr war noch nicht vorüber. Nach wie vor stoben die Funken von den brennenden Bäumen in Richtung Dach. Während die drei Brüder oben blieben, um die Glut sofort ersticken zu können, kümmerten sich Don und die Nachbarn um die kleineren Brände im Gras rings um das Haus.

William war so beschäftigt gewesen, dass er jetzt erst Martha und Pater John auf der Rückseite des Hauses bemerkte.

»Alles in Ordnung?«, rief er seiner Frau zu.

Ein heftiger Schmerz durchfuhr sie, zwang sie in die Knie und verschlug ihr den Atem.

»Nein«, schrie Pater John zurück. »Die Wehen haben eingesetzt!«

Michael Dobson lieh Abbey sein Pferd, ein goldbraunes Quarterhorse namens Bobby. Er gab ihr ein Gewehr und zeigte ihr, wie man damit umging. Abbey steckte es in das Holster am Sattel und hoffte, dass sie es nicht brauchen würde.

Sybil stand am Tor hinter dem Haus und winkte, als Abbey vorbeigaloppierte. Sie ließ sie nicht gern gehen, und sie wusste, Jack würde ihr das nie verzeihen, wenn Abbey irgendetwas zustieße. Aber sie bangte auch um Ralph, dem es sehr schlecht ging. Sybil stieß einen tiefen Seufzer aus und betete im Stillen, dass Abbey wohlbehalten zurückkehren würde.

Abbey ritt zu den Scherschuppen und dem Paddock, der sich dahinter anschloss, aber die Schafe waren fort, und Ernie und Wilbur konnte sie nirgends entdecken.

»O verdammt«, murmelte sie vor sich hin. Sie ließ ihre Blicke suchend über das Land schweifen und behielt dabei gleichzeitig die nahen Bäume im Auge, die den Aborigines als Versteck dienen konnten. Abbey überlegt kurz, was sie tun sollte, dann öffnete sie ein Gatter und ritt in die hügelige Landschaft hinaus. Je weiter sie sich von der Farm entfernte, desto dichter wurde der Rauch. Sie passierte zwei weitere Gatter. In den großen Pferchen dahinter entdeckte sie zwar Schafkot, aber keine Schafe. Und von den Viehhirten fehlte jede Spur.

Eine Weile ritt sie ziellos hin und her, dann zog sie die Zügel an und schaute sich um. Ein mulmiges Gefühl beschlich Abbey. Vielleicht war es doch keine so gute Idee gewesen, sich allein auf die Suche zu machen. Sie merkte, dass sie die Orientierung verloren hatte und nicht mehr wusste, aus welcher Richtung sie gekommen war. Die Bäume und Hügel sahen auf einmal alle gleich aus. Nirgendwo war ein Haus oder irgendein anderes Gebäude zu sehen. Laut nach Ernie oder Wilbur rufen wollte sie nicht, aus Furcht, die feindseligen Aborigines auf sich aufmerksam zu machen.

Abbey beschloss umzukehren. So sehr sie sich wünschte, Ralph helfen zu können, wollte sie andererseits auf keinen Fall, dass Sybil sich ängstigte, weil sie stundenlang wegblieb. Sie setzte das Pferd in leichten Galopp und ritt in die Richtung zurück, aus der sie vermeintlich gekommen war. Kurze Zeit später fand sie sich auf einer Koppel wieder, auf der viele Pferde weideten; auf der anderen Seite des Zauns grasten Rinder. Weder die Pferde noch die Rinder hatte sie zuvor gesehen. Jetzt bekam Abbey es doch mit der Angst zu tun. Sie hatte vollständig die Orientierung verloren, konnte sich nicht einmal mehr erinnern, in welcher Richtung das Farmhaus in Bezug zum Stand der Sonne hätte liegen müssen.

Nach kurzer Überlegung galoppierte sie auf die nächste Anhöhe, in der Hoffnung, von dort vielleicht die Farm oder wenigstens einen vertrauten Orientierungspunkt zu erblicken. Dünne Rauchschleier trieben über das Land. Nach Westen hin wurde der Rauch dichter. Sie schaute sich verzweifelt um, konnte aber das Farmhaus nirgends entdecken. Panik erfasste sie. Wenn sich das Feuer nun in ihre Richtung ausbreitete?

Sie versuchte, Ruhe zu bewahren und nachzudenken. Plötzlich galoppierte in dem Tal unter ihr ein gesatteltes, aber reiterloses Pferd in ihr Blickfeld. Abbey stutzte.

»Los, Bobby, zeig, was du kannst«, feuerte sie ihr Pferd an und gab ihm die Sporen. Bobby jagte den Hang hinunter und hatte das reiterlose Pferd schnell eingeholt. Abbey packte es am Zügel. »Brrr!« Stirnrunzelnd betrachtete sie die sternförmige Blesse. Wenn sie nicht alles täuschte, war das Ernies Pferd.

Es am Zügel mit sich führend, ritt sie in die Richtung, aus der es gekommen war. Abbey durchquerte einen offenen Pferch, an dessen anderem Ende Schafe weideten. Verirrt hab ich mich so oder so schon, was macht es also, wenn ich noch ein Stück weiterreite, sagte sie sich. Und außerdem war Ernie offenbar in Schwierigkeiten. Sie musste ihn finden.

Da keine Hirten bei den Schafen waren und diese auch keine Lämmer hatten, nahm Abbey an, dass es sich um eine Herde Böcke handelte. Sie suchte mit den Augen das Gelände ab. Ernie lag womöglich irgendwo verletzt am Boden. Sie gelangte zu einem niedergerissenen Zaun. Als sie auf der anderen Seite Hufabdrücke in der trockenen Erde erkennen konnte, lenkte sie ihr Pferd hinüber.

Sie schaute angestrengt zu einer Felsformation am Fuß eines Hügels. Hatte sich dort nicht etwas bewegt? Abbey zog die Zügel an. Eine ganze Weile beobachtete sie aufmerksam den Felsen, dann kam sie zu dem Schluss, dass es sich um ein Tier handelte, das aussah wie ein Hund. Erst als sie näher herangekommen war, erkannte sie, dass das Tier ein Dingo war. Sie hatte gelegentlich welche in der Umgebung von Burra umherstreifen sehen. Dingos waren im Grunde harmlos, solange sie nicht sehr hungrig waren. Im nächsten Moment hörte sie ein Lamm blöken.

»O nein!«, murmelte Abbey und trieb ihr Pferd zur Eile an. Ein zweiter Dingo tauchte auf und schlich witternd um die Felsen. Das Schäfchen blökte kläglich. Als sie Abbey herangaloppieren sahen, flüchteten die Dingos in das nahe gelegene Buschwerk.

Die Felsformation bestand aus einigen riesigen Gesteinsblöcken, die von vielen kleineren Felsbrocken umgeben waren. Das Lamm war nirgends zu sehen. Abbey stieg ab und band die Pferde an einem dünnen Baum fest. Dann ging sie auf die Felsen zu, das Buschwerk, in dem die Dingos sich versteckt hatten, im Auge behaltend. Sie spähte zwischen den Felsblöcken hindurch, die eine kleine Höhle zu bergen schienen. Wieder konnte sie das Lamm hören. Es steckte ganz offensichtlich irgendwo dort drinnen fest.

Auf der Suche nach einem Felsspalt, durch den sie vielleicht etwas erkennen konnte, ging Abbey langsam um die Felsen herum. Sie bückte sich. Leuchtete da nicht etwas Weißes im Dunkeln der Höhle? Doch, das waren zwei Lammbeine. Dann erkannte sie noch etwas: ein Stück rotes Band.

»O nein!« Abbey fuhr der Schreck in die Glieder. »Josephine!« Hektisch machte sie sich weiter auf die Suche nach einem Spalt, durch den sie sich hätte zwängen können, um das Lamm herauszuholen. Aber alle Öffnungen zwischen den Felsen waren zu eng für sie, nicht allerdings für einen Dingo, wie sie entsetzt feststellte. Sowie sie hinter den Felsen verschwunden war, kamen die hungrigen Tiere aus ihrem Versteck und pirschten sich heran. Abbey dachte fieberhaft nach. Sie musste Josephine da herausholen, bevor es zu spät war. Sie vertrieb die Dingos mit ein paar Steinwürfen, doch sie wichen nur ein paar Meter zurück und waren nicht gewillt, ihr Vorhaben ganz und gar aufzugeben.

Abbey schaute nach oben. Vielleicht gab es von dort eine Möglichkeit, in den Raum zwischen den Felsen vorzudringen. Möglicherweise war das Lamm ja in der Nacht hineingefallen.

Die Steigung neben den Felsen war ziemlich steil, und es würde nicht einfach sein, im Rock dort hinaufzuklettern. Außerdem konnten die Dingos Josephine möglicherweise vor ihr erreichen. Abbeys Blick fiel auf das Gewehr im Sattelholster. Sie würde es für alle Fälle mitnehmen. Sie kehrte zu den Pferden zurück, zog das Gewehr heraus und machte sich dann an den Aufstieg. Immer wieder vergewisserte sie sich, dass die Dingos nicht in der Zwischenzeit von unten versuchten, sich zwischen den Felsen hindurchzuzwängen, um an ihre Beute zu kommen.

Als sie oben angelangt war, sah sie tatsächlich eine größere Felsspalte. Abbey vermutete, dass Josephine dort hineingefallen war. Das Gewehr in der Hand robbte sie an den Rand der Spalte und spähte hinein. In einer Tiefe von knapp drei Metern steckte das Lamm zwischen zwei größeren Steinbrocken fest.

»Ich komme, Josephine, hab keine Angst«, rief Abbey hinunter. Im gleichen Moment sah sie die Schnauze eines Dingos sich zwischen zwei Felsen schieben. »Hau ab!«, schrie sie panisch. Die Schnauze fuhr zurück, aber nur für einen kurzen Augenblick. Abbey packte einen Stein und schleuderte ihn an der Außenseite der Felsen hinunter. Wieder zuckte die Schnauze des Dingos zurück, wieder schob sie sich Augenblicke später von neuem in die Felsritze. Josephine blökte in Todesangst, aber ihr Geschrei reizte die Dingos, die Beute witterten, nur noch mehr.

Abbey sprang auf. Sie musste etwas unternehmen, bevor es zu spät war. Sie trat an die Kante des Felsens und brachte das Gewehr in Anschlag. Sie wusste, dass der Schuss die Aborigines auf sie aufmerksam machen konnte, aber dieses Risiko musste sie eingehen. Sie drückte ab, und die Dingos flüchteten erschrocken. Dieses Mal versteckten sie sich nicht in den Büschen, sondern rannten weiter.

Abbey eilte zu der Felsspalte zurück und blickte zu Josephine hinunter, die sich zappelnd zu befreien versuchte. »Tut mir leid, dass ich dich erschreckt habe, Kleines«, sagte sie besänftigend, »aber ich musste doch die Dingos verjagen.«

Das Lamm hob den Kopf. Abbey brach es schier das Herz, als sie in das süße, unschuldige Gesichtchen blickte. Sie legte das Gewehr hin, stemmte die Hände auf beide Seiten der Öffnung im Felsen und schob sich mit den Füßen voran langsam hinunter. Es war gar nicht so einfach. Schwitzend und strampelnd suchte sie mit den Füßen nach einem Gesteinsvorsprung. Sie merkte, dass ihre Kräfte nachließen. Als sie mit einem Fuß einen Halt gefunden zu haben glaubte, rutschte sie plötzlich ab und stürzte in die Höhle.

Mit einem Aufschrei landete sie auf dem felsigen Boden. Zum Glück war sie nicht auf das Lamm gefallen, aber sie hatte sich den Arm aufgeschürft und sich an einem vorspringenden Felsstück den Knöchel angeschlagen.

»O verdammt!«, murmelte sie mit schmerzverzerrtem Gesicht, als der Schmerz ihr das Bein hinauf und durch ihren Arm fuhr. »Jetzt sitzen wir beide fest.« Sie rappelte sich auf und versuchte, sich an den Felswänden so weit hinaufzuziehen, dass sie die Öffnung über ihr erreichen konnte, aber sosehr sie sich auch abmühte, es gelang ihr nicht.

»Was machen wir jetzt nur?«, murmelte sie ratlos.

Die Zeit verging, und nichts geschah. Abbey geriet allmählich in Panik. Wenn die Pferde sich losrissen und wegliefen, würde kein Mensch sie jemals hier finden. Sie hatte alles versucht, aber sie kam nicht an die Felsöffnung heran. Sie hätte das Lamm hinausheben können, aber wenn es fortlief, wäre es eine leichte Beute für die Dingos.

Plötzlich verdunkelte ein Schatten die Felsöffnung. Abbey schaute auf und sah ein schwarzes Gesicht über sich. Eine namenlose Angst überkam sie. Das musste einer der Stammes-Aborigines sein, die sie angegriffen hatten. Und sie hatte ihr Gewehr oben auf dem Felsen zurückgelassen! Sie verwünschte sich für ihre Dummheit.

»Was machen Sie denn da unten, Missus?«

Abbey fiel ein Stein vom Herzen, als sie Ernies Stimme wiedererkannte. »O Ernie, bin ich froh, dass Sie da sind!«

»Kann ich mir denken, Missus. Schön, Sie zu sehen. Und mein Pferd. Der Mistkerl hat mich abgeworfen und ist davongerannt.« Ernie hatte damit gerechnet, Michael Dobson zu finden, weil er Bobby, dessen Pferd, wiedererkannt hatte.

»Können Sie mich hier rausholen, Ernie?«

»Denke schon, Missus.« Er verschwand wieder.

Kurz darauf kam er mit einem Seil, das er in seiner Satteltasche mit sich führte, zurück. Er warf es in die Felsspalte hinunter und zog Abbey mitsamt dem Lamm heraus. Abbey war wütend auf sich selbst, weil sie nicht auf die Idee gekommen war, in der Satteltasche nach dem Seil zu suchen. Natürlich würde ein Viehhirte immer eines bei sich haben.

Sein Pferd sei beinah auf eine Giftschlange getreten, habe gescheut und ihn abgeworfen, erklärte Ernie. Abbey erzählte ihm, wie sie bei dem Versuch, Josephine zu retten, in die Felsspalte gestürzt war.

Ernie nickte. »Hätte ich den Schuss nicht gehört, würde ich immer noch in der anderen Richtung nach meinem Gaul suchen.«

»Wo ist Wilbur?«

»Nachsehen, woher der Rauch kommt. Er ist noch nicht wieder zurück.«

»Glauben Sie, der Rauch stammt von einem Buschfeuer? Es wird sich doch nicht hierher ausbreiten, oder?«

»Nein, ich denke, es ist gelöscht worden.«

Jetzt erst fiel Abbey auf, dass der Rauch sich fast verzogen hatte.

»Was machen Sie eigentlich ganz allein hier draußen, Missus?«, wollte Ernie wissen.

»Ich habe Sie gesucht und mich verirrt«, sagte Abbey, Josephine liebevoll in den Armen haltend.

Ernie sah sie verdutzt an. »Mich gesucht? Warum, ist was passiert?«

»Dem Vater von Clementine Feeble geht es sehr schlecht, weil seine Brandwunden eitern. Doris hat gesagt, Sie hätten Ben Dobson einmal etwas gegeben, das seine Verbrennungen im Nu hat abheilen lassen. Wir haben gehofft, dass Sie auch etwas haben, das Ralph Feeble hilft.«

Ernie schwieg lange. Dann fragte er: »Was ist mit ihm passiert, Missus, diesem Ralph Feeble?«

»Sie meinen, woher er seine Verbrennungen hat?«

»Ja, Missus.«

»Warum ist das so wichtig, Ernie?«, fragte Abbey verwundert.

»Ich muss es wissen, Missus«, antwortete Ernie ausweichend, »Wenn ich ihm helfen soll.«

Abbey sah ihn erstaunt an. »Nun, er hat Verbrennungen erlitten, als er seine Tochter aus ihrem brennenden Haus gerettet hat.«

Ernie schien über ihre Worte nachzudenken.

Als sein Schweigen andauerte, drängte Abbey: »Können Sie ihm helfen, Ernie?«

Ernie antwortete mit einer Gegenfrage. »Wie ist es denn zu dem Feuer gekommen, Missus?«

»Mr. Feeble meint, ein Funke vom Herdfeuer hat eines der

Kleidungsstücke in Brand gesetzt, an denen seine Tochter genäht hatte.«

»Es war also ein Unfall«, sagte Ernie, um ganz sicherzugehen.

»Ja, ein bedauerlicher Unfall. Werden Sie ihm helfen, Ernie? Es geht ihm wirklich sehr schlecht, er könnte sterben, wenn er keine Hilfe bekommt.« Abbey sah ihn bittend an.

»In Ordnung, Missus, ich werde ihm helfen. Aber Sie dürfen nichts von meiner Arznei dem Koch geben«, fügte Ernie streng hinzu.

Erstaunt über diese Bedingung erwiderte Abbey: »Das werde ich nicht, Ernie, ich verspreche es. Aber warum soll ich ihm nichts geben? Was haben Sie gegen Sabu?«

Ernie machte ein wütendes Gesicht. »Er hat gesagt, die Medizin, die ich für Ben gemacht habe, würde wie Pferdemist aussehen und auch so stinken, und davon hätte der Schmied doch schon genug!«

Abbey riss verblüfft den Mund auf, drehte sich dann aber hastig zur Seite, weil sie schmunzeln musste. Sie hatte also richtig vermutet. Sabu hatte Ernie von oben herab behandelt, und jetzt, wo der Aborigine mit seiner Medizin Erfolg gehabt hatte, guckte er dumm aus der Wäsche.

21

Abbey schaute zu, wie Ernie unter einem Strauch eine Wurzel ausgrub, die er für seine Medizin benötigte. Plötzlich kam Wilbur angeritten.

»Wo war das Feuer?«, fragte Ernie und richtete sich auf.

Wilbur glitt aus dem Sattel. »Auf Parrallana.« Er warf Abbey einen erstaunten Blick zu. Was machte sie hier draußen? »Die Eukalyptusbäume neben William Hawkers Haus haben gebrannt.«

Abbey erschrak. »Ist jemand verletzt worden? Was ist mit dem Haus?«

»Nichts passiert, Missus. Anscheinend hat das Dach Feuer gefangen, aber der Boss und Tom kamen William mit Elias und Pater John zu Hilfe. Sie brachten den Brand unter Kontrolle.«

»Gott sei Dank!« Abbey schauderte bei der Vorstellung an die gefährlichen Löscharbeiten. »Was ist mit Williams Frau? Sie hat sich doch sicher zu Tode erschrocken!«

»Sie war nicht da, als ich hinkam, Missus. Bis auf ein paar Nachbarn, die aufpassen, dass der Wind das Feuer im dürren Gras nicht neuerlich anfacht, waren alle fort. Was machen Sie eigentlich hier draußen, Missus?« Er sah sie neugierig an. Er fragte sich außerdem, wieso Ernie nicht bei den Schafen war.

»Ich habe Ernie gesucht. Ralph Feeble geht es sehr schlecht. Wir hoffen, dass Ernies Arznei ihm helfen wird.«

Jetzt begriff Wilbur, was Ernie machte. »Das war leichtsinnig, Missus. Hier draußen kann man sich leicht verirren.« Sein wind- und wettergegerbtes Gesicht legte sich in tiefe Falten.

»Ja, das ist mir inzwischen auch klar geworden«, erwiderte Abbey. »Aber das bleibt unter uns, verstanden?«

Wilbur nickte und wies mit dem Kinn auf das Lamm in ihren Armen. »Wo haben Sie das Kleine gefunden?«

»Sie war in eine Felsspalte gefallen und steckte fest. Um ein Haar wäre sie von ein paar hungrigen Dingos gefressen worden. Ich kam gerade noch rechtzeitig.« Abbey warf Ernie einen flüchtigen Blick zu und lächelte verlegen. »Dummerweise musste ich selbst dann aber auch gerettet werden. Zum Glück hat Ernie mich gefunden.« Josephine blökte herzzerreißend. »Wissen Sie, wo ihre Mutter ist, Wilbur? Das arme Ding ist bestimmt furchtbar hungrig.«

»Ich denke, sie wird bei der Herde sein, ungefähr eine halbe Meile von hier, Missus. Soll ich das Lamm zu ihr bringen?«

Abbey zögerte. Sie betrachtete Josephines niedliches Gesicht. »Nur wenn Sie mir versprechen, dafür zu sorgen, dass es seine Mutter auch wirklich wiederfindet.«

Wilbur schmunzelte. »Ich verspreche es, Missus.«

»Na schön.« Abbey trennte sich nur ungern von Josephine, aber sie wusste, es war besser so. Sie selbst musste mit Ernie und der Arznei nach Bungaree zurück. »Mach's gut, Kleines.« Die beiden eingeborenen Viehhirten beobachteten verdutzt, wie sie dem Lämmchen einen Kuss auf seinen wolligen Kopf gab. Dann drückte sie es Wilbur in die Arme, der wieder aufstieg und davonritt.

Ernie sammelte Blätter und Samenkapseln von einem Baum und zwei unterschiedlichen Sträuchern und grub Wurzelstücke von zwei Pflanzen aus, die wie Unkraut aussahen. Abbey schaute ihm interessiert dabei zu. Die Namen der Gewächse, die er ihr verriet, hatte sie noch nie gehört, da sie nur in Australien heimisch waren. Als Ernie alles hatte, was er für seine Medizin benötigte, machten sie sich auf den Rückweg zum Farmhaus.

Abbey und Ernie trafen praktisch zur selben Zeit auf Bungaree ein wie Jack, Elias und Pater John. Letztere waren allerdings auf der Straße gekommen, weil sie William und Martha begleitet hatten, die in ihrem Buggy nicht querfeldein fahren konnten. Deshalb waren sie länger unterwegs gewesen.

Während Ernie ging, um seine Arznei zuzubereiten, wartete Abbey bei den Ställen auf Jack. Er würde sicher wissen wollen, wo sie gewesen war.

Jack hatte sie von der Auffahrt aus von Michael Dobsons Pferd absteigen sehen und kam auf sie zu. »Bist du etwa ausgeritten?«

»Ralph Feeble geht es sehr schlecht, und Ernie kennt eine gute Wundsalbe, die bei Verbrennungen hilft«, erwiderte Abbey nervös. Jack war nicht sehr begeistert von ihrem Alleingang, das konnte sie ihm ansehen.

Tatsächlich guckte er sie fassungslos an. »Willst du damit sagen, dass du dich ganz allein auf die Suche nach Ernie gemacht hast?«

»Was hätte ich denn tun sollen? Mr. Feeble braucht Hilfe«, antwortete Abbey so gelassen wie möglich. In diesem Moment rollte der Buggy an ihnen vorbei zum Vordereingang. Abbey vermutete, dass die Schwangere, die darin saß, Martha Hawker war. Ihr schmerzverzerrtes Gesicht war aschfahl, und sie hielt sich den Bauch. Eine Wiege war hinten im Buggy festgebunden. »Was ist denn passiert?«

»Bei Martha haben anscheinend die Wehen eingesetzt«, erwiderte Jack zerstreut. Er versuchte immer noch zu verarbeiten, was Abbey ihm gerade erzählt hatte.

Sie riss erschrocken die Augen auf. »Ich dachte, das Kind soll erst in ungefähr drei Wochen kommen!«

»Ja, aber die ganze Aufregung war wohl zu viel für die arme Martha.«

»Wilbur hat gesagt, auf der Farm deines Bruders hat es gebrannt«, sagte Abbey mit einem Blick auf Jacks rußverschmierte, staubige Kleidung. »Habt ihr das Haus retten können?«

Jack nickte. »Ja, aber noch während wir mit dem Löschen beschäftigt waren, setzten bei Martha die Wehen ein. Trotzdem konnten wir sie erst überreden, mit uns hierherzukommen, als wir versprachen, die Wiege mitzunehmen.« Er schüttelte den Kopf, als er an Marthas Eigensinn dachte. »Ich kann einfach nicht glauben, dass meine Mutter nach allem, was passiert ist, dich hat gehen lassen«, fuhr er fort. »Wenn du dich nun verirrt hättest oder angegriffen worden wärst?«

»Es ist aber nichts passiert«, sagte Abbey beschwichtigend. Sie würde sich hüten, ihm auf die Nase zu binden, dass sie sich tatsächlich verirrt hatte. »Ich hatte außerdem ein Gewehr dabei, für alle Fälle. Gebraucht habe ich es dann aber nur, um Josephine vor ein paar hungrigen Dingos zu retten.«

»Was?« Jack traute seinen Ohren nicht.

»Ja, sie war in eine Felsspalte gefallen und steckte fest. Aber es geht ihr gut. Ich bin gerade noch rechtzeitig gekommen. Wilbur hat sie zu ihrer Mutter zurückgebracht.«

Jack konnte nicht glauben, auf welch gefährliche Abenteuer Abbey sich eingelassen hatte. Seiner Ansicht nach grenzte es an ein Wunder, dass sie unverletzt geblieben war. »Mutter hätte dich niemals gehen lassen dürfen«, stieß er gepresst hervor. »Das war bodenloser Leichtsinn.«

»Du darfst ihr nicht böse sein, Jack. Das war ganz allein meine Idee. Sie hat alles versucht, es mir auszureden.« Abbey wollte auf keinen Fall Auslöser eines Streits zwischen Jack und Sybil sein.

Jack warf ihr einen zweifelnden Blick zu, sagte aber nichts. Er ließ sein Pferd bei Elias und Pater John zurück und ging mit Abbey zum Haus hinauf.

Ernie war mit der Zubereitung seiner Salbe beschäftigt. Er hatte die gesammelten und zerkleinerten Zutaten in einen Blechbecher gegeben, den er über das Feuer in der Schmiede gehängt hatte. Sie mussten aufkochen, bis eine gallertartige Masse entstand. Dann, so hatte er Abbey erklärt, würde er ein klein wenig Tierfett unterrühren, damit das Ganze streichfähig wurde. Dieser

Balsam musste direkt auf die Brandwunden aufgetragen werden.

Abbey hatte das Haus kaum durch die Hintertür betreten, als Sybil ihr um den Hals fiel vor Erleichterung. »Gott sei Dank, dass Sie wieder da sind, Abbey!« Ihre Augen schimmerten feucht. Sie war halb krank gewesen vor Sorge um die junge Frau, weil diese so lange fortgeblieben war. Dann fiel Sybils Blick auf Jack, und als sie seinen finsteren Gesichtsausdruck sah, war ihr klar, dass sie in Schwierigkeiten war.

»Ich weiß, du bist böse auf mich, Jack, aber was sollte ich machen? Ralph geht es gar nicht gut. Ich musste Abbey gehen lassen.«

Jack zog die Brauen hoch und sah Abbey an. Die Röte schoss ihr in die Wangen – Jack hatte sie bei ihrer kleinen Lüge ertappt.

»Abbey!« Clementine kam herbeigeeilt und griff aufgeregt nach ihrem Arm. »Haben Sie Ernie gefunden? Wird er Dad helfen?«

»Ja, er hat schon mit der Herstellung des Balsams angefangen. Es wird nicht lange dauern.«

»Oh, ich danke Ihnen, Abbey!« Clementine griff sich erleichtert an die Brust.

»Was hast du dir nur dabei gedacht, Mutter?«, sagte Jack in scharfem Ton. »Wenn Abbey nun etwas zugestoßen wäre? Wenn sie von den Aborigines angegriffen worden wäre? Was glaubst du, wie du dich dann fühlen würdest?«

Sybil blickte betreten zu Boden. Er hatte ja Recht. Die gleichen Fragen hatte sie sich auch gestellt.

»Es war meine Idee, Jack«, versicherte Abbey abermals. »Deine Mutter hat wirklich versucht, es mir auszureden.«

»Sie hätte sich mehr Mühe geben sollen«, versetzte Jack. »Die Aborigines, die das Feuer neben Williams Haus gelegt haben, hätten es in Kauf genommen, dass William und Martha dabei umkommen. Glaubst du, sie hätten *dein* Leben verschont, wenn du ihnen in die Hände gefallen wärst?«

Clementine funkelte Jack zornig an. »Hast du deiner Mutter nicht zugehört, Jack? Mein Vater ist schwer krank. Er könnte sterben! Er braucht Hilfe, und Dr. Ashbourne ist nicht gekommen. Ich bin Abbey unendlich dankbar, dass sie sich auf die Suche nach Ernie gemacht hat. Wenigstens einer, der sich um meinen Vater sorgt.« Sie war außer sich, weil Jack offensichtlich mehr Angst um Abbey ausstand als um ihren Vater.

Jack, der Clementine bislang nicht beachtet hatte, warf ihr einen flüchtigen Blick zu und ging dann ins Wohnzimmer, wo Ralph bleich und mit geschlossenen Augen auf dem Sofa lag. Schweißperlen standen ihm auf der Stirn. »Hat er Fieber?«

»Ja«, antwortete Clementine knapp. »Seine Wunden haben sich entzündet.«

»Jack! Jack!«, schrie William in diesem Moment vom ersten Stock herunter. Er hatte Martha gleich nach oben gebracht. »Das Baby kommt! Martha braucht Hilfe!« Wie um seine Worte zu unterstreichen, stieß Martha einen gellenden Schrei aus.

Jack drehte sich zu seiner Mutter um, die in der Tür zum Wohnzimmer stand. »Willst du nicht hinaufgehen und ihr helfen?«

»Ich?« Sybil starrte ihn entgeistert an. »Martha braucht einen Arzt!«

»Es dauert zu lange, einen zu holen, Mutter, wir müssen es ohne ihn schaffen. Marie und Elsa sollen Wasser kochen oder was immer getan werden muss, und dann gehst du mit Clementine hinauf und stehst Martha bei. William oder ich können ihr ja schlecht helfen, oder?«

»*Ich* muss mich um meinen Vater kümmern«, sagte Clementine spitz. »Sobald Ernie den Balsam bringt, werde ich seine Wunden versorgen.«

»Ich könnte doch helfen«, warf Abbey ein. Sie hatte einer ihrer Nachbarinnen in der Creek Street einmal bei der Entbindung geholfen. Die Wehen hatten mitten in der Nacht eingesetzt, als sie keinen Arzt auftreiben konnten. Abbey und eine zweite Frau, die gelegentlich der Hebamme am Ort assistierte, hatten das Kind auf die Welt geholt. »Ich habe ein ganz klein wenig Erfahrung in Geburtshilfe.«

»Danke, Abbey, das ist besser als gar nichts, jede Hilfe ist willkommen«, sagte Jack. »Sag Mutter einfach, was sie tun soll.«

Sybil warf ihrem Sohn einen gereizten Blick zu, hielt aber den Mund. Nachdem sie den Dienstmädchen einige Anweisungen gegeben hatte, eilte sie mit Abbey zu Martha hinauf.

Die beiden Frauen waren noch nicht lange oben, als es an der Vordertür klopfte.

Elsa öffnete. Vor ihr stand Heath Mason. »Guten Tag, Mr. Mason.«

Heath nahm seinen Hut ab. »Guten Tag. Ist Miss Scottsdale da?«, fragte er höflich.

»Ja, Sir.« Elsa trat beiseite und bat ihn mit einer Handbewegung ins Haus.

Jack, der bei Clementine und Ralph im Wohnzimmer gewesen war, hatte den Besucher erst gehört, als Elsa die Tür geöffnet hatte. Er eilte hinaus, als er Heath' Stimme erkannte, und schickte das Mädchen an die Arbeit zurück.

Die beiden Männer musterten sich kühl. Von oben waren markerschütternde Schreie zu hören.

»Sie kommen offen gestanden sehr ungelegen«, sagte Jack frostig.

Heath warf einen verstörten Blick in Richtung Treppe. »Wer schreit denn da so? Doch hoffentlich nicht Abbey?«

Jack fasste seine Worte als Vorwurf auf und war empört. »Natürlich nicht«, gab er bissig zurück. »Meine Schwägerin liegt in den Wehen. Abbey ist oben und hilft ihr.«

»Oh, dann komme ich allerdings zu einem äußerst ungünstigen Zeitpunkt. Warum rufen Sie keinen Arzt?«

»Weil es dafür zu spät ist«, entgegnete Jack ungeduldig. »Was wollen Sie von Abbey?«, fragte er brüsk.

Heath schaute ihn erstaunt an. »Ich möchte nicht unhöflich sein, Jack, aber ich finde, das geht Sie nichts an.«

Jack straffte sich. Wieder schollen Marthas Schmerzensschreie durch das Haus. »Kommen Sie, gehen wir ein Stück«, sagte er, schob Heath zur Tür hinaus und machte sie hinter sich zu. »Wir sollten uns unterhalten, denke ich.«

Heath schien nicht besonders angetan von dem Gedanken. Zögernd folgte er Jack, der durch den Garten zu dem großen Eukalyptusbaum ging. »Ich will nicht lange drum herumreden, Heath. Abbey ist ein reizendes, unschuldiges Mädchen, und Sie ... Nun, sagen wir, Sie sind ein im Umgang mit Frauen sehr erfahrener Mann. Abbey erzählte mir von ihrer so genannten Freundschaft mit Ihnen. Das erfüllt mich offen gestanden mit Sorge.«

»Ich will genauso offen zu Ihnen sein, Jack. Abbeys Privatleben geht Sie nichts an. Sie haben kein Recht, sich in ihre Angelegenheiten einzumischen. Aber um Ihnen Ihre Sorge zu nehmen: Abbey und ich sind nur befreundet.«

»Ach ja? Warum liegt Ihnen ausgerechnet an der Freundschaft mit Abbey so viel?« Jack bezweifelte stark, dass Heath mit einer Frau »nur befreundet« sein konnte.

»Abbey ist wie eine erfrischende Brise«, sagte Heath und breitete theatralisch die Arme aus. »Sie ist auf charmante Weise arglos, andererseits aber klug und lebenserfahren, was an ihrer Herkunft und den schrecklichen Erfahrungen, die sie bereits machen musste, liegen dürfte.«

»Sie meinen, Erfahrungen wie jene mit Ihrem Vater?«, fragte Jack in eisigem Ton.

Heath nickte. »Ich gebe zu, das muss in der Tat eine furchtbare Erfahrung für sie gewesen sein.«

»Noch vor nicht allzu langer Zeit waren Sie davon überzeugt, Abbey hätte Ihren Vater seines Geldes wegen geheiratet. Sie unterstellten ihr sogar, sie hätte etwas mit seinem Tod zu tun. Und jetzt suchen Sie ihre Freundschaft? Warum diese plötzliche Kehrtwendung?« Jack sah Heath aus zusammengekniffenen Augen an.

»Ganz einfach: Als ich Abbey besser kennen lernte, wurde mir klar, dass ich mich geirrt habe. Sie ist eine ganz reizende junge Frau. Ich weiß jetzt, weshalb mein Vater sich zu ihr hingezogen fühlte. Dass er sie bewusst getäuscht hat, bedauere ich zutiefst.«

»Getäuscht?«, wiederholte Jack wütend. »Verführt hat er sie!«

»Ja, ich weiß«, sagte Heath leise. »Misstrauen Sie mir deshalb? Weil Sie denken, ich würde das Gleiche tun? Ich versichere Ihnen, ich bin nicht wie mein Vater.«

»Ihr Ruf ist auch nicht der allerbeste, Heath.«

»Ich bitte Sie, Jack! Das sind doch nichts als Gerüchte. Sie wissen selbst, wie in Kleinstädten getratscht wird.«

Jack war überzeugt, dass Heath' Ruf als Schürzenjäger begründet war. »Wie dem auch sei, ich will nicht, dass Abbey noch einmal so tief verletzt wird.«

»Anscheinend hat sie Ihren Beschützerinstinkt wachgerufen«, spöttelte Heath. »Für eine Frau, die nur eine Angestellte ist, liegt ihr Wohl Ihnen aber sehr am Herzen.«

»Abbey hat keine Familie mehr, niemanden, der sich um sie kümmert«, verteidigte sich Jack. »Deshalb haben meine Mutter und ich das übernommen. Wir sind eine Art Ersatzfamilie für sie geworden.«

Heath nickte bedächtig. »Ich begreife ja, dass Ihre Mutter ihr gegenüber mütterliche Gefühle hegt, aber sind Sie sicher, dass Ihr Interesse an Abbey nicht anderer Art ist? Immerhin ist sie eine äußerst attraktive junge Frau.«

»Was reden Sie denn da!«, brauste Jack auf. »Sie wissen doch sicherlich, dass ich seit fast einem Jahr mit Clementine zusammen bin.«

»Deshalb brauchen Sie noch lange nicht blind für die Reize einer anderen Frau zu sein.«

Jack schoss die Röte ins Gesicht. »Ich sehe schon, wir werden zu keiner Einigung kommen«, knurrte er.

»Wenn Sie unter einer Einigung verstehen, dass ich mich von Abbey fernhalten soll, dann sicher nicht, da gebe ich Ihnen Recht«, erwiderte Heath mit Bestimmtheit. »Abbey und ich werden unsere Freundschaft pflegen. Sie werden sich wohl oder übel daran gewöhnen müssen.«

Jack schäumte innerlich. »Eines verspreche ich Ihnen: Wenn Sie Abbey anrühren oder ihr auch nur ein Haar krümmen, kriegen Sie es mit mir zu tun«, stieß er drohend hervor. »Und dann werde ich meine guten Manieren im Handumdrehen vergessen, das sage ich Ihnen!« Er wandte sich ab und stapfte zum Haus zurück, drehte sich aber nach ein paar Schritten noch einmal um. »Abbey hat jetzt keine Zeit, und ich weiß nicht, wie lange es dauern wird, bis das Baby kommt. Am besten, Sie fahren nach Hause zurück.«

»Na schön, aber sagen Sie ihr bitte, dass ich da war.«

Jack funkelte Ebenezer Masons Sohn wütend an und ging weiter.

Heath hatte das dumpfe Gefühl, dass Abbey nichts von seinem Besuch erfahren würde.

Abbey war völlig aufgelöst, und Sybil war ihr überhaupt keine Hilfe. Sie saß zwar an Marthas Bett, aber anstatt ihre Schwiegertochter, die schwitzte, vor Schmerzen schrie und stöhnte, zu trösten oder ihr Mut zuzusprechen, wandte sie ihr Gesicht ab, das kalkweiß geworden war. Die Augen hielt Sybil fest geschlossen. Sie schaute nicht einmal, ob der Kopf des Kindes bereits zu sehen war.

»Wir brauchen noch eine Schere für die Nabelschnur«, sagte Abbey, die sich die größte Mühe gab, an alles Notwendige zu denken. »Aber sie muss vor Gebrauch in kochendes Wasser gelegt werden. Und die Mädchen müssen saubere Tücher bringen.« Als Sybil nicht antwortete, warf sie ihr einen grimmigen Blick zu. »Mrs. Hawker? Haben Sie mir zugehört? Ich brauche Ihre Hilfe!«

»Wenn nun etwas schiefgeht?«, jammerte Sybil. »Wir haben so etwas doch noch nie gemacht!«

Martha riss erschrocken die Augen auf. »Was ist denn? Ist etwas nicht in Ordnung?« Sie starrte Abbey angstvoll an. »Haben Sie überhaupt schon einmal bei einer Entbindung geholfen?«

»Ja, keine Angst, es ist alles, wie es sein soll«, beruhigte Abbey sie. »Das Baby kommt. Sie müssen jetzt pressen, Martha, Sie schaffen das schon!« Wieder warf sie Sybil einen bösen Blick zu, weil von ihr keinerlei Unterstützung kam, doch die merkte es nicht einmal.

»Wenn sich die Nabelschnur nun um den Hals des Kindes gewickelt hat?«, wimmerte Sybil panisch.

Eine weitere starke Wehe kam, und Martha stieß einen lang gezogenen Schrei aus. Wie es Abbey schien, war dieser eher durch Sybils gedankenlose Bemerkung ausgelöst worden.

»Pressen Sie, Martha, so fest Sie können«, ermunterte Abbey sie. »Ja, so ist es gut!«

Mit den Händen die Unterseiten ihrer Schenkel umklammernd, presste Martha mit aller Kraft. Sie lief puterrot an vor Anstrengung, der Schweiß rann ihr in Strömen über das Gesicht. Als die Wehe vorüber war, ließ sie sich erschöpft in die schon feuchten Kissen fallen und keuchte: »Ich kann nicht mehr! Holt sofort den Doktor!«

Abbey wischte Martha den Schweiß ab. Sybil sah ihr tatenlos dabei zu. Sie starrte ihre Schwiegertochter an, als hätte sie regelrecht Angst vor ihr.

»Dafür ist es zu spät, Martha«, sagte Abbey ruhig, obwohl ihre Nerven flatterten. »Sie schaffen das auch so, glauben Sie mir. Sie machen Ihre Sache ganz großartig. Nicht mehr lange, und das Kind ist da. Alles wird gut, Sie werden sehen.« Sie guckte Sybil finster an. »Kann ich kurz mit Ihnen reden, Mrs. Hawker?« Sie fasste sie am Arm und ging mit ihr zur Tür.

»Lasst mich nicht allein!«, kreischte Martha beinah hysterisch.

Abbey zwang sich zu lächeln. »Wir sind gleich wieder da, Martha, es dauert nur eine Sekunde, ich verspreche es.«

Sie schob Sybil aus dem Zimmer, schloss sachte die Tür und

drehte sich dann, die Hände in die Seiten gestemmt, zu Sybil hin. »Sie sind keine große Hilfe, Mrs. Hawker«, fauchte sie mit gedämpfter Stimme. »Sie sollen Martha keine Angst einjagen, Sie sollen ihr Mut machen!«

»Ich kann nichts dafür«, wisperte Sybil kläglich. Sie wirkte geradezu erleichtert, dass sie das Zimmer hatte verlassen dürfen.

Abbey riss der Geduldsfaden. »Schön, dann bleiben Sie am besten hier draußen! Ich kann nicht gleichzeitig Ihnen die Angst nehmen und Martha bei der Entbindung helfen. Ich habe auch Angst, aber das darf ich mir um Marthas willen nicht anmerken lassen.« Sie holte tief Luft. »Vielleicht können Sie ja wenigstens dafür sorgen, dass die Schere gebracht und abgekocht wird.« Damit drehte sie sich um und ging wieder hinein.

»Wo ist Sybil?«, flüsterte Martha erschöpft.

»Sie muss etwas für mich erledigen«, antwortete Abbey leichthin. Sie spürte, wie sie am ganzen Körper bebte, zwang sich aber zur Ruhe und bemühte sich, jeden Gedanken an Sybil zu verdrängen. »Sie sind sehr tapfer, Martha. Sie machen das großartig!«

Eine neue Wehe kam. Martha krallte die Finger in ihre Beine und presste.

Unterdessen wankte Sybil die Treppe hinunter. Sie hatte den Treppenabsatz erreicht, als Jack, der gerade hereinkam, aufblickte. Er bemerkte ihr blutleeres Gesicht und ihre zitternden Hände.

»Mutter! Ist etwas passiert?«, fragte er beunruhigt.

Sybil versuchte, sich zusammenzunehmen. »Nein, nein, alles in Ordnung.«

»Wirklich? Warum bist du nicht oben bei Abbey und Martha?«

»Abbey hat mich hinausgeworfen«, gestand Sybil beschämt.

»Was?« Jack machte ein verdutztes Gesicht. »Aber wieso denn?«

Sybil antwortete nicht. Sie wäre vor Scham am liebsten im Erdboden versunken.

»Mutter?« Jack stieg die Stufen hinauf und berührte ihren Arm. »Warum hat Abbey dich aus dem Zimmer geworfen?«

»Weil ich überhaupt keine Hilfe war«, brach es aus Sybil heraus. »Ich habe alles nur schlimmer gemacht!«
»Das verstehe ich nicht.« Jack konnte hören, wie Abbey Martha aufmunternd zuredete.
»Ich hatte solche Angst und...« Sybil versagte die Stimme.
In diesem Moment eilte Elsa mit einem großen Topf Wasser, das sie klugerweise in der Küche aufgekocht hatte, an ihnen vorbei nach oben. Als sie außer Hörweite war, sagte Jack: »Mutter, ich bin sicher, dass Abbey vor Angst fast vergeht, schließlich hat sie noch nie ein eigenes Kind gehabt, während du drei Söhne zur Welt gebracht hast! Trotzdem steht sie Martha bei. Also geh jetzt wieder hinein und hilf ihr, so gut du kannst.«
Jack hatte Recht, Sybil sah es ein. Sie benahm sich feige und unvernünftig. Abbey war ein junges Ding, sie konnte nicht zulassen, dass sie diese schwere Verantwortung allein schulterte. Sie nickte ihrem Sohn kurz zu, holte noch einmal tief Luft und ging wieder nach oben.
Abbey schaute überrascht und nicht sehr erfreut auf, als Sybil das Zimmer betrat, konzentrierte ihre ganze Aufmerksamkeit aber sofort wieder auf Martha. Sybil nahm eine Schere aus der obersten Schublade einer Kommode und legte sie in das heiße Wasser, das Elsa heraufgebracht hatte. Dann suchte sie einen Stoffstreifen, um die Nabelschnur abzubinden und frische Handtücher. Sie vermied es so lange wie möglich, sich Martha zuzuwenden. Aber zu guter Letzt blieb ihr nichts anderes übrig. Sie drehte sich um und trat ans Fußende des Bettes. Sybil wäre fast ohnmächtig geworden, als sie das Köpfchen des Babys austreten sah. Starr vor Entsetzen stand sie da und rührte sich nicht mehr.
Abbey stieß sie in die Seite und spornte gleichzeitig die Gebärende an: »So ist es gut, Martha! Nicht aufhören! Das machen Sie wunderbar. Noch einmal, Martha, dann ist der Kopf ganz draußen!«
Martha richtete den Oberkörper auf und presste, so fest sie konnte. Vor Anstrengung traten die Adern an ihrem Hals hervor wie dicke, dunkelrote Stränge.

Sybil wischte ihr den Schweiß vom Gesicht. »Das machst du großartig, Martha«, lobte sie.
Abbeys Miene hellte sich auf. »Der Kopf ist draußen, Martha«, rief sie aufgeregt.
Sybil nahm all ihren Mut zusammen und warf einen Blick nach unten, aber als sie das viele Blut sah, wäre sie beinah umgefallen. Abbey bemerkte es und raunte ihr zu, sie solle tief durchatmen.
Martha spürte, dass es bald vorbei war. Bei der nächsten Wehe strengte sie sich noch mehr an. Eine Schulter rutschte heraus. Abbey, die sich die Entbindung in der Creek Street ins Gedächtnis zurückrief, drehte das schlüpfrige Kind ein klein wenig. Die andere Schulter kam zum Vorschein, und dann glitt der winzige Körper vollends heraus. Das Kind stieß einen schwachen Schrei aus. Abbey hielt es vorsichtig in den Armen und vergewisserte sich, dass seine Atemwege frei waren. Und schon holte es Luft und schrie laut und vernehmlich. In den Ohren der drei Frauen klang das Quäken wie Musik.
Abbey sah Sybil an, die zu Tränen gerührt war. »Sie dürfen Ihrem Enkelkind jetzt die Nabelschnur durchtrennen, Mrs. Hawker.«
Sybil betrachtete das Neugeborene mit einem Ausdruck ehrfürchtigen Staunens. Sie konnte sich nicht sattsehen an dem winzigen Lebewesen.
»Ist es gesund?«, fragte Martha, die erschöpft in die Kissen zurückgesunken war, voller Sorge.
»Ja, es ist ein wunderhübsches Kind«, beruhigte Abbey sie. »Ich bin zwar kein Arzt, aber mir scheint, es ist kräftig, auch wenn es ein bisschen zu früh gekommen ist.«
Martha lächelte glücklich. »Ist es ein Junge oder ein Mädchen?«
Abbey drehte das Kind so, dass sie es selbst sehen konnte.
»Ein Junge!« Martha strahlte übers ganze Gesicht. »Ich habe einen Sohn.« Sie hatte sich eine Tochter gewünscht, aber sie freute sich für William, der seit Monaten von nichts anderem als von seinem Sohn sprach.

Sybil liefen Tränen der Rührung über die Wangen.
»Die Nabelschnur, Mrs. Hawker«, sagte Abbey noch einmal. Da endlich kam Leben in Sybil. Sie durchtrennte die Nabelschnur und band sie ab.
Abbey säuberte das Neugeborene mit den frischen Tüchern, wickelte es in eine Decke und legte es Martha in die Arme.
Martha war überglücklich. Tief bewegt und mit Tränen in den Augen betrachtete sie ihren Sohn.
Sybil trat neben ihr Bett und betrachtete sie zärtlich. Zum ersten Mal, seit sie Martha kannte, hatten deren Wangen eine gesunde Farbe. »Mutterglück steht dir gut, Martha«, sagte sie sanft. »Du hast noch nie so... so wunderschön ausgesehen.«
»Danke, Mum«, erwiderte Martha und strahlte. »Ich glaube, das ist der glücklichste Tag meines Lebens, einmal abgesehen von dem Tag, an dem ich William geheiratet habe.« Ihre Miene verdüsterte sich eine Sekunde lang, als sie an den Brand auf ihrer Farm dachte. »Trotz allem, was heute passiert ist«, fügte sie leise hinzu.

Jack stand unten an der Treppe, als er den ersten Schrei des Babys vernahm. Ein Lächeln huschte über sein Gesicht. Im selben Moment hörte er William herangaloppieren. Er war auf die Farm zurückgekehrt, um nach dem Rechten zu sehen, und geritten wie der Teufel, um so schnell es ging wieder bei seiner Frau zu sein. Jack riss die Tür auf. Als William das breite Grinsen auf seinem Gesicht sah, fragte er atemlos: »Ist das Baby schon da?«
»Ich habe es gerade schreien hören«, sagte Jack und klopfte seinem Bruder auf die Schulter.
William jagte die Treppe hinauf, gefolgt von Jack.
Die beiden mussten sich noch ein paar Minuten gedulden, bis sie ins Zimmer gelassen wurden. Aufgeregt wanderten sie im Flur auf und ab. Endlich ging die Tür auf, und Sybil sagte: »Komm rein und begrüße deinen Sohn, William.«
»Ein Sohn«, flüsterte William mit belegter Stimme, als er das

Zimmer betrat und seine Frau mit dem Kind in den Armen erblickte. »Wir haben einen Sohn!«

Martha nickte stolz. William beugte sich zu ihr hinunter und küsste sie zärtlich. Ehrfürchtig betrachtete er das winzige Neugeborene.

Abbey huschte hinaus, Sybil folgte ihr. Jack warf von der Tür aus einen Blick auf die glückliche Familie. Die rührende Szene ging ihm zu Herzen. Er war unsagbar erleichtert, dass alles gut gegangen war.

»Ich weiß gar nicht, wie ich dir danken soll, Abbey«, sagte er, als Sybil sachte die Tür schloss.

»Das ist doch nicht der Rede wert«, wehrte Abbey bescheiden ab. »Martha war es, die die ganze Arbeit geleistet hat. Das war nicht leicht für sie.«

»Ja, das arme Mädchen hat furchtbare Schmerzen gehabt«, sagte Sybil. »Und ich war Ihnen überhaupt keine Hilfe. Ich hoffe, Sie können mir verzeihen, Abbey. Dass alles ohne Komplikationen verlaufen ist, hat Martha nur Ihnen zu verdanken. Sie waren einfach großartig!«

»Zu guter Letzt waren Sie ja da, als wir Sie brauchten.« Abbey wandte sich Jack zu. »Deine Mutter hat die Nabelschnur durchtrennt und abgebunden.«

Jack warf seiner Mutter einen belustigten Blick zu. Sybil lächelte verlegen, obwohl sie ein kleines bisschen stolz auf sich war.

»Wie geht's Mr. Feeble?«, fragte Abbey.

»Clementine hat Ernies Salbe auf seine Wunden gegeben«, erwiderte Jack. »Hoffen wir, dass es hilft. Ich habe auf alle Fälle Elias losgeschickt, damit er Dr. Ashbourne sucht. Wenn Ralph durchkommt, hat er das nur dir zu verdanken, Abbey.«

Für Abbey war es ganz selbstverständlich, dass sie geholfen hatte. »Hoffentlich ist es nicht zu spät«, sagte sie mitfühlend. »Oh, da fällt mir ein«, fügte sie aufgeregt hinzu und ergriff spontan Jacks Hand. »Heute Morgen ist Max aufgestanden und zum

Wasserlassen aus der Scheune gegangen. Ist das nicht wunderbar?« Ihr Lächeln erlosch, als Jacks Miene ernst blieb. Sie hatte fest damit gerechnet, dass er sich über diese Neuigkeit freuen würde.

Irgendetwas musste geschehen sein.

22

Heath schäumte innerlich vor Wut, auch wenn er sich während seiner Unterhaltung mit Jack nichts hatte anmerken lassen. Von Bungaree aus fuhr er auf direktem Weg in die Stadt zu Edward Martin und platzte unangemeldet in dessen Kanzlei. Obwohl es schon recht spät war, saß der Anwalt noch über einigen wichtigen Dokumenten, die mit Ebenezer Masons Nachlass zu tun hatten.

»Guten Abend, Heath«, sagte Edward mit matter Stimme und klappte die Akte mit den Unterlagen zu. Ihr Inhalt war vertraulich und nur für ihn und Ebenezers rechtmäßigen Erben bestimmt, und das war nun einmal nicht Heath. Edward legte sein Schreibzeug beiseite. Er wusste, dass er an diesem Tag nicht mehr fertig würde, aber zum Glück hatte er noch ein bisschen Zeit, um alles zum Abschluss zu bringen.

Heath hielt sich weder mit einem Gruß noch mit einer langen Vorrede auf. »Ich komme gerade von Bungaree.«

»Und warum bist du so schlecht gelaunt?« Edward konnte es ihm ansehen. »Hat Miss Scottsdale dich nicht empfangen?«

»Sie hatte keine Zeit. Jack Hawkers Schwägerin lag in den Wehen, und Abbey half bei der Entbindung.«

Edward staunte. »Was du nicht sagst! Vielleicht hat Miss Scottsdale ja eine Erfolg versprechende Zukunft als Hebamme vor sich.«

»Sehr witzig, Edward!«, fauchte Heath. »Ich bin völlig verzweifelt, und du machst dich über mich lustig!«

»Entschuldige«, murmelte Edward zerknirscht. In Anbetracht der Tatsache, dass Miss Scottsdale wahrscheinlich über kurz oder lang über ein außerordentliches Vermögen verfügen würde und nie mehr einen Finger zu rühren brauchte, war seine Bemerkung wirklich unpassend gewesen.»Es war ein langer Tag. Was ist passiert? Wieso bist du so gereizt?«

»Jack Hawker, das ist passiert. Am liebsten würde ich ihm gehörig die Meinung sagen, aber dann macht er mich bei Abbey schlecht, und damit wäre mir überhaupt nicht gedient.«

»Was hat er denn jetzt wieder getan?« Edward ordnete die Papiere auf seinem Schreibtisch. Er war müde und wollte endlich nach Hause.

»Er bestand auf einer Unterhaltung mit mir. Er wollte doch tatsächlich wissen, was ich von Abbey will«, erwiderte Heath erregt.

»Und was hast du geantwortet?«

»Dass ihn das nichts angeht! Ihr Umgang mit mir macht ihm offenbar Kopfzerbrechen. Wegen meines Rufs, sagt er. Er denkt wohl, ich hätte die Absicht, sie zu verführen, und hat mir gedroht, dass ich es mit ihm zu tun kriege, falls ich sie anrühre. So eine Dreistigkeit!«, schäumte Heath.

»Nun, du kannst nicht leugnen, dass du dich in den Ruf gebracht hast, ein Frauenheld zu sein, Heath«, sagte Edward ernst.

»Und wenn schon! Was geht das Hawker an? Und was fällt diesem Kerl ein, mir zu drohen? Weißt du, was ich glaube? Dass er ein Auge auf sie geworfen hat.«

Edward fragte sich, ob Heath eifersüchtig war. »Die Zeit arbeitet gegen dich, Heath. Von der Mine sind einige Schreiben gekommen.« Er griff nach ein paar Blättern, die er an den Rand seines Schreibtischs geschoben hatte. »Wichtige Entscheidungen stehen an. Investitionen zur Verbesserung der Sicherheit der Bergleute müssen getätigt werden. Die Moral befindet sich auf einem Tiefpunkt. Sogar von Streik ist die Rede.«

»Ich kann mich erst um diese Dinge kümmern, wenn der Nachlass geregelt ist.« Heath ging allmählich das Geld aus, die Bank wollte ihm nichts mehr geben.

Edward schwieg nachdenklich. Er hielt nichts von Heath' Plan, was Abbey Scottsdale betraf, deshalb sagte er beiläufig: »Warum bist du nicht offen und ehrlich mit Miss Scottsdale und erklärst ihr die Situation? Ich könnte einen entsprechenden Vertrag aufsetzen, der dich zum rechtmäßigen Erben macht, wenn sie unterschreibt.«

Heath riss entsetzt die Augen auf. »Hast du den Verstand verloren? Sie würde mir ihren Besitz doch niemals freiwillig überschreiben!«

»Vielleicht doch, zumal sie gegen ihren Willen mit deinem Vater verheiratet wurde. Ich finde, es wäre einen Versuch wert. Und einfacher als deine ganzen Täuschungsmanöver wäre es auf alle Fälle.«

Heath machte ein ärgerliches Gesicht. »Das Risiko ist mir zu groß. Ich bin mir sicher, dass sie sich nicht darauf einlassen würde. Niemand, der bei Verstand ist, schlägt ein so großes Vermögen aus.«

»Manchmal handeln Menschen ganz anders, als man es von ihnen erwartet«, sagte Edward weise. Er hätte Namen nennen können, doch sein Berufsethos verbot es ihm.

»Manchmal aber auch nicht«, gab Heath zurück. »Und selbst wenn sie damit einverstanden wäre – ich könnte mir denken, dass Jack Hawker ihr dringend davon abraten würde.«

»Heath, je länger sich die Sache hinzieht, desto fataler sind die Folgen für alle Beteiligten«, sagte Edward eindringlich. »Die Dienstboten auf Martindale und die Bergleute müssen bezahlt werden. Deine Mittel reichen gerade noch für diese Woche. Du musst etwas unternehmen, Heath, dir läuft die Zeit davon!«

»Gib mir noch ein paar Tage, Edward«, bettelte Heath. »Am Wochenende findet eine Tanzveranstaltung in Manoora statt. Ich werde Abbey dazu einladen und sie bitten, das Wochenende mit mir in Martindale Hall zu verbringen.«

»Wie stellst du dir das vor?« Edward seufzte gereizt. Er wünschte, Heath würde der Realität endlich ins Auge sehen. »Glaubst du im

Ernst, sie wird eine Nacht mit dir allein auf Martindale verbringen?«

»Na ja, vielleicht wird Hawker ihr das ausreden, aber meine Einladung zum Tanz wird sie ganz sicher nicht ablehnen. Und dann werde ich sie schon irgendwie überreden, mit mir nach Martindale zu kommen. So oder so, ich werde ein paar schöne Stunden mit ihr verbringen, und du wirst sehen, dann verliebt sie sich auch in mich!«

Edward konnte nur den Kopf schütteln über so viel Blauäugigkeit.

Jack und Abbey standen in der Scheune und schauten auf Max hinunter, der apathisch auf seinen Decken lag.

»Er gefällt mir gar nicht«, sagte Jack. »Ich glaube, die Wunde macht ihm doch mehr zu schaffen, als ich dachte.«

Abbey sah ihn an. »Doris hat mir etwas zum Einreiben gegeben, das nach Eukalyptus riecht. Es soll bei Wundinfektionen helfen.«

Jack schüttelte bedrückt den Kopf. »Ich weiß nicht recht. Bei einer so schweren Verletzung...«

»Doris glaubt fest daran, sie sagt, das Mittel hat schon vielen geholfen.«

Jack wirkte nicht überzeugt. »Ich wollte es nicht wahrhaben, aber allmählich bezweifle ich, dass Max es schaffen wird.« Seine Stimme war brüchig geworden, und er wandte das Gesicht ab.

Abbey blickte erschrocken auf. »Du denkst doch nicht etwa daran, ihn...« Sie konnte den Satz nicht zu Ende sprechen.

»Ich muss mich mit dem Gedanken vertraut machen«, sagte Jack leise.

»Nein, kommt nicht infrage, das kannst du nicht machen«, fuhr Abbey auf. Ein Gedanke durchzuckte sie. »Warum bitten wir nicht Ernie um Hilfe?«

»Ernie?« Jack sah sie verblüfft an. »Wieso Ernie? Er kann uns auch nicht weiterhelfen.«

»Woher willst du das wissen? Wenn er Ralph Feeble helfen kann, kann er vielleicht auch für Max etwas tun.«

»Dass er ein Mittel, das bei Verbrennungen wirkt, kennt, heißt nicht, dass er alle Krankheiten heilen kann.«

Doch Abbey war schon hinausgeeilt, um Ernie zu suchen. Sie lief zur Rückseite der Stallungen, wo Ernie und Wilbur eine Schlafkammer hatten, die sie allerdings nur in besonders kalten Nächten nutzten, weil sie lieber unter freiem Himmel schliefen.

»Abbey, warte!« Jack folgte ihr. »Ernie ist nicht da.«

Sie drehte sich zu ihm um. »Wo ist er denn?«

»Wieder bei den Schafen.«

»Wir müssen ihn finden, bevor es für Max zu spät ist.«

»In einer Stunde wird es dunkel, Abbey.«

Sie ging auf ihn zu und sah ihn verblüfft an. »Was ist los mit dir? Willst du Max denn nicht helfen?«

»Natürlich will ich das«, gab Jack unwirsch zurück.

»Warum gibst du dann so schnell auf?«

»Das tue ich nicht. Ich bin nur realistisch.«

»Ach ja? Den Eindruck habe ich aber nicht«, erwiderte Abbey zornig.

Jack holte tief Luft und atmete geräuschvoll aus. »Das verstehst du nicht, Abbey. Im Gegensatz zu dir lebe ich seit vielen Jahren hier. Ich kenne die Aborigines, die für mich arbeiten, und ich kenne ihre Fähigkeiten.«

»Hast du gewusst, dass Ernie einen Balsam für Ben hergestellt hat, der seine Verbrennungen innerhalb kürzester Zeit hat abheilen lassen?«

»Natürlich hab ich das gewusst.«

»Dann versteh ich nicht, warum du ihn jetzt, wo Max' Leben auf dem Spiel steht, nicht um Hilfe bitten willst.«

Jack sah sie lange an. Es schien, als müsste sie ein paar Dinge auf die harte Tour lernen. »Wie ich schon sagte: Ernie weiß vielleicht, wie man Brandwunden behandelt, aber das heißt nicht, dass er alle Krankheiten heilen kann. Lassen wir es dabei, einverstanden?«

»Anscheinend hab ich mich in dir getäuscht«, sagte Abbey bitter und mit Tränen in den Augen. »Ich habe geglaubt, du würdest alles für Max tun, aber das war offensichtlich ein Irrtum.«

»Jetzt bist du ungerecht, Abbey«, erwiderte Jack nur und wandte sich ab.

Sie wusste, dass sie ihn verletzt hatte, doch das war ihr egal.

»Kommt Ernie heute Abend zurück?«, rief sie ihm nach.

Er drehte sich um und blieb stehen. »Nein, er wird mit Wilbur bei der Herde kampieren. Komm nicht auf die Idee, allein im Dunkeln hinauszureiten und ihn zu suchen, verstanden?«

»Dann komm mit, am besten jetzt gleich«, bettelte sie. So schnell gab sie sich nicht geschlagen. »Wenn er uns nicht helfen kann, dann haben wir es zumindest versucht.«

Jack stieß einen schweren Seufzer aus. Er wusste nicht, ob er ihre Hartnäckigkeit verwünschen oder bewundern sollte. »Also gut, meinetwegen«, stimmte er zu, nicht zuletzt deshalb, weil er fürchtete, sie könne sich allein auf die Suche machen. »Gehen wir.«

»Warum bist du so sicher, dass Ernie Max nicht helfen kann?«, fragte Abbey, als sie neben Jack zur Weide hinausgaloppierte.

Jack, der nicht recht wusste, wie er es ihr erklären sollte, schwieg.

»Kennt er sich nur mit Brandwunden aus?«, forschte sie weiter.

»Nein, das ist es nicht.« Er zögerte. »Es hat vielmehr mit den Bräuchen und den Anschauungen der Aborigines zu tun. Sie glauben an andere Dinge als wir. Sei also nicht enttäuscht, wenn Ernie sich weigert, Max zu helfen.«

Abbey fielen die seltsamen Fragen ein, die Ernie ihr gestellt hatte, als sie ihn um Hilfe für Ralph Feeble gebeten hatte. »Was zum Beispiel würde ihn denn davon abhalten?«

Jack zog die Zügel an, und das Pferd verfiel in eine langsamere Gangart. Abbey machte es ihm nach.

»Die Aborigines glauben, dass Tod und schwere Krankheiten

von Geistern über die Menschen gebracht werden oder dass diese mit einem Zauber belegt wurden.«

Abbey starrte Jack offenen Mundes an. »Das ist nicht dein Ernst!«

»O doch. Sogar ein unbedeutender Unfall, wenn etwa jemand über einen Ast am Boden stolpert, hinfällt und sich verletzt, wird einem Zauber zugeschrieben.«

Hatte Ernie deshalb so viele Fragen gestellt? Um sicherzugehen, dass der Brand in Clementines Haus aus Unachtsamkeit entstanden und nicht die Folge eines Zaubers war? »Ernie wird doch nicht ernsthaft annehmen, dass jemand Max mit einem Zauber belegt hat! Ich meine, wir reden hier von einem Hund. Das wäre ja lächerlich!«

Jack zuckte mit den Schultern.

Abbey hielt ihr Pferd abrupt an, Jack blieb ebenfalls stehen. Sie sahen sich an. »Wie kannst du nur so ... so gleichgültig sein!«, brach es aus ihr hervor. »Ich dachte, dir liegt etwas an Max.«

Ärgerlich, weil sie offenbar einen völlig falschen Schluss gezogen hatte, erwiderte Jack: »Das Leben auf einer Farm ist kein Märchen, bei dem es immer ein glückliches Ende gibt. Traurige Dinge passieren nun einmal. Wir wissen ja auch nicht, ob Ralph durchkommen wird, und dass Martha und das Baby überlebt haben, grenzt fast schon an ein Wunder.«

»Ich habe Martha nicht geholfen, weil ich an ein glückliches Ende geglaubt habe. Ich habe einfach getan, was in meiner Macht stand, auch wenn ich vor Angst schier gelähmt war. Aber es ist alles gut gegangen, Martha und ihr Kind sind wohlauf. Und genauso sollten wir für Max alles tun, was wir können, das hat er einfach verdient.«

Jack sah sie einen Augenblick schweigend an. »Weißt du, ich beneide dich beinahe, Abbey.«

»Du beneidest mich?«, wiederholte sie verblüfft. »Aber wieso denn?«

»Trotz allem, was du durchgemacht hast, glaubst du immer

noch, dass sich alles zum Guten wenden wird.« Er fand so viel Zuversicht wirklich bemerkenswert. »Ich will mir keine allzu großen Hoffnungen machen, und am Ende...« Er konnte den Satz nicht zu Ende sprechen, aber im Geist sah er sich Max erschießen. »Am Ende werde ich derjenige sein, der Max von seinen Schmerzen erlösen muss, und dafür werde ich meinen ganzen Mut brauchen. Glaub mir, das wird das Schwerste sein, das ich je in meinem Leben getan habe. Es verletzt mich tief, dass du denkst, Max ist mir gleichgültig.«

»Entschuldige, das wollte ich nicht«, sagte Abbey zerknirscht. »Ich weiß doch, wie sehr du an ihm hängst. Lass uns noch diesen einen Versuch machen, ihn zu retten! Bitte!«

Obwohl Jack sich vorstellen konnte, wie die Sache ausgehen würde, nickte er. Schweigend ritten sie weiter.

Es war fast dunkel, als Jack und Abbey auf die beiden eingeborenen Viehhirten stießen, die am Lagerfeuer saßen. Die Schafherde befand sich in unmittelbarer Nähe. Abbey konnte das leuchtende Rot von Josephines Halsband erkennen. Ein Lächeln ging über ihr Gesicht, als sie sah, wie sich das Lamm an seine Mutter drängte.

Ernie und Wilbur blickten erstaunt auf.

»Ist was passiert, Boss?«, fragte Wilbur.

Jack und Abbey stiegen ab. Als Jack keine Anstalten machte zu antworten, sagte Abbey: »Max geht es gar nicht gut, Ernie. Können Sie ihm nicht helfen?«

Ernie sah erst Jack, dann Wilbur an und starrte schließlich wieder ins Feuer. »Nein, Missus, ich kann nichts für ihn tun.«

Abbey war einen Augenblick sprachlos. »Aber es gibt doch sicher eine Buschmedizin, mit der man seine Wunde behandeln kann?«

Nach einem weiteren flüchtigen Blick auf Wilbur guckte Ernie abermals in die Flammen und schwieg.

Abbey, die sich dieses sonderbare Verhalten nicht erklären konnte, schaute fassungslos von einem zum anderen.

»Komm, Abbey, gehen wir«, sagte Jack leise.

»Nein!«, fauchte sie. »Max braucht unsere Hilfe.« Sie sah Ernie eindringlich an. »Warum wollen Sie Max nicht helfen? Ich will es wissen!«

»Ich kann ihm nicht helfen, Missus. Der Hund wurde vom Speer eines Aborigine getroffen.«

»Das weiß ich, aber was hat das damit zu tun?«

»Es könnte mich mein Leben kosten, wenn ich versuche, rückgängig zu machen, was er getan hat.«

Abbey war wie vom Donner gerührt, als sie das hörte. Sie fragte sich eine Sekunde lang, ob Ernie sie nicht ernst nahm, doch der Viehhirte blickte todernst drein. »Dann sagen Sie uns, was wir machen müssen, Ernie, und *wir* tun es.«

Ernie schüttelte den Kopf. »Geht nicht, Missus. Was geschehen ist, ist geschehen. Der Hund wird sterben.«

Abbey brach in Tränen aus. Die drei Männer wechselten einen bekümmerten Blick. Dann legte Jack tröstend seine Arme um Abbey und zog sie an sich.

»Wir können doch nicht einfach zusehen, wie Max stirbt, Jack«, schluchzte sie, das Gesicht an seine Brust gepresst. »Er hat doch gar nichts getan! Das hat er nicht verdient.«

Über ihren Kopf hinweg sah Jack zu Ernie hinüber. Im Schein des Feuers konnte er dessen bedrückte Miene erkennen. Er machte ihm keinen Vorwurf und war ihm auch nicht böse. Im Lauf der Jahre hatte er viel über die geheimnisvolle Macht des Aberglaubens und über die kultischen Bräuche der Aborigines gelernt. Er hatte kräftige, gesunde junge Männer sterben sehen, nur weil sie glaubten, sie seien mit einem Zauber belegt worden. Die Macht des Verstandes sprengte jedes Vorstellungsvermögen.

Plötzlich stand Ernie auf und kam näher. »Vielleicht gibt es jemanden, der dem Hund helfen kann, Missus«, murmelte er. »Ich kann es aber nicht versprechen.«

Abbey schaute auf und wischte sich die Tränen ab. »Wen meinen Sie, Ernie?«

»Ich spreche von einem *kadaicha*«, flüsterte er und guckte sich nervös um.

Abbey sah Jack fragend an.

»Der *kadaicha* ist ein Medizinmann, ein Heiler und Magier«, erklärte er. Da Ernie und Wilbur dem im mittleren Australien beheimateten Arabana-Clan angehörten, wunderte er sich ein wenig über den Vorschlag des Viehhirten. Er hatte nicht gewusst, dass Ernie Beziehungen zum hiesigen Koori-Clan oder dessen Medizinmann unterhielt.

»Der *kadaicha* ist der Einzige, der Max helfen könnte, aber ich weiß nicht, ob er das tun wird«, fuhr Ernie fort.

Wieder sah Abbey Jack an.

»Ein *kadaicha* ist ein weiser Mann, der beim Stamm größtes Ansehen genießt«, erklärte er. »Es kann sein, dass er sich weigert, einem Hund zu helfen.«

Dennoch klammerte sich Abbey an diese einzige Hoffnung, die ihnen geblieben war. »Können Sie ihn fragen, Ernie? Würden Sie das tun?«

Ernie wandte sich zu Wilbur um, und sie unterhielten sich in ihrer schnellen, kurzsilbigen Sprache, wobei sie immer wieder in verschiedene Himmelsrichtungen deuteten. Anscheinend konnten sie sich nicht einigen, wo dieser weise Mann zu finden war.

»Kann sein, dass du ihm etwas dafür geben musst, Boss«, sagte Ernie schließlich.

»Ein Schaf«, erwiderte Jack. »Einen von den Böcken.« Sie waren zwar wertvoll, aber nicht so wertvoll wie Max.

»Angehörige des hiesigen Stammes haben mir erzählt, Fleisch hätten sie reichlich«, sagte Ernie. Die einzelnen Clans sprachen zwar verschiedene Dialekte, konnten sich aber dennoch recht gut miteinander verständigen. »Kängurus gibt es genug, aber wegen der Dürre viel zu wenig Beeren, Früchte und Yamswurzeln. Vielleicht kannst du dem *kadaicha* Früchte und Gemüse anbieten, Boss.«

»Einverstanden, Ernie. Was immer er haben will.« Jack bezweifelte, dass Ernie etwas erreichen würde, aber er fand, es war einen Versuch wert.

»Dann reitet jetzt nach Hause und wartet dort«, sagte Ernie. »Wenn der *kadaicha* sich bereit erklärt zu kommen, werde ich ihn zur Scheune bringen.«

Abbey und Jack ritten zurück. Nachdem sie die Pferde in den Stall gebracht hatten, gingen sie in die Scheune zu Max, dessen Zustand sich nochmals verschlechtert zu haben schien, und setzten sich zu ihm. Eine Stunde verstrich, ohne dass etwas geschah.

»Warum dauert das denn so lange?«, klagte Abbey ungeduldig.

»Rechne nicht zu fest damit, dass Ernie den *kadaicha* überreden kann herzukommen, Abbey. Hunde bedeuten den Aborigines gar nichts. Sie sind für sie nicht so wichtig wie für uns. Die Hunde, die man in ihren Lagern herumschleichen sieht, benutzen sie zwar dazu, ihnen im Winter Wärme zu spenden, aber dafür geben sie ihnen nicht einmal ein anständiges Futter, sie werfen ihnen bloß ihre Essensreste hin, Knochen mit ein paar Fleischfetzen dran.«

Der Gedanke bedrückte Abbey. »Die abergläubischen Bräuche und die Anschauungen der Eingeborenen sind viel komplizierter, als ich dachte«, gab sie zu. »Ich hätte auf dich hören sollen.« Die Hoffnung, Max zu retten, schwand mit jeder Minute, und sie konnte sehen, wie sehr Jack litt. »Warum muss das Leben nur so grausam sein?«, flüsterte sie mit erstickter Stimme.

»Es gibt gute Zeiten, und es gibt schlechte Zeiten, Abbey. Es kann nicht immer nur in eine Richtung gehen.«

»Ja, ich weiß.« Sie dachte an ihren Vater und an Neal.

Jack drückte liebevoll ihre Hand. »Geh doch zu Bett, Abbey. Ich kann allein hier warten. Wenn sich etwas tut, werde ich dich rufen.«

»Nein.« Sie schüttelte den Kopf. »Das war meine Idee, also werde ich das auch mit dir zusammen durchstehen.«

In diesem Moment erschien Elias in der Scheunentür. »Alles in Ordnung? Wie geht's dem Hund?«

»Nicht gut«, antwortete Jack traurig.
»Willst du, dass ich ihn ...?«
»Nein«, fiel Jack ihm ins Wort. »Leg dich schlafen, Elias. Hör zu, es kann sein, dass Ernie mit ein paar Stammes-Aborigines herkommt. Sag Ben Bescheid. Ich will nicht, dass ihr aus Versehen auf sie schießt.«
Elias blickte beunruhigt drein. »Wozu bringt er sie her?«
Jack machte eine wegwerfende Handbewegung. »Erklär ich dir morgen. Eine Bitte noch: Könntest du Frank Fox sagen, er soll einen großen Korb mit Früchten und Gemüse vors Scheunentor stellen?«
»Wofür?«, fragte Elias erstaunt.
»Ich werde dir alles morgen erklären.«
Elias schüttelte verwundert den Kopf und ging wieder.

Nicht lange danach wurde die Tür zur Scheune aufs Neue geöffnet. »Kannst du den Hund nach draußen bringen, Boss?«, fragte Ernie.

Als Abbey aufstand und hinausschauen wollte, stellte Ernie sich ihr in den Weg. »Sie dürfen sich nicht blicken lassen, Missus. Das ist eine heilige Zeremonie, an der keine Weißen teilnehmen dürfen.«

Verdutzt trat Abbey zur Seite und machte Platz für Jack, der Max in seiner Decke hinaustrug. Ernie machte die Tür hinter ihm wieder zu.

Abbey versuchte, durch die Ritzen zwischen den Brettern zu spähen, konnte aber nicht viel erkennen. Sie schaute sich um. Ihr Blick fiel auf die gestapelten Heuballen an der hinteren Wand und auf die Belüftungsklappe darüber. Vorsichtig kletterte sie die Ballen hinauf und öffnete die Klappe einen winzigen Spalt.

Draußen vor der Scheune war bereits ein Feuer angezündet worden. Jack bückte sich gerade, um den Hund wie angewiesen neben das Feuer zu legen. Abbey konnte einen älteren, weißhaarigen Aborigine sehen, der knochendürr und nur mit einem Lendenschurz bekleidet war, sowie zwei ältere, ebenfalls spindeldürre Frauen. Sie sahen aus wie die beiden, die ihr auf dem Weg nach Clare begegnet waren, aber vermutlich täuschte sie sich. Sie hielten etwas in den Händen, aber Abbey konnte nicht erkennen, was es war. Nachdem Jack den Hund abgelegt hatte, schickten sie ihn weg. Jack zögerte, er ließ Max nicht gern allein, doch dann ging er zurück in die Scheune.

Er schloss die Tür hinter sich und blickte sich nach Abbey um.

»Pssst!«, machte sie.

Verwirrt, weil er sie nicht sah, drehte sich Jack um die eigene Achse.

»Hier oben!«, flüsterte sie und winkte.

Er schaute auf. »Was machst du denn da oben?«

Sie winkte ihn zu sich.

Als er hinaufgeklettert war, legte sie den Finger an die Lippen und zeigte dann durch den Spalt nach draußen. Von hier konnten sie alles sehen, was am Lagerfeuer der Aborigines vor sich ging.

»Vielleicht sollten wir sie lieber nicht beobachten«, flüsterte Jack, aber es klang halbherzig.

»Willst du denn nicht wissen, was sie mit Max machen?«

»Doch, schon«, antwortete Jack, der genauso neugierig war wie Abbey. »Aber wir müssen vorsichtig sein, sie dürfen uns auf keinen Fall bemerken.«

Der weißhaarige Aborigine warf noch mehr Holz auf das Feuer, bis die Funken sprühten und die Flammen hoch loderten. Die beiden Frauen setzten sich Max gegenüber auf die andere Seite des Feuers und stellten das Gefäß ab, das sie getragen hatten. Im orangeroten Schein des Feuers wirkten ihre hageren Gesichter gespenstisch. Der alte Mann, der *kadaicha*, stimmte einen monotonen Singsang an, während er das Gefäß über den Flammen im Rauch schwenkte.

»Was macht er denn da?«, flüsterte Abbey, die fasziniert zuschaute.

»Ich bin mir nicht sicher. Ich weiß nur, dass die Aborigines an die reinigende Wirkung des Rauchs glauben. Sie halten zum Beispiel auch Neugeborene über den Rauch eines Holzfeuers.«

Ernie kauerte neben Max und sorgte dafür, dass er still lag. Der *kadaicha* befahl ihm, den Verband abzunehmen. Dann öffnete er das Gefäß, warf eine Hand voll Asche von dem Feuer hinein und rührte alles mit einem Stock um. Nach einigen Augenblicken schöpfte er die breiige Masse mit beiden Händen heraus und bestrich damit Max' Wunde. Anschließend stimmte er abermals seinen monotonen Singsang an und wedelte den Rauch über Max.

»Hast du so etwas schon einmal gesehen?«, fragte Abbey leise.

»Nein, noch nie«, antwortete Jack im Flüsterton. »Aber einmal habe ich Ernie dabei beobachtet, wie er sich Asche auf eine offene Wunde streute. Ich hab ihn gewarnt, ich hab ihm gesagt, die Wunde würde sich entzünden, aber das war nicht der Fall.«

»Was hat es mit diesem Singsang auf sich?«

»Ich könnte mir denken, dass er damit böse Geister vertreiben will.« Jack schüttelte niedergeschlagen den Kopf. »Mach dir keine großen Hoffnungen, Abbey, ich kann mir nicht vorstellen, dass das alles etwas helfen wird.«

Abbey legte ihm die Hand auf den Arm. »Ich will aber daran glauben, Jack, auch wenn ich vielleicht enttäuscht werde. Die Aborigines leben seit hunderten, vielleicht sogar seit tausenden von Jahren hier. Würde ihre Heilkunst nichts bewirken, hätten sie sicher nicht so lange überlebt.«

»Aber viele sind auch krank geworden und gestorben, Abbey.«

»Ein Freund meines Vaters erzählte mir einmal, die Weißen hätten Krankheiten wie zum Beispiel Pocken in dieses Land gebracht, Krankheiten, mit denen die Eingeborenen bis dahin nie in Berührung gekommen waren. Diesen Krankheiten hätten sie nichts entgegenzusetzen, und deshalb würden sie daran sterben, sagte er.«

Es war sicher etwas dran an dem, was Abbey sagte. Dennoch blieb Jack skeptisch. Die eiternde Wunde hatte Max schon zu viel Kraft gekostet. Er glaubte nicht, dass er überleben würde.

Der beschwörende Singsang dauerte mehrere Stunden an. Es war eine faszinierende Zeremonie, unwirklich und gespenstisch zugleich.

Irgendwann fielen Jack und Abbey vor Müdigkeit fast die Augen zu. Sie kletterten von den Heuballen herunter und suchten sich im Stroh einen Platz zum Schlafen.

Als sie das nächste Mal die Augen aufschlugen, stand Ernie vor ihnen. Draußen war es hell geworden. Max lag auf seiner Decke am Boden und schlief. Einige Sekunden lang waren Abbey und Jack völlig verwirrt. Langsam kehrte die Erinnerung an die heilige Zeremonie des *kadaicha* zurück, und beide fragten sich, ob alles nur ein Traum gewesen war.

»Morgen, Boss«, sagte Ernie. »Ich mach mich an die Arbeit.«

»Morgen, Ernie«, murmelte Jack verschlafen. »Bist du die ganze Nacht auf gewesen?«

»Hab mich vorhin noch eine Stunde aufs Ohr gelegt. Was ich noch sagen wollte – die eingeborenen Unruhestifter werden dich und deine Brüder nicht mehr behelligen, Boss.«

»Woher weißt du das?«

»Der *kadaicha* hat mir sein Wort gegeben. Er hat sich sehr über die Früchte und das Gemüse gefreut. Der Hund wird bald wieder gesund sein.« Ernie drehte sich um und ging.

Jack guckte Abbey, die sich über Max gebeugt hatte, verdutzt an. Sie versuchte herauszufinden, ob er sich irgendwie verändert hatte. In diesem Moment drang ein Geräusch zu ihnen herein; offenbar waren die anderen beiden Hunde vor der Scheune. Max hob den Kopf und spitzte aufmerksam die Ohren. Abbey sah Jack an. »Er ist viel munterer heute Morgen, findest du nicht auch?« Sie wagte vor Anspannung kaum zu atmen. Wieder regte sich leise Hoffnung in ihr.

Jack nickte. »Doch, den Eindruck hab ich auch.« Er sah den getrockneten Schlamm an Max' Hinterbein. Es war also kein Traum gewesen.

Elias trat in die Tür. Er hatte Rex und Jasper dabei. Sie gingen zu Max und beschnupperten ihn schwanzwedelnd. Max begrüßte sie ebenfalls mit einem freudigen Schwanzwedeln. Dann rappelte er sich hoch, schüttelte sich und setzte sein verletztes Bein vorsichtig auf. Abbey und Jack trauten ihren Augen kaum.

»Der ist ja wie ausgewechselt«, meinte Elias, mit dem Kinn auf Max deutend.

Jack und Abbey sahen sich an und strahlten. Abbey sprang auf und holte von einem Heuballen den Teller mit den Fleischfetzen herunter, die sie am Tag zuvor für Max abgeschnitten hatte. Sie hielt ihm ein Stück hin, und er schnappte gierig danach. Im Nu hatte er alles aufgefressen.

»Ich würde sagen, er ist wieder ganz der Alte«, bemerkte sie trocken.

»Ich kann es nicht glauben«, murmelte Jack und schüttelte staunend den Kopf. »Ich kann es wirklich nicht glauben!«

»Was war denn heute Nacht hier los?«, fragte Elias neugierig.

»Es scheint, als hätte jemand ein Wunder vollbracht«, erwiderte Jack und lächelte. Aus seinem Gesicht war alle Anspannung und Sorge gewichen.

23

»Ich könnte jetzt ein herzhaftes Frühstück vertragen«, meinte Jack, als er mit Abbey zum Haus schlenderte. Er würde Elsa oder Marie bitten, Max noch etwas zu fressen zu bringen, damit er möglichst schnell wieder zu Kräften kam. »Wie steht's mit dir?«

»Ich sterbe fast vor Hunger!« Wie um ihre Worte zu unterstreichen, knurrte Abbeys Magen laut und vernehmlich. Lachend tätschelte sie sich den Bauch. »Ich bin ja so froh, dass es Max wieder besser geht«, strahlte sie.

»Und ich erst! Das ist ganz allein dein Verdienst, Abbey.« Jack legte ihr die Hand auf die Schulter und drückte sie liebevoll. »Hättest du nicht so hartnäckig darauf bestanden, Ernie um Rat zu fragen...«

»Es war ein Wagnis. Und ich weiß jetzt, wie schwer es für dich gewesen sein muss«, fügte sie ernst hinzu. »Ich wollte dich wirklich nicht verletzen. Ich weiß doch, wie sehr du an Max hängst.«

»Jetzt kann ich es dir ja sagen: Es war die Angst, die mich gelähmt hat. Deshalb war ich von deiner Idee wenig begeistert.«

Sein Geständnis schien ihm fast peinlich zu sein. »Angst? Aber wieso denn?«

»Na ja, es kommt häufig vor, dass ich ein krankes oder verletztes Tier erschießen muss, aber ich habe mich nie daran gewöhnt, es ist jedes Mal aufs Neue verdammt hart für mich. Und Max ist für mich immer mehr gewesen als ein Arbeitshund, er nimmt einen ganz besonderen Platz in meinem Herzen ein. Ich weiß wirklich nicht, ob ich es fertiggebracht hätte, ihn zu erschießen, und offen gestanden schäme ich mich dafür.«

»Es gibt nichts, wofür du dich schämen müsstest, Jack«, sagte Abbey tief berührt. »Hätte Max gelitten, hättest du die Kraft gehabt, ihn von seinen Schmerzen zu erlösen. Du hättest es für ihn getan. Weil er dir so viel bedeutet. Ich bin bloß froh, dass es nicht so weit gekommen ist.«
»Nicht halb so froh wie ich.« Jack sah ihr in die Augen. »Ich stehe tief in deiner Schuld, Abbey.«
Sie schüttelte den Kopf. »Ich habe doch gar nichts getan«, wehrte sie ab. »Es war Ernies Idee, den *kadaicha* zu holen. Was genau hat er eigentlich gemacht?«
»Ich habe nicht die geringste Ahnung«, gestand Jack. »Ich glaube nicht, dass wir die geheimnisvollen Riten der Aborigines jemals verstehen werden.«
»Da hast du wahrscheinlich Recht. Danke, dass du mir die Augen für ihre Bräuche geöffnet hast.«
Jack sah Abbey lange mit einem Ausdruck an, den sie nicht deuten konnte. »Du hast *mir* die Augen geöffnet, Abbey. Du bist eine wirklich bemerkenswerte Frau. Das weißt du hoffentlich.«
Ihre Wangen röteten sich, und sie senkte den Blick. Ihr Vater hatte ihr immer gesagt, sie sei etwas Besonderes, aber sie hatte ihm nie geglaubt, weil es für einen Vater ganz normal war, solche Gefühle für seine Tochter zu hegen. Aus Jacks Mund jedoch bedeutete ihr dieses Kompliment sehr viel.
Als sie wieder aufblickte, konnte sie ihm ansehen, dass er sie gern geküsst hätte. Sie wünschte, er würde es tun. Und er hätte es sicherlich getan, wenn sie nicht von Ben und Michael Dobson, die bereits in der Schmiede mit ihrem Tagwerk begonnen hatten, hätten beobachtet werden können. Abbey fragte sich, ob Jack sich an den Kuss in der Scheune erinnerte.
In diesem Moment sagte er: »Ich schlage vor, wir erzählen niemandem, was wir heute Nacht beobachtet haben. Eigentlich hätten wir ja gar nicht zuschauen dürfen.«
Abbey spürte ihre Enttäuschung darüber, dass der Zauber gebrochen war. Sie nickte nur, ohne etwas zu sagen.

Schweigsam gingen sie weiter zur Waschküche, wo sie sich die Hände wuschen und sich gegenseitig Strohhalme aus den Haaren und von der Kleidung zupften.

In der Küche trug Jack Elsa auf, Max eine große Portion Fleisch zu bringen. »Und eine Schale Milch«, fügte er hinzu. Max sollte ruhig ein bisschen verwöhnt werden.

Sybil und Clementine saßen bei einer Kanne Tee am Esstisch, als Jack und Abbey das Esszimmer betraten.

»Guten Morgen, Mutter, Clementine. Habt ihr etwa schon gefrühstückt?« Jack runzelte die Stirn, weil es weder nach geröstetem Brot noch nach gebratenen Eiern roch.

»Nein, das Frühstück ist ausgefallen«, meinte Sybil mürrisch. »Den Tee habe ich für uns gekocht.«

»Wieso, wo ist Sabu?«

»Er meditiert auf dem Balkon. Ob du's glaubst oder nicht, aber heute ist schon wieder ein Hindu-Feiertag.« Allmählich war sie die Extratouren ihres Kochs leid. »Ich kenne keine Religion, die so viele Festtage hat wie seine!«

Jack platzte der Kragen. »Jetzt reicht's mir aber!«

»Ich mach uns Frühstück«, sagte Abbey schnell und wollte in die Küche zurück.

»Nein, kommt nicht infrage, du bist genauso müde wie ich«, sagte Jack. »Das Kochen ist Sabus Aufgabe, dafür wird er schließlich bezahlt. Ich werde ihn mir gleich vorknöpfen. Ich wollte sowieso nach oben und mit William und Martha reden.« Er stapfte auf die Treppe zu.

Sybil wandte sich an Abbey. »Wo kommt ihr zwei denn so früh schon her? Und warum seid ihr so müde?«

»Wir ... wir waren fast die ganze Nacht bei Max.« Abbey wurde rot. Sie hatte Angst, Sybil oder Clementine könnten das unschicklich finden. »Es geht ihm schon sehr viel besser«, fügte sie ganz glücklich hinzu.

Sollte Jack den beiden erklären, was in der Nacht geschehen war. Jack klopfte an die Tür von Marthas Zimmer. William öffnete.

Nachdem Jack sich erkundigt hatte, ob es seinem kleinen Sohn und seiner Frau gut ging, und William bejahte, erzählte Jack ihm von Max und dem Stammesältesten, der in der Nacht eine Medizin für Max gebracht und diesen offenbar wieder gesund gemacht hatte. Von der geheimen Zeremonie sagte er nichts.

»Er hat mir sein Wort gegeben, dass die Stammes-Aborigines uns künftig in Ruhe lassen werden. Als Gegenleistung verlangte er nichts weiter als einen großen Korb voller Früchte und Gemüse.« Jack fand, das war ein sehr geringer Preis für das Leben des Hundes und die Sicherheit auf ihren Farmen.

»Und du glaubst ihm?«, fragte William, der sich um seine Familie sorgte, zweifelnd.

Jack nickte. »Ja, ich glaube ihm. Ich werde ihm und seinen Leuten in Zukunft unser überschüssiges Obst und Gemüse zukommen lassen. Als kleine Geste der Freundschaft. Ich hätte schon viel früher daran denken sollen. Ich meine, es ist nur gerecht. Früher, bevor wir uns hier ansiedelten, konnten sie sich frei auf diesem Land bewegen.«

Martha, die im Bett ihr Kind gestillt hatte, hatte alles gehört. »Heißt das, wir können nach Hause zurück, Jack?« Sie war zwar dankbar für seine Gastfreundschaft, vermisste ihr Zuhause und ihre eigenen Sachen jedoch jetzt schon.

»Ja, wann immer ihr wollt. Aber es hat keine Eile. Ich wollte euch nur sagen, dass ihr nichts mehr zu befürchten habt und euer Heim in Sicherheit ist.«

»Danke, Jack«, sagte William erleichtert.

»Lass uns nach Hause fahren, William«, bat Martha. »Dort habe ich alles, was ich für den Kleinen brauche.«

William konnte sie verstehen. Auch er wollte so schnell wie möglich zurück. Er konnte es kaum erwarten, seine Scheune wieder aufzubauen und nach seinem Vieh zu sehen.

»Ich überlasse es euch«, meinte Jack. »Jetzt frühstückt erst einmal. Ich werde einem der Mädchen sagen, sie soll euch euer Frühstück heraufbringen.«

Clementine wollte gerade eine Bemerkung über Abbey machen, in deren Haar sie schon wieder einen Strohhalm entdeckt hatte, als sie polternde Schritte auf der Treppe und erregte Stimmen hörten. Einen Augenblick später kam Jack herein. Sabu, der ihm gefolgt war, stürmte wutentbrannt weiter in die Küche.
Jack setzte sich zu den drei Frauen an den Tisch, und Sybil schenkte ihm und Abbey Tee ein.
»Wird Sabu sich um das Essen kümmern?«, fragte Sybil leise.
»Das will ich ihm raten, wenn er seine Stelle behalten will«, antwortete Jack so laut, dass der Koch es hören musste. Dann wandte er sich Clementine zu. »Wie geht's deinem Vater heute Morgen?«
Elias war es gelungen, Dr. Ashbourne ausfindig zu machen, und der Arzt war am Abend zuvor da gewesen. Er hatte sich Martha und das Neugeborene angesehen und sich zufrieden über die Verfassung der beiden geäußert. Auch Ralphs Zustand hatte sich bei seinem Eintreffen bereits leicht gebessert. Nur wenige Stunden, nachdem Clementine den heilenden Balsam auf die Brandwunden aufgetragen hatte, waren die Schwellung und die Rötung zurückgegangen. Sogar das Fieber war ein wenig gefallen. Womit sie die Wunden denn behandelt hätte, hatte der erstaunte Arzt Clementine gefragt. Die wollte erst nicht mit der Sprache herausrücken, weil sie fürchtete, er wäre entsetzt, wenn er es erführe. Als er jedoch nicht lockerließ, gestand Ralph, dass sie eine aus Pflanzen und Wurzeln hergestellte Medizin der Eingeborenen verwendet hatten. Zu ihrer Überraschung nickte der Arzt und sagte: »Wir könnten eine Menge von den Aborigines und ihrer Heilkunst lernen. Leider ist ihr Wissen mit viel Aberglaube und Hokuspokus verbunden.«
Weder Jack noch Abbey bemerkten etwas dazu, als sie das hörten.
»Ja, wie geht es Ihrem Vater?«, fragte auch Abbey gespannt. Sie hoffte, eine weitere gute Nachricht zu erhalten.
Clementine streifte sie mit einem leicht gereizten Seitenblick

und sah dann Jack an. »Schon viel besser«, antwortete sie. Ihr fiel auch unter Jacks Hemdkragen ein Strohhalm auf. Und sie bemerkte die Blicke, die Jack und Abbey wechselten. Die zwei taten sehr geheimnisvoll. Eifersucht durchfuhr sie. Sie hatte das unbestimmte Gefühl, dass die beiden mehr teilten als nur die Freude über die Genesung des Hundes. »Dad wollte heute Morgen schon wieder aufstehen, aber ich habe ihm gesagt, er soll mindestens noch einen Tag im Bett bleiben.«

»Freut mich, dass er über den Berg ist«, sagte Jack. Nicht nur Max, sondern auch Ralph hatte Ernie sein Leben zu verdanken. Er lächelte Abbey zu, weil er wusste, dass sie das Gleiche dachte. Wäre sie nicht gewesen und hätte sich auf die Suche nach Ernie gemacht, stünde es vermutlich schlecht um Ralph. Sie alle hatten ihr viel zu verdanken.

Die Art, wie Jack Abbey anlächelte, machte Clementine rasend. Die beiden verheimlichten etwas, da war sie sich ganz sicher. Sie fühlte sich ausgeschlossen, verletzt und hintergangen, vor allem von Jack.

»Ich habe gehört, deinem Hund geht's wieder besser«, sagte Sybil, die sich aufrichtig für ihren Sohn freute.

Bevor Jack etwas erwidern konnte, gab es einen lauten Krach in der Küche. Anscheinend hatte Sabu einen Wutanfall: Geschirr und Töpfe klirrten und schepperten nur so. Jack verzog unwillig das Gesicht. Am liebsten hätte er den Koch auf der Stelle hinausgeworfen, aber er wollte sich seine gute Laune nicht verderben lassen. Er sah seine Mutter an. »Ja, Max ist wie ausgewechselt. Aber das ist noch nicht alles. Ich habe noch eine gute Nachricht.«

Clementine spannte sich unwillkürlich an. Betraf die gute Nachricht etwa ihn und Abbey? Sie wusste selbst, dass diese Furcht irrational war, aber sie konnte sich nicht dagegen wehren.

»Was denn?«, fragte Sybil neugierig.

»Die Stammes-Aborigines werden uns künftig in Ruhe lassen«, sagte Jack.

»Woher willst du das wissen?« Sybil sah ihren Sohn verwundert an. »Sind sie von der Polizei gefasst worden?«

Jack schüttelte den Kopf und erzählte in ein paar Sätzen, wie Abbey Ernie um Hilfe gebeten und dieser ein paar Stammes-Aborigines auf die Farm geholt hatte, um dem Hund zu helfen.

Sybil starrte ihn entgeistert an. »Willst du damit sagen, dass diese Eingeborenen heute Nacht hier waren, nur wenige Meter vom Haus entfernt?« Bei dem Gedanken daran überlief es sie kalt. Diese Menschen hätten sie überfallen, ja im Schlaf ermorden können!

»Es war der Stammesälteste, der mit zwei Frauen kam, Mutter.« Wie schon William gegenüber vermied es Jack, von einem *kadaicha* und seiner magischen Zeremonie zu sprechen. »Max ist heute Morgen aufgestanden, und Hunger hat er auch. Das ist ein sehr gutes Zeichen. Als Gegenleistung für ihre Heilmittel habe ich ihnen einen Korb voller Früchte und Gemüse gegeben. Ernie meinte, durch die Trockenheit fehle es ihnen an diesen Nahrungsmitteln. Der Stammesälteste zeigte sich sehr erfreut und versprach, dafür zu sorgen, dass die Unruhestifter uns in Ruhe lassen.«

»Und du glaubst ihm?«, fragte Sybil zweifelnd. Sie konnte sich nicht vorstellen, dass ein Korb Früchte und Gemüse genügte, die Streitigkeiten aus der Welt zu schaffen.

»Ja, ich glaube ihm. Ernie hat versichert, dass das Wort des Ältesten dem Clan Gesetz ist.«

»Als ob diese Wilden auf einen alten Mann hören würden!«, sagte Clementine verächtlich. »Und vor uns Weißen haben sie noch weniger Respekt als vor ihren eigenen Leuten.«

Jack nahm ihr ihre Unwissenheit nicht übel. Die wenigsten Weißen verstanden etwas von den Aborigines und ihrer Kultur. Was ihn aber schockierte, war die Verachtung in ihrer Stimme. »Ich jedenfalls glaube ihm«, entgegnete er fest.

In diesem Moment hörte er Elias an der Hintertür rufen. Er stand auf und eilte hinaus, voller Sorge, Max könnte einen Rückfall erlitten haben. Doch Elias hatte gute Nachrichten.

»Die Rambouillet-Böcke sind da«, sagte er.
»Na endlich!« Jack drehte sich um und rief: »Hast du gehört, Abbey? Napoleon ist da.« Schon lief er nach draußen. Monatelang hatte er auf die Böcke gewartet. Er war heilfroh, dass sie wohlbehalten angekommen waren.
Abbey sprang auf.
»Wer um Himmels willen ist Napoleon?«, fragte Sybil verständnislos.
»Einer von den neuen Böcken«, rief Abbey, die schon auf dem Weg zur Hintertür war, über die Schulter zurück.
Sybil und Clementine sahen sich verdutzt an. Keine der beiden verstand, weshalb man so viel Aufhebens um ein paar Böcke machte.
»Napoleon ist ein Schafbock«, meinte Sybil kopfschüttelnd.
»Na wunderbar. Kommen Sie, Clementine, sehen wir mal nach, was die ganze Aufregung soll.«

Jack und Fred Roundtree, der die sechs Schafe aus Truro hertransportiert hatte, luden die Tiere aus dem Pferdewagen aus und führten sie in einen kleinen Pferch neben der Schmiede, in dem normalerweise die Pferde aufs Beschlagen warteten. Danach inspizierte Jack die Schafe, um sich zu vergewissern, dass sie unverletzt und den Preis wert waren, den er für sie bezahlt hatte.

Abbey stand aufgeregt am Lattenzaun. Rambouillet-Schafe waren eine recht große Rasse mit kräftigen, fast kreisförmigen Hörnern seitlich hinter den Ohren. »Welcher ist Napoleon?«, rief sie Jack zu.

Er schaute auf und grinste. »Der dort«, sagte er mit einem fragenden Blick auf Fred, der zustimmend nickte.

Abbey betrachtete den Bock. »Vielleicht bilde ich es mir nur ein, aber ich finde, er hat tatsächlich etwas Majestätisches an sich.«

»Lassen Sie sich von seiner scheinbaren Gelassenheit nicht täuschen«, meinte Fred. »Das ist ein ausgesprochen lebhafter

Bursche und besonders galant zu den Damen, wenn Sie verstehen, was ich meine.«

In diesem Moment nahm Napoleon Anlauf und rammte den Lattenzaun mit seinen Hörnern. Abbey fuhr erschrocken zurück. Fred lachte. »Keine Sorge, der hat sich bald hier eingewöhnt.« Abbey, Jack und Fred waren so mit den Schafen beschäftigt, dass sie Sybil und Clementine, die herausgekommen waren und sich zu ihnen gesellt hatten, nicht bemerkten.

Jack freute sich über Abbeys Interesse. Die Böcke würden zweimal im Jahr geschoren, erklärte er ihr, und zwar zwei bis drei Monate, bevor sie zu den weiblichen Tieren gestellt wurden. Mit kurzem Fell ertrugen sie die Hitze besser, außerdem wurde dadurch dem Befall durch Läuse und Schmeißfliegenlarven vorgebeugt.

»Darüber hinaus haben sie einen größeren Bewegungsdrang, was ihnen die Futtersuche auf den großen Weiden erleichtert«, fügte er hinzu. Als er bemerkte, dass Abbeys Blick sich auf die Hufe der Tiere heftete, sagte er: »Bei so kräftigen und schweren Tieren müssen die Hufe besonders sorgfältig gepflegt werden, das heißt, sie müssen regelmäßig ausgekratzt und gekürzt werden, damit sie sich auch wirklich ausreichend bewegen und auf Nahrungssuche machen können.«

»Ich hab mir die Hufe noch einmal vorgenommen, bevor wir losgefahren sind«, warf Fred ein.

»Ja, ich seh's.« Jack nickte zufrieden. »Sie sind in ausgezeichnetem Zustand.«

»Die Tiere haben unterwegs ein bisschen an Gewicht verloren«, meinte Fred, dessen schottischer Akzent nicht zu überhören war. Während der fünf Tage, die sie unterwegs gewesen waren, hatte er die Tiere im Wagen gefüttert und getränkt. Es wurde daher höchste Zeit, dass sie auf eine Weide kamen, wo sie sich ausreichend bewegen konnten. »Aber mit gutem Futter und der nötigen Bewegung dürften sie das bald wieder wettgemacht haben.«

»Keine Sorge, es wird ihnen hier an nichts fehlen«, versprach Jack. »Schließlich hängt mein zukünftiger Schafbestand von ihnen ab.« Er sah Abbey an. »Sobald Josephine geschlechtsreif ist, werden wir sie von Napoleon decken lassen.«

»Wie romantisch«, sagte Abbey schmunzelnd.

Fred grinste. »Wirst du ihnen ein eigenes Schloss bauen?« Abbey und Jack mussten herzlich darüber lachen.

Clementine, die hinter ihnen stand, presste ärgerlich die Lippen aufeinander und sah Sybil an, ob diese ihr Missfallen teilte. Doch Sybil lächelte nur.

In diesem Moment kam Tom herangeritten. »Morgen, alle miteinander«, grüßte er und stieg ab.

»Guten Morgen, Tom«, sagte Sybil. Jack und Abbey drehten sich um. Jetzt erst bemerkten sie die beiden Frauen hinter ihnen.

»Was haben wir denn da?« Tom schaute Jack über die Schulter.

»Die Rambouillets, die ich gekauft habe.« Jack fiel Clementines mürrische Miene auf, und er fragte sich, welche Laus ihr jetzt wieder über die Leber gelaufen war. Ihre Launenhaftigkeit erstaunte ihn immer wieder aufs Neue.

»Wie aufregend«, spöttelte Tom, der sich mehr für die Rinder- als für die Schafzucht interessierte, und zwinkerte Clementine zu. Sie lächelte kokett, in der Hoffnung, Jack wenigstens ein kleines bisschen eifersüchtig zu machen.

Nachdem Jack seine Mutter und Clementine mit Fred Roundtree bekannt gemacht hatte, fragte Tom seine Mutter: »Wie geht's Martha?«

»Oh, du weißt es ja noch gar nicht! Sie hat einen Jungen bekommen.«

»Das ist ja großartig«, strahlte Tom. »Und, ist alles gut gegangen? Ist mein Neffe gesund?«

»Ja, gesund und munter. Und dafür, dass er ein bisschen zu früh gekommen ist, ist er auch recht kräftig.« Sybil hatte ihn am Abend zuvor eine ganze Weile im Arm gehalten, während Martha von Dr. Ashbourne untersucht worden war.

»Wunderbar!« Tom lächelte übers ganze Gesicht. »Hat er schon einen Namen? Wie wär's mit Thomas? Klingt doch hübsch, oder?«, fügte er grinsend hinzu.

Sybil gab ihm einen neckischen Klaps auf den Arm. »Wie wär's mit einem gemeinsamen Mittagessen? Schließlich haben wir etwas zu feiern! Du kannst doch zum Essen bleiben, Tom, nicht wahr?«

»Bis dahin sind es noch ein paar Stunden, Mutter, und ich habe eine Menge Arbeit. Ich denke da nur an den Brunnen, der noch immer nicht fertig ist.« Er warf seinem Bruder einen finsteren Blick zu, in der Hoffnung, Jack würde den Wink verstehen.

»Erst müssen wir William beim Wiederaufbau seiner Scheune helfen, Tom. Aber wo du schon da bist, könntest du mir helfen, die Böcke in einen größeren Pferch zu treiben.«

Tom verdrehte genervt die Augen. Anscheinend war alles wichtiger als sein Brunnen. »Dafür hast du doch die Hunde, oder?« Es verstand sich von selbst, dass er seinem Bruder zur Hand gehen würde, aber allzu leicht wollte er es ihm dennoch nicht machen.

»Ach bitte, Tom, komm doch zum Essen«, mischte Clementine sich ein. Sie warf ihm einen koketten Blick zu und hakte sich bei ihm unter. »Mir zuliebe! Sonst dreht sich die ganze Unterhaltung wieder nur um Schafe, Schafe, Schafe!« Sie schaute aus dem Augenwinkel zu Jack hin, doch der zeigte sich zu ihrer Enttäuschung nicht die Spur eifersüchtig.

Tom machte eine kleine Verbeugung. »Wie könnte ich so eine charmante Einladung ablehnen?«

Ohne Notiz von ihr zu nehmen, sagte Jack: »Komm, Fred, versorgen wir deine Pferde. Dann zeige ich dir deine Unterkunft für heute Nacht.«

Clementine war wütend, dass Jack ihre Tändelei mit seinem Bruder offenbar nicht zur Kenntnis nahm. Abbey hingegen bemerkte es. Sie fragte sich, was Clementine damit bezweckte.

»Sie sind natürlich auch herzlich zum Essen eingeladen, Mr. Roundtree«, sagte Sybil zu ihm.

»Vielen Dank, reizende Dame«, antwortete er und tippte an

seinen Hut. »Aber zuerst muss ich mir gründlich den Staub von der Reise abwaschen!« Zum Glück hatte er Kleidung zum Wechseln mitgenommen. Er lief seit Tagen in denselben Sachen herum und fand, er stank schlimmer als seine Schafböcke.

Während Abbey nach Max sah und Sybil mit Clementine ins Haus zurückging, trieben Jack, Tom und Fred mithilfe der beiden Hunde die neuen Böcke in einen Pferch unweit der Unterkünfte der Schafscherer.

Als sie durch das Tor zur Rückseite des Hauses gingen, sagte Clementine: »Ich hoffe, Sie nehmen mir die Bemerkung nicht übel, Sybil, aber sind Sie nicht beunruhigt, weil Abbey und Jack die Nacht in der Scheune verbrachten? *Ganz allein?*«

Sybil blickte verwirrt drein. »Weshalb sollte ich beunruhigt sein?«

»Nun, ich denke, eine unverheiratete junge Frau sollte ohne Anstandsdame gewiss nicht die ganze Nacht mit einem Mann zusammen sein«, sagte Clementine in überheblichem Ton.

»Die beiden haben sich um den Hund gekümmert, Clementine.« Sybil sah sie argwöhnisch an. »Was genau wollen Sie eigentlich damit andeuten? Mein Jack ist ein Gentleman.«

»Jack ist ein Mann, Sybil, und ich bezweifle, dass er standhaft bleibt, wenn Abbey es wirklich darauf anlegt und sich ihm an den Hals wirft.«

»Clementine! Das ist aber nicht nett von Ihnen.« Sybil schaute sie überrascht an. So hatte sie die junge Frau noch nie reden hören.

»Sie werden das doch nicht dulden unter Ihrem Dach«, fuhr Clementine unbeirrt fort. »Ich denke nur an Abbeys Ruf. So etwas schickt sich einfach nicht.«

In diesem Punkt musste Sybil ihr allerdings Recht geben. »Na schön, ich werde mit Abbey reden.«

»Eine kluge Entscheidung.« Clementine nickte eifrig. »Verstehen Sie mich nicht falsch, ich sage das nicht, weil ich eifersüchtig wäre. Ich weiß, dass Jack mich liebt, aber ich will nicht, dass die

Leute anfangen, über mich zu klatschen, und irgendwelche Gerüchte in die Welt setzen. Und am Ende stehe ich wie eine dumme Gans da.«

Sybil ging ein Licht auf. Clementine sorgte sich allem Anschein nach mehr um ihren eigenen Ruf als um den von Abbey.

Nachdem Sabu, dem man immer noch ansehen konnte, wie erbost er war, dass Jack ihm mit Rauswurf gedroht hatte, ihnen wortlos das Frühstück serviert hatte, bat Sybil Abbey um ein Gespräch unter vier Augen. Jack war zu seinen Schafböcken zurückgeeilt und hatte das Frühstück für Fred Roundtree mit hinausgenommen. Tom, der nach seinen Rindern sehen wollte, weil einige Kühe kurz vor dem Kalben standen, war nach Hause geritten, würde aber zum Mittagessen zurück sein. Jack hatte ihm versprochen, ihm am Nachmittag weiter bei der Anlage seines Brunnens zu helfen, weil William, der mit Martha nach dem Mittagessen nach Parrallana zurückkehren wollte, erst den Brandschutt beseitigen musste, bevor sie mit dem Wiederaufbau beginnen konnten. Sowohl Jack als auch Tom würden ihm in den nächsten Tagen beim Fällen der dafür notwendigen Bäume behilflich sein.

Sybil und Abbey zogen sich mit ihrem Tee ins Wohnzimmer zurück.

»Was gibt es denn, Mrs. Hawker?« Abbey war ein bisschen flau im Magen, deshalb stellte sie ihre Tasse hin, ohne auch nur an ihrem Tee genippt zu haben.

Sybil kam geradewegs zur Sache. »Abbey, Sie haben jetzt zweimal die Nacht mit meinem Sohn in der Scheune zugebracht«, sagte sie behutsam. Sie wollte die junge Frau, die sicherlich nichts Unrechtes getan hatte, nicht tadeln, sondern ihr lediglich zu verstehen geben, dass sie ihren Ruf aufs Spiel setzte.

Abbey machte große Augen.

»Ich weiß, dass Jack ein Gentleman ist«, fuhr Sybil fort, »aber Sie müssen an Ihren guten Ruf denken, Abbey.«

Abbey war niedergeschmettert. »Wir haben uns doch nur um

Max gekümmert«, sagte sie, den Tränen nahe. »Ich versichere Ihnen, es ist überhaupt nichts passiert.« Sie dachte daran, wie Jack sie geküsst hatte, und spürte, wie ihr die Röte ins Gesicht stieg. Sie hoffte, Sybil würde es nicht bemerken.

»Das weiß ich doch, Kindchen, aber es wäre besser gewesen, Sie hätten es Jack allein überlassen, sich um Max zu kümmern.«

»Er war so durcheinander und halb krank vor Sorge, deshalb wollte ich ihn nicht alleinlassen«, stammelte Abbey. Ihre Unterlippe zitterte, und plötzlich brach sie in Tränen aus. Das überraschte sie genauso wie Sybil. Normalerweise hatte sie nicht so nahe am Wasser gebaut.

»Aber Kindchen, was haben Sie denn? So war es doch nicht gemeint«, sagte Sybil hilflos.

Übelkeit stieg in Abbey auf. »Entschuldigung«, brachte sie gerade noch heraus, schlug sich die Hand vor den Mund und stürzte aus dem Zimmer.

Sybil schaute ihr fassungslos nach. Als Clementine, die in der Küche gewesen war, Abbey vorbeirennen und zur Hintertür hinauslaufen sah, eilte sie ins Wohnzimmer und fragte verdutzt: »Was ist denn mit Abbey los? Sie ist ja ganz außer sich. Was hat sie gesagt?«

»Nicht viel«, erwiderte Sybil achselzuckend. »Ich kann mir offen gestanden auch keinen Reim auf ihre Reaktion machen. Ich habe sie mit Samthandschuhen angefasst und war so behutsam wie möglich.«

Clementine setzte eine finstere Miene auf. Sie war überzeugt, dass Abbeys Reaktion ein Eingeständnis ihrer Schuld war.

Abbey schaffte es gerade noch zu den Büschen hinter dem Haus. Sie musste sich so heftig erbrechen, dass Elsa in der Waschküche sie hörte und herausgeeilt kam.

»Was haben Sie denn, Abbey? Ist Ihnen nicht gut?« Sie reichte ihr ein feuchtes Tuch, damit sie sich das Gesicht abwischen konnte.

Abbey richtete sich keuchend auf. Sie war so weiß im Gesicht wie die Laken, die Elsa aufgehängt hatte. »Es geht schon wieder. Mir ist nur ein bisschen übel.«

Elsa sah sie prüfend an. »Sind Sie sicher?« Als Abbey nickte, fuhr sie fort: »Oh, da fällt mir etwas ein. Hat Mr. Hawker Ihnen gesagt, dass Mr. Mason gestern Nachmittag hier war?«

Abbey, die immer noch ganz weiche Knie hatte, schüttelte langsam den Kopf. »Nein«, murmelte sie. »Was... was wollte er denn?«

»Ich weiß nicht. Er wollte zu Ihnen, aber Sie hatten keine Zeit, weil Sie der jungen Mrs. Hawker halfen, ihr Baby auf die Welt zu bringen.«

Abbey fand es merkwürdig, dass Jack ihr nichts gesagt hatte. Aber schließlich hatte er eine Menge um die Ohren gehabt. Oder hatte er Heath' Besuch absichtlich verschwiegen, weil er ihm nicht über den Weg traute? Die Entscheidung darüber, ob sie ihn sehen wollte oder nicht, hätte er nichtsdestoweniger ihr überlassen müssen, fand sie. Wieder geriet sie in einen Strudel von Gefühlen, die sie sich nicht erklären konnte. Ihr war zum Heulen zumute.

Was ist nur los mit mir?, fragte sie sich. Sie erkannte sich selbst nicht wieder.

Als Abbey sich wieder gefangen hatte, ging sie ins Haus zurück. Sybil und Clementine saßen in der Küche und tranken Tee.

»Alles in Ordnung, Abbey?« Sybil machte sich Vorwürfe, weil sie die junge Frau so aus dem Gleichgewicht gebracht hatte.

Abbey nickte und setzte sich. Das Glas Wasser, das Jacks Mutter ihr anbot, lehnte sie ab. Sie hatte merkwürdigerweise ein unbändiges Verlangen nach gesüßtem Schwarztee, wo sie ihren Tee sonst nur ungesüßt und mit Milch trank.

In diesem Augenblick klopfte es an der Vordertür. Marie öffnete. Der Besucher war Heath Mason. Marie bat ihn ins Wohnzimmer und eilte dann in die Küche zurück.

»Wer ist es?«, fragte Sybil.

»Mr. Mason. Er möchte zu Abbey.«

Sybil sah sie besorgt an. »Soll ich ihm sagen, Sie fühlen sich im Moment nicht in der Lage, Besucher zu empfangen?«

»Nein, nein«, wehrte Abbey ab. »Ich möchte nicht, dass er den weiten Weg umsonst gemacht hat.« Sie ging zum Wohnzimmer, atmete noch einmal tief durch und trat ein.

»Guten Morgen, Heath.«

»Guten Morgen, Abbey.« Ebenezer Masons Sohn lächelte entwaffnend, aber sein Lächeln erlosch, als er bemerkte, wie schlecht sie aussah. »Sie sind so blass heute Morgen. Geht es Ihnen nicht gut?«

»Nur eine kleine Unpässlichkeit«, erwiderte sie tapfer. Es kostete sie ihre ganze Kraft, nicht in Tränen auszubrechen. »Was führt Sie hierher?« Abbey setzte sich und forderte Heath mit einer Handbewegung auf, ebenfalls Platz zu nehmen.

»Ich war gestern Nachmittag bereits hier. Hat Jack Ihnen nichts davon gesagt?«

»Nein.« Abbey starrte auf ihre im Schoß verschränkten Hände.

»Aber in den letzten vierundzwanzig Stunden ist eine Menge passiert. Er wird es vergessen haben, nehme ich an.«

Heath konnte seinen Ärger nur mühsam unterdrücken. Jack hatte es sicher nicht vergessen, er hatte es ihr bewusst verschwiegen. »Ich habe gehört, Sie haben Jacks Schwägerin bei der Entbindung geholfen. Ich muss schon sagen, Sie sind eine sehr tapfere junge Frau.«

»Ach was«, wehrte Abbey bescheiden ab. »Das Kompliment gebührt Martha. Sie war diejenige, die tapfer war.«

»Ich hoffe, Mutter und Kind sind wohlauf?« Heath' Interesse war nur geheuchelt.

»Ja, es geht ihnen prächtig. Darf ich Ihnen einen Tee anbieten?«, fragte sie, hoffte aber, er werde ablehnen. Sie fühlte sich schwach und hätte sich gern ein wenig hingelegt.

»Nein, danke, ich kann nicht lange bleiben. Ich muss noch einiges erledigen, und Ihnen geht es offenbar nicht besonders gut

heute Morgen. Ich bin nur gekommen, weil ich Sie fragen wollte, ob Sie mir die Ehre erweisen und mich Sonntagabend zum Tanz in Manoora begleiten. Das ist ziemlich kurzfristig, ich weiß, aber ich habe es selbst gerade erst erfahren.«
»Nun, ich ... ich weiß nicht recht«, stammelte Abbey. Sie musste an Sybils Worte denken.

Sybil, die mit Clementine in der Küche geblieben war und jedes Wort, das im Wohnzimmer gesprochen wurde, hören konnte, wusste genau, was Abbey durch den Kopf ging. Sie hätte sich ohrfeigen können für ihre Bemerkung über den guten Ruf, auf den es zu achten galt, und wünschte, Clementine hätte gar nicht erst davon angefangen. Abbey war ein anständiges Mädchen und Jack ein Gentleman. Und nachdem sie jahrelangen Umgang mit Theaterleuten gepflegt hatte, war sie selbst alles andere als prüde.

»Sie werden mir doch keinen Korb geben? Das können Sie mir nicht antun!« Heath spielte den Gekränkten. In Wahrheit erfasste ihn ein Anflug von Panik bei dem Gedanken, sein Plan könnte scheitern. Wenn er Abbey nicht dazu bringen konnte, Bungaree, wo sie sich unter Jacks Einfluss befand, zu verlassen, war alles verloren. »Ich habe so gehofft, als meine vertraute Freundin würden Sie mich begleiten ...«

»Ich würde gern mitkommen, aber ich weiß nicht, ob ich kann.« Abbey bemerkte, wie ihre Hände zitterten. Schnell verschränkte sie die Finger ineinander.

»Ich kann mir nicht vorstellen, dass Mrs. Hawker etwas dagegen hat.« Jack würde seiner Mutter sicherlich nicht gestehen, dass er eifersüchtig war. Das würde ihn in einem schlechten Licht erscheinen lassen, wo er doch mit Clementine zusammen war.

Sybil hielt es nicht mehr aus. Sie eilte ins Wohnzimmer und sagte: »Bitte entschuldigen Sie, dass ich so hereinplatze, Mr. Mason, aber ich habe zufällig gehört, wie Sie Abbey zum Tanz einluden.« Sie sah Abbey an, die verschüchtert zu ihr aufblickte. »Abbey, ich finde, Sie sollten Mr. Masons Einladung annehmen. Es wird Ihnen guttun, wenn Sie mal hier herauskommen und andere Menschen kennen lernen. Amüsieren Sie sich ruhig ein wenig.«

Während Heath über die unerwartete Schützenhilfe erleichtert war, konnte Abbey ihr Erstaunen über Sybils Kehrtwendung nicht verbergen.

Sybil sah Heath an. »Sie werden Abbey doch zu einer schicklichen Stunde nach Hause bringen, nicht wahr, Mr. Mason?«

»Aber natürlich«, versicherte er. In Wirklichkeit hatte er nicht die Absicht, sie vor Montagabend nach Hause zu bringen. Er war überzeugt, dass Abbey sich in ihn verlieben würde, wenn sie erst einmal eine Nacht in seiner Gesellschaft verbracht hätte. Es würde sich im ganzen Bezirk herumsprechen, dass sie bei ihm in Martindale Hall übernachtet hatte, dafür wollte er schon sorgen. Und war ihr Ruf erst ruiniert, bliebe ihr gar nichts anderes mehr übrig, als ihn zu heiraten. Sybil ahnte nicht, dass sie ihm perfekt in die Hände gespielt hatte. Heath konnte seine Genugtuung kaum verbergen.

24

Nachdem Heath sich verabschiedet hatte, sah Abbey Sybil verstört an.

»Was haben Sie denn, Abbey?«, fragte Sybil.

»Jack wird es gar nicht gern hören, dass ich mit Heath zum Tanzen gehe, Mrs. Hawker. Er traut ihm nicht.«

Als Clementine, die in der Küche geblieben war, das hörte, klappte ihr der Unterkiefer herunter. Bildete sich Abbey tatsächlich ein, sie bedeute Jack so viel, dass es ihn stören würde, wenn sie mit einem anderen Mann ausging? Wofür hielt sie sich denn? Clementine war außer sich.

»Und Sie, Abbey? Trauen Sie ihm denn?«, forschte Sybil.

»Ja«, antwortete Abbey. Die inneren Vorbehalte und unbestimmten Zweifel, die sie immer noch hatte, rührten ihrer Ansicht nach von ihrem schlimmen Erlebnis mit Ebenezer her und hatten weniger mit Heath selbst zu tun.

»Gut, dann schlage ich vor, wir vertrauen Ihrem Urteil. Was Ralphs Behandlung, Marthas Entbindung und Max' Verletzung anbetrifft, konnten wir uns hundertprozentig auf Ihre Einschätzung verlassen. Sie haben bewiesen, dass Sie imstande sind, praktisch jede Situation zu meistern, Abbey. Vertrauen Sie Ihrem Urteilsvermögen!«

»In Bezug auf Ebenezer Mason hat es mich aber im Stich gelassen«, sagte Abbey kaum hörbar.

»Das war nicht Ihre Schuld«, flüsterte Sybil und beugte sich näher zu ihr. »Er war ein gerissener Mann. Sie sind bestimmt nicht die Erste gewesen, die ihm in die Falle gegangen ist!«

Clementine, die angestrengt lauschte, meinte den Namen Ebenezer Mason gehört zu haben. Was hatte Abbey mit Heath' Vater zu schaffen gehabt? Und warum flüsterten die beiden Frauen? Anscheinend hatte Abbey ein Geheimnis. Clementine fand das äußerst interessant.

»Sie sind jung und sollten sich amüsieren«, sagte Sybil gerade. »Es werden viele Menschen bei dieser Tanzveranstaltung sein, Sie haben also sicher nichts zu befürchten. Glauben Sie mir, es wird Ihnen guttun, einmal unter Leute zu kommen. Und damit Jack beruhigt ist, werde ich Elias bitten, Sie nach Manoora zu fahren, dort zu warten und Sie anschließend wieder nach Hause zu bringen.« Das würde nicht nur Jack, sondern auch sie selbst beruhigen.

»Heath hat aber bereits angeboten, mich hier abzuholen und wieder herzubringen«, wandte Abbey ein.

»Ich werde ihm eine Nachricht schicken, damit er Bescheid weiß.«

Abbey lächelte dankbar und gerührt über Sybils Fürsorge. Jetzt hatte Jack wirklich keinen Grund mehr, gegen einen Abend mit Heath etwas einzuwenden.

Plötzlich riss Sybil die Augen auf. »Der Tanz ist am Sonntag, und heute haben wir schon Freitag! Uns bleibt nicht mehr viel Zeit für die nötigen Besorgungen.«

»Was für Besorgungen denn?« Abbey sah sie verständnislos an.

»Sie brauchen doch ein neues Kleid«, sagte Sybil ganz aufgeregt. »Und ich möchte ein Geschenk für meinen Enkel kaufen. Wir werden morgen in die Stadt fahren!«

»Ich kann doch das Kleid, das Sie mir geschenkt haben, waschen, Mrs. Hawker.« Abbey war es gar nicht recht, dass sie Geld für sie ausgeben wollte.

»Das alte Ding? Unsinn! Sie brauchen etwas Neues, Elegantes und passende Schuhe dazu. Oh, das wird aufregend!«

Sybil freute sich wie ein kleines Kind, sodass Abbey nicht ablehnen wollte. Da sie immer noch ein flaues Gefühl im Magen

hatte, sagte sie: »Ich würde mich gern ein Stündchen hinlegen, wenn Sie nichts dagegen haben.«
»Aber ja, tun Sie das nur! Ich werde unterdessen das Mittagessen mit Sabu besprechen.«
Abbey hatte gerade den Treppenabsatz erreicht, als sie erregtes Geschrei aus der Küche vernahm. Sybil und Sabu stritten sich wieder einmal. Anscheinend weigerte sich der Koch wieder einmal, an seinem religiösen Feiertag das Mittagessen zuzubereiten.
Abbey eilte wieder hinunter. Sie sah gerade noch, wie Sabu durch die Hintertür stürmte und diese hinter sich zuschlug. Sybil war den Tränen nahe.
»Ich habe Gäste zum Mittagessen, und er will nicht kochen«, jammerte sie. »Ich habe ihm gesagt, dass Jack ihn rausschmeißen wird, aber er sagt, das ist ihm egal. Ausgerechnet heute muss er so einen Zirkus veranstalten!«
»Dann werde ich eben kochen«, bot Abbey sofort an.
»Das möchte ich Ihnen nicht zumuten, Abbey. Sie fühlen sich doch nicht wohl. Ich werde Jack bitten, ein letztes Mal mit Sabu zu reden.«
»Ich schaffe das schon«, versicherte Abbey. »Mir fehlt nichts«, schwindelte sie. »Jack hat so viel um die Ohren, ich möchte nicht, dass Sie ihn deswegen behelligen.« Sie guckte Clementine an, die in der Küche saß, aber offenbar nicht daran dachte, ihre Hilfe anzubieten. Als sie bemerkte, dass Abbey sie ansah, stand sie auf und meinte, sie müsse nach ihrem Vater sehen. Wieder musste Abbey an Heath' Worte denken. Er hatte zweifellos Recht: Clementine würde einem Farmer niemals eine gute Frau sein. Wie konnte Jack nur so blind sein?
»Meinen Sie wirklich?« Sybils Freude hatte einen Dämpfer bekommen. Sie warf einen Blick in die Speisekammer. »Was könnten Sie denn kochen?«
»Was hat Ihnen denn vorgeschwebt?«
»Nun, ich dachte, Hühnchen und Salat. Ich wollte es Sabu

überlassen. Aber die Hühner müssten erst geschlachtet und gerupft werden«, fügte sie naserümpfend hinzu. »Sabu kann das ganz hervorragend.«

»Aber ich nicht!«, sagte Abbey entsetzt. Sie schauderte schon bei der bloßen Vorstellung daran.

Sybil machte ein unglückliches Gesicht. »Ein Essen ohne Fleisch! Das wird eine Katastrophe werden«, jammerte sie.

»Nein, das wird es nicht«, beruhigte Abbey sie. »Ich habe mehr als einmal eine schmackhafte Mahlzeit aus nichts zubereitet.« Und das war nicht übertrieben. Ihr Vater hatte oft genug seinen Lohn verspielt oder vertrunken, sodass für ihr Essen praktisch nichts übrig geblieben war.

Sybil schüttelte es vor Abscheu. Sie vermutete, Abbey dachte an typisch irisches Brot oder Kartoffelkuchen.

Abbey ließ ihre Blicke über die Regale der Vorratskammer schweifen, die zum Bersten voll war. Eier, Käse und Gemüse gab es besonders reichlich. »Einer meiner Nachbarn in Burra, ein Franzose, hat ein köstliches Gericht aus Eiern, Käse und Zwiebeln zubereitet. Es ist ganz einfach und schmeckt himmlisch. Ich bräuchte nur noch Mehl und ein paar Backformen.«

»Backformen haben wir genug«, meinte Sybil. »Sabu hat mehr Kochgeschirr, als im Laden zu kaufen ist. Aber es ist bald Mittag, Abbey, und wir brauchen auch einen Salat und Brot. Das können Sie unmöglich alles allein schaffen.« Sabu war durchaus imstande, mehrere Dinge gleichzeitig zu machen, wenn er dazu aufgelegt war, aber sie bezweifelte, dass Abbey das hinkriegte.

»Sie könnten doch schon mal mit dem Salat anfangen«, schlug Abbey vor.

»Ich? Ich tauge nichts in der Küche, glauben Sie mir.«

»Ach was! Sie haben doch geschickte Hände. Sie könnten zum Beispiel Tomaten und Gurken klein schneiden. Das kann doch jeder.«

»Na schön, versuchen kann ich es ja mal«, meinte Sybil, aber es klang nicht sehr begeistert.

»Gut. Na dann, an die Arbeit!«

Sybil bewunderte Abbeys positive Einstellung und ihre beherzte, zupackende Art. Unwillkürlich fühlte sie sich von ihrem Tatendrang angesteckt. Sie trat vor die Hintertür, rief Frank Fox zu sich und bat ihn, ihr frisches Gemüse und Kräuter für einen Salat zu bringen. Unterdessen bereitete Abbey aus Mehl, einer Prise Salz, Butter, einem Ei und ein wenig Wasser einen Teig zu. Sie knetete ihn durch, rollte ihn dann aus und legte zwei große Backformen damit aus, die sie in den Ofen stellte.

Sybil hatte ihr interessiert dabei zugeschaut, bis Frank mit einem Korb Gurken, Tomaten, Zwiebeln, Petersilie und grünem Salat kam. Nach Abbeys Anweisungen wusch sie die Tomaten und den Salat, schälte Zwiebeln und Gurken und schnitt alles klein.

»Und die Füllung?«, fragte sie mit einem Blick auf die Backformen.

»Die kommt jetzt.« Abbey röstete die fein gehackten Zwiebeln in Butter, fügte einen Esslöffel Mehl, ein bisschen Sahne und geriebenen Käse hinzu und verrührte alles. Sie nahm die Formen aus dem Ofen, verteilte die Mischung gleichmäßig auf dem Teig, gab die geschlagenen Eier darauf und stellte sie in den Ofen zurück. »Wäre noch Schinken da, hätte ich ein paar Würfelchen dazugeben können«, meinte sie zerstreut und bereute ihre Worte sogleich.

Und richtig, schon fragte Sybil: »Was ist eigentlich mit dem Schinken passiert? Sie wissen es doch, nicht wahr?«

Abbey schwieg.

»Sabu hat ihn den Hunden hingeworfen, hab ich Recht?«

Abbey blickte überrascht auf, auch wenn sie gehofft hatte, dass Sybil den richtigen Schluss ziehen würde. Sie sagte nichts.

»Ich kenne ihn, Abbey, glauben Sie mir, ich weiß, dass er sich gern von seinen Gefühlen hinreißen lässt. Ich kann mir sehr gut vorstellen, dass er das aus purer Bosheit getan hat.«

Abbey schwieg noch immer. Sie fing an, das schmutzige Geschirr aufzuräumen.

»Ich bin nur enttäuscht, dass er mich belogen hat«, sagte Sybil leise.

Abbey warf ihr einen flüchtigen Blick zu. »Wahrscheinlich hat er Angst gehabt, Sie könnten ihn feuern.«

»Macht er auf Sie den Eindruck, als hätte er Angst?«, konterte Sybil. »Er ist ein Dickschädel, der sich Jacks und meinen Anweisungen ständig widersetzt!«

»Ich glaube, dieses Mal hat er den Bogen überspannt«, sagte Abbey. »Dieses Mal wird Jack seine Drohung wahr machen und ihn feuern.«

»Ja, das denke ich auch. Gerade deshalb kann ich Sabu nicht verstehen! Wo will er denn hin, wenn Jack ihn rauswirft?«

Abbey zuckte die Achseln.

Eine Stunde später saßen alle am Tisch, auch Ralph, der darauf bestanden hatte, zum Essen herunterzukommen. Die Quiche, wie Abbey das Gericht nannte, sah nicht nur wunderbar aus, sondern duftete auch herrlich. Sybil war begeistert gewesen, als Abbey die zart gebräunten Eier-Zwiebel-Kuchen aus dem Ofen nahm. Aber auch ihr Salat sah sehr appetitlich aus, und die Zubereitung hatte ihr tatsächlich Spaß gemacht. Warum sie denn nicht kochen lerne, hatte Abbey gefragt, dann wäre ihr auch nicht so oft langweilig. Sybil dachte ernsthaft darüber nach. Sie hatte stets davor zurückgescheut, weil bei Sabu, der tausend Zutaten verwendete, immer alles so kompliziert aussah. Abbey dagegen hatte ihr den Eindruck vermittelt, dass Kochen ein Kinderspiel war.

Sybil strahlte, als sie ihre Familie um sich versammelt hatte. Sie hatten die Wiege ins Zimmer gestellt, damit auch ihr Enkel dabei sein konnte.

Jack kostete von der Quiche. »Mmmh«, machte er, und seine Augen leuchteten. »Das schmeckt fantastisch! Das hat Sabu bisher noch nie gekocht.« Als er den verständnisinnigen Blick bemerkte, den seine Mutter und Abbey wechselten, fragte er: »Das hat doch Sabu gemacht, oder?«

»Nein«, antwortete Sybil. Sie war es leid, den Koch in Schutz zu nehmen. »Abbey hat es zubereitet, und zwar ganz allein.« Sie probierte ebenfalls. »Mmmh! Köstlich, nicht wahr?«

Martha und William pflichteten ihr genauso bei wie Ralph, Tom und Fred Roundtree, der sich rasiert, gekämmt und umgezogen hatte. Er war fast nicht wiederzuerkennen. Nur Clementine, die sich beinah widerwillig einen Bissen in den Mund schob, hüllte sich in Schweigen.

»Den Salat hat übrigens deine Mutter zubereitet«, sagte Abbey stolz zu Jack. »Er ist lecker, nicht wahr?«

Jack sah seine Mutter verblüfft an. Langsam legte er seine Gabel hin. »Abbey hat also diese Quiche gebacken, du hast den Salat gemacht, aber was hat Sabu dann gekocht?«

»Gar nichts«, antwortete Sybil knapp. »Wir werden uns später darüber unterhalten.« Sie warf einen viel sagenden kurzen Blick auf Fred Roundtree. Sie wollte diese Diskussion nicht in Gegenwart ihrer Gäste führen.

Jack biss sich auf die Zunge. Er konnte seinen Zorn über den aufsässigen Koch kaum zügeln.

»William und ich würden euch alle gern Sonntagabend zum Essen einladen«, sagte Martha.

»Das ist wirklich nicht nötig, Martha«, meinte Jack. »Du hast mit dem Baby doch genug zu tun. Warum nicht noch ein paar Wochen warten?«

»Wir würden uns aber freuen, Jack. Ihr habt so viel für uns getan, und das Essen ist als Dankeschön gedacht, nicht nur für deine Gastfreundschaft, sondern auch für Sybils und Abbeys Hilfe bei der Entbindung.«

Abbey spähte aus dem Augenwinkel zu Sybil hinüber. Sie hatte vorgehabt, den richtigen Zeitpunkt abzuwarten, um Jack von Heath' Einladung zum Tanz zu erzählen. Jetzt war ganz sicher nicht der richtige Zeitpunkt. Jack war schlecht gelaunt, weil er sich über Sabu aufregte, eine Kleinigkeit würde genügen, dass ihm der Kragen platzte.

Sybil hingegen dachte, Jack werde sich in Gegenwart von Gästen sicherlich nicht zu einem Wutausbruch hinreißen lassen, deshalb sagte sie so beiläufig wie möglich: »Abbey hat Sonntagabend schon etwas vor.«

»Schon etwas vor?«, echote Jack und sah Abbey verdutzt an. Abbey schluckte und streifte Sybil mit einem nervösen Blick.

»Ist ja nicht schlimm«, warf Martha fröhlich ein. »Dann verschieben wir das Essen eben auf nächstes Wochenende.«

Sybil spürte Jacks Blick auf sich ruhen. Sie räusperte sich und sagte: »Ja, stell dir vor, sie wurde zum Tanz nach Manoora eingeladen. Ich habe ihr geraten, die Einladung anzunehmen, es wird ihr bestimmt guttun, unter Menschen zu kommen.«

»Zum Tanz nach Manoora«, wiederholte Jack langsam. Er sah Abbey an. »Darf man fragen, wer dich eingeladen hat?« Er konnte es sich zwar denken, hoffte aber, dass er sich irrte.

»Heath Mason«, murmelte Abbey. »Er ist vor ein paar Stunden hier gewesen und hat mich gefragt, ob ich gern mitkommen würde. Anscheinend war er gestern schon einmal da«, fügte sie spitz hinzu.

Jack blickte betreten drein. »Ja, das ist richtig.« Er musste an Heath' Worte denken. Wie passte das, was er gesagt hatte, mit einer Einladung zum Tanz zusammen? Wieder fragte er sich, was Heath eigentlich von Abbey wollte.

Sie bemerkte, wie er voll unterdrückter Wut die Kiefer aufeinanderbiss. Auch Clementine entging Jacks Reaktion nicht. Da sie nicht so recht wusste, was sie davon halten sollte, beschloss sie, ihn auf die Probe zu stellen. »Das ist ja wunderbar, Abbey!«, sagte sie überschwänglich. »Sie werden sich bestimmt großartig amüsieren. Die Tanzveranstaltungen in Manoora sind wirklich sehr schön, und Heath ist ein überaus galanter Begleiter.« Aus dem Augenwinkel sah sie Jack an.

Abbey wünschte, sie würde den Mund halten. Sie goss mit ihren Worten nur Öl ins Feuer. Abbey hatte fast den Eindruck, dass sie das absichtlich tat. Aber aus welchem Grund?

»Würdest du auch gern hingehen, Clementine?«, brach es aus Jack hervor.

»Wer, ich?«, stammelte sie völlig verdutzt. Damit hatte sie nun wirklich nicht gerechnet.

»Ja, warum nicht? Wir sind seit einer Ewigkeit nicht mehr ausgegangen.«

»Das stimmt allerdings.« Sie konnte es sich nicht verkneifen hinzuzufügen: »Du warst ja immer viel zu beschäftigt.« Sie fand es ein bisschen merkwürdig, dass er sich jetzt auf einmal die Zeit nahm.

»Dann würdest du also gern gehen?«, drängte Jack. Er merkte, wie Abbey ihn anstarrte.

Clementine kochte innerlich vor Wut. Sie durchschaute Jack. Er wollte nur deshalb mit ihr zu dieser Tanzveranstaltung, damit er ein wachsames Auge auf Abbey haben konnte. Na warte, dachte sie, ich werde dafür sorgen, dass du noch etwas anderes im Auge behalten musst. »Nur, wenn Tom auch mitkommt«, sagte sie geziert.

Tom schaute von seinem Teller auf. »Ich? Wieso ich?« Ihm war nicht ganz klar, wie er plötzlich in diese Unterhaltung hineingeraten war.

»Weil du der zukünftigen Mrs. Tom Hawker ganz sicher nicht auf einer Viehweide begegnen wirst«, entgegnete Clementine zuckersüß.

Sybil lachte schallend.

Ihr Jüngster lief rot an, grinste dann aber. »Da hast du vermutlich Recht«, gab er zu.

»Dann ist ja alles klar«, meinte Clementine fröhlich. »Wir werden alle miteinander zu diesem Tanz gehen!« Sie funkelte Jack grimmig an und sah dann zu Abbey, der die Situation sichtlich unangenehm war.

Clementine hatte nicht die geringste Lust, Heath zu begegnen, aber sie musste herausfinden, was er an Abbey fand, und eine bessere Gelegenheit als dieser Tanz würde sich nicht bieten.

»Ach übrigens, wir haben jetzt einen Namen für unseren Sohn, Mutter«, sagte William. »Eigentlich wollten wir es euch erst Sonntagabend verraten.« Er lächelte seiner Frau liebevoll zu.

Sybil war ganz aufgeregt. »Spann mich doch nicht so auf die Folter! Nun sag schon – wie soll er heißen?«

»Gerald Hastings Hawker«, erwiderte William stolz. »Gerald nach Dad und Hastings nach Marthas Vater.«

»Der Kleine wird den Namen Hastings in der fünften Generation tragen«, fügte Martha hinzu. »Hoffen wir, dass er auch den Namen seines anderen Großvaters an die nächste Generation weitergibt.«

Sybil war zu Tränen gerührt. »Das ist wundervoll!« Überglücklich schlug sie die Hände vor der Brust zusammen. »Dein Vater würde sich furchtbar freuen, wenn er das noch erlebt hätte, William. Und deiner auch, Martha.«

»Also dann«, riefen die drei Brüder aus und erhoben ihre Gläser. »Auf Gerald Hastings Hawker!«

Nach dem Essen gingen Jack und Fred Roundtree zu dem Pferch mit den neuen Schafböcken. Tom ritt nach Hause. Jack hatte ihm versprochen, binnen einer Stunde nachzukommen und ihm beim Graben des Brunnens zu helfen. William und Martha, die am Nachmittag nach Hause zurückkehren wollten, ruhten sich noch ein wenig aus. Während Elsa und Marie den Tisch abräumten, tranken Sybil und Clementine eine Tasse Tee miteinander. Sybil hatte Abbey gefragt, ob sie sich nicht zu ihnen setzen wolle, aber Abbey hatte abgelehnt und gemeint, sie hätte noch etwas zu erledigen.

»Morgen Früh will ich mit Abbey nach Clare fahren, sie braucht ein hübsches Kleid für den Tanz«, sagte Sybil, als sie Clementine ihre Tasse reichte. »Außerdem möchte ich gern ein paar Dinge für meinen Enkelsohn kaufen. Ich kann leider nicht stricken, aber die Frauen von der Landfrauenvereinigung fertigen wunderhübsche Babyschuhe und andere Babysachen an und verkaufen sie für einen guten Zweck.«

»Ich habe auch nichts mehr anzuziehen, Sybil«, jammerte Clementine. »Alle meine hübschen Kleider sind doch verbrannt.«
»Ach herrje, daran habe ich gar nicht mehr gedacht! Wie dumm von mir. Möchten Sie uns nicht begleiten?«
»O ja, sehr gern, danke, Sybil.«
»Wunderbar. Wir werden morgen gleich nach dem Frühstück aufbrechen.«

Abbey machte sich unterdessen auf die Suche nach Sabu. Sie hatte sich vorgenommen, noch einmal mit ihm zu reden, bevor es zu spät war und Jack ihn hinauswerfen würde. Da Jack Max wieder in seinen Zwinger zurückgebracht hatte, konnte sie sich schon denken, wo sie Sabu finden würde.

Sie ging zur Scheune. Sabu kniete auf einer Matte und betete. Abbey schlüpfte hinein, schloss sachte die Tür hinter sich und wartete.

Sabu spürte, dass er nicht mehr allein war. Ärgerlich drehte er sich um. »Wenn es Ihnen nichts ausmacht, wäre ich beim Beten gern allein«, zischte er.

»Es tut mir leid, dass ich Sie stören muss, Sabu, aber ich würde mich gern mit Ihnen unterhalten, und das kann nicht warten. Jack hat noch etwas zu erledigen, aber ich fürchte, er wird Sie entlassen, sobald er zurückkommt.«

»Von mir aus, soll er doch«, gab Sabu trotzig zurück.

Er schien diese Möglichkeit nicht ernsthaft in Betracht zu ziehen. Abbey verschränkte die Arme über der Brust. »Ach so, dann haben Sie also schon eine neue Stelle und eine andere Unterkunft in Aussicht! Warum haben Sie das nicht gleich gesagt?«

Sabu wandte das Gesicht ab.

»Sie haben nichts Neues in Aussicht, hab ich Recht? Warum werfen Sie dann alles weg, was Sie hier haben?« Abbey ging auf ihn zu, und er stand auf. »Soweit ich das beurteilen kann, haben Sie hier keine besonders schwere Arbeit, es ist wunderschön hier, und die Hawkers sind reizende Leute.«

Sabu schnaubte verächtlich. »Niemand respektiert meinen Glauben.«

»Ich weiß nicht viel über Ihren Glauben, Sabu. Ist es in Ihrer Religion üblich, dass an Feiertagen gefastet wird?«

»Fasten ist eine Art der inneren Reinigung. Aber das kann jemand wie Sie natürlich nicht verstehen«, fauchte er.

»Da haben Sie Recht. Ich verstehe wirklich nicht, wie Hungern der inneren Reinigung dienen soll.«

»Ich esse tagsüber Früchte und nehme am Abend eine kleine Mahlzeit zu mir, ich hungere nicht. Fasten ist gesund. Es ist eine Form der Selbstdisziplin, die mich dem höchsten Wesen näherbringt.«

»Oh.« Abbey konnte ihm nicht ganz folgen. »Wissen Sie, Sabu, ich respektiere Ihre Ansichten durchaus, auch wenn Sie das vielleicht nicht glauben. Was ich nicht verstehe, ist, warum Sie sich an den Tagen, an denen Sie die Nähe des höchsten Wesens suchen, weigern zu kochen.«

Sabus Augen wurden ganz schmal. Offenbar dachte er, sie wolle ihn auf den Arm nehmen und sich über seinen Glauben lustig machen.

»Nein, ganz im Ernst«, sagte Abbey. »Ich verstehe das nicht, erklären Sie's mir.«

»Sie können es nicht verstehen, weil es Ihnen an Respekt fehlt für das, was ich tue, weil Sie zu jung und zu irisch sind.«

Abbey zuckte unwillkürlich zusammen. Was in aller Welt hatte ihre irische Abstammung damit zu tun? »Könnte es nicht vielmehr daran liegen, dass es eine Qual ist, köstliche Mahlzeiten zubereiten zu müssen, wenn man selbst nichts davon essen darf? Irisch oder nicht, *ich* hätte ein großes Problem damit.«

Sabus Miene verriet ihr, dass sie den Nagel auf den Kopf getroffen hatte. Hastig wandte er abermals das Gesicht ab.

»Mrs. Hawker und ihr Sohn können nicht verstehen, wie schwer das ist, hab ich Recht? Aber ich kann es verstehen, Sabu. Ich mache Ihnen einen Vorschlag: Lassen Sie mich an Ihren

Fastentagen kochen. Ich koche gern, mir macht es wirklich nichts aus. Mr. Hawker hat zwar gesagt, er würde Sie für die Tage, an denen Sie nicht kochen, nicht bezahlen, aber Sie brauchen das Geld ja nicht, oder? Sie haben keine Familie, und Sie tragen das Geld auch nicht in die Stadt.«

»Ich habe keine Familie in Australien, aber ich habe eine sehr große Familie in Indien«, gestand der Koch.

»Was?« Das hörte Abbey zum ersten Mal. »Schicken Sie Geld nach Hause?«

»Fast alles, was ich verdiene«, antwortete er bescheiden. »Zu Hause sind sie auf meinen Lohn angewiesen.«

Abbey sah Sabu plötzlich in einem ganz anderen Licht. Sie hatte ihn immer für selbstsüchtig gehalten, doch jetzt hatte sie Achtung vor ihm. »Wissen die Hawkers davon?«

Sabu schwieg. Doch sein stolzer Gesichtsausdruck sprach Bände.

»Ich verstehe«, sagte Abbey langsam. »Ich habe früher in einer Erdwohnung in Burra gehaust, Sabu, aber das erzähle ich auch niemandem. Manchmal ist Stolz aber am falschen Platz. Die Hawkers würden sicher Verständnis zeigen, wenn sie die Wahrheit wüssten.«

»Ich bin schon so lange bei ihnen, sie sollten mir auch so vertrauen und mich respektieren«, gab der Koch erregt zurück.

»Das tun sie auch, Sabu. Sie halten große Stücke auf Sie. Sonst hätten sie Ihre Wutanfälle und Extratouren wohl kaum so lange hingenommen.«

Sabu funkelte sie finster an, aber Abbey schmunzelte. Der Koch schaute rasch weg, weil er fürchtete, er werde ihr Lächeln erwidern, und diese Blöße wollte er sich auf keinen Fall geben.

»Wenn Sie von hier weggehen, können Sie das Geld, das ich Ihnen beim Lügner-Poker abgeknöpft habe, nicht mehr zurückgewinnen«, fuhr Abbey fort. »Nicht, dass Sie die geringste Chance gegen mich hätten! Ich bin einfach zu gut für Sie«, stichelte sie.

»Ich könnte Sie jederzeit schlagen«, fuhr Sabu auf. »Mit Leichtigkeit!«

»Tja, das werden wir wohl nie erfahren, wenn Sie weggehen, nicht wahr?«

»Wenn Mr. Hawker mich feuert, wird mir gar nichts anderes übrig bleiben«, erwiderte Sabu trocken.

Abbey hörte das leise Bedauern in seiner Stimme. »Sagen Sie ihm die Wahrheit«, beschwor sie ihn. »Dann wird er Sie auch nicht feuern.«

»Ich kann nicht«, antwortete der Koch störrisch und schob trotzig das Kinn vor.

Abbey stieß einen gereizten Seufzer aus. »Na schön, wie Sie meinen. Ich hab's jedenfalls versucht.« Sie ging zur Tür. »Na ja, wenn Sie nicht mehr da sind, kann ich mir die Küche wenigstens so einrichten, wie es mir gefällt«, sagte sie betont beiläufig. »Dann fliegen auch alle diese merkwürdigen Gewürze raus und dieses ganze andere komische Zeug.« Sie blickte flüchtig über die Schulter zurück, bevor sie die Scheune verließ. Sabu hatte in ohnmächtigem Zorn die Fäuste geballt und sah aus, als würde er gleich explodieren. Abbey hatte darauf gehofft. Sie wusste doch, wie sehr er es hasste, wenn jemand sein Reich, die Küche, betrat und darin herumhantierte. Sie hoffte, der bloße Gedanke daran werde ihn auf Trab bringen, damit er mit Sybil oder Jack redete, bevor es zu spät war.

25

Der Tag verging wie im Nu. Abbey beschloss, vor dem Zubettgehen noch einen kleinen Spaziergang zu machen. Sie hatte wieder so ein flaues Gefühl im Magen und hoffte, ein bisschen Bewegung an der frischen Luft würde ihr guttun. Es war ein wunderschöner, lauer Abend, und sie atmete tief aus und ein. Jack war noch nicht von Anama zurück. Sie konnte sich vorstellen, wie abgekämpft er nach dem langen Tag sein musste, und hatte Mitleid mit ihm.

Sie ging zu dem Pferch hinter den Scherschuppen, in dem die Schafböcke vorübergehend untergebracht waren. Im Stillen hatte sie gehofft, Jack wäre vielleicht doch schon da und würde noch einmal nach den Tieren sehen. Aber weit und breit war niemand auszumachen. Ernie und Wilbur waren vermutlich irgendwo draußen bei den Lämmern und den Mutterschafen. Elias hatte sie seit dem Morgen nicht mehr zu Gesicht bekommen.

Im Quartier der Wanderarbeiter brannte Licht. Fred Roundtree machte es sich offenbar bequem für die Nacht. Nachdem er tagelang unterwegs gewesen war, würde er es mit Sicherheit genießen, in einem Bett zu schlafen, bevor er sich am anderen Morgen auf den Rückweg nach Truro machte. Er war ein sehr netter Mann. Beim Mittagessen hatte er von sich und seiner Familie erzählt – er hatte fünf Söhne und eine Tochter – und von seiner Farm, wo er Merino- und Rambouilletschafe züchtete. Jack, der die Farm ja kannte, weil er seine Schafböcke dort selbst ausgesucht hatte, meinte, es sei wirklich ein ganz bezauberndes Fleckchen Erde.

Abbey stand am Koppelzaun und versuchte, ihre ganze Aufmerksamkeit auf die unvergleichlichen Geräusche des Buschs zu richten, der sich auf die Nacht vorzubereiten schien. Der endlose Himmel mit den flammend rosarot und orange gebänderten Wolkenschleiern bildete einen prachtvollen Hintergrund für das dichte Dach der majestätischen Eukalyptusbäume. Grillen zirpten, und in den Ästen lachten prächtig gefiederte Kookaburras. Obwohl es ein ungemein friedliches Bild war, übertrug sich dieser Frieden nicht auf Abbey. Etwas nagte an ihr, sodass sie innerlich nicht zur Ruhe kam. Sie hatte ein furchtbares Gefühl. Es war so entsetzlich, dass sie es nicht in ihren Verstand ließ, sondern es dort begrub, wo es sie am meisten belastete: in ihrem Herzen.

Clementine hatte Abbey abgepasst, als sie aus der Scheune zurückgekommen war. Sie hatte gehofft, sie in ein Gespräch verwickeln zu können, weil sie unbedingt mehr über Ebenezer Mason erfahren wollte und was Abbey mit ihm zu schaffen hatte. Doch Abbey, die von neuem gegen Übelkeit ankämpfte, war sehr wortkarg gewesen und hatte sich gleich in ihr Zimmer zurückgezogen. Sybil, die das mitbekommen hatte, spürte, dass sie etwas bedrückte. Eine schlimme Ahnung stieg in ihr auf, und sie hoffte von ganzem Herzen, dass sie sich irrte.

Clementine hatte beobachtet, wie Abbey später noch einmal das Haus verließ und Richtung Scherschuppen ging. Sie vermutete, dass sie nach Jack Ausschau halten wollte. Von Eifersucht gequält beschloss sie, Abbey in einiger Entfernung zu folgen.

Sie ging nicht wie Abbey, die ihrem rebellierenden Magen den Gestank nicht zumuten wollte, um den Schuppen herum, sondern durch ihn hindurch und spähte am anderen Ende durch eine Ritze in der Tür. Der stechende Geruch verschlug Clementine den Atem, und ihr wurde übel davon, aber sie war entschlossen auszuharren. Sie musste herausfinden, ob Jack sie betrog. Und von ihrem Versteck aus würde sie die beiden nicht nur beobachten, sondern auch belauschen können.

Abbey, die gedankenverloren in die Dämmerung blickte, sah

plötzlich Jacks Hut auf der Koppel mit den Schafböcken liegen, nicht weit von der Einfriedung entfernt. Wahrscheinlich hatte der Wind ihn von einem der Pfosten heruntergeweht. Ob die Böcke ihn wohl anknabbern würden? Es schien, als fräßen sie wirklich alles, einschließlich kleiner Zweige und harter, dorniger Gräser. In diesem Moment donnerte Napoleon mit dem Kopf voraus gegen den Lattenzaun. Abbey beschloss, die Koppel lieber nicht zu betreten, um den Hut herauszuholen. Stattdessen suchte sie einen langen, dünnen Ast, schob ihn zwischen den Latten hindurch und angelte damit nach dem Hut.

Nach mehreren vergeblichen Versuchen brach der Ast auseinander. »Verdammt«, murmelte Abbey und warf das Stück, das sie noch in der Hand hielt, weg. Sie beobachtete die Böcke, die gemächlich auf Nahrungssuche waren. Die Luzerne, die Jack ihnen hineingeworfen hatte, hatten sie längst aufgefressen. Als sie sich zur anderen Seite der Koppel bewegten, überlegte sie, ob sie es nicht wagen könnte, schnell hineinzuschlüpfen und den Hut zu holen. Falls die Tiere ihn tatsächlich fräßen und krank wurden oder sogar daran starben, würde sie sich das nie verzeihen.

Clementine beobachtete, wie Abbey vorsichtig das Gatter öffnete. »Was macht sie denn jetzt?«, murmelte sie vor sich hin.

Abbey schloss das Gatter hinter sich und schob sich an der Einfriedung entlang. Der Hut lag vielleicht zwanzig Meter vom Gatter entfernt. Endlich hatte sie ihn erreicht. Genau in dem Moment, als sie sich nach ihm bückte, hob einer der Böcke, die bislang keine Notiz von ihr genommen hatten, den Kopf und schaute in ihre Richtung. Abbey erstarrte.

Clementine sah wie gebannt zu. Sie war fasziniert und fassungslos zugleich. So ein kräftiger Schafbock mit seinen gewaltigen Hörnern war imstande, eine zierliche Person wie Abbey zu töten. Ihr erster Gedanke war, dass das eigentlich nicht so schlimm wäre. Doch dann erschrak sie über sich selbst. Bei aller Eifersucht wollte sie nicht, dass Abbey ernsthaft verletzt wurde.

Abbey stand da wie versteinert. Sie ließ den Schafbock nicht aus den Augen. Fieberhaft überlegte sie, wie schnell ein Bock wohl rennen konnte und wie lange sie selbst zum Gatter brauchen würde, sofern sie vor Angst nicht wie gelähmt wäre.

Der Schafbock rührte sich nicht, aber auch er ließ Abbey nicht aus den Augen. Ganz langsam wich sie zum Lattenzaun zurück. Sie wagte nicht einmal zu atmen. Sie wusste, dass sie mit ihren Röcken nicht schnell genug über die Einfriedung klettern könnte, und darunter hindurchkriechen ging auch nicht, weil zu wenig Platz war. Übelkeit erfasste sie, sie hatte einen galligen Geschmack im Mund und musste ein paarmal schlucken.

Clementines Blicke huschten von Abbey zu den Böcken und wieder zurück zu Abbey. Auch sie hielt unwillkürlich die Luft an.

Plötzlich hob ein zweiter Schafbock den Kopf und schaute in Abbeys Richtung. Er machte ein paar Schritte auf sie zu. Abbey blieb wie angewurzelt stehen. Sie konnte nicht erkennen, ob es Napoleon war. Sie hoffte inständig, dass er es nicht war, schließlich hatte sie selbst gesehen, wie angriffslustig er sein konnte. Na los, beweg dich, ermahnte sie sich im Stillen. Worauf wartest du? Beweg dich endlich!

»Lauf, Abbey«, flüsterte Clementine. »Mach schon, lauf!«

Der Schafbock senkte den Kopf wieder und rupfte ein paar Gräser. Da endlich löste sich Abbey aus ihrer Erstarrung. Sie drehte sich langsam um und ging wie selbstverständlich auf das Gatter zu, das vielleicht zwanzig Schritt entfernt war. Ihr kam es wie zwanzig Meilen vor, so bleischwer fühlten sich ihre Beine an. Ihr Herz raste, das Blut pochte ihr in den Schläfen, und als sie das Gatter endlich erreicht hatte, war ihr so schwindlig, dass sie glaubte, gleich ohnmächtig zu werden. Ihre Finger zitterten, als sie mit fahrigen Bewegungen die Drahtschlinge über den Pfosten nach oben zog. Sie stülpte den Hut über den Pfosten auf der anderen Seite des Gatters, damit sie beide Hände frei hatte, riss das Gatter auf, ging hinaus und zog es wieder hinter sich zu. Sie seufzte erleichtert auf, schloss die Augen und lehnte sich einen

Moment an die Koppel. Die Schafböcke hatten sich nicht vom Fleck gerührt, aber alle schauten zu ihr herüber. Auch Clementine atmete auf. Aber kaum war Abbey in Sicherheit, begannen schon wieder Neid und Eifersucht an ihr zu nagen. Anscheinend war das Glück immer auf Abbeys Seite. Abbey ging zurück zum Haus. Sie blickte sich nicht ein einziges Mal um. Sie hatte nur noch einen Wunsch: so schnell wie möglich in ihr Zimmer und in ihr Bett zu kommen.

Als Abbey außer Sichtweite war, trat Clementine aus der Scheune und ging zu dem Gatter in der Koppel. Sie fühlte Groll in sich aufsteigen. Was Abbey auch machte, ihr gelang einfach alles, und jeder bewunderte sie. Sie konnte fabelhaft kochen. Sie holte Kinder auf die Welt. Sie wachte die ganze Nacht bei einem kranken Hund. Sie konnte ausgezeichnet reiten. Sie hatte ihrem Vater geholfen, wofür Clementine ihr auch dankbar war, doch jetzt lag Jack ihr erst recht zu Füßen.

Warum kann sie nicht mal einen Fehler machen?, dachte Clementine verbittert. Ihr Blick fiel auf den Hut, den Abbey an den Pfosten gehängt und vergessen hatte. Wenn sie nun das Gatter nicht richtig geschlossen hätte? Ob die anderen dann auch noch so große Stücke auf sie hielten? Ein Gedanke durchzuckte sie. Als sie kurz darauf zum Haus zurückging, spielte ein kleines, boshaftes Lächeln um ihre Lippen.

Am anderen Morgen war Abbey noch viel elender zumute. Die Übelkeit kam und ging und kam wieder, und abermals hatte sie ein unbändiges Verlangen nach gesüßtem Schwarztee. Als sie sich angezogen hatte und in die Küche hinunterging, klappte ihr vor Staunen der Unterkiefer herunter. Sybil und Sabu bereiteten gemeinsam das Frühstück zu. Sybil kümmerte sich um die Toastbrote, während Sabu Eier briet. Abbey traute ihren Augen nicht. Die beiden teilten sich nicht nur die Arbeit, sondern plauderten auch so unbekümmert miteinander, als hätte es nie irgendwelche Meinungsverschiedenheiten gegeben.

»Guten Morgen, Abbey«, grüßte Sybil fröhlich, runzelte aber gleich darauf besorgt die Stirn. Abbey sah gar nicht gut aus.

»Guten Morgen«, murmelte Sabu mit einer Mischung aus Verlegenheit und Schüchternheit.

»Guten Morgen«, antwortete Abbey. »Ist Jack gestern noch nach Hause gekommen?« Kopfschüttelnd hielt sie ihre Hand über ihre Teetasse, als Sybil Milch hineingießen wollte, und gab stattdessen zwei Löffel Zucker in ihren Tee. Da ihr beim bloßen Gedanken an gebratene Eier schlecht wurde, nahm sie sich nur eine Scheibe trocken Brot, an der sie lustlos knabberte.

»Ja, aber ziemlich spät«, antwortete Sybil. »Geht es Ihnen noch nicht besser?«

»Nein, nicht wirklich.« Abbey war froh, dass Jack tags zuvor nicht mehr dazu gekommen war, Sabu zu kündigen. Jetzt konnte Sabu ihm seine Situation erklären. Sie war sicher, dass Jack Verständnis hätte.

In diesem Moment betrat Jack, gefolgt von Clementine und Ralph, die Küche.

»Guten Morgen.« Es klang müde. Er bemerkte nicht einmal das einträchtige Miteinander von Sybil und Sabu.

»Einen wunderschönen guten Morgen alle zusammen«, sagte Clementine fröhlich.

Ralph ging es sehr viel besser, was die gute Laune seiner Tochter erklärte.

»Sabu, ich muss mit dir reden«, sagte Jack in strengem Ton.

Der Koch antwortete nicht. Er senkte den Kopf und schien sich ganz auf seine Tätigkeit zu konzentrieren.

»Sabu und ich haben uns unterhalten, Jack, und eine Abmachung getroffen«, sagte Sybil, die ganz glücklich darüber war. Sabu hatte nämlich über Abbeys Worte nachgedacht und sich dazu durchgerungen, mit Sybil zu sprechen. Von seiner Familie in Indien hatte er zwar nichts gesagt, aber er hatte ihr gestanden, wie schwer es für ihn war, leckere Mahlzeiten zu kochen, wenn er selbst fasten musste. Sybil, die ihn gut verstehen konnte und über sein Vertrauen ganz gerührt war, hatte ihm angeboten, das Kochen an seinen Fastentagen zu übernehmen. Sabu hatte es zunächst gar nicht glauben wollen, doch Sybil versicherte ihm, dass es ihr ernst damit war, was ihn sehr gefreut hatte, zumal sie ihm versprochen hatte, in der Küche alles an seinem Platz zu lassen.

Jack, der dachte, seine Mutter wolle den Koch wieder einmal in Schutz nehmen, schüttelte energisch den Kopf. »Dafür ist es zu spät, Mutter.«

Bevor Sybil etwas entgegnen konnte, klopfte es an der Hintertür. Es war Elias, der laut nach Jack rief. Als Jack zur Tür eilte und öffnete, trat Stille in der Küche ein. Alle lauschten. Die Schafböcke seien aus der Koppel ausgebrochen, sagte Elias aufgeregt.

»Was?« Jack fiel aus allen Wolken.

»Drei haben wir wieder eingefangen. Fred Roundtree hat mir geholfen, wir haben die Hunde dazugeholt«, berichtete Elias. »Die anderen sind verschwunden.«

»Was ist mit Napoleon?«

Elias schüttelte bedauernd den Kopf. »Den haben wir nicht erwischt.« Er wusste von Fred, dass der preisgekrönte Bock sich nicht unter den eingefangenen Tieren befand.

»Wie ist das möglich?« Jack konnte es nicht fassen. »Ich meine, wie sind sie überhaupt aus der Koppel rausgekommen?«

»Als ich ihnen heute Morgen ihr Futter brachte, war das Gatter offen.«

»Was?« Jack hätte sich ohrfeigen können, dass er bei seiner Rückkehr am Abend zuvor nicht noch einmal nach den Tieren gesehen hatte. Aber es war schon dunkel gewesen, und er hatte sich vor Müdigkeit kaum noch im Sattel halten können. Gemeinsam mit Tom, William, Don Simpson und Bill Bendon hatte er den Brunnen fertig gestellt und die Pumpe, die das Wasser heraufbefördern würde, zusammengebaut. Das war eine mühsame, beschwerliche Arbeit gewesen. William hatten sie vor Einbruch der Dunkelheit nach Hause geschickt, damit er bei Martha und dem Baby sein konnte, und danach zu viert weitergearbeitet. Toms Einladung, bei ihm zu übernachten, hatte Jack abgelehnt, weil er gleich am anderen Morgen mit den Arbeiten beginnen wollte, die auf Bungaree auf ihn warteten.

Abbey, die wie alle anderen in der Küche alles mit anhörte, war wie vom Donner gerührt. Sie war sich sicher, dass sie das Gatter geschlossen hatte.

Nachdem Jack mit Elias die weitere Suche besprochen hatte, kehrte er in die Küche zurück.

»Ich hab keine Zeit zum Frühstücken«, sagte er zornig. »Ich muss erst die Böcke wiederfinden. Sie können inzwischen meilenweit weg sein, womöglich sind sie auf die Straße gelaufen. Wenn der Falsche sie findet und erkennt, wie wertvoll sie sind...« Er wollte den Gedanken lieber nicht zu Ende denken.

Clementine hatte jetzt zwar ein schlechtes Gewissen, aber da sie nicht mehr ungeschehen machen konnte, was sie getan hatte, wollte sie wenigstens dafür sorgen, dass der Verdacht wie beabsichtigt auf Abbey fiel. »Elias hat gesagt, das Gatter war offen? Wie ist das möglich?«

»Das würde ich allerdings auch gern wissen«, knurrte Jack. Wer ein Gatter aufmachte, musste es auch wieder zumachen. Auf einer Farm mit Viehbestand war das ein ungeschriebenes Gesetz.

Clementine wandte sich Abbey zu. »Sind Sie nicht gestern Abend noch spazieren gegangen, Abbey? Vielleicht ist Ihnen ja irgendetwas Ungewöhnliches aufgefallen.«

Abbey sah sie verdutzt an. »Ja, das stimmt, ich bin noch ein wenig spazieren gegangen, bevor es dunkel wurde. Ich war bei den Schafböcken, aber sie waren alle noch auf der Koppel.«

»War das Gatter geschlossen?«, fragte Jack.

Abbey nickte. »Ja.«

»Es kann doch nicht von allein aufgegangen sein.« Jack kratzte sich ratlos am Hinterkopf.

»Vielleicht hat einer von den Eingeborenen es geöffnet, weil er einen Schafbock stehlen wollte«, meinte Sybil.

»Das wäre das erste Mal.« Jack schüttelte den Kopf. »Kann ich mir nicht vorstellen, jetzt, wo der Stammesälteste mir sein Wort gegeben hat, dass sie uns in Ruhe lassen werden. Außerdem wäre es wesentlich einfacher, eins von den Schafen zu stehlen.«

Clementine wandte sich abermals Abbey zu. »Sie sind doch nicht auf der Koppel gewesen, oder?«

Jack blickte ganz erstaunt drein. »Wieso sollte sie zu den Schafen hineingehen, Clementine?«, fragte er in einem Tonfall, als sei der Gedanke geradezu absurd.

Abbey sah Jack an. »Na ja, ehrlich gesagt bin ich tatsächlich hineingegangen, aber nur ein kleines Stück«, gestand sie kleinlaut. »Ich wollte deinen Hut holen. Der Wind muss ihn von einem Pfosten heruntergeweht haben.«

Jack konnte es kaum glauben. »Das war ganz schön leichtsinnig, Abbey.«

»Ja, ich weiß, aber ich hatte Angst, die Böcke könnten den Hut fressen und sich den Magen verderben oder Schlimmeres. Das Gatter habe ich aber wieder zugemacht«, fügte sie hinzu.

Jack sah sie vorwurfsvoll an. »Bist du sicher, dass du die Drahtschlinge über den Pfosten gelegt hast?«

»Ja, ganz sicher.« Abbey rief sich die Szene ins Gedächtnis zurück. Sie hatte sich unwohl gefühlt und heftig gezittert, aber sie hatte das Gatter ordnungsgemäß geschlossen.

»Von den Böcken hat bestimmt keiner das Gatter geöffnet«, knurrte Jack. »Und was meinen Hut betrifft, so hat Elias ihn mir gerade gebracht. Er hat ihn unmittelbar hinter dem Gatter am Boden gefunden.«

»Aber ich dachte, ich hätte ihn mitgenommen, als ich ins Haus zurückging«, stammelte Abbey völlig verwirrt. Sie rieb sich die Stirn und versuchte krampfhaft, sich zu erinnern.

»Du hast auch gedacht, du hättest das Gatter wieder zugemacht«, sagte Jack zornig und sah sie finster an. »Hoffentlich kann ich Napoleon wieder einfangen.«

»Ich werde dir beim Suchen helfen«, bot Abbey sofort an.

»Nein, danke, auf deine *Hilfe* kann ich gut verzichten«, fauchte Jack und stapfte zur Hintertür.

Abbey brach in Tränen aus.

»Aber, aber, Kindchen!« Sybil nahm sie tröstend in den Arm. »Machen Sie sich nichts daraus. Er hat es nicht so gemeint. Wenn er müde ist, ist er immer bärbeißig, so war er schon als kleiner Junge.«

»Ich habe das Gatter wirklich nicht offen gelassen, Mrs. Hawker«, beteuerte Abbey unter Tränen. »So etwas würde ich nie tun!«

»Das weiß ich doch, Kindchen.«

»Aber wie kommt es dann, dass es offen war?«

»Keine Ahnung, aber Jack wird das schon herausfinden.« Sybil tätschelte ihr begütigend die Hand.

Das kann ich mir nicht vorstellen, dachte Clementine und wandte hastig das Gesicht ab, damit keiner ihre diebische Freude über das Gelingen ihres Plans sah.

»Die Böcke sind bestimmt nicht weit weggelaufen«, warf Ralph ein. »Jack wird sie schon finden.«

»Hoffentlich«, schniefte Abbey bekümmert.

Ihr war vorher schon nicht gut gewesen, aber jetzt fühlte sie sich richtig elend, weil Jack böse auf sie war. Sie warf Clementine einen verdrossenen Blick zu. Hatte sie sie ausgerechnet in Jacks Gegenwart fragen müssen, ob sie auf der Koppel gewesen war? Es schien fast, als hätte Clementine es darauf angelegt, sie in Schwierigkeiten zu bringen.

Abbey, die keinen Bissen herunterbrachte, ließ sich von Sybil überreden, wenigstens eine halbe Scheibe Toastbrot zu essen. Als sie mit Clementine und Ralph gefrühstückt hatte, sagte Sybil:

»Ich schlage vor, wir fahren gleich in die Stadt.«

»Mir ist die Lust vergangen«, murmelte Abbey kläglich.

»Aber wir können sowieso nichts tun, Kindchen. Niemandem ist geholfen, wenn wir hier herumsitzen. Und bis wir zurück sind, werden sie die Böcke bestimmt wiedergefunden haben.«

»Meinen Sie wirklich?« Abbey würde das zu gern glauben.
»Aber ja! Elsa soll gleich zum Stall laufen und Michael sagen, dass er uns den Buggy bereit machen soll.«
»Na schön.« Abbey war nicht begeistert, aber sie sagte sich, dass sie unterwegs ja nach den entlaufenen Böcken Ausschau halten könnte. Sie ging nach oben und zog sich um.
Als sie einige Minuten später aus dem Haus trat, sah sie Clementine mit Sybil bei dem Buggy stehen, den Michael vor die Tür gefahren hatte. Abbey, die nicht gewusst hatte, dass Clementine auch mitkommen würde, versteinerte.
Sybil bemerkte ihre säuerliche Miene. »Oh, ich habe ganz vergessen zu erwähnen, dass Clementine uns begleiten wird. Sie hat ja praktisch all ihre Sachen bei dem Feuer verloren, deshalb braucht sie auch ein neues Kleid für den Tanzabend.«
Abbey schwieg. Sie war immer noch wütend auf Clementine wegen der Geschichte mit Jack. Sie kletterte nach hinten, damit Sybil und Clementine nebeneinander sitzen und plaudern konnten. Ihr war ohnehin nicht nach Reden zumute.
Nicht weit vom Haus entfernt fuhren sie an Elias und Jack vorbei, die zu Pferde das Gelände absuchten.
»Schon irgendeine Spur von den Böcken?«, rief Sybil ihrem Sohn zu.
»Nein«, gab Jack bissig zurück.
»Ich werde unterwegs nach ihnen Ausschau halten«, versprach Abbey, Jack würdigte sie keines Blickes. Seine feindselige Haltung verletzte sie tief, aber im Moment konnte sie nichts dagegen tun. Er gab ihr die Schuld für den Verlust seiner Tiere. Das Schlimmste aber war, dass sie seinen Verdacht nicht zurückweisen konnte, weil sie sich selbst nicht mehr hundertprozentig sicher war, ob sie das Gatter tatsächlich zugemacht hatte.

Samstagmorgens herrschte reger Betrieb in Clare, weil viele Farmer mit ihren Familien zum Einkaufen in die Stadt kamen. Die drei Frauen schlenderten inmitten des Gedränges über den

Bürgersteig und betrachteten die Auslagen in den Schaufenstern. Abbey fühlte sich nach wie vor unwohl und tappte mehr oder weniger lustlos hinter Sybil und Clementine her. Vor dem Laden, in dem die Erzeugnisse der Landfrauenvereinigung verkauft wurden, wandte sich Sybil zu ihren beiden Begleiterinnen um und sagte, sie würde sich drinnen gern nach etwas Passendem für den kleinen Gerald umsehen.

»Ich warte solange hier draußen«, sagte Abbey.

Sybil musterte sie besorgt. »Sind Sie sicher?«

»Ja, ja, gehen Sie nur.«

Sybil zögerte, weil Abbey blass und elend aussah. »Wie Sie meinen.« Sie wandte sich an Clementine. »Würden Sie vielleicht bei Abbey bleiben?«

»Aber ja.« Abbey war anscheinend böse auf sie, und sie hätte gern unter vier Augen mit ihr gesprochen.

»Das ist nicht nötig«, sagte Abbey hastig. »Gehen Sie nur mit hinein und helfen Mrs. Hawker beim Aussuchen.«

»Das macht mir wirklich nichts aus«, versicherte Clementine, »ich wollte sowieso mit Ihnen reden.«

Sybil hatte kaum den Laden betreten, als Abbey zischte: »Ich wüsste nicht, was wir zu bereden hätten.«

Clementine seufzte. »Ich weiß, Sie sind sauer auf mich, Abbey, und ich kann es Ihnen nicht einmal verdenken. Ich wollte wirklich nicht, dass Sie Ärger bekommen. Ich dachte nur, Sie hätten vielleicht etwas gesehen, das Jack weiterhelfen könnte, deshalb habe ich davon angefangen. Es tut mir wirklich leid, dass Jack jetzt denkt, Sie hätten das Gatter aufgelassen.«

Ihre Worte klangen aufrichtig. Abbey sah sie prüfend an. Sie wurde nicht recht schlau aus ihr. Schließlich machte sie eine wegwerfende Handbewegung und meinte: »Ist schon in Ordnung. Ich hoffe bloß, dass Jack die Böcke wieder einfangen kann, vor allem Napoleon.«

»Das wird er ganz bestimmt«, erwiderte Clementine zuversichtlich.

In diesem Moment kam Sybil aus dem Laden und zeigte ihnen stolz, was sie für Gerald gekauft hatte: eine hellblaue Babygarnitur komplett mit Schuhen und Mützchen. Sie hielt das Mützchen hoch. »Damit er vor der Sonne geschützt ist, wenn Martha mit ihm rausgeht. Ist das nicht süß?«

Die beiden jungen Frauen bejahten. Auch sie fanden die Babysachen ganz entzückend.

»So, und jetzt gehen wir zu MacAvoy's und suchen etwas Hübsches für euch beide zum Anziehen«, sagte Sybil gut gelaunt. »Die passenden Schuhe werden wir anschließend in William's Schuhladen besorgen.«

Ein Stück weiter die Straße hinunter kamen ihnen zwei Frauen und ein Mann entgegen. Alle drei waren auffällig modisch und elegant gekleidet und bewegten sich mit so viel Anmut und Grazie, dass sie in dieser ländlichen Umgebung unwillkürlich hervorstachen.

Sybil traute ihren Augen nicht, als sie die drei erblickte. »Bernice! Esmeralda! Leonardo!«, kreischte sie ganz entzückt. »Was macht ihr denn hier in Clare?«

»Sybil, Schätzchen!«, säuselten die beiden Frauen, umarmten sie und hauchten ihr kleine Küsschen auf die Wangen.

»Wir sind auf der Suche nach Requisiten für unser nächstes Stück«, antwortete Leonardo, der Sybil galant die Hand küsste. Sein Akzent passte besser ins Londoner West End als in diese Kleinstadt in South Australia.

»Oh, wie aufregend!« Sybil klatschte begeistert in die Hände. Sie wandte sich zu Abbey und Clementine um. »Mädchen, ich möchte euch Leonardo McBride vorstellen, den künstlerischen Leiter der Rubenstein Theatre Company.«

»Freut mich sehr, Ladys«, sagte Leonardo mit einer kleinen Verbeugung und tippte an seinen Hut.

»Abbey ist meine Gesellschafterin und Clementine eine Freundin meines Sohnes Jack.« Sybil wies mit einer Handbewegung auf die beiden Frauen. »Und das sind Bernice Vincent und

Esmeralda Dijon. Beide sind sozusagen die Seele der Theatergruppe.«

Bernice und Esmeralda wanden sich förmlich vor Freude über das Kompliment.

»Wir sind auf dem Weg in die Teestube ein Stück weiter die Straße hinauf. Möchtest du nicht mitkommen, Sybil?«, bat Bernice. »Wir haben uns sicher eine Menge zu erzählen. Vielleicht hast du auch eine Idee, wo wir in dieser verschlafenen kleinen Stadt Requisiten auftreiben könnten.« Sie machte ein Gesicht, als wäre ihr diese »verschlafene kleine Stadt« nicht ganz geheuer.

»Oh, ich würde schon gern, aber...« Sybil befand sich ganz offensichtlich in einer Zwickmühle. Man konnte ihr ansehen, wie gern sie die Einladung annehmen würde. Andererseits wollte sie ihr Versprechen Abbey und Clementine gegenüber nicht brechen.

»Gehen Sie ruhig, Sybil«, sagte Clementine aufmunternd. »Abbey und ich können allein einkaufen gehen. Wir treffen uns dann später wieder.«

»Sind Sie sicher?« Sybil war hin und hergerissen. Sie sah Abbey an.

»Ja, gehen Sie nur, Mrs. Hawker«, sagte auch sie. Ihr war wieder furchtbar schlecht, und sie wollte nichts weiter, als sich ein paar Minuten irgendwohin zu setzen und ein bisschen auszuruhen.

»Na schön, wenn ihr meint. Wir treffen uns in einer Stunde in der Teestube.« Schon eilte Sybil mit ihren alten Bekannten davon.

Abbey und Clementine setzten ihren Weg fort. Nach ein paar Metern bog Abbey unvermittelt in eine Gasse zwischen zwei Geschäften ein. Sie krümmte sich und begann heftig zu würgen. Da sie praktisch nichts gegessen hatte, konnte sie nichts erbrechen, aber ihr Magen krampfte sich so zusammen, dass es wehtat.

»Was haben Sie denn, Abbey?« Clementine war ihr gefolgt.

Abbey schüttelte nur den Kopf und taumelte keuchend weiter

durch die Gasse, die auf eine Straße mit einer kleinen Grünfläche mündete. Dort stand eine Bank im Schatten eines Baums. Abbey setzte sich und atmete ein paarmal tief durch, bis sich der Brechreiz gelegt hatte.

»Wollen wir nicht beim Arzt vorbeischauen, Abbey?« Clementine setzte sich zu ihr. »Irgendetwas stimmt doch nicht mit Ihnen.«

»Nein, nein, es geht schon wieder«, stieß Abbey atemlos hervor.

»Sind Sie sicher? Das ist doch nicht das erste Mal, dass Sie sich übergeben müssen. Das muss doch einen Grund haben.«

Clementine hatte ja Recht. Abbey begann zu schluchzen. Ihr war ein schlimmer Verdacht gekommen.

»Abbey!«, sagte Clementine aufrichtig bestürzt. »Was haben Sie denn? So reden Sie doch! Mir können Sie es doch sagen!«

Abbey schluchzte noch heftiger. Der Wunsch, sich jemandem anzuvertrauen, war größer als der Groll, den sie an diesem Morgen noch gegen Clementine gehegt hatte. Und Clementine schien so mitfühlend und ernsthaft um sie besorgt.

Abbey sah sie an. »Versprechen Sie mir, dass Sie mich nicht verurteilen werden!«, flüsterte sie. »Was geschehen ist, war nicht meine Schuld.«

»Ich verspreche es.«

»Ich habe Angst, dass ich… schwanger bin«, wisperte Abbey.

»Was?« Clementine traute ihren Ohren nicht. Sie dachte sofort an Jack. Alles Blut wich aus ihrem Gesicht, und eine maßlose Enttäuschung erfasste sie. Sie blickte so entsetzt drein, dass Abbey sich genötigt fühlte hinzuzufügen:

»Ebenezer Mason hat mir ein Schlafmittel eingeflößt, und dann hat er mich…« Sie brachte es nicht über sich, den Satz zu beenden. Sie sah, wie Clementines Gesichtsausdruck sich veränderte, konnte aber nicht ahnen, dass es unsagbare Erleichterung war, die sich in ihrem Gesicht spiegelte.

»Dieses Scheusal«, stieß sie grimmig hervor. In Wirklichkeit frohlockte sie innerlich. Vor allen Dingen war sie erleichtert, dass nicht Jack der Kindsvater war, falls Abbeys Vermutung sich bewahrheiten sollte. Darüber hinaus würde er sie jetzt sicher nicht mehr haben wollen – immerhin war sie nicht mehr unberührt. Und selbst wenn er darüber hinwegsähe, so würde er sich niemals bereit erklären, Heath Masons Halbbruder oder Halbschwester großzuziehen. Clementine sah Abbey plötzlich in einem ganz anderen Licht. Sie war keine Rivalin mehr, stellte keine Bedrohung mehr dar. »Sie Ärmste«, sagte sie bedauernd. »Das ist eine schwere Belastung. Damit können Sie nicht allein fertig werden. Aber ich bin ja da, ich werde Ihnen helfen, so gut ich kann.«

Ihre Worte taten Abbey gut. Sich ihren Kummer von der Seele reden und ihre Sorgen mit einer fast Gleichaltrigen teilen zu können, war eine ungeheure Erleichterung.

»Weiß Sybil Bescheid?«, fragte Clementine.

»Nur über das, was Ebenezer Mason mir angetan hat, nicht, dass ich möglicherweise von ihm schwanger bin.« Wieder liefen Abbey Tränen über die Wangen.

Clementine kramte ein Taschentuch aus ihrem Beutel und reichte es ihr.

»Sie dürfen nicht länger den Kopf in den Sand stecken, Abbey. Sie müssen einen Arzt aufsuchen, damit Sie Klarheit haben.«

»Ich schäme mich so«, flüsterte Abbey verlegen.

»Aber so kann es doch nicht weitergehen! Sie müssen Gewissheit haben, so oder so. Kommen Sie, ich begleite Sie.« Clementine stand auf. »Jetzt kommen Sie schon, es hat doch keinen Sinn, die Augen vor der Wahrheit zu verschließen.«

Abbey erhob sich. »Sie haben ja Recht. Ich danke Ihnen, Clementine.« Sie schämte sich, weil sie geglaubt hatte, Clementine habe sie absichtlich in Schwierigkeiten bringen wollen, dabei erwies sie sich jetzt als Freundin in der Not.

26

Clementine und Abbey machten sich auf den Weg zur Praxis von Clarence Ashbourne.

»Die junge Dame hier möchte zu Dr. Ashbourne, Cindy«, sagte Clementine zu der Empfangsdame im Eingangsbereich. Sie kannte Cindy Swinson, weil sie mehrere Kleider pro Jahr für sie schneiderte.

»Oh, das tut mir leid, aber er ist heute und morgen nicht da und wird wahrscheinlich erst Mitte nächster Woche wieder in die Praxis kommen«, sagte Cindy bedauernd. »Er hat einen schlimmen Gichtanfall. Er weiß, dass er keine Tomaten essen sollte, aber die Hälfte seiner Patienten bezahlt ihn in Naturalien, und dann kann er einfach nicht widerstehen!«

Clarence Ashbourne war für seine Gicht genauso bekannt wie für seine Vorliebe für Tomaten. Der Gichtanfall, den sie diesmal ausgelöst hatten, war so schlimm, dass er nicht mehr gehen konnte.

»Ach herrje.« Clementine sah Abbey betroffen an. Ihr ging es nicht nur darum, dass Abbey endlich Klarheit hatte, sondern auch darum, ihre eigene Neugier zu stillen.

»Dann gehen wir eben wieder, Clementine«, sagte Abbey leise. Auf der einen Seite war sie enttäuscht, weil sie umsonst all ihren Mut zusammengenommen hatte, auf der anderen war sie froh, der Realität noch ein bisschen länger ausweichen zu können. »Ich komme ein anderes Mal wieder.«

»Dr. Mead aus Burra vertritt ihn«, sagte Cindy. »Sein nächster Patient kommt erst in einer halben Stunde, ich kann Sie noch dazwischenschieben, wenn Sie möchten.«

Abbey kannte den Arzt nur dem Namen nach, weil ihr Vater ihn einmal nach einem Arbeitsunfall aufgesucht hatte.

»Ja, tun Sie das, Cindy, dann wird Miss Scottsdale eben zu Dr. Mead gehen«, erwiderte Clementine, bevor Abbey antworten konnte. »Nicht wahr, Abbey?«

Die nickte nur, weil ihr in diesem Augenblick wieder speiübel wurde. Clementine hatte Recht: Sie musste der Wahrheit ins Auge sehen.

»Soll ich mit hineingehen?«, fragte Clementine im Flüsterton. Abbey schüttelte den Kopf. »Nein, nein, nicht nötig.« Sie holte tief Luft. Im Grunde war sie froh, dass Dr. Ashbourne nicht da war. Es wäre sicherlich leichter, sich einem völlig Fremden anzuvertrauen, einem Menschen, den sie wahrscheinlich nie wiedersah.

Es war kein Zufall, dass Vernon Mead die Vertretung für Clarence Ashbourne übernommen hatte. Da Ebenezer Masons Tod ihm keine Ruhe ließ, hatte er überlegt, wie er herausfinden könnte, ob der Verstorbene sich auch bei dem Arzt in Clare Arzneien für seine Probleme besorgt hatte. Als er erfuhr, dass Dr. Ashbourne eine Vertretung suchte, hatte Vernon die günstige Gelegenheit erkannt und zugegriffen. Auf diese Weise konnte er unauffällig Clarence' Patientenakten nach Hinweisen durchsehen. Für seine eigene Praxis hatte er während seiner Abwesenheit einen jungen Arzt eingestellt. So war allen geholfen.

Vernon war erst an diesem Morgen in Clare eingetroffen, hatte also noch keine Zeit gehabt, die Akten zu studieren. Aber er hatte schon einmal einen Blick in Clarence' Medizinschrank geworfen und alle Wirkstoffe gefunden, die zum Mischen der fraglichen Arznei nötig waren.

Cindy hatte sich unterdessen Abbeys Namen notiert. Sie bat sie um einen Moment Geduld, klopfte an die Tür des Behandlungszimmers, steckte dann den Kopf hinein und meinte: »Sie haben eine Patientin, Dr. Mead. Eine Miss Abigail Scottsdale.«

Vernon wurde blass, als er diesen Namen hörte. So hatte die

junge Dame geheißen, die in Ebenezers Bett lag, als dieser starb; das wusste er von Winston. Der Butler hatte allerdings nichts von der Eheschließung gesagt. »Schicken Sie sie herein.« Vernon rechnete damit, sich einer eher ordinären Person gegenüberzusehen, die zu allem bereit war, um den ärmlichen Verhältnissen, aus denen sie stammte, zu entkommen. Er hoffte inständig, dass sie nichts von der verhängnisvollen Arznei wusste, die er Ebenezer gegeben hatte.

Abbey betrat das Behandlungszimmer mit gesenktem Kopf. Sie wäre vor Scham am liebsten im Erdboden versunken.

»Bitte nehmen Sie Platz, Miss Scottsdale.« Vernon musterte sie aufmerksam.

Abbey setzte sich auf die Kante des Stuhls vor seinem Schreibtisch. Sie hielt sich kerzengerade und wagte nicht aufzublicken.

»Was kann ich für Sie tun, Miss Scottsdale?« Sie ist auffallend schön, stellte Vernon fest. Kein Wunder, dass sie Ebenezers Begierde geweckt hat. Was aber mochte sie an ihm gefunden haben? Er war alt genug, um ihr Vater zu sein, war weder attraktiv noch besonders charmant gewesen. Außer Geld hatte er nichts zu bieten, und er trennte sich nur höchst ungern davon. Abbey machte einen so ängstlichen, fast verschüchterten Eindruck, dass Vernon sich nicht vorstellen konnte, dass sie sich freiwillig mit einem Mann wie Ebenezer eingelassen hatte. Andererseits konnte man sich in den Menschen täuschen, wie er im Lauf der Jahre gelernt hatte.

»Mir ist seit ein paar Tagen immer wieder furchtbar schlecht, und ich muss mich mehrmals am Tag übergeben«, sagte Abbey leise und stockend. Sie klammerte sich an die winzige Hoffnung, ihre Übelkeit sei vielleicht auf eine verdorbene Speise zurückzuführen. Aber sie wusste selbst, wie unwahrscheinlich das war. Sabu achtete peinlich genau auf Sauberkeit, und an frischen Lebensmitteln fehlte es auf Bungaree sicher nicht.

Vernon nickte und machte sich Notizen. »Seit ein paar Tagen, sagen Sie?«

»Ja.«
»Können Sie überhaupt noch etwas bei sich behalten?«
»Ein klein wenig, manchmal, wenn mir nicht übel ist. Aber alles schmeckt irgendwie anders.«
Vernon sah sie an. »Wie meinen Sie das? Können Sie mir das beschreiben?«
»Nun, früher zum Beispiel habe ich meinen Tee mit Milch und ohne Zucker getrunken, jetzt mag ich ihn nur noch schwarz mit zwei Löffel Zucker. Früher war ich ganz versessen auf Butter, Käse und Milch, und jetzt wird mir schon schlecht, wenn ich bloß daran denke.«
»Ich verstehe.« Vernon erhob sich und ging um seinen Schreibtisch herum. Er schaute Abbey in den Mund, befühlte die Drüsen an ihrem Hals. Er konnte nichts Ungewöhnliches feststellen. »Legen Sie sich bitte auf die Untersuchungsliege, Miss Scottsdale.«
Als Abbey sich hingelegt hatte, tastete er ihren Bauch ab, wobei er einen leichten Druck ausübte, und fragte, ob das wehtue. Abbey verneinte.
»Wann war Ihre letzte Periode, Miss Scottsdale?«
Obwohl der Arzt die Frage in sachlichem Ton gestellt hatte, war es Abbey schrecklich peinlich, darauf antworten zu müssen.
»Ich ... meine letzte Periode ist ausgeblieben«, hauchte sie, nachdem sie im Geist zum hundertsten Mal nachgerechnet hatte. Sie brachte es nicht über sich, dem Arzt in die Augen zu sehen, so sehr fürchtete sie, er könne sie verurteilen.
»Wann wäre sie eigentlich gewesen?«
»Vor ungefähr einer Woche. Aber mein Zyklus ist sehr unregelmäßig; sie kommt manchmal später.«
Der Arzt nickte. »Es tut mir leid, aber ich muss Sie das fragen – hatten Sie in den letzten vier Wochen Geschlechtsverkehr?«
Abbey schlug die Hände vors Gesicht und schluchzte bitterlich.
Vernon räusperte sich. Ihm war unbehaglich zumute. Er konnte

den Kummer der jungen Frau zwar verstehen, aber er nahm doch an, dass sie alt genug war, um die möglichen Folgen ihres Handelns zu kennen.

Nach einigen Augenblicken tupfte sich Abbey die Tränen mit Clementines Taschentuch ab und straffte sich. »Ich ... ich weiß es nicht«, wisperte sie kaum hörbar und starrte zu Boden.

Vernon schluckte schwer. Er dachte sofort an Ebenezer. »Sie wissen es nicht?«, sagte er langsam. »Wie kann das sein?« Sein lange gehegter Verdacht, Ebenezer könnte das Schlafmittel dazu verwendet haben, Frauen gefügig zu machen, kam ihm wieder in den Sinn. Er hoffte inständig, dass er sich irrte.

»Ich glaube, dass ich betäubt wurde und man mich dann ...« Abbeys Stimme war brüchig geworden. »Aber ich bin mir nicht sicher«, fuhr sie verzweifelt fort. Wieder kamen ihr die Tränen. Manchmal schien es ihr, als weine sie nur noch, seit sie ihren Vater verloren hatte und von Ebenezer Mason missbraucht worden war.

»Ich habe an dem besagten Abend nur ganz wenig Wein getrunken, trotzdem muss ich die Besinnung verloren haben. Ich kann mich nicht mehr erinnern, was in jener Nacht geschah. Das klingt weit hergeholt, ich weiß, aber es ist die Wahrheit, Doktor! Ich schwöre es.«

Vernon war schockiert, als er seinen Verdacht bestätigt fand. Ihm wurde schlecht. Wer weiß, wie viele Frauen Ebenezer auf diese Weise seinen Wünschen gefügig gemacht hat, dachte er. Und er hatte ihm die Mittel dazu geliefert!

Abbey deutete den Gesichtsausdruck des Arztes fälschlicherweise als Abscheu vor ihr. »Sie dürfen nicht schlecht von mir denken, Dr. Mead! Ich habe mich nur mit diesem Mann getroffen, weil wir etwas zu besprechen hatten. Ich hatte wirklich keine Ahnung, was er vorhatte. Niemals hätte ich geglaubt, dass er zu einer so verabscheuungswürdigen Tat fähig wäre.«

Vernon hätte es nicht für möglich gehalten, dass Ebenezer so tief sinken würde. »Ich denke ...« Er brach ab, das Sprechen fiel ihm unsagbar schwer. »Ich fürchte, Sie könnten schwanger sein, Miss Scottsdale.« Er war innerlich so aufgewühlt, dass seine Stimme rau geworden war. »Es ist zwar noch ein bisschen früh, um ganz sicher zu sein, aber die Möglichkeit besteht.«

»O Gott, nein!« Abermals schlug Abbey die Hände vors Gesicht und begann zu schluchzen.

Vernon wurde von entsetzlichen Schuldgefühlen gequält. »Bitte regen Sie sich nicht auf, Miss Scottsdale«, sagte er hilflos. Am liebsten hätte er sie um Vergebung gebeten. »Ich weiß, es ist nicht Ihre Schuld.«

Abbey nahm die Hände herunter und sah ihn erstaunt an. »Wirklich?«

Vernon wurde jetzt erst bewusst, was er gesagt hatte. Er musste vorsichtiger sein. »Äh ... ja. Ich meine, ich sehe doch, dass Sie ein anständiges Mädchen sind.« Er machte sich bittere Vorwürfe. Warum hatte er Ebenezer das Schlafmittel über einen so langen Zeitraum gegeben? Warum hatte er nicht auf seine innere Stimme gehört, die ihn wiederholt gewarnt hatte?

»Was soll ich denn jetzt bloß machen?«, flüsterte Abbey. Sie stellte sich vor, wie sie Jack und Sybil beichten musste, dass sie ein Kind von Ebenezer Mason erwartete. Wie würden sie die bestürzende Nachricht aufnehmen?

Vernon räusperte sich. »Ich vermute, dieser Mann, der Vater des Kindes, weiß nichts davon?« Natürlich wusste er die Antwort darauf, aber die junge Frau würde doch mit dieser Frage rechnen.

»Nein, und er soll es auch nie erfahren«, erwiderte Abbey nur. Der Arzt brauchte nicht alle Einzelheiten zu wissen. Sonst würde er womöglich noch erraten, um wen es sich handelte. Schließlich kannte hier jeder jeden.

Vernon erstickte fast an seinen Schuldgefühlen. »In diesem Fall, Miss Scottsdale, würde ich Ihnen vorschlagen, das Kind zur Adoption freizugeben. Ich denke, das wäre das Beste.«

»Adoption!« So weit hatte Abbey noch nicht vorausgedacht.

»Es sei denn, Sie können mit Unterstützung von Seiten der

Familie des Kindsvaters rechnen.« Vernon war der Ansicht, dass das das Mindeste war, was Heath tun könnte.

Sie sollte Heath gestehen, dass sie ein Kind von seinem Vater erwartete? Ausgeschlossen. Er würde sicher nichts mehr mit ihr zu tun haben wollen, wenn er davon erfuhr. Damit konnte sie zwar leben, aber sie wollte auf gar keinen Fall, dass er glaubte, sie hätte aus freien Stücken mit seinem Vater geschlafen. Sie reckte ihr Kinn in die Höhe. »Nein, das möchte ich nicht.«

Vernon nickte. »Ich kann Sie verstehen, Miss Scottsdale, aber – ich hoffe, Sie verzeihen mir meine Offenheit – in Ihrer Situation können Sie sich Stolz nicht leisten.«

Stolz, dachte Abbey bitter. Mein Stolz ist mir schon lange abhandengekommen.

Sie erhob sich, murmelte ein Wort des Dankes und verabschiedete sich von Vernon Mead. Wie in Trance verließ sie das Behandlungszimmer, ging an der verblüfften Clementine vorbei durch den Empfangsbereich und trat auf die Straße hinaus. Clementine lief ihr nach.

»So warten Sie doch, Abbey!« Clementine konnte sich denken, dass die Diagnose niederschmetternd gewesen war.

Abbey blieb stehen. Clementine fasste sie am Arm. »Ich habe versprochen, dass ich für Sie da sein werde. Was kann ich tun? Sagen Sie es mir!«

Abbey machte den Mund auf und wieder zu. Vor ihrem geistigen Auge tauchte Ebenezer Masons Gesicht auf. Sie mochte die Augen auch noch so fest zusammenkneifen, sein Bildnis schien sich in ihr Hirn eingebrannt zu haben. Der Gedanke, dass er sie berührt, sich an ihr vergangen hatte, rief abermals heftige Übelkeit in ihr hervor. »Ich bin entehrt«, flüsterte sie den Tränen nahe. Kein anständiger Mann würde sie jetzt auch nur ansehen. Sie dachte an die Pläne ihres Vaters, sie wohlhabend zu verheiraten. Aus und vorbei. Sie war ganz allein und schwanger. Wo sollte sie jetzt hin? Bei den Hawkers würde sie nicht bleiben können, sie wollte keine Schande über sie bringen. Zwar würde es ihren Ruf retten, wenn bekannt würde, dass sie Ebenezer Masons rechtmäßige Ehefrau war, doch auch das wollte sie nicht.

»Wir finden schon eine Lösung. Alles wird gut werden, Abbey«, tröstete Clementine.

»Das bezweifle ich«, gab Abbey bitter zurück.

»Für solche Fälle gibt es doch Einrichtungen.« Clementine dachte an ein Kloster, das möglichst weit weg von Bungaree liegen sollte.

»Einrichtungen? Sie meinen, so etwas wie ein Heim für ledige Mütter?« Abbey versuchte, es sich vorzustellen: neun Monate eingesperrt in einem dieser Häuser, über die die Leute hinter vorgehaltener Hand tuschelten, ein Baby, das man ihr gleich nach der Geburt wegnahm, und dann der Rauswurf. Sie sah sich auf der Straße stehen, heimatlos, ohne ein Dach über dem Kopf.

»Ja, genau. Hier können Sie schließlich nicht bleiben. Denken Sie doch an Ihren Ruf! Und gleich nachdem Sie«, Clementine schaute sich verstohlen um und senkte die Stimme, »Ihr Kind auf die Welt gebracht haben, wird es zur Adoption freigegeben.«

Abbey stöhnte auf und schüttelte den Kopf. »Ich kann im Moment nicht darüber nachdenken. Versprechen Sie mir, dass Sie den Hawkers nichts sagen werden, Clementine! Ich habe Ihnen mein Geheimnis anvertraut, aber Sie müssen es für sich behalten.«

»Das versteht sich doch von selbst, Abbey. Sybil wird es furchtbar unangenehm sein, dass ihre unverheiratete Gesellschafterin ein Kind erwartet, und Jack wird bestimmt entsetzt sein! Aber allzu lange werden Sie es nicht geheim halten können, das ist Ihnen doch klar?«

Abbey lief rot an. »Ich brauche ein paar Tage, um das alles zu verdauen, dann werde ich mit den Hawkers reden.« Sie holte tief Luft. Sie spürte, wie sie angestarrt wurde, so als wüssten die Leute um ihr Geheimnis und brächen den Stab über sie. Unvermittelt sah sie im Geist ihren Vater vor sich. Er wäre maßlos von ihr enttäuscht. Wieder kamen ihr die Tränen. Sie wischte sie hastig ab und nahm sich zusammen.

»So, und jetzt gehen wir zu MacAvoy's«, sagte Clementine. Abermals stöhnte Abbey laut auf. »Wozu denn? Mir ist die Lust auf diesen Tanzabend gründlich vergangen.« Sie hatte sich so darauf gefreut. Es wäre der erste Ball in ihrem Leben gewesen, aber das Schicksal hatte es anders gewollt. Und man musste kein Hellseher sein, um sich auszumalen, dass ihre trostlose Kindheit ein Freudenfest gewesen war verglichen mit dem, was sie erwartete.

»Unsinn! Sie werden mitkommen und sich amüsieren.« Jetzt, wo sie wusste, dass aus Jack und Abbey niemals ein Paar werden würde, und sie sich keine Sorgen mehr zu machen brauchte, freute sich Clementine mehr denn je darauf, Jack, Heath und Abbey zu beobachten. Sollte Jack ruhig ein bisschen leiden, wenn er Heath und Abbey zusammen sah.

»Amüsieren?« Abbey schnaubte ärgerlich. »Machen Sie Witze?« Sie konnte sich doch nicht mit Heath verabreden, wenn sie ein Kind von seinem Vater erwartete.

»Sie haben doch selbst gesagt, Sie brauchen ein paar Tage Zeit. Sie müssen sich so wie immer benehmen, sonst werden die Hawkers und alle anderen misstrauisch und fangen an, Fragen zu stellen. Tun Sie so, als ob alles in bester Ordnung wäre«, riet Clementine.

Abbey wusste, sie hatte Recht. Aber es würde ihr ihre ganze Kraft abverlangen, so zu tun, als ob alles in Ordnung wäre, wo ihre Welt völlig aus den Fugen geraten war und ihre Situation Auswirkungen auf so viele andere Menschen hatte.

Abbey trottete benommen neben Clementine her zu MacAvoy's, wo Clementine ein Kleid für sie aussuchte, weil sie selbst nicht dazu imstande war. Sie ließen ihre Einkäufe auf Sybils Namen anschreiben, so wie Sybil ihnen gesagt hatte. Anschließend gingen sie zu William's, um passende Schuhe zu finden, aber Abbey konnte an nichts anderes als an ihre missliche Lage denken. Sie fragte sich, wie sie ihr Geheimnis auch nur für die allerkürzeste Zeit für sich behalten sollte.

Auf Bungaree trieb Jack Napoleon gerade in die Koppel zu den anderen Schafböcken. Er war von den dreien, die noch gefehlt hatten, der letzte gewesen, den sie eingefangen hatten. Napoleon hatte sich unter die Schafherde eines Nachbarn gemischt. Jasper und Rex hatten fast eine halbe Stunde gebraucht, um ihn von der Herde abzusondern und nach Bungaree zurückzutreiben, weil Napoleon mehrmals mit gesenktem Kopf zum Angriff übergegangen war. Da hatte Jack erst gemerkt, was er an Max hatte. Er hätte diese Aufgabe im Nu bewältigt.

»Dass Frauen ein Gatter aber auch nie richtig zumachen können«, knurrte Elias, als er die Drahtschlinge über den Pfosten der Koppel warf.

»Die Frage ist nur, welche es nicht richtig zugemacht hat«, meinte Fred Roundtree, der neben ihm und Jack stand.

Jack sah ihn verdutzt an. »Wie meinst du das? Außer Abbey war doch keine Frau auf der Koppel.«

»Dieser Leichtsinn hätte sie ihr Leben kosten können«, grummelte Elias kopfschüttelnd.

»Miss Feeble war aber später auch noch da. Ich habe sie von meiner Unterkunft aus gesehen.«

»Später? Du meinst, sie war hier, nachdem Abbey fort war?«

»Ja, ich hab sie gesehen. Alle beide. Erst war Miss Scottsdale an der Koppel, und ein paar Minuten, nachdem sie zum Haus zurückgegangen war, kam Miss Feeble.«

»Merkwürdig«, murmelte Jack nachdenklich. »Davon hat Clementine gar nichts gesagt.« Er rief sich ihre Worte ins Gedächtnis zurück. Je länger er jetzt darüber nachdachte, desto überzeugter war er, dass sie den Verdacht absichtlich auf Abbey gelenkt hatte.

Warum hatte sie das getan?

Als Abbey und Clementine in die Teestube kamen, waren Sybils Freunde bereits gegangen.

Sybil war so gut gelaunt und aufgeregt nach dem Wiedersehen

mit ihren alten Bekannten, dass ihr nicht auffiel, wie still Abbey war. »Habt ihr etwas Hübsches gefunden?«

»Ja, zwei bildschöne Kleider und die passenden Schuhe dazu«, sagte Clementine. »Vielen Dank, dass wir alles auf Ihren Namen anschreiben durften, Sybil. Das war sehr großzügig von Ihnen.«

»Ja, vielen Dank«, sagte Abbey leise.

»Es war mir ein Vergnügen«, erwiderte Sybil vergnügt. »Die Kleider sind sicher nicht so gut wie die, die Sie nähen, Clementine.«

»Soviel ich weiß, werden sie in Adelaide geschneidert und dann hierher geschickt. Die Qualität der Nähte entspricht nicht ganz meinem Niveau, aber wahrscheinlich sehe nur ich das so.« Ihr Lächeln erstarb. »Ich habe alles verloren, alle meine Stoffe, meine Nadeln, mein ganzes Nähzeug. Ich weiß nicht, wann ich wieder anfangen kann zu schneidern. Wenigstens habe ich jetzt etwas Hübsches anzuziehen!«

»Es macht mir keinen großen Spaß mehr, für mich selbst einzukaufen, aber ich freue mich, wenn ihr Mädels euch schöne Sachen kauft!« Sybils Blicke huschten zwischen Abbey und Clementine hin und her.

Clementine spähte zu Abbey hinüber, die immer noch wie betäubt schien und vor sich hin starrte. »Wie war das Wiedersehen mit Ihren alten Freunden vom Theater?«, fragte sie, um Sybil von Abbey abzulenken.

»Oh, ganz wundervoll, ich werde euch auf dem Nachhauseweg alles darüber erzählen.« Sybil musterte Abbey besorgt. »Sie sind ganz blass, Kindchen. Ist Ihnen immer noch schlecht?«

»Es geht«, antwortete Abbey leise. Sie konnte Sybil nicht in die Augen sehen. Sie hatte sie sehr gern, was den Abschied von Bungaree noch schwerer machen würde.

»Ach, da fällt mir ein, ich hab euch noch gar nicht erzählt, dass ich Sabu künftig in der Küche helfen werde«, berichtete Sybil aufgeregt. »Stellt euch vor, er hat mir gestanden, wie hart es für ihn ist, an seinen Fastentagen für uns zu kochen.«

Wenigstens eine gute Nachricht, dachte Abbey erfreut.

»Auf den Gedanken war ich offen gestanden gar nicht gekommen«, fuhr Sybil betreten fort. »Ich habe die ganze Zeit gedacht, Sabu sei einfach nur schwierig und egoistisch.«

Von seiner Familie zu Hause in Indien hatte er offenbar noch nichts gesagt, aber immerhin hatte er einen Anfang gemacht.

»Sie wollen tatsächlich kochen, Sybil?«, fragte Clementine entgeistert. Sie hasste jede Form von Hausarbeit, und daran würde sich auch nach ihrer Hochzeit mit Jack nichts ändern. Sie würde in der Küche keinen Finger rühren, geschweige denn putzen, abstauben oder die Betten machen. Dafür gab es schließlich Dienstboten. Unweit ihres Ladens in der Hauptstraße von Clare gab es eine Fleischerei, und sie hatte die Metzgersfrau fürs Kochen und Saubermachen bezahlt, während sie selbst sich auf ihre Schneiderei konzentrierte. »Ich würde niemals einen Mann heiraten, der keine Dienstboten einstellt«, fügte sie hinzu.

Sybil war entsetzt über diese Bemerkung. Obwohl sie selbst nie eine besonders gute Hausfrau gewesen war, hatte sie immer gehofft, Jack würde eine Frau heiraten, die im Notfall mit anpacken würde, eine Frau wie Martha. »Wissen Sie, ich hätte nie geglaubt, dass ich das sage, aber ich hatte gestern, als ich mit Abbey das Mittagessen zubereitete, richtig Spaß. Wenn ich Abbey beim Kochen zusehe, wirkt alles so spielerisch leicht, und sie zaubert köstliche Mahlzeiten aus wenigen Zutaten.«

Clementine zog die Brauen hoch und zuckte verschnupft mit den Schultern.

»Kochen ist auch leicht oder sollte es wenigstens sein«, bemerkte Abbey.

Wenn nur alles im Leben so leicht wäre!, dachte sie.

Während Abbey auf der Heimfahrt kein Wort sprach, plapperte Sybil in einem fort. Vergnügt erzählte sie den beiden jungen Frauen von der Rubenstein Theatre Company, von dem Wiedersehen mit ihren drei alten Freunden, von den Stücken, die die Theatergruppe auf die Bühne gebracht hatte. Ihre Begeisterung für das Theater war ungebrochen und die Wehmut in ihrer Stimme nicht zu überhören.

Abbey hörte nur mit halbem Ohr zu. Sie musste unentwegt daran denken, wie Jack und Sybil reagieren würden, wenn sie von ihrer Schwangerschaft erführen. Der Gedanke an den bevorstehenden Abschied von den beiden schmerzte. Aber sie hatte keine Wahl. Selbst wenn Jack ihr aus Mitleid erlauben sollte, auf der Farm zu bleiben, würde sie ihm und seiner Mutter die Schande ihrer Anwesenheit ersparen. Sie beschloss, die Farm am Morgen nach dem Tanzabend zu verlassen, ohne ein Wort der Erklärung. Und Clementine würde sie das Versprechen abnehmen, ihr furchtbares Geheimnis niemals preiszugeben.

Als sie auf Bungaree angekommen waren, sagte Abbey, sie würde sich gern ein wenig hinlegen, falls Sybil nichts dagegen hätte.

»Nein, natürlich nicht, Kindchen, ruhen Sie sich ein wenig aus. Aber wenn es nicht besser wird mit diesen Übelkeitsanfällen, bestehe ich darauf, dass Sie einen Arzt aufsuchen.« Sybil hatte eine schlimme Ahnung, was die Ursache für Abbeys Unwohlsein sein könnte, doch vorläufig würde sie das für sich behalten.

Abbey warf Clementine einen erschrockenen Blick zu. »Das geht bestimmt bald wieder vorbei«, stammelte sie und lief die Treppe hinauf.

Sybil sah ihr beunruhigt nach.

»Machen Sie sich Sorgen um Abbey?«, fragte Clementine, die Sybil auf den Zahn fühlen wollte.

»Ja, ein bisschen schon.«

»Was, glauben Sie, fehlt ihr?«, forschte Clementine weiter.

»Ach, ich denke, es ist nichts Ernstes«, erwiderte Sybil ausweichend. »Und jetzt zeigen Sie mir die Kleider, die Sie gekauft haben! Ich bin schon ganz gespannt.«

Clementine war enttäuscht und verärgert, dass Sybil ihre Vermutungen für sich behielt.

Da Abbey nicht zum Abendessen herunterkam, brachte Sybil ihr einen Teller nach oben, aber Abbey bekam vor Kummer keinen Bissen herunter. Jack machte sich Vorwürfe. Er glaubte, Abbey hätte es sich sehr zu Herzen genommen, dass er ihr die Schuld an den entlaufenen Schafböcken gab. Freds Bemerkung ging ihm nicht mehr aus dem Kopf. Als er Clementine nach dem Essen einen kleinen Spaziergang im Garten vorschlug, stimmte sie sofort zu, erfreut über diese romantische Idee.

»Ein bezaubernder Abend, nicht wahr?«, sagte sie, als sie sich auf die Bank unter dem Eukalyptusbaum setzten. Das Mondlicht fiel durch die Äste und sprenkelte die Bank und das Gras ringsum silbern.

»Ja«, murmelte Jack zerstreut. Nach einer kleinen Weile drehte er sich zu ihr hin, den Ellenbogen auf die Rückenlehne gestützt, und sagte: »Ich hab gehört, dass du gestern Abend auch noch spazieren gegangen bist, Clementine.« Er sah sie prüfend an.

Clementine bekam Herzklopfen. Sie wagte nicht, Jack anzusehen.

»Du sollst bei der Koppel mit den Schafböcken gewesen sein, nachdem Abbey schon wieder im Haus war. Ist *dir* vielleicht irgendetwas Ungewöhnliches aufgefallen?«

Clementines Gedanken überschlugen sich. Weder Wilbur noch Ernie konnten sie gesehen haben, weil sie draußen auf der Weide waren. Elias war mit einer Nachricht von Sybil nach Martindale Hall geritten. Sie hatte Heath mitgeteilt, dass Abbey sich in Manoora mit ihm treffen würde. Blieb also nur einer: Fred Roundtree. Er musste sie von seiner Unterkunft aus beobachtet haben. Aber Fred war bereits nach Hause zurückgekehrt, er würde ihre Geschichte also nicht widerlegen können. »Ja, das hatte ich ganz vergessen. Ich war tatsächlich noch spazieren, aber ich bin nicht bis zur Koppel gegangen, Jack. Du weißt doch, dass ich diese stinkenden Viecher nicht ausstehen kann. Wer immer das behauptet hat, muss sich geirrt haben.«

Jack war tief enttäuscht. Er wusste, dass Clementine ihn anlog. Er hatte Fred mehrmals gefragt, ob er sich ganz sicher sei, Clementine an der Koppel gesehen zu haben, und Fred hatte bejaht. Warum sollte er so eine Geschichte erfinden? Was hätte er davon? Zum ersten Mal kam Jack der Gedanke, Clementine könnte eifersüchtig auf Abbey sein und deshalb den Verdacht auf sie gelenkt haben.

»Entschuldige mich, Clementine.« Er stand auf. »Ich muss noch etwas erledigen.« Ohne ein weiteres Wort kehrte er ins Haus zurück.

Clementine starrte ihm völlig verstört nach. Ahnte er die Wahrheit? Und wenn schon, dachte sie. Er kann nicht beweisen, dass ich das Gatter aufgemacht habe, und Abbey kann nicht beweisen, dass sie es nicht war.

Clementine lehnte sich entspannt zurück. Sobald bekannt würde, dass Abbey schwanger war, spielte das alles ohnehin keine Rolle mehr.

Jack eilte nach oben zu Abbeys Zimmer. Als sie auf sein Klopfen hin öffnete, zwickte ihn sein Gewissen, so elend sah sie aus.

»Ich wollte nur fragen, ob alles in Ordnung ist, Abbey. Ich habe mir Sorgen gemacht, als du nicht zum Essen heruntergekommen bist, und Mutter meinte, du fühltest dich nicht wohl.«

»Es geht schon wieder.« Abbey konnte ihm nicht in die Augen sehen. Ihr war furchtbar schwer ums Herz.

»Ich möchte mich bei dir entschuldigen wegen heute Morgen. Ich war todmüde und wütend.«

»Schon gut, du brauchst dich nicht zu entschuldigen. Ich weiß doch, wie wertvoll Napoleon und die anderen Böcke sind.«

Jack nickte. Hätte er nur eine Sekunde nachgedacht, hätte er erkennen müssen, wie sich die Dinge in Wirklichkeit verhielten. »Deshalb hätte ich dir auch glauben sollen, als du sagtest, du hättest das Gatter zugemacht. Du würdest es niemals offen lassen, das weiß ich. Es tut mir wirklich leid, dass ich dich so angefahren und zu Unrecht verdächtigt habe.«

Abbey verzog unwillig das Gesicht. Sie ertrug seine Entschuldigung nicht, nicht jetzt, wo sie ihm etwas schwer Wiegendes verheimlichte. »Ist das alles? Ich bin müde und würde gern zu Bett gehen.«

Verwundert und ein wenig gekränkt über ihre schroffe Antwort, stammelte Jack: »Ja. Ja, das ist alles. Entschuldige, dass ich dich gestört habe. Gute Nacht, Abbey.«

»Gute Nacht.« Sie schloss die Tür und lehnte die Stirn dagegen. Ganz fest kniff sie die Augen zusammen, um die Tränen zurückzuhalten, aber es wollte einfach nicht funktionieren.

27

Heath schäumte vor Wut, als er Sybils Nachricht las. Er bräuchte Abbey nicht abzuholen, sie werde mit Jack nach Manoora fahren, schrieb sie. Was fiel ihr ein, ihm Vorschriften zu machen! Zornig zerknüllte er das Blatt Papier. Und dass Jack auf diesen Ball ging, passte ihm auch nicht. Er konnte sich den Grund dafür schon denken: Jack wollte ein wachsames Auge auf Abbey haben. Aber er hatte die Rechnung ohne ihn gemacht. Heath war entschlossen, Abbey dazu zu bringen, ihn schnellstmöglich zu heiraten, und er wusste auch schon, wie er Jack ausschalten würde.

Abbey blieb fast den ganzen Sonntag in ihrem Zimmer. Weder bereitete sie mit Jack das Frühstück zu, wie er gehofft hatte, noch ging sie mit den Hawkers und den Feebles zur Kirche.

Zum Abendessen, das früher als gewöhnlich eingenommen wurde, kam Abbey herunter. Da er sonntags frei hatte, hatte Sabu großzügigerweise bereits am Abend zuvor einen Salat und eine Aufschnittplatte angerichtet. Nachdem er seiner Kündigung gerade noch einmal entgangen war, hatte er sich vorgenommen, sich zu bessern. Zum einen war seine Familie daheim in Indien auf seinen Lohn angewiesen, und zum anderen konnte er den Gedanken, dass Fremde in *seiner* Küche hantierten, einfach nicht ertragen.

Clementine und Sybil bestritten die Unterhaltung bei Tisch praktisch ganz allein. Abbey war einsilbig, und auch Jack war stiller als sonst. Er hatte fast den ganzen Tag draußen zugebracht, mit Max trainiert und nach den Schafböcken gesehen. Clementine hatte es klaglos hingenommen, schließlich versprach es ein aufregender Abend voller Dramen zu werden, und das würde sie reichlich entschädigen.

Abbey spürte, wie Jack sie immer wieder ansah, aber sie blickte nicht auf. Jack nahm an, dass sie immer noch böse auf ihn war. Er hätte alles dafür gegeben, könnte er die Zeiger der Uhr zurückdrehen. Und was seine Beziehung zu Clementine betraf, so glaubte er nicht, dass sie jemals wieder die gleiche sein würde.

Nach dem Essen gingen die beiden jungen Frauen nach oben, um sich umzuziehen. Clementine plapperte fröhlich und machte viel Aufheben um Abbey, ihre Garderobe und ihre Haare, und Abbey ließ es teilnahmslos über sich ergehen. Sybil lieh den beiden je eine zu ihren Kleidern passende Halskette. Clementines Kleid war dunkelblau, Abbeys tief weinrot. Die Farben unterstrichen Teint und Haarfarbe perfekt.

Unter anderen Umständen wäre Abbey außer sich gewesen vor Freude über ihr wunderschönes neues Kleid. Ihr ganzes Leben lang hatte sie immer nur die abgelegten Sachen anderer getragen. Doch ihr Geheimnis und ihre Entscheidung, am anderen Tag von Bungaree fortzugehen, lasteten auf ihr und bedrückten sie sichtlich.

»Was ist los, Abbey?«, fragte Sybil, als sie einen Augenblick allein waren. »Sie haben doch irgendetwas. Ich habe das Gefühl, Sie freuen sich überhaupt nicht auf den Abend, dabei sehen Sie einfach hinreißend aus.«

»Es ist nur... Sie sind so schrecklich nett zu mir, Mrs. Hawker«, murmelte Abbey und kämpfte gegen die Tränen an. »Ich weiß nicht, wie ich Ihnen jemals dafür danken soll.«

»Ach, Unsinn, Kindchen! Ich habe Ihnen zu danken. Ohne Sie wäre ich eine einsame, verbitterte alte Frau geworden. Ich weiß, es war nicht leicht mit mir, bevor Sie hierherkamen. Fragen Sie nur den armen Jack, der meine Launen ertragen musste! Mir graute davor, morgens aufzustehen. Aber seit Sie da sind, ist alles anders. Ich liebe meine Söhne sehr, aber ich habe mir immer eine Tochter gewünscht, und Sie sind mir so ans Herz gewachsen, Abbey, dass ich Sie fast schon als die Tochter betrachte, die ich nie hatte.«

Sybils Worte rührten Abbey zutiefst. Am liebsten wäre sie ihr in die Arme gesunken und hätte ihr alles gebeichtet. Aber sie traute sich nicht. Sybil hatte etwas Besseres verdient. Sie hatte ihr gezeigt, wie es sein musste, eine liebende, fürsorgliche Mutter zu haben. Sollte sie es ihr danken, indem sie ihr gestand, dass sie schwanger war?

»Ich werde nie vergessen, was Sie für mich getan haben, Mrs. Hawker«, flüsterte sie mit brüchiger Stimme.

Nun war es Sybil, die tief bewegt war. Das arme Ding, dachte sie. Sicher vermisst sie nicht nur ihren Vater, sondern auch ihre Mutter. Sie nahm Abbey spontan in die Arme und küsste sie liebevoll auf die Wange. Abbey biss sich auf die Unterlippe. Vielleicht sollte sie reinen Tisch machen, Sybil, die so verständnisvoll und gütig war, alles gestehen.

»Mrs. Hawker, ich muss Ihnen ...«, begann Abbey, aber in diesem Moment kam Clementine fröhlich plappernd ins Zimmer zurück.

»Ja, Abbey? Was wollten Sie sagen?«

»Ach, nicht so wichtig«, murmelte sie. »Das kann warten.« Über Sybils Schulter hinweg sah sie, wie Clementine ihr einen warnenden Blick zuwarf und den Kopf schüttelte. Sie hatte Angst, Sybil könnte Mitleid mit Abbey haben und ihr helfen, anstatt sie hinauszuwerfen. Und dann würde möglicherweise auch Jack sich erbarmen.

»Sind Sie sicher?« Sybil sah sie forschend an.

Abbey nickte.

»Gut, dann werde ich euch jetzt alleinlassen, damit ihr euch fertig machen könnt.« An der Tür drehte sich Sybil noch einmal um. »Ich freue mich schon auf morgen, wenn ihr mir alles über den heutigen Abend erzählt!«

Als sie außer Hörweite war, raunte Clementine: »Wollten Sie

Sybil etwa alles gestehen? Das hätte ihr das Herz gebrochen! Tun Sie das ja nicht!«

»Nein, nein«, erwiderte Abbey, ohne aufzublicken. Sie musste Clementines Urteil vertrauen, schließlich kannte sie Sybil besser als sie.

Als Jack und Tom vor dem Haus auf die beiden jungen Frauen warteten, rollte eine elegante Kutsche heran. Der Kutscher hielt neben Jacks Buggy. Als Jack das protzige M auf der Tür sah, konnte er sich schon denken, wer den Wagen geschickt hatte. Wut stieg in ihm auf.

»Guten Tag«, sagte der Kutscher. »Mein Name ist Alfie Holbrook. Master Heath schickt mich, ich soll Miss Scottsdale abholen.« Er kletterte vom Kutschbock.

»Meine Mutter hat Mr. Mason doch mitgeteilt, dass Miss Scottsdale mit uns nach Manoora fahren wird«, entgegnete Jack ungehalten. Es war typisch für Heath, die Nachricht einfach zu ignorieren. »Ich fürchte, Sie haben den weiten Weg umsonst gemacht.«

»Davon weiß ich nichts, Sir, ich folge nur meinen Anweisungen.« Heath hatte Alfie darauf vorbereitet, dass er auf Widerstand stoßen würde, und ihm eingeschärft, Bungaree nicht ohne Abbey zu verlassen.

Abbey und Clementine befanden sich noch im oberen Stock, als sie Stimmen vor dem Haus hörten. Sie schauten aus dem Fenster. Abbey erkannte Alfie sofort.

»Ich geh besser hinunter und seh nach, was da los ist.«

»Wir treffen uns beim Tanz«, rief Clementine ihr nach. Sie freute sich diebisch, dass Heath sich über die Wünsche der Hawkers hinweggesetzt und seine Kutsche geschickt hatte. Das zeugte von Mut und Stehvermögen. Clementine rieb sich die Hände. Das würde ein unterhaltsamer Abend werden.

Jack forderte Alfie gerade zum dritten Mal auf, er solle verschwinden, als Abbey aus der Tür trat. Alarmiert von dem Wortwechsel war inzwischen auch Elias herbeigeeilt.

Alfie, anscheinend unbeeindruckt von der Übermacht, der er sich gegenübersah, stand neben der geöffneten Wagentür. Abbey hastete zur Kutsche.

»Das ist schon in Ordnung, Jack, wir sehen uns dann in Manoora«, sagte sie mit einer beschwichtigenden Geste.

»Mutter hat Heath doch mitgeteilt, dass du mit uns fahren wirst«, gab er zornig zurück.

»Ja, ich weiß, das ist sicher nur ein Missverständnis.«

»Ein Missverständnis? Dass ich nicht lache!«, fauchte Jack. Heath, dieser überhebliche Lackaffe, hatte das geschickt eingefädelt.

»Reg dich nicht auf. Wir sehen uns später!« Um die Auseinandersetzung zu beenden, stieg Abbey schnell ein. Alfie schloss den Wagenschlag und kletterte behände auf den Kutschbock. Als er die Kutsche wendete, schaute Abbey aus dem Fenster. Jack kochte vor Wut, sie konnte es ihm ansehen. Clementine, gefolgt von Sybil, kam gerade die Stufen herunter. Sie war die Einzige, die tat, als ob nichts wäre, während die anderen fassungslose Gesichter machten, als sie Heath Masons Kutsche hinterherblickten.

Abbey war im Grunde froh, allein nach Manoora fahren zu können. In ihrer gedrückten Stimmung war ihr ohnehin nicht zum Reden zumute. Sie lehnte sich gegen die lederbezogene, elegante Bank und starrte aus dem Fenster.

Die Kutsche holperte über die Straße und wirbelte Staubwolken auf. Die Sonne ging hinter den fernen Hügeln unter, Schafe weideten auf den Wiesen zwischen Eukalyptusbäumen. Es wurde rasch dunkel. Abbey dachte an jenen Abend zurück, an dem sie ebenfalls in dieser Kutsche gesessen und Alfie sie nach Martindale Hall gefahren hatte. Sie hatte geglaubt, mit der Zeit über das schreckliche Erlebnis in jener Nacht hinwegzukommen, doch

jetzt hatte es ganz den Anschein, als hätte sie den Rest ihres Lebens die Folgen zu tragen.
Sie dachte an die Tage, die vor ihr lagen. Wahrscheinlich würde sie nach Adelaide gehen. Für Heath wäre ihr plötzliches Verschwinden sicherlich genauso unerklärlich wie für Jack und Sybil. Doch das war die beste Lösung. Sie würde in einem Heim für ledige Mütter unterkommen und nach der Entbindung ein neues Leben beginnen. Sie wusste noch nicht, wo das sein würde, aber sie hatte ja noch ein paar Monate Zeit, um sich darüber klar zu werden. Wohin es sie auch verschlagen würde, sie würde niemals vergessen, was die Hawkers für sie getan hatten. Sie würde Jack niemals vergessen.

Abbey verlor jedes Zeitgefühl, während sie ihren Gedanken nachhing und die Schatten der Bäume vorbeihuschen sah. Dunkelheit hatte sich über das Land gelegt. Da sie noch nie in Manoora gewesen war, wusste sie nicht, wie weit es bis dorthin war. Irgendwann konnte sie die Umrisse von Häusern erkennen. Sie beugte sich vor und schaute aus dem Fenster, als sie gerade an einer Gemischtwarenhandlung vorbeikamen. Wenn sie nicht alles täuschte, war das die Hauptstraße von Mintaro, durch die sie fuhren.

Sie hatten die Stadt noch nicht lange hinter sich gelassen, als die Kutsche ihre Fahrt verlangsamte und abbog. Abbey schaute abermals aus dem Fenster. Sie fuhren durch ein schmiedeeisernes Tor eine Auffahrt hinauf, dann an einer Remise vorbei. Abbey schnappte erschrocken nach Luft. Sie befanden sich auf Martindale!

»Alfie, was wollen wir denn hier?«, rief sie.

Der Kutscher antwortete nicht. Abbey kämpfte gegen die aufsteigende Panik an. Sicher würden sie nur Heath abholen und dann nach Manoora weiterfahren.

Als die Kutsche vor dem Herrensitz hielt, sprang Alfie vom Kutschbock und öffnete den Wagenschlag.

»Was machen wir hier, Alfie?«, fragte Abbey noch einmal.

»Mr. Mason erwartet Sie, Miss Scottsdale.«

»Was heißt, er erwartet mich?« Abbey sah den Kutscher verblüfft an, stieg dann jedoch aus. »Wir wollen doch zum Tanz nach Manoora!«

»Davon weiß ich nichts, Miss. Ich habe den Befehl erhalten, die Kutsche in die Remise zu fahren und auf weitere Anweisungen zu warten.«

»Das kann nicht sein, Alfie. Bitte warten Sie hier, es muss sich um ein Missverständnis handeln, ich werde das schnell klären.« Als Abbey unten an der Treppe stand, die von den Laternen auf beiden Seiten beleuchtet wurde, und am Haus hinaufblickte, wurde ihr schlecht, und sie bekam Herzklopfen. Schmerzhafte Erinnerungen stiegen in ihr auf. Sie holte tief Luft und zwang sich zur Ruhe. Nein, sie würde dieses Haus nicht noch einmal betreten. Zu viel war hier geschehen. Dinge, die ihr ganzes Leben verändert hatten. Heath würde schon herauskommen müssen, wenn er mit ihr zum Tanz wollte.

Sie straffte sich, drehte sich um und ging zurück zur Kutsche. »Ich werde dieses Haus nicht betreten«, sagte sie mit fester Stimme.

In diesem Moment hörte sie jemanden ihren Namen rufen. War das nicht Heath? Abbey konnte ihn aber nicht sehen, und die Haustür war geschlossen.

»Hier oben, Abbey!«

Sie blickte zum Dach hinauf. Heath stand oben und winkte ihr zu. Ein entsetzlicher Gedanke durchfuhr sie. Hatte er sie etwa kommen lassen, weil sie mit ansehen sollte, wie er in die Tiefe sprang?

»Kommen Sie rauf, Abbey!«

Sie schüttelte den Kopf. »Nein, das werde ich nicht tun«, rief sie. »Und Sie sollten sich lieber nicht so weit über das Geländer lehnen!« Das Ganze gefiel ihr überhaupt nicht.

»Bitte, Abbey«, sagte er mit schmeichelnder Stimme. »Ich habe eine Überraschung für Sie.« Sie konnte mehr hören als sehen, dass er lächelte.

Obwohl sie neugierig geworden war, blieb sie fest. »Nein, Heath. Kommen Sie endlich herunter!«

»*Bitte*, Abbey! Ich flehe Sie an! Ich habe mir solche Mühe gegeben. Und alles nur Ihretwegen!«

Wovon redet er nur?, fragte Abbey sich stirnrunzelnd. Plötzlich vernahm sie Musik. Geigenklänge.

»Nun kommen Sie schon, Abbey! Lassen Sie mich nicht länger warten.«

Abbey war hin- und hergerissen. Sie wollte nicht nachgeben, aber zu guter Letzt siegte ihre Neugier. Sie seufzte und ging die Außentreppe hinauf. Noch bevor sie die Tür erreicht hatte, wurde diese geöffnet. Winston stand vor ihr. Wieder beschlich Abbey das unheimliche Gefühl, dies alles schon einmal erlebt zu haben – und es war ein Albtraum gewesen.

»Guten Abend, Miss Scottsdale«, sagte Winston mit Grabesstimme und sah sie an, aber sie konnte seinen Gesichtsausdruck nicht deuten.

»Guten Abend«, erwiderte Abbey leise. »Mr. Mason ist auf dem Dach?«

»Ja, Miss Scottsdale, er erwartet Sie bereits.« Als die sichtlich nervöse junge Frau zögerte, fügte er beruhigend hinzu: »Gehen Sie nur, Miss, es ist alles in Ordnung.« Sein Gewissen regte sich, als er an ihren ersten nächtlichen Besuch dachte.

Obwohl sie es sich selbst nicht erklären konnte, glaubte Abbey ihm. Ihr war, als huschte ein Ausdruck des Bedauerns über Winstons Gesicht, und sie fragte sich, ob der alte Mason ihn gar nicht in seine Pläne eingeweiht hatte. Überrascht hätte sie das nicht. Der Butler machte einen vernünftigen, vertrauenswürdigen Eindruck. Er wirkte nicht wie jemand, der sich an einer böswilligen Intrige beteiligte. Dennoch war Abbey auf der Hut.

Winston ging voraus, die Treppe hinauf, einen Flur entlang zur Rückseite des Hauses, wo eine weitere Treppe zum Dach hinaufführte. Dort trat er zur Seite und bedeutete Abbey weiterzugehen.

Als sie durch die Tür auf das Dach trat, blieb sie wie angewurzelt stehen.

Unzählige Kerzen säumten die Dachterrasse und tauchten sie in ein weiches goldenes Licht. Ein festlich gedeckter Tisch samt Kerzenleuchtern und zwei Stühlen stand in der Mitte, dekoriert mit Blütenblättern. Der Duft von gebratenem Hähnchen stieg Abbey in die Nase, was ihrem empfindlichen Magen gar nicht behagte.

Heath stand neben dem Tisch und lächelte. Er sah in seinem dunklen Anzug umwerfend aus.

Abbey nahm aus dem Augenwinkel eine Bewegung wahr und wandte den Kopf. Ein Geiger stand dort. Es war, was sie nicht wissen konnte, Mrs. Hendys Bruder. Abbey musste zugeben, dass Heath sich in der Tat große Mühe gegeben hatte, aber sie war alles andere als glücklich über die romantische Atmosphäre, die er bewusst geschaffen hatte.

»Heath, was soll das alles?«, sagte sie mit leisem Vorwurf.

Er ging auf sie zu, ergriff ihre Hand und küsste sie galant. »Guten Abend, Abbey. Gefällt es Ihnen? Wunderschön, nicht wahr?« Selbstgefällig und stolz deutete er auf die Szenerie.

Als Abbey ihm ihre Hand entziehen wollte, hielt er sie fest. Er ging auf den Tisch zu. Widerstrebend folgte sie ihm.

»Ja, sehr hübsch«, murmelte sie. »Wir wollten doch nach Manoora zum Tanz, Heath.«

»Das hier ist doch viel besser, Abbey. Nur wir zwei, ganz allein, bei Kerzenschein und Musik«, säuselte er.

Abbey dachte an Jack, Tom und Clementine, die in Manoora auf sie warteten. »Jack und die anderen werden sich fragen, wo ich bleibe, und sich Sorgen machen«, gab sie zu bedenken. Als Jacks Name fiel, flog ein Schatten über Heath' Gesicht, ein feindseliger Ausdruck verzerrte seine attraktiven Züge. Abbey überlief es kalt. Ihr kam der Gedanke, Heath könnte diese Intrige eingefädelt und nie die Absicht gehabt haben, mit ihr den Ball in Manoora zu besuchen. Zum ersten Mal sah sie in ihm seines Vaters Sohn. Eine würgende Angst befiel Abbey, doch sie versuchte, es sich nicht anmerken zu lassen.

»Wir sollten uns auf den Weg nach Manoora machen, Heath. Es ist schon spät.« Er hatte ihre Hand losgelassen, und sie wich ein paar Schritte zurück.

»Setzen Sie sich, Abbey«, erwiderte er, als hätte er sie nicht gehört. »Die Köchin hat etwas ganz Besonderes für uns gekocht.«

»Danke, ich habe schon gegessen.«

Heath ging zu ihr, nahm sie bei der Hand und führte sie an den Tisch. Abbey hielt es für klüger, sich nicht zu widersetzen. Als sie Platz genommen hatte, schenkte Heath ihr ein Glas Wein ein. Wieder stieg eine quälende Erinnerung in ihr empor.

»Heath, ich weiß den ganzen Aufwand wirklich zu schätzen«, begann sie sanft, jedoch bestimmt, »aber...«

»Möchten Sie tanzen, Abbey? Das Essen wird noch ein wenig länger warm bleiben.«

»Nein, Heath. Sie haben mich nicht ausreden lassen. Ich wollte sagen, dass ich gern auf den Ball in Manoora gehen würde.«

Heath lenkte zum Schein ein. »Na schön. Aber lassen Sie uns vorher wenigstens eine Kleinigkeit essen.«

Abbey beobachtete ihn. Er schien in einer eigenartigen Stimmung. »Danke, aber ich habe wirklich keinen Hunger.«

»Ich habe das alles hier nur für Sie arrangiert, Abbey. Können Sie mir nicht die Freude machen und es genießen?«

Obwohl sie spürte, dass er verärgert war, sagte sie: »Heath, ich verstehe offen gestanden nicht, was Sie damit bezwecken. Ich meine, wir waren uns doch einig gewesen, dass wir nur Freunde sein wollten...«

»Ich hab's ja versucht, Abbey, aber ich kann es nicht. Abbey, ich glaube, ich habe mich in Sie verliebt«, fügte er nach einer bedeutungsvollen Pause hinzu, wobei er sie schmachtend ansah.

Abbey erschrak. Sie dachte sofort an das Kind, das sie erwartete. »Heath, so etwas dürfen Sie nicht sagen!«

»Aber es ist die Wahrheit. Und die Wahrheit soll man aussprechen. Wir würden gut zusammenpassen, Abbey.«
Sie wandte das Gesicht ab, damit er ihre bestürzte Miene nicht sah.
»Das alles könnte Ihnen gehören«, fuhr er mit einer ausholenden Handbewegung fort. Er war sicher, dass sie der Versuchung, Herrin von Martindale Hall zu sein, nicht widerstehen könnte.
»Nein, das wird niemals geschehen«, flüsterte Abbey.
»Warum sagen Sie so etwas? Warum wehren Sie sich gegen Ihre Gefühle, anstatt sie zuzulassen? Ich liebe Sie, und ich weiß, dass Sie sich in mich verlieben könnten, wenn Sie Ihren inneren Widerstand aufgäben.«
Sie senkte den Blick. »Ich kann mich nicht in Sie verlieben«, wisperte sie.
»Und warum nicht? Wegen Jack?«, brauste er auf. »Sind Sie in ihn verliebt?« Er würde niemals zulassen, dass Jack seine Pläne zunichtemachte.
»Das hat nichts mit Jack zu tun, Heath«, sagte Abbey. Sie fühlte sich plötzlich erschöpft. Die Belastungen gingen nicht spurlos an ihr vorbei. Sie merkte, wie sie sie seelisch auslaugten. Sie hatte nur noch einen Wunsch: das alles hinter sich zu lassen. Abbey stand auf, trat an die Brüstung und blickte in die Nacht hinaus. Die fernen Hügel zeichneten sich im schwachen Mondlicht nur als weiche Konturen ab. Über ihr funkelten Millionen Sterne am Nachthimmel.
Heath entließ den Geigenspieler mit einem Fingerschnippen und ging zu Abbey.
»Du wirst doch nicht zulassen, dass das, was mein Vater getan hat, zwischen uns tritt, Abbey?« Heath' Stimme klang Furcht einflößend. Das klappte nicht so reibungslos, wie er gehofft hatte, und allmählich verlor er die Geduld.
»Was geschehen ist, kann man nicht mehr ungeschehen machen«, entgegnete sie und dachte an das Baby. »Nie mehr.«
»Die Zeit heilt alle Wunden, Abbey.«

Sie wandte sich ihm zu. »Nicht alle, Heath. Ich kann nicht. Sie müssen das akzeptieren.«

»Niemals! Ich habe in dir die Frau gefunden, die ich heiraten möchte. Es ist mir egal, dass du mit meinem Vater verheiratet warst. Das war nur eine Nacht, und jetzt ist er tot. Eine solche Ehe zählt für mich nicht.«

Sie senkte den Kopf. Es ärgerte sie, wie Heath das alles herunterspielte, als ob es völlig bedeutungslos wäre. »Sie müssen die Wahrheit erfahren, Heath. Ihr Vater hat sich an mir vergangen. Er hat mich mit einem Schlafmittel betäubt, und dann hat er mich missbraucht.«

Heath machte ein bestürztes Gesicht. »Das kann doch nicht... Wieso bist du dir so sicher?« Er streifte sie mit einem flüchtigen Blick, der sie vor Abscheu schaudern ließ.

»Ich weiß es einfach.«

Heath machte den Mund auf und wieder zu. Er sah seine schönen Pläne zerstört, seine Hoffnungen schwinden. »Ich kann damit... ich meine, wir können das doch einfach vergessen«, stammelte er. »Das ist Vergangenheit!«

Abbey wusste, was er damit andeuten wollte: Er könne darüber hinwegsehen, dass sie nicht mehr unberührt war. Sie hatte das seltsame Gefühl, dass es nicht Liebe war, die ihn dazu veranlasste.

»Ich kann es nicht vergessen«, erwiderte sie grimmig. »Niemals.« Sie wandte sich ab.

»Aber du musst, Abbey! Ich weiß, es muss furchtbar gewesen sein, aber du musst damit abschließen.«

»Du hast ja keine Ahnung«, stieß sie rau hervor. Kummer und Schmerz schnürten ihr die Kehle zu.

»Du darfst nicht zulassen, dass die Vergangenheit deinem zukünftigen Glück im Wege steht«, beschwor Heath sie. »Und ich kann dich glücklich machen, Abbey! Gib mir eine Chance, damit ich es dir beweisen kann.«

Abbey schüttelte den Kopf. »Du kannst nicht ungeschehen machen, was dein Vater getan hat, Heath. Niemand kann das.«

»Doch, ich bin sicher, dass ich das kann! Du musst mir nur die Gelegenheit dazu geben«, bettelte er erneut.

Was bildete er sich eigentlich ein? Er wusste doch nichts von der grausamen Wahrheit. Abbey konnte ihre Wut nicht mehr zügeln. »Ich erwarte ein Kind von deinem Vater«, schleuderte sie ihm entgegen und bereute es im gleichen Augenblick. Doch jetzt war es zu spät. »Glaubst du immer noch, dass du das in Ordnung bringen kannst?«

Heath war zurückgezuckt, als hätte sie ihn geohrfeigt. Er starrte sie mit weit aufgerissenen Augen an, während sein Verstand zu verarbeiten versuchte, was sie gerade gesagt hatte. Sie erwartete ein Kind von seinem Vater. Das bedeutete, dass es einen weiteren Erben geben würde. »Nein!«, schrie er. »Du kannst nicht schwanger sein!«

»Es ist aber so.« Abbey lief rot an.

Heath drehte sich um und wankte zum Tisch. Er packte die Weinflasche und nahm ein paar kräftige Schlucke. Plötzlich holte er aus und wischte mit einer Armbewegung alles vom Tisch. Gläser, Teller, die Schüsseln mit den Speisen flogen herunter und zerbrachen in tausend Scherben. Soße spritzte auf Abbeys neues Kleid.

Abbey, die sich seinen Wutausbruch nicht erklären konnte, zitterte am ganzen Körper. Sie spürte instinktiv, dass sie in großer Gefahr schwebte. Nach einem Augenblick löste sie sich aus ihrer Erstarrung und lief zur Tür, aber Heath, der aus dem Augenwinkel ihre Bewegung wahrgenommen hatte, war schneller. Er versperrte ihr den Weg. Blinder Hass spiegelte sich in seinem Gesicht.

Jack war außer sich vor Wut. In halsbrecherischer Fahrt polterte der Buggy über die Straße nach Manoora. Clementine, die hinten saß und sich festklammerte, weil sie fürchtete, herausgeschleudert zu werden, bangte um ihr Leben.

Vor dem Tanzsaal in Manoora angekommen sprang Jack vom Einspänner herunter und suchte die Straße mit den Augen nach

Heath' Kutsche ab, konnte sie aber nirgends entdecken. Er lief hinein. Der Saal war bereits gut gefüllt. Jack bahnte sich einen Weg durch die Menge und hielt verzweifelt nach Abbey Ausschau. Tom und Clementine folgten ihm.

»Wo ist Abbey? Ich kann sie nirgends sehen«, sagte Jack besorgt.

»Sie wird schon irgendwo sein«, meinte Clementine gleichgültig. »Reg dich nicht auf.«

»Ich soll mich nicht aufregen, nachdem Heath' Kutscher sie praktisch entführt hat?«

Clementine konnte ihren Ärger nur mühsam unterdrücken. »Findest du nicht, dass du ein bisschen übertreibst?«

»Nein, das finde ich nicht. Ich werde mich draußen ein wenig umsehen.« Schon eilte Jack zur Tür.

Clementine wandte sich Tom zu. »Sag mal, hast du nicht auch das Gefühl, dass dein Bruder nicht mehr ganz bei Sinnen ist, oder geht es nur mir so?«, fragte sie sarkastisch.

»Seine Sorge scheint mir schon ein wenig übertrieben.« Tom verstand nicht, weshalb Jack glaubte, Abbey könne in Gefahr sein. »Möchtest du auch einen Drink? Nach der Höllenfahrt hierher könnte ich einen vertragen.«

»Ja, gern. Aber einen starken!« Sie gingen zur Bar.

Jack ging draußen noch einmal von Pferdewagen zu Pferdewagen. Heath' Kutsche war nicht dabei. Er erkundigte sich bei den Kutschern, ob einer von ihnen Alfie Holbrook von Martindale Hall gesehen hatte. Die meisten verneinten. Doch dann sagte einer:

»Ich glaube, ich habe ihn in der Nähe von Mintaro überholt. Es war jedenfalls so eine große, elegante Karosse wie die vom alten Mason.«

»Das muss er gewesen sein«, sagte Jack aufgeregt. »War er auf dem Weg hierher?«

»Ich glaube, er ist hinter Mintaro abgebogen in Richtung Martindale Hall, aber ich kann es nicht mit Sicherheit sagen.«

Jack ballte grimmig die Fäuste. Eine böse Ahnung stieg in ihm auf. Er dachte an Ebenezer Mason und daran, was er Abbey angetan hatte. Er war überzeugt, dass sie sich in größter Gefahr befand.

Er stürmte zurück in den Tanzsaal, wo Clementine und Tom sich mit ihren Drinks einen Tisch gesucht hatten. Eine Musikkapelle spielte, viele Paare befanden sich bereits auf der Tanzfläche.

»Ich werde nach Martindale Hall fahren.« Jack musste fast schreien, um die Musik zu übertönen.

»Aber wieso denn?« Clementine guckte ihn fassungslos an.

»Weil ich glaube, dass Masons Kutscher Abbey dorthin gebracht hat.«

»Wie kommst du darauf?«, fragte Tom.

Jack berichtete, was er draußen erfahren hatte, und fügte hinzu: »Hätten sie Heath nur dort abgeholt, wären sie längst hier.«

»Was geht dich das an?«, fragte Clementine gereizt. »Warum zerbrichst du dir den Kopf darüber? Können wir uns nicht einfach amüsieren?«

»Ich muss Abbey suchen.« Jack wandte sich um und ging.

Clementine sprang zornig auf und folgte ihm. Draußen vor der Tür holte sie ein. »Jack, warte!«

Er drehte sich um. »Sobald ich Abbey gefunden habe, komme ich hierher zurück.«

»Was zum Teufel ist eigentlich los mit dir, Jack?«, fauchte sie. »Abbey ist eine erwachsene Frau. Was kümmert es dich, mit wem sie sich trifft? Wenn sie eine Beziehung mit Heath eingehen möchte, dann soll sie es doch tun.«

»Eine Beziehung? Nach allem, was sein Vater ihr angetan hat, wird sie ganz sicher keine Beziehung mit Heath eingehen«, fuhr Jack auf. Er bereute seine Worte sofort, doch er erkannte an Clementines Reaktion, dass er ihr nichts Neues erzählte.

»Abbey ist alt genug, soll sie doch selbst entscheiden, mit wem sie sich einlassen will«, stieß Clementine gepresst hervor. Allmählich verlor sie die Geduld.

»Ich weiß selbst, dass sie alt genug ist«, brauste Jack auf.
»Dann vergiss sie endlich! Du bist mit mir hier, also tanz gefälligst auch mit mir.«
Jack schüttelte den Kopf. »Abbey könnte in großer Gefahr sein.«
»Wovon redest du denn da? Heath ist ein attraktiver Mann, jede Frau in diesem Saal würde sich um ihn reißen. Und jetzt komm endlich, lass uns tanzen.«
»Nein, verdammt noch mal.« Es ärgerte ihn, dass Clementine Partei für Heath ergriff. »Erst muss ich Abbey suchen.«
»Abbey, Abbey, Abbey! Ich kann es nicht mehr hören! Bist du in sie verliebt, dass du dich so um sie sorgst?«
Jack zuckte zusammen. »Und du, bist du so eifersüchtig auf sie, dass du das Gatter aufgemacht und den Verdacht auf Abbey gelenkt hast?«
»Mach dich doch nicht lächerlich!«, zischte sie. »Warum sollte ich eifersüchtig auf jemanden sein, der mit Ebenezer Mason geschlafen hat und jetzt ein Kind von ihm erwartet!«
Alles Blut wich aus Jacks Gesicht. »Was sagst du da?«
»Du hast richtig gehört. Sie erwartet ein Kind von Ebenezer Mason.« Clementine weidete sich an seinem Entsetzen.
»Du lügst! Genau wie du in der Sache mit dem Gatter gelogen hast.« Abbey hätte sich ihm oder wenigstens Sybil doch anvertraut.
Es kränkte Clementine, dass er sie attackierte und nicht über Abbey herzog, wie sie erwartet hatte. »Nein, ich lüge nicht! Ich war dabei, als Abbey in Clare beim Arzt war. Ich weiß genau, was ich sage.«
Jack wirkte wie betäubt. Plötzlich machte Abbeys sonderbares Benehmen, ihre Reserviertheit, Sinn.
»Vergiss sie, Jack«, sagte Clementine beschwörend. »Sie wird nur Schande über dich und deine Mutter bringen.«
»Sie hat dir erzählt, was der alte Mason ihr angetan hat?«
»Ja.« Clementine machte eine wegwerfende Handbewegung.

»Eine bedauerliche Geschichte, aber sie hätte eben nicht allein zu ihm gehen sollen.«

Jack starrte sie an, fassungslos über so viel Gefühlskälte und Herzlosigkeit. Wieso war ihm dieser erschreckende Mangel an Mitgefühl nicht schon früher aufgefallen? »Sie ist zu ihm gegangen, weil sie eine Entschädigung für den Tod ihres Vaters, der bei einem Grubenunglück ums Leben kam, mit ihm aushandeln wollte. Sie hatte nicht die geringste Ahnung, was der Alte im Schilde führte. Sie trägt keine Schuld an dem, was passiert ist, Clementine.«

»Und wenn schon! Das ist doch nicht dein Problem, oder?«

»Abbey ist meine Angestellte, und ich werde ihr helfen, so gut ich kann. Ich bin sicher, meine Mutter sieht das ganz genauso. Sie mag Abbey sehr gern.«

Clementine fiel aus allen Wolken. Anstatt sich voller Abscheu von Abbey abzuwenden, wie sie gehofft hatte, wollte er ihr helfen! Sie hatte das Gefühl, einen Fremden vor sich zu haben. Anscheinend kannte sie Jack doch nicht so gut, wie sie gedacht hatte. »Ihr werdet keine Gelegenheit bekommen, ihr zu helfen, Jack. Sie wird die Farm morgen verlassen.« Sie hatte keine Skrupel, das Abbey gegebene Versprechen zu brechen.

»Was?«

»Ja, sie hat es mir selbst gesagt«, fügte sie voller Genugtuung hinzu. »Und ich finde, das ist für alle das Beste. Wir sollten an unsere gemeinsame Zukunft denken, Jack, an das Leben, das wir miteinander haben werden, und Abigail Scottsdale vergessen.«

»Wir haben keine gemeinsame Zukunft, Clementine«, sagte Jack müde. Er hatte die halbe Nacht wach gelegen und darüber nachgedacht.

Clementine zuckte sichtlich zusammen. »Was meinst du damit? Wir haben doch viele Male über unsere Zukunft gesprochen.«

»Ja, das ist richtig, aber in den letzten Tagen ist mir klar geworden, dass wir nicht zusammenpassen. Ein Leben auf einer Farm ist nichts für dich, Clementine. Ich glaube, das weißt du selbst am besten.«

Sie starrte ihn einen Augenblick an, erst bestürzt, dann hasserfüllt. Plötzlich holte sie aus und schlug ihm mit der flachen Hand ins Gesicht.

Eine Sekunde lang funkelten sie einander grimmig an.

Clementines Lippen bebten vor Wut. »Was fällt dir ein?«, zischte sie in ohnmächtigem Zorn. »Wie kannst du es wagen, mich einfach wegzuwerfen, wie etwas, das nicht mehr gut genug für dich ist?«

Jack waren die Augen aufgegangen. Er sah sie so, wie sie wirklich war. Er schüttelte den Kopf und sagte langsam: »Weißt du, mir ist etwas klar geworden. Ich habe erkannt, was für eine selbstsüchtige, herzlose Person du bist. Außerdem hast du mich belogen, nur um Abbey zu verletzen, und das finde ich unverzeihlich. Ich glaube, ich habe etwas Besseres verdient, Clementine.«

Jack ließ sie stehen und ging ohne ein weiteres Wort davon.

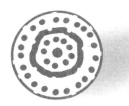

28

»Das kann nicht wahr sein!«, brüllte Heath, sich mit beiden Händen den Kopf haltend, als litte er Höllenqualen. Abbey war vor Angst wie versteinert. »Ich möchte jetzt gehen«, brachte sie mühsam heraus. Heath stand zwischen ihr und der Tür und blockierte ihr ihren einzigen Fluchtweg.

»Mein Vater hat mir mein ganzes Leben kaputt gemacht!«, schrie Heath. Abbey starrte ihn fassungslos an. Wie konnte er so einen Unsinn reden! »*Dein* Leben?« Wut packte sie. »Es ist *mein* Leben, das er zerstört hat! Ich bin schwanger und werde bald obdachlos sein!«

»Obdachlos!« Heath stieß ein irres Gelächter aus. Als er sich beruhigt hatte, funkelte er sie finster an. »Du hast doch alles!«, schleuderte er ihr hasserfüllt entgegen. »Und alles nur wegen einem dummen Stück Papier und einer lächerlichen Formulierung!«

Abbey, die keine Ahnung hatte, wovon Heath sprach, fürchtete, er hätte den Verstand verloren. »Ich weiß nicht, was du meinst«, stammelte sie.

»Das kann ich nicht zulassen!«, stieß er aus. Die Augen traten ihm fast aus den Höhlen, sein Gesicht war hochrot. »Ich werde nicht zulassen, dass du oder dieser Balg«, er zeigte auf ihren Bauch, »bekommt, was mir zusteht. Ich werde mir von dir nicht mein Erbe wegnehmen lassen!«

Abbey verstand überhaupt nichts mehr, aber es war offensichtlich, dass er sich von ihr und dem Kind bedroht fühlte. Unwillkürlich legte sie schützend eine Hand auf ihren Bauch. Trotz ihrer namenlosen Angst zwang sie sich zur Ruhe. »Heath, ich will nichts von dem, was dir zusteht. Ich werde morgen von hier fortgehen. Hörst du? Ich habe nicht die Absicht, dir irgendetwas wegzunehmen.«

»Das sagst du jetzt«, fauchte er. »Aber wenn du wüsstest, dass mein Vater dir das alles hier hinterlassen hat«, sagte er mit einer weit ausholenden Armbewegung, »Würdest du anders darüber denken! Erzähl mir nicht, dass du dein Erbe ohne weiteres aufgeben würdest!«

»Dein Vater und ich waren gerade mal ein paar Stunden verheiratet, Heath. Du glaubst doch nicht im Ernst, dass er mir seinen Besitz hinterlassen hat?«

»Nicht dir im Besonderen, und dennoch fällt alles dir zu! Was für eine bittere Ironie des Lebens!«

Abbey schüttelte den Kopf. »Du redest wirres Zeug, Heath.«

»Schön, dann werde ich mich klarer ausdrücken. Meredith, die zweite Frau meines Vaters, überredete ihn, sein Testament dahingehend zu ändern, dass sein ganzer Besitz an seine Ehefrau übergeht. Das Testament ist nach wie vor gültig, und jetzt bist du diese Ehefrau!« Seine Stimme zitterte vor Hass und Verbitterung.

Abbey hatte es die Sprache verschlagen. »Das ... das kann doch nicht sein«, stieß sie atemlos hervor.

»O doch, es ist so, glaub mir. Edward Martin, der Anwalt meines Vaters, hat es mir mitgeteilt.«

Abbey schluckte schwer. Wollte er damit sagen, dass Martindale Hall, unzählige Hektar Land, die Monster Mine und weiß der Himmel was noch alles jetzt ihr gehörten?

Heath beobachtete, wie ihr Gesichtsausdruck sich veränderte, wie die Bestürzung langsam einem ungläubigen, beseelten Staunen wich, als ihr klar wurde, dass sie eine reiche Frau war. Das schürte seinen Zorn erst recht. »Ich habe dafür gesorgt, dass Meredith mir nicht mein Erbe wegnimmt, und ich werde auch nicht zulassen, dass du mir in die Quere kommst oder dieser Balg«, sagte er in einem Ton, der Abbey einen kalten Schauer über den Rücken jagte. »Es tut mir leid, dass es so enden muss, Abbey. Ich hätte dich geheiratet. Wir hätten ein angenehmes Leben miteinander haben können.«

Abbey sah Heath in die Augen, und was sie erkannte, waren Wahnsinn und Mordlust. Ihr Herz begann zu rasen, die Angst schnürte ihr den Atem ab. »Ich will dein Erbe nicht, Heath, ich schwöre es! Bitte lass mich gehen«, flehte sie. »Ich verzichte auf meine Ansprüche, ich unterschreibe alles, was du willst, und ich verspreche dir, du wirst mich nie wiedersehen. Aber bitte tu mir nichts! Lass mich gehen!«

Er schüttelte den Kopf. »Das Risiko kann ich nicht eingehen, Abbey.«

Sie wich zurück, aber er kam drohend auf sie zu.

»Heath, bitte!«, wimmerte sie atemlos. Das Blut rauschte ihr in den Ohren, sie fürchtete, in Ohnmacht zu fallen.

»Es tut mir leid, Abbey. Es tut mir wirklich leid. Du bist wunderschön, aber nicht so schön, dass ich dir deswegen überlassen würde, was mir zusteht.«

»Das musst du auch nicht«, stammelte sie.

In Furcht einflößender Haltung drängte Heath sie weiter zurück. Plötzlich prallte sie gegen das Geländer. Er hatte sie in die Enge getrieben. Für einen Sekundenbruchteil spähte sie über ihre Schulter, und ihr stockte das Herz vor Entsetzen, als sie in die Tiefe blickte.

»Heath, ich flehe dich an! Mach keine Dummheiten!«

Langsam bewegte er sich weiter auf sie zu. Abbey machte den Mund auf, um zu schreien, brachte aber nur einen erstickten Laut hervor.

In diesem Moment schnellte Heath vor. Abbey duckte sich instinktiv und schlang die Arme um seine Beine. Er packte sie grob und versuchte sie hochzureißen, doch sie klammerte sich mit aller Kraft fest und kreischte: »Nein, Heath! Nein, nicht! Hör auf!«

Er brach ihr fast die Finger, als er versuchte, sich aus ihrer Umklammerung zu lösen, aber sie krallte sich fest und schrie weiter.

»Du hast es so gewollt«, keuchte er. »Es hätte nicht so weit kommen müssen, du hast es selbst so gewollt.«

»Master Heath!« Es war Winston, der auf Abbeys Geschrei hin heraufgeeilt war. Er stand da, Mund und Augen weit aufgesperrt, und konnte nicht fassen, was er sah.

Heath' Kopf fuhr herum.

»Helfen Sie mir, Winston!«, rief Abbey. Sie ließ Heath los und wollte sich aufrappeln, um zu dem Butler zu laufen, doch schon hatte Heath sie geschnappt. Er hob sie hoch und versuchte, sie über das Geländer zu stoßen. Abbey wehrte sich heftig. Ihre Todesangst verlieh ihr ungeahnte Kräfte. Mit einer Hand krallte sie sich an Heath fest, mit der anderen umklammerte sie das Geländer. Winston eilte, so schnell seine arthritischen Knochen es erlaubten, herbei. Er packte Heath' Arm und riss ihn zurück.

Heath gelang es nicht, ihn abzuschütteln. Da ließ er Abbey los, drehte sich um und stieß den Butler wutentbrannt von sich. Winston taumelte zurück, verlor das Gleichgewicht und stürzte. Er stöhnte kurz auf, dann rührte er sich nicht mehr.

Heath ging von neuem auf Abbey los. Sie starrte entsetzt auf den Butler, der leblos am Boden lag. Hatte Heath ihn getötet?

Erst als Heath abermals ihre Arme packte, kam wieder Leben in Abbey. »Aufhören!«, schrie sie mit überschnappender Stimme. »Das ist doch Wahnsinn! Komm endlich zu dir, Heath!«

»Du wirst mir nicht nehmen, was mir gehört«, zischte er, während er sie mit seinem ganzen Gewicht gegen das Geländer drückte und gleichzeitig hochzuheben versuchte.

Plötzlich hörte Abbey ein merkwürdiges Ächzen. Im nächsten Augenblick spürte sie, wie das Geländer, das in einer verwitterten Steinbalustrade verankert war, nachgab. Wilde Panik erfasste sie. Im Geist sah sie sich mitsamt Heath zu Tode stürzen.

»Das Geländer, Heath!«, kreischte sie hysterisch. »Hör auf! Aufhören!«

Heath achtete nicht auf sie. Ein irrer Ausdruck lag auf seinem Gesicht. Abbey vernahm ein bedrohliches Knacken. Das Geländer konnte dem Druck nicht mehr standhalten und brach aus dem bröckelnden Stein.

Eine Sekunde lang versuchten die beiden miteinander Ringenden verzweifelt, das Gleichgewicht wiederzufinden. Heath stieß Abbey zur Seite, um sich in Sicherheit zu bringen, stolperte und prallte gegen die Balustrade. Knirschend gab sie nach und brach vom Dach weg. Mit den Armen rudernd, die Augen vor Entsetzen weit aufgerissen, hing Heath noch einen Sekundenbruchteil in der Luft, ehe er schreiend in die Tiefe stürzte.

Abbey lehnte an dem Teil der Steinmauer, die noch stand, und starrte ihm mit angstgeweiteten Augen nach. In diesem Augenblick gab auch der Rest der Brüstung nach. Abbeys Hände tasteten vergeblich nach einem Halt.

Sie schloss mit ihrem Leben ab.

Jack jagte wie ein Wahnsinniger auf Martindale Hall zu. Das Tor an der Auffahrt war geschlossen. Er zügelte sein Pferd, ließ den Buggy stehen und rannte zum Haus. Abbeys Schreie hörte er schon von weitem. Als er das Haus fast erreicht hatte, fiel sein Blick nach oben, und er sah Heath, der mit Abbey kämpfte. Panisch hetzte er zur Vordertür, aber sie war verschlossen. Er lief ums Haus herum und fand auf der Rückseite eine offene Tür. Im Haus stieß er auf ein völlig verstörtes Dienstmädchen.

»Wie komme ich aufs Dach?«, schrie er. Sie starrte ihn nur an und sagte kein Wort. Jack packte sie an den Schultern und schüttelte sie.

»Führen Sie mich hin, schnell!«

Das Dienstmädchen löste sich aus ihrer Erstarrung und wies ihm den Weg. Jack jagte die Treppen hinauf und stieß die Tür zum Dach auf. Er hörte Heath schreien, konnte ihn aber nirgends entdecken. In diesem Moment sah er Abbey. Sie warf die Arme in die Luft und suchte nach etwas, an dem sie sich festhalten konnte.

Jack zögerte nicht eine Sekunde. Er hechtete auf die gegenüberliegende Seite, packte Abbeys Fuß und ihren Rock und zerrte sie zurück aufs Dach.

Keuchend lagen sie einen Moment reglos da, unfähig auch nur ein Wort zu sagen. Jack kam als Erster zu sich. Langsam rappelte er sich auf die Knie und zog Abbey fest an sich. Sie zitterte am ganzen Körper und begann heftig zu schluchzen.

»Keine Angst, du bist in Sicherheit«, flüsterte er beruhigend und wiegte sie in seinen Armen. »Ist ja gut, jetzt kann dir nichts mehr passieren.«

In diesem Moment kam Winston stöhnend zu sich. Langsam richtete er sich auf und betastete seinen Hinterkopf. Er spürte Blut an seinen Fingern kleben. Dann fiel sein Blick auf die Lücke in der Balustrade, wo das Mauerwerk herausgebrochen war. Ihm stockte das Herz vor Entsetzen. »Wo ist Master Heath?«, stammelte er.

Jack schüttelte nur den Kopf. Da wusste Winston, was geschehen war. Ein Glück, dass die junge Frau nicht auch zu Tode gekommen ist, dachte er.

Plötzlich schrie Abbey auf. Sie krümmte sich und fasste sich an den Bauch.

»Abbey! Was hast du denn?«, fragte Jack.

»Das ... Baby«, ächzte sie und wimmerte vor Angst und Schmerz.

Jack war wie vom Donner gerührt. Clementine hatte also zumindest in diesem Punkt die Wahrheit gesagt.

Winston stand mühsam auf. »Ich werde Alfie sagen, er soll sofort den Doktor holen!«

Drei Stunden später hatte Philip Boxborough, der junge Arzt aus Burra, Abbey untersucht. Jack hatte sie in eines der Schlafzimmer im ersten Stock von Martindale Hall getragen.

»Wussten Sie, dass Sie schwanger sind?«

»Ja, seit gestern Morgen.«

»Es tut mir sehr leid, aber Sie haben das Kind verloren«, sagte der Arzt bedauernd. Er hatte auch Abbeys zahlreiche Verletzungen untersucht.

Obwohl sie insgeheim schon mit dieser Diagnose gerechnet hatte, stimmte die Nachricht sie dennoch unendlich traurig.

»Es tut mir sehr leid, Miss Scottsdale«, fuhr der Arzt fort, als er ihre betroffene Miene sah. »Aber nach allem, was Sie durchgemacht haben, ist das kein Wunder.« Winston und Jack hatten ihm in knappen Worten geschildert, was geschehen war, und er hatte Heath' leblosen Körper untersucht und seinen Tod bestätigt. »Sie müssen ein paar Tage strenge Bettruhe halten. Versprechen Sie mir das?«

»Ja, Doktor«, murmelte Abbey traurig.

Er musterte sie einen Augenblick. Sie war bemerkenswert gefasst, aber er fürchtete, dass sie noch unter Schock stand und es eine Weile dauern würde, bis ihr alles richtig zu Bewusstsein kam. »Lassen Sie es mich sofort wissen, falls es Ihnen in den nächsten Tagen schlechter gehen sollte.«

Abbey nickte.

Es klopfte. Mrs. Hendy und Louise, das Dienstmädchen, brachten den Tee, den sie auf Anordnung des Arztes für Abbey zubereitet hatten. Sie wussten von Winston, was geschehen war, auch was sich in jener Nacht, als Abbey Ebenezer Masons Opfer geworden war, zugetragen hatte. Die beiden Frauen waren zutiefst bestürzt und hatten Abbey in den vergangenen zwei Stunden rührend umsorgt.

Der Arzt verließ das Zimmer und trat auf Jack zu, der im Flur nervös auf und ab gegangen war.

»Wie geht es ihr, Doktor?«

»Es tut mir sehr leid, aber sie hat das Kind verloren«, antwortete Philip Boxborough in der Annahme, Jack sei der Vater.

»Wie nimmt sie es auf?«, fragte Jack besorgt.

»Sehr gefasst, aber ich fürchte, ihr Zustand kann sich verschlechtern. Im Moment steht sie noch unter Schock, aber wer weiß, wie sie reagieren wird, wenn ihr alles zu Bewusstsein kommt. Sie können mich jederzeit rufen, falls eine Veränderung eintritt.«

»Ich danke Ihnen, Doktor. Es tut mir leid, dass Sie den weiten Weg von Burra hierher machen mussten, aber Dr. Ashbourne geht es im Moment wohl nicht sehr gut, und seine Vertretung konnten wir nicht finden.«

»Sie meinen Dr. Vernon Mead, nehme ich an. Ich vertrete ihn zurzeit in Burra«, erwiderte Philip ernst.

»Oh.« Jack fand diese Regelung ein bisschen umständlich, sagte aber nichts.

»Er hat mich gefragt, ob ich seine Praxis übernehmen könnte, solange er selbst Dr. Ashbourne in Clare vertritt«, erklärte Philip.

»Ich verstehe. Dr. Mead muss einen Hausbesuch gemacht haben, als wir den Kutscher nach ihm schickten.«

Der junge Arzt räusperte sich. »Nein, leider nicht.«

»Wie meinen Sie das?«

»Nun, ich ... ich fürchte, das wird ein weiterer Schock für Sie sein, Mr. Hawker, aber ...« Er senkte die Stimme zu einem Flüstern. »Dr. Mead ist tot.«

»Was?« Jack machte ein erschrockenes Gesicht.

Philip Boxborough warf einen Blick in Abbeys Zimmer. Louise hatte ihr die weichen Kissen aufgeschüttelt und Mrs. Hendy ihr den heißen Tee gereicht. Der Arzt zog Jack ein Stück zur Seite. »Er hat gestern Abend Selbstmord begangen.«

Jack war wie vom Donner gerührt. »Das ... das kann doch nicht sein!«

»Leider doch. Er hat anscheinend einen kurzen Abschiedsbrief hinterlassen, in dem er sich die Schuld am Tod des alten Mr. Mason gibt. Er könne nicht länger mit dieser Schuld leben.«

»Das verstehe ich nicht«, stammelte Jack fassungslos. »Ich dachte, der alte Mason sei an Herzversagen gestorben.«

»Dr. Mead hat offenbar geglaubt, dass eine Arznei, die er ihm gab, zu seinem Tod geführt hat. Kurz bevor er sich das Leben nahm, ließ er dem Anwalt der Familie Mason, einem Mr. Martin, seinen Abschiedsbrief zukommen. Mr. Martin setzte sich mit mir in Verbindung, weil in dem Brief einige Medikamente erwähnt waren, die Dr. Mead in seiner Praxis aufbewahrte.« Der junge Arzt zog seine Taschenuhr heraus. Es war weit nach Mitternacht. »Mr. Martin wird sicher heute noch vorbeikommen, um Heath Mason über die Angelegenheit zu informieren. Ich werde auf dem Heimweg bei ihm vorbeischauen und ihm mitteilen, was geschehen ist.«

Jack nickte. »Was werden Sie als Todesursache auf dem Totenschein eintragen, Doktor?«

Der Arzt dachte kurz nach. »Nun, es war ein Unglücksfall mit tödlichem Ausgang. Unfalltod ist daher angemessen, denke ich.«

Louise und Mrs. Hendy kamen aus dem Zimmer. Jack bedankte sich noch einmal bei dem jungen Arzt, der sich verabschiedete, und ging dann zu Abbey hinein.

»Ich wollte nur noch einmal kurz nach dir sehen«, sagte er zärtlich. Er beschloss, ihr vorerst nichts von Dr. Meads Selbstmord zu sagen, sie hatte in den letzten Stunden schon genug durchgemacht. »Versuch, ein wenig zu schlafen.«

»Ich würde ja gern, aber ich glaube, ich kann nicht«, murmelte Abbey. »Mir geht so viel im Kopf herum.«

»Kein Wunder, nach dieser grauenvollen Nacht.«

»Du hast mir das Leben gerettet, Jack. Wenn du nicht gewesen wärst, wäre ich jetzt nicht hier«, wisperte sie mit Tränen in den Augen.

»Ich hatte solche Angst, ich würde es nicht mehr rechtzeitig schaffen.« Ihm war fast das Herz stehen geblieben, als er die Auffahrt hinaufgerannt war und beobachtet hatte, wie Heath sie über das Geländer zu stoßen versuchte. Er hatte hinaufgebrüllt, aber Abbeys gellende Entsetzensschreie hatten alles übertönt.

Abbey dachte an das unschuldige Kind, das sie verloren hatte. Traurigkeit legte sich wie ein dickes schwarzes Tuch über sie. Obwohl sie das kleine Wesen nur so kurze Zeit in sich getragen hatte, spürte sie eine seltsame, verzweifelte Leere. »Ich habe das Kind verloren«, flüsterte sie mit tränenerstickter Stimme. »Ich hätte es dir sagen sollen, aber ich habe mich so geschämt.« Sie drehte den Kopf zum Fenster.

Jack legte seine Hand auf ihre, die sich eiskalt anfühlte. »Was der alte Mason dir angetan hat, war nicht deine Schuld, Abbey. Ich wünschte nur, du hättest mir vertraut. Ich hätte alles getan, um dir zu helfen, und meine Mutter genauso.«

Das sagt er jetzt, weil er Mitleid mit mir hat, dachte Abbey. Clementines Worte klangen ihr noch im Ohr. Doch sie erwiderte nichts. Eine bleierne Müdigkeit überkam sie, und sie machte die Augen zu. Sekunden später war sie eingeschlafen.

Jack wachte bis zum Morgengrauen an Abbeys Bett. Dann stand er leise auf, schlich aus dem Zimmer und ging hinunter. Er sehnte sich nach einer Tasse Tee. In der Tür zur Küche blieb er erstaunt stehen. Winston saß am Tisch, allein, einen Verband um den Kopf. Anscheinend war er die ganze Nacht auf gewesen. Er hatte sich noch nicht einmal umgezogen.

Jack setzte sich zu ihm. Der Butler musste über siebzig sein, in diesem Alter verkraftete man schreckliche Ereignisse wie die der vergangenen Stunden nicht mehr so leicht. »Warum sind Sie nicht ins Bett gegangen, Winston? Sie hätten sich ausruhen sollen.«

»Ich habe auf den Leichenbestatter gewartet, Sir. Er kam mit seinem Helfer vor ungefähr einer Stunde.«

»So früh schon? Ich hätte ihn eigentlich erst später erwartet.« Jack hatte Heath' Leichnam gemeinsam mit dem jungen Arzt ins Haus getragen und im Wohnzimmer auf ein Sofa gebettet, während Alfie nach Clare geritten war, um Sergeant Brown und den Bestatter zu benachrichtigen.

»Alfie hat ihn gebeten, so schnell wie möglich herzukommen, Sir. Schon um Miss Scottsdales willen. Nach allem, was Mr. Mason ihr angetan hat, wollte ich nicht, dass er länger als unbedingt nötig hier im Haus bleibt.«

»Das war sehr rücksichtsvoll von Ihnen, Winston. War Sergeant Brown auch schon da?«

»Nein, Sir. Er wird im Lauf des Vormittags herkommen.«

Jack legte dem Butler eine Hand auf die Schulter. »Wie geht es Ihnen, Winston?«, fragte er. Der alte Herr sah reichlich mitgenommen aus.

»Mir brummt der Schädel.« Winston befühlte seinen Hinterkopf, wo er eine hühnereigroße Beule hatte.

Jack streifte die Flasche Rum auf dem Tisch mit einem flüchtigen Blick. Möglicherweise war der Alkohol nicht ganz schuldlos an Winstons Kopfschmerzen. »Hat der Arzt Sie untersucht?«

»Nein, ich habe ihm gesagt, das ist nicht nötig. Wie geht es Miss Scottsdale?«

»Sie schläft. Das ist im Moment das Beste für sie.«

Winston nickte. »Ja, das denke ich auch, Sir.«

»Ich kann immer noch nicht glauben, dass Heath tatsächlich versucht hat, sie umzubringen.« Der Gedanke ließ Jack keine Ruhe. Er beschäftigte ihn so sehr, dass er Clementine und Tom, die in Manoora festsaßen, vollkommen vergessen hatte. Obwohl er vermutet hatte, Heath könnte einige der wenig ehrenwerten Züge seines Vaters geerbt haben, hätte er doch niemals gedacht, dass er zu so einer Tat fähig war. Jäh durchfuhr ihn ein Gedanke. »Sie glauben doch nicht, ich hätte Heath hinuntergestoßen, oder, Winston?«

»Nein, Sir, ich bin sicher, dass Sie so etwas nicht tun würden«, erwiderte der Butler, ohne zu zögern. Ein sorgenvoller Ausdruck legte sich auf sein Gesicht. Er druckste ein wenig herum, dann sagte er leise: »Ich hatte immer den Verdacht, dass der junge Master oben auf dem Dach war, als seine Stiefmutter zu Tode stürzte.« Er hatte nie mit einer Menschenseele darüber gesprochen, aber dieses Wissen belastete ihn, und er musste sich jemandem anvertrauen. Jack spürte es, deshalb erwiderte er nichts, sondern hörte nur schweigend zu.

»Meredith war eine willensstarke junge Dame«, fuhr der Butler fort. »Sie wusste genau, was sie wollte, und sie hatte nicht den geringsten Grund, sich das Leben zu nehmen.«

»Sie hatte es bestimmt nicht leicht mit einem Mann wie Ebenezer«, bemerkte Jack. Er traute dem alten Mason durchaus zu, dass er seine junge Frau sowohl seelisch als auch körperlich gequält und ihr das Leben zur Hölle gemacht hatte.

»Das ist richtig, aber Meredith wusste, wie sie ihn zu nehmen hatte, und ob Sie es glauben oder nicht, Mr. Mason behandelte sie gut.« Die Frage war nur, wie lange das gut gegangen wäre; vielleicht nur so lange, bis sie ihm den ersehnten Erben geboren hätte, dachte Winston. Dann sprach er weiter. »Sie wickelte ihn buchstäblich um den Finger, und sie genoss das Leben im Wohlstand, das er ihr bieten konnte.« Er machte wieder eine nachdenkliche Pause. »Nach dem, was ich heute Nacht erlebt habe, frage ich mich, ob der junge Master Meredith nicht vom Dach gestoßen hat. Hätte ich nicht mit meinen eigenen Augen gesehen, wie er sich aufgeführt hat, ich hätte es nie für möglich gehalten.« Als treu ergebener Diener widerstrebte es ihm sichtlich, sich so über seine Herrschaften zu äußern. Aber wenn er darüber nachdachte, fand er, die beiden Masons hatten seine Loyalität wirklich nicht verdient. »Kurz bevor Meredith ums Leben kam, hatte sie im Wohnzimmer einen fürchterlichen Streit mit Heath. Der alte Mr. Mason war zu dem Zeitpunkt außer Haus. Sie stritten sich um sein Geld, wie ich trotz geschlossener Tür hören konnte. Zu guter Letzt trumpfte Meredith damit auf, dass Mr. Mason sie als seine Erbin eingesetzt habe. Heath war verständlicherweise außer sich vor Wut. Meredith verließ das Wohnzimmer und ging aufs Dach hinauf. Das tat sie oft, weil sie die Aussicht so wunderschön fand. Heath erklärte später, er sei erst hinaufgegangen, nachdem sie gesprungen sei. Angeblich hatte er sich bei ihr entschuldigen wollen. Aber keiner von den Dienstboten hat ihn in den Minuten vor Meredith' Tod hier unten gesehen.«

Jack schwieg nachdenklich. Er goss einen Schluck Rum in

seinen Tee und sagte dann: »Vielleicht sollten Sie das alles dem Constable erzählen, Winston.«

»Wozu? Heath ist tot, man kann ihn nicht mehr zur Rechenschaft ziehen.«

»Das nicht, aber für Meredith' Familie wäre der Verlust vielleicht leichter zu verkraften, wenn sie wüsste, dass die junge Frau nicht freiwillig aus dem Leben geschieden ist.«

Winston, dem dieser Gedanke noch gar nicht in den Sinn gekommen war, nickte. »Da haben Sie gar nicht so Unrecht, Sir.«

Die Sonne stand noch nicht sehr hoch am Himmel, als es am Haupteingang klopfte. Winston öffnete. Edward Martin stand vor der Tür. Erstaunt musterte er den Butler mit seinem Kopfverband und der beschmutzten Kleidung. Philip Boxborough hatte ihn nur darüber informiert, dass Heath zu Tode gestürzt war, ohne jedoch auf Einzelheiten einzugehen.

»Wenn Sie mir bitte ins Wohnzimmer folgen würden, Sir. Darf ich Ihnen eine Tasse Tee bringen?«

»Sehr gern, Winston, danke.«

Mrs. Hendy, die den Wortwechsel mit angehört hatte, bot an, den Tee zu kochen. Winston ging unterdessen mit Edward Martin ins Wohnzimmer, Jack gesellte sich zu ihnen. Gemeinsam mit Winston erzählte er, welche Tragödie sich in der Nacht im Herrenhaus abgespielt hatte.

Edward war tief erschüttert. Minutenlang rang er nach Fassung. Schließlich fragte er: »Ist Miss Scottsdale noch im Haus?«

Jack nickte. »Ja, oben. Sie schläft.«

»Ich muss sie unbedingt sprechen.«

»Kann das nicht warten? Sie braucht Ruhe. Der Arzt hat gemeint, sie soll jede Aufregung vermeiden.«

»Nein, Jack, es kann nicht warten. Was ich ihr zu sagen habe, ist sehr wichtig.« Edward wünschte, er hätte es bereits früher getan. Dann wäre Heath vielleicht noch am Leben.

Abbey schreckte mit klopfendem Herzen und schweißgebadet aus dem Schlaf hoch. Sie hatte einen schrecklichen Albtraum gehabt: Sie hatte geträumt, dass Heath sie mit ihrem Baby im Arm vom Dach gestoßen hatte. Noch im Fallen war sie vor Angst aufgewacht.

Im ersten Moment wusste Abbey nicht, wo sie war, doch dann erinnerte sie sich wieder. Schlagartig fiel ihr auch das furchtbare Erlebnis vom Abend zuvor wieder ein. Als sie sich ein wenig beruhigt hatte, stand sie auf, warf sich den Morgenmantel über, den Mrs. Hendy ihr dagelassen hatte, und ging nach unten.

»Dr. Boxborough sagte mir, der Arzt des alten Mason, Vernon Mead, hätte sich das Leben genommen«, wandte sich Jack an Edward. »Stimmt das?«

»Leider ja. Als ich die Nachricht erhielt, in der Dr. Mead seinen Selbstmord ankündigte, habe ich sofort den Constable verständigt. Aber als wir zu Dr. Meads Haus kamen, war es bereits zu spät.«

Abbey war auf dem Weg in die Küche gewesen, um sich etwas zu trinken zu holen. Als sie Edward Martins Worte hörte, stockten ihre Schritte. Langsam ging sie zum Wohnzimmer, wo sie in der Tür stehen blieb. Jack bemerkte sie als Erster.

»Abbey! Du sollst doch im Bett bleiben.«

Sie sah Edward betroffen an. »Habe ich das richtig verstanden? Dr. Mead hat Selbstmord verübt?«

»Ja, das ist richtig«, bestätigte der Anwalt. »Miss Scottsdale, nehme ich an?«

Abbey nickte zerstreut. Sie sah Jack an. »Ich war Samstagmorgen in seiner Praxis in Clare. Dr. Mead hatte die Vertretung für Dr. Ashbourne übernommen.« Sie blickte an sich herunter und legte unwillkürlich die Hand auf ihren Bauch.

Jack begriff. Sie hatte eine Erklärung verdient. An Edward gewandt sagte er: »Dr. Boxborough meinte, Dr. Mead fühle sich schuldig an Ebenezer Masons Tod.«

»Ja, so ist es.« Edward nickte. »Er hatte Ebenezer eine Arznei gegeben für… ein gewisses Problem.« Er räusperte sich. »Dr. Mead war zu dem Schluss gekommen, dass dieses Mittel organische Schäden verursacht haben musste.« Edward machte ein betretenes Gesicht, als er mit einem Blick auf Abbey fortfuhr: »Darüber hinaus gibt er sich die Schuld dafür, was Ebenezer Ihnen und anderen Frauen angetan hat.«

»Ich fürchte, ich verstehe nicht ganz«, sagte Abbey.

»Dr. Mead hat Ebenezer ein Schlafmittel gegeben, das dieser offenbar dazu benutzte, um sich Frauen gefügig zu machen.« Edward starrte auf seine Schuhe. »Dr. Mead ahnte wohl schon eine ganze Weile etwas, aber erst vor ein paar Tagen erlangte er Gewissheit darüber. Mit dieser Schuld konnte er nicht leben.«

Abbey sank auf das Sofa. Sie war wie betäubt. Sie rief sich ihr Gespräch mit Dr. Mead ins Gedächtnis zurück. Jetzt wurde ihr einiges klar. Daher also seine Beteuerung, er wisse, dass sie keine Schuld träfe und dass sie ein anständiges Mädchen sei! Weil er es gewesen war, der Ebenezer die Mittel geliefert hatte, sich an ihr zu vergehen. Wie konnte ein Mensch moralisch so tief sinken?

»Dr. Mead nahm doch eine Obduktion vor, er teilte dem jungen Mr. Mason mit, sein Vater sei an Herzversagen gestorben«, warf Winston ein.

Wieder nickte Edward. »Todesursache war tatsächlich Herzversagen, das hat er in seinem Abschiedsbrief bestätigt, aber vermutlich haben die Arzneien, die er Ebenezer gab, dessen Herz erst so schwer geschädigt.«

»Und wenn er sich nun geirrt hat?«, sinnierte Jack. Der Tod von Dr. Mead war ein schwerer Schlag für die Gemeinde.

Edward hob hilflos die Hände. »Wie auch immer, er litt offenbar Gewissensqualen und wusste keinen anderen Ausweg mehr als den Tod.« Ein betroffenes Schweigen entstand. Nach einer Weile wandte sich Edward Abbey zu. »Ich weiß, dass das alles ein furchtbarer Schock für Sie sein muss und Sie einen schrecklichen Albtraum erlebt haben, aber ich muss dringend eine geschäftliche

Angelegenheit mit Ihnen besprechen, Miss Scottsdale. Fühlen Sie sich dazu in der Lage?«

Abbey schaute benommen auf. »Ja, ich denke schon«, murmelte sie vage.

»Vielleicht solltest du dich lieber noch ein wenig ausruhen, Abbey«, sagte Jack. »Diese Angelegenheit kann sicher noch warten.«

»Nein, Jack. Heath hat einige sehr seltsame Dinge gesagt, für die ich gern eine Erklärung hätte.«

»Gut.« Edward nickte. »Hat er das Testament seines Vaters erwähnt?«

»Ja, aber er hat völlig wirres Zeug geredet. Zumindest kam es mir so vor.«

»Nun, ich denke, ich kann das aufklären. Ebenezer hat ein Testament aufgesetzt, das seit Jahren nicht geändert wurde. Darin vermacht er seiner Ehefrau seinen gesamten Besitz.«

»Das hat Heath erwähnt, ja«, warf Abbey ein.

»Die Ehefrau wird aber nicht namentlich genannt, und da er an seinem Todestag Sie geheiratet hat und Sie folglich seine rechtmäßige Ehefrau sind, fällt sein gesamter Besitz Ihnen zu.«

Abbey schnappte hörbar nach Luft. »Kein Wunder, dass Heath außer sich war«, murmelte sie.

»Wollen Sie damit sagen, dass dieses Haus hier und die Mine jetzt Abbey gehören?«, fragte Jack, dem es einen Augenblick die Sprache verschlagen hatte.

»So ist es«, bestätigte Edward. »Ebenezer besaß ein beträchtliches Vermögen: Ländereien, einen ansehnlichen Viehbestand, verschiedene Cottages, von denen einige verpachtet sind, Barvermögen, Geschäfte und Häuser in der Stadt und natürlich die Monster Mine.«

Jack schüttelte benommen den Kopf. »Ich nehme an, Heath hat seit dem Tod seines Vaters davon gewusst.« Jetzt war ihm klar, wieso er völlig durchgedreht war.

»Richtig. Es wäre eine Untertreibung zu sagen, dass er nicht gerade erfreut war. Er glaubte, er sei nach Meredith' Tod der alleinige Erbe. Das wäre er auch gewesen, hätte Ebenezer sich nicht noch einmal verheiratet.«

Jack streifte Winston mit einem Seitenblick. Dem Butler war sichtlich unbehaglich zumute. Nachdem er mit eigenen Augen beobachtet hatte, wie Heath Abbey versucht hatte zu töten, verstärkte sich sein Verdacht, dass er Meredith vom Dach gestoßen hatte. Das Testament seines Vaters war ein überzeugendes Motiv für diese Tat. Jack wandte sich Edward zu. »Hat Heath irgendetwas über seine Absichten angedeutet?«

»Wie meinen Sie das?«, fragte Edward, um Zeit zu gewinnen. Er hielt es nicht unbedingt für ratsam zuzugeben, dass er in Heath' Pläne eingeweiht war.

»Nun, ich kann mir nicht vorstellen, dass er zu Ihnen gegangen ist und angekündigt hat, Abbey umzubringen, aber nachdem er anfangs sehr aggressiv und feindselig ihr gegenüber war, machte er zu meinem großen Erstaunen plötzlich eine Kehrtwendung und war wie ausgewechselt.«

»Hat er mich deshalb heiraten wollen?«, fragte Abbey und sah Edward an. »Damit er durch eine Eheschließung ganz legal in den Besitz der Erbschaft gelangt?«

»Das ist sehr gut möglich«, räumte er vorsichtig ein.

»Warum haben Sie Abbey nicht unverzüglich nach Ebenezers Tod von der Erbschaft unterrichtet?«, fragte Jack argwöhnisch. »Wäre das nicht Ihre Aufgabe gewesen?« Ihm kam der Gedanke, der Anwalt könnte gemeinsame Sache mit Heath gemacht haben.

Edward räusperte sich. »Ich hatte achtundzwanzig Tage Zeit, um Miss Scottsdale zu informieren. So einen Nachlass zu regeln ist eine umfangreiche Aufgabe, müssen Sie wissen, und mit viel Papierkram verbunden.«

»Ja, und Heath hatte unterdessen Zeit, sich an Abbey heranzumachen, nicht wahr?«, sagte Jack in scharfem Ton.

Edward schoss die Röte ins Gesicht. »Ich hatte gehofft, er

werde die Tatsachen mit der Zeit akzeptieren, aber er konnte sich einfach nicht damit abfinden – zumal sein Vater ihn nicht enterbt hatte, sondern ihm einhundert Pfund hinterließ. So konnte er das Testament nicht anfechten. Das war eine sehr komplizierte Situation, Sie verstehen.«

»O ja, allerdings«, knurrte Jack. »Und als Heath klar wurde, dass er die Situation nicht zu seinen Gunsten drehen konnte, hätte das Abbey fast das Leben gekostet.«

Edward fuhr sich mit dem Finger in den Hemdkragen und räusperte sich abermals voller Unbehagen. »Falls Sie noch irgendwelche Fragen haben, ich stehe Ihnen jederzeit zur Verfügung, Miss Scottsdale. Sie brauchen nur noch die entsprechenden Dokumente unterzeichnen, dann gehört alles Ihnen. Meinen Glückwunsch«, fügte er hinzu. »Sie sind jetzt eine sehr wohlhabende Frau.«

Abbey brauchte einen Moment, um sich der Worte des Anwaltes bewusst zu werden. Sie hatte allen Grund, sich zu freuen, fühlte sich jedoch auch ziemlich überfordert. Und sie dachte an die Verpflichtungen, die ihr neuer Wohlstand mit sich brachte. »Ich bin jetzt eine Frau, die eine große Verantwortung trägt«, sagte sie müde. Zu viel war auf sie eingestürmt. Sie hätte sich am liebsten irgendwo verkrochen und in Ruhe ihre Wunden geleckt.

»Wenn ich Ihnen einen Rat geben darf: Verkaufen Sie die Mine«, sagte Edward.

Der Gedanke, dass ihr jetzt die Mine gehörte, in der ihr Vater tödlich verunglückt war, kam ihr völlig unwirklich vor.

»Und was Martindale Hall angeht, nun, es ist ein prachtvolles Haus, aber auch eine nicht zu unterschätzende Belastung«, fuhr Edward fort.

Abbey sah den armen Winston an. Wie konnte sie das Herrenhaus verkaufen und ihn und die anderen Dienstboten um Arbeit und Unterkunft bringen? Sie brauche Zeit, um sich alles in Ruhe zu überlegen, sagte sie zu dem Anwalt. Edward nickte eilfertig und verabschiedete sich.

Als er gegangen war, verfiel Abbey in Schweigen. Auch Jack sagte kein Wort. Er konnte die unverhoffte Wende, die sich in Abbeys Leben vollzogen hatte, genauso wenig begreifen wie sie selbst.

Abbeys Blicke wanderten immer wieder zu Ebenezers Bildnis, das noch neben dem Kamin stand. Am liebsten hätte sie es kurz und klein geschlagen und verbrannt, aber im Kamin brannte kein Feuer, und sie hatte ohnehin keine Kraft mehr.

»Schaffen Sie mir das Gemälde aus den Augen, Winston«, sagte sie, als der Butler mit einem Frühstückstablett aus der Küche zurückkam. »Ich will es nie wieder sehen.«

»Sehr wohl, Miss Scottsdale.« Er stellte das Tablett ab und griff nach dem Gemälde.

»Sagen Sie bitte Abbey zu mir, Winston«, bat sie mit matter Stimme.

»Sehr wohl, Miss. Ich meine, Abbey«, verbesserte er sich hastig. Es würde eine Weile dauern, bis er sich daran gewöhnt hatte.

»Und dann gehen Sie ins Bett und ruhen sich aus, Winston. Natürlich erst, wenn Sie gefrühstückt haben. Sie sehen aus, als hätten Sie die ganze Nacht kein Auge zugetan.«

»Aber ...«

»Kein Aber, Winston. Sie ruhen sich den Rest des Tages aus.«

»Sehr wohl, Miss ... Abbey.«

»Einfach nur Abbey«, sagte sie ungeduldig.

Winston nickte und ging wieder.

»Ich mag nichts essen, ich werde mich wieder hinlegen«, sagte sie zu Jack.

»Das ist aber nicht gut für dich, Abbey. Willst du nicht wenigstens eine Kleinigkeit zu dir nehmen?«

»Ich kann jetzt nichts essen«, fuhr sie auf.

Jack schwieg hilflos. Nach einer Weile sagte er: »Ich muss nach Hause zurück, Abbey. Meine Mutter ist bestimmt schon halb krank vor Sorge, um dich genauso wie um mich. Kommst du mit?«

»Nein, Jack«, antwortete sie mit Bestimmtheit. »Ich brauche Zeit, ich muss mir über vieles klar werden.«

»Das kann ich verstehen, aber das könntest du doch auch zu Hause auf Bungaree.« Er wollte sie in seiner Nähe haben, um sie besser umsorgen zu können.

»Das hier ist jetzt mein Zuhause. Zumindest vorläufig.« Sie schaute sich um, als könnte sie es noch immer nicht fassen.

Jack war wie vor den Kopf geschlagen. »Du willst hierbleiben, in diesem Haus?« Nach allem, was sich in diesen Mauern abgespielt hatte, hätte er gedacht, dass sie so schnell wie möglich fortwollte.

»Warum nicht? Es gehört jetzt mir.«

Jack klappte der Unterkiefer herunter. »Wie du willst. Ich werde dann gehen«, stammelte er. »Falls Sergeant Brown Fragen an mich hat, schick ihn bitte nach Bungaree.«

»Das werde ich«, erwiderte sie sachlich.

Jack zögerte, drehte sich dann um und wandte sich zum Gehen. Er fand es falsch, sie allein zurückzulassen, aber was hätte er tun sollen?

»Jack!«

»Ja?« Er drehte sich um.

»Danke für alles, was du für mich getan hast«, sagte sie leise.

Er nickte. »Willst du nicht doch mitkommen, Abbey? Ich glaube, es wäre besser, wenn du bei Menschen wärst, die ...« *dich lieben*, wollte er eigentlich sagen, fand den Zeitpunkt aber unpassend. Und so sagte er stattdessen: »... die sich um dich kümmern.«

»Ich möchte allein sein«, entgegnete sie. Sie merkte selbst, wie kühl und distanziert sie sich anhörte.

Jack nickte abermals. Wie betäubt verließ er das Haus und ging die Auffahrt hinunter, wo er seinen Buggy vor dem Tor zurückgelassen hatte. Als er einen letzten flüchtigen Blick über die Schulter zurück auf Martindale Hall warf, hatte er das dumpfe Gefühl, dass er Abbey nie wiedersehen würde.

29

Sechs Wochen später

»Hätten Sie gern ein Glas Weißwein zum Fisch, Mrs. Hawker?«, fragte der Ober.

»O ja, sehr gern, André, danke«, säuselte Clementine entzückt. »Haben Sie meinen Mann irgendwo gesehen? Wir wollten uns hier im Speisesaal treffen.«

»Ich glaube, Mr. Hawker steht dort drüben an der Reling bei Mr. und Mrs. Richards.«

Clementine sah aus dem Fenster. »Richtig, da ist er ja.« Ein zärtliches Lächeln spielte um ihre Lippen. Wie gut er aussah mit den von der Meeresbrise zerzausten Haaren! Ihr Blick schweifte in die Ferne, wo der Indische Ozean mit dem endlosen tiefblauen Himmel verschmolz. Sie würde South Australia, seine ausgedorrte Erde, seinen Staub und seine Fliegen gewiss nicht vermissen. Das seit einer Woche verheiratete Paar war auf dem Weg nach England, wo es zwei Monate im Lake District verbringen würde, bevor es zu einer Mittelmeerkreuzfahrt aufbrach. In Süditalien wollten Clementine und ihr Mann ihre Flitterwochen verbringen. Clementine seufzte selig. Was konnte schöner sein, als mit dem Angetrauten ein paar Wochen auf einem Ozeandampfer über die Meere zu reisen und das Leben zu genießen? Wie hatte sie jemals glauben können, das Leben an der Seite eines Farmers sei das Richtige für sie? Ein Glück, dass ihr Mann seine Farm aufgegeben und sein Land an seine Brüder verkauft hatte, die es unter sich aufgeteilt hatten.

»Entschuldige, dass ich dich habe warten lassen, Schatz.«

Clementine schreckte aus ihren Gedanken auf. »Macht doch

nichts, Liebling. Ich habe schon für uns bestellt, Fisch und Weißwein. Das ist dir doch recht?«

»Wunderbar«, sagte Tom und küsste ihre blassrosa Lippen.

Clementine dachte an jenen Abend in Manoora zurück, als Tom sie zum ersten Mal geküsst hatte, worüber sie beide gleichermaßen verblüfft gewesen waren. Sie wusste noch, wie sie vor Wut gekocht hatte, als sie nach ihrem Streit mit Jack in den Tanzsaal zurückgestürmt war. Da hatte Tom, der inzwischen ein paar Bierchen gekippt hatte, sie einfach geschnappt und sie auf den Mund geküsst. Clementine war so überrumpelt gewesen, dass sie es zuließ. Tom war das Ganze furchtbar peinlich, er entschuldigte sich ein ums andere Mal und meinte, er habe einfach nicht widerstehen können, weil sie in ihrem Zorn ganz hinreißend ausgesehen habe.

Als sie sich von ihrem Schreck erholt hatte, wurde Clementine klar, wie sehr ihr dieser Kuss gefallen hatte. Sie und Tom verbrachten einen wunderschönen Abend miteinander. Innerhalb kürzester Zeit fasste Tom den Entschluss, sein Land an seine Brüder zu verkaufen. Er und Clementine waren sich einig, dass sie aus Australien fortwollten. Als einige Wochen später alles geregelt war, gab Jack ihnen seinen Segen. Sie fuhren nach Port Adelaide, wo sie sich in aller Stille das Jawort gaben, ehe sie sich auf der *Fair Star* einschifften, die Kurs auf England nahm.

Clementine fand, es entbehre nicht einer gewissen Ironie, dass Jack zwar nicht mit Abbey glücklich geworden war, dafür aber sie ihr Glück mit seinem Bruder Tom gefunden hatte.

Als Sybil auf den Balkon hinaustrat, sah sie Jack auf der Bank unter dem Eukalyptusbaum sitzen. Er wirkte völlig verloren, aber statt Mitleid mit ihm zu haben, packte Sybil die Wut. Es war Samstagabend, sie hatten gerade gegessen, und Jack war schweigsam und einsilbig wie immer gewesen. Seit Abbey fort war, war es im Haus stiller als auf dem Friedhof von St. Michael. Es schien, als wäre mit ihr auch alles Leben ausgezogen.

Er werde heute nicht mehr nach den Tieren sehen, das war alles, was Jack beim Essen gesagt hatte. In den letzten Wochen war er oft verschwunden, hatte sich in einen stillen Winkel zurückgezogen und wollte seine Ruhe. Sybil war es allmählich leid. Sie hatte lange genug zugesehen, wie er sich quälte.

Sie verließ das Haus und ging zu der Bank im Garten. Jack schien mit seinen Gedanken weit weg zu sein, er hörte sie nicht kommen.

»Jack!«, sagte sie scharf.

Er fuhr erschrocken zusammen. »Herrgott, Mutter, musst du dich so anschleichen!«, knurrte er unwirsch.

»Dass ich mich so anschleichen kann, sagt eine Menge über deine geistige Verfassung aus, mein Junge.«

»Ich weiß nicht, wovon du redest.«

»O doch, das weißt du ganz genau. Ich werde mir nicht länger mit ansehen, wie du hier herumsitzt und Trübsal bläst. Entweder du unternimmst endlich etwas, oder ich werde es tun!«, drohte sie.

Jack sah sie finster an. »Vielleicht solltest du dich an die eigene Nase fassen, Mutter.« Er hatte sie in letzter Zeit oft dabei ertappt, wie sie im Wohnzimmer saß und bedrückt aus dem Fenster starrte. Obwohl das Kochen angefangen hatte, ihr Spaß zu machen, hatte sie die Küche seit Wochen nicht mehr betreten.

»Wir reden jetzt aber von dir«, gab Sybil gereizt zurück. »Meinst du nicht, dass es Zeit wird, die Dinge in die Hand zu nehmen? Hier herumzusitzen und ein Gesicht zu machen wie ein verirrter Welpe bringt dich auch nicht weiter.«

»Ich war zweimal in Martindale, und beide Male hieß es, Abbey wolle mich nicht sehen. Was soll ich denn noch tun?«

»Vielleicht sollte ich selbst hinfahren.« Sie hatte es einige Male vorgehabt, aber Jack hatte sie jedes Mal zurückgehalten.

»Abbey weiß, wo sie uns findet, Mutter, wenn sie uns sehen möchte.«

Sybil, die kein Argument gegen diesen Einwand fand, zog

geräuschvoll die Luft ein, machte eine ärgerliche Handbewegung und kehrte ins Haus zurück. Jack hatte natürlich Recht. Hätte Abbey den Wunsch verspürt, sie zu besuchen, hätte sie das längst getan. Es kränkte Sybil, dass sie sich nicht blicken ließ. Sie hatte das Mädchen wirklich gern, und über die Fehlgeburt musste sie inzwischen doch hinweg sein. Warum also meldete sie sich nicht?

Als die Kutsche am Sonntagnachmittag vor dem Farmhaus der Hawkers hielt, zitterten Abbeys Hände vor Nervosität. Ihr kam es so vor, als wäre sie Jahre und nicht nur ein paar Wochen weg gewesen.

Alfie sprang vom Kutschbock und öffnete den Wagenschlag. Die junge Herrin von Martindale Hall hatte sich in kurzer Zeit seinen Respekt, ja sogar seine Bewunderung erworben.

Abbey hatte schon zwei Wochen im Herrenhaus gewohnt, als sie das erste Mal das Haus verließ und einen Spaziergang zu den Ställen hinunter machte. Das erste Mal seit jener verhängnisvollen Nacht. Sie blinzelte in die Sonne, ihre Wärme fühlte sich wunderbar an auf ihrer Haut. Der Kummer, der sie so lange niedergedrückt hatte, schien sich endlich abzuschwächen. Ihr war nicht mehr ganz so schwer ums Herz.

Alfie mistete eine der Boxen aus. Als er aufblickte und Abbey an Horatios Stand sah, war sein erster Gedanke, dass sie gekommen war, um ihm mitzuteilen, womit er und die anderen Dienstboten schon lange gerechnet hatten: Ihre Dienste würden nicht mehr benötigt werden, da das Gut verkauft werden sollte. Mehr noch als um seine eigene Zukunft sorgte sich Alfie um die der Pferde, vor allem um Horatio.

Er ging zu ihr. »Reiten Sie gern, Miss?«

»O ja, aber mit so einem temperamentvollen Tier wie Horatio bin ich überfordert. Das habe ich ja bewiesen«, fügte sie verlegen hinzu, während sie das seidig schimmernde Fell des Hengstes bewunderte. Sie fragte sich heute noch, wie sie es geschafft hatte, zwei Koppelzäune mit ihm zu überspringen, ohne abgeworfen zu werden.

Alfie nickte. »Ja, Horatio ist außergewöhnlich stark und feurig.« Er hegte keinen Groll gegen sie, weil sie das Pferd einfach genommen hatte. Inzwischen hatte sich herumgesprochen, was der alte Mason ihr angetan hatte, und Alfie war klar geworden, dass sie keine andere Möglichkeit gesehen hatte, als das Pferd zu entwenden.

»Wie alt ist er denn?«

»Acht Jahre, Miss. Er ist auf Martindale, seit er ein Fohlen war.«

Traurigkeit schwang in seiner Stimme mit. Abbey erriet seine Gedanken: Er sorgte sich, was aus dem Pferd – und ihm selbst – werden sollte. »Hatte Heath irgendwelche Pläne mit Horatio?«

Alfie senkte den Blick. Seine Miene verdüsterte sich. Heath hatte Horatio nur ein einziges Mal geritten, als er einer jungen Dame imponieren wollte. Er war prompt abgeworfen worden und in einem Graben gelandet. Danach hatte er das Pferd regelrecht gehasst. »Er wollte ihn versteigern lassen, Miss«, antwortete Alfie bekümmert. Er strich dem Pferd liebevoll über den Hals. Horatio hob den Kopf und stupste seinen Arm zärtlich mit seinem weichen Maul an.

Abbey spürte, wie sehr er an dem Pferd hing. »Hätten Sie Horatio gern, Alfie? Als Besitzer, meine ich.«

Alfie schaute sie überrascht an. »Ja, natürlich, Miss, aber so ein wertvolles Pferd könnte ich mir niemals leisten. Er stammt aus einer erstklassigen Rennpferdezucht und ist ein exzellenter Zuchthengst.«

Abbey wusste Alfies Ehrlichkeit zu schätzen. Schließlich hätte er ihr auch weismachen können, das Pferd sei nicht besonders viel wert. »Ach, wissen Sie, Alfie, ich kann ein Zugpferd kaum von einem Esel unterscheiden. Aber da Horatio jetzt mir gehört, kann ich ihn Ihnen doch schenken, nicht wahr?«

Alfie klappte die Kinnlade herunter. »Ja, schon, aber ...«, stotterte er.

»Dann gehört er jetzt Ihnen, Alfie. Man sieht ihm an, dass Sie sich hervorragend um ihn kümmern, und mir scheint, Horatio hängt sehr an Ihnen.«

Alfie bekam feuchte Augen. Dennoch fand er es nicht richtig, dass sie ihm ein so wertvolles Geschenk machen wollte. Er schüttelte den Kopf. »Das kann ich nicht annehmen, Miss.«

»O doch, Sie können. Das Pferd gehört Ihnen. Und jetzt will ich nichts mehr davon hören«, erwiderte Abbey mit gespielter Strenge.

»Ich danke Ihnen, Miss Scottsdale.« Alfies Stimme war rau vor Rührung. »Sie ahnen nicht, wie viel mir das bedeutet.«

»Doch, Alfie, ich glaub schon.« Sie rieb sanft über Horatios samtige Nüstern.

Alfie wischte sich über die Augen. Dann fragte er: »Was ist mit den anderen Pferden, Miss?«

»Wieso, hätten Sie gern alle?«, neckte sie ihn.

»Nein, Miss, so war das nicht gemeint«, stammelte er verlegen. »Ich mache mir nur Sorgen um sie. Entschuldigen Sie, ich hätte nicht fragen sollen.«

»Sie brauchen sich nicht zu entschuldigen, Alfie. Ich kann mir schon denken, was Sie beschäftigt. Es gibt vieles, über das ich mir erst noch klar werden muss, aber solange das Gut genug für den Unterhalt der Pferde abwirft, werden sie ein Zuhause haben und Sie Ihre Stellung behalten.«

»Das sind ja wundervolle Neuigkeiten, Miss!« Alfie strahlte. Nach einer Pause fügte er ernst hinzu: »Ich weiß, dass Ihnen übel mitgespielt wurde, Miss, aber jetzt wird alles gut, Sie werden sehen.« Falls das Leben tatsächlich die Gütigen und die Großherzigen belohnte, müsste die junge Frau ausgesorgt haben.

An diesem Sonntagnachmittag saß Jack im Wohnzimmer, als er einen Pferdewagen über die gekieste Auffahrt rollen hörte. Er blickte aus dem Fenster und bekam Herzklopfen, als er die Kutsche erkannte. Eilig ging er zur Tür und riss sie auf. Abbey kam die Stufen herauf. Jack stockte der Atem, so wunderschön war sie. »Abbey!« Er bemühte sich vergeblich, die Freude in seiner Stimme zu unterdrücken.

»Hallo, Jack«, grüßte Abbey. Wie schön es war, sein Gesicht wiederzusehen. Sie hatte ihn schrecklich vermisst. »Komme ich ungelegen?«

»Nein, überhaupt nicht, ich ...« Er stockte. Er hatte ganz allein dagesessen und an sie gedacht. »Komm doch rein.«

Er schloss die Tür hinter ihr, führte sie ins Wohnzimmer und bot ihr einen Platz an.

»Du siehst gut aus, Abbey.« Ihr Gesicht hatte eine gesunde Farbe, sie wirkte frisch und erholt. Er war so froh, dass es ihr offenbar wieder besser ging, und hoffte von ganzem Herzen, auch die seelischen Wunden wären inzwischen vernarbt.

»Auf Martindale haben sich alle ganz rührend um mich gekümmert«, erwiderte Abbey. Im nächsten Moment wurde ihr bewusst, er könnte das vielleicht falsch auffassen. Hastig fügte sie hinzu: »Was nicht heißen soll, dass das hier nicht der Fall gewesen wäre ...«

»Das freut mich, Abbey«, sagte Jack. »Ich habe oft ... darüber nachgedacht, wie es dir wohl geht.«

Sie hätte ihn gern gefragt, warum er sie nicht ein einziges Mal besucht hatte, aber ihr Stolz ließ es nicht zu. Jack wirkte seltsam verschlossen. Missfiel es ihm, dass sie dank ihres Reichtums nicht mehr von ihm abhängig war? »Du hast sicher viel zu tun auf der Farm.«

»O ja, die Tage sind viel zu kurz.« In Wirklichkeit waren sie ihm endlos lang vorgekommen. Er war seiner Arbeit nachgegangen, aber mechanisch, ohne Freude, ohne mit dem Herzen dabei zu sein.

Seine Antwort kränkte Abbey. Hätte er sich nicht die Zeit für einen kleinen Besuch bei ihr nehmen können? Anscheinend war sie ihm nicht wichtig genug. »Ich wollte deiner Mutter die Halskette zurückgeben, die sie mir geliehen hat.« Sie kramte sie aus ihrem Beutel und reichte sie ihm.

»Oh, danke«, murmelte Jack bedrückt. Er hatte gehofft, sie wäre seinetwegen gekommen.

»Wo ist deine Mutter?« Abbey hatte Sybil schrecklich vermisst. Sie blickte sich flüchtig um. Es war totenstill im Haus, viel stiller, als sie es in Erinnerung hatte.

»Sie hält ihr Mittagsschläfchen.«

»Oh, das ist schade, dann werde ich sie gar nicht sehen. Kocht sie immer noch so gern?« Da Sabu sonntags frei hatte, nahm sie an, Sybil hatte das Mittagessen zubereitet.

»Nein, die Phase hat nicht lange angehalten.« Seiner Mutter war nicht nur die Lust am Kochen, sondern an praktisch allem vergangen, seit Abbey fort war, doch das behielt er für sich.

»Schade«, sagte Abbey bedauernd. Obwohl sie nichts dafürkonnte, dass Sybil nicht durchgehalten hatte, fühlte sie sich ein wenig dafür verantwortlich. Sybil würde hoffentlich verstehen, dass sie einige Zeit gebraucht hatte, um sich über Verschiedenes klar zu werden.

Jack musterte Abbey verstohlen. Ihr wunderschönes neues Kleid musste ein Vermögen gekostet haben. Ihre Haare waren elegant frisiert und mit einer teuren Spange geschmückt. Man konnte ihr ansehen, wie wohlhabend sie war. Welten lagen zwischen dieser Frau und dem Mädchen, das er auf der Straße in Clare aufgelesen hatte.

Abbey bemerkte seine Blicke. »Ich hab mir ein paar neue Sachen gekauft«, sagte sie und strich ihren Rock glatt, mit einer Geste, die eine neue Selbstsicherheit verriet. Es hatte ihr einen wohligen Kitzel bereitet, sich etwas sündhaft Teures zu kaufen. Sie war der Ansicht, dass die Masons ihr das schuldig waren, nach allem, was sie ihr angetan hatten.

»Ja, das sehe ich«, erwiderte Jack trocken. Er vermisste die alte Abbey, die in einem schlichten Kleid draußen herumspaziert war.

Er konnte sich nicht vorstellen, dass sie in dieser eleganten Aufmachung zu den Schafen ging.

»Was gibt's Neues auf Bungaree?« Abbey, die nicht wusste, was sie von Jacks sonderbarer Laune halten sollte, glaubte, dass er ihr ihren Reichtum neidete.

»Nicht viel«, lautete die knappe Antwort.

»Wie geht's Max?« Sie hätte ihn so gern wiedergesehen, aber sie traute sich nicht zu fragen.

»Bestens. Er ist wieder ganz der Alte und tut seine Arbeit draußen bei den Herden.«

»Das freut mich. Und die Schafböcke? Haben sie sich eingelebt?«

»Ja, ich werde sie bald zu den weiblichen Tieren bringen.« Er musste an Clementine denken und wie sie den Verdacht auf Abbey gelenkt hatte. Aber wozu alte Geschichten aufwärmen?

»Und Josephine?«

Jack hatte den Verdacht, dass Abbeys zwangloses Geplauder nur die Zeit überbrücken sollte, bis sie sich verabschieden konnte, ohne unhöflich zu wirken. »Sie ist ganz schön gewachsen in den letzten Wochen.«

Abbey lächelte. Sie konnte das niedliche Gesicht des Lämmchens vor sich sehen. »Passt das rote Band noch um ihren Hals?«

»Ja.« Jack räusperte sich. Er hatte ein anderes, längeres Band gesucht und dem Tier umgebunden, damit Abbey es wiedererkennen würde, falls sie zurückkam. Er beschloss, es Josephine wieder abzunehmen, sobald Abbey fort war.

Abbey hätte sich gern nach Clementine erkundigt, aber sie fürchtete sich vor der Antwort. Sie schien nicht da zu sein, doch das hieß nicht, dass die beiden keine Hochzeitspläne schmiedeten. Sie hatte das Gefühl, Jack wäre es lieber, wenn sie wieder ginge, so einsilbig war er.

Sie stand auf. »Wollen wir einen kleinen Spaziergang machen?« Vielleicht würde er auf der Bank unter dem Eukalyptusbaum gesprächiger sein.

Jack erhob sich ebenfalls. »Wenn du möchtest.« Es klang wenig begeistert, Abbey war enttäuscht.

Sie verließen das Haus und gingen an Alfie vorbei, der bei der Kutsche wartete. Jack streifte ihn mit einem finsteren Blick. Als sie die Bank unter dem Baum mit seinem ausladenden Geäst erreicht hatten, war die Spannung zwischen ihnen fast greifbar geworden.

Abbey setzte sich. »Ich habe die Monster Mine verkauft.«

»Tatsächlich?« Jack nahm neben ihr Platz, hielt aber Abstand. »Und an wen?« Er hatte sich schon gedacht, dass sie die Mine verkaufen würde. Es war das einzig Vernünftige. Hätte sie sie behalten, wäre sie immerzu an das Unglück erinnert worden, das ihren Vater das Leben gekostet hatte.

»An die Minenarbeiter.«

Jack machte ein verblüfftes Gesicht. »Die Arbeiter haben sie gekauft?«

»Ja. Ich habe mir gedacht, warum sollen sie nicht daran beteiligt sein?«

»Aber woher haben sie so viel Geld genommen?« Die Mine musste ein Vermögen wert sein, er konnte sich nicht vorstellen, wie ein einfacher Bergarbeiter die nötigen Mittel aufbringen sollte.

»Ich habe sie für einen symbolischen Preis verkauft, Jack, damit sich jeder einen Anteil leisten konnte. Die Zeitungen werden demnächst darüber berichten, denke ich.«

Jack war sprachlos.

»Ich wollte, dass alle mitbestimmen können, wie die Mine geführt und wie die Sicherheit für die Arbeiter verbessert werden kann. Kein Minenarbeiter soll je wieder mit seinem Leben für den Geiz eines Minenbesitzers bezahlen. Natürlich hätte ich in Sicherheitsvorkehrungen investiert, aber ich finde es nur gerecht, wenn jeder am Gewinn beteiligt ist. Auf diese Weise werden sie für ihre harte Arbeit belohnt.«

Als Abbey nach Burra gefahren war, um die Arbeiter selbst über ihre Pläne zu informieren, war sie als neue Besitzerin zunächst mit feindseliger Ablehnung empfangen worden. Als sie ihnen erklärte, dass sie künftig Teilhaber an dem Bergwerk sein würden, waren sie verwirrt. Und als sie dann erläuterte, sie werde ihnen die Mine zu einem symbolischen Preis verkaufen, brach lauter Jubel aus. Die Männer ließen sie hochleben, einige umarmten sie spontan und gaben ihr einen Schmatz auf die Wange. Es war einer der schönsten Tage in Abbeys Leben gewesen, nicht zuletzt deshalb, weil sie wusste, wie stolz ihr Vater auf sie wäre.

»Das ist ja wundervoll, Abbey!«, rief Jack begeistert aus. »War das deine Idee? Oder die von Edward Martin?«

»Meine. Edward war anfangs absolut dagegen, weil er als Anwalt meine Interessen im Auge behalten muss, aber nach einer Weile konnte ich ihn überzeugen, dass es so das Beste ist.«

»Das war wirklich großzügig von dir, Abbey.« Jack war stolz auf sie. Er hätte ihr das gern gesagt, aber er war zu gehemmt.

»Ich habe lange überlegt, was ich mit dem Grundbesitz anfangen soll«, fuhr Abbey fort. »Aber dann hatte ich ein paar Ideen, gute Ideen, wie ich finde. Ich wollte dir unbedingt selbst davon erzählen und hören, wie du darüber denkst.«

Aus irgendeinem Grund fühlte sich Jack unbehaglich dabei. »Was wirst du mit dem Herrenhaus machen? Wird es dein Zuhause bleiben?« Er hätte nie gedacht, dass sie sich in diesem Haus wohl fühlen könnte, aber anscheinend hatte er sich geirrt.

Doch Abbey hatte Martindale nie als ihr Zuhause betrachtet. Sie sah Jack an. »Es ist jetzt ein Heim für obdachlose und ledige Mütter, für Frauen, die sich in der gleichen Notlage befinden, in der ich mich befand, und für verwitwete oder verlassene Frauen mit Kindern, die kein Dach mehr über dem Kopf haben.«

Jack blieb buchstäblich die Spucke weg.

»Winston wird das Heim gemeinsam mit Mrs. Hendy und Louise leiten. Das Land ringsum wird wie bisher bewirtschaftet werden, mit dem Gewinn wird der Unterhalt für das Haus finanziert. Ich habe einen Verwalter dafür eingestellt. Es sind schon drei schwangere junge Mädchen eingezogen. Sie werden respektvoll und anständig behandelt und nicht gedemütigt, wie das so oft in solchen Heimen der Fall ist. Die meisten Frauen in dieser Situation sind unschuldige Opfer skrupelloser Männer, so wie ich eines war.«

Nachdem alles in die Wege geleitet worden war, hatte sie Edward Martin als Erstes darum gebeten zu veranlassen, dass Neals Schwestern Amy und Emily aus dem Waisenhaus in Adelaide zurückgeholt wurden, was dank einer großzügigen Spende kein Problem gewesen war. Mrs. Hendy hatte versprochen, die beiden Mädchen unter ihre Fittiche zu nehmen.

»Das ist eine wirklich wundervolle Idee, Abbey«, sagte Jack, der ehrlich beeindruckt war. Es schien, als hätte sie eine Aufgabe gefunden, die sie erfüllte und ihrem Leben Sinn gab. Obwohl er sich für sie freute, war er auch traurig darüber, dass es zwischen ihnen nie wieder so sein würde, wie es war.

»Meinst du wirklich? Mir liegt sehr viel an deiner Meinung, Jack.«

Er nickte. »Ja, das denke ich wirklich.« Er hatte Angst, ihr in die Augen zu blicken, weil er seine Gefühle für sie dann nicht mehr unter Kontrolle gehabt hätte. Und so schaute er in den Garten hinaus.

Abbey war maßlos enttäuscht über seine Reaktion. Anstatt ihr zu sagen, wie stolz er auf sie war, und sie nach ihren weiteren Plänen zu fragen, wirkte er unnahbar und kühl. »Tja, dann werde ich mich wohl besser wieder auf den Weg machen«, sagte sie und erhob sich.

Jack stand ebenfalls auf. »Danke, dass du vorbeigekommen bist, Abbey.« Er sah ihr einen winzigen Moment in die Augen, bevor er sich abwandte und den Weg zur Auffahrt zurückging. Abbey folgte ihm, verstört und bedrückt. Sie hatte sich so viel von dieser Begegnung erhofft.

Alfie riss den Wagenschlag auf.

»Ich werde meiner Mutter sagen, dass du da warst«, sagte Jack hölzern. »Sie hätte sich sicher gefreut, dich wiederzusehen.«

»Ja, schade, ich hätte sie auch gern wiedergesehen«, erwiderte Abbey. Sie zögerte, immer noch hoffend, Jack werde sie vielleicht bitten zu bleiben, aber er wandte sich ab und stapfte mit gesenktem Kopf zum Haus. Abbey stieg schweren Herzens ein. Die Kutsche fuhr mit einem Ruck an, und einen Augenblick später war Jack aus ihrem Blickfeld verschwunden.

In diesem Moment trat Sybil auf den Balkon vor ihrem Zimmer. Sie sah den davonrollenden Wagen und ihren Sohn, der sich anschickte, das Haus zu betreten. »Jack!«

Er machte ein paar Schritte rückwärts und schaute hinauf.

»War das die Martindale-Kutsche? War das Abbey, die gerade da war?«

»Ja«, lautete die einsilbige Antwort.

»Wo will sie denn hin?«

»Zurück nach Martindale Hall. Sie ist jetzt dort zu Hause.«

Sybil konnte es nicht fassen. »Warum hast du mich denn nicht geweckt?«, fuhr sie ihren Sohn an. Sie hastete in ihr Zimmer und die Treppe hinunter.

Jack machte sich auf eine Gardinenpredigt gefasst. Er war im Wohnzimmer, als Sybil, ganz außer sich, hereingestürmt kam.

»Bevor du anfängst, Mutter – Abbey ist glücklich dort, wo sie ist.«

Sybil stemmte die Hände in die Seiten. »So? Hat sie das gesagt?«

»Sie hat mir erzählt, was sie in den vergangenen Wochen alles gemacht hat, sie klang richtig aufgeregt, ihr neues Leben auf Martindale scheint ihr sehr viel Spaß zu machen«, antwortete Jack ausweichend, bemüht, die Verzweiflung in seiner Stimme zu unterdrücken.

»Glaubst du im Ernst, sie ist glücklich, allein in diesem riesigen Haus?«

»Sie ist nicht allein.«

Sybil verdrehte gereizt die Augen. »Ich kann mir nicht vorstellen, dass dieser klapprige alte Butler eine unterhaltsame Gesellschaft ist.«

»Ich spreche nicht von Winston. Sie hat ein Heim für ledige Mütter aus dem Haus gemacht, und sie scheint sehr zufrieden damit zu sein. Ich glaube, sie hat eine Aufgabe gefunden, die sie erfüllt. Eine Lebensaufgabe.«

»Wie kommst du denn auf diese Schnapsidee?«, fauchte Sybil.

Jack machte ein ärgerliches Gesicht. »Das ist keine Schnapsidee! Ich konnte es ihr ansehen.«

»Sie betrachtet es als ihre Lebensaufgabe, sich um ledige Mütter zu kümmern? Das hat sie gesagt?«

»Nicht ausdrücklich«, entgegnete Jack ungeduldig. »Aber sie hat einen sehr glücklichen Eindruck gemacht.«

»Genau wie ich mir gedacht habe!« Sybil riss wütend beide Arme hoch. »Männer! Manchmal zieht ihr wirklich die absurdesten Schlüsse!«

Jack sprang auf. »Jetzt reicht's! Das höre ich mir nicht länger an.« Zornig stapfte er durch den Gang und verließ das Haus durch die Hintertür. Er ging zu den Scherschuppen hinunter, wo er allein sein konnte. Die Mutterschafe waren mit ihren Lämmern in den Pferch hinter den Schuppen getrieben worden, damit Wilbur und Ernie am anderen Morgen mit dem *crutching* beginnen könnten, wie das schwierige Entfernen der Schmutzwolle rings um den Schwanz genannt wurde.

»Anhalten, Alfie!«, befahl Abbey plötzlich.

Alfie hielt die Kutsche mitten auf der Straße an. »Stimmt was nicht, Miss?«

Sie kletterte heraus und blieb unschlüssig stehen. »Gar nichts stimmt«, erwiderte sie verdrossen.

Der Kutscher sah sie verwirrt an. »Kann ich irgendetwas für Sie tun, Miss?«

»Ja, Sie könnten Jack Hawker so lange schütteln, bis er endlich Vernunft annimmt! Man sollte meinen, er wüsste, dass Reichtum allein nicht glücklich macht.«

Alfies Verwirrung wuchs. »Ich verstehe nicht ganz, Miss.«

»Ich doch auch nicht«, jammerte Abbey. »Ich war mir so sicher, dass Jack etwas für mich empfindet, aber jetzt benimmt er sich ganz komisch. In all den Wochen hat er mich nicht ein einziges Mal besucht! Bin ich ihm so gleichgültig, dass er keine Zeit findet, wenigstens ein Mal nach mir zu sehen?«

»Aber er war doch da, Miss«, sagte Alfie ganz verdattert. »Ich habe ihn zwei Mal an den Stallungen vorbeireiten sehen.«

»Was? Was sagen Sie da?«

»Aber ja. Gleich in der ersten Woche und in der zweiten auch. Sicherlich war er danach noch einmal da – ich bin ja oft mit den Pferden beschäftigt und sehe nicht immer jeden, der vorbeireitet. Aber zwei Mal war er auf jeden Fall da.«

Eine unbändige Freude erfasste Abbey. »Wieso hat Winston mir denn nichts davon gesagt?«

»Ich vermute, das geschah nur zu Ihrem Schutz, Miss. Es würde mich nicht wundern, wenn Winston Mr. Hawker nicht zu Ihnen vorgelassen hat, weil er dachte, sein Besuch werde Sie nur unnötig aufregen.«

»O Alfie!« Abbey wusste nicht, ob sie lachen oder weinen sollte. »Was mache ich denn jetzt?«

»Wenn ich mir eine Frage erlauben darf, Miss – sind Sie in Mr. Hawker verliebt?«

»Ja, das bin ich«, gestand sie, ohne zu zögern. Es war ein gutes Gefühl, es laut auszusprechen. »Aber ich mache mir keine Hoffnungen, ich weiß ja, dass er Clementine Feeble heiraten wird«, fügte sie traurig hinzu.

Alfie runzelte die Stirn. »Hat er Ihnen das gesagt, Miss?«

»Nein, ich weiß es von Clementine.«

»Mr. Hawker scheint mir ein Ehrenmann zu sein, Miss. Hätte er die Absicht, Miss Feeble zu heiraten, hätte er Ihnen das selbst gesagt.«

Ein Lächeln huschte über Abbeys Gesicht. »Sie haben Recht, Alfie.« Sie stellte sich auf die Zehenspitzen und gab ihm einen Kuss auf die Wange, was dem Kutscher vor Verlegenheit die Röte ins Gesicht trieb. »Wenden Sie, Alfie, wir fahren zurück nach Bungaree!«

Als auf ihr Klopfen an der Vordertür niemand antwortete, ging Abbey ums Haus herum und betrat es durch den Hintereingang. In der Küche war niemand, im Wohnzimmer auch nicht. Im ganzen Haus herrschte Totenstille.
»Jack!«
»Abbey?«, hörte sie Sybil rufen. »Abbey, sind Sie das?« Sybil kam eilig die Treppe herunter. Als sie Abbey erblickte, hielt sie inne und musterte sie mit großen Augen.
»Guten Tag, Mrs. Hawker.« Abbey war ein bisschen nervös, weil sie nicht wusste, wie Sybil sie empfangen würde.
»Abbey!« Sybil ging lächelnd auf sie zu und umarmte sie. »Ich freue mich ja so! Wie schön, dass Sie noch einmal zurückgekommen sind.«
Jack hatte ihr anscheinend von ihrem Besuch erzählt. »Ich suche Jack, ist er nicht da?« Sie fieberte regelrecht vor Ungeduld.
»Er ist vorhin aus dem Haus, ich weiß nicht, wo er steckt.«
Abbey machte ein enttäuschtes Gesicht.
»Kommen Sie, setzen Sie sich, ich würde mich gern mit Ihnen unterhalten.« Als sie im Wohnzimmer Platz genommen hatten, fuhr Sybil fort: »Jack hat mir erzählt, Sie hätten ein Heim für ledige Mütter im Herrenhaus eingerichtet.«
»Ja, das stimmt.«
»Warum haben Sie sich mir nicht anvertraut, als Sie herausfanden, dass Sie ein Kind von Ebenezer Mason erwarten?«, fragte Sybil ohne Umschweife.
Abbey senkte beschämt den Kopf. »Nach allem, was Sie für mich getan haben, wollte ich keine Schande über Sie bringen«, gestand sie mit brüchiger Stimme.
Sybil riss erstaunt die Augen auf. »Was reden Sie denn da für einen Unsinn!«, grummelte sie. »Was dieses Scheusal Ihnen angetan hat, war doch nicht Ihre Schuld. Ich hätte Ihnen geholfen, so

gut ich konnte, wie kommen Sie nur auf die Idee, ich hätte das als Schande empfunden?«

»Clementine meinte, ich würde Ihnen eine fürchterliche Enttäuschung bereiten«, entfuhr es ihr. Sie hatte Clementine nicht mit hineinziehen wollen, aber andererseits sollte Sybil die Wahrheit ruhig erfahren.

Sybil machte eine ärgerliche Handbewegung. »Clementine, pah! Die war ja bloß eifersüchtig, weil sie genau wusste, dass Jack sich in Sie verliebt hat.«

Jetzt war Abbey es, die ganz verdutzt dreinblickte. »Jack hat sich in mich verliebt?«

»Aber ja! Er sitzt seit Wochen nur herum und bläst Trübsal und geht mir mächtig auf die Nerven. Ich wollte Elias gerade bitten, mir den Buggy fertig zu machen. Ich wollte zu Ihnen und Sie bitten zurückzukommen.« Sybil beugte sich vor und sah Abbey eindringlich an. »Lieben Sie meinen Sohn, Abbey? Sagen Sie mir die Wahrheit.«

Abbey nickte. Tränen schossen ihr in die Augen. »Ja, ich liebe ihn, Mrs. Hawker. Aber er und Clementine wollen doch heiraten, oder nicht?«

Sybil sah sie überrascht an. »Ja, wissen Sie denn nicht …? Nein, natürlich nicht, woher auch!«

Abbey stockte das Herz. »Haben die beiden etwa schon geheiratet?«

»Nur einer der beiden«, schmunzelte Sybil. »Clementine hat in der Tat einen meiner Söhne geheiratet, und zwar Tom. Die zwei verbringen gerade ihre Flitterwochen. In diesem Moment sind sie auf dem Weg nach England.«

Abbey war einen Moment sprachlos. Dann seufzte sie auf vor Erleichterung. Doch schon kam ihr ein anderer schrecklicher Gedanke. »Ist Jack deshalb so merkwürdig? Weil Clementine ihm das Herz gebrochen hat?«

»Davon kann überhaupt keine Rede sein, im Gegenteil, er gab den beiden seinen Segen.«

»Aber dann verstehe ich nicht... Er war vorhin so unnahbar, so verschlossen. Ich hatte das Gefühl, er wollte mich so schnell wie möglich wieder loswerden.«

»Ach, Abbey, er ist zwar mein Sohn, aber manchmal ist er ein richtiger Esel«, sagte Sybil kopfschüttelnd. »Er glaubt, Sie hätten Ihre Lebensaufgabe darin gefunden, sich um die ledigen Mütter in Ihrem Heim zu kümmern. Wie die meisten Männer hat er mehr Stolz als Verstand, deshalb hat er es nicht über sich gebracht, Sie zu bitten, nach Hause zurückzukommen.«

Abbey musste lächeln. Sie wischte sich die Tränen ab und sagte: »Ich wollte etwas Sinnvolles mit Ebenezers Geld anfangen, daher habe ich beschlossen, die Mine praktisch an die Arbeiter zu verschenken und Martindale Hall in ein Heim für Mädchen zu verwandeln, die Opfer skrupelloser Männer wurden. Ich bin zufrieden mit dem, was ich geschaffen habe, aber mein Herz gehört Bungaree.«

Sybil lächelte. »Willkommen daheim, Abbey. So, und während Sie sich auf die Suche nach Jack machen, werde ich uns etwas kochen.«

»Jack hat erzählt, Sie hätten die Lust an Ihrem neuen Hobby verloren.«

»Ja, das stimmt, aber ich glaube, ich werde wieder damit anfangen. Und jetzt laufen Sie und suchen Sie Jack. Er kann nicht weit sein.«

»Da wäre noch etwas, Mrs. Hawker.«

Sybil, die schon hinauseilen wollte, drehte sich noch einmal um. »Ja?«

»Sie wissen ja sicherlich von meiner Erbschaft. Zum Nachlass gehört unter anderem das Freimaurergebäude in Clare.«

»So?« Sybil fragte sich, worauf die junge Frau hinauswollte.

»Ja. Ich war schon dort und habe es mir angesehen. Der Saal würde sich meiner Meinung nach hervorragend zur Aufführung von Theaterstücken eignen. Außerdem habe ich erfahren, dass St. Barnabas ein neues Gestühl bekommen soll; die alten Bänke sind noch in ziemlich gutem Zustand und werden nicht mehr benötigt. Mit ein paar neuen Kissen wären sie eine fabelhafte Bestuhlung für ein Theater.«

»Ja, da könnten Sie Recht haben.« Sybil versuchte, es sich bildlich vorzustellen.

»Nun, ich dachte mir, Sie könnten sich vielleicht mit Ihren alten Freunden vom Theater in Verbindung setzen, Stücke mit ihnen einstudieren und im Freimaurersaal aufführen. Vielleicht könnten Sie sogar junge Talente hier aus der Gegend ausbilden. Was meinen Sie?«

Sybil hörte Abbey mit wachsendem Interesse zu. »Ich kenne zwar keine Talente hier…«, begann sie lächelnd, »…aber man kann ja nie wissen. Was ich sicher weiß, ist, dass es keine Bühne im Saal gibt, und ohne Bühne kann man kein Stück in Szene setzen.«

»Ich habe bereits mit einem Schreiner in Clare gesprochen. Er meint, es sei kein Problem, eine Bühne zu bauen. Er würde sogar Kulissen nach Ihren Anweisungen anfertigen. Seine Frau ist Malerin, sie könnte sich an der Dekoration beteiligen. Und Bühnenvorhänge könnten wir in der Stadt bestellen.«

Sybil war auf einmal ganz aufgeregt, als sie an die unzähligen Möglichkeiten dachte, die sich ihr bieten würden. »Das wäre fantastisch, Abbey! Sie haben ja schon an alles gedacht!«

»An alles bestimmt nicht«, wehrte die junge Frau bescheiden ab. »Ich wollte nur, dass Sie wissen, dass der Saal zu Ihrer Verfügung steht. Eine Theatergruppe ins Leben zu rufen ist sicher mit einer Menge Arbeit verbunden, aber wenn jemand es schaffen könnte, dann Sie! Es wäre ein Jammer, Ihre wertvollen Erfahrungen und Kenntnisse auf diesem Gebiet brachliegen zu lassen.«

Sybil umarmte Abbey und gab ihr einen herzhaften Kuss auf die Wange. »Danke, Abbey! Sie haben mir eine riesengroße Freude damit gemacht.« Übers ganze Gesicht strahlend eilte sie in die Küche.

Jack stand an der Koppel, die Ellenbogen auf die oberste Holzlatte gestützt. Die Schafe drängten sich dicht an der Einfriedung und fraßen das Heu, das Ernie und Wilbur ihnen hineingeworfen hatten. Josephines rotes Halsband stach inmitten all der weißen Wolle hervor. Jack hatte vor, es ihr wieder abzunehmen. Wozu sollte er das Lamm noch länger kennzeichnen? Abbey war fort, sie hatte nicht einmal nach Josephine gesehen, was Jack Beweis dafür war, wie weit sie sich in ihrem Denken und Fühlen von ihm und der Farm entfernt hatte. Er beobachtete das Lamm, das von den anderen vom Futter weg und näher an den Koppelzaun gedrängt wurde.

Jack musste an seine erste Begegnung mit Abbey denken. Seit jenem Tag, als er sie vor Sharps Arbeitsvermittlung aufgehoben und in das Büro getragen hatte, hatte er sich nicht mehr aus ihrem Bann zu lösen vermocht. Ein trauriges Lächeln spielte um seine Lippen, als er sich erinnerte, wie sie damals ausgesehen hatte – wie eine Landstreicherin, zerzaust, voller Staub und Schmutz. Dennoch hatte er instinktiv gespürt, dass sie etwas ganz Besonderes war. Er überlegte, wann genau er sich in sie verliebt hatte. Es musste der Augenblick gewesen sein, als sie vor lauter Mitleid mit dem von seiner Mutter getrennten Lämmchen fast geweint hätte.

»Ach, Josephine«, sagte er laut, »Warum konnte nicht alles bleiben, wie es war? Warum ist Abbey nicht zu uns zurückgekehrt? Ich liebe sie, weißt du, und du liebst sie doch auch, nicht wahr? Aber sie braucht uns jetzt nicht mehr.«

»O doch, und wie«, flüsterte Abbey mit belegter Stimme.

Jack fuhr herum. »Abbey! Was machst du hier?«, fragte er entgeistert.

»Ich … ich möchte nach Hause kommen, Jack. Ich liebe dich, und ich möchte hier bei dir bleiben.« Sie war froh, dass es endlich heraus war.

»Wirklich?« Er konnte es gar nicht glauben. »Ist das dein Ernst?«

»Mein voller Ernst.«

»Aber was ist mit deinem neuen Leben auf Martindale? Du warst doch so begeistert.«

»Ich bin auch glücklich über das, was ich dort geschaffen habe. Aber Herrin von Martindale zu sein genügt mir nicht, Jack. Hättest du mich nach meinen Zukunftsplänen gefragt, hätte ich dir geantwortet, dass ich mir eine Zukunft mit dir hier auf Bungaree wünsche. Und du, was wünschst du dir?«, fügte sie zaghaft hinzu.

Er erriet ihre Gedanken. »Ich habe an jenem Abend in Manoora mit Clementine Schluss gemacht. Mir war klar geworden, dass ich dich liebe. Ich wusste zwar nicht, ob du genauso empfindest, aber ich wollte keine gemeinsame Zukunft mit einer anderen planen.«

Abbeys Augen schimmerten feucht, aber sie strahlte. »Ich liebe dich, Jack Hawker.«

Er nahm sie in seine Arme und sah sie zärtlich an. »Bist du dir sicher? Bist du dir ganz sicher?«

»O ja, ganz sicher! Du hast mir so gefehlt, Jack. Ich war enttäuscht, weil ich glaubte, du hättest mich nicht ein einziges Mal besucht, aber Alfie hat mir gerade erzählt, er hätte dich auf dem Gut gesehen.«

»Ja, ich war mehrmals da, aber Winston wimmelte mich jedes Mal ab. Du wollest mich nicht sehen, sagte er.«

Abbey schüttelte verwirrt den Kopf. »Ich habe keine Ahnung, warum er das getan hat. Er und Mrs. Hendy haben in den ersten Wochen alles von mir ferngehalten, weil sie glaubten, mich beschützen zu müssen. Wahrscheinlich dachte er, ich würde mich nur unnötig aufregen.«

»Es hat mich getroffen, dass du darauf bestanden hast, auf Martindale zu bleiben«, gestand er leise. »Ich hätte mich gern hier auf der Farm um dich gekümmert, Abbey. Es ist viel zu still im Haus, seit du fort bist. Niemand kommt mehr zu Besuch. Clementines Vater ist wieder nach Hause gefahren, William und Martha haben genug zu tun mit ihrem Kind, und Tom hat das Land verlassen.«

Aber davon konnte sie ja noch gar nichts wissen, weil Tom und Clementine sich klammheimlich davongemacht hatten, um Gerede zu vermeiden und ihn nicht zum Gespött der Leute werden zu lassen. Die würden noch früh genug erfahren, dass Tom die Freundin seines Bruders geheiratet hatte.

»Deine Mutter hat mir gerade von Tom und Clementine erzählt.«

»Meine Mutter?«

»Ja, ich war erst im Haus und habe mit ihr gesprochen.« Nach einer Pause fuhr sie sanft fort: »Ich musste um mein Baby trauern, ganz allein, und das konnte ich nur auf Martindale. Ich dachte, du verstehst das vielleicht nicht, weil es Ebenezers Kind war. Es hört sich vielleicht merkwürdig an, aber ich musste mich auch den bösen Geistern der Vergangenheit stellen, bevor ich an die Zukunft denken konnte, und alles Böse in meinem Leben ging von jenem Haus aus. Es ist jetzt nicht mehr das gleiche Haus. Ich habe Ebenezers Habseligkeiten versteigern lassen und mit dem Erlös Wiegen und Kinderkleidung gekauft. Endlich ist ein richtiges Zuhause aus Martindale geworden. Aber es ist nicht mein Zuhause. Mein Zuhause ist hier, und du bist die Seele von Bungaree.«

Jack schüttelte den Kopf. »Du warst es, die Bungaree Leben eingehaucht hat, Abbey. Erst du hast es zu einem richtigen Zuhause gemacht. Du hast mir mehr gefehlt, als ich dir je sagen kann. Meine Mutter hat dich auch vermisst. Sie hat mir die Hölle heißgemacht, weil ich dich nicht zurückgeholt habe! Ich glaube, früher oder später wäre sie selbst nach Martindale gefahren, um dich zu holen.«

Abbey musste lachen, weil Sybil genau das vorgehabt hatte.

»Ich war ein solcher Idiot«, fügte Jack hinzu.

Abbey warf ihm ihre Arme um den Hals. »Solange du mir gehörst…« Sie küssten sich zärtlich.

Ein lautes Blöken ließ sie auseinanderfahren. Es war Josephine, die auf sich aufmerksam gemacht hatte.

»Sieh sie dir an, Jack! Ist sie nicht wunderhübsch?«

Er zog Abbey an sich. »Lange nicht so hübsch wie du«, neckte er sie und hielt sie so fest, als wollte er sie nie wieder gehen lassen.

Zum Jahresende gaben sich Jack und Abbey an einem Sonntagmorgen in St. Michael das Jawort. Elsa und Marie fungierten als Brautjungfern, und Sybil führte die Braut zum Altar. Winston, Mrs. Hendy und Louise waren ebenso anwesend wie William, Martha, der kleine Gerald und alle Nachbarn.

Abbey trug das Brautkleid, in dem Sybil Jacks Vater geheiratet hatte. An einer Leine führte sie Josephine mit sich, die eine riesige rote Schleife um den Hals gebunden hatte. Die Hochzeitsgäste lachten schallend, und Jack, der von Abbeys Plänen nichts geahnt hatte, musste grinsen.

»Was hat das denn zu bedeuten?«, fragte Pater John stirnrunzelnd. »Was hat das Tier hier zu suchen?«

»Das Lamm ist schuld daran, dass ich mich in die zukünftige Mrs. Jack Hawker verliebt habe«, erklärte Jack.

»Oh«, machte Pater John. »Nun, wenn das so ist, wollen wir mal ein Auge zudrücken, nicht wahr?«

»Ja, ich will«, sagte Jack todernst.

»Ja, ich will«, sagte auch Abbey, die kichernd zum Altar schritt.

»Benehmt euch, ihr zwei«, ermahnte Pater John sie. »Noch habe ich euch nicht gefragt.« Er war seit einem Monat trocken und ziemlich nervös. Er hoffte inständig, dass ihm während der Zeremonie kein Fehler unterlief.

Abbey trat neben Jack. Er beugte sich zu ihr und küsste sie.

»Es war noch keine Rede davon, dass Sie die Braut küssen dürfen«, tadelte der Pater. Als die beiden nicht auf ihn achteten und sich abermals küssten, klappte er seine Bibel zu, verdrehte viel sagend die Augen und verwünschte sich dafür, dass er ausgerechnet kurz vor diesem Ereignis mit dem Trinken aufgehört hatte. »Ich geb's auf!«

Jack und Abbey mussten lachen, und Pater John stimmte zu guter Letzt mit ein.
»Schön, können wir jetzt endlich anfangen? Seid ihr bereit?«
»Ohne jeden Zweifel«, erwiderte Jack und strahlte Abbey an.

DANKSAGUNG

Ich danke Sally Hawker von Burgaree Station, für ihre Hilfe und ihre Gastfreundschaft bei meinen Recherchen zu diesem Roman. Sally und George Hawker leben mit ihrer Familie in fünfter Generation auf Bungaree Station.

Die große neuseeländische Familiensaga: fesselnd und facettenreich!

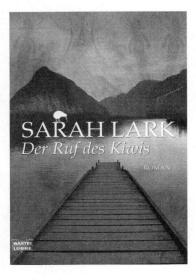

Sarah Lark
DER RUF DES KIWIS
Roman
832 Seiten
ISBN 978-3-404-16261-1

Neuseeland, Canterbury Plains 1907: Gloria wächst auf Kiward Station auf. Ihre glückliche Kindheit endet jäh, als sie mit ihrer Großkusine Lilian in ein englisches Internat geschickt wird. Während Lilian sich dem Leben in der alten Welt anpasst, beginnt Gloria ihre Eltern dafür zu hassen, dass sie ihr ein neues Leben aufgezwängt haben. Um jeden Preis will sie nach Neuseeland zurück. Sie schmiedet einen verwegenen Plan, der sie in höchste Gefahr bringt ...
Das Schicksal nimmt seinen Lauf und einmal mehr zeigt sich, wie tiefe Gefühle die Menschen verzweifeln lassen können oder sie stark machen. Spannend und mitreißend schildert Sarah Lark die Geschichte einer neuseeländischen Familie, verwoben mit der Tradition der Maoris.
Der dritte, in sich abgeschlossene Band der Bestsellertrilogie!

Bastei Lübbe Taschenbuch

*Von England nach Australien,
von Wohlstand zu harter Arbeit –
von der Einsamkeit zur großen Liebe*

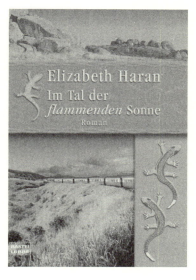

Elizabeth Haran
IM TAL DER
FLAMMENDEN SONNE
Roman
576 Seiten
ISBN 978-3-404-15956-7

Australien, 1933: Arabella Fitzherbert, eine junge Engländerin, unternimmt mit ihren Eltern eine Reise durch Australien. Die Familie ist des trockenen Klimas wegen zum Roten Kontinent gereist, damit ihre einzige Tochter sich dort von ihrer langen Krankheit erholen kann. Doch durch eine Verkettung unglücklicher Umstände bleibt Arabella allein und verletzt in der Wüste zurück. Sie wäre sicherlich dem Tod geweiht, hätte nicht eine Gruppe umherziehender Aborigines sie gefunden und zur nächsten Siedlung gebracht: Marree – eine winzige Stadt im Outback. Arabella ist auf sich allein gestellt, während ihre Eltern sie tot wähnen ...

Bastei Lübbe Taschenbuch

»Herzschmerz, schlimme Verstrickungen und Abenteuer in geheimnisvollen Welten. Zum Wegschmöckern!« DIE NEUE PRESSE
über T. McKinleys letzten Roman

Tamara McKinley
INSEL DER TRAUMPFADE
Roman
480 Seiten
Gebunden mit Schutzumschlag
ISBN 978-3-7857-2340-1

Lowitja fuhr aus dem Schlaf auf und zog instinktiv ihren kleinen Enkel näher zu sich. Irgendetwas war in ihre Träume eingedrungen, und als sie die Augen aufschlug, vernahm sie den klagenden Schrei eines Brachvogels. Es war der Ruf der Totengeister – der quälende Ton gepeinigter Seelen, eine Warnung vor Gefahr.

Lowitjas Ahnungen trügen nicht: Weiße Siedler und Abenteurer bedrohen die Welt der australischen Ureinwohner, und für alle beginnt ein harter Kampf um das Glück – und das Überleben.

Gustav Lübbe Verlag